リバニオス

書簡集

2

西洋古典叢書

凡例

一、本書はリバニオス『書簡集』（Libanius, *Epistulae*）の全訳である。
・本分冊の底本としては、R. Foerster (ed.), *Libanii opera. Vols. X-XI* (Leipzig, 1921-22) を用いた。
・当該著作は本叢書では全三巻に分かれる。底本の番号順に書簡を訳出する形式を取り、本分冊では書簡五五〇―一一一二までを収録している。

二、固有名詞の訳出では以下の原則を採用している。
・φ, θ, χ は π, τ, κ と同じように音訳している。ただし、φ のみはラテン語人名・地名などに関わるものについて f 音（ファ、フィ、……）を採用している。
・λλ, ρρ は本叢書の原則に従い、促音を用いずに λ, ρ 単独のときと同じ表記としている。
・母音の長音短音の別は基本的に無視したが、比較的わが国にもなじみ深いと思われた固有名詞については慣例に従って長音表記にしたところもある。
・基本的にギリシア語をそのまま音訳しているが、皇帝名や一部の地名（ローマ、ギリシアなど）では分かりやすさを重視して例外的なものがある。

三、採用している書簡番号はすべて底本に従っている。また、底本が採用している書簡中の節番号は、段落前の漢数字によって表わしている。なお、改行は基本的に底本にはなく、訳者が内容から判断して行なったものである。ただし、底本で改行されていたところは必ず訳文上でも改行されている。また、書簡の名宛人の後に付した執筆年は底本の提案しているものをそのまま採用した。執筆年の後の小見出しは底本にはないが、訳者が内容に即して付したものである。

四、括弧、カギ括弧は次の原則に基づいて利用している。

・丸括弧（　）で括られた部分は、原文に書かれているが、γάρ 節などという形でリバニオス自身が傍白的・補足的情報として述べている箇所である。

・角括弧［　］は、読者の理解を助けるために訳者が付した訳文の補いである。

・カギ括弧「　」は、①底本の中で会話文あるいは古典からの引用として字間を空けて表記している部分、あるいは②書簡の中でキーワード、隠語として使っていると思われるものを訳者の判断で強調した箇所、である。

五、訳註において、底本の註釈は Foerster とだけ表記した。また、頻繁に利用した研究文献については次のような略号を利用している。

BLZG = O. Seeck, *Die Briefe des Libanius zeitlich geordnet* (Leipzig, 1906).

Bradbury = S. Bradbury, *Selected Letters of Libanius from the Age of Constantius and Julian* (Liverpool, 2004).

Cribiore = R. Cribiore, *The School of Libanius in Late Antique Antioch* (Princeton & Oxford, 2007).

Festugière = A. J. Festugière, *Antioche païenne et chrétienne* (Paris, 1959).

FK = G. Fatouros and T. Krischer, *Libanios: Briefe* (München, 1980).

FOL = P. Petit, *Les fonctionnaires dans l'œuvre de Libanius: Analyse prosopographique* (Paris, 1994).

Liebeschuetz = J. H. W. G. Liebeschuetz, *Antioch* (Oxford, 1972).

LSE = J. Ch. Wolf, *Libanii sophistae epistolae* (Amsterdam, 1738).

Norman = A. F. Norman, *Libanius: Autobiography and Selected Letters*, 2 vols. (London & Cambridge, MA, 1992).

Petit, *Antioche* = P. Petit, *Libanius et la vie municipale à Antioche au IVe siècle après J. C.* (Paris, 1955).

PLRE = A. H. M. Jones, J. R. Martindale & J. Morris, *The Prosopography of the Later Roman Empire.* Volume I: A. D. 260-395 (Cambridge, 1971).

Paroem. Gr. = E. L. A. Leutsch & F. G. Schneidewin (ed.), *Corpus paroemiographorum Graecorum*, 2 vols. (1839. repr. 1958, Hildesheim).

Salzmann = E. Salzmann, *Sprichwörter und sprichwörtliche Redensarten bei Libanios* (diss. Tübingen, 1910).

また、雑誌略号は *L'Année philologique* に従う。

六、解題と人名索引は最終分冊に付す。

目次

内容小見出し一覧

「小集成」第二部第六巻（五五〇―六一四）

「小集成」第三部（六一五―一一一二）

リバニオス 書簡集 2

田中創 訳

書簡五五〇　アリスタイネトス宛[1]　（三五七年）　後援者

一　一人を除いて参事会［全体］が私たちの側についていると、以前あなたに手紙でお伝えしました。[2]その私たちの側につく者たちの中でも第一人者と位置づけられるのがレトイオス[3]です。彼は言葉も行動もいっさい惜しまないのです。金銭もいっさい惜しまない、とも申し添えましょう。なぜなら、弁論を愛好する貧しい若者たちがいれば、彼らの熱意が貧しさのせいで損なわれないようにするのですから。

二　そして、彼自らが使節役[4]をも務めているのは、私の叔父[5]から旅路の労を免じたせいなのです。叔父の身体は病に苦しんでいたのですが、総督は彼に迫って、旅路につくか、彼に見劣りしない誰か別の人に［使節となるよう］説得するか、いずれかをするよう命じました。それで、叔父はこの男を指名して、この男はそれに従ったという次第です。三　だからこそ、あなたは叔父に対して取っていたであろう態度を、この男に示してください。

(1)ビテュニア地方(トルコ、マルマラ海のアジア側沿岸地域)の有力者で、リバニオスの親友。三五八年にピエタス管区代官に就任するが、同年に発生した大地震で被災し、ニコメディア市で死去する。

(2)アンティオキアでのリバニオスの成功に関しては書簡五〇四-四、五二九-三、五三七-三、五六一-六にも言及があり、大半の参事会員を味方につけた旨が述べられている。*BLZG*, p. 87, n. 1は、書簡五三七-三の内容から「一人を除いて」ではなく「一つ[の家]を除いて」という意味で、複数名が敵対していた可能性を考えるが、Foersterは、書簡五〇四-四で「コッキュリオン」という仇名を与えていることからも、個人が問題になっているだろうと異議を唱えている。この人物は、アンティオキアの有力参事会員であったエウブロスであるとされる。

　なお、書簡五〇四、五三七はいずれも本書簡と同じアリスタイネトスを名宛人としているので、本箇所の「手紙」もこれらの書簡への言及と理解してよいだろう。

(3)アンティオキアの有力都市参事会員。この人物が貧窮する学生に金銭的援助をしていたことは、書簡五五二-一二でも述べられている。この人物が三五七年に務めた使節役については次註を参照。

(4)*BLZG*, pp. 197, 328 f., 334は、三五七年四月から五月にかけてコンスタンティウス二世がローマ市を訪問したときにアンティオキアから派遣された使節であり、この際、レトイオスは書簡五五〇—五五九を携えていったと推測している。

(5)リバニオスの母方叔父で、アンティオキアの有力都市参事会員だったパスガニオスのこと。リバニオスがコンスタンティノポリスからアンティオキアに公的教師として移籍する際にも力添えをした。

書簡五五一　テミスティオス宛[1]（三五七年）使節の紹介

一　あなたの臨席しているところで弁論を発表するためなら、私はいかなる代価も払うはずだとはお考えにならないのでしょうか？　でも、思うに、あなたを引き止めるのも立派なことではありませんでしたし、私が弁じることもどうやら不可能だったのです。二　これらの作品も他の多くの作品もあなたの手に委ねられるように取り計らうつもりです。他の人では［私の作品の］間違っている表現に［あなたほど］上手に救いの手を差し伸べられないでしょうし、［私の作品の］まずまずの言い回しに対して［あなたほど］巧みな称賛ができる人は見つからないでしょうから。

三　あなたはすでにレトイオス[2]と面識があります。あなた方のところに私がいて、あなた方のおかげでこの男が帝に謁見したとき[3]や、あなたがこちらにいらして［彼が］栄光に包まれているのを見出したときのことです。そして今回あなたが彼と会って、彼をきわめて親しい友人となさるなら、悪くない判断だったとおっしゃることでしょう。彼は友の愛し方を心得ているのに加えて、友情を維持する方法も心得ていますから。これはまさしく、あなたも大いに実践し、尊重なさっていることでもあります。四　私たちにとって彼は百人力の存在で、発言が必要だったときには発言し、行動が必要だったときには行動し、出費をして好意を示す必要があったときには施してくれました。ですから、その素質と私たちに対する態度ゆえに彼があなたに重んじられるようにしてください。

書簡五五二　アナトリオス宛[4]（三五七年）　有徳の官職者

一　私たちのもとにイタリアから書簡が届きました。それは、あるソフィストまがいの述べた戯言を伝え、あなたがその男を嘲笑し、私を称賛していることを示すものでした。さらにその書簡からは、手紙をあなたに書くように、そしてあなたを誰よりも私にとって大事な人物と見なすように促されました。

二　あなたが誰よりも断然大事な方であることについては、とうの昔に私はそうだと認めております[5]。し

(1) コンスタンティノポリス元老院議員の筆頭も務め、同市で大きな政治的発言力を持った哲学者。多数のギリシア語弁論のほか、アリストテレス『魂について』に関する註釈（アラビア語訳）などいくつかの彼の著作が現存している。

(2) 三頁註（3）を参照。

(3) レトイオスの先回の皇帝謁見については不明な点が多い。*BLZG*, p. 197 は三五五年に皇帝への使節を務めたと説明しているが、*ibidem*, pp. 76, 242, 323 では別の人物二名をこの三五五年の使節役に同定しており、混乱が見られる。そのため、レトイオスがいつ、どのような機会で使節を務めたかは不明なままである。また、この箇所には写本上読みも不確かな部分が多く、翻訳は Foerster の修正に従った。

(4) ベリュトス市（現在のベイルート）の出身。リバニオスと親交が深く、機知のきいた彼との書簡上のやり取りが伝えられる。コンスタンティウス二世宮廷の有力者。本書簡が書かれた三五七年にはイリュリクム道長官に着任し、シルミウム（現セルビア、スレムスカ・ミトロヴィツア）で活動していたと推測される。三五七年から三六〇年に及ぶ彼の行政は優れたものであったとアンミアヌス・マルケリヌス『ローマ帝政の歴史』第十九巻第十一章二は伝えている。

(5) S写本と Mediceus A 写本には、この箇所に書簡五四九-一途中の「誰もが大きな声を……」から同一節末尾までの文章が再録されている。

かし、あなたが官職に就いてからというもの、他の人たちには以前のように手紙を送っているのに、私に対してはこの慣例を守ってくださらないことに私は驚いています。(1) 三　当初は困惑していたのですが、今では困惑するのをやめました。沈黙の理由が分かったように思いますから。あなたが目にしているように、大抵のソフィストは、あなたも今就いているような官職に自分の親しい人が着任すると、その官職者のもとに弁論と財布を手に駆けつけ、弁論を発表して財布を差し出し、官職者にそれを一杯にしてもらうものです。四　そのため、あなたは私までもがその目的で駆けつけてくる者の一人になるのではないかと懸念して、それで手紙を書くのを控えて、私が図に乗らないようにしたのです。

さらに、あなたは私に上っ張りの借りがあることも分かっていました。あなたがトラキア(2)で約束してくれたのに、全然与えてくれない上っ張りのことです。私がやってきてこれを取り立てるのではないかというのが第二の懸念になりました。それで、私が［この地に］留まるようにするためには黙っているよりほかないとあなたは悟ったのです。(3) しかし、あなたのこの手立ても無駄であることを私は証明するつもりです。私は戻ってくるつもりですから。

五　まあ、［以上のことは］戯れにすぎないものと(4)取ってください。ところで、私は予期していたとおりの話を聞いて、大変喜びました。ストラテギオス(5)のところで、彼の口から聞いたのです。

それは夕方のことでした。(6) 私たちが立っていたのは貯水槽の傍ら。話題は総督たちの徳についてで、そこであなたの名前が挙がらないわけがありませんでした。六　あなたの行ないに卑小なものは何一つとしてないが、とりわけ一つだけ群を抜いて偉大なことがあるとそこにいた者の一人が言ったので、「その偉大なことはどのようなものです？」と私は言いました。すると、すぐにストラテギオスが言いました。「彼は陛下の前から辞去しようとするときに、多くの見事な発言の後にこう付け加えたのだ。『陛下、いかなる地位も不正を行なう者の盾となってはなりません。裁判官であろうと、軍を指揮する者であろうと、法を犯す[7]

(1) 同じことは書簡五四九-三でも述べられている。

(2) リバニオス書簡では、「トラキア」はしばしばコンスタンティノポリスを指す。ここで述べられている約束は、リバニオスがコンスタンティノポリスの公的教師だった頃になされたものであろう。

(3) アナトリオスは、アンティオキアに移動したリバニオスをコンスタンティノポリスに戻らせようとこれまで積極的に画策していた。これに対し、リバニオスは故郷のアンティオキアに移籍できるようさまざまな手立てで宮廷有力者たちに働きかけてきた。この表現は、それらのやり取りを踏まえて、アナトリオスを冷やかす内容になっている。

(4) プラトン『国家』第四巻四二四Dで「学芸における違法」について用いられている表現。リバニオスが違法な形でコンスタンティノポリスからアンティオキアに移ろうとしていたことを考えると意味深長な表現である。また、『国家』の同所では学芸における違法は徐々に契約上の人間関係にも根づいていくことが述べられている。

(5) 三五四—三五八年のオリエンス道長官。ギリシア語とラテン語の二言語に精通していたことから、コンスタンティヌス帝以来重用され、ムソニアヌスの異名を得たと伝えられる（アンミアヌス・マルケリヌス『ローマ帝政の歴史』第十五巻第十三章一）。

(6) デモステネス『冠について（第十八弁論）』一六九の導入に類似している。上記弁論箇所は、マケドニア王ピリッポスによるエラテイア占領の報がアテナイに届きアテナイ市民たちが周章狼狽した場面であり、その導入はヘルモゲネス『文型について』一-一一（Rabe 291）、二-一（Rabe 316, 320）、伝ロンギノス『崇高について』第十章七などで論じられるように名文として知られた。この箇所も文脈は違えど、その劇的な効果を期待したのかもしれない。

(7) コンスタンティウス二世帝（正帝位三三七—三六一年）のこと。

ようなことがあれば、私はそれを見過ごすわけにはまいりません』と」。七　あなたがこのような脅しをし、帝が［あなたを］称賛して好きなようにするがよいと命じると、あなたの言ったことは直ちに実現した、すなわち、蛮族に対して怖気づいていたある将軍が捕縛されたとストラテギオスは話しました。

八　彼の口から私がこの話を聞いたときにはその場に居合わせていたのは五人［だけ］でしたが、私の口からこの話を聞いていない人は一人もおりません。そして［私から話を聞くと］喝采が起こり、誰もが必ずその話を信じました。その事績はあなたの天分のなせる業だと見えましたから。九　私は、あなたの行ないを物語るというよりも、私自身がそれを行なっているように思って喜んでおりました。あなただって、私の弁論に対して同じような気持ちになったではありませんか。私の弁論をあなた自身のものだとお考えになって。ですから、きっと私の友人もあなた自身のものだとお考えになるはずです。

一〇　もしそうであるなら、ここなるレトイオス(1)はあなたの友人です。彼は私にとって家の者たちにもまったく引けを取らぬ存在で、ときにそれ以上の存在でもありました。なぜなら、彼は静謐を求めて公務に関わることをやめていたのに、私のために再びそれに取り組んだのです。つまり、自分の力を蓄えて、その力で私の抱えていた案件を手助けするために［公務に復帰したのです］。

一一　この男は、私に何か良いことがあれば喜色満面となり、そうでない場合は私以上に悲しみます。また、彼は自分の持っている財産を私と共同のものにしています。そのため、毎日私が人を遣って何かを受け取らないと、酷い扱いを受けたと彼は言うのです。一二　いかなる貧しい若者たちも、彼のおかげで貧しくありません(2)。彼は弁論に従事する者たちに不足しているものがないかを必ず知るようにして、その不足を解消するよう意を配るのです。

一三　彼は使節を務める腹づもりはありませんでした。オリュンピア競技会を催すために以前に帝にお目通りをしておりましたから(3)。しかし、私の叔父(4)から使節役の労苦を取り除くために、その労苦を引き受けました。一四　そこで、あなたは叔父のためなら官職者たちを彼の味方にして諸々の措置を取ってくださっていたはずですが、その措置をこの者が享受できるようにしてください。彼がそちらで思いどおりに事を運べれば、こちらで私たちは誇らしく思うことができるでしょうから。

書簡五五三　アンドロニコス宛(5)（三五七年）　もう一人のあなた

一　レトイオス(6)がいかなる生まれで、いかなる品性の人物で、私に対してどのような態度を取っているかをあなたにお伝えしようものなら、つまるところ、あなたにあなた自身のこともお教えすることになるでしょう。あなたもご存知のように、この男はあなた自身に劣らぬ者なのですから。

(1) 三頁註（3）を参照。

(2) 学生の扶養については、書簡五五〇-一も参照。Cf. Cribiore, pp. 190 f.

(3) 五頁註（3）を参照。Norman, vol. 1, p. 421, n. h は、三五六年のオリュンピア競技会開催のためだとし、書簡五五六-五五九を参照させる。

(4) 三頁註（5）を参照。

(5) コンスタンティノポリスを祖国とする人物。この後、三六〇-三六一年にフェニキア州総督を務める。

(6) 三頁註（3）を参照。

二　そういうことですから、あなたの口から彼の話を他の人々にしてください。また、私と叔父(1)のことについては、彼の口から聞いてください。私の状況についても叔父の健在ぶりについても彼はよく分かっていますから。

書簡五五四　オリュンピオスとヨビノス(2)宛(3)（三五七年）　影響力

一　オリュンピオスよ、あなたはアンティオコスの衆(4)に報酬を払ってください。その報酬とは、私たちの仲間ストラテギオス(5)が何らかの地位に就くことです。あなたには有力者たちに対する影響力が間違いなくあります。

二　あなたのご兄弟(6)は、私が彼に対して怒っていることを知らずにはいられませんでした。クレマティオス(7)は黙っていることができませんから。しかし、彼が弁明をしようと望んでいたのに、どうしてソフィストたちに対して行なうことをする気になったのか私は不思議に思っております。というのも、彼は若者を私たちに委ねれば、すべてが解決すると考えています。それほどまでに生徒が私のところで大きな存在だと彼は考えているのです。三　私としてはその若者と会うこと憎からずではありましたが、非難の気持ちは変わりません。私は彼と親密になりたいのですから(8)、彼が自らの身を私に引き渡し、罰を受ける用意があるという事実でもって罰を科さないよう私を説きつけるまでは［非難の気持ちは変わりません］。

四　ともかく、それはいつか実現するでしょう。ところで、あなた方は私たちのためにレトイオス(9)を偉大な人物にしてください。彼はあなた方の甥たちの親族でありますし、私にとっても親族にあたる存在です。実際、他の人々であれば金銭を頼りにしてあなた方のもとに伺いますが、彼は自分が使節を務めるにふさわしい身であるという事実とあなた方を頼りにして伺っています。あなた方が、自分たちが有為な人物である

（1）三頁註（5）を参照。

（2）本書簡の内容より、コンスタンティウス二世宮廷の有力者と考えられており、*FOL*, p. 183 は財務官僚の可能性を提案している。なお、書簡五七七でもヨビノスと連名の名宛人となっている。

（3）連名の名宛人であるオリュンピオスの弟と推定される。これより後に結婚していることから、まだ若い人物であると想像される。

（4）apparatus criticus に挙げられた Reiske の推測に基づき、アンティオキアの人々を意味する「アンティオコスの衆 *τῷ Ἀντιόχου λαῷ*」と訳出した。

（5）アンキュラ（現トルコ、アンカラ）の都市参事会員で、リバニオスの生徒だった人物。アルバニオスの兄にあたる。書簡五三六、一八〇、二八七、一二四〇、一四四四-一も参照。

（6）*FOL*, p. 137; Cribiore, p. 96 などは、これを名宛人のヨビノスと理解している。しかし、前註（3）に見たように、ヨビノスはこの時期若い人物であるのに対し、若者をリバニオスに預けるという表現は通例、自分の子を学生として託すという意味なので、若いヨビノスにはふさわしいと思えない。むしろ、本書簡四節の「あなた方の甥たち」という表現から、名宛人の二人には別の兄弟姉妹がいたことが推察される。ここで言及される「兄弟（単数）」もその一人と捉えた方がよいであろう。

（7）コンスタンティウス二世のもとで警察官僚 agens in rebus を務めて帝国各地を東奔西走し、リバニオスの書簡の運搬にも一役買った人物。本書簡執筆直後の三五七—三五八年にパレスティナ州総督となる（書簡五六三-二参照）。なお、書簡三五四からは名宛人のヨビノスとクレマティオスが親交を持っていたことがうかがえる。

（8）写本の読みに従い、*ὅτι* として訳出した。

（9）三頁註（3）を参照。

ことを示して影響力を持つに至ったことを私たちは重々承知しておりますから。五　そこで、この男を上回ろうと考えている連中よりも、この男の方が実際には上回っているのだと示してください。

書簡五五五　オリュンピオス宛[1]（三五七年）　ソフィストの協定

一　腎臓に関する本[2]は書けない、なぜならその病に関することすべてを詳細に聞いたことはないからと言って、あなたは手紙を書いてきました。しかし、その手紙自体が、このような事柄を詳細に聞いてから本を書かねばならないことについての一つの本となっていました。二　まさにこのこともあって、あなたに病状について報告するという利益が私にもたらされました。というのは、アスクレピオスのご利益がしばしばそうであるように、あなたに手紙を送るやいなや私は苦しみの種と和解したのです。

三　しかし、例の賢明なソフィスト[3]は平和をもたらした人物[4]を尊重することもせずに、パロス人よろしく協定を破りました[5]。リュディア人がキュロスのものを狙って、その財産を投げ打つつもりなのかどうかは分かりません[6]。しかし、どのようにして彼が協定を反故にしたかは申し上げましょう。

四　彼はフェニキアへ旅していて、その地に留まりたがっておりましたが、私は彼を［アンティオキアに］連れて戻り、彼が有為な人物になることを望んでおりました。ところが、彼は乱暴狼藉を心得たフェニキア人たちと一緒にやってきて、彼らを使って暴れまわったのです。そして、私たちがこれに我慢ならなかったときに、打擲を受けるに値した、ある私の若者が打擲を受けたことで腹を立てているのを彼は見てとると、その機会を捉えて学生団の少なからぬ部分を手に入れようと決意しました。もしくは、先述の若者からそのように説きつけられました。そして、貴人オリュンピオスと協約に別れを告げて、利益を得ることを要求しはじめました。

五　それで私はエウブロス[7]のところに人を遣って、「これはどういうことか」と尋ねました。すると、こ

---

(1) アンティオキア出身の医師。各地を遍歴して活躍していたが、この時期はコンスタンティウス二世宮廷で活動。医学だけでなくさまざまな学問に造詣が深い。

(2) 同じくオリュンピオスに送られた書簡四八九-五での話を受けての内容。なお、リバニオスが述べている「病気」には、彼のアンティオキアへの移籍問題など現実の苦境も重ねあわされているため、どこまで文字どおりに取るべきかは判断が難しい。たとえば、書簡五一一、五三七などを参照。

(3) エウナピオス『哲学者およびソフィスト列伝』四九六―四九七（Wright）で描写される、アンティオキアでのリバニオスのライバルだったパレスティナ出身のアカキオスのことを指すか。彼とリバニオスのやりとりとしては、書簡二七四、七二二、七五四なども参照。

(4) 書簡四三九-二から、名宛人が協定を作るのに一役買ったことが見て取れる。

(5) 諸写本の表記とH. G. Liddell, R. Scott and H. S. Jones, *A Greek-English Lexicon*（9th ed. with suppl., Oxford, 1996）, *s. v.* "*ἀναπαριάζω*" の解釈に従う。ミルティアデスによる攻囲戦のときのパロス人の行動をもとにしたこの表現については、ゼノビオス『格言集』二-二一（*Paroem. Gr.* I 38）、ディオゲニアノス『格言集』二-三五（*Paroem. Gr.* I 200 f.）を参照。

(6) リュディア人とは古代リュディアの王クロイソスのこと。アポロンの神託に従い、アカイメネス朝ペルシアのキュロス王の領土を狙ったが、敗北して逆に自らの領土を失うことになった。ヘロドトス『歴史』第一巻七三以下を参照。

(7) 三頁註（2）を参照。

れはわが身を大切にする分別ある者の行為だと彼は主張したのです。たしかに若者たち(1)は「水流」を知っていましたが、それはあまり利益にはなりませんでした。あなたはこの協定違反者を二つの理由できっと憎むことでしょう。すなわち、神々を蔑ろにし、あなたのあの協定を汚したという理由で。

六　さて、あなたは私たちに向かってよくレトイオス(2)を称賛なさっていましたが、今、彼を手厚くする機会を手にされています。思うに、私たちの町の筆頭の恩恵者に対して、その生まれ、教養、品性に鑑みて、あなたが恥を覚えることはありますまい。

書簡五五六　バルバティオン(3)宛　（三五七年）　武人からの手紙

一　あなたは私たちのためになるいかなる行動も辞さないのに、その行動に手紙を書くこと（こんなに容易なことなのに！）は付け加えてくださりません。これは人には謎に思えるでしょう。二　私は、騙せそうな人たちに対しては、書簡も受け取っていると言っています。しかし、ごまかそうとしようものなら嘘が見破られてしまう相手に対しては、あなたには行動するのが相応しく、私には手紙を書くのが相応しいという旨のことを言っています。しかし、説得力あることを言っているとはまるで見えません。

三　それで、これまでもこのような罰を心穏やかならずに辛抱してきたのですが、クレマティオス(4)が伺ったと聞いたのに、それでも手紙をいっさいいただくことが叶わなかったのですから、どれほど私が悲しんだかを語るのは容易ではありません。クレマティオスは、自分があなたに会えば、すぐにあなたは私にそうしてくれるはずだと言っていたのに、それは嘘となったのですから。もし彼が［手紙の督促を］忘れていたのであるなら、希望はあります。しかし、蔑ろにしていないのなら……、いや、嫌なことはもう言いますまい。

四　レトイオス(5)はあなたについて私と同じ見解を持つ者の一人です。というのも、彼はあなたの成功を望

（1）Foerster は *Οἰναῖοι*「オイノエ人たち」（オイノエはアテナイの区名。マラトン近郊）と修正しているが、写本の読みに従い、*οἱ νέοι* として訳出した。しかし、自業自得の人々を指す「オイノエ人たちは源泉を知っている」という諺がここで暗示されていることは、直後の「水流」という語の使用から見ても間違いなかろう。この諺について、アレクサンドリアのヘシュキオス『語彙集』「オイノエ人が水流を」（O 309）（Latte）の項目には、「自分に害を招いてしまう者に使う諺。デモンが言うところでは、オイノエはアッティカの地名。そこで耕作をしていた者たちが川上の水流をそらして、木とブドウに灌漑しようとした。しかし、水が多くなって、川の水が溢れ出て、多くの地所を破壊し、辺り一帯を土砂で覆うことになった」とあり、同じく「手助けのために呼ばれたが、損害をもたらす人々に使う」諺として、ゼノビオス『格言集』五-二九（*Paroem. Gr.* I 131）、『スーダ辞典』「オイノエ人が水流を」（*Οι* 108）、アポストリオス『格言集』一二-五〇（*Paroem. Gr.* II 554）などでも挙げられている。この箇所では、「若者たち *οἱ νέοι*」との響きの類似を使って、敵方に寝返ったリバニオスの学生たちが自業自得となったと言いたいのであろう。

（2）三頁註（3）を参照。

（3）三五〇年代初頭に副帝ガルスのもとで宮廷護衛兵総監 comes domesticorum を務め、三五五—三五九年にかけて歩兵司令官を務めた軍人。後に神託伺いに関わる件で処刑された。

（4）一一頁註（7）を参照。なお、バルバティオンに宛てた書簡四三六、四九一でもこの人物が書簡の運び手として言及されている。

（5）三頁註（3）を参照。

み、あなたを称賛する人なら誰とでも彼は親しくなるのですから。さて、この男はあなたのために祈りを捧げていますが、彼のために祈りを捧げているのがこの町です。彼はこの町に一度たりとも苦しみをもたらしたことがなく、しばしば自分の父祖の財産を使って喜びをもたらしたのですから。五　そこで、あたかもこの男の中にある私たちの共同体に名誉をもたらすことになるとお考えになって、この男を喜びに満たして送り出してください。

書簡五五七　ミュグドニオス宛(1)　(三五七年)　順境と逆境

一　スペクタトス(2)は、あなたが私を友としていると書き送ることで、まるであなたが私に話しかけているようにしてくれました。あなたはアテナイでは私にとって親の役割を果たしてくださったので、私は当初からあなたにだけは信を置いておりました。そして、とりわけ信を置いたのは、私が例の災禍(3)から逃れてビテュニアで暮らしていたときです。そのとき、あなたは多くの者たちを前にたった一人でトラキア(4)で迫害者たち(5)と戦い、正義のために声を張り上げてくださいました。二　だからこそ、ニコクレス(6)さえも、私たちのために示した勇気に心を打たれて、あなたを友としたのです。彼は私を嫌っていたのに、あなたに関しては、私を裏切って例の男を喜ばせようとしなかったことを当時賛嘆したのです。さらに、あなたが地所に向けて船出したとき、私がカルケドン(7)から遠くないところの浜辺にいるのを目にとめると、私のいるところに船を進めるよう船員に命じ、下船して、ニコクレスが船から見つめる中［私を］抱擁したのです。三　ですから、このように振舞われる方が、至善なるムソニオス[8]を説得して私たちに好感を持つようにしていても、どうして驚くことがありましょう。あなたは優れた走者の範に倣い、後のものの方がつねに良くなる[9]ように

(1)三四六年に発布されたと推定されている『テオドシウス法典』第十巻第十四章第一法文の名宛人で、執事長 castrensis sacri palatii の官職に就いている人物と同定される。本書簡でも、官房長官ムソニオスからも一目置かれるというように、コンスタンティウス宮廷で影響力を発揮していたようである。

(2)リバニオスの従兄弟。コンスタンティウス二世の宮廷に出入りし、三五八年には将校兼書記官 tribunus et notarius としてササン朝ペルシアへの使節役も務めた。

(3)直訳は「雷撃」。コンスタンティノポリスでのソフィスト間の争いに巻き込まれたリバニオスは醜聞がもとで同市から退去し、ビテュニア地方（この地方については三頁註（1）を参照）のニカイア市、次いでニコメデイア市を拠点に活動した。この事件については、リバニオス『第一弁論』四四―四七のほか、書簡二〇六-一、六二〇-一などを参照。

(4)コンスタンティノポリスのこと。

(5)Norman, vol. 1, p. 424, n. c は、リバニオスが当時のコンスタンティノポリス市総督（プローコーンスル）リメニオスによって同市から追放された出来事と関連させる。リバニオス『第一弁論』四四―四七を参照。

(6)スパルタの人。コンスタンティノポリスで文法教師として活躍。同市でソフィストとして活躍したリバニオスと諍いを抱えた。若き日のユリアヌス帝が彼の生徒だったこともあり、ユリアヌスの単独統治期には重用される。

(7)コンスタンティノポリスの対岸、アジア側にあった都市。現トルコ、イスタンブールのカドゥキョイ地区。

(8)三五六―三五七年に官房長官を務めた人物。皇帝への使節謁見の調整任務が官房長官の役職に含まれていたことが、この人物への働きかけが問題になっている理由であろう。

(9)「二度目は一度目より良い」という表現が、元来は犠牲を捧げて神意をうかがうときなどに使われていたが、遊戯（例、プラトン『法律』第四巻七二三D）や競走選手などにも適用された。この表現については、書簡一一一-二、九三七-一、九四二-三、一〇五二-三、一〇六六-二、一四八九-四、一五二一-五、一五三二-三を参照。なお、ほかにも競走選手を使った類似の表現として、書簡二二五-一、七三二-一、一五一〇-四も参照。

してくださるのですから。

四　そこで、当時のお骨折りや現在の称賛に加えて、ここなるレトイオス(1)を支援してください。彼は卓越した生まれや輝かしい公共奉仕の数々や弁論の能力を誇ることができますが、今挙げたものよりも品性において一廉の人物と見られたいと願っています。五　幸運に舞い上がったことはついぞなく、逆境にあっても、エウリピデス(2)［の言］を記憶しているので縮みあがりはしません。また友としてはあなたにも匹敵し、仲間に仇なすぐらいならむしろ死を甘受するでしょう。これこそまさしくあなたのすることです。ともかく、彼の私に対する熱意はとてつもなく、あなたはそれを上回るものを探し出せないでしょう。

六　もしあなたがお望みになれば、私はこの男にお返しすることができます。この男にとっては、ムソニオスが自分に優しい目を向けてくださるなら、それはなにごとにも代えがたいものなのですが、ムソニオスをそのように仕向けるのはあなたにとっては何よりも簡単なことです。そこで、レトイオスが携えているたくさんの人々からの書簡の中でも、粗末な外衣（トリボーン）に身を包む私たちのもとから届いた書簡こそが最も自分の役に立ったことを彼に教えてやってください。

書簡五五八　ムソニオス(3)宛　（三五七年）　宮廷の門戸

一　私はこれまでもあなたに手紙を送ろうと思いあたりました。あなたの天分が賛美されていたので、しばしばそうする気になったのです。しかし、お会いする前から手紙を送るのは図々しいと考えて、それを控えておりました。

二　すると、あなたが私のことを覚えている可能性は十分あるし、手紙を書いたとしても、それを熱烈に受け取ってくれるだろうとスペクタトス(4)が書いてきたので、早速それに従うことにしました。あなたが私を軽はずみだと咎めないなら、それは結構なことだし、咎められたとしても、罰を受けることになるのはスペクタトスなのだから私に害はないと考えたのです。

三　しかしながら、良い結果を期待するべきです。なぜなら、あなたがギリシアを救った方にして、今も宮廷の門戸を弁論に開いた方であること(5)は疑いないのですから。私自身も、美しい弁論の作り手ではなくとも、美しい弁論を愛する者の一人ではありましょうから、きっとこの手紙と手紙の運び手はあなたが優しい方であるのを見出すはずです。

四　もっとも、手紙を書くと自分にどういう結果をもたらすか分からないうちに他の人のために手紙を書くのは滑稽ではあります。それでも思い切ってやってみましょう。どうか、この図々しい私に免じて、レト

(1) 三頁註（3）を参照。
(2) エウリピデス「断片」九六三（Nauck[2]）＝プルタルコス『アポロニオスへの慰めの手紙』一〇二F。順境や逆境に過度に一喜一憂するのではなく、中庸と平静を保つことを勧めている。
(3) 一七頁註（8）を参照。
(4) 一七頁註（2）を参照。
(5) 前者はムソニオスがアカイア州総督（プローコーンスル）であったことを示し、後者は官房長官として皇帝への謁見者を調整していることを示している。

イオス(1)の願いを何でも叶えてやってください。

書簡五五九　エウグノモニオス(2)宛　（三五七年）　皇帝書簡の美

一　あなたは例の雌犬や老婆のことを、ソクラテスに呼びかけていたことを、アテナイでのあの日々すべてのことをまだ覚えていらっしゃいますか。それとも、あなたはお偉くなってしまったので、古いことなどどうでもよくなっているでしょうか。二　私の方はというと、あなたの弁舌に喜んでいますが、さらにそれ以上に二つ目のことで喜んでいます。帝がこの町を祭典(3)に招待する書簡が届いたとき、その書簡をめぐって、この地の者たちに何が起こったかをお聞きください。

三　私が正午頃に教室から出ると、弁論を鑑賞する耳ある人々が［皇帝書簡の朗読を］聞いてきたところに出くわしました。彼らは「あなたの手紙を聞いてきたところです」と言いました。「どうやって私の手紙を?」と私。「だって、ゼウスにかけて、あのような手紙はあなたの作品ですから」と彼ら。そして、その手紙の美しさを称え、冗長さでその美しさが損なわれていないことを称賛していました。この出来事は私には大変に名誉あることと思いましたが、あなたには大変なご無礼にならないかどうかじきじきにご検討ください。

四　また、レトイオス(4)にできるかぎりの手助けをして、他の人々にも協力を求めてください。というのも、彼は生まれが良く、弁論に分かち与かっていて、数々の公共奉仕で輝きたち、分別と公正な思慮を持ち、恩恵を受けるだけでなく恩恵に報いることも心得ているのですから。さらに言えば、とりわけあなたが望むこととして、彼は私たちにとって防壁や護衛にあたる存在なのですから。

書簡五六〇　アンドロニコス[5]宛　（三五七年）　見慣れぬ親しい人

一　ここなるマヨリノス[6]が私のために取った行動の話は、あなた方のもとに達するのが至当です。あなた方は私のことなら何も聴きそびれることのないよう注意していますし、この男の私たちに対する振舞は評判をもたらす類のものですから。ですから、それが私の口から語られても差し支えはありません。

（1）三頁註（3）を参照。
（2）書簡三八二の内容と併せて、三五七―三五八年のギリシア語書簡担当局長 magister epistularum Graecarum ではないかと推測されている。
（3）コンスタンティウス二世が三五七年にローマ市で挙行した正帝即位二〇周年記念祭を指す。
（4）三頁註（3）を参照。
（5）九頁註（5）を参照。
（6）本書簡と書簡一五一〇から知られる人物。詳細不明。

二　この男は栄光ある家の出です。なんとなれば、彼の父親[1]は最高の官職[2]を手にしたのですから。そして、弁論を身につけるためになかなかのソフィスト[3]のもとへ通っていたのですが、私がやってきて弁論を発表すると、たちまち虜となってしまいました。こうして、自分の師に不面目をもたらしはしなかったものの、私を賛嘆し、私のもとに来て付き従い、愛着を示し、称賛をして、生徒の群れを増やすのに貢献しました。そして、あらゆる言葉を尽くし、あらゆる行動をする点において、私たちの側を選び取ったあなた方に劣るところがなく、この地の大半の学生よりも優れているところを示したのです。**三**　また、ある人々が彼を、先生でない人を先生よりも重視していると言って譴責すると、彼は「良い方よりもつまらぬ方を重視するのが立派なことだとあなたたちは思っているのですか?」と主張しました。彼らに対してこのような言葉で応酬し、さらに、いわゆる「分け前の内臓[4]」を彼らが自分に食べさせてくれないのは不当な扱いだと言ったのです。

四　この青年は実にまた優れた人物で、癇癪を起こさず、友情において揺るがず、知己を助けるためなら自らの財産を減らすことも厭いません。実際、彼は俗に言う「オリーブの葉一枚[5]」どころか、大金持ちになれるような金額を手放して、仲間たちの不遇を救ってきたのです。そして思慮が必要な場面で思慮深くあるので、自分の意向を満足させる事柄を避けることがありません。彼と少しでも付き合った人ならだれでも、その優しさと優美な性格の虜となります。

五　そこで、あなたの手で、あなた方のところの名士たちに彼を引き合わせてください。そして、引き合わせるだけでなく、あなたの手でその名士たちを彼の親友にしてください。ところで、私たちと親しくない人々と一緒になって彼が旅をしているのを疑いの目で見ないように。これはやむをえず起こったことで、乗物は一緒でも、見解は異にしています。試しに話をしてみれば、私が見当違いではないとあなたは請け合うことになるでしょう。

(1) 本書簡と書簡一五一〇以外目立った情報がなく、詳細不明。なお、アラビア州からも同名の高官に関する墓碑が発見されており、*PLRE*, pp. 537 f., 1049 などはこの人物と関係づけている。

(2) *FOL*, pp. 152 f. は、管区代官以上の官職を示す可能性があるとしながらも、道長官の可能性が高いとしている。*PLRE*, loc. cit. はオリエンス道長官を務めたと考え、同職の在任年が大方判明しているレオンティオスとピリッポスの間にマヨリノスを置き、その在任年を三四四/四六年ではないかと疑問符つきで提案している。これに対し、T. D. Barnes, 'Praetorian Prefects, 337-361', *ZPE* 94 (1992), p. 255 はコンスタンティウス二世つきの道長官としてマヨリノスを理解し、同職にあったピリッポスの後任として、その在任年を三五一年から三五四年の間のどこかとする。なお、Bradbury, p. 127, n. 8 は特に根拠なくコーンスル職であるとしている。

(3) Foerster は疑問符つきでアカキオス(一三頁註(3)を参照)ではないかと提案。なお、書簡一五一〇ではマヨリノスがエウブロスなる人物と関わっていたことが語られている。

(4) Salzmann, p. 65 は、供犠に捧げた犠牲獣の「内臓」が供犠参加者に通例分配される食べ物だったところに由来する表現だとする。

(5) おそらく「雀の涙」にあたる慣用表現。このような慣用句は他文献から確認されないが、リバニオス『第三十三模擬弁論』三七でも、オリーブの葉と金銭を対比的に使った表現がある。

書簡五六一　アリスタイネトス宛[1]　（三五七年）　手紙の作法

一　かつては賢人の一人だったわれらがアリスタイネトスも大衆の一人になってしまいました。だから、手紙をペーキュスやスピタメー[2]で測って、長い手紙を受け取れないと、酷い目に遭ったことになり傷ついてしまうのです。私としては、案件こそが弁論の物差し[3]であることをご理解なさっているものと理解していました。そして、弁論の決まりごとにはもちろん手紙の分野も含まれます。二　ですから、あのとき私の手紙が縮約されたのは、その手紙の運び手[4]が私たちの状況を正確にあなたに伝えられる人だったからです。もし私の方から詳述していたら、運び手に対して失礼となったでしょう。それにギュムナシオスはあなたとは知らぬ間柄でもありませんでした。ですから、彼がどんな人物かをあなたに教える必要があったものの、書くのを怠けてそうするのを避けたのです。

三　では、「秘儀を授かっていない者が［耳の］扉を閉ざす[5]」時期はどうなっているのか？　あなたはご自分がストラテギオス[6]にどうして長くて美しいものを書き送っていたかをご存知です。手紙を書く用向きが長さを必要としていたからです。私たちのもとからあなたに短い手紙が届きましたし、その前には長いものが届いたときもありました。当時は数多くの事柄に関するものでしたが、後のものはそれほど多くの事柄に関わっていなかったのです。必要なかったのですから。

四　あなたがストラテギオスに書いたものがどうやって私たちの手に届いたかお聞きください。彼がカルケドン[7]から戻ってきて、私は（これがいつもの習慣なのですが）郊外で出迎えようとしていました。彼は挨拶の接吻をするや、自分に届いたあなたからの書簡を私に渡すつもりだと言いました。五　こういう話が嬉々としてなされ、あなたにも私にも名誉をもたらしました。ネブリディオス[8]も彼に同行しながら話を聞いていました。こうして家に着くと、彼は［書簡を］渡し、私はその盛りだくさんであると同時に美しい書簡を朗読します。私は褒め称え、彼は喜ぶこととなりました。

（1）三頁註（1）を参照。なお、本書簡で展開される書簡の長さの議論や、古人の本の譲渡についての後日譚は書簡五八〇で語られる。

（2）いずれも長さの単位。前者は肘から中指までの長さで約四二センチメートル、後者は親指と小指で測る長さで約二一センチメートル。

（3）伝リバニオス『書簡形式論』五〇にも同様のことが述べられている。

（4）直後にその名が挙がるギュムナシオスのこと。三五五―三五六年のシュリア州総督。この人物の同定をめぐる問題については第一分冊五〇九頁註（4）を参照。なお、本書簡で問題となっている手紙を、Foerster や FK, p. 312, n. 3 は書簡五三七と考えるのに対し、Bradbury, p. 210 は書簡五〇四と考える。

（5）重要な内輪の話を持ち出すときの表現。類似の表現は、プラトン『饗宴』二一八Bでも使われている。元来は、オルペウス『ディアテーカイ』断片二四五（O. Kern, *Orphicorum Fragmenta* [Berlin, 1922]）からも窺われるように、秘儀に関連した表現だったようである。

（6）七頁註（5）を参照。彼が名宛人アリスタイネトスを官職につけようとしていたことが書簡五三七から推察される。

（7）写本の中には「カルタゴ」という形を伝えるものもあるが、ストラテギオスがオリエンス道長官であることを考えると地理的にカルケドン（一七頁註（7）を参照）が適当だろうと考えられている。

（8）三五四―三五八年のオリエンス管区総監。この後の三六〇年に、副帝ユリアヌスの宮廷付クアエストル quaestor sacri palatii に着任し、ガリアへ派遣され、まもなくガリア道長官となる。

六　オリュンピオス[1]には多くのことで感謝しています。現状を、すなわち、私たちの味方のことやズタボロにされた二人のこと、跳び上がる人々[2]や泣き叫ぶ人々のことをあなたに伝えたのですから。私がどれほど喜んでいるかを表現することは到底できません。あなたもきっとそうでありましょう。私に関する事柄で騙されないことがあなたにとって利益になるのなら。

七　あなたが私の弁論を愛好すると決めたにもかかわらず、然るべき敬意を払わないのは不当であります。私たちは金を所望しているのではありません。あなたがずっと前に贈物にすると約束しながら今も報酬として与えてくださらない、古人の本を所望しているのです。

書簡五六二　同者［アリスタイネトス］宛（三五七年）　人を動かす

一　貴人スペクタトス[3]にふさわしい賛辞をあなたは吟じていらっしゃいますが、彼を称賛すれば私たちの家門に栄誉を与えることになるのをお忘れなく。帝があなたに与えようとしている名誉[4]のことをあなたは話してくれませんでしたが、スペクタトスが明らかにしてくれました。その名誉を受け取った人よりも賜与した方とともに喜んだと彼は言っていましたから。このように、あなたのために誰かが熱意を見せると、そのことで彼はまず満足したのです。二　ためらっていて、じっとしていて、動こうとしないのはちっとも立派ではありませんが、あなたらしい振舞です[5]。ですから、あなたが何をすると決断したかを尋ねるまでもなく、私は先んじて、あなたがこれからすることを言ってみせたのです。三　しかし、あなたは無為を払い捨てて、わずかな労苦で大きな安心を獲得せねばなりません。とりわけ、あらゆる点で一級の人、一緒に公務に携われば相当の栄誉となる人(6)のもとに向かうというときであれば。

(1)アンティオキアの有力者で、リバニオスと長年深い親交を持つことになる元老院議員。ローマ元老院からコンスタンティノポリス元老院に移籍したことから負担をめぐる問題を抱えた。三五六年頃にマケドニア州総督職を務めたが、離職後何かしらの問題を抱えていたことが書簡五八一より窺え、その関連でビテュニア地方を訪れたようである。後の三八八／八九年に死去するが、彼の遺書をめぐってリバニオスが苦労したことは『第六十三弁論』から知られる。

(2)弁論や書簡の聞き手が賛意・称賛を示すときの挙動。書簡六一-六、二三八-一、二四三-二、二九九-二、四九一-一、五二八-一、七〇一-二、八六三-二、九一一-五、九九〇-一、一〇〇三-一、一〇〇九-一、一〇四四-二、一〇七五-二、リバニオス『第一弁論』五一などでも用いられている。

(3)一七頁註(2)を参照。

(4)*BLZG*, p. 85 は書簡五六三の内容から、イリュリクム道長官アナトリオスの法曹助手 assessor の職を指すと推測し、書簡五八二の内容から結局この役職を辞退したと考えている。*FOL*, pp. 47 f.; Bradbury, pp. 91, 212 もこの説に従う。これに対し、*PLRE*, p. 104 はアンミアヌス・マルケリヌス『ローマ帝政の歴史』第十七巻第七章六に伝えられるアリスタイネトスのピエタス管区代官職をこの名誉と関連づけている。

(5)アリスタイネトスが官職に就こうとしないことは、他の書簡からもうかがえる。たとえば、書簡五三七では、オリエンス道長官ストラテギオスからの官職招聘も辞退している。なお、同箇所を第一分冊では「総督職」「総督」と訳出したが、かならずしも州総督職に限られるものではないので、「官職」「官職者」とすべきである。あわせて訂正したい。

(6)アナトリオスを指すと考えられている。この人物については五頁註(4)を参照。

四　ともかく、この件についてはご自分でよく考えてください。ところで、ここなるペラギオス[1]を知れば、シュリア人に最も優しい人物を知ることになります。私がこの点を称賛しているのは、彼に生まれの良さまではないと考えているからではありません。生まれの良さも弁論[2]も、都市での実力も、人を輝かしくするようなものは諸々彼にはありますから。そうではなくて、彼が名声を博しているのは、そういったもの以上に人柄の優しさによるからなのです。だから、彼は莫大な富に、そしてそれ以上に愛情に囲まれて暮らしているのです。**五**　この男について同じ判断を下すのに多くの歳月は必要ありません。付き合ってみて、彼が朗々と話すのを聞き、畏む姿を見れば（彼はいつだってそうするのです）、その人となりからあなたは彼を賛嘆し、彼を擁する人々を果報者と見なすことでしょう。

書簡五六三　アナトリオス[3]宛　（三五七年）　**良き長官**

一　望んでいたときには求めていたものが手に入らなかったとはいえ、ともかく求めていたものが手に入りました。すなわち、とうの昔にあなたの書簡を私は手にしているはずだったのですが、遅ればせながら今、手にしています[4]。こうして、あなたは私の苦しみに終止符を打ってくださいました。もっとも、あなたなら初めから苦しまないようにできたのですがね。二　しかし、これを慰めるものもあなたはどうにか見つけました。すなわち、すぐには［書簡を］くださらなかった[5]ものの、遅かったおかげで、運び手による恩恵をくださったのです。それがスペクタトス[6]でした。私にとって彼以上の存在は（あなたを除いて）ありませんし、あなたにとってもおそらく彼以上の存在はないでしょう。三　パレスティナにクレマティオスを派遣することによって私をその地の総督としたのだとご理解ください。また、アリスタイネトスに与えられた栄誉は私たちのためのものだということも。そこで、彼への名誉をさらに加えてください。もっとも、彼が公務よりも弁論に秀でていると見えるのではないかと私は懸念していますが。四　あなたが諸法に復した実効力や、不正抑止のための脅しに関して、他の人たちはそれがあまりに厳正なので、すぐにあなたが官職から罷免されるだろうと考えていますが、私は、その有効性が知られ、これが大きなきっかけとなってあなたの官職が長期にわたるのは明らかだと思われます。万一そうならないとしても、ともかくあなたはその美徳から逸脱してはなりません。目下の官職をさらに長期間務めるよ

(1)キュロス市の有力都市参事会員で、リバニオスの同窓生。書簡一二〇〇‐三の内容から、同市の使節として書簡五六二―五六六を携えて、ローマ市で正帝即位二〇周年記念祭を催していたコンスタンティウス二世のもとに向かっていたと考えられる。リバニオス『第一弁論』二一一より、三八二／八三年にシュリア州総督を務めたことが知られる。
(2)Vi写本に従い、*καὶ γένος* を置いて訳出した。
(3)五頁註(4)を参照。
(4)書簡五五二ではアナトリオスがイリュリクム道長官に赴任してからリバニオスに書簡を送っていないことが述べられていた。
(5)諸写本の表記では、「すぐには［苦しみから］救ってくださらなかった」
(6)一七頁註(2)を参照。
(7)一一頁註(7)を参照。
(8)三頁註(1)を参照。また、アリスタイネトスへの栄誉については、二七頁註(4)を参照。

うにするために、あなたが悪しき人物となりませんように。

五　もっとも、このことに関してあなたに忠告はいっさい必要ありませんね。ところで、あなたはこのペラギオス[1]のことをおそらくご存知でしょう。あなたがシュリアの良き人々を知らないことはありませんから。そして良き人と分かっているのですから、困窮している市民たちからも富ある市民たちからも立派であるがゆえに称賛[2]されている人物（こうされることで彼は他の者たちよりも羽振りよく暮らしながら、妬みの神（プトノス）の矢から逃れました）を快く迎え、大事に送り出してください。六　私にとって彼はかつては同窓生であり、どんなときも友人であります。これがあなたにとってどれほどの意味があるかを彼に教えてやってください。

書簡五六四　クレスケンス[3]宛　（三五七年）　配達の失敗

一　おそらくあなたにとって大いに驚いたことの中でも驚きだったのは、レトイオス[4]がさまざまな人たちに私たちからの手紙を届ける中で、あなただけには届けなかったことでしょう。これは奴隷の落度であって、私の手抜かりではありません。二　実際、他の手紙と一緒にあなたに宛てて書いた手紙も用意してありまして、私はレトイオスのもとを訪ねるときに、家内奴隷にそれらの書簡を持ってくるよう命じました。しかし、まさに出立の段になってこの使節役が抱えている案件が多かったために、私の奴隷は彼の奴隷に［書簡を］渡します。こうして私はすべての書簡が渡されたと思っておりました[5]。ところが、あなた宛の手紙が残っているのを見て、叫び声を上げ、この家内奴隷を懲らしめたのです。
三　それからまもなく運命の女神（テュケー）は私を慰めてくれました。レトイオスのように有為で私たち二人の友たる人物を、[6]別の使節役として女神は与えてくださったのです。私ができるかぎりの話をしても足りないでしょうし、あなたなら彼について他の人にも説明できるでしょうから、私があなたに長々とお話しする必要はありますまい。

（1）二九頁註（1）を参照。
（2）写本のパンクチュエイションでは「立派であるがゆえに」は「富ある市民たち」を修飾する形になる。ここでは Bradbury, p. 91 の訳を参考にし、διά の前にカンマがある形で訳出した。
（3）*BLZG*, p. 112 は、本書簡は書簡五六二などとともにペラギオスによってローマに運ばれたと考える。そのため、いくつかの同名の人物の中でも、碑文史料から確認されるローマ市の聖事担当十五人委員が本書簡の名宛人に同定できる人物として最も有力とする。
（4）三頁註（3）を参照。
（5）おそらく使節役のレトイオスが出立時に忙しかったために、リバニオス自らが手紙を渡す機会がなく、直接手紙の受け渡しを確認できなかったということが言いたいのであろう。
（6）ペラギオス（二九頁註（1）を参照）のことか。ただし、Foerster は疑問符つき。

書簡五六五　フルトゥナティアノス宛[1]（三五七年）手紙の行き違い

一　その書簡は私のもので、ずっと前にふざけて書かれたものです。というのは、私が喜んで退去することになった場所[2]から、ちょうどそのときあなたに手紙を発送していました。その手紙は他の人たちの手元に届いたので、あなたに宛てて書かれたことを彼らがあなたに伝えることになりました。そして、これは妙だと見えたので、あなたはこれはどういうことかと手紙を書いてきたという次第です。二　ですから私はあなたをからかって、今回あなたが分かったとおっしゃっていることを書いたのです。あなたはそれを真面目な話だと考えてその思惑を読み外しましたが、私にはもうけもの[3]でした。あなたが論争に用いた言葉は力強く美しいものでしたが、あなたの言葉が語られる方が沈黙に付されるよりも私には結構なことでしたから。三　キュリロス[4]を私はずっと前から自分の子と見なしていますが、今ではさらにいっそうのことそうしています。あなたのもとから私のところへやってきた以上、彼は今や、祖父よりも尊重されるのですから。

書簡五六六　オリュンピオス宛[5]（三五七年）ローマの魅力

一　いや、遅ればせながらとはいえ、あなたのお手伝いをいたしました。ケルソス[6]の作品を手に取って鑑賞してください。私の考えでは、あなたは鑑定をして、そこから知りたいと思っていた以上のものを手にするのです。例の言語［ラテン語］に関して、それくらいあなたには卑小ならざるところがあります。

二　私の招待[7]に対して返答を求められていたのに、あなたはそれを軽んじました。あなたは「行きます」と言って願いをかなえるか、留まる決心をしたのなら、留まるという考えに至った理由を伝えるかせねばならなかったのに、いずれもなさらなかったのですから。三　それで私の目には、あなたがローマの巨大さを前に浮かれ上がってしまって、他の諸都市やそこにいる友人たちのことを軽視しているように映っています。とりわけ、その町が今や帝[8]の情愛によってさらに輝かしいものとされているときには。その壮観を見たことで帝は幸福と見なされるでしょうし、ローマにとって帝の欲求は小さくないものとなっていますからね。

(1) リバニオス『第十四弁論』一二などから知られる哲学者にして詩人。ウァレンス帝治世下に帝室財産管理総監に就いた同名の人物と同定できるかもしれない。

(2) コンスタンティノポリスのこと。

(3) プラトン『アルキビアデスII』一四六Cに、知っている（と思っている）ことを行なうと国家にもその人自身にも「利益となる形で」それを行なう、とあるのを踏まえた表現か。

(4) 三六〇―三六一年に第二パレスティナ州総督、三六一―三六二年に第一パレスティナ州総督を務めたと考えられる人物。ただし、州分割の実態については異論もある（一六一頁註（8）を参照）。

(5) 一三頁註（1）を参照。

(6) *BLZG*, p. 107 は書簡三六三や一五二〇でアンティオキアでの活動が確認できるラテン語教師と同定できるかもしれないとし、*PLRE*, p. 193 はこの人物と完全に同定する。

(7) リバニオスと協力して教職にあたるためのアンティオキアへの招待。書簡五三四、五三九を参照。

(8) コンスタンティウス二世のこと。三五七年の四月から五月にかけて、正帝即位二〇周年記念祭を祝うためにローマ市を訪問した。

四　ともかくも、私はあなたをお招きするのをやめません。もしあなたが側にいてくださるなら、私には結構なことですし、あなたにも悪くはなかろうと考えていますから。来訪したソフィストたちや、ローマにずっと前から住んでいるソフィストたちがこぞって行なっているはずの競演については、多くの人たちが伝えてくれるでしょうが、私にとってあなたよりも優れた報告者は見つからないでしょう。なぜなら、あなたは正確に記憶をするでしょうし、あなたのいつもの優美さ(1)が書簡についてくるはずですから。

書簡五六七　メリニアノス宛(2)（三五七年）　奴隷の処遇

一　今度こそあなたは私たちと一緒になってくださるだろうと思っておりました。自分のことを自分で決められるようになった(3)のですから。ところがむしろ、あなたはそちらに留まりそうです。あなたは多くの財産の主人となりましたから。もっとも、あなたには多くの家内奴隷たちもおり、その多くの奴隷たちの中には、あなたが友人たちと会おうと望んでも、財産について安心させてくれるような者たちもいるのですが。

二　ところが、思うに、あなたは友人の愛し方を心得ているとおっしゃっていましたが、まだまだでした。あなた方のところの奴隷で、私たちの女奴隷と暮らしていた者もいるのですが、あなたはこちらにいたときは彼を引き離さなかったのに(4)、彼がそちらに行ったら引き止めているのですから。もっと正確に言えば、彼が嫌がっているのを引き止めているのなら、それは不当な仕打ちですし、彼が自発的に居座っているのを追い立てないなら、それも不当な仕打ちです。

三　ともかく、彼が私たちにとって厄介事のきっかけとなりませんように。ところで、奴隷たちがそちらから材木を運ぶために伺っていますので、彼らに教えてやってください。あなたが父君の力を行使するにおいても、ご自分のやり方をするにおいても、父君よりどれだけ優れているかを。

書簡五六八　ガイオス宛(5)　（三五七年）　材木の購入

一　あなたのところへ材木を買い取らせに家内奴隷たちを送り出しました(6)。異国の地にあっては、彼ら

（1）*χάρις*. 文体などの「優美さ」という意味と、「恩恵」「願いをかなえること」といった意味が重ねあわされている。

（2）本書簡でしか確認されない。本書簡と同じ木材運搬について言及している書簡五六八がキリキア地方で活躍が認められるガイオスに宛てられていることから、*BLZG*, p. 212; *PLRE*, p. 594 はメリニアノスもキリキアの人だろうと推測する。キリキアは小アジアの南東部、現トルコのアダナ周辺地域。

（3）*σαυτοῦ κατέστης κύριος*. *BLZG*, p. 212 はメリニアノスが官職を辞したことを意味すると解する。これに対し、*PLRE*, p. 594 は、家父長であった父親が亡くなり、自権者となったことを意味するとし、この方が本書簡三節の内容とも整合性が取れるように思われる。なお、後段に出てくる「主人」の原語も *κύριος* である。

（4）*παρών* という写本上の読みに従うと本文中のような訳になるが、*LSE*, p. 242 は *παρόν* と修正している。この場合、訳は「引き離せるときには引き離さなかったのに」となる。

（5）キリキアの人で、甥のガイオスがリバニオスの生徒であった（書簡七八一、七八二を参照）。詩をたしなんでいたことが、書簡八二六、一三四七から知られる。

（6）書簡五六七-三も参照。

はそこの有力者の誰かに助けてもらわねばなりません。売り手たちに、自分たちが不正をすると、止めに入る人が現われると分からせるためです。二　そして、あなたには正義の力も、私たちに対する友情もございます。こうして、協力者としてガイオスが頼られるべきだと私が口にしたところ、この奴隷が喜び、必要な人が見つかったと快哉を叫びました。彼がずっと前からあなたの庇護を受けてきたようにも見えたので、尋ねてみると、彼はそれを認めました。ですから、これまで催促されなくても手助けをしていたのなら、今回この書簡まである以上、あなたがどうして行動してくれないことがありましょう。

書簡五六九　ヒエロクレス宛[1]　(三五七年)　二つのもの

一　ヤンブリコス[2]が出立した理由については、彼が直接あなたにお話しするでしょう。あなたは彼の決断を吟味して、良いと思ったら手助けしてください。あるいは、それほど良いと思わないなら、彼の考えを変えてください。あなたがどう決めようとも、それは目下の彼の決断に影響を及ぼすでしょうから。というのは、この青年は二つのものを確信しています。すなわち、優れた心根[3]と自分に対しての好意をあなたが持っていると。この二つが揃っているので、あなたが有益と考えることは何でも説得力を持つはずです。

二　カリュキオス[4]は、あなたの命じたことの一部は実行していますが、一部は実行できませんでした。すなわち、プラトンの作品には取り組んでいますが、私たちの弁論をいくつか送りませんでした。書写士がいないからだと彼は言いましたが、私の見立てでは、私たちの気に入らないものが何かあなたの手元に届いてしまうのではないかと彼が危惧したからなのです。

書簡五七〇　マクシモス[5]宛　（三五七年）　親子二代の友情

一　あなたがヒメリオス[6]を友とするのは適切なことでしたし、素晴らしいことに、あなた方の子供たちも

（1）キリキアの出身で、三四三／四四年にアラビア州総督、三四八年にシュリア州総督を経験した人物。

（2）コンスタンティヌス帝のもとで出世しながらもコンスタンティノポリスへの穀物輸送に関する政治的事件が原因で失脚した新プラトン主義哲学者ソパトロスの孫にあたり、リバニオスとも親族関係がある人物。アパメイアの人。*BLZG*, pp. 184, 335 f. は、書簡五七一の内容より、宮廷からの招聘を受けて、イタリアに滞在中のコンスタンティウス二世の宮廷に向かおうとし、このときに書簡五六九―五七七を携えていったと考える。しかし、書簡三二七、三六〇、三八五の内容から、彼は途中で考えを変え、イタリアに行く代わりにアテナイとエジプトを訪問したようである。この人物の家族関係については書簡五七一-一、五七四-二も参照。後代のテオドシウス帝治世に書かれた書簡では哲学者として高名を得た姿が確認され、ローマの元老院議員シュンマクスとの書簡のやり取りも知られる。

（3）書簡四四八、四八〇では「優れた機知」と訳出したが、「優れた心根」に訂正。

（4）名宛人ヒエロクレスの息子で、リバニオスのもとの学生。後にアカキオスの娘と結婚したことが、書簡三七一、三七三、三七九、三八〇などから知られる。

（5）アンキュラ（現トルコ、アンカラ）の都市参事会員。リバニオスの弟子ヒュペレキオスの父親。

（6）新プラトン主義哲学者ソパトロスの子で、アパメイアの都市参事会員ソパトロスの兄弟。ヤンブリコス（前註（2）を参照）の父親にあたる。

あなた方の行ないに倣っています。あなたの子息[1]がこの男[2]を敬う一方で、この男はご子息を称賛し、ご子息が素晴らしい名声を博し、私たちから面倒を見られているのを目の当たりにして喜びを分かち合っています。ただ一点この男が非難しているのは、自分の方からたくさん贈物をしようとしても、彼が少ししか受け取ろうとしないことです。二　そこで、あなたはこの男の気前よさと彼の謙遜を称えてください。

書簡五七一　アリスタイネトス宛[3]　（三五七年）　哲学者の家系

一　あなたの前にいるのはヒメリオス[4]の息子で、ソパトロス[5]の甥で、ヤンブリコス[6]と同名で、私の親族にして友人たる者[7]ですから、すぐに彼をあなた自身の友人とも見なしてください。そして、あなたはこの青年と徐々に親交を深めるのではなく、この書簡［を読んだ］後に彼にすべてをさらけ出してください。年齢でその人柄を判じるのではなく、その人柄からこの若者を老人の中に数え入れて[8]。

二　この男が私を愛するところは母親のようであり、畏敬するところは息子のようであり、恐れるところはまるで家内奴隷のようであります。しかし、彼の中で最も優れているところは、徳の修練に最も必要なもの[9]が神々であると見なしているところで、神々を敬わずにキニュラス[10]になるぐらいなら、神々を尊重してイロス[11]になることに甘んじるでしょう。三　彼は父祖伝来の財産と友人たちを受け継ぐと、友人という相続分は増やしましたが、家産という相続分についてはそうすべきとは考えませんでした。むしろ、多額の財貨と引き換えでも真の友を手に入れるのが理性ある者の振舞とするエウリピデスの言[12]を称賛しているので、こ

(1)ヒュペレキオスのこと。アンキュラの都市参事会員マクシモスの息子。リバニオスに長年師事し、多くの推薦状を書いてもらっている愛弟子。都市参事会員として生きるか、元老院議員となるか、はたまた官職に就任するかをめぐって、さまざまなやり取りを行なっていることが知られるが、結局仕官は思うように進まず、最終的に三六五―三六六年の僭称帝プロコピオスの軍に加わった。

(2)Festugière, p. 144 も Cribiore, p. 279 も「この男」をヒメリオスと理解するが、以下の三点からヤンブリコス（三七頁註（2）を参照）を指すと訳者は考える。①前後の書簡の内容から、本書簡はヒメリオスの子であるヤンブリコスが携えていった書簡群のひとつである可能性が高い（*BLZG*, pp. 184, 335 f.）、②「あなた方の子供たち」「あなた方の行ない」の「あなた方」が敬意の複数形ではなく、文字どおりマクシモスとヒメリオスを指すとするなら、それぞれの子であるヒュペレキオスとヤンブリコスの関係を論じていると考えられる、③ヒメリオスはこの時期には死去していることが書簡五七一、五七五から窺えるので、あえてここで亡父の気前よさを称える必要性が薄い。

(3)三頁註（1）を参照。

(4)三七頁註（6）を参照。

(5)アパメイアの都市参事会員。皇帝コンスタンティウス二世や副帝ガルス、皇帝ユリアヌスを歓迎する宴を開くなどした同市の有力者。オリュンピア競技会を開催したことも書簡六二七、六六三などから窺える。

(6)シュリア地方のカルキス出身の新プラトン主義哲学者。神通術（theurgia）を用いた神との一体感形成を重視した神秘主義的な哲学体系を構築し、アパメイアに学校を開いた。

(7)このヤンブリコスについては三七頁註（2）を参照。

(8)老人は思慮あるものの象徴であった。書簡三〇〇-三、一三九五-一、一四四三-三の表現も参照。

(9)書簡五七八-五でも同じ表現が用いられている。

(10)古代キュプロスの王。大金持ちの代名詞としてしばしば利用される。書簡五〇三-二、五一五-四を参照。

(11)ホメロス『オデュッセイア』第十八歌に登場するイタケの物乞い。転じて、貧乏人の代名詞。リバニオス『第十八弁論』一四〇、書簡一四三-四、八一九-五も参照。

(12)エウリピデス『オレステス』一一五五以下を参照。本書簡の当該箇所は「断片」九三四（Nauck^2）として扱われている。なお、リバニオス『第一弁論』五六、『プロギュムナスマタ』「要録」一-二三でも同様のエウリピデスの言葉が引かれている。

の資産を手に入れる一方で財産を消費しています。

四 彼を招聘しているのが誰で、何のために招聘されており、どんな決断をして彼が旅しているかを聞いたら、あなたは彼の富を崇めないところを賛嘆し、美しくないと見なしたものを避けようとするその知恵を称賛するでしょう。そして、神聖な事柄に関するその見解ゆえに彼を祝福された人と見なすことでしょう。

五 ですから、この高貴な才能を歓待し、放免されることを彼のために祈って、イタリア[1]へ、いやむしろシュリア[2]へ、送り出してください。

書簡五七二　ギュムナシオス宛[3]　（三五七年）　給付金の行方

一 帝からの給付が他の者たちの手に移ってしまっても[4]、私はつらくありませんでした。私は完全にそちらから放免されねばならなかったのですから。そして、給付が移し替えられたことで、放免は実現したのです[5]。**二** ですから、［給付を］取り上げてくれた人[6]を私は恩人と見なしています。ただ、これまでに彼らが受け取っていながら返還しなかった金銭[7]については、私は総督に申し伝えました。そして、金銭的損失よりも軽視されたことが心苦しいとも申し添えましたが、私の発言は無駄になりました。総督は何も答えなかったものの、［金銭を］くすね取った者たちを責めてはおらず、返還請求する者たちを非難しているのは明らかでしたから。

三 ともかく、危害を加える者の一人と彼を見なしておきましょう。ところで、あなたは私たちのところでヤンブリコス(8)を賛嘆しましたが、あなた方のところで彼と快く会ってください。そして、この男がどのような人物で、誰の子孫で、ギリシアの男《お》の子たち(9)にとってどれほど名誉に値する人物であるかをメガロポリス［コンスタンティノポリス］に教えてください。このことはお二方双方にとって栄誉となります。彼はあなたの声で称賛され、あなたはこのような立派な人物を称賛するのですから。

---

(1)三七頁註（2）を参照。
(2)ヤンブリコスの故郷はシュリアのアパメイア（現シリア、アファミヤ）であった。
(3)二五頁註（4）を参照。
(4)給付先の変更は書簡四五四―二でも言及されている。
(5)コンスタンティノポリスの公的教師の地位から放免されることを意味する。この件についてのリバニオスの不安は書簡四八九―二、四九二―四などからも垣間見られる。
(6)Foerster が参照させている書簡七四〇ではエルピディオスによる給付の取り上げの問題が触れられている。ただし、これが直接本書簡の案件と関わるかどうかは判然としない。
(7)ここでは、一節の「他の者たち」を「彼ら」が指していると考えて訳出した。この場合、リバニオス自身は公的教師の俸給を受け取れず、代わりにコンスタンティノポリスにいる他の教師たちが受け取っていたという理解になる。しかし、Cribiore, pp. 184 f. は、この箇所を「これまで受け取った人たちが返還することをしなかった金銭」と訳出し、リバニオスは俸給を受け取っていて、それを国庫に返還しないのは先例に倣ったものだと主張しているのだと考えている。しかし、この理解だと二節に出てくる「くすね取った者たち」の意味が分からなくなるように思える。
(8)三七頁註（2）を参照。
(9)アイスキュロス『ペルサイ』四〇二でギリシア勢への呼びかけに使われる言葉。直後には、祖国や妻や子に自由をもたらし、故郷の神々の社を救え、といった説明が続く。

書簡五七三　シラノス宛[1]（三五七年）　父に勝る子

一　スペクタトス[2]をあなたへの貢献、いや、私自身への貢献のことで称賛しました。私はあなたへの貢献を私自身になされたものと見なし、そのように語ってきたのですから。そして私が嬉しかったのは、彼がちょっとしたことしかしていないと言って、もっと大きなことを約束したことです。たとえその大きなことをしても、さらに将来のことを引き合いに出して、それもちょっとしたことと彼が言うのは明らかです。

二　あなたはヤンブリコス[3]の父親[4]のことは、彼の数多くの官職よりも官職在任中の美徳ゆえにご存知でしたが、ヤンブリコスの方はご存知ありませんでした。彼は若かったので知られることがなかったのです。しかし、今回は子の方が父よりも優れていることがお分かりになるでしょう。彼は金銭を大して重視せず、美しい行ないをすることを大いに重視しておりますから。競技選手が栄冠を望む以上に、この者は友人の災いを取り除き、良いものをもたらそうと望んでいるのです。弁論の心得があり（弁論家でありますから）、沈黙するのが良いときには沈黙することも心得ています。三　この者があなたのことを知らずに町中を駆けずり回っているなら、その損失はお二方双方に及ぶことになります。彼はあなたの知恵に分かち与かることがなく、あなたは最も必要としている人にご自分の知恵を分かち与えないことになるのですから。幸運のもと、互いの良いものを用いてください。

書簡五七四　アナトリオス[5]宛（三五七年）　オリエンスの美

一　ヤンブリコス[6]は私たちのもとから涙に暮れて出立するときに、「いつかオリエンスを見ることができるかしら」と口にしました。それで、「もちろんだとも。君はすぐにもイリュリア人の地でオリエンスの最高の美を見るだろう」と私は言いました。彼は鋭敏ですし、思慮あることで際立ったあの家門の出なこともあり、私が何を言っているかを理解して、涙を止めました。此方の諸都市と、これらの都市に名声をもたらしている個人とを天秤にかけたのです。二　その父[7]と叔父[8]と祖父[9]ゆえにあなたはすぐに彼に名誉を与えるでしょうが、この男の決断を検証すれば（彼は最良の人となるべく精進しました）、そのことで彼を賛嘆するでしょう。

（1）おそらくコンスタンティノポリスで活動をしている法学教師。
（2）一七頁註（2）を参照。
（3）三七頁註（2）を参照。
（4）ヒメリオスのこと。三七頁註（6）を参照。
（5）五頁註（4）を参照。
（6）三七頁註（2）を参照。
（7）ヒメリオスのこと。三七頁註（6）を参照。
（8）ソパトロスのこと。三九頁註（5）を参照。
（9）*BLZG*, p. 184; Foerster は新プラトン主義哲学者のヤンブリコスの可能性を取るが、名前の同一性以外の根拠はない。Alan Cameron, 'Iamblichus at Athens', *Athenaeum*, n. s. 45 (1967), pp. 143-153 は他史料の検討からこの説に異議を唱え、ソパトロス（三七頁註（2）を参照）を指すと推測し、以後の研究はこの説に従っている。

三　私たちについて話すよう求めれば、あなたの私に対する行動を彼が範としているのを説明の中で目の当たりにするでしょう。そして、それに気づいて彼をあなた自身の子と見なすはずです。そのようなことこそ、私に誠意を示す人のためにあなたが行なうことなのですから。**四**　さまざまなことをこの者はお話しするでしょう。数多くの弁論（おそらくその美しさも少々）、数多くの若者たちとその若者たちのための骨折り、若者たちが勉強熱心なところ、友人は大勢いて喜色満面なのに対し、敵は大勢はおらず卑しいものだけであること。

五　一方、この者の方からは話さないでしょうが、沈黙に付されるのは芳しくないこととして、次のことがあります。彼は自分の財産の主人に自分と並んで私を選んだのです。親族であることを尊重して。しかし、親族でなくても良き人であるならば、他の人に対しても同じことをしただろうと思います。

書簡五七五　テミスティオス[1]宛　（三五七年）　哲学者の血筋

一　神霊があなたの事柄について下した判断は見事なものではありませんでしたが、思うに、あなたが下した判断は見事なものでした。すなわち、神霊は、私がかつてイソクラテスの訓戒[2]を用いて養育したテミスティオス[3]をあなたから奪ってしまいました。ところが、あなたはこの不幸に圧倒されることなく、哲学の決まりを守って、運命の女神（テュケー）を前にしても雄々しさを発揮していらっしゃいます。**二**　思うに、今まで災いを耐えてきた方なら、この後も苦難を前にして柔弱になることはありません。すぐには心を動かされなかった人が、時が経ったら感情に屈してしまうのは見苦しいことですから。

三　さて、あなたは私たちのところにいらしたときにヤンブリコス[4]のことを良き人と認めましたが、今こそ彼を良き男として手厚くしてください。これ以上ない善行となるのは、彼をあなた自身の友と見なすこと、そして友と見なしていることを他の人々に示してくださることです。かの人々を祖とする彼は、何としてでもあなたから大事な人物と判定されねばなりません。哲学者たちを先祖とする彼と、哲学しているあなたである以上は。**四**　彼は父祖の美徳を誇りとしていますが、そのような立派な先祖から生まれたことよりも、先祖にふさわしい人物となることを重視しています。父親[5]が亡くなったことが妨げとなって、彼は望んでいただけの弁論に分かち与りませんでしたが、少なくともその素質と高貴な性格は哲学にふさわしいものです。

（1）五頁註（1）を参照。
（2）出典は限定できないが、たとえばイソクラテス『デモニコスに与う（第一弁論）』九―一一には父を尊敬して見習うべきという訓戒がある。
（3）本書簡でしか確認されない、名宛人テミスティオスの同名の子。
（4）三七頁註（2）を参照。
（5）ヒメリオスのこと。三七頁註（6）を参照。

書簡五七六　バルバティオン[1]宛　（三五七年）　一族の星

一　私たちの一族全体があなたのおかげで有為なものを手に入れ、災いから逃れています。さて、ヤンブリコス[2]は私たちの一族においてピンダロスの言うところの「煌めく星[3]」でして、思慮分別があり、公平で、畏れ敬うことを心得ており、弁論を希求し、金銭欲にとらわれず、手厚くされれば、その恩恵を忘れ去ることのできない人物です。ですから、彼にとってかけがえのない恩人となってくださるなら、私たちの中で最も優れた人物に誠意を示すことになります。

二　私がこのようなことを今書いているのは、あなたがこの青年を援助し始めるようにするためではなく（あなたはずっと前からそうなさっていますから）、ずっと前に始めたことをそのままにしていただくためです。そして、心配りをしなければ不当となるような人物に私が現実に心配りできることの喜びを分かちあっていただくためです。

書簡五七七　オリュンピオス[4]とヨビノス[5]宛　（三五七年）　喜びの要因

一　この手紙をあなた方に届けるよう私からヤンブリコス[6]に頼んだのではなくて、この手紙をあなた方に送り届けるようヤンブリコスの方から私に頼んできたのです。彼は旅立つ予定だったので、友人に手紙を出すように命じれば、応じてもらえました。

二　彼は他の誰の名前も私たちに挙げることはせず、ただオリュンピオスとその兄弟は学芸好きであると言って、「この方々に書簡を届けようものなら、万事がうまくいくでしょう」と述べました。三　ですから、私には喜ぶ要因が三つあったのです。あなた方がこの男に高く評価されていること、良き人であるあなた方が私の友であること、そして、良き人たちをよく知っているこの男が私の親族にして友であることです。

書簡五七八　アナトリオス宛[7]　（三五七年）　ソフィスト論争

一　その手紙は明らかにあなたの筆になるものでしたから、たとえ差出人の名前が書き込まれていなかったとしても、その文章から私は間違いなく書き手を突き止めていたことでしょう。あなたはからかい好き[8]

(1) 一五頁註（3）を参照。
(2) 三七頁註（2）を参照。
(3) ピンダロス『オリュンピア祝勝歌』第二歌五五。
(4) 一一頁註（2）を参照。
(5) 一一頁註（3）を参照。なお、写本上では「ヨビノスとオリュンピオス宛」となっているが、Foerster は書簡五五四の名宛人の並びと本書簡二節の語順を根拠に順番を逆にする。
(6) 三七頁註（2）を参照。
(7) 五頁註（4）を参照。なお、本書簡をきっかけとしたリバニオスとアナトリオスの間のやり取りについては、書簡一九、八〇、八一、三一四も参照。
(8) プラトン『饗宴』一七五Eでアガトンがソクラテスにかける言葉。知恵のことで白黒つけようという文言が直後に続く。ただし、この箇所は「あなたは傲慢で」とも訳すことができる。

で、その手紙にはそういうところがありありと見えていたのです。それだけに、あなたが膨大な公務にもかかわらずいつもの調子をやめずにいるのを賛嘆さえしています。

二　ですが、あなたの書き送ってきたことに万全なところはひとつもないことを証明いたしましょう。まず、あなたの主張によれば、あなたが私だけには手紙を書かないとしたのは、私があなたに怒りをぶちまけて言葉で傷つけたからです。しかし、受け取らなかった者が即座にそうせねばならないいわれはありませんでした。むしろ、受け取らなかったことに心を痛めて黙っている方が、理が通っていて、ありそうなことでした。つまり、私が見過ごされるのに耐えて、おとなしく手紙を書いたかどうかではなくて、無視された者は悲しみ、悲しみには沈黙が続くのが至極道理だったはずだということをよく考えてください。

三　かくして、あなたはこの論理でもう十分見事に論駁されました。また、あなたは私を追従者と呼ぶことで、自分が追従者を愛していることを示しています。なぜなら、追従が悪で、それが私の中にあるのに、あなたは私を多くの人々よりも上に位置づけているのであるなら、ご自分が邪悪なものを愛していると認めているのですから。そして、喜ぶべきでないものに喜ぶ人が邪悪であるというのが真ならば、われらがお偉い長官が邪悪であることは明らかです。

四　また、あなたの場合はその官職を受け取るために追従をしなかったというのに、私の場合は官職を受け取る必要も、あなた方から富を受け取る必要もないにもかかわらず［追従によって］自分を辱めていたのなら驚きです。それも、追従する術さえ心得ていれば莫大な富を築き上げていたはずのときに、追従者にならぬようにするために貧しさを受け入れてきたこの私が！　でも、現実には私は富からも追従からも等しく距離を置き、金持ちでないことに心を痛めることはなく、隷従していないことを誇りにしています。**五**　私は富も追従も避けていると断言しますし、実際、行動でも避けています。だから私は追従者ではありませんし、ラステネスのように[1]、自分がそうでないところのものだと言われて苛立っています。あなたが称賛を求めているのは立派なことです。徳の修練[2]にとって最も必要なものですから。しかし、［称賛を］軽蔑しているふりをして騙そうとするのは感心しません。**六**　また、そうするのが、自らのものにできない人を欺こうとしてのものだというのも感心しません。私が「パイドロスのことが分からない[3]」のなら、母親のことも分からないのですから。

それからあなたは、［自分を］称賛するのをやめて、非難しにかかるよう私に勧めます。**七**　ですが、何の不正もしていない人への非難をするよう説得しているのなら、濫訴をさせる以外の何物でもありません。逆に、本当に不正をしているのなら、私たちに非難をさせるのではなく、不正をしないよう自分を説得してく

(1) オリュントスをマケドニア王ピリッポスに引き渡した裏切り者の名前。プルタルコス『王と将軍たちの名言集』一七八Bによると、ラステネスの仲間たちがマケドニア人たちから「裏切り者」と直截的に呼ばれて衝撃を受けたところ、ピリッポスはマケドニア人たちが歯に衣着せぬ物言いをすることを謝ったと言う。

(2)「徳の修練に最も必要」という表現は、書簡五七－二にも見受けられるほか、アナトリオスに対して書簡一九－六でも徳の修練という表現を使っている。

(3) プラトン『パイドロス』二二八Aでのソクラテスの言葉。自分がパイドロスのことを分からないのなら、わが身のことも忘れてしまっていることになるが、実際は自分と同じくらいパイドロスのことを分かっているという内容が続く。

ださい。疑惑を身に招いて、そのことを非難してくれる人を探すよりも、疑惑から潔白でいる方がずっと良いのですから。

八　いや、私が良い人もそうでない人も同じように称賛するので(1)、私たちからの称賛を避けるのだ、とあなた［は言います］。たしかに、かの人は大いに称賛されました。しかし、大抵の人々の美徳には完全とはいえないものの、称賛の名誉を与えないのは不当なだけのひとかけらがありました。ともかく、つまらぬ人まで称賛されたのならば、その人は、［称賛という］技巧によって徳へと誘われたのです。自分が持っていない特質を、実際に持っているかのように賛嘆されれば、そのように立派な人物になろうとまで望んだはずですから。

九　ところが、あなたは難しいお方で、眠り込んでいる人にも目を覚ましている人にもけちをつけます(2)。しかし、ダルダノス(3)が眠っていたことに非があったのなら、眠っていない者は非難の外のはずですし、後者が眠らないことを誹謗するのなら、どうして前者の眠りを称賛しないのでしょう。むしろ、前者は夜の心配事のせいで日中眠り込んでいたのですから非はなかったのですし、後者は眠りに打ち勝ったのですから非難ではなく栄冠に値するのです。

一〇　ご覧のように、私が金持ちになったことで（そういうことにしておきましょう）劣悪になっていないのは明らかでした。あなたの方がその権力に浮かれ上がって濫訴したのです。そこで、私はあなたに忠告いたしますが、濫訴から手を引いて、官職に励むよう入念に意を配るべきです。**一一**　もっとも、「フェニキア人の売却(4)」のことを悲劇に仕立ててあなたを非難する者たちがいますし、数々の無礼を前に逃げていなくなった、訴訟に携わる者たちも皆あなたを非難しています。ですが、私はこの人たちが根も葉もないことを言っていると証明します。ただし、あなたがそのようなことをするのをやめないなら、私もあなたを非難

(1) Bradbury, p. 93, n. 25 は、書簡五五二で称賛を受けているレトイオス、そして他の書簡の内容から（おそらく書簡一九などを念頭）スペクタトスが問題になっていると推測する。

(2) 真面目さを目が醒めていることや不眠で、怠惰さを眠りで表現しているところとして、リバニオス『第二十三弁論』二〇、書簡一九二-五、一二三七-三、六六六-二、一一五〇-一、一三〇九-一なども参照。

(3) トロイア地方にダルダニアを建国した伝説的な王の名前だが、彼に関する眠りの逸話は伝わっていない。Bradbury, p. 94, n. 26 はトロイア地方の出身者か老人を暗示しているかもしれないとしながらも、前註（1）で見たように問題になっているのはレトイオスとスペクタトスであり、二人とも比較的若い人物なので、老人の比喩は不可解であるとしている。しかし、他の人物が問題になっている可能性も十分ありうるし、トロイアの末裔としてのダルダニア（アナトリオスの担当地域であるイリュリクムの州民）の住民を指す可能性もありうるだろう。

(4) あるいは、「ポイニクスの売却」。G. Sievers, *Das Leben des Libanius* (Berlin, 1868), p. 238 は、書簡八〇に見るようなアナトリオスの性格から、ルキアノス『哲学諸派の競売』のように、フェニキア人の法学者やソフィストを揶揄する『フェニキア人の競売』という作品を書いたのではないかと推測する。これに対し、*BLZG*, p. 64 はこの書簡が書かれたのと同時期にエジプト長官職から解任されているカタプロニオスという人物がフェニキアのビュブロス出身であることに着目し、「フェニキア人」はこの人物を意味しているのではないかと推測する。S. Bradbury, 'A Sophistic Prefect,' *CPh* 95 (2000), p. 176 はこれらの説を紹介しながら、ほかにもフェニキアのベリュトス出身のアナトリオスを指す可能性や「売却」の語自体も賄賂の意味など多様な解釈がある点を指摘するが、自らの解釈は示していない。なお、この「売却」や弁論家（道長官庁つきの弁護人）たちの逃亡について、書簡三一四-三にも言及がある。

する者となるでしょう。

書簡五七九　ヘオルティオス[1]宛（三五七年）学業報告

一　あなたがいらしてくださらないので、私たちはなおも手紙を書いています。しかし、あなたは私たちのところにいらっしゃるべきであり、子供の弁論を手紙で見るだけでなく、あらゆる形式を用いた弁論がどれほどたくさんあるかも見るべきです。二　私たちのところにやってきたときのテミスティオス[2]をあなたが見るためであれば、私は大金を払ったことでしょう。そうすれば、［彼を］変身させた私と、変身した彼を、あなたは賛嘆したはずです。

書簡五八〇　アリスタイネトス[3]宛（三五七年）約束の本

一　あなたがあのように手紙を書いてきたこと、そして頻繁に手紙を受け取らなかったからではなくて、長い手紙を受け取らなかったので問責していることを私は非難できました。[4]しかし、小さな火種から戦に火がつき、[5]書簡で喜ばせる代わりに、互いに書簡を射かけるようにしないために、あなたはラケダイモンの流儀[6]を尊重することを認め、私は自分の非難が正しくないことを認めるようにしましょう。どうかこの勝利を収めてください、私たちは進んで敗北いたしますから。

二　本についてては、あなたが約束したことを思い起こさせるのが私の役目で、それを渡さなかったことを認めるのがあなたの役目です。私はメガロポリス［コンスタンティノポリス］での大病を逃れてきた後、[7]あなたに弁論を、すなわちストラテギオス[8]の娘の頌詞を読み上げておりました。そのとき、私たちはある古い本が美しい体裁で書かれているのを見て驚き、かつては文字の美しさがあったが、今ではなくなってしまったと話し合いました。三　すると、私がこのようなものを欲しているのをあなたは見て取り、自分にはたくさんそういうものがあると言って、父祖の持物をニカイアから届けようともおっしゃったのです。その後、あなたはアテナイ人たちに約束するピリッポスになってしまいました。[9]私たちの顔を立てて第三者に地所を与

（1）息子テミスティオスをリバニオスのもとに通わせている人物。書簡一二より、かなり後年まで生きていたと考えられる。この人物の名前については、書簡一二二四-八と第一分冊二七一頁註（3）を参照。

（2）三六一年に州総督を務める人物。リバニオス『第六十二弁論』五五のリュキア州総督と同定できるなら、ヘラクレイアの出身。名宛人へオルティオスの息子でリバニオスの生徒。

（3）三頁註（1）を参照。

（4）書簡の長さについての議論、本の約束といった本書簡で語られる内容は書簡五六一での議論を受けてのものである。

（5）アリストパネス『平和』六〇九以下で、ペリクレスの決議に使われている表現に類似。ペロポンネソス戦争の比喩を出しているのは、ラケダイモンの流儀を認めてほしいという書簡の要求も踏まえたものであろう。

（6）プラトン『プロタゴラス』三四三Bに代表されるように、ラケダイモン（スパルタのこと）は寸言で有名。転じて、ここでは書簡の短さを意味している。書簡八一-一二も参照。

（7）一七頁註（3）と一三頁註（2）を参照。

（8）七頁註（5）を参照。なお、書簡五一五-三―四にもストラテギオスの娘を指すと思われる記述がある。

（9）騙しているということ。デモステネス『ピリッポス弾劾第二演説（第六弁論）』二三などを参照。

えることはできても、私たちに本を与えることはできないのです。

四　「いったいどうして？」とおっしゃるかもしれません。さもなくば、ここでも私がピリッポスのことを述べる頃合です。「アリスタイネトスが本を友人に与えないのは、自分に不利益な虚報をギリシア人たちに流されないようにするためではないのか」[1]。そこで私は繰り返し申し上げます。もし、あなたがそちらのものをいくつか送ってくださらないなら、こちらのものが手に入りませんよ。こちらのものの方にも年季が入っているのをお認めになるはずなのですが。私はイオラオス[2]のように老人から若者になったりしませんからね。決まりごとというのは私にとってそんな些細なものではないのです。

書簡五八一　オリュンピオス[3]宛　（三五七年）　慰めの手紙

一　多くの悲しい出来事が官職［を果たし終えた］後に自分に降りかかったとおっしゃるものの、どんな悲しみを覚えたのかという肝心なところを話してくださらないので、あらゆる種類の災いを私は心に思い浮かべねばなりませんでした。その結果、あれこれと厄介事に思いを馳せながら、それらが一つも起こりませんようにと祈りを捧げる一方で、それらのうちのどれかが生じるのではないかと危惧しております。二　ですから、あなたがどうして神霊に文句を言っているかが分かっていたなら、それに関わる弁論を私は作成していたはずです。しかし、実際のところはあなたが苦境にあるとしか聞いていないので、あなたに忠告いたします。いかなる災いにも負けないぐらい雄々しくあってください。悲しみは不幸を癒しはしないと至る所で言われているのは正しいと私は考えていますから。

三　あなたがニカイアに庇護を求めに行こうと決断したのも私は見事だと思っています。アリスタイネトス[4]と共に暮らし、あの容姿を見、あの言葉を聞き、彼の戯れに心を明るくし、彼の熱意に助けてもらうことは他にないような慰めですから。四　ですから、その見事に見つけた薬を利用してください。そして、私たちの書き物も薬であるなら、一つ目のものの後に二つ目のもの[5]もお手元に届くことでしょう。

(1) 伝デモステネス『ハロンネソスについて（第七弁論）』三五などを参照。
(2) ヘラクレスの甥イオラオスは、死んだ後に復活したエピソードで知られるが、その際に「青春（ヘーベー）」の女神による若返りを強調されることがある。オウィディウス『変身物語』第九巻三九八以下やピンダロス『ピュティア祝勝歌』第九歌七九への古註一三七c（Drachmann）などを参照。
(3) 二七頁註（1）を参照。
(4) 三頁註（1）を参照。
(5)「二度目は一度目より良い」という表現が含意されているかもしれない。この表現については、一七頁註（9）を参照。

書簡五八二　アリスタイネトス宛[1]　（三五七年）　ためらい

一　実に見事です、この二頭立ては。すなわち、あなたと有為なるドメティオス[2]は。あなた方がつなぎ合わされたのは優れた御者がお二人に同一の評価を下したからです。すなわち、仕事を分担するためにあなたを招聘した当のその人[3]が、ここなる者を同じ目的のために招聘したのです。

二　しかし、あなたが［官職者の座に］就くことを練習してこなかったのでぐずぐずしているのに対し、彼は総督の荷を軽くするために向かっています。この男が祝福されているのは、彼を招聘した方が立派な人だからですが、彼は自分のもたらす貢物で、招聘した人の方も幸福にするでしょう。その貢物とは、法律への習熟、弁論の力強さ、公正なる性格であります。

三　そこであなたは、招聘した人とは「何たる人を迎え入れるのか」と喜びを分かち合い、この男とは「何たる人のもとに向かっているのか」と喜びを分かち合ってください。そして、この男を友人にして、獲得したもののことで彼があなたとも喜びを分かち合うようにしてください。

書簡五八三　アナトリオス宛[4]　（三五七年）　役立たずの男

一　私は何をすべきなのでしょう？　あなたは非難をしてもらいたいとおっしゃるくせに、称賛に値することを行なっています。[5]そして、称賛する者に対しては気難しいくせに、誹謗することは許さないのです。

二　では、次のことはどれほどの祝福に値するとお考えですか。ドメティオス(6)が役目を分掌するために招聘されたのです。役立たずの男が、邪悪な官職者と分掌するために。この男の美点について話そうと思えば、私はたくさんのことを話せます。しかし、招聘の時点であなたがよく分かっていた事柄をあなたにお話しするのは嘲笑の種になるのではないかと危惧しています。知らずにいなかったからこそあなたは招聘しようとしたのですから。

三　ただし、次のことはご存知ありません。そこで、聞いてください。彼は諸々の人たちの弁論に助け舟を出したのですが、私たちの弁論は賛嘆しました。前者をしたのは友情を畏んでいたからですが、後者をしたのは弁論を熟知していたからです。それゆえ、私たちの目には彼が二つの点で良き人と映りました。すな

（1）三頁註（1）を参照。

（2）*BLZG*, pp. 213, 336 はドミティオス・モデストス（八五頁註（4）を参照）と同定し、Foerster; *FOL*, pp. 165, 169 f.; Bradbury, pp. 94, 213 もこれに従う。これに対し、*PLRE*, pp. 263 f. は、リバニオスの親戚エウモルピオスの兄弟ドミティオスとして、上記モデストスとは別の項目でこの人物を扱っている。そして、モデストスと同定できる可能性はあるとしながらも、後者が弁論や書簡で基本的に「モデストス」と表記される点や、リバニオスが自らとモデストスとの間での近親関係を主張することがない点から、同一人物ではありそうもないとする。

（3）イリュリクム道長官アナトリオス（五頁註（4）を参照）を指すと理解される。また、この招聘のことは、書簡五六二-一―二、五六三-三でも言及されている。なお、書簡五八三も参照。

（4）五頁註（4）を参照。

（5）書簡五七八-六以下の内容を受けてのもの。

（6）前註（2）を参照。

わち、友情を揺るがさなかったことと、弁論を尊重したことで。

書簡五八四　エウセビオス宛[1]（三五七年）沈黙のお返し

一　あなたのお子さんたちには優れた素質と、それ以上に優れた「やる気」があります。彼らは聞く耳ある若者であることを、すでに身をもって示しました。これこのとおりと私からこまごまと語るのは芳しくありませんが[2]、彼らがそれをしないのは恥ずべきことです。二　あなたが彼らのための口添えを私たちにしなかったのは、名誉を与える行為でありました。彼らが然るべきものをすべて身につけていることを沈黙によって証言してくださったのですから。

書簡五八五　ラウリキオス宛[3]（三五七年）親子への恩恵

一　あなたは私の弁論を称賛してくださいましたが、他の人々はあなたの弁論に対する執心を称賛しました。そこで、あなたが快く耳を傾けた人物がお願いをいたしますので、それを叶えてください。このお願いは諸法から逸脱したものではないので、あなたは拒まないはずです。

二　エウセビオス[4]は当人が私の同窓生でしたし、彼の子供たちは私のもとに通う生徒です。この子たちについては私自ら手厚くしてやり、私から得られるものがあれば、それを授けますが、この子たちの父親については、お望みであれば、あなたが手厚くしてやれるはずです。あなたが彼を私たちの仲間と理解していることをすべての人が認識すれば、それが恩恵となるので。

書簡五八六　アリスタイネトス宛(5)　(三五七年)　野獣不足

一　あなたが野獣(6)について書いてきた内容は残念でした。なぜなら、あなたは私たちの願いを叶えられないことを悲しんでいるというよりも、［野獣の］不足をおふざけにしているように見えたからです。このふざ

(1)アルメニアの人で、リバニオスの同窓生。書簡二四九－三、二六一、二七三、二八五－二、二九四なども参照。
(2) Festugière, p. 121, n. 2; Cribiore, p. 152, n. 84 は、リバニオスの散文作品をエウセビオスの子たちが勉強していたことを示すのではないかと推測している。
(3)三五九年にイサウリアの総監兼州総督を務め、帝国東部の司教たちを参集させた同年のセレウケイア教会会議にも臨席した人物。アルメニアのエウセビオスに関わる内容であることから、本書簡執筆時にはアルメニア方面軍指揮官だったのではないかと *BLZG*, p. 194 は推測するが、*PLRE*, p. 497 は一節で「諸法」を問題にしていることから、むしろアルメニア州総督なのではないかと推測している。
(4)前註（1）を参照。
(5)三頁註（1）を参照。
(6)書簡五四四、五四五で述べられている、リバニオスの従兄弟による公共奉仕が問題になっている。富裕者による町への娯楽提供で重要な出し物だったのが野獣を使った見世物 venatio で、富裕者はそれに使う野獣を遠隔地から手配せねばならなかった。この案件については、書簡五八七、五八八も参照。

けているところを証拠にして、あなたは［野獣に］不足してはいない(1)と主張した者までいました。二　その手紙は叔父(2)の手を介して私たちのところに届くこととなったのですが、この人自身はふざけることなどちっともできない人で、あなたがこうするのは時宜を得ていると考えていました。しかし、少なくとも今は、必要に差し迫られている最中であり、そうすべき時ではありません。三　あなたの親族(3)がビテュニアで同じ公共奉仕をしているのは、あなたが身内の事情を抱えていても友人の事情を二の次にしないと示すことができる絶好の時でした。ところが、思うに、あなたは［それを］無精をする口実にしたのです。

四　私たちの山が養ったもの(4)をあなた方にお送りしました。あなたは、願いを叶える用意はできていなくても、返礼をするのが下手ではないところを見せてください。

書簡五八七　アルキモス(5)宛　（三五七年）　野獣の手配①

一　トラキア人の手からあなたの手紙を拝受しました。ただ、彼はその手紙の後に書付も（あなたのために何がなされねばならないかはその書付で分かるはずでした）渡しますと言っておきながら、ほとんど［私と］会おうとせず、会ったときも書付は渡してくれませんでした。二　ですから、その書付が手に入れば、あなたのご希望に私は応えるつもりです。

ところで、あなた方の町が私たちにクマを分かち与えるようにしてください(6)。共同体から手に入れねばならないものについては、あなたに相談すればきっと間違いはないはずです。あなたの手にかかれば、その町は当然ながら説得されますから。三　この一つの行動で私たちにもあなた方にも喝采がもたらされることを心に留めてください。私たちは、「クマを」手に入れるべく頑張ったために。あなた方は、妬むことなく「クマを」与えたために。そのクマが目を見張る活躍をするので、人が「このクマはどこからのものですか」と尋ね、「ビテュニアからです」という返事を聞くのは実に心地よいことです。

書簡五八八　ユリアノス宛[7]　（三五七年）　野獣の手配②

一　あなたが「そちらの」町々を優しく遇してくださるだろうと私は良く分かっていました。なんとなれ

（1）この箇所は「あなたは困惑していない」とも訳せる。*ἀπορία* という語の持つ「不足」の意味と「困惑している」といった意味とを二重にかけているのであろう。アリスタイネトスの書簡でも *ἀπορία* を使った駄洒落があったことがこのような「おふざけ」という表現の要因と思われる。

（2）パスガニオスのこと。三頁註（5）を参照。

（3）*BLZG*, p. 52 は本書簡のほか、書簡五八七、五九八の内容より、アルキモスがこの親族であると考えており、以降の研究もこの解釈に従っている。この人物については、後註（5）を参照。

（4）書簡五八八-四、五九八-二でヒョウを送っていることから見ても、野獣を互いに融通していたようである。

（5）ニコメディア出身で、主に同市で活躍したソフィスト。

（6）五九頁註（6）を参照。また、この野獣手配の後日譚については書簡五九八を参照。

（7）本書簡および書簡五九九の内容より、アンティオキアの出身で、三五七年のビテュニア州総督を務めたと考えられる。また、書簡三四九、三五〇で紹介されている人物や書簡六一三の名宛人もおそらく同一人物。

ば、あなたは元々そのような性質《たち》なのですから。しかし、突き棒[1]を必要とする人たちに対する突き棒もあなたは持っていると［実際に］聞いて、私は喜びました。このことを伝えてくれたのは、クレマティオス[2]です。彼自身にも鋭い突き棒がありますから。二　こうして、私は、称賛されている人[3]も、助けを受けている人たち[4]も私の同胞市民であるという事実に喜ぶこととなりました。後者までをも同胞市民と呼んでも、彼らの私に対する態度をご存知ならば、私が正しい言葉使いをしているとあなたは思うでしょう。

三　また、あなたが私たちに書き送ってきたことに関してですが、当然ご存知のように、その産物がもたらされたのは私たちの手によるのではありません。私はスペクタトス[5]から、彼が熱心に働いたという栄光を奪うつもりはないですし、それどころか、その熱心さを私は称賛しましたから。あなたのために私がしたことといえば、あなたを助ければ［あなたと私の］双方に恩恵をもたらすことになると彼に教えたことだけです。四　さて、そちらの人々にこちらのヒョウを見せたのですから、あなたの方からも、そちらのクマを私たちのところに登場させるという恩恵を私たちに与えてください。あなたが祖国のもので統治下の人々を喜ばせる一方で、彼らのところのものでご自分の祖国を喜ばせるために。

書簡五八九　デメトリオス[6]宛　（三五七年）　多忙

一　レオンティオス[7]は有為な人で、あなたが飾り立てた言祝ぎに恥じない人物です。しかし、私は多くの仕事に追われて、彼と少ししか話し合えませんでした。よくご承知おきいただきたいのですが、私たちは若者たちのまわりであくせくするのと同じくらい、官職者たちのまわりであくせくしています。後者は渋々引き受けているのですが、依頼人たちを畏れ敬っているので、避けるわけにはいかないのです。

二　ともかく、レオンティオスの人柄がそれほど分からなかったわけではなく、この運び手から手紙の中身も分かりました。彼は私たちに関するあなたの評価を信じているのですから、良い人に従っています。しかし、良いことに関して従っているかどうかは分かりません。

---

(1) κέντρον. 元来は馬を追い立てる突き棒や、拷問に使う針・釘のように先端がとがったものを指す。転じて、辛辣な言葉などを象徴することもある。エウポリス「断片」一〇二(Kassel-Austin)。

(2) 一一頁註（7）を参照。

(3) 名宛人のユリアノスのこと。

(4) ビテュニアのニコメデイア市民を指す。

(5) 一七頁註（2）を参照。

(6) タルソス市出身でその指導的人物。弁論への造詣が深く、リバニオスとは多数の書簡と弁論のやり取りが確認される。三五八年以前にフェニキア州総督を務めている。

(7) *BLZG*, p. 197 は人物の詳細は確定不能としながらも、pp. 336 f. では書簡五〇四-一、五一三-一に現れる同名の人物と同定し、三五六年夏にビテュニア地方からアンティオキアにやってきた後、帰還したのであろうと推測している。

書簡五九〇　バッキオス宛[1]（三五七年）弁論の幻影

一　些細なものを大層なものと見なし、取るに足らぬものを大いに価値あるものと見なすのをあなたはいつまでもやめないのでしょうか？　もし私が何か発言すると、それはすぐにあなたのところで荘厳なものとなります。そして、あなたはそれを探し求めて、待ち焦がれ、まだ受け取っていないと文句を言うのです。二　このように、あなたは私たちの作品を愛することで、いつもつまらぬものを愛しているように私の目には映っていましたが、今はとりわけ些細なものに夢中のようです。受け取った暁には、お分かりになるでしょう。そして間もなく受け取るはずです。あなた方のところにまで評判が達しているとおっしゃるときには、弁論よりもむしろ弁論の幻影[2]があるのですから。

書簡五九一　アリスタイネトス宛[3]（三五七年）アリステイデス

一　私の同胞市民たるマリアデス[4]のことを、あるいはこう言ってよければ、アリステイデス[5]のこと（あなたが彼をアリステイデスと呼ぶのは見事な呼び名です）を私は以前も知っていました。しかし今では、彼が実際に良き人であるがゆえに、あらゆる所で良き人と思われてもいるので[6]、私はさらにいっそうの喜びを彼と分かち合っています。彼の貧しさを知らない土地も、その貧しさを知って賛嘆しない土地も、一つとしてありませんから。二　こうして私たちの町はただ大きいだけでなく、今や立派な男たちの生みの親にもなっています。そしておそらく、弁論家の、間違いなく公正なる弁論家の、生みの親にも。アリステイデスと呼んだあなたもそれを証言しています。

(1)キリキア地方タルソス市の人で、ユリアヌス帝の統治下にアルテミス崇拝の再興に尽力する人物。リバニオスの弁論に夢中になっていたことは、書簡四二四、四五五からも確認できる。また、本書簡の後日譚については書簡六〇五を参照。

(2)実体のない「幻影」という意味と、「取るに足らない」「価値のない」という意味が二重に掛け合わされている。この表現については書簡二〇〇-二も参照。

(3)三頁註（1）を参照。

(4)本書簡と書簡五九二からしか確認されない人物。

(5)義人と形容された、前五世紀のアテナイの政治家。清廉無私で公正な人の代名詞として用いられる（書簡一九二-五も参照）。後述のアイスキュロスの一節との関連では、プルタルコス『アリステイデス伝』三も参照。

(6)アイスキュロス『テーバイ攻めの七将』五九二およびプラトン『国家』第二巻三六一B以下の議論を踏まえた表現で、「思われること」と「実際そうであること」が対比されている。「アリステイデス」の文字どおりの意味が、「最良の外見」という意味であることもこのような表現を招いているのかもしれない。

書簡五九二　サビノス宛[1]　（三五九年？[2]）　手紙の必要

あなたの苦難は解決しました。マリアデス[3]の働きによって解決したのです。私がその手紙を受け取ろうとしたときには、危険はすでに去っていました。それで私は彼に「どうして助ける必要があるのか」と尋ねました。すると彼は手助けの必要はいっさいなく、この機会は楽しみのためのものですと答えました。それで私は喜んで手紙を出しにかかったのです。

書簡五九三　ヤンブリコス宛[4]　（三五七年）　艱難の褒賞

一　あなたが飢えと寒さをその言葉で引き起こすこと甚だしかったので、私は読みながら、ガタガタと震えて、ひもじくなったほどです。しかし、あなたは哲学をする家の生まれである以上、飢えや寒さやそれ以上に困難なものも耐えねばなりません。この艱難から得られる褒賞もまたその艱難以上のものなのですから、その褒賞を見据えて、眼前の艱難に悲しまないでください。二　これまでもヒエロクレス[5]の言葉を信じねばならなかったのですが、今はとりわけ信じる必要があります。ですから、幸運のもとに歩みを進めてください。そして、神々が与えるものを受け取って、喜びに包まれて帰ってきてください。

書簡五九四　ヒエロクレス宛[6]（三五七年）優れた助言者

あなたは良き人[7]へのなかなかの助言者となりました。だから、あなたは必要な措置を見つけ出し、彼はそれを軽んじなかったのです。あなたがその青年を送りだしたのが正しかったことは、留まるのを手助けできなかった人物が証言しています。

(1) 書簡三三九で官職就任が示唆され、書簡三三よりアンティオキア周辺で活動していることが知られることから、三五八―三五九年のシュリア州総督だったのではないかと推測される人物。そして、その官職を果たした後に訴追を受けたことが書簡八三から知られる。

(2) *BLZG*, p. 262 は、書簡八三に伝えられるサビノスの総督職離任後の訴追が、本書簡の「苦難」と関係づけられるかもしれないとする。その場合、彼の総督職就任期間が三五八―三五九年なので、書簡五九二前後は三五七年に属する書簡群であるものの、ひょっとしたら本書簡は位置がずれたのかもしれないと指摘している。この指摘を受けて、Foerster をはじめ、以降の研究は本書簡を三五九年かもしれないと疑問符つきで提示している。

(3) 六五頁註（4）を参照。

(4) 三七頁註（2）を参照。

(5) 三七頁註（1）を参照。また、書簡五九四も参照。

(6) 三七頁註（1）を参照。また、書簡五九三も参照。

(7) ヤンブリコスのこと。三七頁註（2）を参照。

書簡五九五　クレマティオス[1]宛　(三五七年)　視察

一　貴人アウクセンティオス[2]はエジプトへと旅していますが、パレスティナを通る道すがら、あなたの統治の幕開けを視察[3]するでしょう。そして、それが美しい様子を視察するのは明らかです。なぜなら、貧しさをもって統治にあたることに関して私たちと交わした取り決めをあなたは揺るがさないでしょうから。二　あなたの美徳の報酬となるのが、この手紙を運ぶ者の弁舌です。彼は、何かを賛嘆したら、それを触れ回ることも心得ていますから。

書簡五九六　セバスティアノス[4]宛　(三五七年)　弁論家の来訪

一　あなたは官職に就いていてもご自分が優れていることを示されましたが、目下の件もあなたの美徳を示すのに十分なものです。アウクセンティオス[5]は憎むべきものを憎み、賛嘆せねばおかしいものを賛嘆する人物ですが、彼は子供たちも妻も裁判からの収入も投げ捨てて、あなたの将軍職を実見しようと伺っています。

二　こうして彼はこの旅を通じて、あなたがあらゆる面においてあらゆる人の中で最も優れていることを証言しています。暴君にもおもねらなかったはずであり、暴君への非難を、声を大にして言うこともできる彼であればこそ、あなたの内にある美点によってナイルへと呼びだされたのは明らかですから。

三　そこで、この弁論家が来たことをエジプト人たちに誇った後、できるだけ早く、この弁論家を私たちに返してください。

書簡五九七　クレマティオス宛(6)（三五七年）　気配り

一　ここなるフィルモス(7)に私の母は気を配っており、母のせいで私も気を配っています。両人のこともあり、あなたもきっとこの男に気を配ってくださるでしょう。二　フィルモスは生まれが良く、貧しい人です。パレスティナでの災難のせいで貧窮へと陥ったのです。彼は貧しさに耐え、金銭を欲することもありませんが、あなたに次のことを知ってもらいたいと欲しています。すなわち、私たちが彼に気を配っていることを。

(1) 一一頁註（7）を参照。
(2) 本書簡と書簡五九六でしか確認されない弁論家（弁護人）。
(3) プラトン『法律』第十二巻九五一A以下に出てくる、国家の完全な状態を維持するための視察員を連想させる表現。
(4) 三五六―三五八年のエジプト方面軍指揮官で、アレクサンドリア司教アタナシオスが追放された後に、アレイオス派の司教ゲオルギオスが同市に入るのを支援した人物。ユリアヌス帝やウァレンティニアヌス帝のもとでも軍隊からの高い声望を受けて活躍するが、三七八年のハドリアノポリスの戦いで戦死する。
(5) 前註（2）を参照。
(6) 一一頁註（7）を参照。
(7) 本書簡でしか確認されない。

書簡五九八　アルキモス宛[1]（三五七年）　野獣の手配③

一　あなたがビテュニアのために健在であられるかぎり、その州は人によっても他を凌ぐことができます。他所の人々はアルキモスのような人物を世に出すことはないでしょうから。
二　あなたはクマに関する書簡[2]で、この町に祝祭をもたらしてくださいました。人々は壮大な内容を聞くと、あなたがそれを話しているので、信じないわけにはいかず、もうそれを目の当たりにせんがばかりでした。私たちのもとにクマに関する書簡が届いたときに、あなたにはヒョウが届いた[3]ことと思います。それはずっと前に船出しまして、ご想像できるように、順風に乗りましたから。三　そこで、あなたはこちらのもので喜び、そちらのもので私たちを喜ばせてください。あなたのおっしゃるように今回の獣は以前の獣より狩人たちにとって手強い相手[4]だということをお忘れなく。

書簡五九九　ユリアノス宛[5]（三五七年）　野獣の手配④

一　あなたはご自分が依頼したものを手にしたのですから、与えようとおっしゃっていたものを送ってください。そして、祖国から来たもので恩恵を受けた[6]のですから、祖国に恩恵をもたらしてください。あなた方のところではクマが目を見張る活躍をしており、送り出すこともできるほどの数だという話が私たちのもとに届いています。二　しかし、もしクマが一頭しかいなかったとしても、あなたがその一頭のクマを自分の同胞市民たちのものとしたなら、クマを取り上げる当の相手からもきっと赦してもらえていたはずです。いや、あなたが自分の祖国を重んじる姿勢を見せるならば、赦されるどころか、称賛されていたはずです。三　こんな日を思い描いてください。町じゅうの人々が見世物に集まり、クマが歓声を引き起こし、この獣は誰からのものかと観客が尋ね、あなたからだという答えが返り、その話が次々と広まって、あなたが公共奉仕提供者と称賛を分かち合う日のことを。

書簡六〇〇　ディオメデス(7)宛　（三五七年）　優れた生徒①

もし私がディオパントス(8)に何か短所を見つけていたら、間違いなくあなたにお伝えしていたはずです。あ

(1)六一頁註（5）を参照。
(2)書簡五八七に対して応答したものであろう。
(3)この野獣のやり取りについては、書簡五八六-四、五八八-四、五九九-一なども参照。
(4)見世物で強い獣が重宝されたことについては、書簡一一八、二一九、五四四などを参照。
(5)本書簡でのクマのやり取りなども含め、書簡五八八を参照。
(6)V写本に従い、κεχαρισμένος と読む。
(7)リバニオスのもとに通うディオパントスの父親であること以外詳細不明。なお、書簡四六五でディオパントスの父親とされているのもこの人物。
(8)三五五—三五七年にリバニオスのもとに通っていた学生。書簡四六五、六〇一、七六五、七六六がこの人物に関連する。

なたが彼を躾けて、人柄の優れた人物にできるようにするために。ところが現実には彼は人柄においてこの上なく優れていて、弁論に関しても潑剌としているので[1]、彼が両方の点で優れているという事実を私の口からあなたにお伝えします。あなたを幸福な親たちの一員とした人物を、あなたの口から称賛できるようにするために。

書簡六〇一　ヒエラキオス宛[2]（三五七年）　優れた生徒②

一　あなたの娘さんの子は、祖父がそうあってほしいと願うような人物です。すなわち、弁論を愛好するも、肉体に恋焦がれず[3]、厚かましさとは縁遠く、いつも上品さを伴い、私を喜ばせ、仲間たちに囲まれています。

二　彼のこのようなところを知って、私は黙っていられませんでした。なぜならこの私は、規律から外れた若者たちを非難することも心得ていますが、規則をきちんと守る若者たちを称賛することも心得ていますから。三　ですから、ここなるディオパントス[4]が、すべきことをする若者の一人であると分かった以上、その祖父の耳も喜ばせなければ不当であると考えたのです。

書簡六〇二　クレマティオス宛[5]（三五七年）　市民の援助①

一　私たちが手紙を送ったのは、お願いをするため（アイテーソンテス）ではなく、約束［の履行］を求めるため（アパイテーソンテス）です。あなたは公共奉仕[6]のために有力者以上の拠出をすると断言した方なのですからね。クレマティオスという人は、請け合っていないことでも数多く行動に移していますし、請け合ったことは必ず完遂します。

そこで、この男たちを二つの点で助けてください。一つには、直ちに金銭を受け取れるようにしてください。もう一つは服の購入に多額の金がかからないようにしてください。二　オリュンピオス[7]がどんな人物であるかは、彼を介して私があなたに語りかけているという事実それ自体から判断してください。善良でなく、一廉の熱意に値しない人物であったなら、私はこれほど良いものを手配したりはしなかったでしょうか

（1）Cribiore, p. 200 は、学生を褒める言葉として、この語はかなり高い評価と考える。書簡一九九-一、七六八-三も参照。

（2）ディオパントスの母方の祖父。なお、第一分冊五八一頁註（4）で「キリキアの人」と紹介したが、出身地の同定には問題があり、詳細は不明である。あわせて訂正したい。

（3）若者が集う教室では男色など性的な問題が常に付きまとった。書簡一〇〇五-一も参照。

（4）七一頁註（8）を参照。

（5）一一頁註（7）を参照。

（6）*BLZG*, p. 337 は書簡五四四、五四五、五八六—五八八、五九八、五九九の公共奉仕と関連させる。

（7）書簡三八二でリバニオスの同胞市民として紹介されている同名の人物と同定される。*BLZG*, p. 225; *PLRE*, p. 645 は警察官僚 agens in rebus の職にあったと考える。

ら。彼は私の同胞市民で、多くの同胞市民たちよりも私に良くしてくれます。それで、あらゆる土地が彼に喜びをもたらしてくれれば、と私は願っています。三　ですから、あなたは彼と快く会って、書簡を携えさせてイタリアへと送り出し、私たちを友とする人は一廉の愛情の果実を手にできることを示してください。

書簡六〇三　ミュグドニオス宛[1]（三五七年）　市民の援助②

一　ここなるオリュンピオス[2]をさまざまな理由から私は気遣っています。同胞市民として愛し、友人として互いに愛し合っているからです。また、彼には理性と優美さがあり、弁論の批評家としても、一級とはいきませんが、なかなかのものです。二　しかし、貧しさに耐えかねて、彼は弁論家の代わりに軍人となりました。しかし、そこでも貧しさを抜け出て富裕になることはありませんでした。追従ができないので、自分の人柄を気に入ってくれる人を見つけられないからです。

三　そこで、そのような人物にあなたがなってください。そして、彼への最初の恩恵として、長期の不在が彼に対する非難の材料とならないようにしてください。それに続いて、あなたにとってきわめて容易で、この男にとって有益なことを何か実現してください。ムソニオス[3]に対するあなたの影響力を私が享受するのも、あなたに対する私の影響力をこの男が享受するのも、正当なことなのですから。

書簡六〇四　ムソニオス宛[4]（三五七年）　市民の援助③

一　私の手紙[5]があなたにすでに渡され、あなたの手紙が私の手元にこれから届くものと見なしています。そして、［あなたの手紙を］受け取る前から、受け取れると確信して喜んでおります。ですから、一通目の手紙に対するあなたの見解も知らぬうちに私が二通目を差し出しても驚かないでください。私は自分が最も望んでいるものを得られると確信しており、そう予言するのもおそらく見込み違いではありません。あなたが優しい方で、弁論の愛好家にして作り手であろうと見積っておりますから。

二　あなたは多大な労苦を費やして、多くの人たちを、なかでもとりわけ弁論に携わる人々を助けてきました。その中には、優れていると見て名誉を与えてくださった場合もあれば、大したことはなかったものの哀れみをかけてくださった場合もありました。前者は正しい鑑識眼から、後者は有為なる天分からそうなさったのです。三　それゆえ、親切で、弁論をする用意があり、行動をためらわない人が、勇気を奮っ［て手紙を書い］た人と書簡を分かち合わないなどということがありえたでしょうか。それも、貴人ミュグドニ

（1）一七頁註（1）を参照。
（2）七三頁註（7）を参照。
（3）一七頁註（8）を参照。書簡六〇四で同じ案件の依頼がなされている。
（4）一七頁註（8）を参照。
（5）レトイオスのために書いた書簡五五八を指す。

オス[1]がすぐ近くから催促をしていた、いや、正確に言えば、働きかけたのではなく、すでに［援助に］前向きな方を称賛していたというのに。こういったことから、私はそちらからの手紙について予言するに至ったのです。そして、［手紙を］受け取ってから取るべき行動を、希望を持って今すぐべきであると考えています。

四　私は今や他の人があなたのお力添えに与れるようにしようとしており、オリュンピオス[2]が最初にそれを享受するでしょう（こう表現するのが良いのです[3]）。このオリュンピオスは、私の同胞市民であるという点では大抵の人々と同様ですが、友人であるという点では大抵の人々よりも優先されます。私たちは、子供の頃、同じ教室に受け入れられました。その後、彼は運命のめぐり合わせで弁論から引き離され、軍務に就きましたが、それほど幸運でもありませんでした。

五　ともかく、軍人を直ちに幸せにしてくれるものの利益を今日に至るまで味わっておりませんので、貧しさを耐える術を心得ていなかったなら、彼はきっと私たちのところの河を使って［自殺して］いたことでしょう。彼はこの地でだらだらと長い時間を浪費し、恐怖のあまり遅れに遅れを重ねております。**六**　私は彼を立ち直らせて励ますとともに、罰を受けることはなかろう、素晴らしいものを得られるだろう、と公の場で宣言しました。それゆえ私が予言者の一団に加われるかどうかはあなた次第です。

書簡六〇五　バッキオス宛[4]　（三五七年）　**豊富な書記**

一　では、私たちが別の習作も作ったことをあなたはご存知ないのです。さもなくば、あなたは一つ目の習作に加えて二つ目もお求めになっていたはずです。あなたの私たちへの思い入れはそれほど大きいのですから。私が弁じたと聞いたら、あなたは私がどのように弁じたかを知るより前にすぐに［その弁論に］恋い焦がれるのです。

二　それゆえ、この習作もお求めになると見込んで、直ちに両方ともお送りいたします。ただし、私たちのところでの「直ちに」は二カ月にあたります。それほど書記が「豊富」（「不足」と言わないようにすれば）なのです。受け取れなかった場合は苦情をおっしゃってください。しかし、受け取るのが遅れた場合には、私たちではなく、この原因（アイティオン）を私たちと一緒に責めてください（アイティオー）。

書簡六〇六　デメトリオス宛(5)（三五七年）自称と他称

一　あなたは反駁のために手紙を送ってきました。すなわち、私が［あなたを］ギリシア人中の一番と言ったのは買いかぶりすぎだ、と。しかし、あなたから届いた手紙は、まさにその私の言葉以外に何かを言う必

（1）一七頁註（1）を参照。書簡六〇三でもこの件の協力が求められている。
（2）七三頁註（7）を参照。
（3）「オリュンピオスが最初に」ということで、書簡五五八でリバニオスが援助したレトイオスがムソニオスからの手助けを得られなかったことを水に流している。
（4）六五頁註（1）を参照。
（5）六三頁註（6）を参照。

要はないということの明白な証拠となりました。二　というのも、仮に貴人デメトリオスが、どうすれば自分がギリシア人の筆頭と示せるかについて実に長い間考えを巡らした場合でも、このような手紙を書くこと以上に効果的な方法は見つからなかったでしょう。それほどに推論に隙がなく、言い回しも手紙に望ましいもので、美しさのないところがありません。ですから、これまでにも増して今こそ、あなたが最高であると私は言います。そして、再び反駁しようとするなら、再び［私が言ったことの］弁護になってしまうことをよくご承知おきください。

三　私の弁論に親しんでいるので、あなたは「生徒にして弟子(1)」とご自分を呼んでいらっしゃいます。しかし、この名称は味わい深いものですが、弁論を分かち与えて私たちも同じ立場にしてくださらない方に対する非難でもあります。**四**　それゆえ、あなたが弁論に巧みであるのに加えて、公正でもあるようにするために、ご自分の作品を送って、私もあなたの「生徒」にしてください。

書簡六〇七　ヤンブリコス宛(2)　（三五七年）　**文句の多い若者**

一　アンキュラ(3)の住人について、私はそのようなことは知りませんでした。むしろ、どちらかというと彼らは客人たちを歓待してくれた方で、出立しようとするのを引き留めるという一点だけが煩わしかったのです。(4)　このように、私はあなたの話を信じないわけにはいかない一方で、私が知り合った人たちは良い人たちだったので、その町［の人々］が不幸のせいで性格を変えてしまったのだと思います。

二　ともかく、彼らの暮らしがうまく行き、その性格が元に戻りますように。ところで、あなたが辛い道のりを旅していることは承知しております。しかし、あなたは耐えることを心得ねばなりませんし、それが容易でないなら、沈黙することを心得ねばなりません。前者は偉大なことですし、後者も卑小なことではありません。三　そして、飛んでいっていない書簡は受け取っていると言って、何につけても文句を言うのはおやめなさい。非難すべきでない事柄を非難すると、あなたが非難されますから。私たちは今あなたにまたとない(5)手紙を送っているのではなく、ついこの前あなたの奴隷に書簡を渡した後、この書簡をすぐにオリュンピオス(6)に渡しています。あなたは彼のことをご存知ですし、ご存知であるからには、できるかぎり手厚くしてくださることでしょう。

（1）*συνουσιαστής*. 直前で「親し」むと訳した *συνεῖναι* と語幹を共にする名詞。原義として、一緒にいて、その性質を共にするという意味合いが込められており、それが後述の議論につながっている。

（2）三七頁註（2）を参照。

（3）第一ガラティア州の州都。現在のトルコ共和国のアンカラ。同市の司教バシレイオスはコンスタンティウス二世のもとで影響力を持ち、当時の宗教論争で大きな役割を果たした。

（4）ホメロス『オデュッセイア』第十五歌七四の「客が滞在している間は歓待し、帰国を望めば帰らせるべき」という表現を踏まえたもの。

（5）書簡四七七-一を参照。

（6）七三頁註（7）を参照。

書簡六〇八　ピラグリオス宛[1]　紹介状

有為な男、弁論の熟達者、鋭敏な軍人、そして私たちの友であるとして、あなたはディオニュシオス[2]と快く会うでしょう。そして彼を喜びに満たして送り出すことになるでしょう。勇気を出して私は予言いたします。

書簡六〇九　エルピディオス宛[3]　人生訓

あなたの父君を幸せ者にすることで、あなた自身の人生を幸せなものにしてください。

書簡六一〇　皇帝ユリアノス宛[4]　（三六〇年？[5]）　頌詞の題材

一　私があなたに送った弁論は、偉大な事績に関する小品です。もっと長大な弁論も作られるようにする力があなたには間違いなくあります。長大なものを作れるような素材を与えてくださりさえすれば。二　ですから、それを与えてくだされば、あなたが私を頌詞の職人と見なしていると示すことになるでしょう。与えてくださらないなら、別の懸念を与えることになるでしょう。

（1）ユリアヌス帝治世下の三六一―三六三年に書記官 notarius となり、同帝のペルシア遠征に随行。その後、テオドシウス帝治世の三八二年にオリエンス管区総監を務め、穀物飢饉に際して値上げしたパン焼き職人に打擲を科そうとしたところにリバニオスからの諫止を受けたエピソードが伝えられる（『第一弁論』二〇六―二一一、『第二十九弁論』六、『第三十四弁論』四）。なお、その統治全体はリバニオス『第四十一弁論』一八で称賛をもって描かれている。*BLZG*, p. 337 は、本書簡が三五七年夏に書簡六〇九、六一〇とあわせてガリアのユリアヌス宮廷に届けられたと考えるが、Foerster は年代は不明確とし、*PLRE*, pp. 258, 693 も三五七年とするのに懐疑的である。

（2）本書簡でしか確認されない。*PLRE*, p. 258 は「軍人」という表現から、警察官僚 agens in rebus かもしれないとする。

（3）二四九頁註（8）を参照。

（4）「背教者」として知られるローマ皇帝。三五五年から副帝となり、ガリアの治安復興に携わる。三六〇年にルテティア（現パリ）で兵士たちによって正帝に推戴され、三六一年から三六三年まで単独の正帝。キリスト教への積極支援の中止、異教神殿の復興や都市参事会の実質化など、それまでのコンスタンティヌス、コンスタンティウス二世といった皇帝たちと一線を画する統治を行なうが、ササン朝ペルシアとの戦いで戦死し、その政策の成果を見ることはできなかった。

（5）*BLZG*, p. 337 は写本内の書簡の位置を重視して三五七年夏と考えるのに対し、Foerster は名宛人名に「皇帝」と付されていることからユリアヌスが正帝を称した時期であるとし、三六〇年ではないかと推測する。他方、J. Bidez, *L'empereur Julien. Œuvres complètes. Lettres et fragments*, tome 1, 2e partie (Paris, 1924), pp. 109 f. は、Foerster の主張に同意しながらも、政治的重要性の高い「頌詞」を捧げたのはユリアヌスの単独統治期であろうとし、本書簡で言及される弁論をリバニオス『第十三弁論』と関連させる。その場合、本書簡の執筆年は三六二年となる。Norman, vol. 2, pp. 126 f. もこれに従う。

書簡六一一　司教ドロテオス[1]宛　**依頼状①**

あなたの門戸をこの若者に開いてやることで、私と私たちの町とラオディケイア[2]人たちの町に恩恵を与えてください。

書簡六一二　アガペトス[3]宛　**依頼状②**

この私たちの仲間に然るべき名誉を与えてくださろうものなら、私たちにも恩恵を与えることになるでしょう。

書簡六一三　ユリアノス[4]宛　**表現法①**

私にこのような無礼や、さらにひどい無礼を働くのをやめないでください。

書簡六一四　エウタリオス[5]宛　**表現法②**

あなた方がご自分らの姻戚をいくらかでも配慮しているのなら、彼が出発しようとするのを見届けにいらしてください。いやもう、できるだけ早く。そうせねばなりません。迅速さが必要です。

書簡六一五　デメトリオス宛[6]（三六一年）　弁論の贈物①

一　アスコリオス[7]は何よりも恐ろしく、何よりも甘美なことを私たちに知らせました。すなわち、彼は転落事故のことを語ったのです。私までそれに衝撃を受けて倒れてしまいました。しかし、すぐに彼はこう付言しました。「しかし、何がしかの神様がその手で乙女が倒れるのを防いでくださり、ベッドの上に休ませるかのように彼女を地面に置いてくださったのだ。だが、ここで何ら嫌なことが起こらなかったことに私は喜んだ一方で、家内奴隷が骨折して助かる見込みがないだろうことに……［約三〇字欠如］……」。このようなことを論じた後、アスコリオスは畑を称賛し、それを保持して売らないよう忠告して立ち去りました[8]。彼

(1) *BLZG*, p. 125 はユリアヌス帝治世に殉教したという伝承のある同名のテュロス司教と同定できるかもしれないとする。ただし、この人物の歴史的実在性は疑われている。
(2) シュリアにおいてアンティオキアのライバルだった地中海沿岸の大都市。現シリア共和国のラタキヤ。
(3) 詳細不明。
(4) 六一頁註（7）を参照。ただし人物同定の根拠は乏しい。
(5) 書簡五〇の内容よりリバニオスの姻戚と考えられている人物。*BLZG*, p. 149 はキリキア在住ではないかと推測する。
(6) 六三頁註（6）を参照。
(7) 詳細不明。なお、書簡三〇六-二に同名の人物が現われる。
(8) この忠告は書簡六二三-二でも言及される。

が今どこにいるかは分かりません。二　あなたとあなたの子どもたちに神々のご加護がありますように。季節が旬のものをもたらしますように。すべてが順風満帆にいきますように。あなたが私たちに書簡と土地の産物を送ってきますように。

三　私は二篇の弁論をお送りしましたが、その内の一篇ではヘロドトスに、もう一篇ではアリステイデスに挑戦しています[1]。これらの弁論はすぐにパラディオス[2]のものとならねばなりません。彼は面と向かってそれを所望したのですから。ただ、間違いなく彼はその弁論をあなたのものにもしてくれるでしょう。

書簡六一六　パラディオス[3]宛　(三六一年)　弁論の贈物②

では、あなたは弁論を望んでいるのではなくて、弁論を望んでいると見られることを望んでいるのです。だから、あなたは家内奴隷をこちらにたった一日残していくことさえしてくださらなかったのです。しかし、あなたが何も必要としていないとしても、私は［弁論を］送ります。もう一度会っていたなら、あなたは愛しているふりをして譴責しただろうことは明らかですから。

書簡六一七　モデストス[4]宛　(三六一年)　重荷

一　もし私が有力者の門戸をあちこち回る術を心得ていたなら、私自身も有力者の一人となっていたことでしょう。しかし実際は、私には力はないものの、そのことをちっとも恥じていません。ナイチンゲール(5)と同様、私にとっては歌えれば十分なのです。

二　さて、多くの業務を処理し、たくさんの書簡を受け取っているあなたに書簡をたくさん送るべきではないと私は考えていました。なんとなれば、重荷を積んだ船に積荷を加える(6)べきではないからです。しか

---

(1) これらの弁論については書簡六一九-二にも言及がある。Foerster, *Libanii opera*, vol. IV, p. 406 は、アリステイデス（一〇三頁註（3）を参照）に挑む弁論とは、現存するリバニオス『第六十四弁論』を指すと考える。ヘロドトスは有名な前五世紀の歴史家であるが、このリバニオスの競作（「断片」二五）は現存しない。

(2) *BLZG*, p. 228 は、書簡六四九でこの人物の下僚への言及があることから、本書簡執筆時にはキリキア州総督であったと考え、*PLRE*, p. 659 も同書簡の「裁判官」という文言に着目し、この説に従う。これに対し、*FOL*, p. 188 は同書簡の内容は必ずしも州総督であることを示さないと慎重な姿勢を見せている。なお、この人物とのやり取りとして、書簡六一六、六一九、六三一も参照。

(3) 前註を参照。

(4) 三五八―三六二年のオリエンス管区総監。その後、三六二―三六三年にコンスタンティノポリス首都長官、三六九―三七七年にはオリエンス道長官、三七二年には正規コーンスルを歴任することになる人物。

(5) Salzmann, p. 82 は、プリニウス『博物誌』第十巻八一以下などをもとに、鳴き声の優れているナイチンゲールは秀でた弁論家や修辞の代名詞だったとする。エウリピデス「断片」五八八（Nauck^{2}）、リバニオス『第一模擬弁論』一七五、書簡九九九-四なども参照。

(6)「積荷」を用いた表現については、書簡二五一-七も参照。

し、あなたが多く［の手紙］をお望みなので、ご自分で、相手をお誂え向きの場に呼んでしまっている[1]ことをご承知おきください。

三　あなたがアカキオス[2]に送った手紙[3]については、あなたに感謝しております。実際、あなたが仕事を見届けようと熱烈に望んでいることがそこから分かりました。別の人であればおざなりに片付けていたことでしょう。他方で列柱廊[4]に関しては、それについて何か良い評判が語られるように、そしてディオニュソスを喜ばせるつもりでディオニュソスの父ゼウスを困らせないように、注意すべきです。

書簡六一八　エウペミオス[5]宛（三六一年）親族の援助

一　私を気まぐれ[6]と見なさないでください。私としては、この人[7]を非難しないわけにもいかず、愛さないわけにもいかないのですから。前者をするのは蔑ろにされているからですが、後者をするのは従兄弟であるから、いやこう言ってよいなら、父親であるから、それも息子のはねっかえりを我慢できる甘い父親だからなのです（このように表現するのが良いのです）。二　この人が継いでいる私たちの祖先の地位を考慮するなら、私は是が非でも家門の誉れを助けねばならないと思いますし、わが叔父[8]の子が町で輝き立てばと願っております。

三　目下、私には手助けをする、それなりの力もあります。あなたの官職を私自身の力と見なしてもおそらく不当ではないでしょうから。あなたは常々彼に対する非難も彼のための懇願もやってくることを予期せねばならないのです。

書簡六一九　デメトリオス宛(9)（三六一年）　豊かな実り

一　この頻繁に往来する召使たちのおかげで、私たちがあなた方の土地を享受すること、あなた方にも劣

(1)直訳は「リュディア人を平原に呼び込む」。乗馬に優れたリュディア人（ヘロドトス『歴史』第一巻七九）を、馬を操りやすい平原に呼び込むことから、相手の十八番に招き入れることを意味する慣用句。書簡一一八三-一、一四二六-六でも用いられている。アポストリオス『格言集』一〇-八一（*Paroem. Gr.* II 509）、Salzmann, p. 43 も参照。

(2)九三頁註（2）を参照。

(3)書簡三〇八-二でのリバニオスの依頼に応えたもの。

(4)モデストスがアンティオキアに建設していたディオニュソス列柱廊については、書簡一九六、二四二-二でも語られている。

(5)オリエンス一帯の地理的管轄領域を持つ、裁判権を伴った官職についていることから、*BLZG*, p. 136 は管区レベルの財務総監と推測し、*FOL*, p. 97 や *PLRE*, p. 298 も何かしらの財務官僚だろうとする。

(6)原語は「エウリポス」。ボイオティアとエウボイア島を隔てる狭い海峡の名。潮流が頻繁に変わることから、移ろいやすいものの喩えとしてよく用いられる。書簡八七〇-二、九〇七-四も参照。

(7)*BLZG*, p. 282 と *PLRE*, p. 851 はスペクタトス（一七頁註（2）を参照）を指すと考える。これに対し、*FOL*, p. 97 はスペクタトスの兄弟にあたるマルコス（書簡三七二-三を参照）であろうとする。

(8)リバニオスの母方の叔父パノルビオスを指す。アンティオキアの有力な都市参事会員で、臨終の際には帝国官職にも就いていた人物。

(9)六三頁註（6）を参照。

りません。「見事な実をつける」[1]これらの木々にさえあなたは心を痛めておいでのようですね。この地に持ち込まれると、[2]枝をたわわにするものの、土地に適応してしまって同じものを作ろうとしないと言って。二　ともかく、あなた方のところで木々に実をならせておいてください。その実りはきっと私たちのものでもありますから。

例の二篇の弁論[3]について、私が書いたことは明確でなかったと今分かりました。そこで訂正いたします。物自体はパラディオス[4]のものにしてください。あなたはそれを渡した後に、〔彼から〕受け取って写しを取るなり、写しを取った後に渡すなりしてください。

書簡六二〇　エウペミオス[5]宛　（三六一年）　親族の危機

一　賛嘆すべきタラッシオス[6]の私たちに対する昔からの友情や、例の災禍[7]が巻き起こったときに私が助かるように彼が引き受けた労苦について、私はあなたに何度も説明したと理解しています。あなたはそれを聞くと、この男を賛嘆して快哉を叫び、私に対する彼の骨折りゆえに彼のことをあなた自身の救世主にして恩人と呼んでいました。

二　この男が広場で憂鬱な顔で座っているのを見ると、私は取り乱して歩み寄り、どうしてこんな有様なのかと尋ねましたが、彼は黙っておりました。この沈黙のために私の方はいっそう取り乱しました。三　そこで、彼のことは放っておいて、別の親友のところへ行き、事態を知りました。それが彼を悲嘆に暮れさせたのは当然なことで、あなたの手で食い止められるべきでした（なされた措置への報復を口にはできないでしょうから[8]）。現状はこのような具合です。

四　私は彼に気づかれぬようにして手紙を書いていますが、これはあなたに立派な業績の機会を提供したいからであり、そして、何がしかの神様［の加護］を必要とした局面で手を差し伸べてくれた人のことを私が忘れずにいると示したいからです。**五**　ヘラクレスでさえ、アテナ女神のことをずっと忘れずにいたと思います。ホメロスが言うように、アテナ女神のおかげで彼はステュクスを逃れてケルベロスのところに辿り

(1) ホメロス『オデュッセイア』第七歌一一五、第十一歌五八九で梨、石榴、林檎の形容に用いられている。

(2) 書簡一四二五-二や一五四〇-二で「枝」は詩の霊感を象徴するものとして扱われるので、場合によってはこの果物のやり取りを表現したくだりには、文学作品のやり取りの響きも込められているのかもしれない。

(3) 書簡六一五-三を参照。

(4) 八五頁註（2）を参照。

(5) 八七頁註（5）を参照。

(6) リバニオスの従姉妹と三五一―三五三年のオリエンス道長官タラッシオスの間に生まれた子。書簡三三〇、三七七、三八七にも登場。アンミアヌス・マルケリヌス『ローマ帝政の歴史』第二十二巻第九章によれば、訴状担当局次長 proximus libellorum の官職を得た。副帝ガルスとの軋轢もあり、ガルスの異母弟であるユリアヌス帝とも険悪な間柄となり、それにつけこんだ誣告のあったことがアンミアヌスの上掲箇所に伝えられる。本書簡での係争は、書簡一一二六でリバニオス自身が巻き込まれたような、財産の不法取得をめぐるものと推測される。

(7) 直訳は「雷撃」。具体的詳細は不明。なお、書簡五五七-一でも同じ表現が用いられている。

(8) 本書簡一〇節の伏線になっている。

着いたのですから。[1]もし、この女神が側にいて助けなかったなら、おそらくは……。ヘラクレスの名誉のために残りは言わないでおきます。

六　では、どうでしょう。あなたはこの事態を恐ろしく、違法で、あなたの統治にふさわしからぬものと見なして、憎まねばなりません。例のエウリュバトス[2]あるいはプリュノンダス奴、もっと正確に言えば、悪行で名を馳せたいかなる人々もアイアコス[3]に見えるようにしてしまう奴、恩義を非難と告発で返す奴。彼奴は、自分が数多くの非難を浴びせかけても何一つ証明できなかったのは自殺行為であって、あなたの剣が［自分に］向けられるだろうと分かっていました。その剣はすでに濫訴人たちの体を貫いてきて、これからもそうするでしょうから。しかし彼奴は、裁判を口実としてタラッシオスの家を荒らせばとにかく利益になると考えて、誰でも証人になれると言ったり、誰も彼もに手助けするよう命じたりしています。

七　さらに、彼の策略は実を結んできました。畑は荒れ果て、収穫は台無しになり、土地の管理人たちは山へ逃げ込んでいます。この男を妬む者たちはその感情を露わにして、彼の財産を好き放題に略奪[4]してきたのです。彼のおかげで連中は危険から何度も解放されたというのに。八　そして、共同体の必要のために工人だとか何かそういったものの供出が必要になるたびに、その負担の半分以上はタラッシオスの財産から出されます。連中はこの男が手も足も出ないと見なしているからです。九　しかし、最初の裁判が彼に良い評価をもたらしたので、神様がお許しになれば、残りも幕開けと同じようになるでしょう。そして、今暴れまわっている連中を彼が追及する姿がいずれ見られるでしょう。

一〇　おや、どういうわけかこんなことが私の口から漏れてしまいました。それも、私は大それた発言をしないよう気をつけることを心得ているというのに。ともかく、あなたとしては、私自身がこのような目に遭っているかのように考えて心を痛め、さらには私と一緒にあなた自身もこのような目に遭っていると見なして、この蛮行を咎めてください。また、思慮分別を失えば罰を受けることになるのだと示してください。そして、タラッシオスと彼の係争に関して怒りを示すことで、ご自分の統治に華を添えてください。

---

(1)ステュクスは流れの激しい冥府の河。ヘラクレスが冥府の番犬ケルベロスを連れ出すという功業を行なった際に女神アテナが手助けをしたことはホメロス『イリアス』第八歌三六二―三六九が伝える。

(2)エウリュバトスもプリュノンダスも、古典期ギリシアの作品から用いられている、極悪人の代名詞。書簡五一-一や一四五-三のほか、リバニオス『第六十三弁論』一五―一六などを参照。

(3)アイギナ島の伝説的な王で、正しい人の代名詞として用いられる。死後にミノス、ラダマンテュスと並んで冥府の審判人となった(プラトン『ゴルギアス』五二三E)。

(4)直訳は「ミュシア人の略奪」。小アジア北西部に住むミュシア人は力が弱く、略奪を受けることの代名詞となった。ゼノビオス『格言集』五-一五(*Paroem. Gr.* I 122)を参照。書簡一九四-一、六九六-二、七六三-六、八一九-三でも用いられている。

書簡六二一　テミスティオス宛[1]（三六一年）　手紙の行方

一　あなたがアカキオス[2]と会えなくて落胆したことは知っています。会えなかったのはさまざまな理由によりますが、とりわけ、あなたもご存知の、私たちが熱烈に望んでいた行動をしてくださらなかったことによります。そして、次善策[3]も私たちには現われておりません。それは、手紙がマクシモス[4]に渡されることだったのですが。

二　そこで良き人よ、その書簡がどうなったのかを教えてください。書簡を受け取っておきながらそれを認めない人を私たちが咎められるように、あるいは、私たちが完全に無視されていることに鑑みて、あなたにお願いするのをやめられるようにするために。

書簡六二二　アカキオス宛[5]（三六一年）　最良のガラティア人

一　私は以前の書簡[6]で、あなたからきっとご厚情を頂けるはずだと示しましたし、最良の人士で私たちの友人であるマクシモス[7]を手厚くしていただけるようお願いしてまいりました。ですから、彼がすでに多くのご厚情に与ったものと確信しております。そして今度は、ずっと前から私の熱意を傾けるに値し、未だ完結していない案件を、決着へと導いていただけると確信しております。ここにもマクシモスの家の繁栄がかかっています。二　ですから、この手紙の運び手が弁論家でなかったならば、私自らが詳しく説明していたでしょう。しかし、エウセビオス(8)は弁論の力に加えて他の力までも獲得したのですから、このような人物を使者としていながら、どうして長々と話す必要がありましょう？

三　ただし、これだけは付け加えさせてください。私たちのお願いは諸法からいっさい逸脱していませんし、不正な人々から不正なことを求める者たちよりも私たちの方がよりいっそうの感謝をするでしょう。

(1) 五三頁註（2）を参照。
(2) 三六一―三六二年のガラティア州総督。リバニオスがマクシモス（とその子ヒュペレキオス）のためにアカキオスへの働きかけをしたことは、書簡二九八、三〇八、六二二、六五一、七三二、七五二などから窺える。書簡六一七も参照。
(3) 直訳は「二隻目の船」。この慣用句は他にも書簡七〇五-三、七三九-四、七七七-七、八二三-一でも用いられている。書簡八三-一と第一分冊一〇七頁註（6）も参照。
(4) 三七頁註（5）を参照。
(5) 前註（2）を参照。
(6) 書簡二九八のこと。
(7) 三七頁註（5）を参照。
(8) アンキュラの人。書簡四六二の名宛人。*BLZG*, p. 142 は同市の都市参事会員であるアゲシラオス、ストラテギオス、アルバニオスらとの姻戚関係を見ている。*PLRE*, p. 304 は Eusebius 15 と 16 の両方でこの書簡を取り上げるなど混乱が見られる。

書簡六二三　デメトリオス[1]宛　（三六一年）　収穫期

一　私たちにもついに刈入れ時がやってきて、収穫を手にしています。ですから、よろしければ、農夫たちのために競走を終わりにしましょう。二　畑に関する例の忠告[2]を私は良しとして、受け入れております。それで、畑を手放さずに、さらに増やそうとしているところです。

書簡六二四　モデストス[3]宛　（三六一年）　手抜かり

一　この手紙を手にした者[4]の言い分はお聞きのとおりです。すなわち、彼は家内奴隷たちが怠けていたことを非難しており、起こってしまったことをあなたに是正してもらいたいのです。ほら、邪悪な神霊がこの案件に手を出して、この青年に事の成就を渋っています。

二　しかし、良き人よ、詩句のとおりに「よしや神霊に逆らって[5]」でも、ゼウスにかけて、いかなる困難にも屈しないでください。もしも私たちが眠り込んで[6]すべてを台無しにしてしまったと思われてしまうなら（それも、あなたがこの件に配慮をしてくださったという話が各地に流布しているときに）、その不名誉たるや損害なしには耐えられないようなものですから。

三　実際、この案件は骨折りとも無縁だと思います。さらなる恩恵をいただく必要はなく、すでにいただいた恩恵を奪われないようにするだけですから。これは実にわずかな書簡で実現できるはずです。ともかく、これがオリュンピア競技よりも骨の折れるものだとしても、あなたが私たちのために骨を折るのは今回が最初とはなりますまい。(7)

書簡六二五　プリスキアノス宛(8)（三六一年）ペルシア戦の後方で

一　そちらからやってくる人たちに各人各様の質問をしています。「アルカディア人たちの状況はどうか」「隣保同盟の状況はどうか」「ピリッポスはどこへ向かうのか」(9)と。しかし、私はあなたのことをいつも気がかりにしているので、次のことだけを教えてもらおうとしました。あなたの美徳が、時局の重大さによって示されなかったかどうかと。

(1) 六三頁註（6）を参照。
(2) 書簡六一五‐一を参照。また、畑の購入は書簡六五四でも話題となっている。
(3) 八五頁註（4）を参照。
(4) ヒュペレキオス（三九頁註（1）を参照）のこと。彼のためのリバニオスの働きかけについては、書簡三〇八、六一七、七九二、八〇四も参照。
(5) ホメロス『イリアス』第十七歌一〇四。
(6) 五一頁註（2）を参照。
(7) プラトン『パイドロス』二五六Bにあるように、オリュンピア競技が三番勝負であることを踏まえた表現であろう。
(8) 三六〇―三六一年のエウプラテンシス州総督。彼の州総督職については書簡一四二、一四三、一四九、一六〇なども参照。
(9) デモステネス『使節職務不履行について（第十九弁論）』二八八。

二　すると、多くの人たちが多くのことを悲劇調に言い立てて、岩から何でも流出させるバッカイの業[1]をあなたに求めている人々がいたこと、アイアスと彼が取り組んだ労苦のことを語りました。しかし、「もはやアイアスは持ちこたえられなんだ[2]」と言う人は一人もおらず、それどころか、プリスキアノスは何ごとにも耐え、走り回り、激励し、指示に従い、調達し、説得し、反論し、上官たちの要望を叶え、臣下たちを桎梏のもとに置かないと語られていました。三　そして、これらの働きからあなたは二つのものを手にしたと言われています。すなわち、清貧と名声を。それゆえ、帝[3]が順調にペルシア王を倒して戻られた暁には、帝から感謝されるだろうという明るい希望が私たちには花開いています。

四　このことを神様が叶えてくださいますように。ところで、ここなるセレウコス[4]は、ゼノビオス[5]の弁論で育てられ、若者たちに関わる私の負担を軽減してくれているカリオピオス[6]の姻戚です。五　彼がエルピディオス[7]に送り出されて伺っているのは、この事業にひとかどの貢献をするためです。もしあなたが自分に親切にしてくれないなら、自分は留まるよりも立ち去るべきだと分かっているので、彼はこの書簡を使ってあなたが親切になるようにしています。六　私としては、カリオピオスと彼の父に恩を売れればと願っております。その恩は、私の庶子[8]に対する熱意という形で返してもらえるでしょう。この二人はアラビオスを陶冶しているのですから。

(1) エウリピデス『バッカイ』七〇四―七一〇、ノンノス『ディオニュソス譚』第四十五歌三〇六―三一〇などに見るように、岩や地面から水や葡萄酒、乳を湧き出させた。

(2) ホメロス『イリアス』第十五歌七二七。

(3) 三六一年夏にメソポタミア遠征を行なったコンスタンティウス二世のこと。

(4) 三六一―三六三年にユリアヌス帝によって重用され、州の大神官に任命されたほか、彼のペルシア遠征にも随行した。ユリアヌス死後は彼のペルシア遠征史の執筆に取り掛かる。なお、*PLRE*, p. 818 は書簡六七八、七七〇の内容も加味して、本書簡時点のセレウコスは軍服などの補給物資調達のために道長官から派遣されたと推測するが、Norman, vol. 2, pp. 124 f., n. b はこの説に疑義を呈す。

(5) パレスティナの出身で、アンティオキア市の公的教師だった人物。三五五年に死亡している。

(6) リバニオスの教育補助をしていることから、おそらく文法教師。親族関係については書簡六七八も参照。なお、先行研究は書簡一八、九五一の人物（三八八年の書簡担当局長 magister epistularum か）も同一とする。

(7) 三六〇―三六一年のオリエンス道長官。

(8) 後出のアラビオスのこと。奴隷身分の女性との間にもうけられたリバニオスの庶子で成年時にはキモンの名でも呼ばれる。彼の養育は書簡六七八、七三四-三でも言及される。

書簡六二六　アポリナリオス宛[1]（三六一年）親族への配慮

一　バッシアノス[2]と彼の叔母はいずれも私の親類であり、敬意を払うべき存在で、その命じるところに助力することは私の利益でもあります。二　ですから、この書簡も彼らが望んだ結果、生まれたものです。彼らの言うところでは、ここなるメギストス[3]は自分たちにとって有用な人物で、彼があなたの好意に与れれば、自分たちは無事でいられるだろうと信じています。三　メギストスは、自分はすでにあなたの好意は得ていると言いましたが、私を介してそれがいや増すことを望んでいます。あなたは私に対するご自分の愛情を隠しておかないので、愛するあまりに何でもするだろうと思われていますから。四　そこでどうか、その見込みは間違っておらず、この手紙によって援助の内容が倍になったことをこの人に確信させてください。

書簡六二七　ソパトロス宛[4]（三六一年）祭典の準備

一　私たちがお願いしていることも、あなたがなさっている多くの仕事（少人数のあなた方が、多数の人々の代わりとなるよう強いられて、息もつけないことは重々承知しております）の中に入れてください。そして、私たちの町もその祭典[5]に馳せ参じると考えてください。二　しかし、思うに、これはこのようにならざるをえなかったのです。ともあれ、この手紙を運んでいる者があなたのご配慮に与れるようにしてください。これほど多忙であってもあなたが私を重んじていることが明らかになるように。

書簡六二八　ファウスティリアノス宛(6)（三六一年）　突然のお願い

一　私たちはまだ会って話し合ったことはありませんが、それでも互いについて聞いていることから判断して、きっと互いに信を置けるはずです。あなたを友として愛していることの証として私が提示するのが、お願いまでもするという事実です。そして、あなたがその願いを叶えるのに加えて、命令までしてくださるなら、願いを二つ叶えてくださることになるでしょう。

（1）書簡七〇五の内容からエジプトで何かしらの官職に就いていると推定される。書簡五三五-二の人物とも同定される。
（2）リバニオスの母方親戚で、タラッシオス（八九頁註（6）を参照）の兄弟、道長官タラッシオスの子（一五五頁註（10）も参照）。妻は道長官エルピディオス（九七頁註（7）を参照）の娘。三七一－三七二年にアンティオキアで発生したテオドロス事件で大逆罪の嫌疑をかけられたことがアンミアヌス・マルケリヌス『ローマ帝政の歴史』第二十九巻第二章五から知られる。その子アリスタイネトス（四一九頁註（1）を参照）は後に活躍。
（3）本書簡と書簡七〇五で確認される人物。
（4）三九頁註（5）を参照。
（5）書簡六六三、六六八-二、一一七二-一の内容から、ソパトロスが主催したオリュンピア祭を指すと考える。
（6）本書簡と書簡六三五より知られる人物。

二　私がこの男を贔屓にしはじめたのは、ずっと前にこの男について貴人ガウデンティオス(1)から見事な話を聞いたからです。それで今回、私が何をすれば彼の大きな助けとなれるかと尋ねたところ、彼は言いました。私があなたを彼の援助者とすれば、と。三　こうして、その手助けをすべくこの手紙を送っています。そして、それができると信じております。

書簡六二九　プリスキアノス宛(2)　（三六一年）　本の美しさ

一　書写士のマイオニオス(3)をたしかご存知ですよね。そして、私が書写士たちのことを蔑ろにできないこともご存知です。実のところ、この手紙を運んでいる者と私は面識がないのですが、マイオニオスが彼を大事にしています。二　ある卑劣漢が損失をもたらした後、逃げていなくなってしまいました。それで今、この男は正当な措置を求めて伺っているところです。三　そこで、彼に対して熱意を示せば本の美しさの助けになると考えて、不正を犯した者への怒りを見せてください。

書簡六三〇　イタリキアノス宛(4)　（三六一年）　縁談

一　スペクタトス(5)は私たちへの接し方が良くなり、母親(6)に宛てて大層な賛辞と、大層な催促を書いています。そのため、彼は私にはもう何もそれ以上することを残してくれず、私が現地で直接駆使している言葉を彼は手紙で送ってきました。彼はこれまで、あなたの家人が運ぶ手紙の中では同じ調子で書いていましたが、自分の家人が運ぶ手紙の中ではそのような内容を書いたこともありませんでした。二　さらに素晴らしいことに、これこそ詐欺師の行ないです。もっとも、いかなる手紙を通じても彼は彼なのですが。三　ですから、彼は私たちのために事をうまく進めています。祖母がこのようなことを聞いて喜ぶのは必定ですし、喜んだ暁にはきっとめあわせもするはずです。

四　あなたは私がお勧めしたことをすべきだと思います。目下の熱意を前にして、それより良いものは見つけられないでしょうから。

(1)アラビアの出身で、アンティオキアの都市参事会員。書簡一七四、三二九、五四三も参照。
(2)九五頁註（8）を参照。
(3)本書簡でしか確認されない。
(4)三五九年にエジプト長官、三六一年にアシア管区代官を務めた人物。ここではリバニオスの親族の女性との結婚を申し出ている。なお、書簡六四二も参照。
(5)一七頁註（2）を参照。
(6)アンティオキアの都市参事会員パノルビオス（八七頁註（8）を参照）の妻バッシアネのこと。スペクタトスの母親で、縁談が出ている娘の「祖母」（三節参照）にあたる。

書簡六三二　パラディオス宛[1]（三六一年）　ソフィストの行方

一　昼下がりにあなたの奴隷がやってきて、私に本を運んできました。そのとき、私は翌日に弁論をするつもりで、客たちもすでに招待されていました[2]。そのため、弁論の作り手から弁論を発表しようとしている人のところに弁論が届くのは吉兆を示していると思いました。こうして、私は明るい希望に包まれています。ただ、将来のことは神様がご存知です。

二　さて、試練を終えたなら、私たちはアリステイデス[3]の作品とあなたの作品に取り組み、その勝負を判定いたしましょう。しかし、アリステイデスを収録している本は古くなって傷んでいるので、一見してあるように思われるものが実はありません。かくして、何か文字が見えても、別の文字は探しても見当たらないのです。それで私はテルシテス[4]を見つけたつもりが、なおもテルシテスを探し続けたのでした。

三　アドリアノス[5]はあなたから逃れられず、あなたの手中に置かれていますが、彼が居ついてしまったのは、私がいつかお願いをするときに、恩恵となるものをあなたが手元に置くためなのです。もっとも、この言い回しは正しくありませんね。「沢山に、アンティマコスの……[6]」なので、あなたが毎日送り届けるとしても、贈物が贈られなかったものより多くなることは決してないでしょうから。

四　あなたの弁論には公正な判定を下すつもりです。もっとも、誓いに縛られずに裁定しますが。

書簡六三二　ゲロンティオス宛[7]（三六一年）　エジプトの統治

一　あなたが私たちや私たちの町を愛し、思い焦がれているのは、結構なことです。しかし、エジプトを誇ってはなりませんし、その官職から抜け出す手立てを探してもなりません。二　実際、私人の立場でナイル河やナイルの賜物を、そしてエジプトやエジプトの産物を見ることができた人を私たちが果報者と呼ぶのなら、そのような素晴らしいものを統べることになった人を何と評価すべきでしょうか？　その人は多大な

(1) 八五頁註（2）を参照。また、この人物との作品のやり取りについては、書簡六一六、六一九も参照。

(2) 弁論の発表会は一部の招待客の前でなされることがあった。

(3) 小アジアで活躍した、第二次ソフィスト運動期の弁論家アイリオス・アリステイデスのこと。リバニオス自身も『第六十四弁論』のようにアリステイデスを論駁する演示弁論を作成した。書簡六一五-三も参照。

(4) トロイア戦争でアカイア勢に参加した口の悪い戦士の名。Salzmann, p. 15 や Foerster はこの表現を醜いものの比喩として理解するが、FK, p. 316 はアリステイデス作品の主題の可能性もありうるとする。なお、リバニオスの手になるテルシテスを題材とした称賛演説も現存する（リバニオス『プロギュムナスマタ』「称賛」四）。

(5) 第二次ソフィスト運動期の弁論家テュロスのアドリアノスのこと。ヘロデス・アッティコスの弟子で、その活躍はピロストラトス『ソフィスト列伝』二-一〇（五八五—五九〇（Wright））に伝えられる。

(6) ホメロス『イリアス』第十一歌一三二。「沢山に、アンティマコスの館には、宝物がしまってある」と続く。パラディオスの書庫の豊かさをほのめかしている。

(7) アルメニアの出身で、三六一—三六二年のエジプト長官。書簡二九一、三〇六も参照。

配慮を払いながら、土地や町々、沼沢や川、運河や河口を訪れて、至るところに自らの美徳と先見の証を植えつけることができるというのに。

三　ともかくもアレクサンドリアの市民たちは優れた統治者を頭の上にまで持ち上げて担ぎまわる[1]でしょう。そして、あなたは大変立派な方で、心根も、弁論も、法律［の知識］も、美を希求する点でも相当な域に達しています。ですから、あなたがエジプト人たちにこれから与える善行に比べれば、これまでのあらゆるものが些細なものに見えることになると少なくとも私は確信しています。

四　私たちに会えないことを悲しんでいるのなら、私たちも同じ心境に陥っていると考えてください。そして、私たちの不在を美しい友人で慰めてください。詩人エウダイモン[2]は美しい友人で、詩の美しさだけでなく友情の美しさも心得ています。この男はあなたの統治の事績をも不滅のものとするでしょう。

書簡六三三　エウダイモン[3]宛　（三六一年）　詩人の彷徨

一　あなたのもとから私に書簡を運んできた一方で、私たちからの書簡ではなく私たちに対する非難をあなたに運んでいった男は、推察するに、悪しき召使でありました。そして、その男の抱いた考えは、書簡を受け取ることを望んでいる者のそれではなく、受け取りたがっていると見えた者のそれでありました。ですから、彼の悪口を信じないでください。そして、彼の言葉よりも、長きにわたる私たちの友情にいっそうの重きを置いてください。

二　あなたが詩人でありながら、後にエジプトにたどりついたらボスポロスの畔[4]の贅沢を忘れてしまったことに、驚いているとは申し上げません。カッサンドラ[5]もデルポイに連れていかれて、託宣の場へと導かれたなら、もはやイリオンにあるいかなる輝かしさも、デルポイの素晴らしさに勝るものとは見なさなかったろうと思いますから。三　まさに今、それ以上のことが起こっています。ゲロンティオス[6]がエジプト人たちを統べており、自ら弁論を習得しながら、弁論を習得している人々を重んじているのです。これはあなたが分け前を二倍得ることを意味します。テレンの詩を吟じる人[7]でも、自分の方にあなたを向き直させることはできないでしょう。

---

(1) プラトン『国家』第十巻六〇〇D、テミスティオス『第二十一弁論』二五四A、リバニオス『書簡』一四九六-三などで人を愛し、信奉する表現として用いられている。なお、リバニオス『第四十八弁論』一六も参照。

(2) エジプトのペルシオン出身の詩人。詩以外にもさまざまな文法関連の著作を残した。書簡一〇八、一三二、二五五などを参照。

(3) 前註を参照。

(4) コンスタンティノポリスのこと。

(5) トロイア王プリアモスの娘で、アポロンの求愛を拒んだために、将来を正しく予言する力を持ちながらも、周囲にどうしても信じてもらえなかった。アガメムノンの奴隷としてギリシアに連れ帰られたが、イリオンの陥落を嘆き続けた。

(6) 一〇三頁註（7）を参照。

(7) ゼノビオス『格言集』一-四五（*Paroem. Gr.* I 18）には「嘲笑する人々に用いる諺。テレンは笛吹きで、抒情詩人であった。よく調子の取れ、大いなる雅趣と巧みな嘲笑を伴った詩を残した」とあり、ディオゲニアノスなど他の格言集も類似の内容を伝える。

書簡六三四　アンピロキオス[1]宛（三六一年）　もう一人の父

一　私がそれをしていなかったら、不義理となったはずですし、それをしたからといって、称賛されるようなことはないはずです。あなただって、ご子息たち[2]の面倒を見なかったなら、非難を浴びていたはずですし、実際に面倒を見ているからといって、賛嘆してくれる人を探さないでください。二　私がこの子たちの父親となっているのはさまざまな理由によりますが、なかでも枢要なのは、弁論に対して優れた素質を持っているからです。

書簡六三五　テミスティオス[3]宛（三六一年）　数多くの依頼

一　ロマノス[4]は金を借りるのは敏速ではありますが、返すのは遅い男です。これは彼の本性に由来するものではありますが、それではいけないと彼が法律から学ぶようにしてください。あなたが法律を重視すれば、彼はそれを軽んじることはないでしょうから。

二　彼が恥知らずでいられないよう、この嘆願書を運んでいるのがファウスティリアノス[5]です。この者はあなたからご配慮をいただかねばなりません。なぜなら、あなたはセウェロス[6]のために手紙を書いて、私がどれだけのことを手紙に書けたかご存知ですが、彼はそのセウェロスの親類であり、セウェロスの生き方を模倣しようとしているのですから。その生き方とはこうです。彼らは不正をする術を知らず、不正を受けることに耐えられないのです。三　この者たちを、側にいるときもいないときも、手厚くしてください。称賛を求めるいかなる総督も（あなたにも称賛を求める気持ちがあると私は確信しております）善き人々を助けるときにとりわけ称賛を享受するはずです。

四　また、単に行動で助けるだけでなく、彼らのために何がなされたかを私たちに手紙で知らせることも必要です。彼らも［援助の内容を］黙ってはいないでしょうが、あなたからもそれを教えていただくのが私にとって最大の喜びなのですから。

---

(1) カッパドキア出身の弁論家でリバニオスの同窓生。ナジアンゾスのグレゴリオスの著作から知られるアンピロキオスと同定され、その場合、グレゴリオスの母方叔父にあたる。

(2) 書簡六七〇と六七一でも言及される。先行研究はグレゴリオスのナジアンゾスの著作をもとに、名宛人の息子をエウペミオスとアンピロキオスとする。前者は若くして死去し、グレゴリオスのナジアンゾスから挽歌を捧げられている（『ギリシア詞華集』第八巻一二一―一三〇）。後者は、カイサレイアのバシレイオスやナジアンゾスのグレゴリオスと交友があり、テオドシウス帝治世に活躍したイコニオン司教。

(3) 五三頁註（2）を参照。

(4) 同名の人物は書簡九-一、一二四-六、一五四四-三で言及されるが、同定の是非、詳細は不明。

(5) 本書簡と書簡六二八から知られる人物。

(6) リュキア（小アジア南西部）出身の都市参事会員で、アテナイでリバニオスの学友だった人物。哲学者マクシモスに傾倒した。都市参事会負担を免れるため、哲学者や官職者の特権を活用しようとし、市民たちと係争を抱えた。この人物に関するテミスティオスへの働きかけは書簡三〇九、六五九、六六四から確認される。なお、書簡一九-一二も参照。

書簡六三六　アナトリオス[1]宛　（三六一年）　ルキアノスの蛮行

一　スキュティア人[2]たちと間近なイストロス[3]の畔でも、リビュア[4]の僻地でもなされなかったような蛮行が、最も文明的な土地であるフェニキアでなされました。それも、諸法があり、総督たちが民を統べ、皇帝が武具に身を包んで、いかなる暴虐もなされないようにしていたというのに。

二　ルキアノス[5]という男は取るに足らぬ地位の者で、農民たちからの金銭徴収をしているのですが、この男がシケリアの僭主ディオニュシオス[6]であるかのように、あるいは巨大な権力を手中にしたゲロン[7]であるかのように、ここなるエウスタティオス[8]の婚姻に狼藉を働いたのです。エウスタティオスは貧しい男で、貧しい妻と暮らしているのですが、その妻の貞淑さによって慰められていました。彼が自分の町（彼はニコメディアの人です）を失った後、彼女はその妻となり、その気立てを嫁資として持参したのです。

三　さて、エウスタティオスは、エルピディオス[9]の命令を受けて、釈明をする予定の人々を連行するために出立しました。一方、ルキアノスはこの女性を邪な目で見つめ[10]ながらも、近くに住むこの女性に使いをやって彼女に対する情欲を口にする勇気はありませんでした。口説くことはできないと分かっていたのです。そこで、自分の娘にこの女性と付き合うよう命じました。四　二人は親しい間柄になり、彼奴の娘はしばしば彼女の家を訪ねましたが、それを何のためにするのかを承知の上でのことでした（彼奴はそのように娘を教育していたのです）。そしてあるとき娘は、彼女も同じ待遇を受けるべきだと言って、自分の家に招待します。彼女はあえて疑うこともなく（実際にそのようなこととは縁遠かったのです）、応諾して、門戸の内に、いや網の中へと入ったのでした。

五　例の暴漢は彼女を家に閉じ込めると、手仕事で生計を立てている女が恵んでやれる男と一緒に寝られるのだから運命の女神に感謝しろと言いました。そして、彼女が貞淑さという武具に身を固めていると賢明にも見て取り、約束をして説得をすることも、脅して怯えさせることもできなかったので、力業に訴えることにしました。彼女はそれに抵抗し、その気骨ゆえに彼女は自分の持って生まれた性別以上の存在に見えました。**六**　おお神々よ、ここでルキアノスは抜刀したのです。しかし、彼女は辱めを受ける前に死ねるのな

(1)キリキアの出身で、三六一年のフェニキア州総督。書簡六三七の名宛人アポリナリオスとゲメロスの父親。

(2)スキュティア人は野卑の代名詞であると同時に、この時代にはゴート人を擬古的に表現するのにも使われた。書簡五一五–二、一二〇〇–四も参照。

(3)ドナウ河のこと。本書簡では帝国の北端の象徴として用いられている。

(4)アフリカのこと。本書簡では帝国の南端の象徴。ヘロドトス『歴史』第四巻一九一―一九二に見るような野獣の多い未開地のイメージが投影されているのかもしれない。

(5)おそらくフェニキア州総督の下僚。書簡二五六にも同名の人物が現われ、本書簡を書簡二五六の前に置く写本もある(cf. *BLZG*, p. 29)が、先行研究は両者は別人と考えている。

(6)前四世紀のシュラクサイの僭主であった大ディオニュシオスと小ディオニュシオスのいずれの可能性もありうるが、後者については淫乱の逸話が伝えられている(アイリアノス『ギリシア奇談集』第九巻八)。

(7)ゲラの僭主。前四八〇年のヒメラの戦いで勝利し、シケリアで大きな影響力を揮った。

(8)本書簡の内容から道長官の下僚と考えられる人物。

(9)九七頁註(7)を参照。

(10)リバニオス『第六模擬弁論』六で、パリスのヘレネに対する眼差しに同じ表現が用いられている。

らと、それを勧奨するばかりでした。彼は、この女性が命をも手放そうとしているのが分かると奴隷たちを呼んで、縄を持ってくるよう命じました。こうして彼女が寝台の上に縛り付けられて叫び声を上げる中、その体は暴行を受けたのです。

七 さて、このような行為の後に、レウクトラでラコニア人たちが暴行を加えた女たちにそうしたように、被害女性を井戸の中に投げ込んでいたなら、(1)なるほど彼は姦淫の罪ある卑劣漢ではあれ、なされた行為が明るみに出ないようにしたのですから、諸法を恐れていると見えたはずです。ところが実際には、あなたやモデストス(2)やエルピディオスや万人がこの不法行為を知ったとしても、何も恐れることはないと知らしめんがばかりに、この女性を送り返して笑い物にしたのです。

八 夫がたまたますぐに戻ってきたこともあって、彼女は夫にすべてを話して、自分を殺してくれと頼みました。このような不幸に遭ってしまっては、生きているのも立派なことではなかろうからと言うのです。しかし、彼は自殺をすることのないよう見張ってくれる人たちに妻を委ねると、当地へやってきました。私がニコメディアを、存在していたときは愛し、崩壊してからは悼んでいる(3)と知っていたので、私に頼み込んで、書簡を通じてモデストスに事情を知らせて、焚きつけ、この姦夫をそこで告発するつもりでいたのです。

九 しかし、私は彼をあなたのもとに送ることにします。それは、先のことには多大な労苦がかかるのに対し、こうするならば苦労することなしに同じだけの厳正な措置が得られると判断したからです。さあ、きわめて思慮があり、きわめて公正で、妻と暮らし、嫡子を育てる方よ。このような蛮行を食い止めようとする者がいることを示してください。

書簡六三七　アポリナリオス(4)とゲメロス(5)宛　(三六一年)　父親という範

エウスタティオス(6)がいかなる不正を受けたために、報復をすべくやってきているのかについては、あなた方の父君に宛てた書簡からお分かりになるでしょう。あなた方は加害者を憎み、被害者を哀れむ姿を見せね

(1)レウクトラの戦いでのスパルタの敗北を運命づけた出来事として、スパルタ人によるレウクトラの女性強姦の逸話はさまざまな史料から伝えられる。ただし、殺害して井戸に死体を投げ込んだ話はプルタルコス『情話五題』第三話（七七三B―E）にのみ伝えられる。その他のものとしては、クセノポン『ギリシア史』第六巻第四章七、シケリアのディオドロス『世界歴史』第十五巻第五十四章三、プルタルコス『ペロピダス伝』第二十章五―七、同『ヘロドトスの悪意について』一一（八五六F）、パウサニアス『ギリシア案内記』第九巻第十三章五―六を参照。
(2)八五頁註（4）を参照。
(3)ニコメディア市は三五八年の大地震で崩壊した。書簡三三二、三八八などを参照。
(4)キリキアの出身でリバニオスの生徒（書簡二一一―一を参照）。書簡六三六の名宛人アナトリオスの子にあたる。
(5)アポリナリオスの兄弟。書簡二三三、三〇四、六三七、八〇六、一五四一、九六六で彼と連名の名宛人として現われる。またゲメロス一人を名宛人として書簡一〇五六、一〇九六、一一〇八が送られており、この頃までにアポリナリオスが死亡していると見られる。五世紀初頭にコンスタンティノポリス首都長官を務める。
(6)問題となっている案件も含めて、書簡六三六を参照。

ばなりません。そして、総督たる父君[1]と共に暮らすあなた方は、その行動を通じて、自分たちが将来どのような総督となるのかを見せねばなりません。

書簡六三八　アグロイキオス[2]とエウセビオス宛[3]　（三六一年）　喧噪

一　事態がそのような具合であるのなら、賢人たちの言うように、必然（アナンケー）は神々よりも力強いのです[4]。私としては、あなた方がそちらで苦難を蒙っていること、そしてこちらの状況があなた方にとって悪化していることを思うと、もし助け手がついていなかったなら落胆していたでしょう。だからこそ、この状況に終止符を打つべくあなた方がいらっしゃるべきだと考えていました。二　しかし、生起した物事の推移から見るかぎり、喧噪から離れていた方が良かったのです。でも、この喧噪も治まって、あなた方のご帰還となるだろうと思います。

書簡六三九　エウセビオス宛[5]　（三六一年）　嫉妬の炎

一　どうして炎から逃げる人が非難されるのでしょう？　この地の人々の対抗心は炎と何ら異なるところがないというのに。その自然本性に駆り立てられてであれ、状況からやむなくであれ、敬意は失われ、誰も恥を感じず、互いに噛みつき合い、私への妬みを募らせるのです。

二　私の弟[6]もこれにまつわる災いから免れておらず、まだ公共奉仕をしていないので、これにまつわる話で言及されないことはありませんでした。三　私はこの町に我慢ならず、齢を重ねているというのに、他所に目をやっています。私たちは目下このような有難い目にあっております。

(1) アナトリオスのこと。一〇九頁註（1）を参照。

(2) アルメニアの都市参事会員。都市参事会員の負担をめぐる係争が書簡二九三、二九四より伝えられる。

(3) アグロイキオスの弟で、同じくアルメニアの都市参事会員。書簡二九三も参照。

(4) エウリピデス『ヘレネ』五一三、同『アルケスティス』九六五、プラトン『プロタゴラス』三四五D（シモニデスの言）、同『法律』第五巻七四一A、第七巻八一八B、ディオゲネス・ラエルティオス『ギリシア哲学者列伝』第一巻第四章七七（ピッタコスの言）、ゼノビオス『格言集』三-九（*Paroem. Gr.* I 60）などを参照。リバニオスは書簡八三一-三でも類似の表現を用いている。

(5) 五九頁註（1）を参照。なお、この人物に宛てた書簡二九四でも「炎」の表現が用いられている。

(6) リバニオスは三人兄弟の次男。この箇所を弟と断定する要素はないものの、リバニオス『第一弁論』八六によればリバニオスがアンティオキアに帰郷した時期には兄に孫がいると述べられているので、公共奉仕を担う年齢を考慮して弟と訳した。

書簡六四〇　アナトリオス宛[1]（三六一年）　収入の確保

一　ヘロディアノス[2]に私たちがささやかな時間を与えたのは、彼が所有しているささやかな土地を直接出向いて見られるようにするためです。彼はフェニキアの少ない収入でも必要としています。職からの収入はそれよりさらに少ないのですから。大人物になるべきでない人が大人物になっているせいで、大人物となるはずだった人の財産が減ってしまったのです。

二　そこで、あなたがこの男とこの男の財産のことを気にかけているのだとフェニキア人たちに気づかせてください。総督の好意を得ていれば、少ないものからでもおそらくそれなりの利益が生じるでしょうから。

書簡六四一　同者［アナトリオス］宛　（三六一年）　わずかな付き合い

一　ここなるフラビアノス[3]はビテュニアの生まれで（私がビテュニア人とどんな関係であるかはご存知ですよね）、アテナイでの学芸に分かち与かりました。その理性は鋭敏で、人柄も優れています。わずかに付き合っただけで、彼は私の友人のうちに加えられました。ほんのわずかでもそれだけの力を発揮したのです。

二　さて、彼が伺っているのはあなたとフェニキアを目にするためです。すなわち、フェニキアが繁栄し、あなたがフェニキアのために骨身を惜しまぬのを。そこで、彼があなたの優しさと公正さとを知った後に、再び私たちのもとに彼を送り出してください。

書簡六四二　イタリキアノス宛[4]　（三六一年）　縁談と恩顧

一　私にとってあらゆる美辞を連ねるに値するバッシアネ[5]の家をあなたが手厚くしていると見えようものなら、もうけものなのはあなたです。そこで、この機会を利用して、ルフィノス[6]に、彼が望む以上の親切を施してください。二　彼が伺っているのは、彼らがアシアに持っている土地を見分して、もし乱れたところがあれば、それを整えるためです。このような事柄は総督たちからの好意を必要とするはずです。あなたがこの者たちへの好意を常に保ち、今度はさらに輝かしいものを見せてくださるものと私は承知しておりま

(1) 一〇九頁註（1）を参照。
(2) リバニオスの教育活動の助手を務めていた人物。書簡三〇七、四五四を参照。
(3) 本書簡から分かる素性以外に、書簡六五五と一四一六の名宛人として知られる。
(4) 一〇一頁註（4）を参照。本書簡、書簡六五九、六六五、六六六でアシア、リュキア、ピシディアに関わる案件が依頼されていることから、この時期にアシア管区代官であったと推測されている。
(5) 一〇一頁註（6）を参照。
(6) バッシアネの土地管理人。*BLZG*, p. 255 は書簡一一二一-一、一一五二-一で言及される人物も同一である可能性を示唆し、Foerster は書簡六四四-二の人物を参照させているが、いずれについても確かなことは不明。

す。

書簡六四三　プリスキアノス宛[1]（三六一年）　総督の中のプラトン

一　いや、たとえ総督の任務であちこち引っ張りだこになり、あなたの手からプラトンが放り出されることになったとしても、あなたの魂にはプラトンが住みついています。だから、あなたは私たちにこのような創作物語（ミュートス）と真実を語る言論（ロゴス）をもたらしているのです[2]。

二　ところで、ほら、あなたとミッカロス[3]は再び一つとなりました。ヘパイストスがあなた方をこのように拵えたのです。そして、あなた方は一つとなった以上、当然、次のような目には遭うでしょう。「むしり取る」連中がやってくるのです。いや、あなたにはこの不安がありますが、我らがミッカロスは髪が豊富ではありませんね[4]。

書簡六四四　フルトゥナティアノス宛[5]（三六一年）　慰め手の慰め

一　あなたが側にいないと、私たちは真の意味で孤独に陥ります[6]。より正確に言えば、孤独な人たちよりも劣った状態になります。孤独な人は悪い人とも良い人とも付き合いませんが、私たちは近くに必要な人を探し求める一方で、縁遠ければ良かった人たちとめぐりあうのですから。

二　そして、ただ一人［私の］慰めとなってくれていた人が慰めを必要としています。卓越せる人物にこっぴどくやられた、ここなるルフィノス[7]は伝令たちにかかりっきりでして、その都度やってくる話に一喜一憂して笑ったり泣いたりしている姿がご覧になれるでしょう。三　もし、あなたがその姿を見せて、いつものように哲学していただけるならば、この災いを克服する唯一の薬となります。

(1) 九五頁註（8）を参照。
(2) ミュートスとロゴスの対比については、プラトン『パイドン』六一B、『ゴルギアス』五二三Aなどを参照。
(3) アンティオキアの都市参事会員家系の出身で、リバニオスの親友オリュンピオス（二七頁註（1）を参照）の兄弟。*FOL*, pp. 163-165 は、エウプラテンシス州総督プリスキアノスの助役 assessor だったのではないかと推測する。また、書簡七〇四、七五二より、三六二年にトラキア州総督を務めた可能性が高い。なお、この人物とプリスキアノスとのやり取りは書簡一四九、一六〇からも伝えられる。
(4) Salzmann, p. 53 は、アリストパネス『蛙』六一四、クセノポン『饗宴』第六章二をもとに、「髪」には「わずかなもの」という意味があるとし、そこから当該箇所は「極貧にある」ことを意味すると解釈している。
(5) 三三頁註（1）を参照。なお、本書簡の後日譚は書簡六五〇で語られる。
(6) プラトン『パイドロス』二三六Cでのソクラテスとパイドロスの対話を念頭に置いたものか。
(7) *BLZG*, pp. 253 f. と *PLRE*, p. 774 は、書簡一八五や七二六から知られる、オリエンス道長官の下僚だった人物と同定するが、Foerster や *FOL*, p. 112 は書簡六四二の人物と同定する。

書簡六四五　エウドクシオス宛[1]（三六一年）　手紙の催促

手紙を送ることは向こう見ずなことではなく、むしろ、そうしないことの方が非難を受けることです。だから、他に何も差し迫ったことがなくても、挨拶はしてください。差し迫ったことがあったら、勇気を出して手紙を書いてください。私はあなたもご兄弟も有為なる方々だと思っておりますし、私にできることがあるのなら、あなたが私からの援助を得られないことなどありませんから。

書簡六四六　マクシモス宛[2]（三六一年）　父なし児への援助

一　伝えられるところでは、エウドクシオス[3]が父親[4]を悼むことわずかだったそうで、その原因は、あなたが多くの立派な行動をなさったおかげで彼は自分が父なし児であることを感じずに済んだからだそうです。そのあなたの行動を私たちは、その場に居合わせた人たちに劣らず知ることができました。助けてもらった当人が長い手紙でそのことを伝えてくれたのです。二　ですから、あなたは私たちからの贈物をすでに受け取っています。すなわち、喝采に賛辞、そして、このことを知らない者は誰もいないという事実をです。また、神々が良き人々に常々与える、より大きな報酬もあなたは手にするはずです。

三　私はあなたを［行動するよう］奮い立たせねばならないと以前は考えておりましたが、今ではもうそのようには思っておりません。といいますのも、将軍たちは、行動する前は言葉で戦士たちを鼓舞しますが、その後は、行動がなされたからこそ戦士たちは残余の行動におのずから奮い立つと考えているのを、私は目にしておりますから。**四**　この青年[5]をあなたはずいぶん前から贔屓にしてくださっていますが、今度は彼がその名を父親と分かち合い、その気質を兄弟と分かち合っているのをお目にかけることでしょう。

書簡六四七　バシレイオス宛[6]（三六一年?）　甘美な日々

一　またどうして忘れることができましょうか、あの日々のことを、あの弁論のことを、あの喝采のことを。少なくとも私の心にはあのわずかな時間が深く刻み込まれていて、何年間にも相当し、いかなる祭典よ

（1）書簡二八八で確認されるアルメニアの人で、リバニオスの生徒（書簡二四八—二五〇、二五四で言及されるカイサリオスの子）。書簡六四六も参照。
（2）三六一年にアルメニア州総督、三六二—三六四年にガラティア州総督、三六四年にエジプト長官を務めた人物。本書簡で述べられるエウドクシオスへの援助については書簡二八八も参照。
（3）前註（1）を参照。
（4）アルメニアのカイサリオスのこと。この人物の死については書簡二八八を参照。
（5）本書簡の内容から、故カイサリオスの息子で、エウドクシオスの兄弟だったこの青年がカイサリオスという名だったと判明する。エウドクシオスとともにリバニオスに師事したことは、書簡二四八—二五〇、二五四から確認される。
（6）書簡五〇一の名宛人と並んで、カッパドキアのカイサレイア司教となるバシレイオスであると近年の研究では考えられている。

りも甘美だというのに。しかし、思うに、人というものは多くのことによって熱意を削がれてしまいがちですが、とりわけ、このような巨大な町にあっては、そして私たちをも飲み込みかねない巨大な波乱を前にしては、そうなってしまうのです。

二　だからこそ、あなたは書簡を受け取ろうものなら喜ばねばなりませんし、もし万一受け取れない場合には、あらゆる可能性を想像するとしても、あなたが私のところで尊重されていないと想像する必要はないのです。そして、あなたが私たちのところへいらして面倒を見た青年たちを、姻戚関係のためだけでなく私のためにも、愛さねばなりません。

書簡六四八　キュリロス宛[1]　（三六一年）　気になる姻戚

一　ウルピアノス[2]のことを、同胞市民であるから、仲間であるから、有為な人であるからと、ありとあらゆる理由で私は気にかけています。この人のことを気にかけている（ケードマイ）ので、この男の姻戚（ケーデステース）についても無関心ではいられません。後者はあなたから大変よくしていただいたと言っており、それを否定しません。しかし目下、何か叱責を受けるのではないかと危惧しています。悪事に手を染めたからではなくて、非難の余地を少しばかり与えてしまったからです。

二　あなたはあらゆる点で称賛されていますが、とりわけ容赦することを心得ているからこそ称賛されています。そして、もしあなたがこのような性格に生まれついておらずに、怒りに身を任せることまで心得ていたとしても、私の手紙に目をやれば、間違いなくその持って生まれた性格を克服していたはずです。

書簡六四九　パラディオス宛[3]（三六一年）正義の主張

一　正しいことのために生きているあなたに宛てて不正なる人物のための手紙を出すのを恥じていただろうのと同様に、このたび正しいことを述べようと心しておきながら、それをためらうのは恥ずかしいことだと考えました。

二　アカキオス[4]は、軽んじても問題ない者の一人として私を見ており、他の者たちに対するように私にも接してきます。ともかく、彼は材木を保管のために受け取っておきながら、自らをその供託物の主人にすること、これで四年目となります。そして、その都度返すと約束しておきながら、反故にしないことがありません。三　彼は私に一つではなく二つの不正――詐取していることと、裁判官たちに訴えかけるよう強いていること――を加えています。

それで私はこの地の裁判官とあなたに訴えかけます。こちらの裁判官には兵士を派遣するよう説きつけましたが、あなたには、あなたに奉仕しているという口実でこの男を軛から外さないよう、お願いいたしま

(1)三三二頁註（4）を参照。
(2)本書簡と書簡一三五三から確認される人物。
(3)八五頁註（2）を参照。
(4)パラディオスの下僚。

す。

書簡六五〇　フルトゥナティアノス[1]宛（三六一年）夏期休暇

一　あなたの所有している奴隷たちが優れているのは半分だけのようです。彼らは、あなたからの書簡を誰に届けねばならないかはよく心得ているのですが、返信については、あなたに届けるようにと強制されても受け取ろうとしないのですから。

二　私の方では一通目の手紙に答えてすぐに手紙を書いて、それを受け取るよう［あなたの奴隷に］何度も命じたのですが、彼は、いましばらくは、まったく急いでいないのでと言い、私を筆不精と示したり、あなたをやきもきさせたりするような不始末は決していたしますまいと言うばかりでした。三　彼がこのようなことを言っているうちに、二通目の手紙が届きました。ケルソス[2]がそれらの手紙の間にやってきたのです。すなわち、ケルソスはあの［奴隷に渡そうとした］手紙については私から話を聞いていた一方、彼が直接この手紙を正午頃浴場で――私は頭の病気のせいでこのようにするのが日課となっています――私の手に委ねたのです。

四　ところで私が生徒たちと離れ離れになってしまっているのを休暇とおっしゃるとは驚きです。まるで、生徒たちの仕事が休みだからこそ別の者たちが私たちのところにやってくることに思い至らないかのようです。生徒たちのもとに逃げ込めないので、私たちは［その者たちのために］奔走するか、ひどい人だと思われるかしかありません。**五**　ですから、二つの岩の一方は絶えず雲でその頂を覆われているとホメロスが言っているのと同じように[3]、私にはいつだって山ほどの仕事があるのです。しかし、もしあなたには私たちがいなくとも木々があれば十分だというのなら[4]、それで十分なのが立派なことかどうかを胸に手を置いて考えてください。もしメディア人のプラタナスも友人にはかなわないというのなら[5]、行動でそれを示してください。

(1)三三頁註（1）を参照。なお、本書簡の前に送られたものとして書簡六四四を、本書簡の後日譚として書簡六六一も参照。

(2)アンティオキアの人でリバニオスの元生徒。コンスタンティノポリスの元老院議員。ユリアヌス帝とはアテナイ留学時代の学友。三六二年にキリキア州総督、三六三―三六四年にシュリア州総督を務める。

(3)ホメロス『オデュッセイア』第十二歌七三―七四のスキュラとカリュブディス（二三三頁註（7）を参照）を表現するところ。同箇所には「夏といわず、収穫の秋といわず」とあり、ちょうど学業の長期休暇期間である夏に書かれている本書簡にふさわしい引用となっている。

(4)プラトン『パイドロス』二三〇D「木々は何も教えてくれない」という表現を念頭においているのかもしれない。

(5)メディア人とはペルシア王クセルクセスのこと。彼がリュディア地方のプラタナスの木を大事にしたことは、ヘロドトス『歴史』第七巻三一、アイリアノス『ギリシア奇談集』第二巻一四、第九巻三九などで伝えられる。

書簡六五一　アカキオス宛[1]（三六一年）　恩返し

一　私にクロイソスの財貨やギュゲスの黄金、さらには、あなたが今も恩恵をもたらし、これまでも恩恵をもたらしてきたプリュギア地方の王ミダスの黄金[2]を――あなたが「今も恩恵をもたらし」ているとしても驚かれませんよね。あなたはアンキュラの統治者であり、その［アンキュラという］名がどういう由来か[3]をご存知なのですから――、さて、あなたが上記の者たちの富すべてをどこからか手に入れて私に送ってくださったとしても、その多大な富さえ、今回いただいたものには及ばなかったでしょう。それぐらい、マクシモス[4]のためになされたことに比べればいかなるものも私には見劣りするのです。

二　しかし、閣下（アリステ）、これまでになされた措置よりも、今後が悪くなることがないようにしてください。あなたが恩を売ることになる相手は、恩知らずではなく、自分が何を受け取ったかを声高に触れまわる人物なのですから。三　だからこそ、彼はあなたに接見したことや接見したときに受け取ったもののことを私たちに黙っていなかったのです。それどころか、彼は非常に有為な人物なので、長大な手紙を送りながらも、その手紙全体をたった一つの言葉で編むに至ったのです。そのせいで、私は笑ってしまいました。「私は名誉を与えられてきた」「名誉を与えられた」「名誉に与った」といった言葉で長大な文章を仕上げたので、その書簡はただただ「ゼウスの子コリントス[5]」となったのです。四　ですから、もし恩知らずが憎まれて当然だというのなら、恩義を口にするよう気を配る人にはできるかぎり多くの恩恵を与えるべきではないでしょうか。ちょうど肥沃な土地に種子を与えるべきであるように。

五　あなたが恩恵を与えた後、すぐには手紙を送ってくださらなかったところを私は天晴れとしました。私がお願いしたことに何も答えないというのは理屈が通りませんし、自分が何をしたのかを語るのは恥ずかしがっていたのですから。しかし、あなたが私たちのためにしてくださったことを私の口から聞いたのですから、さあ、手紙を書いて、あらゆる方法で喜びをもたらしてください。

(1)九三頁註(2)を参照。また、マクシモスのためのアカキオスへの働きかけについては書簡二九八、六二二も参照。
(2)リュディアの王クロイソスとギュゲス、そしてプリュギアの伝説的な王ミダスはいずれも莫大な富を持っていたことで有名。ヘロドトス『歴史』第一巻一四、二六―三〇などを参照
(3)パウサニアス『ギリシア案内記』第一巻第四章五によれば、アンキュラはプリュギア王ミダスが建設した町であり、彼はそこで錨(アンキュラ)を発見したという。
(4)三七頁註(5)を参照。
(5)ゼノビオス『格言集』三-二一(*Paroem. Gr.* I 63)、『スーダ辞典』「ゼウスの子コリントス」(Δ 1207)にあるように、同じことばかり言う人に使う諺。後者は由来について詳しく「メガラ人はコリントス人に服属しているときに、その命令に辟易し、このことに明らかに腹をすえかねていた。そしてコリントスの使節たちがメガラへやってきたところ、メガラ市民たちが自分たちに注意を向けなかったので腹を立て、ゼウスの子コリントスはこんなことを我慢しないぞと叫んだ。すると、メガラ人たちは彼らを追い出して打ちのめし、『ゼウスの子コリントスを打て』と口にしたと言われている」とある。この表現はピンダロス『ネメア祝勝歌』第七歌一〇六、アリストパネス『蛙』四三九、『女の議会』八二八、プラトン『エウテュデモス』二九二Eでも用いられている。

書簡六五二　アナトリオス宛[1]（三六一年）法律の母国①

一　ここなるヒラリノス[2]はエウボイア生まれのギリシア人で、裁判にも熟練しております。彼は私のことを会うよりも前から愛していました。そして、彼はソクラテスの行動を範[3]として、法律の母国[4]へと参りました。美しいものを学ぶのは、いかなる年齢の者にもふさわしいと考えているのです。

二　この男をあなたに側仕えする者の一人としてください。そして彼が接見するなら、喜んで迎え入れ、ためらうようなら、人をやって呼び出してください。あなたは有為な人物に対してこういったことをなさるでしょうし、こうすることで同時に私たちにも恩義をもたらすことになるでしょう。そして、あなたは私たちを喜ばせるのは有意義だとお考えです。

書簡六五三　ドムニオン宛[5]（三六一年）法律の母国②

一　ご覧ください。あなたはギリシアまでも自分のもとに駆り立てたので、若者たちと並んで老人たちさえフェニキアに馳せ参じるよう説きつけたという具合です。ここなるヒラリノス[6]は、これまでは私の業を何か習得しようと望んでいたのですが、運命のめぐり合わせでそれが叶わなかったので、あなたの業に分かち与ろうと伺っています。

二　そこで、彼が私の授業に参加していたなら私が果たしていたような役割を、あなたが彼に対して果たさねばなりません。好意のことについて話しているのではありません。それについてはあなたはいつでも発揮してくださいますからね。そうではなくて、彼が大した時間をかけずに多くのことを学べるようにしてください。学びに来るのが遅くて、嘲笑を甘受する者は、教師から次のようなものを特権として得るのがふさわしいのです。それは、集約された授業と、技術に素早さを植えつける熱意です。

書簡六五四　デメトリオス宛[7]　（三六一年）　共同所有

一　畑の一部を売った例の男は、私たちが買うつもりだったときには、テッサリアとボイオティア[8]を売りますよと言っていました。そして、その価格が並々ならぬものだったので、私たちは手を引こうとしました。ところが、ある人は購入せねばならなかったので、わずかな額でも莫大なものと見なして、自らは損失

（1）一〇九頁註（1）を参照。
（2）本書簡と書簡六五三でしか確認されない人物。
（3）ソクラテスは高齢でも新しいことの学習に取り組んだ。書簡三七九-七、一一七一-二も参照。
（4）ローマ法の学校を誇っていたベリュトス（現ベイルート）のこと。「母国」という表現については、エウナピオス『哲学者およびソフィスト列伝』四九〇（Wright）を参照。
（5）ベリュトスで活動するローマ法教師。先行研究はドムニノスという名前でも確認される法学教師と同一視する。
（6）前註（2）を参照。
（7）六三頁註（6）を参照。なお、この人物には書簡六一五、六二三でも畑の購入にまつわる話をしている。
（8）トゥキュディデス『歴史』第一巻第二章二では、いずれもギリシアの肥沃な土地として挙げられている。

を引き受けてくれた一方で、私たちのためには原則を定めてくれました。すなわち、それ以上の額は衡平性から提示できない、さもなくば先例に従わざるをえない、と。二　この購入者が一部ではなく全体を持つことがないよう、目下のところ私は共同所有をせねばなりませんが、納得のいく価格を出す人が現われた暁には売るべきだと考えています。共同所有者が［これを］勧めていますから。

書簡六五五　フラビアノス宛[1]（三六一年）礼状

一　友人の見解によってもたらされたものは何であれ、私にとっては少なからぬものであります。このような考えから、送られてきたもの以上にあなたの誠意を私は尊重しておりますし、送られてきたものも大事に思っております。二　もっともハトには喜んだものの、ノロジカには涙しました。書面の内容から目を見張るものを期待していたのですが、暑さに参ったか、運び手たちによって見捨てられたかして、供犠に捧げられてしまったと分かりましたから。そのため、あなたがノロジカを送ろうと思い至ったことを私は非難したほどです。

三　あなたが知らせてくださった勝利のことで私は同名の人物[2]に感謝しております。彼本人がやってきて、その戦いのことや、どうやって敵たちを撃退したのかを教えてくれますように。捕虜まで披露してくれるなら、彼は私たちのところでクレオン[3]以上の存在になるでしょう。

書簡六五六　マクシモス[4]宛（三六一年）　転向者の処遇

一　カルテリオス[5]に怒ることで、あなたはムーサたちにもあらゆる弁論の神々[6]にも恩義を報いてくださりました。彼はこの神々を打ち捨てて（それもその力に与っておきながら！）、武器を買って軍神（アレース）に仕え、弁論家に代わって兵士となったのですから。

二　しかし祝福されし人よ、軍人の株は上がった一方、私たちの株は下がったという現状に目をやってください――その確証は間違いなくあなたの状況から（付け加えれば、私の状況からも）直ちに見て取れます。私たちは自分たちよりもはるかに劣る連中を称賛せざるをえず、彼らの権勢に加えてその愚かさを恐れているのですから――。こういう状況だからこそカルテリオスは利益へと走り、それ相応の目に遭ったのだ

（1）一一五頁註（3）を参照。
（2）先行研究でも論じられていない詳細不明の人物。
（3）クレオンがスパルタに対して勝利を収めたピュロスの戦いについては、トゥキュディデス『歴史』第四巻二九―四一を参照。この戦いでのスパルタ軍の捕虜たちは諺にもなった。Prov. Coisl. 201 (*Paroem. Gr.* I 408 f.).
（4）一一九頁註（2）を参照。
（5）書簡二四五に登場したアルメニアのアルケの人。都市参事会員家系の出身。法廷弁論家のための勉強から転じて、軍務［国家公務］に服したことが本書簡の内容から示唆される。
（6）四三一頁註（4）を参照。

と考えて、ヘルメス[1]への恩義は過去のものとしておき、今後はやかましくあるよりも寛容であるようにしてください。そうして私自身も非難から免れますように。あなたは私たちとの約束を忘れずにいると思われていますが、私はあなたの考えを変えさせたと思われていますから。三　それで、私は疑惑の目で傷つけられているのです。しかし、あなたはこれを取り除いて、私が悪漢ではないと、そして、あなた自身は約束を反故にしていないと示してください。

書簡六五七　アカキオス[2]宛　（三六一年）　難題

一　私たちが何か不正なものをいただきたいとお願いしたので、うまくいかなかったのでしょうか？　それとも、依頼した案件自体は正当なものの、お願いする者たちがいかなるものにも値しないのでしょうか？　それとも、案件は処理されたものの、私がまだそれを知ることができずにいるのでしょうか？　二　この難題をどうか解いてください。そして、懇請が無駄だったと分かることも私たちにとって意義があるのだと考えてください。私たちはいたずらに当てにするのをやめて、おそらく別の方策に頼るでしょうから。三　そこで、私たちはともかくとして、高貴なるエウモルピオス[3]には敬意を払って、恩恵を与えてくださいい（たとえ、これまでは与えてくださらなかったとしても）。あるいは、すでに与えてくださったことを明らかにしてください。あるいは、これから本当に与えてくださることを手紙で知らせてください。

書簡六五八　同者［アカキオス］宛　（三六一年）　多大な熱意

一　閣下（ゲンナイエ）、あなたは真実のために知恵を駆使した行動をなさいました。その知恵とは、切り詰めて、だらだらしないことにありました。あのような事柄での長さというものは、多くの取っ掛かりを生じさせうるのですから。二　あなたなら、もし私からアルカディアを所望されたとしても、「与えられるが、与えぬぞ」とは言えないだろう(4)と思います。それほどにあなたは何でも与えようと欲し、明らかに与え手として、受け取り手に劣らず喜んでいらっしゃいます。三　ですから、例の青年(5)が伺ったら、残りのものも与えてくださるでしょうし、その一つの行動によっ

（1）ヘルメス神は学芸の神ムーサたちと並んで弁論術の守護神としてリバニオスの作品で頻繁に用いられる。書簡八〇三-二、八五八-一、八八四-一、八九四-三、九一九-二、九八〇-三も参照。

（2）九三頁註（2）を参照。なお、先行研究（*BLZG*, p. 38 f. 135, 386; Foerster; *PLRE*, p. 449; *FOL*, p. 95）はヒュペレキオスとマクシモスの親子に関わる依頼（書簡六五一、六五八を参照）が本書簡で扱われているとする。

（3）書簡七五、三一三の名宛人やリバニオス『第四十弁論』で非難されている人物と同定される。それが正しければ、リバニオスの親族。

（4）スパルタ人たちが近隣のアルカディア征服についてデルポイの神託に諮ったときに「認めぬぞ」という神託が下ったことについては、ヘロドトス『歴史』第一巻六六を参照。アルカディアは大それた願いの代名詞として、書簡七〇五-三、八一四-一でも用いられている。

（5）後段で名指しされるヒュペレキオス（三九頁註（1）を参照）のこと。またヒュペレキオス親子のための働きかけとして書簡二九八、六二二、六五一、七三二、七五二も参照。

て、側にいない私をも手厚くしてくださるでしょう。その残りのものとは、好意を絶やさないこと、そして、彼があなたにお近づきのときには喜びを、それをためらうときには叱責を見せていただくことです。**四** こうしてくだされば、またこれに近いことをしてくだされば、彼は同胞市民たちの中でも偉大な人物となり、親たちの目からも偉大な者となるでしょう。実際、彼が父親[1]を必要とするよりも、父親を助けることのできる人物と見えればと私は願っています。子の力をあてにできるということも父親にとっては甘美で、願いごとの一つなのですから。

五　あなたが引き立てることになるのはつまらぬ人間ではなく、聡明で、恩義を口にする術を心得た人物であります。経験してみれば、彼についてお聞きになっていることをあなたが他の人に語るようになるでしょう。そして、私がこれほど多大な熱意を費やしているのも理のないことではないとおっしゃるでしょう。**六**　面と向かって見てみれば、この青年が誰だかお分かりになるだろうと思います。といいますのも、私たちの演示弁論があったときに、彼は聴衆の中でも際立っていたからです。あなた自身も着席して、黙って賛嘆されていました（大声でそうすることはできませんでしたから）。そしておそらくヒュペレキオスが行儀よく称賛をこなしているところを何度もご覧になったはずです。

七　ですから、以上のことを思い起こして、此度あなたが何をなさったかをよく考えて、ご自分の行動を首尾一貫させねばならないと考えてください。そして、私自身がガラティア人たちを治めていたなら彼に対して取っていたであろうような行動を、あなたが取ってください。

書簡六五九　イタリキアノス宛[2]（三六一年）　リュキア人の免除①

一　私たちは友人である点でも賛嘆する点でも変わりありませんが、あなたはどうやら……。いや、これ以上は申し上げますまい。係争や侮辱されている人の話をする方が嫌ではありますが、目下の話はまたの機会にいたしましょう。さて、私たちが変わらずにいることの証として、以前と同様のお願いと、あなたが手にしている名声をいっそう大きくすることになるお願いをいたします。

二　リュキア人セウェロス[3]——彼を妬む者たちに言わせれば悪人でありますが、中傷してばかりいる手合いよりは卑しくないであろう私に言わせれば高貴なる人です——、このセウェロスは、これまでは虐げられていたとしても、あなたの手に総督職が渡った今こそは不安を覚えずにいられるはずでした（諸法が力を発揮すればそうなります）。**三**　ところが実際には事態はあべこべになっており、さほど立派でない総督のときに享受していた安全が、最も公正なる人物がその地を管理しているときに失われてしまうという危険を迎えています。

四　しかし、セウェロスが酷い目に遭うということは、彼を育て上げたアテナイ人の町が傷つけられると

（1）マクシモスのこと。三七頁註（5）を参照。

（2）一一五頁註（4）を参照。本書簡と同じ案件について書簡六六五でも働きかけられている。

（3）一〇七頁註（6）を参照。

いうことであり、その口から膨大な言葉が尽きることなく、彼を息子の代わりと見なしていたマクシモス(1)が傷つけられるということなのです。私たちもこの不幸を分かち合っています。私たちは同窓生の間柄で、力はなくても、有力者たちから敬意を払われていたので、私は絶えずこの人の面倒を見てきたのですから。そのため、私にとって戦列を放棄するのはみっともないことでしたし、あなたの統治下でいっそうの力を発揮しようとして無力に見えようものなら、恥ずかしいことです。**五** また、私が免除を主張する人物はミダスでもなければランプシニトス(2)でもなく、多数の農民たちが故郷に引きとめられるような人物でもありません。むしろ、どこでも必要な食い扶持を見出せるのに、父祖の事績を重んじて、なおもリュキアに身を寄せている人物なのです。**六**

書簡六六〇　リュシマコス(3)宛　（三六一年）　弟子の詩句

一　リュシマコス(4)はまぎれもなく私の子です。かたや総督たちの称賛で、かたや模擬弁論の論戦で、このようなことを弁じ、書いているのですから。それゆえ、かくも立派な弁舌によってその翼を駆り立てられて愛（エロース）が私たちのもとへ飛んできたとしても何ら驚くことではありません。**二**　例の濫訴人――あの獣――は罰を受けましたし、これからも受けるでしょう。このことを私は予見して、悪しき人は悪しき破滅を迎えるだろう(5)とリュシマコスに言ったのです。

三　ところで、あなたはムーサたちと親しく、この女神たちがあなたの魂を捕えているので、あなたは美しい詩句を生み出しています。そこで、私たちの仲間によってダプネ[6]に建てられた絢爛で壮大な邸宅を小詩（エピグランマタ）で称えてください。彼の名はオリュンピオス[7]といい、子もいなければ、父になったこともないので、このような境遇を邸宅の壮麗さで慰めているのです。**四**　どうかこのきっかけを利用し、柱廊と泉水の美しさに詩句による美しさも付け加えてください。

（1）アテナイで三三六―三四〇年頃に活動していた哲学者。書簡三〇九-二も参照。
（2）ミダスについては一二五頁註（2）を参照。ランプシニトスも、ヘロドトス『歴史』第二巻一二一にあるように、莫大な財宝を持っていたことで知られた古代エジプトの王。
（3）本書簡でしか確認されない人物。
（4）名宛人の同名の息子で、リバニオスの生徒。本書簡でしか確認されない。
（5）直訳調にしたが、エウブロス「断片」一一五（Kassel-Austin）に見られるように、「くたばれ」といった悪態の言葉である。
（6）アンティオキア南方郊外にある景勝地。泉水の豊かさと糸杉の杜で有名で、壮麗なアポロン神殿や聖バビュラスの殉教者堂、ヘカテの地下神殿、シナゴーグなどがあり、アンティオキアのオリュンピア競技祭の重要な会場でもあった。現トルコ共和国ハルビエ。
（7）二七頁註（1）を参照。

書簡六六一　フルトゥナティアノス宛[1]（三六一年）　閉ざされた口

一　「さあ、大地も、そして上なる無辺の空もこのことを照覧されよ[2]」――お望みならステュクスとその他の神々も加えましょう――。誓って、例の手紙は遅れて当然だったのであり、わざとそうされたのではいっさいありません。二　友人たちを犠牲にして家内奴隷を大目に見たり、後者を非難から免れさせるために前者に責任をなすりつけたりするのはあなたにとっておそらく立派なことではありません[3]。

三　ただ、この件についてはケルソス[4]に票決を下してもらって、もう少し後に決着をつけましょう[5]。ところで、あなたがいらっしゃらないので、私たちのお祭り気分[6]はすっかり醒めてしまったことをお見知りおきください。なぜなら、胸の内[7]を語れる相手がいないので、私たちは沈黙せねばならないか、発言した後で後悔して、「言わずにおくのが良いもの[8]」を口に出してしまったことで自分の舌を叱責せねばならないのですから。あなたも同じ状況に取り巻かれていると思います。すなわち、沈黙と恐怖に。四　ですから、私たちがあなたを、あなたが私たちを享受できるように、そして、それぞれが互いを通じて自由を享受できるようにするために、姿を見せて、私たちの閉ざされた口を開けてください。

書簡六六二　サルペドン宛[9]（三六一年）　哲学の素材

一　あなたが悲しみの原因を哲学の素材にしたと聞いて、悲しませた相手を私はもう少しのところで称賛してしまうところでした。また、私は至善なるマリアネと会って[10]、その考えを知ったので、あなたがこのような素晴らしい女性と暮らしながら、とうの昔に立場を変えていなかったことに驚きました。おそらくは、遅れて幸福に与る宿命にあったのです。

二　偉大なことを成し遂げようと期待する一方で、このような事柄では些細なことでも偉大なことなのだと考えて、目下の立場を保ってください。これが、私が薬を服用した後に適切でない時期に浴場へ駆けつけようとするのを食い止めて、私を助けてくださったことへのお返しです。

(1)三三頁註（1）を参照。
(2)ホメロス『イリアス』第十五歌三六、『オデュッセイア』第五歌一八四で、女神ヘラやカリュプソが誓言して語るときの文言で、両者とも冥府の河ステュクスまで加えている。
(3)返信の遅れ、奴隷の責任、ケルソスの役割については、書簡六五〇を参照。
(4)一二三頁註（2）を参照。
(5)プラトン『饗宴』一七五Eで、アガトンが知恵をめぐる議論に関して語る言葉。同箇所では「ディオニュソス神を審判にして」と続いており、このことが本書簡で「お祭り気分」と訳した「バッケイア」（バッコス＝ディオニュソスの祭）という言葉につながっていくきっかけとなっている。
(6)前註で見たように「バッコスの祭」が直訳。ただし、本書簡が書かれた三六一年夏は、ユリアヌスが正帝位を僭称し、コンスタンティウス二世と内戦を迎えようとする時期にあたるため、本書簡後段での沈黙と恐怖の話も踏まえると、単なる現実の祭以上の含意がこの語にはあると考えられる。
(7)エウリピデス『アウリスのイピゲネイア』四七五、「断片」四一二（Nauck[2]）。
(8)ホメロス『オデュッセイア』第十四歌四六六。
(9)本書簡と書簡六七六の名宛人として知られる哲学者。
(10)サルペドンの妻。本書簡以外に、書簡六七七の名宛人として知られる。

書簡六六三　ソパトロス[1]宛　（三六一年）　自慢の競技会

一　私たちの側でレスリングやパンクラティオンやボクシングで勝利して栄冠を授けられるのが誰なのかを知っているのは、おそらくゼウスとヘラクレスと、それらの競技を司る神霊たちだけでしょう。しかし、あなたは私たちの競技選手たちよりも前に、日の下に現われたあらゆる競技催行者たちに勝利しました[2]。徳においても、選手の多さにおいても、さらにそれ以上に、贈物の豪勢さにおいても。実際、あなたは贈物に食膳を交えたことで、先例に縛られることもなければ、将来追随する人を持つこともないでしょう。

二　さて、出費はあなたが負いましたが、その出費がもたらした善美は一族で分かち合われています。少なくとも私は、受賞者たちが披露して説明してくれたとき、自分がオリュンピア祭の催行者であるかのように誇らしく鼻高々でありました。

三　ただ、他の人たちに働きかけて［そちらに］送り出している反面、私は頭がこのような具合なので、やむなくこちらでじっとしています。それでも、自分が観戦できないことを、観戦している人たちの賛嘆によって紛らしています。四　そして、完全にかやの外にならないようにするために、ちょっとした妙案をこしらえました。オリュンピオス[3]を深い悲しみから立ち直らせて、嘆くのをやめて祭りに行くよう説き伏せたのです。今度こそ私は、この男の目と耳を介して、すべてを見、すべてを聞くつもりです。

書簡六六四　テミスティオス宛[4]（三六一年）　教養の担い手

一　耳にしているところでは、あなたは裁判において諸法を守り、良き人たちには優しく接し、罰が必要な人たちには怒りを示すとともに、民衆に対しては劇場での施与で喜ばせているそうですね。立派に統治するという本来は困難なことがあなたにとってはたやすいことに[5]私は喜んでいます。

二　さて、有為なるセウェロス[6]の家を救うことには、今列挙した物事にいっさい劣らぬ栄誉があると考えてください。なぜなら、都市が輝かしいものとなるのは富者たちだけのおかげではなく、教養のための仕事を担う者たちもそれに一役買っていますが、あなたが手厚くしている人物は後者の一員なのですから。いや、教養を担う者の方が、富を所有している者よりも都市の名声によりいっそうの寄与をしていると申し上げましょう。三　ですから、セウェロスの同胞市民たちがセウェロスは役立たずで、「教養を担う力が」公共奉仕の実行力に劣っていると考えたり、吠えかかるのをあなたによって止めさせられるときに、「教養の担い

(1) 三九頁註(5)を参照。
(2) ソパトロスがアパメイア市でオリュンピア競技会を開催したことは、書簡六六八-二で明言されている。シュリア州の諸市をはじめ各地から競技者が集まった。冒頭の「私たちの側」もアンティオキア代表の選手たちを意味する。
(3) 二七頁註(1)を参照。
(4) 五三頁註(2)を参照。セウェロスに関する依頼は書簡三〇九、六三五でもなされている。
(5) クセノポン『キュロスの教育』第一巻第一章三にある人を統べることの難しさを前提にしている。
(6) 一〇七頁註(6)を参照。

手がいるという」利得を損害と見なしたりしないようにしてください。このことは、あなたの判断と彼らの共同体に尊厳をもたらすのですから。

書簡六六五　イタリキアノス[1]宛（三六一年）　リュキア人の免除②

一　あなたが友情の何たるかを心得ていて、仲間たちが幸を得られるよう多くのことに重ねがさね気を配り、骨を折っていることを存じあげていなかったなら、沢山の書簡のせいであなたのご機嫌を損なうのではないかと大いに危惧したことでしょう。しかし実際は、あなた自身もアキレウス[2]を称賛する者の一人ですから、声を上げてお願いし続けることで私が有為な人だと思われるはずだと信じております。

二　それゆえ、再度申し上げます。セウェロス[3]は私たちと同窓だった男で、小さなものを私たちと一緒に学び、さらに崇高なものへと進むことができました。お探し求めになれば、彼の内に哲学を見出すことができるでしょう。マクシモス[4]が彼の魂にこの美徳を植えつけた[5]のです。三　そしてマクシモスが生きていたらあなたは名誉を与えていたはずですから、世を去ったとはいえ、同じように彼に名誉を与えてください。あなたがセウェロスを助けるべきだと考えるなら、マクシモスの墓を訪ねて冠を捧げる場合よりもいっそうの名誉を与えられるはずです。

四　しかし、セウェロスが外套（クラミュス）を着ていて、髯を生やしていないからといって[6]、彼の内にある荘厳な学問について不信に陥らないようにしてください。この男はアイスキュロスの言[7]に従っていると思われるよりも実際に従うことを望んで、そのような恰好の代わりにこのような格好をしているのです。ですから、知恵が外衣（トリボーン）や毛に付随しているわけではまったくないように、これらのものがなくても立派な人物たることはありうるはずです。

書簡六六六　同者［イタリキアノス］宛　（三六一年）　筆頭の学生

一　ここなるファウスティノス(8)はピシディア人たちの、そして私たちを囲む若者たちの、まさしく筆頭(9)でありますす。祖国での彼の状況については、他の人々からも聞き知ることができるでしょう。生まれの傑出

（1）一一五頁註（4）を参照。書簡六五九に続くセウェロスに関する依頼。

（2）Foerster はホメロス『イリアス』第九歌三二五以下にある、刻苦精励するアキレウスの姿を参照させるが、あまり内容に合致しないように思われる。

（3）一〇七頁註（6）を参照。

（4）一三五頁註（1）を参照。

（5）プラトン『パイドロス』二七六Eを踏まえた表現。

（6）外套（クラミュス）は軍人や帝国官僚が着た服。一方、哲学者はみすぼらしい外衣（トリボーン）に身を包み、独特なヤギ髯を生やして、杖を持つのが典型的な装いだった。書簡一九五-六、六九四-九も参照。

（7）アイスキュロス『テーバイ攻めの七将』五九二。この表現については、六五頁註（6）を参照。

（8）詳細不明。*BLZG*, p. 467 は書簡一の人物と同定するが、Foerster は二人を区別すべきとする。

（9）書簡一九〇-二と第一分冊二二五頁註（1）を参照。

さ、公共奉仕の華々しさ、この男の父祖たちが町にとって今も昔も城壁代わりの存在であることなどを。しかし、私たちの聖所(1)での行状については、私からお知らせするのが筋であります。

二 彼は、魂が別の事柄に捕われていて、弁論など何の役にも立たないと考えている、寝ぼけた若者たち(2)に囲まれて暮らしているのに、自分の魂にはかかる思いなしを受け入れませんでした。むしろ、教養に分かち与らぬ者は奴隷より何ら優れた立場にないと考えて、劇場や黙劇俳優や馬への熱狂は他の人々に任せておいて、自らはその身を勉強に捧げて、その魂を美しいものとしました。ですから、彼は熱心な教師たちにとっては天からの賜物となり、そうでない教師たちにとっては重荷となりました。彼は勉強そのものを勉強からの気晴らしと見なしていましたから。**三** これまで語られたことの中から、思慮分別と、日々の生活の規律をもお認めになるはずです。自らを書物にかかりっきりにした人というのは、非行からも縁遠かったのですから。

四 さて、もし彼の父親がまだ存命であったり、祖父が老いに抗したりしていたなら、時が経つうちに彼は教え手たちをも凌いでいたことでしょう。しかし実際は、今や自分の財産を自らの手で守らねばならないので、涙ながらにさらなる勉強から引き離されています。それでも、裁判にも申し分なければ、祖国をいっそう大きくするにも申し分ない実力を持っています。**五** 神霊からの加護も得ました。あなたが統治しているのですから、アテナが有益な風を送ってくださり(3)、私の仲間たちが順風に運ばれるのは必定なのです。

書簡六六七　テミスティオス宛[4]　（三六一年）　新都に赴く人①

一　ユリアノス[5]が私たちのもとから出立することに気落ちしていたのと同じぐらい、あなた方のもとに向かうのに喜んでいたとは申し上げますまい。むしろ、悲しみよりも喜びの方が大きかったのです。二　商人が港から港へと、利益の上がらないところから商売がもっとやりやすいところへと航海するときに、前者の悪口を言わず、はるばる後者をあてにするのと同じように、彼は私たちを軽んじることなしに、あなたのところの港に惹きつけられているのです。実際、あなたはあらゆることを心得ている人の一人（エイドトーン）ですが、彼が手をつけていない学問の種類（エイドス）はありません。三　むしろ、あなたが弁論術を披露するなら、彼は喝采を上げるでしょうし、プラトンと哲学が登場すれば、彼は心動かされるでしょう。星について論じるなら、彼がなかなかのものだと分かるでしょうし、詩人を検討するなら、この男のお気に入りの分野を研究することになるでしょう。

四　あなた方の交際が他の素晴らしい話題にも発展していくと確信して、私自身もこの喜びに分かち与ら

（1）修辞学学校のこと。
（2）直訳は「眠っている」。五一頁註（2）を参照。
（3）ホメロス『オデュッセイア』第五歌三八五。
（4）五頁註（1）を参照。
（5）シュリアの出身で、三六二年にフェニキア州総督、三六四年にオリエンス管区総監を務める。この人の能力は書簡六六八-一、一二九六-二でも賛美されている。

せていただきます。あなた方は私の話をするでしょうから（このことははっきりと分かっています）。そして、あなたは実にこう言うでしょう。誰かさんもここにいるべきだったのに、と。すると、この男は付言するでしょう。「本当に、ここにいるべきだったのですが」と。

書簡六六八　クレアルコス宛(1)（三六一年）新都に赴く人②

一　ここなるユリアノス(2)はあなたにお誂え向きの人材です。ギリシア語で一級品なら、支配者たちの言語(3)でも一級品で、法律［の知識］豊かで、弁論は力強く、裏表のない友であり、友人を助けるためなら傷つけられることも厭いません。彼の内にある優美な教養は相当なものなので、彼は好きなだけの人々をわが物とすることができます。つまり、どんなに多くの人の前で演説しても全員を虜にしてきたのです。

二　この人物を理解したいと望む人は、次の一点からだけでもそうすることができます。私は彼を日の下にいる人々の中で最も優れた人と見なしていますし、対抗心に駆られるような恥知らずなところのない人なら、ユリアノスと手を組むことを利としているのがお分かりになるでしょう。だから、サルティオス(4)は彼を自分の旅の伴侶にまでしたのであり、この男を側に置いておけば、厄介な事柄を何でもこなせるだろうと考えたのです。

三　オリュンピオス(5)もこの男について私と似たようなことをあなたに書き送り、あなたが彼のために骨折ってくださるのを称賛していたはずです。もし、彼がアパメイアでのオリュンピア祭を観戦するために、たまたま不在でなかったならば。

書簡六六九　エウセビオス宛(6)（三六一年）　新都に赴く人③

一　もしユリアノス(7)が私の友人でなかったなら、彼の境遇を妬みさえしたことでしょう。こちらで私たちとともにあなたと会っていた上に、今度は私たちぬきで再びあなたに会うのですから。しかし実際は、私は

---

(1) コンスタンティノポリスの有力者。本書簡の執筆時期にどのような立場にあったかは不明だが、これより後にはアシア管区代官（三六三—三六六年）、アシア州総督（三六六—三六七年）、コンスタンティノポリス首都長官（三七二—三七三年）、正規コーンスル（三八四年）を歴任する。

(2) 一四三頁註（5）を参照。

(3) ラテン語のこと。Vo^2 写本にもその旨の註釈がつけられている。

(4) 副帝ユリアヌスの顧問として活躍し、ユリアヌスの単独統治期には道長官として彼のペルシア遠征に随行する。同帝死後、一時は皇帝候補に挙がるも辞退し、ヨウィアヌス帝、ウァレンス帝に仕えた。法史料や碑文ではセクンドゥス、文献史料ではサルスティウスないしサルティウスの名で確認され、リバニオスの他の書簡ではサルスティオスの名が使われている（Foerster は Va Vo 写本をもとに当該箇所ではサルティオスの読みを採用するが、V写本などではサルスティオスの形も伝えられている）。なお、三六三年のコーンスルを務めた、ガリア道長官のサルスティウスとは別人。

(5) 二七頁註（1）を参照。アパメイアのオリュンピア祭観戦については書簡六六三-四を参照。

(6) 書簡七三、二一八、四三七、四四三で確認される、宮廷で活躍する人物。

(7) 一四三頁註（5）を参照。

ちっとも妬んでおらず、彼があなたと交際し、友とされることを大いに祝福しています。二　なぜなら、あなたは言葉［だけ］で、あるいは食卓［での饗応］で友情を示すのではなく、この友情という名称にふさわしいと考えた人のためなら直ちに行動にまで移るのですから。そして、危険を恐れたり、骨を折るのにくたびれたりして、仲間に対して非礼を犯すこともないでしょう。むしろ、神々の加護を得ている人がその行ないで失敗することがありえないように、自分の案件をあなたの手に委ねる人が成功を収めるのも必定です。

三　実際、私自身が［そのようにして］成功し、うまく行ったからこそ、このように言うのです。多くの人たちに懇請して、多くの人たちに期待したものの、あなたのものを除けば、すべての期待が空しいものとなるのを見てきましたから。ゆえに、あなたが力を持ち続けますように。そして、私たちがあなたのもとで重んじられなくなることがありませんように。

書簡六七〇　ウルピアノス宛[1]　（三六一年）　嵐の中の航海

一　嵐にあう航海者たちを陸から見ている人たちが自分たちの身体にも波が降りかかってくるように思うのと同じ心境を、私たちも、あなたが総督職を引き受けた局面[2]を勘案して覚えました。ともかく、私たち自身が四方八方から面倒に囲まれているかのような思いで、困惑と混乱でいっぱいです。二　しかし、私たちはあなたのために祈りを捧げておりますので、あなたは、父君と、あなた自身の素質と、身につけた弁論にふさわしくあろうと努めてください。そして、気高い心構えがあれば、困難な時局も克服されることを示してください。

三　私がこのような話をしたのは、すでにそのように確信しているあなたを説きつけるためではなくて、立派な衝動を駆り立てるためです。もっとも、誰からも話をされなくとも、あなたなら有為なるアンピロキオス(3)を手厚くしてくださるものと承知してはおりますが、それでも何かしら手厚くしていただけるようお願いいたします。彼は、私の同窓生でもあれば、あなたの僚友(4)でもあり、優れた教育者にして、名誉において父親を満足させる子供たち(5)を持つ父親でもあるのですから。

書簡六七一　アンピロキオス宛(6)　（三六一年）　老いの慰め

一　私は貴人ポスポロス(7)に、あなたがどこの国の人か、その性格がどのようなものか、その弁論がいかば

（1）三六一―三六三年にカッパドキア州総督を務めたと思われる人物。書簡六八九―一も参照。
（2）コンスタンティウス二世とユリアヌス両帝の内戦が起きようとしている三六一年の状況を指すか。
（3）一〇七頁註（1）を参照。
（4）直訳は「兵士仲間」。*BLZG*, p. 314 は書記官のような官僚の可能性を、*FOL*, p. 259 は書簡六八九の内容から弁論家（法廷に登録されている弁護人）の可能性を考える。*PLRE*, p. 973 は何かしらの役人であるとする。
（5）一〇七頁註（2）を参照。
（6）一〇七頁註（1）を参照。
（7）Foerster は書簡六七〇の名宛人であるウルピアノスの異名である可能性を指摘し、*FOL*, p. 259 も同様に考える。

かりのものか、誰の父親であるか（すでにあなたは子供たち[1]のおかげで名誉を与えられていますから）を教えました。彼はその話を聞くと、私にもあなたにもうまくいくよう万事を行なおうと断言しました。二　ですから、これまでの損失を取り戻し、ご子息たちのためにあらゆる実りをもたらす畑を用意して、彼らがもたらす希望を老いの慰めとしてください。

書簡六七二　メナンドロス[2]宛　（三六一年）　不当な仕打ち

一　何たる不当な仕打ちを私に加えたのですか、貴人メナンドロスよ。それも、少し前には私を喜ばせてくれていたというのに。美しくて、大きくて、脚のしなやかな馬にお乗りのとき、あなたは養生のために体を動かした後、すぐにお戻りになるものと私に思わせました。ところが、あなたは外国への旅をなさろうとするところでした。そして、去る人がするような挨拶をもうあえてしようとはなさらずに、滞在する人がするような挨拶をして馬を走らせたのです。二　大慌ての後にやってきたのが二頭立てのラバ[3]であるのを目にして、私は側に居合わせていた仲間に向かって「これがメナンドロスのすることだろうか？」と言いました。そして、彼が随行者たちの奴隷に尋ねたところ、事態が明らかになりました。かくして貴人メナンドロスから不当な仕打ちを受けたことを私は知ったわけです。

三　私がメナンドロスのことをすでに二回「貴人」と呼んだのも、あまりにも不当な仕打ちをしたことを明らかにするためです。貴人でありながら、このように悲しませるのですから。でも、あなたは私の家を訪ねて険しい階段を登るのはためらわなかったのに、二つの言葉のことで友たる男にやっかみを覚えました。あなたの魂はどこでそれを覚えたのでしょう？

書簡六七二　ユリアノス宛(4)　（三六一年）　遺産相続

一　マケドニオス(5)と私たちとの友情がどれほどの期間、どれだけの成果を通じて形作られ、育まれたかを、あなた自身もご存知でなかったなら、このことをまず私はお伝えしたことでしょう。しかし、あなたはこの友情の成り立ちをご存知ですから、私が書簡で手助けせねばならないと考えていても、もはや驚くべきこととは映らないでしょう。実際、私は友人のためなら危険なことでも避けようとはしません。

二　さて、私がお願いにあがろうと決意したのは、あなたがいかなる恩恵でも快く与えてくださるからではなく、この恩恵が立派で正当なものであり、このような恩恵ならあなたから与えていただけるからです。

（1）一〇七頁註（2）を参照。

（2）パレスティナの出身で、三六四年にエジプトで総督職を務めたと考えられるが、詳細は不明。書簡六八七、七一三-一も参照。

（3）文字どおりの意味だけでなく、プラトン『リュシス』二〇八Bにあるように、奴隷に委ねる些細なものという含意があるかもしれない。

（4）タルソス市の出身で、書簡四〇でコンスタンティノポリスの元老院議員に登録されていた人物。本書簡執筆時の三六一年にはエウプラテンシス州総督（書簡六七八も参照）。

（5）詳細不明。

実際、非の打ち所がない恩恵さえも自分の友人に与えないような人は、門口にカリスたち[1]を侍らすゼウスの娘[2]に異議を唱えることになります。三　ともかく、卑しからざるお願いをする者にあなたが恩恵を施すことは、誰の目にも明らかでしょう。ただ、私たちが浅ましい者とならぬようにするのに何が必要かはよく考えてください。

マケドニオスが結婚する女性には前の婚姻からもうけた子供がいましたが、亡くなりました。四　そこで私たちが望むのは、この子の財産の相続人に、祖父ではなく、母親がなることです。ともかくこの祖父は気前よい施しをするよう言いくるめられていて、法を無視して、称賛を目当てにしています。

五　それゆえ、あなたに課された試練は、このようなものを受け取るよりも受け取らない方が益するところが大だとこの人に説き伏せることです。あなたは二つのもので説得できるでしょう。すなわち、弁論の能力と総督の地位で。この老人も世評が良いことに喜びを覚え、何を自分の財産とするかよりも、自分が何と言われることになるかを考慮していると聞いています。六　ですから、ためらわずに呼び出して、話し合い、法よりも穏やかな措置を講じてください。そして、このような事柄に関する弁論は自分の持ち分ではないと見なしたり、説得できなかったという言い逃れをしたりして、私たちに対する弁明を見つけようとは考えないでください。七　なぜなら、母親には財貨を、彼女の父親には名声をもたらすのにあなたが一役買うならば、それは不面目ではまったくありませんし、あなたのいかなる言葉もその十全な力で聞く人を圧倒するのですから。

書簡六七四　アナトリオス[3]宛　（三六一年）　アナトリオスの判断①

一　あなたは、統治なさったことのあるガラティア人たちをどこにいても援助しないわけにはいきませんし、私もさまざまな理由から、できるかぎり彼らに協力せねばなりません。この共通の義理に加えてその人となりもあって私はアエティオス[4]を友としていますが、あなたもきっと同じ理由から彼を友とすることでしょう。実際、彼は利益のために懇願することはいっさいできませんが、立派なことのためならいかなる労苦にも耐えることができるでしょう。二　アナトリオス[5]はこのことをよく分かっていて、彼を大いに賛嘆していたのですが、報いることはかないませんでした。それでもこの男はアナトリオスを称賛しています。ともかく、この男は望みが叶わなかったのに加えて、自分の財産がわずかということでも損失を受けており、財産を取り戻せるときにはそれを一大事と見なします。

三　ですから、彼が時を空費しているのを見過ごさないでください。むしろ彼が軽んじられることなく、直ちに決着がつくよう取り計らってください。

（1）優美の女神のこと。ただし、「カリス」には「恩恵」の意味もある。

（2）正義（ディケー）の女神を指す。ヘシオドス『仕事と日』二五六、エウリピデス「断片」一五一（Nauck²）を参照。

（3）一〇九頁註（1）を参照。

（4）ガラティアのアンキュラ市出身の弁論家。書簡六七五、七三三、七六九にも登場する。

（5）五頁註（4）を参照。

書簡六七五　マグノス宛[1]（三六一年）アナトリオスの判断②

一　ここなるアエティオス[2]が善良な人物であることの証人として、アナトリオス[3]の判断以上に善いものを求めないでください。二　実際、彼が生きていたなら、この男はフェニキアに住んで、幸せになっていたはずです。しかし、彼が逝去した以上、あなたが彼の親愛の情を受け継いでください。彼に移住を促すためでも、彼が大いなる希望を叶えるためでもなく、彼が自らの財産を失ったのを見過ごさないために。

書簡六七六　サルペドン宛[4]（三六一年）哲学への目覚め

一　あなたは不運に対抗する薬をあまり必要としていないように見えます。「必要だと思う」ことは「必要としていない」ことに近いのですから。私はあなたをより優れた人にすることはできないでしょうが、あなたの力で私はより優れた人となれるでしょう。二　あなたはその土地[5]を愛することで、私に恩恵を施しているのですよ。私が首ったけの町をあなたは手にしていて、私の望みがあなたの決断のおかげでうまくいっているのですから。

三　そこで、その地で哲学を育んでください。美しい水やさまざまな種類の木々や穏やかな気候に並ぶ自慢の種として、その土地がムーサたちにも分かち与っているという事実も加わるようにするために。四　また、貴人へシュキオス[6]（あなたの称賛する人が貴人でないことはありえません）の正真正銘の教師になってください。そして、私がすべてを理解していないからといって、名指しで非難しないでください。

書簡六七七　マリアネ宛[7]（三六一年）素晴らしい女性

一　あなたが写本[8]に関する取り決めを守ると私は重々承知しておりました。作成をお命じのものが速やかにでき上がるように取り計らいましょう。うまくいかないのは、行動しようとしない者のせいですから。

二　私たちの町は、海側から植民されたこともあって、多くの波[9]に打ちつけられています。ですから、何か友人のことをお尋ねになれば、知っていると言う人はたくさんいますが、結局は誰も知らないのです。そ

（1）書簡三〇三でフェニキア州総督のアナトリオスに推薦されている弁論家。
（2）一五一頁註（4）を参照。
（3）五頁註（4）を参照。彼の死は書簡六七四でも述べられている。
（4）一三七頁註（9）を参照。
（5）*BLZG*, p. 387 はエウプラテンシス州総督のユリアノスに送られた書簡と一緒に本書簡が送られたと考えるので、サルペドンの所在地についてもエウプラテンシスのどこかと推測し、*PLRE*, p. 429 もそれに従っている。
（6）書簡一一六-一で確認される人物と同定されるが根拠は薄い。詳細不明。
（7）一三七頁註（10）を参照。
（8）弁論をはじめとした文学作品の筆写に用いられた羊皮紙。
（9）*BLZG*, p. 388 はコンスタンティウス二世とユリアヌスの内戦における混沌とした状況に関連すると考える。

こで、［出産の］時が迫ったら、お産の女神（エイレイテュイア）たちがアレクサンドラ(1)に優しい心で付き添ってくださるようお祈りしましょう。

書簡六七八　ユリアノス宛(2)（三六一年？(3)）子の教育

一　この悪さの過ぎた奴隷が、発言と行動両面について罰を受けるよう諸法と私が取り計らいましょう。他方であなたは、貴人プリスキアノス(4)がセレウコス(5)に対して抱いていた好意も官職とともに引き継いでください。二　そうすれば、アラビオス(6)の教師たちであるカリオピオス(7)とその父親がアラビオスにますます好意を持つようにできるでしょう。セレウコスが結婚するのは、前者の妹にして後者の子(8)なのですから。三　そこで、お子さんにもご挨拶したいものですと手紙の中に一筆添えてあなたが敬意を払ってくださっている男(9)に、学業の協力をしてください。

書簡六七九　バッシアノス宛(10)（三六一年）新帝の登場

一　数多の戯言をあなたが短信で一掃したのは見事でありました。その戯言を私は手紙が着く前からすでに一笑に付していましたが、手紙が着いてからはだれもがそうしています。皇帝とは何かを心得ている方(11)が皇帝であることに、あなたが明らかに喜んでいるのを私は喜んでいます。王笏がクロノスの子(12)の手で彼に与えられたと言明することで、あなたは［王笏を］受け取った人物の美徳を明らかにしていますから。二 それでは、くれぐれも気をつけてください。そして、あなたに関する評判が良くなるよう昼も夜も用心してください。

---

(1) 家族関係については書簡六七八の内容を参照。教養豊かと描写され、女性としては珍しく、リバニオスの複数の書簡の名宛人となっている。

(2) 一四九頁註（4）を参照。

(3) *BLZG*, pp. 387 f. は、写本上の本書簡の位置から三六一年のものと推測する。これに対し、Foerster は、本書簡二節の「結婚する」という語の現在時制に注目し、*BLZG*, pp. 56, 272 が結婚がなされた時期と推測する三六〇年のものではないかと考える。ただし、結婚の時期についての年代を明確に示す史料はなく、*BLZG* も書簡六七七-二をもとに子供の出生時期から逆算しているにすぎない。

(4) 九五頁註（8）を参照。

(5) 九七頁註（4）を参照。

(6) 九七頁註（8）を参照。

(7) 九七頁註（6）を参照。

(8) 書簡六七七-二で言及されるアレクサンドラのこと。

(9) リバニオスのこと。

(10) 九九頁註（2）を参照。道長官タラッシオスがユリアヌス帝の兄にあたる副帝ガルスと確執を深めたこともあって、タラッシオスの息子たちの立場はユリアヌス治世に危うくなった。この点については、アンミアヌス・マルケリヌス『ローマ帝政の歴史』第二十二巻第九章一六以下も参照。

(11) 三六一年から単独の正帝となったユリアヌスのこと。

(12) ゼウスのこと。

書簡六八〇　ポリュクロニオス宛[1]　（三六一年）　ためらいの有無

一　同じインクと同じ手を使って私たちに宛てても手紙を出すことができたはずです。しかし実際には、私には何にもなしなのに、オリュンピオス[2]に宛てては私に関する手紙を書いていらっしゃいます。ですから、あなたのお考えでは、私に敬意を払いつつも［手紙を書くのが］ためらわれているわけですが、私としては、軽んじられていると主張いたします。二　なるほどあなたは私の弁舌からは逃れられるでしょう。しかし、ご子息が私を助けて父親を告発するときには、彼はあなたから罰を要求するでしょう。その日を私たちが見られますように。

ところで、マルコス[3]のことをさまざまな理由から私たちは配慮せねばなりません。彼は今では高貴なるモデストス[4]の幼子[5]を養育しており、その労によってあらゆる人を喜ばせていますし、彼が望むことのためならあらゆるものを駆使する用意があります。三　彼は、あなたの私に対する見解を知ると、手紙を書くよう命じ、私もぐずぐずとはしませんでした。ですから、私の速さに対抗し、マルコスの人生をさらに明るいものにするのがあなたの役目となるでしょう。

書簡六八一　ピラグリオス宛[6]　（三六一年）　休暇明け

お子さん方が到着しました。実家での余暇から何か裨益したところがあるかどうかは分かりませんが、ともかく彼らは今勉強中です。年上の子は熱心にやっています。もう一人についても、いつかきっと同じことを書き送るでしょう。自分たちが誰の子であるかを何度も聞いていれば一番の［勉強への］励みになると思って、私は絶えず彼らに父親のことを思い起こさせていますから。

書簡六八二　ヘリオドロス[7]宛　（三六一年）　嫁入り話①

一　私もヘラディオス[8]の娘たちの父親なのだと考えてください。種をまいたのは彼ですが、彼女たちは［彼と私の］双方から愛されているのですから。愛する理由は多々ありますが、とりわけ、彼女たちの母親が

(1) *BLZG*, p. 241 はフェニキア州総督を務めた後、三六〇—三六二年のポントス管区代官だったと考える。*FOL*, pp. 203 f. は管区代官職については *BLZG* に同意するも、フェニキア州総督職については異議を唱え、道長官麾下の財務官僚ないし帝室財務官僚だったと推測する。これに対し、*PLRE*, p. 711 はオリエンス道長官エルピディオスの補佐役 domesticus ではないかと推測する。書簡二八、二〇七、二二七、六九一も参照。

(2) 二七頁註（1）を参照。同じポリュクロニオスに宛てた書簡六九一でも言及されている。

(3) 詳細不明。*PLRE*, pp. 538 f. はリバニオス『第五十七弁論』一一以下で論じられる人物と同定できる可能性を指摘する。

(4) 八五頁註（4）を参照。

(5) 書簡九八七よりインファンティオスという名前であったことが分かる。

(6) アルメニアの人。リバニオスのもとに子供を預けていることについては、書簡四三、八九、一三一、一七六も参照。

(7) 本書簡と書簡六八三から知られる、ヘラディオスの娘の求婚者。

(8) 本書簡と書簡六八三から知られる人物。

息を引き取ろうとするときに、私に言い残した言葉がその理由です。それを私は魂から払いのけられませんし、覚えている以上は実行に移さずにもいられません。

二　ですから、最良の方よ、あなたは変わってしまったのか、それとも昔のままなのかを今こそ明らかにしてください。より正確に言えば、言葉は二の次にして、何か行動を示してください。私たちにはさまざまな理由から、この乙女をめあわせる責務があるのですから。

書簡六八三　アナトリオス宛[1]（三六一年）嫁入り話②

一　一つ一つのことに尽力してヘラディオス[2]の家を救っているのが、ここなるマルテュリオス[3]です。彼が伺っている案件には立派な男がまたもや必要なので、彼が駆けつけている次第です。要するに彼が伺っているのは、煮え切らないでいる求婚者[4]に働きかけて結婚に至らせるか、あるいは心変わりしているなら縁を切るためです。

二　そこで、あなたがマルテュリオスに会っていただければ（私たちの手でこのような案件のために送り出された人物にあなたは当然そうなさるでしょうが）、万事はうまくいくでしょう。

書簡六八四　ディオドトス宛(5)　（三六一年）　友人の責務

あなたのことを忘れずにおります。友人ですから。そして手紙を書いております。お気に召されますから。私はあなたから友としていただいていると分かっているので喜んでおりますが、あなたが黙っていらっしゃるのはいけません。そこで、この点でも私たちが折り合いをつけるために、受け取って喜んだのなら、与えて喜ばせてください。

書簡六八五　アカキオス宛(6)　（三六一／六二年）　病状

一　大親友からの書簡が再び私のもとに届き、二重の喜びをもたらしてくれました。すなわち、手紙が来たことの喜びと、快方に向かったと伝えられたことの喜びです。

二　私がそれまでの間沈黙せざるを得なかったのは、あなたに手紙を送るのに病気のことに触れないのは

---

(1) 一〇九頁註（1）を参照。
(2) 一五七頁註（8）を参照。
(3) 本書簡でしか確認されない。
(4) 書簡六八二の名宛人ヘリオドロスのこと。
(5) 書簡一四二三、一四二九-六、一五三二-二から確認されるフェニキアのテュロスの人。
(6) キリキア地方に住む弁論家で、三五七—三六五年にかけてのリバニオスの文通相手。なお、この人物の健康状態は、書簡四四-一、一九〇-一、三一六、六九五-四などでも話題とされている。

理屈が立たないし、かといって、あなたに病気のことを口にするのも有益ではなかったからです。体調を崩している人は、そのようなことから具合を悪くしてしまいますし、あなたが体調を崩していることは医師たち[1]が語っていましたから。**三** あなたを健康と見なして対話することもできなければ（仲間の境遇も知らないのですから、これは大変身勝手なことです）、病人と見なして手紙を書くこともできなかったのです（これは体に悪いことです）。かくして残されていたのは、一人で悲しんで祈ることだけだったのです。私がいつもこうしていたことは神々も友人たちも知っています。

四 さらには、私自身のためにも、この二つのことをしておりました。私自身も似たような病気に苛まれる者の一人でしたから[2]。この病気は夏にとてもひどくなったので、ヘレボロス[3]を買わざるを得なくなりました。それで今ではある程度収まったのですが、完全には治っておりません。ただ、神殿が開かれた[4]ので明るい見通しがあります。

五 ティティアノス[5]は、優れた子として父親[6]とともに苦難を耐え忍びましたし、あなたの息子として弁論を愛することをやめませんでした。そこで、私と彼は目下の期間中に、過去の分の勉強も行なおうとしています。

書簡六八六　キュリロス宛[7]　（三六一／六二年）　幸福の連鎖

一 あなたが指示を出した相手は、喜んでそれに従いました。モデストス[8]も快くすべてを行なってくれる人の一人でした。総督職から総督職へ、パレスティナからパレスティナへ(9)となることに私は喜んでいます。

二　ですから、この素晴らしいことが次から次へと隣人に波及していくなら、おそらくあなたはその総督職を経て私たちのもとにもやってくるでしょう。

(1) *ἰατρῶν παῖδες* という表現が用いられている。リバニオス『第四十六弁論』八、『プロギュムナスマタ』「比較」五-一二も参照。

(2) リバニオスの頭の持病については、書簡二五やリバニオス『第一弁論』九を参照。ただしリバニオスは時に政治的難局を避ける方便にも病気を用いる節があるため、額面どおり信じてよいのかどうか注意が必要である。なお、病気を弁論の題材とする先例としては、リバニオスが崇敬していた二世紀のアイリオス・アリステイデスがいる。この病気は、書簡六九五-七、七〇六、七〇七、七〇八、七二六-四、七二七-一、七七〇-四でも言及される。

(3) クリスマスローズ類のこと。古代には精神病の薬として用いられた。

(4) ユリアヌス帝による異教復興政策を示す。

(5) 本書簡の名宛人アカキオスの息子で、リバニオスの学生。

(6) リバニオスのこと。教師と学生の関係はしばしば父子関係に喩えられる。

(7) 三三頁註（4）を参照。

(8) 八五頁註（4）を参照。彼のオリエンス管区総監としての姿が伝えられる最後の書簡。

(9) *BLZG*, p. 388; *FOL*, pp. 74 f.; *PLRE*, p. 238 はいずれも第二パレスティナ（サルタリス）州総督から第一パレスティナ州総督に転じたことを示すと理解する。これに対し、Ph. Mayerson, 'Libanius and the Administration of Palestine', *ZPE*, p. 259 は、書簡三三四、三二一、三一五をもとに先行研究が主張する三五七／五八年のパレスティナ州分割に異論を唱え、三九〇年頃まで分割はなされなかったと主張する。そのため、本書簡の当該箇所は、州総督の称号が praeses から consularis に変わったことを示すにすぎないと理解する。

書簡六八七　メナンドロス宛[1]（三六一／六二年）　確信

あなたは正しい人生を送ってきました。正当に所有を得ました。明らかに濫りな訴えを受けています。審判人は法に従う人です。私たちはずっと前から自信を持っていますし、あなたはもはや勝利を収めていることでしょう。

書簡六八八　マクシモス[2]宛　（三六一／六二年）　総督の賛美

一　私の手紙という卑小なものに関して大仰なことを言うのはおやめください。また、それについて他の人たちに同じ意見を言うよう説きつけるのもおやめください――他人を騙す者について定められた法[3]を畏怖して――。むしろ、その大仰な賛辞を高貴なるポティノス[4]に向けてください。彼には神様が鋭敏な思考と崇高なる気骨と調和のとれた優美と達者な弁舌を与えてくださりました。二　その彼の弁舌をあなた自身も最大限に享受しています。彼は、あなたがアルメニア人たちの諸都市をどのようなものにしたかを説明することで、自分が通過するどんな大きな町でも、町じゅうあなたに関する評判で持ちきりにしてしまうのですから。

三　そこで、この男が地の果てにまで達するよう祈ってください。そうすれば、マクシモスの美談を聞かぬものは一人もいなくなるでしょうから。

書簡六八九　ユリアノス[5]宛（三六一／六二年）必要な証言

一　こんなことを私は信じたくありません。あなたがウルピアノス[6]とパラディオス[7]の案件にほとんど配慮しなかったなどと。また、あなたが友人たちを尊重していたことや、弁論家たちを尊敬していたこと、この仲間たちがあなたと同じ労苦を担っていることをどれも考慮に入れなかったなどと。私には口にするのも憚られることが多くの人々によって語られていますが、私としては、それらはどれもあなたの仕業ではないと

(1) 一四九頁註（2）を参照。
(2) 一一九頁註（2）を参照。
(3) アテナイの伝説的な立法家ソロンが、人を欺いた者に対する法律を定めたことは、書簡一〇三-二、八四二-四でも触れられている。
(4) 本書簡でしか確認されない。
(5) 一四九頁註（4）を参照。
(6) 先行研究は一四七頁註（1）の人物と同定する。そして、*FOL*, p. 259 はこの箇所を根拠に法廷の弁護人だった可能性を考え、*PLRE*, p. 973 も弁論家であった可能性を指摘している。しかし、前者は州総督職の合間に弁護人業に携わったと考えており、これは当時の職歴のあり方や時間的前後関係からいささか疑念が残る。また、後者は参考として書簡一二三六を挙げているが、この書簡の内容を弁論家を指すものとして理解するのは難しい。場合によっては、書簡六七〇の人物とは別人の可能性もありうるだろう。
(7) 三六三―三六五年にイサウリア州総督を務める。また先行研究は、本書簡でウルピアノスと並べられていることや、書簡一四三八-二、一一三三-四の情報から、カッパドキア州総督を務めたウルピアノスの兄弟と推測している。しかし、先行研究は少ない情報を元にむやみに人物を同定する傾向が強いため、ウルピアノスとの関係性や他書簡に現われるイサウリア州総督「パラディオス」との同定（この名前自体は当時きわめてありふれたものである）にも問題は多い。

反論しています。二　ですから、手紙を書いて証言を送ってください。そして、私とあなた自身を助けてください。

書簡六九〇　キュリロス[1]宛（三六一／六二年）　推薦状

一　私が手紙を送って世話しているマルキアノス[2]は、私の同胞市民で、昔からの友人であり、弁論に造詣が深い人物です。そして、彼の子[3]は私たちのところで弁論を熱心に追求しています。
二　あなたの目にこのマルキアノスが公務の面でも有為な人物に映るだろうと私は大いに確信していますが、私たちとの親密さにも鑑みて、彼が何かしらの名誉に与れるようにしてください。彼が前者については自分の性格に、後者については私からの書簡に、感謝するようにするために。

書簡六九一　ポリュクロニオス[4]宛（三六一／六二年）　タンタロスの石

一　私とオリュンピオス[5]に関して誰しもが詠じている称賛をあなたが論駁したかったのだと私は気づきました。実に、私とオリュンピオスは同じことを考え、同じことを口にし、ただ身体だけが分かれている、と巷では言われています。二　それで、あなたは激しく嫉妬したばかりに（「害意を抱いて」とは言わないようにします）、手紙を出して、この賛辞を覆しているのです。私たちに関して「生じる」のではないかと誰も危惧していないのに、あなただけは「生じた」と考えて手紙を書いている以上は。

三　ともかく、あなたの狙った獲物は大したものではありませんが、あなたがまるで子供と話すかのように私たちに語りかけてくるのを私は目にしました。[6] あなたは今後に自信を持つことを許さずに、うろうろとめぐりめぐって、私たちの頭上にタンタロスの石[7]をぶら下げたのですから。四　そこで、私たちがタンタロスのようにならないよう、頭から石を取り除いてください。直ちに受け取るのであれ、受け取ることなどないとおっしゃるのであれ。私にとっては返却することは軽微なことですが（これは、お聞きの方がご存知でしょうが）、諸都市の財産を掠奪した者の内に私が数え入れられてしまうなら、それは縛り首[8]に値すること

（1）三三頁註（4）を参照。

（2）詳細不明。Foerster は書簡八二〇-二に現われる同名の人物と同定できる可能性を示唆するが、*BLZG*, p. 203 は本書簡の人物がアンティオキア市民なのに対し、書簡八二〇の人物はエウプラテンシス州の都市参事会員だと考えるので、別人として扱う。

（3）Foerster は書簡八二〇に現われるアステイオスの可能性を指摘する。

（4）一五七頁註（1）を参照。

（5）二七頁註（1）を参照。同じポリュクロニオスに宛てた書簡六八〇でも言及されている。

（6）「賛辞を覆し」、「あなたの狙った獲物」、「目にしました」といった表現は、盗掘しようとする泥棒の犯行を目撃するといった響きの語彙を使っている。

（7）タルタロスで終わりのない責め苦を味わっているタンタロスについては、ピンダロス『イストミア祝勝歌』第八歌九―一〇、エウリピデス『オレステス』五―七、プラトン『クラテュロス』三九五D―Eなどを参照。頭上にぶら下げられた「石」はしばしば「不安」「恐怖」の代名詞とされる。書簡四七三-四も参照。

（8）直訳は「首を縊る縄」。

ですから。

書簡六九二　アウクセンティオス[1]宛　（三六一／六二年）　野獣の毛皮

一　あなたが金銭で名声を購い、あの驚くべき業を成し遂げていたときも、私自身あなたと並んで名誉の内に置かれている気持ちでした。そして今回も獣皮を贈られる名誉に嬉しく思い、野獣の奮闘を観戦した人たちとほとんど変わらずに、ヒョウが狩人たちに何をしたかとこの皮から推し量っています。二　それゆえ、手強い野獣とそれに対峙する者たちの知恵で残り［の見世物］も華々しいものとしてくださるよう、私はアルテミスに祈っております。

書簡六九三　クロマティオス[2]宛　（三六一／六二年）　早速のお願い

一　私があなたを友とし、賛嘆しているのは、あの時からです。すなわち、公正な人生を送った後に不公正な最後を迎えたあのクレマティオス[3]はあなた方のところの総督職から戻ってくると、パレスティナの地をたびたび称賛していましたが、その美の極みとしてあなたの素質を挙げていた頃からです。二　私はますらおの美徳を聞くと（私はこういったものにぞっこんなのです）、心を動かされ、手紙を送るつもりでおりました。その後、どういうわけかその衝動は失われてしまいましたが、今こそ立ち戻って、旧友であるかのように早速お願いをいたします。あなたはこのお願いを非難するよりはむしろ叶えてくださると確信しております。

三　ここなるバッソス(4)はすでに二〇歳を過ぎており、貧しい父から生まれた貧しい身の上です。弁論を求めて、フェニキアから私のもとへやってきました。勉学に励むことを心得ており、快楽を避けて、かなりの力を身につけました。その力を私の口から称賛するのは憚られますが、あなたの目には少なからぬものと映ることでしょう。**四**　そのため、少し前に彼が祖国と他のフェニキア人たちの前に姿を現わしたところ、弁論家と認められました。ところが目下、彼はパレスティナを訪れることを望んでおり、もしあなたのところに逗留できて、あなたの書簡を携えて他の人々のところへ行けるならば、あなた方のところで得られるのと同じだけの力をいかなる場所でもあなたのおかげで得られるだろうと考えています。

五　そこで、弁論することも、友たることも、恩義を記憶することも心得た人物の拠り所になってください。私たちはあなたを称賛いたしましょう。あなたは称賛のためならきっと何でもなさるはずです。だから

(1) *BLZG*, pp. 92 f. はキリキアのタルソスの人と考え、*FOL*, pp. 52 f. や *PLRE*, p. 267 もこれに従うが、D. Feissel, 'Laodicée de Syrie sous l'empereur Julien d'après des lettres méconnues de Libanios', *Chiron* 40 (2010), pp. 77-88 は先行研究の推論の問題点を指摘し、むしろシュリアのラオディケイアの人だと提案している。

(2) 本書簡でしか確認されない。書簡三九〇の人物とは別人。

(3) アンミアヌス・マルケリヌス『ローマ帝政の歴史』第十四巻第一章三に伝えられる、副帝ガルスのもとで処刑されたアレクサンドリアの人と同定される。

(4) 書簡一七五で推薦されている弁論家と同一人物か。

こそ、あなたの名も輝かしいのです。財産の多さであればあなたに勝る人がたくさんいても。

書簡六九四　マクシモス宛[1]（三六二年）「背教者」の師父

一　ソクラテスの時代に生きていたなら、例の獣のような三人の濫訴者[2]が彼に襲いかかったときにソクラテスのためにしていたであろうことを、今も私はソクラテスの業を信奉する方のためにせねばならないと思っておりました[3]。二　私があれやこれやのことを実践し、行動していたはずなのは、告発を受けている人が何か恐ろしい目に遭うのではないかと危惧するからではありません（哲学者にとっては身体から解放されることはまったく恐ろしいことではなく、それどころか最大の善なのですから[4]）。そうではなくて、私は次のことを知っているからなのです。すなわち、哲学をする人は人間たちを益するところ絶大であり、それは、神々が人間たちと交わって、助言し、協力するという、詩人たちの語りから聞くような状況にもほとんど引けを取らないということを。

三　だからこそ、アニュトス一派を憎む一方で、あなたのために神々に願掛けをしてきました。これが私からの助太刀です。そして、そのような配慮をしたからといって、私は恩義を［与え］始めたわけではなく、むしろお返しをしていたのです。四　思うに、あらゆる人があなたに恩義を負っているのです。あらゆる点で至高の皇帝[5]を私たちのために養育し、陶冶した以上、あなたは蛮族の地を除いたすべての陸海にとって共通の恩人なのですから。その結果、これまでは死者たちを祝福していた者たちが、今ではアルガントニオス[6]の長寿に至れればと望み、まず帝のためにこの長寿を祈っているのです。

五　私の考えでは、あなたは目下、帝の側に侍して喜びに満たされてはいても、苦労はしていないはずです。彼の措置には是正すべきところがいっさいないのですから。むしろ、あらゆる美徳を伴ってなされる一つ一つのことにあなたは喜ぶのです。あなたが私たちのところへの来訪を断言され、約束なさるので、私たちの町はうきうきとしています。その光景はポイニクスがアキレウスに付き従うような具合[7]だろうかと思いをめぐらせているのですから。

六　私の描写は正しくなかったかもしれません。実際、この師弟と今回の師弟とがどうして同じでありえましょう。ともかく私は適切な表現を暇があるときに探しておきますが、あなた方はお出でになって、待ち

---

(1) エペソスのマクシモス。新プラトン主義哲学者で、神通術(theurgia)を重んじたことで、ユリアヌス帝から厚い信任を得た人物。同帝の単独統治期には宮廷に随行した。

(2) アニュトス、メレトス、リュコンのこと。プラトン『ソクラテスの弁明』一八B、二三E、イソクラテス『ブシリス(第十一弁論)』梗概、リバニオス『第一模擬弁論』一七五などを参照。

(3) リバニオスが『ソクラテスの弁明』と題した『第一模擬弁論』を作成したのもこの時期のこととされる。

(4) プラトン『パイドン』六七Dで述べられるソクラテスの意見。一連のソクラテスの話題は、新プラトン主義哲学者たちがコンスタンティウス二世の治世下に冷遇されていたことが含意されていよう。

(5) ユリアヌス帝のこと。

(6) ヘロドトス『歴史』第一巻一六三に伝えられるタルテッソス(現在のスペイン南部か)の王。一二〇歳まで生き、その統治は八〇年に及んだという。書簡一四〇六-一やリバニオス『第二十五弁論』二三も参照。

(7) 英雄アキレウスを教育する老雄ポイニクスについては、ホメロス『イリアス』第九歌四八五以下を参照。

わびる者たちにその姿をお見せになりますように。先駆けてやってきた貴人ピュティオドロス(1)さえも、諸都市にとって貴重な存在となったのですから。**七**　実際、彼は神々への奉仕を盛んにして、あらゆる祭壇に［犠牲獣の］血をふりかけ、自信を持って供犠をすべきであることを示しました。それまでためらっていた人々も跳び上がって(2)それに続きました。

八　ですから彼については、同じことをするようどこにでも行かせておきましょう。私としては、さまざまな人を介してお返事を差し上げられたのですが、そちらの情報を持ってきた人物(3)に相応する人を介してお送りする方が良いと判断しました。これは、あなたのひそみに倣うためです。**九**　そして、私がフルトゥナティアノス(4)を哲学者の一団に登録しても間違ってはいないと思います。外套（クラミュス）だって、剃刀だって、何もその妨げにはならないでしょうから(5)。

書簡六九五　アカキオス宛(6)（三六二年）　アスクレピオスの力添え

一　「神の助力なしに、こうはできない(7)」とホメロスは言っていますが、あなたもアスクレピオスのお力添えなしではこれを［書き上げなかったでしょう］。いや厳密に言えば、あなたとともにアスクレピオス自らがこの書き物に携わったのです。彼はアポロンの子なのですから、父神の学芸の業を何かしら習得していて、望む者にそれを分かち与えることはありそうな話です。**二**　そして、この神様が自分のための弁論を前にして、どうしてあなたに手を貸さないことがあったでしょう。それゆえ、始まりの音節から最後の音節までその弁論は「ムーサたちの蜂の巣[8]」となり、「美で煌めき[9]」、推論で説得力を持ち、目指すところを実践しています。あるときは健康になった者たちが献げた辞（エピグランマタ）でこの神の力を示し、またあるときは彼の神殿[10]に対する無神論者たちの戦い——破壊、炎、凌辱される祭壇、病から解放されなくなってしまった[神に]縋る者たちの被害——を悲劇調に語ります。

---

(1)同時期にエジプトのアレクサンドリアから司教アタナシオスを追放させるなどの策動をしていたことが知られる哲学者。「先駆けて」という表現は洗礼者ヨハネなどにつけられる「先駆者」の語を彷彿とさせる。
(2)二七頁註（2）を参照。
(3)おそらく前述の哲学者ピュティオドロスを指す。
(4)三三頁註（1）を参照。
(5)哲学者に期待される装いについては、一四一頁註（6）を参照。
(6)一五九頁註（6）を参照。なお、本書簡で語られるアカキオスによるアスクレピオスの弁論は書簡一三四二でも論じられる。
(7)ホメロス『イリアス』第五歌一八五。
(8)小ピロストラトス『絵画論』一三でソポクレスの弁舌に用いられている表現。
(9)ホメロス『イリアス』第三歌三九二。
(10)コンスタンティヌス帝治世に破壊されたキリキアのアイガイ（アイガイアイ）にあったアスクレピオス神殿が念頭に置かれている。この神殿は病人の治療で有名であった。L. Robert, 'De Cilicie à Messine et à Plymouth, avec deux inscriptions grecques errantes', *JS* 1973, pp. 191 f.

三　いやそれどころか、神殿に関する見解でハドリアヌス(1)より優れていることを示した方(2)は神霊の業によって奮い立たせられましたが、同名のもの(3)は彼に輪をかけて奮い立たせられ、呼びかけを読んだ者に審議する余地も残さないで、あらゆる者をその考えで虜にし、その表現で魅惑します。その弁論にとって壮大さは美しさでありました(4)。それは時宜を得ていましたから。

四　私の考えでは、今やあなたは混乱(5)に襲われる前よりも優れた弁論家になったことを示しました。思うに、あなたは論理的思考を神々の手で回復してもらったときに、失ったものよりも立派な思考を回復したのです。神々はこのおまけをつけて、あの出来事を慰めてくださったのです。大鍋に入れられた後のペロプスにも同じことが起こったと私は確信しています。つまり、神々に供されるべく切り刻まれたときの姿よりも優美な姿となって、タンタロスに息子は返された(6)、と。

五　さて、私が受け取った手紙も美についての美しいもので、その中で伝えられている作品のまさしく姉妹作でありました。私がどんな心境だったかだけでも聞いてください。私は［弁論と手紙の］両方を授業中に受け取りましたが、渡してくれたのはティティアノス(7)でした。彼は何を渡すのか分かっていたので、にんまりとしていました。六　手紙の方をすぐに読むと、もう片方は落ち着くまで先延ばしにすることに決めたのですが、結局そうはできませんでした。取り置くやいなや手をつけたのです。それからは私は若者たちとあなたの両方に気がいってしまいました。でも、このことは若者たちには有益でした。私はあなたについていっそう縷々と語ったのですから。

七　ですから、この神様のために書き物をして、実践してください。そして、その祈りの中で私の頭(8)のこ

(1)ハドリアヌス帝(位一一七―一三八年)のこと。この皇帝が諸都市に神殿を建設することに熱心だったことは、『ローマ皇帝群像』「ハドリアヌス伝」第十三章六、「アレクサンデル・セウェルス伝」第四十三章六などに見える。

(2)ハドリアヌスとの対比から、ユリアヌス帝のことを指すと考えられ、S写本にも「呪われしユリアノス」という古註がある。コンスタンティヌス帝以降に閉鎖された異教神殿を復興するユリアヌスの措置については、I. Bidez & F. Cumont, *Imp. Caesaris Flavii Claudii Iuliani Epistulae Leges Poematia Fragmenta Varia* (Paris, 1922), no. 42を参照。

(3)ほとんどの先行研究はこれをユリアヌス帝の叔父で、彼の治世下にオリエンス管区総監を務めたユリアノスを指すと考える。彼は、積極的に異教神殿の復興やキリスト教会からの財産没収を行なったことで知られるため、本書簡の内容とも一応整合する。ただし、その後の内容・言葉遣いがやや不自然で、Bradbury, pp. 184 f. などは各地方の役人たちに有無を言わさず命令を実行させ、何事も自分の計画どおりに進ませる一方、選り抜きの言葉で魅了するという意味だと詳細に解説するが、疑念は残る。

これに対しFestugière, pp. 174 f. は、「同名のもの」とは『ユリアヌス』と題されたアカキオスのアスクレピオス弁論なのではないかとする。その場合、以降の箇所はすべて弁論の特質を説明していることになり、言葉遣いについても伝ロンギノス『崇高について』第三十章の類似内容から説明できるという利点がある。ただし、なぜアスクレピオスのための弁論が『ユリアヌス』と名づけられたのかという問題は残る。

(4)「壮大さ」「美しさ」は弁論の文体類型を示す専門用語であろう。ヘルモゲネス『文体論』二四一―二四二、二九六―二九七(Rabe)を参照。

(5)アカキオスの病気については書簡六八五を参照。

(6)タンタロスは神々の饗応で息子ペロプスを捧げた。神々はそれを知って食事に手を出さなかったが、娘の失踪に悲嘆していたデメテルのみは気づかずにペロプスの肩の部分を食してしまった。神々は失われた肩に象牙を代用して、以前よりも美しくしてペロプスを蘇らせた。ピンダロス『オリュンピア祝勝歌』第一歌二四以下、アポロドロス『ビブリオテーケー』「摘要」第二章三を参照。美しさの象徴としてのペロプスは、書簡四四一―七、七九五―二でも用いられている。

(7)一六一頁註(5)を参照。

(8)リバニオスの頭の病気については一六一頁註(2)、書簡七〇六、七〇七を参照。

とも忘れないようにしてください。

書簡六九六　ケルソス宛[1]　（三六二年）　都市参事会復興

一　開幕早々、あなたは私たちの期待に敵うことを示しました。アレクサンドレイア[2]の参事会がたった一人だけ、それも私の聞いているところでは、不具者だけというのに気づくと、二日の内に一五人にまで数を増やしたのですから。しかも力ずくでそうしたわけではなく、輝かしい展望を持たせることでそうしたのです。**二**　すなわち、今後は参事会員が略奪者にされたい放題[3]にならないと示すことで、ある者たちを山から下山させたり、ある者たちが寝台の下に隠れていたのを説得して、儲けに向かうかのように公共奉仕に向かわせたりしたのです[4]。

三　そして、この措置が取られたときにその場にいた仲間たちによってこの話が伝えられると、話を聞いた人々は喜び、信じない人は一人もいませんでした。というのも、それはこの立派で偉大な行為があなたの天分に一致すると思われたからです。

四　ところで、私はあなたに対して、厳格になり、あらゆる情実を排して諸都市に救いの手を差し伸べるようたびたび訴えかけてきましたが、ペリクレスの状況に陥って、自分の決めたことと撞着してしまったようです。では、ペリクレスが陥った状況とはどのようなものだったでしょう?　**五**　彼は、両親どちらもアテナイ人でない人は市民権から排斥されるべしという法律をアテナイ人たちに提起したのですが、自分の子であるクサンティッポスとパラロスが死んでしまったので、方針を変えて、アスパシアからもうけた息子を市民として登録してくれるよう市民たちに頼み込み、市民たちはその恩恵を認めました[5]。

六　そこで、私も自分の決まりごとを踏み破って、セレウコス[6]の家[7]が私とあなたの決め事からの例外を受けられればと願っております。あなたはセレウコスと聞いたら、アレクサンドラ[8]を思い出さずにはいられないでしょうし、彼女のことを思い出したら、拒絶するわけにはいかないでしょう。だって、私たちは神々を彼女より重んじるのと同じくらい、彼女を他の人々より重んじねばならないのですから。**七**　それゆえ、私が総督であったなら取っていたであろうような措置を取るところをあなたは示さねばなりません。彼女の地位、考えの深さ、その他の美徳、そして私たちが彼女のもとから辞去するときに何か聖所から立ち去るよう

（1）一二三頁註（2）を参照。
（2）キリキア州総督のケルソス（アンミアヌス・マルケリヌス『ローマ帝政の歴史』第二十二巻第九章一三参照）の担当領域から、イッソス近傍のアレクサンドレイア（現トルコ、イスケンデルン）と考えられる。
（3）九一頁註（4）を参照。
（4）ケルソスの措置はユリアヌス帝の都市参事会復興政策（リバニオス『第十八弁論』一四六―一四八、『テオドシウス法典』第十二巻第一章第五十法文以下などを参照）に従ったものと考えられる。
（5）ペリクレスの子供たちの死と、アスパシアからもうけた子の市民登録については、プルタルコス『ペリクレス伝』第三十六―三十七章を参照。法の提案については、伝アリストテレス『アテナイ人の国制』第二十六章四も伝える。
（6）九七頁註（4）を参照。
（7）「セレウコスの子」と訳せる箇所だが、書簡七七〇-三から最近父親になったことが示唆されるセレウコスに都市参事会に編入される年齢の子がいるのは不自然とする *BLZG*, p. 272, n. 1 の提案に従い、「家」とする。
（8）一五五頁註（1）を参照。

な気分であったことを考慮に入れて。

八　なるほど、アテナイ人たちがペリクレスに件の恩恵を与えたのはエウボイアとサモスの見返りでありました。しかし、私としては奪取した島々を挙げることはできないものの、アレクサンドラという日の下にあるものの中で最大の存在とあなたが会ったときに、依頼したのはセレウコスで、紹介したのは私でした。

書簡六九七　セレウコス宛(1)　（三六二年）　神殿復興

一　もし本当に使節(2)の一員としての私に会えると期待していたのなら、私の考えも身体もどのような具合であるかをお忘れなのですね。私はそのようなもののために奔走することを望む人間ではありませんし、たとえ大いに望んでいたとしても、できなかったはずです。私には家から広場へ行くことも難儀なのですから。

二　また、その錚々たる面々が説明したとおっしゃったことについてですが、私は報酬をあてにしてそれを語ったのでは決してありません。むしろ、私は地と海を哀れんでいたのです。ともかく、もし私が憎んでいたことの報酬を受け取らねばならなかったとしても、もう受け取っております。たとえば、万物の破壊者(3)は亡くなりました。私たちは彼に剣が振り下ろされるよういっさい依頼していませんでしたが。三　他にも報酬を受け取りましたし、少なくとも毎日受け取っております。帝(4)が公共の福利のために取る措置に分かち与っているからです。もし帝が特別に何かを下さるのであれば、それをいただくでしょうし、下さらなくても、非難などいたしますまい。実際、神殿という人類の拠り所［の活動］が再開されたこと以上のものを何か求めることなどできるでしょうか。

書簡六九八　オボディアノス[5]宛　（三六二年）　落馬事故

一　私の肩にはあなたに起こったようなことは何も起きていませんが、私の魂はあなたに劣らずかき乱されております。あなたがいかなる用向きで出立して、今どこに滞在しているかを考えているからです。より安全だと考えて車駕より馬を求めたのに、まさに後者によって傷ついてしまわれて。

二　ともかく、教養に与っていることは与っていないことよりもどれだけ素晴らしいかは随所で明らかにされています。実際、他の人であれば卑しい女のように嘆き悲しむだけだったでしょう（しかも、その悲嘆

（1）九七頁註（4）を参照。

（2）単独皇帝となったユリアヌス帝のもとへ派遣されたアンティオキアの使節団のこと。ユリアヌス『髯嫌い』三六七C－Dによれば、アンティオキアからの使節は他都市と比べて来訪が遅かったという。なお、この使節について触れているものとして書簡六九八、七一六-二がある。

（3）コンスタンティウス二世帝のことを指すか。

（4）ユリアヌス帝のこと。彼の異教神殿復興については、書簡六九五-三も参照。

（5）アンティオキアの有力な都市参事会員。書簡一一二－一一四、三八一からアンティオキアの使節を本書簡のとき以外にも務めたことが確認される。また、この人物の落馬事故による負傷については、書簡七〇二-一、七三〇-一、七三三-一にも言及がある。

の声で不幸を軽減することもないというのに）。ところがあなたは、弁論という学問好きのための薬を手にしているので、よく節度を保ってこの出来事を耐え忍んでいます。三　あなたが今のあなたであるかぎり、人間という種がいる場所で友人に事欠くことはきっとないでしょう。あなたはその性格を網の代わりにして、重要案件という獲物を巧みに仕留めるのですから。

四　それゆえ、あなたの手が事故に遭う前の力を取り戻すときには（神々が望み、医師たちが積極的であれば、取り戻せるでしょう）、功名心に駆られずに、故国に足を運んでください。あなたは［使節役を］選んだことによって町に名誉を与えましたが、不運にも任務からは振り落とされたのですから。

書簡六九九　ケルソス宛[1]　（三六二年）　仕事の苦労

一　それなら、キリキアの総督職が比されるべきだとおっしゃるこの「心地よきうねり[2]」自体を、少なからぬ数の乗船者たちが耐え忍んでいるのでは？　どうかあなた自身もそのうねりを堪えてください。いつまでもそのうねりを遡上して苦労する必要はなく、いつか気楽な船旅も享受するはずですから。二　ともかく苦労し続けねばならないにしても、アイスキュロスが労苦から美徳は生まれると言っている[3]ことを慰めとしてください。また、その大半が無駄に費やされている私の労苦のことも考慮してください（「大半」と言うのは、あなたのために費やされる労苦はすべて成果をもたらすだろうからです）。

三　さて、あなたは大麦の欠乏を危惧しておいでですが、私を悩ませているのは友人の欠乏です。私が目下欠乏と呼んでいるのは、側にいないということです。側にいない人の中にオリュンピオス[4]も数え入れるべきですから。というのも、彼は姿を現わすより先に、まさしくアルタバゾス[5]のもとへと船で行ってしまったのです。私は家の者とやりあったり、若者たちのために消耗したりしていて、逃げ場となるのは夜だけという有様です。

書簡七〇〇　ポリュクロニオス[6]宛　（三六二年）　約束の履行

一　一つの行動のための二人の書簡を受け取ってください。この書簡は要求をする一方で、督促もいたし

（1）一二三頁註（2）を参照。

（2）困難な物事を長大なナイル河のうねりに喩えた表現。書簡四八-一も参照。ケルソスは穀物不足に代表されるキリキア州総督としての仕事の困難さを先行する手紙でこぼしたのであろう。

（3）アイスキュロス「断片」三四〇（Nauck^2）に分類される。書簡一七五-四も参照。

（4）警察官僚 agens in rebus の職にあったと考えられるオリュンピオス（七三頁註（7）を参照）と同定できる可能性が指摘されているが、詳細不明。

（5）デモステネス『ピリッポス弾劾　第一演説（第四弁論）』二四で触れられるペルシアの地方長官。ペルシア王に反旗を翻して苦戦をしたため、将軍カレス（一八一頁註（2）を参照）率いるアテナイの傭兵部隊に助けを求めて勝利した（前三五五年）。デモステネスの当該箇所では、この傭兵たちがアテナイ本国のことは構わずに、他所のことばかり気にしていると述べており、リバニオスはオリュンピオスの動きをこの傭兵部隊に擬している。

（6）一五七頁註（1）を参照。

ます。すなわち、アカキオス(1)はお願いをしますが、私は以前にもこのお願いをしたので、その取り立てにあがっています。説得せねばならなかった間は、私はお願いをしていましたが、約束なさった以上は私に義務を負う者の一人となりますから。

二　そこで、その行動を示して、私たちの懇請を終わりにしてください。あなたが将軍カレス(2)よりもゼウス(3)を範としてくだされば、と願っております。

書簡七〇一　ユリアノス(4)宛　(三六二年)　イチジクの助け

一　もし順当にいっていたなら、あなたはとっくの昔にその官職に就いていたはずですし、今ではその官職以上の権力を手にしていたはずです。しかし、思うに、運命の女神(テュケー)は優れた人に小さなものを与え、つまらぬ人に大きなものを与えることに興じ、まさにそうし続けているのです。あたかも、自分の力が私たちから忘れられてしまうのではないかと危惧するかのように。

二　さて、私にとっては弁論をするのもあなたを聞き手とするのも同じぐらい快いものであること(実際、私が弁論をすればあなたは跳び上がる(5)ことを心得ています)は、よくご存知のとおりです。しかし、仕事が山のようにあるせいで手紙を山のように書くことができませんでした。すなわち、助けねばならない人が大勢いる一方で、大衆の力を凌いでいる人たちが無力な私を頼ってくるのです。彼らはおかしな情動に駆られていて、確かな支えよりもあてにならない救い(6)を求めるのです。三　私としては一肌脱がねばなりません。いったい［他に］何ができるというのでしょう。それで、私は依頼する人には大して役に立たずに、時間ばかりを費やす一方で、あなた方はお望みのほどの書簡を得られないのです。

書簡七〇二　オボディアノス宛(7)（三六二年）　落馬事故の治療

一　弁論と薬による肩用の手当ては、私たちの医師の手でお手元にあります。あなた自身が［弁論と薬の］両方をお求めでしたから。しかし、引き返されるのと任務を続けるのとどちらが良いのかについては、状況から指針は得られるでしょうが、声を上げる必要はいっさいありません。二　すなわち、もし帝(8)があなたに

（1）一五九頁註（6）を参照。
（2）拙速な約束をすることで悪名高かった前四世紀のアテナイの将軍。書簡三五二-四、一一七八-一も参照。
（3）ホメロス『イリアス』第一歌五二五―五三〇に歌われるように、ゼウスは信義の象徴だった。書簡五三二-一も参照。
（4）ユリアヌス帝の母方叔父にあたり、同帝の単独治世中にオリエンス管区総監として、ペルシア遠征の準備や異教神殿復興に尽力する。本書簡で触れられる官職もこの管区総監職のこと。まもなく三六三年に病没したため、キリスト教徒たちはこれを教会の攻撃に対する神罰だと捉えた。
（5）二七頁註（2）を参照。
（6）直訳は「ヘルミオンに代わってイチジクの助け」。「ヘルミオンに代わって」については書簡三七-四と第一分冊四一頁註（2）を、「イチジクの助け」については書簡五一-四と第一分冊六九頁註（3）を参照。
（7）一七七頁註（5）を参照。
（8）コンスタンティノポリスに滞在中のユリアヌス帝のこと。

車駕を賜って、招聘なさるようなことがあれば、そちらへ馳せ参じねばならないことは明らかですが（動くことができればの話ですけれども）、それがないなら、祖国に目を向けねばなりません。

三　ただし、たとえトラキア(1)へ行かれるにせよ、帰還なさるにせよ、デモステネスの唱えごと(2)で魂を癒すのはやめないでください。それは、神の与えたことには気高く耐えねばならないと言っていますから。

書簡七〇三　ケルソス宛(3)　（三六二年）　家族の死

一　多分あなたはこの青年をご存知です。私たちのところで弁論に専心している者たちをあなたは良くご存知でしたから。さて、彼はもっと良い用向きでキリキアへ赴くべきだったのですが、現実には、姉を悼み、この不幸を涙で弔うために伺っております。

二　そこで、彼があなたに会うより前にあなた方のところから立ち去ることも、あなたと親交を持つための仲介者を探すこともないようにと、この手紙を渡しました。三　あなたは、ホメロスの言うように彼が望むときに送り出す(4)のではなくて、たとえ彼が滞在を望んでも送り出してください。

書簡七〇四　ヒュペレキオス宛(5)　（三六二年）　新たな人事

一　ああ、ああ、何度あなたは頭《こうべ》を振って、一人だけのときや夜中に独りごちたでしょう。「無視された。軽んじられた。何もかも変わってしまった」、と。そして、あなたにとってこのことの裏づけとなったのは、あなた方のところを通ってトラキアへ急行する者たちはごまんといるのに[(6)]、私たちからの手紙は短いものも長めのものもあなたに届かないという事実です。二　実際は、多くの人たちが私に［手紙を］求めたのですが、私は誰にも渡さなかったのです。その理由を明かしましょう。

あらゆる人があなたのところに逗留し、贅沢しようとしているのを私は知っていました。しかし、あなたが受け入れなかったら、失礼だと思われたでしょうし、もし宴席に着いて、木の葉よりも多い人たち[(7)]を賓客として迎え入れたら、難儀したはずです。支出面ではそれほどでなくても、農地のことをおざなりにする必要はありましたから。三　それと同時に、その人たちは快適な食事をしても、受けたもてなしを覚える心得

(1)七頁註（2）を参照。
(2)デモステネス『冠について（第十八弁論）』九七。リバニオス『第二十三模擬弁論』七七でも利用されている。
(3)一二三頁註（2）を参照。
(4)ホメロス『オデュッセイア』第十五歌七四。実家から早く送り返すことを求めているのはアンティオキアで就学中のため。
(5)三九頁註（1）を参照。
(6)あなた方のところとはヒュペレキオスの住むアンキュラのこと。トラキアは新都コンスタンティノポリスを意味しており、単独皇帝となったユリアヌスの宮廷を目指して、アンティオキアを出立した人たちが陸路アンキュラを通過して都に向かったことを意味する。後段で見るように、郵便制度がなかった当時において、書簡は旅人に委ねられたが、旅人の方は書簡の届け先で宿や食事を期待することができた。
(7)ホメロス『イリアス』第二歌四六八、『オデュッセイア』第九歌五一にあるように、木の葉は数多くのものの象徴であり、同時に『イリアス』第六歌一四六以下に見るように人間とも重ね合わされることから出てきた表現であろう。

がなく、それどころか、もてなし役の悪口を言えば男らしいと考えているのも私は分かっておりました。四　ですから、私の心があなたから離れたので音沙汰なしだったわけではなく、あなたにとって不快なことや悪しきことの原因にならないように［連絡を］先延ばしにすべきだと考えたのです。

五　とにかく、私はミッカロス[1]（すなわち私自身[2]）を捕まえたので、この手紙を書いて非難を取り除くとともに、あなたにずっと前の予言のことを思い出させましょう。その予言において私は言っていました。清算を求め、帯をほどくときがやってくるだろう、と[3]。六　あなたは事実この予言を見誤りませんでしたし、目下の状況ではいくらか余裕があります。そこで、あなたのお考えはいかがで、どうなさるおつもりかをうかがえればと思っております。

書簡七〇五　アポリナリオス宛[4]（三六二年）　単刀直入

一　友人にお願いをする人は何ら前口上を述べる必要はないと私は考えています。ですから、あなたが何をせねばならないかを単刀直入に申し上げましょう。

ここなるメギストス[5]は、以前はクリュセイス[6]に仕える者の一人でしたが、今は同じことをバッシアネ[7]のために遂行しています。この男を失ったら、事業は損失を蒙ります。二　そこで、彼をその事業に関わらせておいてください。このことを私からお願いしますし、それを認めることがあなたはできますから。とにかく、多くの評議がずっと前から求められていましたが、今はそれが問題なのです[8]。三　どうか、あなたの手でメギストスを匿って、放免してください。もし、これが大それた[9]過分なお願いであれば、次善策[10]を見逃さないでください。彼を、エジプトから穀物を運ぶ者たちの一員に登録するのです。こうしていただくだけでも私たちはあなたに感謝するでしょう。

四　どちらを認めるか決めたなら、書簡でそれを打ち明けて、手紙を今後の保証としてください。

（1）一一七頁註（3）を参照。なお、書簡七五三も参照。

（2）親友がもう一人の自分であることは、アリストテレス『ニコマコス倫理学』第九巻第四章一一六六a三一などに見られる。

（3）予言のため表現は曖昧。「清算を求め」は「弁論を求め」とも読めるので、因果応報的な意味だけでなく、世間の要求する学問が変化することを意味するとも取れる（コンスタンティウス二世の治世が速記術、ラテン語、法学をもてはやし、弁論術が冷遇されたことをリバニオスはしばしばこぼしている）。「帯をほどく」は官職の革帯（書簡一九-一二と第一分冊二一頁註（1）を参照）が解かれることを意味しており、政権が代わって、官職ポストの交代が起きることを示唆している。その後の「余裕があ」るというのも、ポスト数に対する余剰人員を意味している可能性がある。

（4）九九頁註（1）を参照。

（5）本書簡と書簡六二六で確認される人物。

（6）本書簡でしか確認されない。

（7）一〇一頁註（6）を参照。

（8）曖昧な表現だが、「評議 βούλευμα」という語は都市参事会員を連想させる語なので、おそらくユリアヌス帝の都市参事会復興措置による参事会員の新規登録を指していると考えられる（一七五頁註（4）を参照）。つまるところ、メギストスが都市参事会員にされないよう依頼しているのであろう。

（9）直訳は「アルカディア」。一三一頁註（4）を参照。

（10）九三頁註（3）を参照。穀物輸送に船を用いることとかけている。

書簡七〇六　ヘオルティオス宛(1)　（三六二年）　神への嘆願①

あなた方のところの神様(2)に私のための嘆願をしてもらいに弟(3)を送り出しました。そこで、もし私の健康を少しでも気にかけていただけるなら、その嘆願に加わってください。

書簡七〇七　サトルニノス宛(4)　（三六二年）　神への嘆願②

一　私の頭の中に病気(5)が巣食っているせいで、生きることは重苦しくなり、死が祈願されるほどとなっています。この病気は医者たちの薬はものともしませんでしたが、神様だけには屈するはずです。二　そういうことから弟(6)が派遣されておりますので、彼を神像に案内し、その他諸々のことでもぜひご支援ください。

書簡七〇八　パルテニオス宛(7)　（三六二年）　神への嘆願③

動くことができたなら、私自身があなた方の偉大な町に伺っていたでしょう（町をこのように呼ぶのを神様(8)が許してくださいます）。しかし、あなたもご存知の束縛に押さえつけられているので、私は動けません。ただ、私たちのために弟(9)が灌奠を捧げて、あなたが共に祈ってくださるなら、託宣を得られるだろうと信じております。

書簡七〇九　デメトリオス宛[10]　（三六二年）　ワイン

一　いや、こんな取り立てまでなされたことに驚いております。諸々の問題、とりわけ、すべての酒甕を襲ったワインの事故を私は知っていましたから。

二　私たちのところでは宵のワインは夜明けとともに駄目になってしまったので、あなた方からお金をいただけるのならそれがいくらであれ満足いたしますし、あなたのお返しというよりもむしろ贈物と見なすつもりです。もし農夫たちが拒もうとするなら、彼らを助けないよう買い手にも説きつけましょう。

(1)書簡五七九の名宛人と同一人物か。
(2)アイガイのアスクレピオス（一七一頁註（10）を参照）を指すと思われる。書簡七〇七、七〇八、七二七、七七〇、一四八三も参照。この神が代理人に神託を下したことはアイリオス・アリステイデス『第四十八弁論』一二から推測される。
(3)一一三頁註（6）を参照。
(4)本書簡でしか確認されない。アスクレピオスの神官か。書簡七〇六、七〇八も参照。
(5)一六一頁註（2）を参照。
(6)一一三頁註（6）を参照。
(7)書簡七二一―七五、一二三六で紹介されている人物と同定できるかもしれないが詳細不明。案件については書簡七〇六、七〇七も参照。
(8)前註（2）を参照。
(9)一一三頁註（6）を参照。
(10)六三頁註（6）を参照。書簡六一五、六一九、六二三、六五四などに照らしてみるかぎり、本書簡の内容も地所とその農産物に関連する話であろう。

書簡七一〇　バッキオス[1]宛　（三六二年）　アルテミス崇敬

一　アルテミスのためにあなたが気前よく施したのを目撃した人たちの方が果報者ですが、私たちも知らせを受けて喜びました。それは目撃した人たちには及びませんが、それほど引けを取りませんでした。二　というのも、ここなる書簡の運び手が、何がなされたのかを私に伝えてくれたからです。すなわち、あなたがどこからどのような装いの女神を連れてきたかを、いかなる形で女神が武装されたかを、そしてその飾り立てがあなたの出費によるという事実を[2]。三　また彼は犠牲獣や銀のイノシシや牝鹿に言及し、整然とした祭列や数多くの来賓、酒宴に費やされた数多くの日々を詳述しました。そして極めつけの素晴らしいことも。すなわち、貴人デメトリオス[3]が弁論による宴を付け加えたという話をしたので、私は飛び上がらんばかりになり、アルテミスへの崇敬のことであなたと喜びを共にしました。四　ともあれ、あなたが子供たちにその神官職を譲り渡せますように。そして、地と海がこの供犠の復活を永遠に享受できますように。

書簡七一一　ポリュクロニオス[4]宛　（三六二年）　陸の裁き

一　あなた方がいついらっしゃるかという質問をそちらから来る人たちにするのに私たちは疲れ果てまし

た。というのも、大抵の人は私たちを喜ばせようとして、「すぐですよ」と言って欺きますから。それで、やってくる人たちに私たちが迫るので、疲労困憊の彼らにとって私たちは旅よりも手強い存在になっています。しかし、あなた方はすぐにでも多くのものを養う海[5]に乗り出して、波が陸よりも甘美なものだと考えてください。二　いつかこの地であなた方をお迎えするときに、私たちが訴えを提起し、陸が裁きを下すでしょう。

書簡七一二　バッキオス[6]宛　（三六二年）　アルテミス神殿の復興

一　私とまったく同じように総督[7]はあなた方のところの祝祭に加わりました。私が知っていたことなら彼は何でも知っていましたから。それどころか、［アルテミス女神の］武具や捧げられた供犠、その他の出費、

---

(1) 六五頁註（1）を参照。
(2) コンスタンティヌス、コンスタンティウス二世の統治下に神像の装飾品や周囲に並べる貴金属品（後述される銀製のイノシシなど）が奪われていたことを示す。また、このバッキオスの処置については書簡七一二も参照。
(3) 六三頁註（6）を参照。
(4) 一五七頁註（1）を参照。
(5) ホメロス『オデュッセイア』第十二歌九七で用いられる海の表現に類似。
(6) 六五頁註（1）を参照。バッキオスの措置については書簡七一〇も参照。
(7) オリエンス管区総監ユリアノス（一八一頁註（4）を参照）を指す。

すべてにわたる輝かしさについて聞いたときに彼が喜んで、神官や都市と喜びを共にしたことといったら、この出来事を陛下[1]のお耳にも入れようと断言したほどです。

二　とりわけ彼が喜んだのは、あなたがたった一人だったにもかかわらず、神像[2]を盗み出せたという事実です。ディオメデスだってオデュッセウスまでをも必要としたというのに。[3]そして、私を介して彼は神殿の修復もあなたに促しています。彼はずっと前からすべての人々に布告を出して自分の財産を回復させており、あなたがその土地の被害状況を伝えれば、声を上げて（ボエーセスタイ）手助けする（ボエーテーセイン）用意ができていますから。[4]

書簡七一三　レオンティオス宛[5]（三六二年）最初の官職

一　有為なるメナンドロス[6]があなた方のところからやって来て、空から地に至るまでの出来事をすべて語りたがっていましたが、あなたに関する話に切り替えさせて、私たち二人とも楽しみました。話の内容は素晴らしく、あなたの生まれ、教養、期待に大変ふさわしいものでしたから。

二　そのため、あなたをさらに立派な行動へと促すことはできません。むしろ、同じようにしていてくだされば、十分でしょう。しかし、あなたは最初のものを立派に治めることで、いくつもの官職を経て行かねばなりません。そして、そのいくつもの官職の中で私たちもおそらく［その管轄域に］含まれることになるでしょう。

書簡七一四　ケルソス宛[7]（三六二年）祝婚歌

今月は仕事でいっぱいですが、結婚はこういったてんやわんやがあるからといって止められません。この次の月[8]は、たとえ暇があっても、古からのしきたりで祝婚歌を認めないのです。ですから、再来月は不安のない状態で迎えられるでしょうし、おそらく私たちがあくせくすることもなくなっているでしょう[9]。

（1）ユリアヌス帝のこと。なお、ほぼ同時期に叔父ユリアノスに宛てて出された、神殿復興など諸々の措置に答えるユリアヌス帝『第八十書簡』（Bidez）が現存している。

（2）アルテミス像がコンスタンティウス二世治世までに有力な個人かキリスト教徒に装飾品として取られていたか、あるいは危難を予知して事前に隠されていたのであろう。

（3）トロイアからパラディオンを盗み出した逸話のこと。ディオメデスの方が像を盗み出してくる逸話としては、コノン『語り』三四（＝ポティオス『ビブリオテーケー』第百八十六書一三七a）。

（4）この後のバッキオスの行動として書簡七五七を参照。

（5）アルメニア出身のソフィストで、三六二―三六三年にパレスティナ州総督、三六四―三六五年にガラティア州総督を務めた人物。パレスティナ州総督としての活動については、書簡七四九、八二九も参照。

（6）一四九頁註（2）を参照。

（7）一二三頁註（2）を参照。

（8）五月のこと。オウィディウス『祭暦』第五巻四八七―四九〇。

（9）夏休みに入り、学生の授業がなくなることを意味しているか。

書簡七一五　同者［ケルソス］宛　（三六二年）　学生の進路

一　人がアッティカに夢中になったとしても何ら驚くべきことではありません。この土地が、見たことのある人にも、まだ見たことのない人にも、とても愛おしいものであるのが自然なのですから。そして父親たちは、自分の息子たちがそこから弁論を持ち帰るだろう、あるいは弁論を身につけたという評判を持ち帰るだろうと見なしています。

二　アカキオス(1)のことを私は尊敬していますから、たとえ彼が息子を［アテナイに］送ったとしても、称賛していたでしょう。しかし、私は友人として愛していますから、その子を送り出さないよう願っています。そこの教師たちには、老齢のために腹を満たして安眠する必要があるような者もいれば、武器ではなくて弁論で傑出することを自分たちに教えてくれる教師をおそらく必要とする者もいますから。三　実際、彼らは弁論家ではなく兵士を鍛え上げています。(2)私はリュケイオンでの傷跡を残した人たちをたくさん見てきました。(3)ティティアノス(4)であればその一員には多分ならなかったでしょうが、このようなことを目論む連中と同窓生であると思われることさえ立派ではありません。

四　ですから、あなたが助けてくださったのは双方、すなわち、私と彼らなのだと理解してください。私については、私の注いだ労苦で他の教師に栄誉が与えられるのを見過ごさないでくださったからであり、彼らについては、おそらくわずかなもののために彼らが多くの時間を費やさないようにしてくださったからです（このように表現するのが良いのです）。五　そこで、アテナイへの旅を妨げたのに加えて、私たちの方に向かう旅をせきたててください。望むなら、さらなる弁論を獲得するために来させてください。望むなら、習得したものを発揮するために来させてください。きっとあの総督[5]はありとあらゆる好意でもって、青年を迎え入れるでしょう。機をものにするのが分別ある者のすることだと思います。

六　以上のことをあなたが蔑ろにすることはないでしょう。他方で、私たちのアレクサンドロス[6]を二つ目の縛しめから免れさせてください。彼はほっとする間もなしに搾取を受けており、一つの波を切り抜けるや

（1）一五九頁註（6）を参照。アカキオス自身がアテナイに就学していたことは書簡四八一-三から窺える。また、ティティアノスをアテナイに留学させようとするアカキオスの試みについては書簡七一九や七三五も参照。

（2）この表現はプリュニコス『ソフィストの備え』（Bekker, *Anecdota Graeca*, I 39）に特記されており、リバニオスは『第十八弁論』二八二でもこの表現を用いている。

（3）三世紀のヘルリ人の侵入で一時荒廃したアテナイは、四世紀には学問上の威光を取り戻し、多くの有力者子弟が弁論術や哲学の習得のために訪問した。ソフィストたちが学生たちを組織して相互に激しく競争し、ときに暴力沙汰にまで及んだことは、リバニオス『第一弁論』一九―二二、ナジアンゾスのグレゴリオス『第四十三弁論』一五、エウナピオス『哲学者およびソフィスト列伝』四八三（Wright）などから窺える。なお、逍遙学派の活動の場として有名なリュケイオンが後四世紀に修辞学学校の舞台となっていたことはリバニオス『第六十二弁論』一四、六一などから窺える。

（4）一六一頁註（5）を参照。

（5）オリエンス管区総監（ユリアノス。一八一頁註（4）を参照）ないしシュリア州総督を指している。*BLZG*, p. 190 や *FOL*, p. 138 は前者を取る。内容としては、官職や弁護人職の斡旋が期待できるということ。

（6）本書簡の内容よりキリキア地方の都市参事会員であると推測できる以外、詳細は不明。書簡五二八-三のアレクサンドロスもおそらく同一人物。

別の波と格闘しています。なぜなら、この年齢の者にとっての代理拠出負担は、公共浴場のための出費に比べてはるかに軽いものとはいきませんから。七 どうか、あらゆる手段で援助をして、この若者がそちらの事柄でいっさい煩わされないようにしてください。

書簡七一六 同者［ケルソス］宛 （三六二年） ユリアヌスとの文通

一 あなたは官職のおかげで私たちより得をしていて、先に貴人フルトゥナティアノス[1]と会うことができました。すなわち、私たちが未だ予言に耽って、彼が姿を現わしそうな日付を銘々が銘々挙げていたのに対して、あなたは彼を迎えてもてなし、彼の方でもお返しにもてなしを——おそらく、彼の持っているさらに立派な晩餐、すなわち帝に関する話（その中には彼があなたを友として愛していることや私たちのことを忘れていないという話もありました）で——したのです。

二 私は手紙を書かなかった廉で、彼の前でも、それより先に使節たち[2]の前でも［帝から］非難されましたが（それぞれに帝が何とおっしゃったか、ご存知ですよね）、私は未だ自分が音沙汰なしだったのは悪かったとも断じられなければ、手紙を送っていた方がよかったと自分に納得させることもできずにいます。なぜなら、当時非難がなされていたら、今なされている非難以上に厄介なものとなっていて、被告が原告の顔を直視することすらままならなかったはずですから[3]。

三 これまでは帝権の壮大さゆえに手紙を書くのがためらわれていたのですが、今となっては、帝の手紙の美しさまでもが恐れを倍加させています。たとえ他の要素は私たち［の手紙］にあるとしても、その輝きは、帝の手紙にあるほどではありません。(4) このお方は、私たちの知っている人の中でもとりわけ、力強さと明晰さを混ぜ合わせたのですから。(5)

書簡七一七　同者［ケルソス］宛　（三六二年）　時世の変化

もしテオピロス(6)をご存知でなかったなら、この男が狼藉を働ける時でも節度を保っていたことをあなたにお教えしていたでしょう。しかし実際は、ご存知な上に、だからこそ良くしてくださっているのですから、

(1) 三三頁註（1）を参照。

(2) この使節については、一七七頁註（2）を参照。

(3) 後段で述べられるような理由だけでなく、ユリアヌスが正帝位を僭称した時期に手紙を送っていたら、コンスタンティウス二世の覇権下にあったアンティオキアでの自分の命が危なかったということも含意していよう。

(4) ユリアヌスがリバニオスと類似した文体を使っていたことや書簡においてリバニオスを凌いでいたことは、リバニオス『第十五弁論』六、『第十八弁論』一五、『第十三弁論』五二でも語られている。

(5)「力強さ」も「明晰さ」も文体を示す用語。ハリカルナッソスのディオニュシオス『ポンペイウス宛書簡』三、ヘルモゲネス『文体論』二二六―二四一（Rabe）を参照。その前の箇所で挙げられる「美しさ」や「壮大さ」も同様に文体を示す語（書簡六九五-三参照）。ここでの「壮大さ」という言葉は、文体を示す専門用語と「偉大な皇帝権」（ユリアヌスの正帝位）という両方の意味が込められている。

(6) コンスタンティウス二世治世に狼藉を働けたと語られていることからキリスト教徒と思われる。書簡七四六-一、一四〇八-三の人物もおそらく同一人物。

あなたにお教えしたり、働きかけをしたりする必要はいっさいありますまい。むしろ、この男を配慮に値する者の一人と見なしてくださっていることを称賛いたします。

書簡七一八　同者［ケルソス］宛　（三六二年）　元気な神官

一　私たちの神官[1]を神様が寝椅子から起こしてくださいました。神様が吹き込む力[2]は相当なものなので、それまで寝椅子で運ばれていた老人の方が健康な若者たちよりもお祭り騒ぎでした。二　さらに彼は同じ熱意と力に突き動かされてあなた方のもとにも駆けつけて、私たちのところの間違いのある書物を、あなた方のところの書物をもとに修正するつもりです。三　私が手紙を書いたのは、この男が書簡から何がしかの利益を得るようにするためではなく（彼にはさまざまな点で重んじられる材料がありますから）、私自身も神聖なもののために骨を折る者[3]の一人に数え入れられるようにするためです。

書簡七一九　アカキオス宛[4]　（三六二年）　アテナイへの移籍

一　口頭で私に挨拶する人たちは送ってくださるのに、手紙による挨拶はご無沙汰となってしまいました。それも、あなたは手紙で魅了することができる方だというのに。そこで、心変わりなさったのなら、何のためかを知らせてください。もし変わらずにいるのならば、より大事なものを惜しまないでください。

二　ティティアノスがカリロエの水を飲む者たちのものではなく私たちのものになるだろうと承知してはおりますが、この決定をあなたがしたのか、彼がしたのかが分かればと願っています。実に彼はここから旅立つときに涙に暮れてさえいました。それも当然です。彼はあなたのところでも私のことを覚えていたのですから。

(1) Foerster は普通名詞の「神官」と解釈するが、*BLZG*, p. 177 は「ヒエロパンテス」という個人名として理解する。

(2) ホメロス『イリアス』第十歌四八二、第十五歌六〇、二六二、第二十歌一一〇、『オデュッセイア』第二十四歌五二〇などを参照。

(3) ユリアヌス帝の異教復興政策に積極的に反応した人々を指す。

(4) 一五九頁註(6)を参照。ティティアノスをアテナイに留学させようというアカキオスの試みについては、書簡七一五、七三五も参照。

(5) 一六一頁註(5)を参照。

(6) カリロエはトゥキュディデス『歴史』第二巻第十五章五などで紹介されるアテナイの泉の名。その水を飲む者とはアテナイの弁論家のこと。この語が使われているのは、「美しい流れ」というカリロエの意味が「美しい雄弁」をも示すからであろう。四九三頁註(8)も参照。

(7) 夏季休暇中に実家で弁論の暗記勉強をしていたことを指すか。書簡一二一、一四八を参照。

書簡七二〇　ディオパントス宛[1]（三六二年）　エジプトの秘儀

一　私たちの仲間の中で最も優れた人[2]を迎え入れてください。彼の素質は、彼の目下の望みから判定してください。彼は身につけた弁論［の能力］でも訴訟を弁じるに十分で、身内の者たちもそれを願っているのに、それから得られる力よりも哲学の美しさの方が優れていると考えたのですから。

二　そして真の意味でその目標を達成できるのはどこだろうかと思案する彼に、それはエジプトとディオパントスだと私たちは明かします。前者は人類とナイル河が生じて以来、その美を育んでいるからであり、後者は他の誰もかなわないほどの知を物にしているからです。

三　まさにその熱情だけでもこの青年は推薦されるのですが、私もまた彼を推薦いたします。彼があなたのもとで一廉の能力を発揮すると確信していますから。あなたは優しい言葉と晴れやかな表情で秘儀を分かち与えてください。分かち与かった者に天の扉を開く秘儀を。

書簡七二一　アンモニオス宛[3]（三六二年）　わずかな受講

一　ここなるメネクラテス[4]は継続的に私［の授業］を受けるつもりで祖国からやって来たのですが、度重なる病気のせいで受講できたのはわずかとなってしまいました。だからといって、彼に対する私たちの好意が鈍ってしまったわけではなく、むしろ弁論以外のことで助けられることがあれば何でも助ける用意はできています。そして、私にできることの中で最大のことを私は今しております。この手紙があなたのお力添えを手配することで、彼の多くの幸の始まりとなるのですから。

二　そこで、弁論術を求めたものの、然るべき分を受け取れなかったのだと考えて、彼をあなたからの援助で支えてやってください。

書簡七二二　ケルソス[5]宛　（三六二年）　ソフィストの戦い

一　このディオゲネス[6]が私たちの市民であることはよくご存知のとおりですが、私たちにとって彼の存在

（1）本書簡からしか確認されないエジプトの哲学者。

（2）*BLZG*, p. 391 や Cribiore, p. 217 は書簡七二一は同一人物によってエジプトに運ばれたと考えるので、書簡七二一に現われるメネクラテスと取る。しかし、Foerster はこの解釈に疑義を唱える。

（3）詳細不明。*BLZG*, p. 391 と Cribiore, pp. 217, 298 は書簡七二〇と七二一がメネクラテスによってエジプトに運ばれたと考えるので、ソクラテス『教会史』第五巻第十六章九、一三に現われるアレクサンドリアの文法教師と同定できる可能性を提示する。

（4）詳細不明。

（5）一二三頁註（2）を参照。

（6）本書簡からしか確認されない人物。*BLZG*, p. 120 は、三七二年に処刑された、アンミアヌス・マルケリヌス『ローマ帝政の歴史』第二十九巻第一章四三のビテュニア州総督と同定できるかもしれないとするが、根拠は薄い。

はこれだけに留まりません。彼はゾピュロス[1]に匹敵する試練を引き受けたこともあるのです。
二　ソフィストたちの繰り広げる戦いや、そこで殊勲を立てる若者たち（このディオゲネスがその一人です）を軽く見ないでください。あるとき、私たちは戯れでアカキオス[2]にひと噛みすることに決めました。**三**　そして、学生の離反がでっち上げられるのです[3]が、それには劇をきわめて上手に演じる者が求められ、ディオゲネス以上に上手い者はいないと思われました。**四**　この男は予期していたよりも見事でありました。すなわち、直ちに信用されて、お世辞の言葉も聞き、あたかも生徒であるかのように乗り物で行く教師に随行しておきながら、門扉のところで私たちの方に舞い戻ってきたのです（私たちは座って彼を見物していました）。こうして、私たちはバビュロンの代わりに[4]笑いの種を手に入れ、私たちの叔父[5]もここで笑わずにはおれませんでした。
五　ですから、この大胆な振舞の報酬を払う方法をよく考えて、負債を払おうとしない相手に対して彼を助けてください。

書簡七二三　同者［ケルソス］宛　（三六二年）　医師の免除特権

一　法[6]は医師たちにその技術による奉仕だけを公共奉仕として求めています。そして、ピロン[7]はロソス[8]の住民たちによって参事会員職へと引き込まれていますが、彼はかつて多くの人々を病気から立ち直らせたことがあります。

二　そこで、ピロンが医師だということを彼らが知らないなら、それを知らせて彼らを止めてください。しかし、承知の上で乱暴をしているのなら、ピロンには力がないかもしれませんが、法には力があります。

書簡七二四　ヘシュキオス宛(9)（三六二年）　神殿復興のジレンマ

一　神殿が美しさを取り戻すのを望むことにかけて、私が神官であるあなた方に引けを取らないということ

(1) ヘロドトス『歴史』第三巻一五三―一六〇で、ダレイオスのバビュロン攻略を助けた人物。自らの鼻と耳をそぎ、鞭打ちの跡をつけて、バビュロン側に走り、あたかもダレイオスからの脱走者と見せかけながら、戦闘でバビュロンの城門を開きペルシア軍の侵入を助けた。

(2) 一三頁註（3）を参照。

(3) 生徒の寝返りに関する問題はリバニオス『第四十三弁論』六―八で論じられている。生徒の数はソフィストの勢威を示す重要な指標だった。なお、授業料納付をめぐって、首都ローマでも類似の問題が起きていたことはアウグスティヌス『告白』第五巻一二（二二）が伝える。

(4) 先述のゾピュロスの喩えが続いている。

(5) パスガニオスのこと。三頁註（5）を参照。

(6) たとえば『テオドシウス法典』第十三巻第三章第一法文、第三法文を参照。ユリアヌス帝もこの方針を継承する旨を同第四法文で示している。

(7) 本書簡でしか確認されない。

(8) 地中海北東のイッソス湾に面する町（現トルコ、アルスズ）。

(9) 詳細不明。*BLZG*, p. 174 は、書簡三七一-三のヘシュキオスと同一人物である可能性を指摘する。

とは、おそらく誰よりもあなたがご存知です。しかしながら、邸宅をそのままにしておいても実現できるようなことが、それを破壊して実現するようなことはあってほしくありません。それは、現存する建物はそのままにして、崩れた建物が再建されるようにするため、そして、町を飾り立てる一方で損なってしまうことのないようにするためです。

二　テオドゥロス(1)の邸宅に難癖をつけることは簡単ですが、それは美しく、壮大で、私たちの町を他の町より美しくしているのですから、大目に見るべきです。とりわけ、テオドゥロスは傍若無人に聖所を解体したのではなく、売り手がいたので代金を払って購入したのであって、購買能力のある人なら誰にでもできることをしたまでなのですから(2)。三　テオドゥロスのことなら何でも知っている人たちは、彼が再三そういったものを買っていたと主張し、法廷に訴えるべきだと考えていましたが、私は審判人たち(3)が誰かを知ると、彼らにあなた方よりも良い審判人を探させたりはしませんでした。あなた方なら神のことを慮るとともに都市のことも蔑ろにしないような決定を下すだろうと分かっていたからです。

四　ですから、もし何か穏当な結果になったら、あなた方を称えられるよう、私たちに手紙を送ってください。

書簡七二五　ユリアノス(4)宛　(三六二年)　書簡という名誉

一　たとえ私たちに手紙を送ってくださらなくても、私たちはあなたの書簡を大いに味わっております。

誰かが［あなたの書簡を］受け取ったと知るや、私たちはすぐに寄っていって、説得するなり、嫌がる相手を圧倒するなりして、読みましたから。

二　それゆえ、利益は受取人たちに劣らず私たちも得ているのですが、名誉を与えられたという事実は彼らだけのものです。しかし、あなたのもとでの友情を慕わしく思っているので、私たちもまた名誉を慕っております。もし何か名誉を与えてくださるなら、友愛なしにはそうはなさらないのは明らかですから。

（1）本書簡でしか確認されない。

（2）コンスタンティヌス帝、コンスタンティウス二世帝の治世下に、多くの神殿財産が官僚や司教、私人たちによって建材その他に利用されていた結果、ユリアヌス帝が神殿財産の返還を命じると、各地で混乱が起こることになった。リバニオス『第十八弁論』一二六、書簡七六三、八一九、一三六四なども参照。

（3）「審判人たち」という複数形から、州総督単独の法廷ではなく、名宛人へシュキオスのような異教神官たちの調査団による神殿財産捜索に携わる裁きであると考えられている。

（4）一八一頁註（4）を参照。
Petit, *Antioche*, p. 209; Bradbury, p. 220, n. 139.

書簡七二六　ルフィノス宛[1]（三六二年）小さな馬

一　では、どうしてあなたはボスポロスの畔[2]にもはや留まらずに、キリキア[3]でそれをなさる運びになったのでしょうか？　あなたはケルソス[4]のためには戻ってきたのに、私たちのためにはまだ戻ってきません。二　ともかく私は、判定する力があると同時に嘘をつくことはできない人からすべての話を聞き、あの歓喜のことごとくを受け取れるものと期待しておりました。すなわち、あなたと一緒に馬を駆って、あなたを介して得た歓喜を。それを得たのは、私の小さな馬[5]があなたに悪巧みをして蹴り飛ばそうとしていたのに対し、あなたは用心しつつ、オデュッセウスに倣って[6]、自分のことを物語ったときのことでした。三　そもそも、思うに、誰かを殺そうと望み、客をもてなしてから殺害するのを仕事としていたキュクロプスからもあなたは逃れてきたのです。ただ、大きく異なるのは、オデュッセウスはキュクロプスが渋るので、彼の目をつぶして、己が身を救った[7]のに対し、あなたはその踊りであの賊の気性を折伏し、あなたと家内奴隷たちを狙って剣を研ぎ澄ましていた男を隅々まで目を光らせる番人としたのです。

四　だから、私の頭[8]も同じ薬を享受できるだろうと思っておりました。ところが、あなたはある友人とは会話をしても、別の友人は無視なさいます。時間も割いてくださいませんでした。**五**　私の小さな馬が、アキレウスの馬[9]のように、私の声を少しでも理解することができれば、私がどれほど不当に扱われているかを教えて彼を刺激し、あなたにもっと気難しくなるようにできたのですが。**六**　しかし、これができなくても、彼はいつもの気性であなたに罰を科すでしょうね。

書簡七二七　デメトリオス[10]宛（三六二年）　アスクレピオスと弁論

一　私が返していないとおっしゃる借りとはいったい何なのか分かりません。私の頭の病気は古くからのもので、二〇歳になったときに罹ってからかれこれ二八年になりますが[11]、今や神々からのお助けですっかり

（1）書簡一八五から知られる、オリエンス道長官庁の役人だった人物。本書簡で仄めかされる彼の危険については詳細不明。*BLZG*, p. 254 や *PLRE*, p. 774 は書簡六四四-二の人物も同一人物と見て、係争に巻き込まれてコンスタンティノポリスを訪れたと考える。*FOL*, p. 220 はコンスタンティウス二世の役人だったためにユリアヌス単独治世中に訴訟の脅威にさらされたと推測する。

（2）コンスタンティノポリスのこと。

（3）三五頁註（2）を参照。後述のケルソスがこの時期にキリキア州総督を務めていた。

（4）一二三頁註（2）を参照。

（5）仔馬の喩えについては、書簡二八五-一と第一分冊三四七頁註（8）を参照。*BLZG*, pp. 81 f. はリバニオスの庶子アラビオス（九七頁註（8）を参照）のことを指すと理解しているが、根拠不明。

（6）ホメロス『オデュッセイア』第九歌で自分の冒険を語るオデュッセウスを想起させるが、プラトン『小ヒッピアス』三七〇Eのように「人を騙す」という意味に取れなくもない。

（7）ホメロス『オデュッセイア』第九歌二三一―五三五。

（8）一六一頁註（2）を参照。

（9）人語を解する馬クサントスのこと。ホメロス『イリアス』第十九歌四〇〇―四一七などを参照。

（10）六三頁註（6）を参照。

（11）リバニオス『第一弁論』九で叙述される。一六一頁註（2）も参照。リバニオスの生年は三一四年とされる（書簡一〇三六-九参照）。

有名になりました。なぜなら、聖所から身体のために訪ねてきたもの(1)に不可思議なところがあったので、それについての盛んな議論が巻き起こされているのですから。

二　あなたは私に同情するだけではなく、あなたに試練を与えた神霊(2)を説得して、私たちのためにも何か言うようにしてください。その神霊は二篇の弁論(3)のお返しをする義理があります。ゼノビオス(4)もその弁論のことは絶賛しながら言及していました。それほどにも神霊はその作品に関わったのです。三　私自身もあなたの弁論でこの神に名誉を与えられたらと願っております。そして、読み上げをすれば、それができるはずです。ですから、〔弁論を〕送ってください。そして、あなた方の町を支えている者がいかばかりかを隣町に教えてください。

書簡七二八　アレイオン(5)宛　（三六二年）　勉強の励み

一　ご子息たち、すなわち、弁論のためにやってきた子と、弟を弁論に案内する子に喜んで面会しました。思うに、誰にとってもこの〔弁論という〕事柄は素晴らしいものですが、あなた方にとってはもはや義務的なものでもあります。あなた方がアガティオス(6)の知恵から得た名声を守るべきであって、それを損なうことなどしてはならないというのならば。

二　ですから私としては、多くの恩義を負っているアンキュラ(7)や、あなたや、この若者の叔父のためにも、精一杯熱意を示し、精一杯〔勉強に〕励ませるつもりです。しかし、あなたのご子息も、〔勉強するよう〕

せっつかれる必要のある生徒よりも、私をせっつく生徒にならねばなりません。

三　彼が熱意ある生徒になると私は確信しています。弁論の嘆賞を許さない時期[8]は過ぎ去りましたし、この子にとって、その［アガティオスという］名はいかなるものよりも強力な勧奨なのですから。

（1）*φοιτῶντα*. 具体的には夢でのお告げを指すと考えられる。ペルガモンやアイガイのアスクレピオスは「お籠り」をした信者たちの夢の中で身体の治療法に関するお告げを下した。

（2）アイガイのアスクレピオス（一七一頁註（10）を参照）のこと。「試練を与えた」が、弁論のお題を出したという意味になることはリバニオス『第五十九弁論』六から確認でき、実際、アイリオス・アリステイデス『第五十弁論』二三以下に語られるように、アスクレピオスは信者に弁論の課題を出した。

（3）先行研究はデメトリオスの作った弁論と理解する。

（4）九七頁註（5）を参照。

（5）アンキュラの人という以外、詳細不明。ほかに書簡一一六五の名宛人として確認され、そこでは息子のアガティオスの後日譚も語られる。

（6）詳細不明。知恵への言及があることから、*BLZG*, p. 84 は哲学者の可能性を指摘するが、Cribiore, p. 117, n. 17 の述べるようにこの語は必ずしも哲学者に限定されない。なお、先行研究はアレイオンの父親で小アガティオスの祖父と考えるが、本書簡中で語られる小アガティオスの叔父にあたる可能性もありえよう。

（7）リバニオスがアンキュラに恩義を感じていることは、書簡二三九-三、三五五-四、六七四-一、七五〇-五、七六八-三、一一四九-一、一二四一-二―四などからも窺える。

（8）コンスタンティウス二世の治世を指すか。

書簡七二九　パンクラティオス宛[1]（三六二年）　移籍した学生①

一　弁論のためにエレウシスからエレウシス[2]へとあなたは仲間を送り出しました。私の思うに、秘儀は同じで、彼が出会うことになる弁論は新規のものではないでしょうから。彼が故国を離れたのは、シュリア人たちに関するちょっとした評判のゆえであって、ソフィストの実力のゆえではありません。この民族と付き合えば、魂を研ぎ澄まして、世事を扱う適任者になれると思われていますから。

二　ですから、この若者が前より鋭敏[3]になって戻ってきたなら、それは、彼が故国で享受していたものを異国で分かち与えた人物のおかげというよりも、この町のおかげなのだと考えてください。

書簡七三〇　アルバニオス宛[4]（三六二年）　弟子の活躍

一　ご無沙汰だったからといって、あなたが私を悲しませていたわけではありません。あなたが他の人たちの前で弁論をして名声を博したという事実で、私を喜ばせてくださったのですから。

このことを伝えてくれた人は大勢いましたが、一味違ったのは、腕を事故で怪我したものの、あなた方の町が故郷に劣らず良いものだと気づいた、私たちの同胞市民[5]です。彼は長い間じっとしていて、その上、参事会員の能力を見抜くのが達者で、あたかも同じ状況下で暮らしているかのようだったので、あらゆる情報を集めて、あらゆることを知らせてくれたのです。

二　大喜びできない話はひとつとしてありませんでした。実際、あなた方の財産が増えたこと、それもさらに素晴らしいことに、正当なきっかけでそうなったことも、弁論によって名声を博した者たちの中にあなたも兄君[6]も入っていたことも、町があなた方の叔父君[7]に次いであなた方をあてにしていることも、さらに輝かしいものが期待されるということも話してくれました。三　ほかにもあなたが訴訟でトラキア[8]へ召喚されたこと、思ったとおりに切り抜けたこと、その他多くの素晴らしい話を私に語ってくれました。そして、彼が語るのをやめることはないでしょう。私がやめさせないで、彼がすべてを語りつくすたびに再び同じ話へと彼を引き戻すのですから（その語りが甘美なのでね）。

（1）本書簡より弁論術教師であることが窺える。書簡二七-三で言及される人物と同一人物か。

（2）エレウシスはアテナイ西方のデメテルとコレの神域で、その秘儀は有名。弁論術を秘儀に喩える例としては書簡七八二-四がある。意味としては、「家から家へ」という諺（書簡一四九-一と第一分冊一八五頁註（5）を参照）とほぼ同じであろう。

（3）この語は洞察力・観察力に秀でるという良い意味でも読めるが、性急・短気という悪い意味にも取れる。アンティオキアの町も行政・文化の中心地である一方で、娯楽が多く、軽佻浮薄で悪名高かった。「鋭敏」という表現については書簡二八五-一と第一分冊三四七頁註（8）も参照。

（4）アンキュラの都市参事会員で、リバニオスの元生徒。この時期には法廷弁護人の職も務めていたようである。

（5）アンティオキアの使節オボディアノスのこと。一七七頁註（5）を参照。

（6）ストラテギオスのこと。一一頁註（5）を参照。

（7）書簡一三九から、アキリオス（二五九頁註（4）を参照）のことだろうと推測される。

（8）七頁註（2）を参照。

この語りを聞いて私が思いをめぐらすのは、父君[1]があなたを例の場所[2]に送り出したことをあなたは非難なさっていないのだということです。このことを私に確証してくれるものは他にもあります。たとえば、自分にとって損害だったと思われたのなら、それを友人の子供たちのために手配しなかったはずです[3]。四　その手紙を読むと、あなたが公共のことをするだけでなく、本にも携わっている様子が見て取れました。しかし、それ以上に私が喜んだのは、あなたが父祖伝来の土地を増やしもしたことです。

書簡七三二　ヒュペレキオス[4]宛　（三六二年）　地元か上京か

一　あなたともあなたの父君[5]とも喜びを分かち合いました。彼とは、あなたに見せた度量の広さゆえに。あなたとは、彼が生きている間に、すべてのものの権利者とされる[6]ほどに父親の目にかなったがゆえに。しかし、その次の行動に関して、あなたを同じように称賛できても、父君に対してはもはやできません。二　というのも、あなたは私たちの言葉を心に留め、正しく物事を分析しているので、祖国への奉仕を果たすつもりでいます。そこから名声と力が生じるはずですし、何よりも故郷に務めを果たすことになるはずです。一方、彼は海に財産を投げ捨てさせに、あなたを送り出そうとしています。そこで[7]出費に見合った壮大なものを得られない上に、他所での出費のせいで故郷で影響力を持つことができなかったら、あなたの財産がそれを与えた人の決定で失われるということにどうしてならないことがありましょう？　三　それゆえ、諺の中の牛[8]よろしく、搾り取られた乳を蹴りとばして撒き散らす真似はしないよう彼を説得しなさい。

財産の損失に加えて、町との関係でも損害を招くことになってしまいますから。

四　しかし、もし総督たちの前での日々の論戦に参事会員として関わるならば、あなたはさらに上達し、今評判の雄弁にさらに磨きをかけられるでしょう。他方、もし彼が良いと思うことを行なうなら、あなたは少なからぬ財産を失い、無為とまどろみの中で今後の時を過ごすでしょう。そして、隣人の力がいや増すのに対して、あなたには空虚な名を除いて何も手に入らないのを目の当たりにすることでしょう。

五　ですから、あらゆる手を尽くし、父君にはありとあらゆる懇願をして、彼がカドモスの勝利(9)を収めな

---

(1)アンキュラの都市参事会員だったアゲシラオスのこと。書簡五三六-二―三よりすでに死去していることが窺われる。家族関係については書簡一四四四-一、四四四も参照。

(2)リバニオスの学校のこと。書簡五三六-二―三、リバニオス『第六十二弁論』三七を参照。

(3)リバニオスのもとにアンキュラの子弟を学生として送り出したことを指す。書簡一八一-二も参照。

(4)三九頁註(1)を参照。

(5)後段で名指しされるマクシモスのこと。三七頁註(5)を参照。

(6)リバニオス関連の先行研究は遺産の生前贈与と取る。これに対し、A. Arjava, 'Paternal Power in Late Antiquity', *JRS* 88 (1998), p. 162, n. 93 は家父長権免除 emancipatio と取る。なお、書簡二三九-七、八〇五-一、一一一四-三も参照。

(7)コンスタンティノポリスのこと。マクシモスは、ヒュペレキオスをコンスタンティノポリスの元老院議員にしようと考えた。これに対して、リバニオスはアンキュラの都市参事会員として、身につけた弁論術を駆使して市民生活を送ることを勧めている。

(8)この内容に明らかに対応する諺は伝わっていない。

(9)大いに苦労して実りが少ないことを意味する表現。ゼノビオス『格言集』四-四五(*Paroem. Gr.* I 97)にあるように、由来は諸説ある。

いようにしなさい。あなたの母君も味方にしなさい。彼女は話が分かると聞いています。そして、彼の計画は私の満足いくものでないと伝えなさい。忠告を受ければ、自分の隠居生活に合わせて今しがた決めたとしか私には思われない、その悪しき考えをおそらく捨てるでしょうから。要するに彼は山々の中で狩りに明け暮れているせいで、広場での争いで汗をかくのを嫌っているのです。六　しかし、彼がかかる争いから逃れるのは勝手ですが、あなたが戦うことは認めるようにさせましょう。私が思うに、今参事会員として務めるべきなのは、田舎好きのマクシモスではなく、喧噪に耐えることのできるマクシモスの子ヒュペレキオスなのですから。

七　私としては以上のことをお勧めしますし、あなた方の利になると請けあいます。馬鹿なことを言っていると今は見えるやもしれませんが、後にはこの判断をあなた方は称賛するでしょう。もっとも、後に称賛したところで、忠告した人への栄誉にはなるものの、今称賛しない者の役には立たないでしょうがね。

書簡七三二　アカキオス宛(1)　（三六二年）　望ましい不安

一　最初のものでも私には十分でした。すなわち、マクシモス(2)の家を守ってくださり、彼の息子(3)が少なからぬ名誉に値すると見なしてくださったことでも。ところが、あなたは優秀な走者のように、進めば進むほど良くなります(4)。

二　これらのことについて、彼らも手紙を書いてくれましたが、ピロクレス(5)も知らせてくれました。彼らに対するあなたの配慮を彼は漏らさず伝えてくれました。また、彼がその青年と一緒にあなたの宴席に連なったことも。それはしょっちゅうのことで、ヒュペレキオスもそう明かしたと言っておりました。三　私がその晩餐のことを聞きながら、その名誉の前でも後でも思いをめぐらしていたのは、ヒュペレキオスはあなたとのお付き合いで思考力が向上したということでした。なぜなら、眠気があくびをしている者からそれを見ている者へと流れていくように[6]、知性もあなたの頭から話し相手の方へと流れていくのですから。

四　ただ、実現して私に喜びをもたらしているものが、私の不安の原因にもなりそうです。なぜなら、これらの恩恵に比べられるような他の恩恵が［私の手元に］ないのです。それも、これまでさまざまな機会にさまざまな恩人を得てきたというのに。**五**　いや、お返しができるだろうと見ていた間は純粋に喜んでおりました。しかし、私がお返しとして貢献できる以上のものをごまんと与えてくださるので、今では何か不安のようなものまで襲ってきています。私が負債者となって、負債を支払うことができずに方々を回らねばならないならば［どうしたものか］と。

六　しかし、これはあらゆることの中で最も矛盾したことです。この私の不安が解消される方が良いと思

(1) 九三頁註(2)を参照。また、ヒュペレキオス親子との関係については書簡六五八も参照。
(2) 三七頁註(5)を参照。
(3) ヒュペレキオスのこと。三九頁註(1)を参照。
(4) 競走者の比喩については、一七頁註(9)を参照。
(5) 書簡三三一-三三にも同名の人物が伝えられるが、詳細不明。
(6) プラトン『カルミデス』一六九C。

うはずもなく、むしろ同じ不安を覚えながらも、不安がさらに大きくなるよう願っているのです。最も親しい人たちが厚遇されますようにと願っているのですから。**七**　でも、苦境の中でちょっとした慰めを見つけたのですが、アカキオスは穏和で有為な人です。借りを返してもらっても、そうでなくても、自分が何を与えたのかを声高に触れまわって、借りがある人を示したりはしないはずです。むしろ、邪悪な人に恩恵を与えなかったということで彼は満足するはずです。

書簡七三三　アエティオス(1)宛　（三六二年）　アンキュラの希望

一　オボディアノス(2)は、肩を患っていたときにあなた方の町で得た慰めの一つに、あなたと親交を持ったことも数え入れながら、それにかなりの比重を置いていました。大変親切にしていただき、あなたの言葉は薬に劣らぬもので、悲しみを取り去るとともに明るい希望を与えてくださったと言っていましたから。**二**　また、彼が私を称賛したのにあなたが喜び、あなた自身もさらに賛辞を加えられたことも、自分の現状を紛らわしてくれたとも語っていました。**三**　彼はアエティオスの名を出すたびに「貴人」と冠して、アンキュラとも私たちの町とも喜びを分かち合いました。一方とは、あなたを教育したがゆえに、他方とは、あなたを生み出したがゆえに。

四　私はこれらのことで心を楽しませると同時に、次のように勘案しました。若者たちが再びそちらからこちらへやってくる(3)ときに、うまくいくようにあなた自身が父親たち(4)を指揮しているのだ、彼らを介して何も書き送ってこなくても、彼らがこの道を進むことに少なからず貢献しているのだ、と。

書簡七三四　アレクサンドラ宛[5]　（三六二年）　女神のような女性

一　昨年は一つを除いてすべてのことに私は心を痛めていました（その一つをあなたはご存知です。私はあなたのもとを訪ねてお話しするときを祝祭と見なしていたのですから）。それと同じように、今ではあらゆることに喜んでいますが、一つだけ、あなた方が再びいらしてくださらなかったことには悲しんでおります。

二　もっとも、高貴なるセレウコス[6]が革帯を手にした[7]と聞いていたので、彼が帝[8]に随行し、あなたが彼に

(1)一五一頁註（4）を参照。
(2)落馬事故のことも含め、一七七頁註（5）を参照。
(3)アンティオキアのリバニオスの学校にアンキュラから学生がやってくるということ。
(4)写本の読みに従う。
(5)一五五頁註（1）を参照。
(6)九七頁註（4）を参照。
(7)革帯は軍人・帝国官僚の象徴なので（書簡一九‐一二と第一分冊二一頁註（1）を参照。書簡九四九‐三、九五九‐五、九六七‐一、九七三‐一、九九五‐二、一〇四四‐一、一〇四六‐一でも用いられている）、官職に就いたことを示す。ただし、その詳細は不明。
(8)ユリアヌス帝のこと。同帝のアンティオキア到着は三六二年七月頃。

随行し、私自身は、ホメロスが言うところの女神たちに類する女性[1]と再会できるはずだと期待しておりました。しかし、このあてが外れて落胆していたところ、私がいつもの営みをしているときに、老人が突然やってきて、誰のもとから来たかを告げると、贈物として奴隷たちを連れてきたと言うではありませんか。

三　私の目にはその贈物は目新しくは映りませんでした。私たちのところにはあなた方からの奴隷がたくさんおり、私の庶子[2]の教育係は今でもまだセレウコスの奴隷と呼ばれていますからね。他方で、この贈物には、その贈物自体よりも美しいものが付随するべきだと思っていました。すなわち、あなたの書簡が。**四**　奴隷たちが紹介されましたが、書簡は出てこないままに、それでも贈物を受け取りました。しかし、書簡も付随していたら湧いていたであろうほどの喜びはありませんでした。

五　あなたが出産したので私たちに無関心になってしまったのなら、少なくとも娘さん[3]にはお命じになって、手紙を書かせ、母親を助けさせてください。そして、あなたの息子さんたちについても私がこのように書き送ることを神々が許してくださいますように。

書簡七三五　アカキオス宛[4]（三六二年）　成功の喜び

一　まさにアテナの名にかけて[5]「お尋ねしますが」、いったい私に何をしてほしかったのですか？　ティティアノス[6]が他所に送り出されようとし、それまで私たちの株を高めていたあなたの評価が変わったときに、あるいはまったく変わっていなくても、変わると見えていたときに。拍手喝采をし、冠をかぶって、神々に感謝の奉納品を掲げ、この若者が初めて私のところに来たときのようなことをせねばならなかったのでしょうか？　二　もっとも、そのときであれば、あなたが失望して、私があなたのことを軽視しているとして侮辱の訴えを提起なさるのも正当なことだったでしょう。しかし実際は、私の悲しみにあなたは喜ぶところだったのです。私はその悲しみに暮れながらも辛辣な言葉はいっさい投げかけもしなければ、ポキス人が頑張ったところでピリッポスが名声を手にしただろう[7]と思いをめぐらし、心穏やかに過ごすこともなかったというのに。

三　この失望を最初に解消してくれたのがケルソス[8]の書簡です。例の決定がご破算になったとその書簡が知らせてくれたので、私は気が楽になりました。それからまた別の人が同じような話を伝えてくれ、さらに次々と無数の人たちがそうしました。とても良いことにはたくさんの知らせが生じますから。四　極めつき

(1) ホメロス『イリアス』第三歌一五八。ヘレネの形容。
(2) アラビオスのこと。九七頁註（8）を参照。
(3) 書簡八〇二-八でも言及されている。
(4) 一五九頁註（6）を参照。
(5) アカキオスが息子ティティアノスをリバニオスのもとから離し、アテナイに留学させようとしたことへの当てこすり。この件については書簡七一五、七一九も参照。
(6) 一六一頁註（5）を参照。
(7) 前四世紀半ばの第三次神聖戦争でマケドニア王ピリッポス二世がポキスを破り、ギリシア世界に大きな地歩を築いたことを述べているが、リバニオスが育て上げたティティアノスがアテナイのソフィストの学生となれば、自分の教育の成果がそのソフィストにすべて奪われてしまうということを暗に示している。
(8) 一一三頁註（2）を参照。

は貴人ルフィノス[1]でした。彼は、この青年の弁論で総督[2]が栄誉を与えられたという話をしたのです。これは、一方の行為と他方の弁論によって私にも栄誉が与えられたということでした。賛辞を受けた方も、賛辞を作った方も、二人とも私の教え子ですから。

五　私はこのような話を聞いて喜びながら、その弁論家[3]と会い、手紙を渡されたのでそれを読み、その二通の手紙の中にある名誉をギュゲスの黄金[4]に勝るものと見なしたのです。ともかく、浴場にいるマラトンの戦士たち[5]はいかなる喜劇をも凌いでおり、彼らがどれほどの笑いをもたらしたかは言葉に表わせません。**六**　ただ一つだけ、あなたが嘘を言っていると思われたのは、自分には若者たちに授業できるような力がなかったと断言されたところです。あなたにはその力がありましたし、執筆した作品の数々もそれを妨げるものではなく、むしろ、あなたこそ「優れた」弁論家「にして力強き槍持ち[6]」なのです。

七　いや、思うに、あなたは［ソフィストの］座に伴う労苦を恐れたのです。［あなたの力を］証言するのが、あなたのお書きのもの、そしてまだ隠されていないのなら、ソフィストたちの作品を霞ませてしまうであろうあなたの弁論です。たとえそれが隠されてしまったとしても、すでに送られてきた作品と世に出た作品で、あらゆるソフィストのあらゆる作品を論破なさっているのです。**八**　お子さんを介しても多くの弁論家たちを論破されることを望んでいます（彼は目も舌鋒もそれくらい鋭いのです）。過ぎ去ってしまったチャンスを私たちが探し求めることのないよう、彼が直ちに服を脱いで闘わねばならない[7]と私は考えておりましたから。

書簡七三六　ケルソス宛[8]　（三六二年）　皇帝の来訪

一　帝[9]はあなたと別れるやすぐに私と出会いました。私の顔つきが年月の経過と病のせいで別人になって

（1）二〇五頁註（1）を参照。
（2）青年はティティアノス、総督はキリキア州総督ケルソスのこと。
（3）ティティアノスのこと。手紙の一通は父親のアカキオスからのもの。
（4）一二五頁註（2）を参照。
（5）語自体はアリストパネス『アカルナイの人々』一八一、『雲』九八六に見るような、前四九〇年のマラトンの戦いで国を守った、アテナイの勇士たち（ただし前者の作品では好戦的で屈強な老人たち）を示している。しかし、「浴場の」とあるので、ナジアンゾスのグレゴリオス『第四十三弁論』一六に伝えられているような、アテナイの新入学生たちに対する先輩たちによる浴場での「儀式」（書簡一四五八-一も参照）を茶化して、アカキオスはこの語を用いたのだと思われる。
（6）ホメロス『イリアス』第三歌一七九でのアガメムノンの形容のもじり。本来なら「弁論家」のところが「優れた王」となる。この箇所は書簡一四二九-五でも下敷きとされている。
（7）体育競技の比喩が用いられている。
（8）一二三頁註（2）を参照。
（9）ユリアヌス帝のこと。アンミアヌス・マルケリヌス『ローマ帝政の歴史』第二十二巻第九章一四によれば、アンティオキアの人々は州境近くまで皇帝を出迎えた。キリキア州総督のケルソスが州境まで皇帝を見送ったとすると、本書簡の記述は事実に近い。

いたので[1]、帝はもう少しで黙って側を通り過ぎるところでしたが、彼の同名の叔父[2]が私が何者であるかを知らせたので、馬上で驚くべき衝動に突き動かされて、私の右手をつかんで離そうとしませんでした。そして、バラよりも甘美な、きわめて優美な冗談を私に浴びせかけられた[3]ので、私も冗談を言うのを控えませんでした。帝はかける言葉と自制いずれの点においても目を見張るものがありました[4]。

二　わずかな休息を取った後、町を競馬で楽しませると、帝は私に弁じるよう命じられました。懇請の結果ではなく、招請を受けて、私は弁じました。帝はお喜びになって、私の序文を裏打ちしました。というのも、私は序文で、帝は愛するあまりに私のものはすべて美しいと見なすことでしょうと断言したのです[5]。そして実際にそのようになりました。

三　あなた自身も弁じて評価をいただいた人の一人です。神々はあなたの近くで祭壇から助け船を出し、暑さに立ち向かう勇気を与えてくださっているのですから[6]。しかし、あなたは私に弁論を送るつもりがさらさらないので、弁じたという事実さえ書き送ってくれませんし、オリュンピオス[7]に対しては韜晦して、自分が吐き出した[8]ことを語っても、私たちに対してはそれさえもしてくれません。

書簡七三七　パッポス[9]宛　（三六二年）　警戒するペルシア

一　あなたの書簡を受け取って喜んでいるのは、友人の書簡がきわめて心地よいものだからというだけにとどまらず、その地方が敵に侵されていないことの証でもあるからです。それほどにもユリアノス[10]は恐れられているのです。これまで姿を見せてきた皇帝たちは相手方をむしろ図に乗らせてきましたが。
二　目下の安全を享受するにふさわしいのが貴人パッポスです。その微笑みはこれまでも表情に華やぎを与えてきましたが、今後もそれが失われないようにするためにも。三　なるほどペルシア人たちは、神々と戦う人間が取るような振舞をすることでしょう。しかし、神々は銘々おのれの武器を取って、直ちに彼らと

(1)ユリアヌス帝は、リバニオスがニコメディアで教職に就いていたときに若干の面識があった。それから約一〇年近くの時間が経っている。リバニオス『第十八弁論』一三―一五を参照。

(2)オリエンス管区総監ユリアノスのこと。一八一頁註(4)を参照。

(3)アリストパネス『雲』一三三一の表現をもじりつつも、皇帝を歓迎するときに振りまかれたバラの花びらも念頭にあろう。

(4)臣下に対してあまりにも気さくな応対をするユリアヌス帝には同時代人の間でも賛否両論があった。アンミアヌス・マルケリヌス『ローマ帝政の歴史』第二十二巻第七章三などを参照。

(5)この弁論はリバニオス『第十三弁論』として現存する。問題の序文は同弁論の三節。

(6)ケルソスとユリアヌス帝については、リバニオス『第十八弁論』一五九、アンミアヌス・マルケリヌス『ローマ帝政の歴史』第二十二巻第九章一三に具体的な描写がある。

(7)二七頁註(1)を参照。

(8)ピロストラトス『ソフィスト列伝』五八三(Wright)でのアイリオス・アリステイデスとマルクス帝のやり取りを下敷きにしている。「吐き出す」は即興演説を悪く言ったもの。

(9)書簡三〇五と本書簡の名宛人として確認される。

(10)ユリアヌス帝のこと。コンスタンティヌス、コンスタンティウス二世がササン朝ペルシアに対しては基本的に防衛策をとったのに対し、ユリアヌスは単独皇帝になってすぐに大規模な遠征を敢行した。結果的に彼は敵地深くで戦死することになる。

の戦いに加わり、彼らに逃げることを教えるはずです。

四　ご子息(1)は弁論家になることを望んでおり、素質もその望みに見劣りしません。彼は人を敬うことも心得ております。このことを体得している若者は私を惹きつけ、他の人より多くを得るものです。五　ですから、その品性を保つよう彼に書き送ってください。なお、私たちに対して［彼に特別の配慮をするよう］催促をする必要はありません。

書簡七三八　デメトリオス(2)宛　（三六二年）　敏腕な医師①

一　このような優れた人を手近に置きながら、利用できていませんでした。すなわち、貴人エウカルピオン(3)はさまざまな義務から何度もこの地に訪ねてきていましたし、私は頭の病気を抱えていたので、ずっと前からこの男の技術によって楽になれたのに、彼とは少ししか話し合わずにいて、助けを求めるまでには至らなかったのです。

二　これは、それまでのお人よしの、あるいはこう言ってよければ、不運のなせる業でした。しかし、彼は今回病気について詳細に話を聞いて、その性質がいかなるものかが分かると、検討の末、どうすれば完全に止められるか、あるいは苦しみを軽減できるかを明かしてくれました。三　始まりからすぐに、その処方はただならぬものだと実感しました。それで私が称賛をして、お礼を言うと、「では、ソフィストのデメトリオスにも［このことを］知らせてください」と彼は言いました。これは、あなたが病に苦しむ人と同じくらい彼に感謝すると分かっているからこそでした。

四　あなたは、お礼を言うとともに、さらに賢明な方策へと駆り立ててください。ちょうど大戦争、それも長引いているものにあってはいくつもの計略を必要とするように。そこで、あなたから説得をして彼に本を作らせてください。私たちがそれを参照して、決まりに従った形で今回のように身体を管理できるようにするために。

書簡七三九　アナトリオス宛(4)（三六二年）次善の策

一　あなた方が供犠で吉兆を得て、神々、すなわちムーサたちの指揮者と山の守護神(5)とに出会うことができますように。実際、帝は祭壇に導かれるのであれば、険しい道のりさえも平易なものと見なして、そこま

（1）書簡三〇五-三で名指しされるエウセビオスのこと。
（2）六三頁註（6）を参照。
（3）本書簡以外に、デメトリオス宛に送られた書簡七四四-三―四、七五一でも言及される医師。
（4）ユリアヌス帝のもとで官房長官を務めた人物。同帝のペルシア遠征に随行し、帝とともに戦死することになる。
（5）「ムーサたちの指揮者」はアポロンを指す。アンティオキア郊外のダプネのアポロンのことか。「山の守護神」は、リバニオス『第十八弁論』一七二やアンミアヌス・マルケリヌス『ローマ帝政の歴史』第二十二巻第十四章四でユリアヌスが崇拝したと伝えられる、ゼウス・カッシオス（オロンテス河口のカッシオス山の神）と考えられる。

で登られるという話ですから。私もその旅路や祈祷や祭儀に参加し、緋衣を飾る帝の顎髯[1]を目にせねばならなかったのですが、運命の女神（テュケー）はそれを認めてくれず、これまでなかったような打撃で私を襲いました。**二**　書簡よりも上手に話をしてくれる有為なるオリュンピオス[2]（彼は私たちの側にいて、一緒に涙し、救いの手を差し伸べ、すべてを目撃していたのです）があなたの前にいなかったなら、私はその打撃について長々と話していたでしょう。

三　そして、この人こそが、私がその称賛をしていたときに、ぜひ自分の友人の一人に加えたいとあなたがお望みだった人物で、彼のことを紹介するよう命令もなさいました。このことはあのブドウの木も知っています。私たちがその話をしていたのは、その木の下を逍遙し、屋根から得られるのと同じ恩恵をその木から受けていたときでしたから。

四　それで、オリュンピオスは私に迫って、紹介してくれとがなりたてていたのですが、私は無数の災いのせいでそれができずにいました。そして、あなたと少しでも対話する人は立ち去るときには思慮深くなるという話を聞いて、彼はこの損失に耐えられなくなったので、次善策[3]として、私の代わりとなる私の書簡を所望しました。もちろんそれを与えないはずがありませんでした。**五**　そこで、この男が喜ぶとともに私の書簡に名誉が与えられるようにするために、彼の次善策を最善の策に劣らぬものとするのがあなたの役目となるでしょう。

書簡七四〇　ユリアノス宛[4]（三六二年）名誉回復

一　有為なるサルティオス[5]が私たちを名誉に復してくれました。でくのぼうのエルピディオス[6]が取り上げることに相成ったあの名誉にです。つまり、彼奴が無礼にも取り去ったものを、彼が返還して、その無礼に終止符を打ったのです。

二　こうして、私たちは給付の半分をこちらで受け取っていますが、残りはフェニキアから手に入れるよう彼は命じました[7]。あなたがフェニキアを統治しているので、この件がうまく処理されるだろうと考慮した上でのことだと思います。三　ですから、友人の期待にこたえてください。

---

(1)コンスタンティヌス以降の皇帝が髯を剃っていたのに対し、ユリアヌス帝は哲学者を想起させる髯を生やし、自らの肖像にも描かせた。

(2)二七頁註（1）を参照。

(3)九三頁註（3）を参照。

(4)一四三頁註（5）を参照。

(5)一四五頁註（4）を参照。

(6)九七頁註（7）を参照。

(7)リバニオスの給付については、書簡二八、五七二、七七四、八〇〇なども参照。

書簡七四一　アタルビオス宛[1]（三六二年）　久しぶりの手紙

一　あなたが私に対して音沙汰なしなのを非難するつもりでおりました。その後、自分も同じ非難で訴えられることになると思い当りました。思うに、だんまりだったことに関してはどちらも共通ですから。だんまりを長引かせたのはおそらく、直ちに手紙を書かなかった上に、後になって、これまで手紙を送らなかったことに恥入ったためです。二　体調を崩した人の場合にも私たちはこのような目に陥ります。始めのうちに彼らに見舞いに行かないと、数日また数日と日を重ねてしまいます。そうして、私たちが然るべき礼を尽くすより前に病人が回復してしまったのです。ですから今も、いわゆる「禍いを禍いで[2]」となって、書かなかった上に書かないのです。

三　しかし、パトロイノス[3]が結構なことに私に手紙を書く責務を与えて、長々と続いた不合理な状態に歯止めをかけてくれました。ここなるパトロイノスが生まれのゆえにも、その他の地位のゆえにも、あなたの統治を享受している者たちの中の一級に属することに関しては、あなたの口から他の人々に語られるでしょう。他方で私にとって、彼は子供の頃からの私の仲間という他にない存在であり、同窓生として兄弟以上の存在であり、私が何か質の高い作品を生み出すと喜び、私が熱心だと褒めてくれ、どことなく呆けていると目を覚まさせてくれました。

四　彼が私に対して思慮分別の頌詞を語ったことも、快楽の虜となっている人たちの弾劾を長広舌したことも、承知しています。ですから、私は多くの土地を渡り歩いた後でも、この男を一度たりとも記憶から消し去ることはありませんでした。祖国や家の者たちを前にしたときも、パトロイノスに会えなかったので、待ち焦がれていたものすべてを前にしたとは思いませんでした。

五 それで、私は［こちらに］来てから、手紙で［彼を］呼びつけたものです。彼の方も来たがっていたのですが、そのたびに折々の足止めに邪魔されて、これまで訪ねてきませんでした。しかし、愛情がますます強まったので、遅ればせながら、ずっと前から私に約束していたとおりに駆けつけたのです。

六 このために、彼にちょっとした騒動がもたらされています。彼が祖国の公共のことを蔑ろにして、贅沢に耽っていたのだろうと言われているのです。それで彼はすっかり怯えて私のもとに来て、あなたが怒っていることを告げると、助けてほしいと頼んできました。**七** 私は、あなたの気質と私との友情を知っていたので、［助けると］請け合いました。実際、あなたは私のために一肌脱いで、罰を科すよりも気安く赦しを与えてくださるでしょう。だからこそあなたはエウプラテスの畔で臣下たちに引き留められたのですし、官職から辞するよりも先にご子息たちが老境に達するのを目にするはずです。あなたはこのような媚薬で諸都市を魅了したのです。住民たちだけでなく、将軍や隊長や兵士、そして、あなた方のところへ旅するいかなる地位の者たちも。

八 ですから、私としては、あなたが優しくしてくださるだろうと期待していますし、そのように宣言し

（1）アンキュラの人で、三六二―三六三年のエウフラテンシス州総督。

（2）この表現については書簡六四-一を参照。

（3）本書簡でしか確認されない。

てきました。あなたは私の証人となってください。そして、怒りをおさめるのに加えて、この男がこれまで以上の配慮に値すると見なしてください。

書簡七四二　ケルソス宛[1]（三六二年）　ソフィストの恩人

一　私たちがニコメデイアで他の者たちより裕福ではないものの、弁論のために余暇を費やしてあの幸福を享受していたとき、ポンペイアノス[2]がビテュニア人たちを統治しておりました。あの有為で、公正で、貧困をまったく嫌悪せず、正統な弁論[3]を重んじ、そうではないものを論駁していた人物です。そして、衣服が輝かしいアテナイ出の男[4]を自らの弱みを見せることになるところへ有無を言わさず追い込んで茶化したことをよもやお忘れではありますまい[5]。

二　爾来、私は彼を恩人と位置づけていますし、その命令には困難なところが何もないので、実行しないのは私に非があると思われざるをえないほどです。まさに目下の案件もきわめて簡単です。二人の女性の面倒をあなたにみていただけるよう手紙で依頼してほしいと彼は私に命じています。その女性の一人は名をピロパトラといい、もう一人はヘルモゲネイア[6]といいます。三　彼女たちがどのような援助を必要としているのかを私の方から尋ねて、事柄の本質に応じて手紙を書いたり、書かなかったりするようなことはしませんでした。むしろ、ポンペイアノスなら諸法に反して女性たちを守ったりはしないはずという一点だけは確信しているので、私は直ちにこの手紙を渡します。四　私のために競技会を何度も催してくれた人物をあなたの行動で喜ばせてください。

書簡七四三　同者［ケルソス］宛　（三六二年）　ひたむきな学生

一　ここなるパンドロス[7]はキリキアの人で、財産を考慮（ロゴス）したら最低クラスですが、弁論（ロゴイ）を希求する点では一級です。金銭に事欠く者は弁論を身につけるべきである、なぜなら後者は前者をもたらすことができるから、ということを彼は正しく理解しているのです。二　彼は弁論術を強く追い求め

（1）一二三頁註（2）を参照。
（2）本書簡にあるようにリバニオスのニコメデイア滞在中にビテュニア州総督であった点以外は詳細不明。
（3）古典的なアッティカ様式に則った弁論を指していると思われる。
（4）数十点の弁論作品が現存するアテナイの修辞学教師ヒメリオスではないかと推測される。次註も参照。
（5）ヒメリオス『第五十三弁論』（Colonna）に関してポティオス『ビブリオテーケー』第百六十五書一〇八ｂに「それからニコメデイアで、そこの総督だったポンペイアノスに促されて［発表した弁論］」とあることが、本書簡で言及されるアテナイの人をヒメリオスと同定する有力な根拠となっている。また、リバニオス『第四十六模擬弁論』梗概部の冒頭には「ポンペイアノスの出したお題」という記載のある写本が残っており、同弁論をリバニオスが発表したことが推定される。このように総督の主催で弁論の競技会が開かれることがあり、本書簡四節の競技会もこの種のものを指している。
（6）いずれの女性も本書簡でしか確認されない。
（7）本書簡と書簡一三九四から確認されるリバニオスの生徒。

ていた[1]ので、その思いが無数の道に分かれる[2]ことはなく、雑多なことは他の人に任せて、この道だけを余すことなく追求しました。こうして、弁論術のいくつかの点を習得し、そうでないところもあと一息というところです。

三　さて、彼が目下伺っているのは、小さな祖国を見るため、父親[3]と会うため、そして、あなたにその姿を見せるためです。そこで、この若者を優しく迎え入れて、このような年頃の者にふさわしいものを分かち与えてください。万一、彼が自分の腕前を何かしら披露しようと望むことがあれば、耳を傾けて、救いの手を差し伸べてください。

書簡七四四　デメトリオス[4]宛　（三六二年）　敏腕な医師②

一　一緒に大喜びしてくれる人たちの一員になってくださるだろうとはっきり分かっておりました。大いに親しい人たちと居合わせていらっしゃることも分かっていましたから。二　しかし、目下称賛してくれる人たちから得ている喜びが、ずっと前にあなたの称賛から得られた喜びよりも大きいとは考えないでください。現在の最高の弁者と私が考えている方から最高の弁論をしていると思われることの喜びといったら、あらゆる人間が弁論によってあらゆることを行なった場合以上なのですから。

三　しかし、このはずむ心にすっかり水を差しているのが頭の病気です。この病にエウカルピオン[5]はまず薬で挑んで、その激痛を除きましたが、また同じ状態に戻るのではないかと危惧して、鉄での戦いを挑んだところです。[6] 四　ですから、何か良い結果が出たら、それをエウカルピオンの功としてください。他方、苦痛が勝るなら、私にその責任を帰してください。医術が施そうとした措置すべてに私は耐えられなかったのですから。

五　また弁論をするかどうかは分かりませんが、最近弁じたものはお送りしました。さらに前のものは見つけられなかったのです。この任に充てられている奴隷[7]が、多くの人の多くのものを持って逃亡した金細工師を追いかけていってしまったものですから。

（1）アリストパネス『雲』三五八。

（2）学生は弁論術だけでなく、速記術やラテン語、法学、哲学などさまざまな学芸の習得を望み、それらを掛け持ちすることもあった。書簡三二四-二を参照。

（3）書簡一三九四の内容より、同書簡の名宛人エウプロニオスとされる。

（4）六三頁註（6）を参照。

（5）本書簡と同じデメトリオスに宛てられた二二三頁註（3）を参照。

（6）この箇所は全体として、戦闘の比喩が用いられている。「鉄」は戦闘の文脈では剣を示すが、ここでは外科治療を施したことを示す。

（7）リバニオスが弁論作品を奴隷に保管させていたことを示す重要な箇所。

書簡七四五　エクディキオス宛[1]　（三六二年）　友人の子

一　友人の子供たちが友人を介して友人のもとにやってきました。私は直ちに、その父親ゆえに彼らに喜びましたが、時間が経つにつれ、その天分ゆえにも喜んでおります。二　年長の子について私が称賛しているのは、私たちのところに遅ればせながらやってきたこと、そして、あなたを愛しながらも、あなたがずっと前にこの決断をしてくれなかったのを非難しているところです。彼は捨てられた時間を損失と見なしていますから、今後の時間を活用することは明白です。三　このわずかな時間でも、おそらくその時間以上のものが成し遂げられました。この点について私を信用してください。また、この老人[2]を信用してください。彼がこの子たちの面倒を見ることといったら、自分の子孫たちにそうするのに劣らないですし、自身が弁論の作り手なので、弁論の優れた批評家でもありますから。そして、友人のために一肌脱ぎながら、友人を欺くはずはありません。

書簡七四六　ケルソス宛[3]　（三六二年）　ペネロペの織物

一　不運が今や利益となったと言った人[4]もいるのなら、恩恵が損害に終わったとしてもどうして不思議なことがありましょう？　それで、テオピロス[5]は恩恵を受けた者の一人でありながら、その恩恵を非難する者の一人となっています。ついこの前に自分が望んでいたことを成し遂げようとしたら、そのせいで彼にさらに大きな危険が生じたのです。

二　そこで目下私たちは、いわばペネロペの織物をほどくつもりで[6]、キリキアへ駆けつけました。その織物にあなたが手をつけていただくことを彼は必要としています。これはペネロペの織物よりもほどくのがはるかに難しいのですから。三　彼はペネロペに倣うとともに、ペネロペの夫にも倣っています。すなわち、そちらのこともこちらのことも彼にとって辛いものですが、どちらか一方を耐えねばならぬというなら、カリュブディスに船を向けるよりはスキュラと取っ組み合います[7]。

(1) リバニオスのアテナイ時代の学友で、キリキアの人と考えられる。書簡四五、一四七、三四七も参照。

(2) Foerster は書簡六二五、六七八、七五四を参照させ、カリオピオスの父親の可能性を提示する。これに対し、Cribiore, pp. 35, 321 は書簡七四九と五四三をもとに、ガウデンティオスと推測する。

(3) 一二三頁註（2）を参照。

(4) エウリピデス『レソス』三一七—三一八。神々が好意を寄せると運が良くなるという箇所なので、テオピロスの宗教的な立場を示す上で適切な引用になっている。

(5) 一九五頁註（6）を参照。

(6) ホメロス『オデュッセイア』第二歌八九—一〇九にあるように、オデュッセウスの妻ペネロペは求婚者たちに対して、衣装が織り上がったら求婚に応じると約束し、昼間は機織に勤しんだが、夜間に糸をほどいて、申し出をできるだけ先延ばしにしようとした。この逸話から、プラトン『パイドン』八四A、ルキアノス『逃亡者』二一、アリスタイネトス『書簡集』第一巻第二十八書簡のように、仕事を無に帰すことの代名詞となっている。

(7) ホメロス『オデュッセイア』第十二歌七三—一一〇、二三五—二五九に現われる海の怪物スキュラとカリュブディスは、転じて大きな危険の喩え。書簡四二九-三も参照。

書簡七四七　ベライオス宛[1]（三六二年）　実務の場

一　あなたの総督職の話（ロゴス）はすでに私たちのもとに達しており、それは、あなたが総督職に就く前に作った数々の弁論（ロゴイ）にふさわしいものです。そして、次のことは、実務に当たるあなたと並んで、ソフィストという職種全体が名声を博することを意味します。すなわち、私たちが言葉のことにだけ関わっているのではなく、実行の舞台に引き出されてもなかなかのものであるとこれから判明することは。二　ですから、そのまま突き進んで、諸都市を繁栄させ、私たちをさらに喜ばせてください。また、あらゆる人のために諸法を守り、友人の親族たちにさらに優しい眼差しを向けてください。

三　弁論家ガウデンティオス[2]は、私の友人であると同様、あなたの友人であります。ですから、この男の一族への善行で彼を尊重していることを宣言するのもあなたは憚らないでしょう。実際、仮に彼らがこれまでの総督たちから軽視されていたとしても、今なら境遇が良くなるのが正当だったはずです。現実には、彼らはずっと前から総督たち、そして、武器を置いて［裁判官の］座についた人たち全員から裨益してきました。ガウデンティオスと彼の品性はそれほどのものなのです。四　ですから、今レオンティオスとドリュメネス[3]はいっそうの処遇を受けねばなりません。あなたがこの点においても明白に前任者たちに勝るために。

書簡七四八　マグノス宛[4]（三六二年）　無礼

一　親しきマグノスよ、あなたが無礼を働いたことに気づきました。もっとも、あなたは気づかれないよう望んでいましたね。おそろしい方なので、こうしているのは愚か者に対してだとお考えでしたから。しかし、私は諸々の点で気づくのが遅いものの、この点は見逃しませんでした。いや、あなたはご親切にも浴場を閉ざしておきながら、私にそれを利用するよう命じ、ご自分は食糧が足りないから家に向かうとおっしゃった。二　でも、あなたは家も糧食も必要とはしていなくて、むしろ、その場に居合わせて扉を開けることも、扉を閉ざしたままにして苦しめることもないように、第三の方策を考えついたのです。すなわち、逃走を。そして、それによっていっそう苦しめたのです。

三　思うに、説得して［家に］連れ帰る方が、扉まで人を遣るという兵士の無教養に陥るよりも適切でした。こうするのが風流人にふさわしかったのなら、それはあなたによって固持されずに、私によって変更されていたはずですから。なるほど、どうやら、あなたは無礼を働きたかったのです。

（1）三六一―三六三年のアラビア州総督。本書簡の内容から、かつては弁論術の教師だったと考えられている。他に、書簡七六二、七六三、七七六、八一九をいずれもアラビア州総督として受け取っている。

（2）一〇一頁註（1）を参照。

（3）いずれの人物についても詳細不明。

（4）書簡三二〇-三、七七六-一から確認される、アンティオキアの弁論家でリバニオスの同窓生だった人物と同定される。

四　私は入浴を終え、大きなものでなくて小さなもので十分でした。しかし、からかいたいのなら、あなたは他の人たちはさておき（気難しい人たちですから）、打擲をも心穏やかに耐えるであろう私を使ってその情動を満足させてください。

書簡七四九　レオンティオス宛[1]　（三六二年）　教師への義理

一　最初の書簡は、教師の子に義理を尽くすようあなたに促すものでしたが、今回の書簡は、あなたがしたことを称えるとともに、同じようにし続けるように再び促すものです。

二　といいますのは、ガウデンティオス[2]が私のもとにやってきたとき、その表情で喜びを明らかにしていました。それで彼が嬉々としているのに私は喜んで、どうしたのかと尋ねました。すると、「生徒たちの中で最も私に義理堅いのはレオンティオスだよ」と言って、自分の子に対して名誉が与えられたこと、弁ずることの練習をして名誉をいただくという二重の利益を得たことを説明してくれました。

三　老人はこう話すと、神々に片手を掲げて、あなたのために神々が諸々のもの、とりわけ総督職を成功に導いてくださるよう祈りました。ですから、彼がいつもこう願い求めるようにするために、あなたは「このように射て[3]」ください。そして、あらゆる面にわたる美徳で名声をわが物としてください。

書簡七五〇　アタルビオス宛[4]　（三六二年）　論理の連鎖

一　アグロイキオス[5]とエウセビオス[6]は私の門下生です。この二人の青年は気高い弁論家となり、私から重んじられる一方、巧みな人々からも重んじられています。そのため、彼らの身内も、何か面倒に巻き込まれたら、助けてくれる人を豊富に得られます。二　それゆえ、ここなるアレクサンドロス[7]が彼らの姉を妻としている以上、私から見過ごされるはずはありませんでした。この男の不幸をその妻が分かち合い、彼女の不幸をその兄弟が分かち合い、彼らの悲しみを私が分かち合うことは明らかでしたから。

三　そこで、閣下（アリステ）、この最初の一人を容赦することで、これほど多くの人たち、そして一番最後の友人を思いやるのが、あなたの役目です。このアレクサンドロスに非はないと私が考えているのだとは思わないでください。もっとも、彼は潔白を主張しており、有罪が証明されるなら自分に極刑を割り当てよと命じていますが。四　そこで、私は被告当人が自らを弾劾する証言者になっているとして、論駁することに相成りました。すなわち、彼が話の中であなたが怒っていることに言及したのは、自分の過ちを認めたの

（1）一九一頁註（5）を参照。
（2）一〇一頁註（1）を参照。
（3）ホメロス『イリアス』第八歌二八二。敵を次々と射倒して気負い立つテウクロスをアガメムノンがさらに激励する言葉。書簡二三一-三も参照。
（4）二二七頁註（1）を参照。
（5）一一三頁註（2）を参照。
（6）一一三頁註（3）を参照。
（7）本書簡でしか確認されない。

に相当すると私は主張したのです。あなたがこのような病的状態に捕われたことはこれまで一度もなかった以上、彼がおそらく何かを怠ったせいで、その行ないをあなたが非難せざるを得なくなったのだから、と。

五 そこで、私がすでにアレクサンドロスに有罪判決を下しましたから、アレクサンドロスを目の前の恐怖から解放する判決を採択していただけるよう貴人アタルビオスにお願いをいたします。そうすれば、私がアンキュラの町を自分の祖国と呼んでいるのは空しいことではなく、そこの住人たちから私が何でも次々と貰っているということを、私の同胞市民たちも理解できます。

書簡七五一　デメトリオス宛[2]（三六二年）　敏腕な医師③

一 あなたは求めていた人を取り戻し、私はそれまで手元にいた人を求めています。エウカルピオン[3]が側にいなくても彼があなたのものであるという事実はあなたの慰めとなっていました（希望を持たせてくれていましたから）が、私には彼が出立した後、元気を出すよう説きつけてくれる人はおりません。

二 ただし、彼と離ればなれになったからといって私が全面的に損失を受けているわけではなく、自分の身体が不都合を蒙る分だけ、あなたの身体で裨益しているのです。

書簡七五二　アカキオス[4]宛（三六二年）指南役

一　ミッカロス[5]と宴を共にするときは、からかって、それで笑うことに宴の時間を空費しないで、どのように統治せねばならないかを指南してください。あなたが教えて、彼に学ばせるのです。あなたへの報酬となるのは、ミッカロスが名声を得ることです。

二　この男はトラキアでその指南役を立派に知らしめることになるでしょう。他方、あなたはクサンティッポスの子[6]に倣って、マクシモス[7]の家に対して私と「同じ見解に固執して」ください。私は激励のためにたくさんの言葉を費やしていたはずです。ミッカロスがそうした方が、手紙で書くよりも良いと分かっていなかったならば。

(1) アンキュラとリバニオスの関係については、二〇七頁註(7)を参照。
(2) 六三頁註(6)を参照。
(3) 本書簡と同じデメトリオスに宛てられた二二三頁註(3)を参照。
(4) 九三頁註(2)を参照。また、ヒュペレキオス親子との関係については書簡六五八も参照。
(5) 本書簡で言及されるトラキアの意味も含め、一一七頁註(3)を参照。
(6) 古典期ギリシアのアテナイの政治家ペリクレスのこと。後述の「同じ見解に固執して」はトゥキュディデス『歴史』第一巻一四〇のペリクレスの発言のもじり。書簡一四四一-五も参照。
(7) 三七頁註(5)を参照。息子のヒュペレキオスの案件については、書簡七五三も参照。

書簡七五三　ヒュペレキオス宛[1]　（三六二年）　短信の意味

一　有為なるミッカロス[2]を介してあなたに挨拶しないのはとんでもないと考えつつも、この男を介するのに長々と手紙を書くのもおかしなことだと考えました。彼は私の思惑が分かっており、弁ずる力もあるはずですから。二　そのため、手紙の長さのせいで彼の沈黙を長くすべきではないと考え、この手紙では挨拶の作法［だけ］を果たすことにします。後悔しないためにあなたが何をすべきかは、彼の口から聞いてください。

書簡七五四　アカキオス宛[3]　（三六二年）　かつてのライバル

一　あの数多くの気高い弁論をあなたはまずフェニキアで、その後にこの地で、そして今では美しきパレスティナで作り出しています（あなたの持つ美しさを愛するその土地がどうして美しくないことがありましょうか）。この気高い子たちに劣らずあなたに名声をもたらしたのがエウトロピオス[5]の作った数々の弁論です。二　これらもあなたが種をまいた結果なので、彼はその容姿以上に弁論の型で自分の親縁関係を明かしていると思われました。その弁論において力強さと並んで、駆け足ぶり[6]を披露したのですが、これこそまさにあなた方の特徴ですから。

三　彼はこのように優れた弁論家であると同時にとても有為なので、あなたの望みは私に名誉が与えられることだと看取して、万事あなたに接するように私にも接してくれます。(7) まるで私の甥にして弟子であるかのように。**四**　そういうわけで、私の方も彼を昔馴染みの一員に加え、大抵の昔馴染みよりも重視しました。実際、［私を］愛することに関して、彼は大抵の人を凌いでいましたから。だから彼は私の些細なものの中で――もっとも、思うに、私のものはおしなべて些細ですね。自分のことが分からない人がいるでしょ

---

(1) 三九頁註（1）を参照。また、ヒュペレキオスとミッカロスの関わりに関しては書簡七〇四も参照。

(2) 一一七頁註（3）を参照。

(3) 一三頁註（3）を参照。

(4) *ἐγγόνων*. 写本によって *ἐκγόνων* の読みもあるが、いずれにせよ実際の子ではなく、弁論などの作品を示す。プラトン『饗宴』二〇九D、リバニオス『書簡』八六二-四、九三八-三（*παῖδας*）、一〇〇四-七（*τόκος*）、一〇〇九-二（*παῖδας*）、一〇三六-六、一〇四四-二（*παίδων*）、一〇七二-二などを参照。

(5) 三節に見るように名宛人アカキオスの甥で生徒。本書簡二節で容姿の類似が指摘されることもこの関係に由来し、書簡一三〇四-一でも同様の人物紹介がなされている。後のウァレンス帝治世に『首都創建以来の略史』を著わした歴史家エウトロピオスと同定する研究もあるが、根拠は薄弱。

(6) 一節に現われる「美しさ」、直前の「力強さ」と並んで、「駆け足ぶり」と訳した *δρόμος* も弁論や書簡の文体を表わす専門用語（一七三頁註（4）、一九五頁註（5）も参照）。「力強さ」は推論などで説得力があることを、駆け足ぶりはテンポの速さを示す。ただし、*δρόμος* というやや珍しい単語（カッシオス・ロンギノス『修辞論』p. 312［Spengel, vol. I］）を使っているのは、おそらくこの語が持つ「逃げること」という意味をかけて、リバニオスとの競争に敗れて、パレスティナに活躍の舞台を移した名宛人アカキオスに対する当てこすりもあると思われる。

(7) 文章の句読法については、FK, p. 66; Norman, vol. 2, p. 118 のそれに従う。

うか？　それも、自分自身を知らねばならないと賢人が声を上げているというのに[1]――ともかく、こういったものの中で最も些細なものまで彼は気に入ってくれたので、私が話して彼が聞かなかったものはなく、彼が聞いて称賛しなかったものもありませんでした。

五　さて、この善良な人は、公正でもあろうと望んでいましたが、私に不正をなしたところがあります。その訴えを聞いてください。エウトロピオスが私に不正をなしたというのは、アカキオスが親切にも書いてくれ、親切にも送ってくれた弁論を、私より先に帝[2]へ渡してしまったところです。**六**　彼はその責任を老人[3]になすりつけようとしています。私もそうしなかったのですから。実際、彼は私に対してそのような詭弁を弄しましたが、あなたはそれを信じないでください。そして、ホメロスが年長者に何を認めたか[4]を彼はきっと分かっているはずです。たとえ彼が非常に優れた人でも、私とあなたの方が先に生まれました。

七　ですから、彼には何も話させないで、行動で弁明させてください。すなわち、アキレウスを範とさせるのです。彼はアキレウスと同じように、傷を癒せるのですから[5]。

書簡七五五　キュリロス[6]宛　（三六二年）　手紙を書く意味

一　自分の叔父[7]があなたにどれだけ大切にされているかを知っているので、あなたのもとに伺えば、自分の友人となってお力添えいただけるだろうとエウトロピオス[8]は分かっていたのですが、あの男に与えることになる恩恵を私とあの男の双方に与えていただくことを望んで、私の書簡を受け取ってから伺っております。

二　それゆえ、一つの恩恵で一人ではなく二人をあなたに義理ある者とするのですから、彼があなたの名声のためにいかなる形でも協力するつもりなのは明らかです。ですから、この男に多くの壮大なもので報いるときには、手紙を書いて私にその恵与を教えてください。これは、この男が［手紙を書くという］行為から利益を得るようにし、喜びをエウトロピオスと私で共有できるようにするためです。

（1）デルポイの神域に残された有名な金言。七賢人のタレスに帰されることもある。

（2）ユリアヌス帝のこと。FK, p. 323, n. 7 はユリアヌス帝のお気に入りだったリバニオスの称賛演説をアカキオスが作り、皇帝に提出した可能性を考える。

（3）Foerster, ad *ep.* 745 はカリオピオスの父親（書簡六二五、六七八を参照）の可能性を指摘し、Norman, vol. 2, p. 121 はアカキオスを指しているとするが、リバニオスのことを指しているのではないだろうか。

（4）ホメロス『イリアス』第十五歌二〇四。年長者の意見には譲るべきということ。

（5）ミュシア人の王テレポスがアキレウスの槍で傷つけられ、一向に治らなかった傷をアキレウスの槍で治した逸話を下敷きにしている。*Mantissa Proverbiorum*, 2. 28（*Paroem. Gr.* II 763）、ヒュギヌス『寓話』一〇一を参照。書簡九二七-三、一一〇五でもこの逸話は利用されている。

（6）三三頁註（4）を参照。

（7）書簡七五四-三より、同書簡の名宛人アカキオスを指す。

（8）二四一頁註（5）を参照。

書簡七五六　ボスポリオス宛[1]（三六二年）　故国への恩返し

一　アンキュラで生まれた人が尊敬すべき人々の技術を目指しても、何ら不思議ではありません。あなた方の町は優れた才能を豊かに産しますから。**二**　ここなるアキリオスも[2]、贅沢する代わりに故国で医者になろうと望むことで、［故国に］然るべき恩返しをしました。彼の素晴らしいところは、いかなる都市も――その都市の数といったら莫大で、アレクサンドロスの町と私たちの町の間にあるもの全部です[3]――さてさて、これらの都市の中で、この男をわが物とし、その技術を享受しようと望まなかった都市は一つとしてありませんが、説得を試みて成功した都市は一つもありません。**三**　彼はそれらの町の人々を良い人たちと見なし、称賛されて喜びましたが、いかなるものもあなた方には見劣りしたのです。もっとも、運命の女神（テュケー）の手によって、故国で恐ろしいことが巻き起こされていることは知っていました――彼の父親が死んで、ごたごたが彼に及んでいるのです――。しかし、それでもなお他の人たちのところで幸福であるよりもあなた方のところで心配りをする方が喜ばしいと考えたのです。

四　それゆえ、名誉を重んじ、勇敢で、優しいあなたなら、あなた方のもとへ急行したのは正解だったと分かるような措置を取ってくださるはずです。彼はあなたに直ちに縋るでしょうから（彼自身このことを心得ていましたし、私もそれを勧めました）、彼を苦しめる力のある人たちに対してあなたがそれを許さないということを直ちに見せつけてください[4]。**五**　彼らもヘラクレスが嫌がっているのに、アキリオスを虐げようと試みるほど大胆ではないでしょう。彼らに矢が飛んでくるのは明らかですから。それゆえ、危害を加えないで矢を射かけられない方を選ぶはずです。

六　このような具合になれば、彼は落ち着いてその技術を発揮することになり、あなたは私たちから称賛を、アスクレピオスから医者いらずの状況を得るでしょう。そして若者たちは、技術を学んだ人が有力者によって守られているのを目の当たりにして、何かしっかりしたものを学ぶ意欲を持つでしょう。あなたが町の中にこのようなものをもたらす要因となることは、町のための支出よりも重大なことです。

七　私がこの手紙を渡したのは、アキリオスがパレスティナから総督宛の手紙をたくさん携えていくときでした。どのような見解でたくさんの手紙にこの一通を私が加えたのかは推し量ってください。私の判断は正しかったと思いますし、手紙を書くよりもむしろ黙っている方が非は大きいと思いますから。

（1）本書簡よりアンキュラ市の有力都市参事会員であることが推測される。書簡一四四四-一からは同市の使節としてアンティオキアを訪問したことが確認される。

（2）本書簡でしか確認されないアンキュラ出身の医師であるが、書簡七六一で問題とされている医師たちの中にこの人物も含まれているかもしれない。

（3）エジプトのアレクサンドリアからシュリアのアンティオキアまでの全都市ということ。

（4）医師には原則として都市参事会負担からの免除が認められていたが（二〇一頁註（6）を参照）、実際に免除を与えるかどうかは個別事例に応じて参事会で議論された。

書簡七五七　バッキオス宛[1]（三六二年）神殿復興の余波

一　貴人バッキオスよ、数多くの犠牲を捧げ、儀礼をきちんとし、崩れたものを再建することで、聖所の管理をしてください。あなたは神々に対して敬虔に振舞い、帝の願いをかなえ、[2]祖国を立派にせねばなりませんから。しかし、神々への熱情を守るにあたって恩恵（カリス）も施してください。カリスたちは女神ですからそうすることで崇敬になるでしょうし、同時に、女神たちを蔑ろにせずに自らを温和な人物とすることができるのですから。[3]二　そこで、帝室財務官僚[4]への賦課について温和になってください。彼に分割払いを割り当てて、一部を支払わせ、一部を用意させるのです。実際、アイミリアノス[5]の行状を問題とした人はいませんでしたし、私はその称賛者でもあります。彼は狼藉を働く者の一人ではありませんでしたから。それも、望めばそれができたというのに。三　ですから、彼にその善良さの報酬を与えましょう。賦課を督促することはそのままに、過度にそうすることを差し引くのです。

書簡七五八　皇帝ユリアノス宛[6]（三六二年）アリストパネス弁護

一　私はアリストパネス[7]にお返しをし、あなたは私のあなたへの親愛の情にお返しをしてくださいました。その親愛の情は輝かしく、激しく、神々にも人間たちにも知られていますから。あなたの手紙[8]が希望をもたらし、私の弁論に栄誉を与えてくださったので、今や私は高揚して、天にも昇らんがばかりの心持ちです。もはや私には何もかもが些細なものに見えます。ミダスの富も、ニレウスの美しさも、クリソンの速さ

---

(1) 六五頁註（1）を参照。

(2) ユリアヌス帝のこと。彼の異教神殿復興政策にバッキオスが敏感に反応したことは書簡七一〇、七一二から窺える。

(3)「温情」「恩恵」という一般的な意味と女神の名をかけてカリスの語を用いる技法については、書簡五〇–一と第一分冊六五頁註（2）を参照。

(4) Foerster はバシリコスという固有名詞と取り、Norman, vol. 2, pp. 122 f. も本書簡ではバシリコスとアイミリアノスという二人の人物が問題となっていると理解するが、訳者はアイミリアノス一人が問題となっていると考え、バシリコスを普通名詞として訳出した。

(5) 本書簡でしか確認されない。

(6) 八一頁註（4）を参照。

(7) コリントスの都市参事会員家系の人。書簡三六一–三も参照。ユリアヌス治世下で都市参事会の負担をめぐって祖国と問題を抱えたため、リバニオスは彼のための『第十四弁論』を作成し（書簡七六〇も参照）、帝から免除を認めてもらった。この経緯については、リバニオス『第一弁論』一二五、書簡一一五四–三、ユリアヌス『第九十七書簡』（Bidez）も参照。

(8) リバニオスに宛てられたユリアヌス『第九十七書簡』（Bidez）のこと。なお、本書簡は導入部をはじめ、随所でユリアヌスの同書簡が使っている文言を利用している。

も、ポリュダマスの力強さも、ペレウスの剣も。(1) **二**　ネクタル(2)の分け前に与ったとしても、今より喜びは大きくなかったろうと思います。かつてプラトンが探し求めて、やっとのことで見つけた［哲人］王(3)が今、私の見解を称賛し、私の弁論を嘆賞して、贈物をしようという約束で名誉を与えてくださると同時に、何を贈るべきか私と一緒に検討したいとして、それ以上の名誉を与えてくださっているのですから。

三　そうしてみると、天空の雌ヤギが昇るのを観察する人(4)でもすべては手に入れられないのではないでしょうか？　私はそれを真面目にしなくても、とびきりのものを得ましたし、私が素晴らしいものを求めれば、陛下には天空の女神に倣ってその恩恵の用意があるのですから。**四**　それゆえ、あなたの手紙がその弁論に添えられて、矢が放たれたのは無駄ではなかったことをギリシアの男《お》の子ら(5)に知らしめるでしょう。そして、アリストパネスは私によって書かれた弁論を誇りとし、私はあなたから送られた手紙を誇りとするでしょう。より正確に言えば、両人が、送られてきた手紙と将来の贈物を誇りとします。両人とも、両方のもので箔が付くのですから(6)。

五　また、あなたに笑っていただくために、アリストパネスの恐れのことを聞いていただかねばなりません。いつも午後あなたのもとに謁見する人が扉までやってきたところ、あなたが弁論を作っている最中だという理由で謁見を阻まれたので、そのことを私たちに知らせました。すると、あなたが例の弁論に対抗することを選んで、教師を打ち負かし、アリストパネスにネイロス(7)の災厄を見舞うのではないかと、たちまち恐慌状態。**六**　それで貴人エルピディオス(8)のもとへ大急ぎ。彼は私たちが何に怯えているのかを知ると大笑い。こうして私たちは息を吹き返し、少し後になって例の美しい手紙を受け取るのです。

(1)ミダスの富については一二五頁註（2）を参照。ニレウスはアカイア軍中の美男子（ホメロス『イリアス』第二歌六七一―六七五。書簡三七九-五も参照）。クリソンは前五世紀半ばに活躍したヒメラ出身の競走選手（プラトン『プロタゴラス』三三五E、『法律』第八巻八四〇A、パウサニアス『ギリシア案内記』第五巻第二十三章四）。ポリュダマス（プリュダマス）は前五世紀末に活躍したテッサリアのスコトゥッサ出身のパンクラティオン選手（プラトン『国家』第一巻三三八C、パウサニアス『ギリシア案内記』第六巻第五章、第七巻第二十七章六、リバニオス『第十六模擬弁論』五九）。ペレウスは英雄アキレウスの父親で、その剣は思慮分別の報酬として神々から与えられた（アリストパネス『雲』一〇六三、ゼノビオス『格言集』五-二〇［*Paroem. Gr.* I 123 f.］）。

　なお、「美しさ」や「速さ」など弁論・書簡の文体を思わせる表現が用いられている。

(2)神々の飲み物。不老不死を与える。

(3)プラトン『国家』第五巻四七三C以下の議論を参照。

(4)雌ヤギとは、ゼウスに乳を与えたアマルテアのこと。その後、天に上げられ、星となった（ぎょしゃ座のカペラ）。この星に最初に祈る者はいかなる願いも叶えられると言われた。ゼノビオス『格言集』二-四八（*Paroem. Gr.* I 44 f.）、『スーダ辞典』「天空の雌ヤギ」（Aι 237, O 934）、ヘシュキオス『語彙集』「天空の雌ヤギ」（O 1833 [Latte]）。

(5)書簡五七二-二と四一頁註（9）を参照。

(6)この節は音の似通った語をいくつも連続して配置したり、対句を多用したりするなどの工夫が特に顕著。

(7)ユリアヌス『第八十二書簡』（Bidez）の名宛人で、同書簡で批判されているローマの元老院議員。リバニオス『第十八弁論』一九八でもこの出来事は述べられている。

(8)書簡三五、七九六より、ユリアヌス帝の近辺で活動していたことが知られる人物。三六二―三六三年には帝室財産管理総監を務め、三六四年にはプロコピオスの反乱に参加した。この人物とアリストパネスの関係はリバニオス『第十四弁論』三五でも語られている。

書簡七五九　ヒエリオス宛[1]（三六二年）老人の忠告

一　私たちが道理外れではまったくない願望を持ったのに対し、あなたはいっそう思慮分別のある忠告をなさいました。詩句に言うように、「彼らに年寄りが加われば[2]」、彼らが何も失敗しないよう取り計らうでしょう。

二　もし私が、自分についてはロ元にようやく髭が生え始めたかのようにして、あなたを年寄りと呼ぶのなら、おそらくお怒りになるでしょうが、私は自分が年寄りであることは認めます。実際、否定したところで、頭［の白髪］が反証になりますから。しかし、教室で過ごした私の年数とあなたの年数を思い起こすなら、あなたの方が高齢だと言えるでしょう。ですから、あなたがご自分のお子さんと一緒に、あなたより若い私まで教育しているとしても、何ら不思議ではないのです。三　そこで、私がこの助言を受け入れもすれば、他にも説得されることがあると考えて、発言をし、最善と思う忠告をしてください。

書簡七六〇　皇帝ユリアノス宛[3]（三六二年）鈍った弁舌

一　もしこれが鈍った弁舌[4]によるものなら、それを研ぎ澄ましたときにはどのようになるのでしょう？いや、あなたの口の中には、水やりを必要としないほどの言葉の泉が湧いているのです[5]。私たちは毎日水を与えられないと沈黙するほかないのですが(6)。

二　私の弁論を(7)、それが補助者を欠いた状態でも、受け取ることをお求めですので（そのためにあなたの貴人プリスコスが(8)待っていますが）、ともかくお受け取りください。あなたの決定が何であれ、きっと私たちは満足するでしょう。

（1）書簡三四〇-二で、アレシオスのもとからリバニオスのもとに子供を移籍させている人物と同定される。
（2）ホメロス『イリアス』第三歌一〇九。若いトロイアの王子たちだけでなく、老王プリアモスも加えれば、しっかりとした思案がなされようというメネラオスの発言。
（3）八一頁註（4）を参照。
（4）この表現は、リバニオスに宛てられたユリアヌス『第九十六書簡』（Bidez）の結語を利用したもの。また、これ自体がソポクレス『ピロクテテス』九七―九九をもとにしている。
（5）雄弁はしばしば水の流れに喩えられるが、ここでは特にプラトン『ティマイオス』七五Eをもとにしている可能性がある。
（6）本書簡一節はまったく同じ文言で、カイサレイアのバシレイオス『書簡』三四三＝リバニオス『書簡』一五八八として、バシレイオスとリバニオスの往復書簡集に伝えられている。そこでは、リバニオスがバシレイオスに宛てたものとされている。
（7）リバニオス『第十四弁論』のこと。ユリアヌス『第九十六書簡』（Bidez）に見るように、弁論提出を命じた帝は三日後に書簡で提出を督促してきた。本書簡はこの帝の書簡に対する返答である。後日譚については書簡七五八を参照。
（8）テスプロティアないしモロッシアの人。ペルガモンのアイデシオスに師事した新プラトン主義哲学者で、アテナイで活動する。ユリアヌス帝によって宮廷に招聘され、助言役を務め、ペルシア遠征にも随行した。ヨウィアヌス帝の寵も得ていたが、ウァレンス帝のもとで捕縛され、その後釈放されるとギリシアへ戻った。

書簡七六一　マクシモス宛[1]　（三六二年）　二人の医師

一　私が紹介している医師たち[2]は、あなたもよくご存知の者たちですが、あなたの知己たち、そして思うに、友人ともされている者たちを介して、手紙を書きます。二　そして、友人としていると思いますから、両人と好意をもって会っていただき、どちらも助けてください。一方は優しい眼差しを、他方は協力を必要としています。後者は戦いが見込まれますが、祖国に行けば見つけるであろう女神アテナさえ側にいてくれれば[3]、その戦を逃れられるはずです。

書簡七六二　ベライオス宛[4]　（三六二年）　雨宿り

一　ずっと前の恵与のことで、ここなるソパトロス[5]に恩義があります。私がアテナイからトラキアへと旅をしていた折[6]のこと、雷雨が酷くなったので[7]、プラタイアイの粗末な家屋に身を寄せました。そこにこの男の方も同じ理由で身を寄せます。二　それで最初は、酷い雨だ、この雨のせいで旅路はどうなってしまうだろうかと私たちは話しておりました。次に、どこへ急いでいるのかを互いに尋ねました。そして、同じ目的地だと判明し、さらに私が若者たちの授業のために向かっているのだと付言すると、彼は、総督の友人でもあったので、私に親切ができることに喜びました。私の方でも、この人をもっけの幸いと考えました。こうして私たちの旅は祝祭同然となりまして、ボスポロス[8]に着いたときに彼はその約束を果たしてくれました。

三　私はこの恩義を心に留め、お返しをしたいものと思って機会を探していたのですが、幸運にもそれがやってきました。あなたがアラビア(9)を管掌しているのですから、私がお願いをすれば、この男は何か素晴らしいものを得られるはずです。**四**　そこで、あなたにお願いいたします。まず、この老人と快く会ってください。次に、彼が側にいないときには探し求めてください。そして第三に、無礼を働く者たちよりも彼を強くしてください。そうすれば私は、彼から受け取ったものの分量を、あなたを介して与えられるもので上回ることができます。

(1)一一九頁註（2）を参照。
(2)書簡七五六に登場するアキリオスと書簡七七八の名宛人アスクレピオスの可能性が提案されている。
(3)ホメロス『イリアス』第三歌四三九、第十歌二八〇以下。
(4)二三五頁註（1）を参照。
(5)本書簡でしか確認されない。
(6)リバニオス『第一弁論』三三で語られる、リバニオスの二度目のコンスタンティノポリス行を指すと考えられる。三四〇年頃のこと。
(7)プラトン『国家』第二巻三五九Ｄの表現を用いた擬古文。
(8)コンスタンティノポリスを指す。一節のトラキアも同様。
(9)ローマ帝国の州としてのアラビア。おおむね現在のヨルダンにあたる地域。

書簡七六三　同者［ベライオス］宛　（三六二年）　聖財の行方①

一　オリオン(1)は昔からの私の友です。母親が私たちを引き合わせてくれたこともありますが、彼が有為な人物で、力を悪用する人々に倣うよりも、そういった人々を非難する人物と思われたのです。二　ボストラ(2)の住民たちからも次のように聞いていました。彼は聖所に戦いを仕掛けず、神官たちを迫害することもなく、その統治を穏当に行なって多くの人々の苦境を解消した、と。

三　ところが私がこのたび目にしたのは、彼がうちひしがれて、げんなりとしている姿でした。彼は話の前に涙を拭うと、次のように言いました。「私が手厚くしてやった者たちの手から何とか逃げのびたところなんだ。困らせてやることができたときには私は誰にもいっさいそうしなかったのに、もう少しで八つ裂きにされるところだった」。そして、兄弟も逃亡したこと、一族全体が流浪の身となったこと、畑に種は播かれず、備品も略奪されたことを付言しました。四　私の知るかぎり、帝はこのようなことをいっさい望んでおらず、むしろ「もし何びとかが聖財を何か所持しているなら、それを取り立てよ。しかし、そうでないなら、誰にも不名誉が与えられることも危害が加えられることもあってはならない」と宣したの(3)です。

五　そう、私の思うに、連中はまったく難癖をつけられないからこそ、その土地から放逐するのです。なぜなら、［聖財所持の］論証ができるのならば、追い立てようと行動するよりも、被告として［法廷に］召喚していたはずですから。六　そう、連中が神々を助けるふうを装って、他人の財産を欲しがっているのは明らかであります。そこで、総督として立派なこと、とりわけあなたにとって立派なことは、逃げた人々を布告で呼び戻す一方で、連中に対しては望む相手を好き放題に略奪[4]しないよう、そして、諸法に反して所持しているものを返却して、今後は法に従うよう命じることです。

七　閣下（アリステ）、以上のことを前者に約束し、後者に強制するなら、前者を己の町に返し、後者を匡正することになるでしょう。エウクラディオス[5]が帰還し、オリオンが戻り、散り散りになったものが戻ってくるでしょう。そして、私は不運な境遇の友人を見捨てなかったと見られ、あなたは友人の忠告に従ったと見られることでしょう。

（1）本書簡の内容から、コンスタンティウス二世の治世末年にアラビア州総督であったと推測される。なお、本書簡の事件の顚末は書簡八一九で述べられる。
（2）アラビア州の州都。現在のシリア共和国のボスラ。
（3）このユリアヌス帝の指示については、ユリアヌス『第百十四書簡』（ボストラ住民宛）や『第百十五書簡』（Bidez）も参照。
（4）直訳では「ミュシア人の略奪」。九一頁註（4）を参照。
（5）三節に現われるオリオンの兄弟。本書簡でしか確認されない。

書簡七六四　カイサリオス宛[1]　（三六二年）　プリュギアの恩人

一　私はプリュギアを目にしたことはありませんが、非常に重んじています。その土地が、きわめて優れたアイソポス[2]を養ったからというよりも、プリュギア人たちが気高き総督たちへの感謝の念を不滅のまま保っているからです。有為なるユリアノス[3]の後にも数多くの総督を数えながら、この人を恩人と呼んでいます。二　長い時間が経っても、その愛情を鈍らせず、それどころか地元では公に彼を賛美しますし、こちらに来れば彼を神様のように見なします。どんなプリュギア人も、私たちのところに来れば、喜んで町じゅうの人々を劇場に集めて、彼らにこの人の事績を説明するでしょう。こうして彼らにとってこの人は、今でもなお自分たちに献身的で、目下の地位でできるかぎりの援助をしてくれる存在です。

三　さて、彼の目下の援助はあなたへの数多くの依頼状となっておりまして、その依頼とは、ここなるテウディアノス[4]を有能で厚遇に値する人物と見なしていただくことです。これらの書簡の中には、プリュギア人たちとあなたの友である彼自身の書簡もあれば、彼の命令を受けた私たちの書簡もあります。これは、彼が私たちぬきでは説得できないだろうと考えたからではなくて、自分のお気に入りには誰しもが共感することを望むという恋人のような感情に陥っているからです。四　これはあなたにとって好都合です。当時与えたはずのものに及ばないものでも、今それを与えてくだされば、一人ではなく大勢[5]の人たちに恩恵をもたらせるのですから。

書簡七六五　ディオパントス宛[6]　（三六二年）　戦勝記念碑

一　ご依頼のあった措置がとられましたので、ご自分の判断に従って、お祖父さまの町[7]でお祖父さまの財産を使ってください。この措置がとられたのも、多くの人たちが我先にと手伝いを買って出て、各人がその任を自分のものにしようと追い求めたからです。そのため、私自身も何かしらの貢献をするより前に決着がついているのを知った者の一人です。

二　それゆえ、もし誰かが私の名を戦勝記念碑に書き込もうとするなら、マラトンにある戦勝記念碑と、共闘しなかったのに名を記載されたラケダイモン人たちのこと[8]を思い起こしてください。そうすれば間違い

（1）本書簡でプリュギア人の援助を依頼され、同時期の書簡一三八四でリュキア人の援助を依頼されていることから、三六二—三六三年にアシア管区代官（あるいは管区の財務総監）を務めたと考えられる人物。三六三—三六四年に帝室財産管理総監、三六五年にコンスタンティノポリス首都長官を務める。

（2）イソップ寓話集の作者に帰されるプリュギアの人。寓話は修辞学の初等教材としても重要な位置づけを占めた。

（3）一八一頁註（4）を参照。本書簡の内容より、以前にプリュギア州総督を務めたものと推測される。

（4）本書簡でしか確認されない。

（5）エウリピデス『オレステス』六五一を踏まえて、「一つもらったお返しに」とも読める。

（6）七一頁註（8）を参照。

（7）母方の祖父ヒエラキオス（七三頁註（2）を参照）のことか。書簡七六六も参照。

（8）パウサニアス『ギリシア案内記』第一巻第三十二章三はマラトンの戦士たちの墓を記述する一方で、戦勝記念碑については別のものがあることを記述している（同五）。このため、Foerster は本書簡の記述はリバニオスの誤りだとする。

はまずないでしょうから。

書簡七六六　ヒエラキオス宛[1]（三六二年）孫の美徳

一　ディオパントス[2]は子供の頃からこうでした。思慮分別があり、有能で、働き者で、最良の人々を満足させます。それゆえ、この美徳の大半が血筋に基づくものであるのなら、私もディオパントスもあなたに感謝せねばなりません。彼はあなたの美点を母親を挟んで受け継いだのですから。

二　彼が私にとって有為な人物であり、またそうなるだろうと確信しておりますが、弁論を試みることで私に恩返しをするようにさせて、他の心配事からは解放してやってください。

書簡七六七　マクシモス宛[3]（三六二年）二つの心配事

一　ここなるアキリオス[4]は私の同窓生でして、彼の子供は私のところで養育されています。その子は真面目な素質で、勉強することを心得ています。アキリオスの性格を申し分なく示しているのが、その財産の運用です。彼は、不正な手を使ってわずかだった財産を膨大にしたのではなくて、都市のための出費によって実に膨大だった財産をわずかとしたのです。

二　そして今は公共奉仕をするために伺っているところで、こちらには息子に会うために来ていました。

というのも、彼は子供と町という二つの心配事を抱えていますから。そして、私の思うに、子のことも町に対する配慮の一部を成しているのです。なぜなら、子息の思考力を世話する人は皆、華々しい合唱隊奉仕をするときよりもはるかに多くの恩恵を自分の町にもたらすのですから。
三　そこであなたは、一方のことを尊重し、他方のことを称賛し、私のことを心に留めて、彼の負担が軽くなるようにしてください。

書簡七六八　ポンペイアノス[5]宛　（三六二年）　挨拶の作法

一　もし私に多量のコロポンの黄金[6]か、あるいは黄金よりも価値のある何かを送ろうとして、書簡をつけずにその贈物を送ったなら、その行為は見当違いなもので、友ではあっても勇気のない者のすることだったろうと思いませんか？　二　ですから、あなたは黙ったままご子息たちを送り出すことで同じ見当違いに

(1)七三頁註（2）を参照。
(2)七一頁註（8）を参照。
(3)一一九頁註（2）を参照。
(4)アンキュラの有力都市参事会員。書簡一三九、三五五-二から見るかぎり一人息子の教育に熱心だったらしい。
(5)書簡七九〇でガラティア州総督のマクシモスに推薦されていることから、おそらくガラティアの人で、本書簡三節から、アンキュラ市民と推測される。書簡七四二-一で言及されるポンペイアノスと同一人物の可能性もある。
(6)高い質で名高い黄金。書簡一二一-三、一七八-二、三四〇-二でも用いられている。

陥っているのだとよくご承知おきください。実際、この子たちを故国に引き留めておいて、挨拶の作法に則って手紙を書く方が、私に子供たちを委ねながらも手紙をつけることはあえてしないよりもずっと適切だったはずです。

三　さあ、弁明の言葉を探してください。しかし、思うに、永久に探すことになるでしょう。見つけられないでしょうから。でも、書簡を受け取らなかったからといって、私がこの子たちに対して手を抜くことはありません。あなた方の町[1]を私自身の町に劣らず愛さねばならないと思っているからだけでなく、この子たちが弁論に対して溌剌としている[2]ように思われ、私に会う前から私の作品を大いに味わってきた[3]からでもあります。

書簡七六九　アエティオス[4]宛　（三六二年）　嫁入り後の富

一　あなた方のところから私たちのもとに来る若者たちは少なくありませんが、あなたからの書簡は一通も来ません。あなたが惜しんでいるのはパピルスとインクのどちらだと申し上げるべきでしょう？　だって、手紙を書くための言葉に不足しているわけがありません。あなたは法廷では泉水よりも滔々と話をなさっていますから。

二　おそらく、あなたはそれまで隠していた富をお嬢さんの嫁入りのときに披露されたので、私たちにいかめしくなったのでしょう。しかし私は、今ならあなたは節度があるはずだと考えました。なぜなら、当時はあなた自身が富者でしたが、今は富者の姻戚なのですから。これは他の人があなたのものを所持しているということです。

三　ですから、今こそあなたは友人たちのことを思い起こして、友人たちを覚えている者の振舞をすべきです。これは、一部を所持すると、残りも目当てにして戦う月並みな姻戚の行動をその婿がする場合に、彼に対抗するための援軍も手に入れるためです。

書簡七七〇　セレウコス宛(5)（三六二年）　神々への恩義

一　あなたはご自分のものにもほとんど手をつけないうちに、あなたの天分にふさわしいものの監督者(6)となりました。以前は、ヘラクレスとなって無理やり糸紡ぎを任され(7)、ある人たちの諍《いさか》いを解決させせられま

(1)おそらくアンキュラのこと。リバニオスの同市への愛着については二〇七頁註（7）を参照。

(2)七三頁註（1）を参照。

(3)リバニオスの弁論をすでに勉強している学生の事例として、書簡一〇九八-一も参照。

(4)一五一頁註（4）を参照。

(5)九七頁註（4）を参照。

(6)ユリアヌス帝によって、キリキア地方の大神官に任命されたことを示すか。

(7)ヘラクレスはリュディアの女王オンパレの奴隷として仕えさせられ、服を交換し、女の仕事である糸紡ぎをさせられた。アポロドロス『ギリシア神話』第二巻第六章三、オウィディウス『名高き女たちの手紙』第九歌五三―一一八参照。

した。戦いにまで至らせたいような連中でしたが。

二　しかし、結構なことにそういったことはなくなり、今では祭壇や神殿や神域や神像があなたの手で飾り立てられ、あなたとご一門に栄誉をもたらしています。三　これほどの援軍を得たのですから、不敬な連中の矢はなまくらだと考えて、優れたものを実に長い間笑い草にしてきた連中を悲嘆に暮れさせておきましょう。(1) あなたは父親となったのですから、(2) 神々に恩義を負っています。この恩義に、崩れた聖所を助けることで、あなたは報いねばなりません。

四　もっとも、私には分かっておりますが、あなたはそのようになさって、あなたの手が入ったものは他所のものよりもはるかに美しくなるでしょう。さて私たちはというと、夏に私は自分の頭に屈伏させられるところでした。(3) 人を惑わす神託(4)のせいで病気が悪化したのです。**五**　こうも身体を病んでいる状態で、どうすれば私が以前のように弁論に取り組めるというのでしょう？　頭のこと以外、何も聞きたくも話したくもないというのに。

六　確かに、やんごとなき陛下に私の賛歌が捧げられました。実に手短な弁論(5)で。それは美しいものだと人は言いますが、私は納得していないので、隠し持っているわけです。ですから、雲が去り、エトナ(6)から解放され、力をある程度取り戻したなら、送るに値するものを何か書くこともいたしましょう。それをあなた方より先に受け取る人はおりますまい。

書簡七七一　アレクサンドラ宛[7]　（三六二年）　本の持ち主

一　いや、ご存知のように、ケルソス[8]は嘘を言うことのできぬ男であります。その彼がその本を目撃して受け取ったと言うのですが、それはディオティモス[9]がその持ち主だと言って、渡してくれたからだそうです。二　ですから、ディオティモスはロバの後に馬に出会ったために、ロバの私を軽んじている[10]ようで、私を一顧だに値しないか、あるいは、なかなか返してくれないのではないかという不安に値すると見なしたようです。

三　ですから、あなたは私の保証人となって彼の不安を解消し、私を悪しき者と見なすことも、あなたを

（1）笑いと悲嘆の対比や表現はプラトン『イオン』五三五Eをもじっている。

（2）書簡六七七-二、七三四-五を参照。

（3）リバニオスの頭の病気については、一六一頁註（2）を参照。

（4）アスクレピオスの神託伺いについては書簡七〇六―七〇八、七二七を参照。

（5）ユリアヌス帝に捧げられたリバニオス『第十三弁論』のことを指す。

（6）シケリア島の有名な火山。ゼウスがテュポンないしエンケラドスを封じ込めるのに用いたことから、「重荷」「重し」の代名詞として、書簡一三一二-一などでも用いられている。古典期の例としてエウリピデス『ヘラクレス』六三九を参照。

（7）一五五頁註（1）を参照。

（8）一二三頁註（2）を参照。

（9）本書簡でしか確認されない。

（10）馬を良いもの、ロバを悪いものとする比喩については、書簡三四-二、七一-二、八二四-一を参照。

騙すこともせぬよう、説得してください。しかし、彼の態度が変わらないなら、残された手段として、他の人たちのところで探し求めてください。いや、むしろ、この労苦からもホメロスのための労苦からも手を引いてください。アテナイでフクロウを見つけ出せない(1)と私は見ていますから。

書簡七七二　アレクサンドロス宛(2)　（三六二年）　感謝の有無

一　友人が訪ねてきたときにあなたはもっと立派な見解を持つべきでした。そうすれば今頃あなたは機会を活かせる者の一人となっていたでしょう。しかし、あなたはいたずらに恐れを抱いて計算を誤ったのですから、私たちが余分に受け取るという罰を受けたことで神々に感謝せねばなりません。
二　ただ、私たちはあなたに感謝することはないでしょう。妻子よりも重要なものが現われたあなたにはね。実際、あなたは建築や海や贅沢な町に喜ぶあまり、より優れたものに背を向けているので、私たちに金を送れば、十分申し訳が立つだろうとお考えなのです。目の前にいないあなたから受け取るぐらいなら、直接お会いして与える方が、私たちは喜んだことでしょう。

書簡七七三　エントレキオス宛(3)　（三六二年）　不滅の記憶

一　あなたがご一門の方々に倣っているのは諸法を守り、立派な官職を帯びることだけではありません。

私に対する彼らの熱意をもいまや引き継いだ、いやむしろ、凌ぎさえしたのです。二　古くからの義理に縛られている同窓の人々でさえ、さんざん催促をしてもなかなか動いてくれず、動いたとしてもささやかな恩恵しか与えてくれませんでした。ところがあなたは、まるでその旅路の間ずっと私の言葉を覚えていたかのように、私を総督職の幕開け［の受益者］にまでしてくださったようです。

三　仲間の母親を蔑ろにしなかったのも偉大なことですが、さらに偉大なのは、会うことすらためらわなかったことです。そして、このことも華々しいのですが、それよりはるかに立派なのが、その行為を誇っておられることです。人によっては一旦恩恵を与えた後、それを与えたことで自分を咎めたり、［与えるよう］説得した方も説得された方も等しく憎んだりしましたから。四　ですが、あなたは明らかにご自分の措置に喜び、そうするのをやめないでしょう。こうして、実行した当人の書簡を通じて、相当な喜びがもたらされ

（1）有り余っているところに有り余っているものを持って行くという「フクロウをアテナイへ」という諺をもじった表現。この諺については、書簡一二六二-二、一四四三-一を参照。本書簡は、ホメロスの写本をリバニオスがアレクサンドラという第三者を介して探し求めていたことを示している。

（2）書簡一一九三—一一九九、一五二一、一五三六、一五四〇などの内容から、弁護人職の後に官職を得て、三六五年に警察官僚 agens in rebus になったと推測される人物。リバニオスとかつて敵対関係にあったことは書簡一一九三-一、一一九五、一一九六、一二〇九-三で触れられている。

（3）ビテュニアのニカイア市出身で、三六一／六二年にパレスティナ州総督、三六二—三六四年にピシディア州総督を務めた。本書簡で語られる任地の変更もこの二つの州総督職に関わるものと考えられる。経歴や家族構成については書簡九〇一も参照。

ました。ですから、恩恵を受けた私たちがあなたに手紙を書かないことが、あるいは、他の人たち（彼らの友人にあなたは快く会ってくださいます）にあなたのことを語らないことがどうしてありえましょう？

五 私たちの手紙を求めて、その手紙で不滅の記憶を手に入れようとなさるのは、些細なものへの過大なお求めです。しかし、あなたには、かのイピクラテスよろしく、(1)天にもそそり立つ石碑がパレスティナに立っています。それも、あなたは着任後すぐに別の任へと引き抜かれてしまったというのに。しかしながら、あなたはアキレウスが一緒にトロイアを攻めたかのように、(2)幕開けから華々しかったのです。この二つ目の官職よりもはるかに荘厳な官職――より長期の官職とも付言いたしましょう――が確かなものとされるでしょう。そこから始まって、あなたはもはや一つの州ではなく、多くの州をまとめて、それも、人が一つの州を管理するよりも容易に、管理することになるでしょう。

六 そして、この点を賛美する多くの技量十分な者たちが現われるでしょうし、さらにその［賛美の］競争に老人も入れてもらえるのなら、おそらく私も参加しているのが(3)見受けられるでしょう。というのも、あなたはずっと前に私に票を投じてくださいましたから。それも、あなたがそうすることに苛立つ人々がいた上に、他所からの人は誰も称賛してはならないというラコニアの法(4)がいわばアテナイ人のところに制定されていたときに。しかし、それでもあなたはご自分の考えを言わねばならないとお考えになったのです。**七** ですから、その［ような評価を受けた］言葉があなたの称賛を紡ぐのをお耳にできますように。

書簡七七四　デメトリオス宛(5)（三六二年）　誤解

一　かつての名誉の分量(6)に復するよう要求していたあなたの手紙を受け取ると、すぐに私は有為なるサルティオス(7)のところへ馳せ参じて、あなたが私に説明してくださった受領者たちのことを説明しました。

二　「ですから、多くの者たちの後になりましたが、誰よりも先に与えるべきだった人物に与えてください」と私が言うと、「多くの者たちとはいかなる者たちのことか」と彼は言いました。そのときになって、誰かがあなたを言葉で惑わし、あなたが私を惑わしたことが分かったのです。

今、私はあらゆる人の中から誰かが以前のものを手に入れるなら、それを摑みとるべくじっと見張ってい

（1）パウサニアス『ギリシア案内記』第一巻第二十四章七にはパルテノン神殿の入り口付近にイピクラテスの像が立っていたとされる。この名誉はデモステネス『アリストクラテス弾劾（第二十三弁論）』一三〇で述べられているほか、像に関する弁論も修辞学の分野で有名だったことがアリストテレス『弁論術』第二巻第二十三章一三九七b二八、ハリカルナッソスのディオニュシオス『リュシアス』一二から窺える。

（2）アキレウスが大将のアガメムノンと不和になり、トロイアへの攻撃参加を拒んだため、アカイア勢の旗色が一時悪くなったことを踏まえた表現。

（3）直訳は「裸になっている」。直前の「競争」も含めて、体育競技のイメージを用いた表現になっている。

（4）プルタルコス『リュクルゴス伝』第二十七章六―九、『アギスとクレオメネス伝』第十章二―五などにあるように、異国の慣習が流入することを嫌ったラコニアのスパルタ人たちは排外政策を取ったとされる。

（5）六三頁註（6）を参照。

（6）書簡七四〇から「名誉」はソフィストへの給付が問題となっていると推測される。

（7）一四五頁註（4）を参照。

ます。そして、何かしらの神霊が例の二つ目の法を撤廃してくれるまで私たちは［そうすることに］甘んじるつもりです。

書簡七七五　セウェロス宛[1]（三六二年）　友情の後継者

一　私の手紙について私に書いてくださったことをオリュンピオス[2]にも書いて、彼がこのあなたの愛情を理解していたなら、ご自分の送り出した以上のものを手になさっていたはずです。私はこういった事柄についてそれほど鈍くはないですし、この男はマクシモス[3]の私に対する「友情」（「熱狂」とは言わないようにします）の後継者なのですから。その友情を私は以前も重々承知していましたが、今ではいっそう知ることとなりました。目下の機会にそのことを伝えてくれる人たちが大勢私たちのもとに来ていますから。

二　しかし、私の考えでは、オリュンピオスは［恩恵を］与えることは心得ていますが、書簡の催促はしたがりません。そして、あなたの船が寄港しているとは聞きつけておりますが、出航するとはまだ耳にしておりません。そこで、このたびあなたの船が出港して、オリュンピオスの手元に届くようにすべく、この手紙を私は渡しました。手紙を書かないという理由で受けていた非難を解きたかったからです。三　ただ、私が当時の状況に身をすくめ、今の状況を待ち望んでいたときに一緒にいたあなたを今こそ手元に置きたかったものです。そうすれば、震えと自由を分かち合う人と会えたのですが。

書簡七七六　ベライオス宛[4]　（三六二年）　勝利の手配

一　私はマグノス[5]を友として愛しております。同窓生にして有為なる男をそうするのが当然なように。他方で、彼を凄腕の説得力ある弁論家として賛嘆しております。そして、彼がこちらで好敵手たちを打ち負かす一方で、そちらの土地からの果実を得られれば、と私は願っております。その土地は、広くはありませんが、父祖伝来のものですから。二　実際、彼自身は次々と相手を撃退して、私の眼前に勝利を並べています。そこで、そちらから彼にいくらか実入りがあるようあなたが取り計らってください。彼がこの案件を委ねた人たちとあなたが知己になり、彼らが法廷を必要とするときに親切に迎え入れてくださるなら、取り計らうことになるでしょう。

三　このような恩恵を与えてくださるとともに、手紙を書いてください。こうすれば少なくとも二つの恩恵を下さることになります。すなわち、行動と、それについての話という恩恵を。前者をしてくださっても、後者を付け加えてくださらないなら、私たちはあなたをムーサたちのもとに訴え出るつもりです。かつ

（1）一〇七頁註（6）を参照。
（2）二七頁註（1）を参照。
（3）*BLZG*, p. 208 は哲学者のマクシモス（一三五頁註（1）を参照）と同定する。
（4）一三五頁註（1）を参照。
（5）一三五頁註（4）を参照。

ての仲間たち[1]を重んじないという廉で。

書簡七七七　ヒュペレキオス[2]宛　（三六二年）　書き方の忠告

一　今は故国に留まることとするあなたの見解は天晴れでした。その旅は時宜を得たものではありませんでしたから。何事を語るにも行なうにも時宜にかなっていなければならないというのは古くからの言が忠告するところです[3]。二　ですから、旅をしていたら相手をしなければならなかったはずの飢え[4]から、あなたは忠告を受けたのです。私がこのような苦しみと取っ組み合っているのを見るよりも、むしろその［会いたいという］欲求を克服せよ、と。私としては、自分のことだけを考えたら、あなたがあえて火の中をもくぐりぬけてこなかったとして譴責していたかもしれません。しかし実際は、あなたを私自身に劣らぬものと見ていますから、この遅れは見事なもので、そのおかげであなたから無数の害悪が取り除かれたのだから、あなたの姿を見るのに劣らぬ恩恵がもたらされたと思っております。三　春が輝きだし、土地が私たちと仲直りをして、夏前の季節から夏が良くなりそうだと兆すのを見たら、あなたの望むところを実行に移してください。再会を望むあなたは、再会を望む人と会うことになるでしょう。

四　私があなたに会いたいのは、あなたが弁論で勝利を収めたからです。それによって、あなたは父君[5]に二重の栄誉をもたらしました。摑みかかろうとする相手[6]を上回ったことと、友人の力に頼らずに、自分の弁舌一つでそうしたことで。五　この勝利の栄光を伝える人は数多くいましたが、私にとって大きかったのは、喜んでそれを伝えてくれた人たち、すなわちスルピキオス[7]と、あなたが送り出した兄弟たちです。あなたを高く評価するとともに、あなたからの助言を受けてきたのが彼らでしたから。知らせの見返りに、彼らは弁論に関して私からいっそう気前良くふるまわれることになりました。[8]このように私はあなただけでなく、あなたに対する愛情が見出せる人も手厚くせねばならないと考えています。

六　ところで、一つ私が驚いたことがあります。有為な方よ、あなたはいかなる考えでこれほど親しい青年たちに書簡を渡さなかったのですか。書簡に関する技術に自分は無知だとか、手紙が私たちにとって甘美なものにならないとか、彼らが書簡を所望しなかったとか、所望される前に与えるのは立派ではなかったと

---

(1) 直訳は「合唱隊」。

(2) 三九頁註（1）を参照。

(3) ディオゲネス・ラエルティオス『ギリシア哲学者列伝』第一巻第四章七九（ピッタコスの言）、イソクラテス『民族祭典演説（第四弁論）』一六〇などを参照。リバニオス自身、書簡一四〇-四、一五二三-三、『第十六弁論』四二でこれを踏まえた表現を用いているほか、『第一弁論』三五、『第六十四弁論』一〇〇でデルポイの金言として触れている。

(4) 三六二年十月から翌年三月までアンティオキアで猛威を揮った飢饉を指す。この飢饉については、書簡七八五-一、八〇二-二、八一三-二、八一五-一、八二四-二にも言及がある。書簡八〇五より、ヒュペレキオスはこの飢饉がやんだ後にアンティオキアを訪れたようである。

(5) マクシモスのこと。三七頁註（5）を参照。

(6) *FOL*, p. 133 はアンキュラの都市参事会にヒュペレキオスを編入しようという試みを指すとする。

(7) カイサレイアのバシレイオス『第三百十三書簡』に現われる、三七〇／七八年の第一カッパドキア州総督と同定される。

(8) この表現より、ヒュペレキオスの兄弟がリバニオスの修辞学学校に入ったことが推測される。

はおっしゃらないはずです。七　私が助け船を出し、非難の手を緩めてもらいたいとお望みでしょうか？　あなたは、一緒にいるべきときに次善策[1]を選んだと見えたならとんでもないとお考えになったのです。それで、より良いものを与えようと思って、この次善策を斥けたのです。

書簡七七八　アスクレピオス宛[2]（三六二年）　癒し手

一　あなたが出発するときにお会いできなかったことで、私は心を痛めていました。しかし、あなたはこのことも、またどうすればその心痛が解消できるかも、よくお分かりでした。ともかく書簡が届くや、私は喜んで、これで私は救われたと思いました。そこで、今あなたがご覧になっている者たちと交際して、彼らをより優れた者とする[3]一方で、側にいない私たちを手紙でより優れた者としてください。なんとなれば、これこそがあなたの試練なのですから。ちょうど、詩句に携わる彼らのそれのように。

二　私はずっと前、体調が思わしくなかったところを、あなたの助けで回復したので、あなたの配慮のもとで健康を手に入れたことの方が健康そのものよりも甘美なものとなりました。今度は、あなたの声でお褒めの言葉をいただきましたが、これは、あらゆる人々が私を最も優れた人と見なした場合以上のことだと思っています。三　ですから、私自身が優れた者となり、あなたがそのような人についての称賛の言葉を作るために、書簡を頻繁に送って、助言を伝えてください。

書簡七七九　マクシモス宛[4]（三六二年）　増進

一　あなたのものは、その容姿そのものから始まって、いや、その魂そのものから始まって、何もかもが美しいのです。ともかくこの度、私たちが美についての話を聞いていたところに、美しい書簡がやってきました。アルメニアから頻繁に届いたものよりもはるかに輝かしいものでした。二　何より、それを届けたのはあなたの前任者[5]でした。高貴な方が高貴な方に諸都市を引き渡したのです。さて、彼が宮廷で［書簡を］渡したのは、ある詩人が歓声を上げるための人々を集めていたときのことでした。私は［書簡を］読んで賛嘆すると、その詩人を出し抜いて、集められた人々をその書簡のために利用しました。すると、黙って聞いていられる人は一人もいませんでした。

三　そこで、あなたが後の手紙で以前の手紙を、遠くからの手紙で近くからの手紙を凌いだのと同様に、［今度の］総督職が［以前の］総督職を凌ぐようにしてください。すなわち、アルメニア人以上にガラティア

（1）九三頁註（3）を参照。
（2）本書簡でしか確認されない医師。ただし、書簡七六一‐一で言及される医師にこの人物も含まれる可能性がある。
（3）プラトン『ゴルギアス』五一五Bで良い政治家について使われる表現。書簡九六三‐四でも同じ表現を用いている。
（4）一一九頁註（2）を参照。
（5）この後に名を挙げられるアカキオス（九三頁註（2）を参照）のこと。ガラティア州総督として、名宛人マクシモスの前任者にあたる。

人を幸福にしてください。そして、どうかそのガラティア人たちの中でもマクシモス(1)の家を最も幸福にしてください。その妻の徳と夫の高潔さ、そして彼ら以上に彼らの子(2)を重んじることで。その子は私にとってあらゆる者の中で最も愛おしい人ですから。

四 もし、あなたに直接お教えしたことがなかったなら、理由を詳しくお話ししていたことでしょう。実際、アカキオスには書簡で説明を送って、長々と話さねばなりませんでした(3)。彼は知りませんでしたから。しかし、あなたはすでに話を聞いてから出立しましたし、ご存知の方にその話をするのは煩わしいことです。**五** 実のところ、彼と私の間にはそれまで友情はなかったのですが、この子に対する彼の誠意があって友情が生まれました。そして今ではアカキオスが命じることで、私が手を尽くしていないと認めるようなものはいっさいありません。私は大きな借りがあると思っていますから。

しかし、閣下(ダイモニエ)、あなたは私たちの間にある友情にふさわしい行動をし、ヒュペレキオスが偉大で、輝かしく、皆から尊敬されるところを見せてください。彼の声望を高めれば、私を高みに昇らせることになると考えて。

書簡七八〇　ガイアノス(4)宛　(三六二年)　フェニキアの繁栄

一 フェニキア人たちが幸を享受する一方、私はフェニキア人たちの幸を夢見ています。すなわち、参事会員たちが重んじられ、市民団は意気揚々、商人たちは不正を受けず、農夫たちは軽んじられません。弁論家たちはこれまでになく滔々と話し、デモステネスに造詣が深い男に裁判が委ねられると知って、デモステネスに親しむのです。

二 これらのことを見たり、このような思いなしをしたりして、私がいつもより陽気なところが見られます。そして、どうして喜んでいるのかと尋ねてくる人たちに対して、「フェニキア人たちがうまくいっているから」と答えます。「フェニキア人でないのにそれが何の関係があるのか?」と彼らは言うので、「大いにあるとも。喜びに寄与する点で、手厚くしてやることは手厚くされることに劣らないが、ある意味、彼らが今手にしているものは、私からの贈物でもあるのだから。あの総督の行ないは私の行ないなのだ」と私。**三** このように言うと、あなたを非難する人たちがあちこちから大勢立ち上がります。彼らは自分たちの代わりに他の人たちが幸福であるのを望まなかったのです。その後私は弁明を試みましたが、怒号と喧噪に邪魔され、危うく殴られながら立ち去るところでした。

四 [彼らに] この悲嘆を生みだしたのは歓喜でした。すなわち、オロンテス河畔の人々(5)は、法曹助手だっ

(1)三七頁註(5)を参照。
(2)後段で名指しされるヒュペレキオス(三九頁註(1)を参照)のこと。
(3)書簡二九八のこと。
(4)フェニキアのテュロス出身の弁論家。本書簡で言及されるように、アンティオキアで活動する高官(シュリア州総督ないしオリエンス管区総監か)の法曹助手を務めた後、三六二―三六三年にフェニキア州総督となる。彼との文通は書簡三三六が幕開け。
(5)シュリアのアンティオキア市民のこと。

たときのあなたに救われたので、あなた自身が戦車を駆ったら[1]いかばかりになるだろうかと思い巡らし、当時感じた喜びが大きかった分、それだけ大きな落胆とともに今は暮らしています。**五**　あなたが私たちのところにこのような状況の種をまいたのです、その声（性格も、と付け加えるべきでしょう）において蜜よりも甘い方よ[2]。水と木々があるかぎり[3]、この状況を根絶できるものは何もないでしょう。

書簡七八一　アタナシオス宛[4]（三六二年）　親の評価

一　私の評判についてあなたが何と呼び表わしているかを私は知っています。すなわち、何千、何万、さらにその倍の人々［が言っていること］ではなくて、弁論家のアカキオス[5]とアカキオスの口［だけが言っていること］だ、と。そして彼の口は、私にとっては二万人の口よりもはるかに見事なものだが、過度の友情ゆえに疑いの余地がないわけではない、と。**二**　それでも、ガイオス[6]は私たちの持ち物を享受するでしょう。そして、少なくとも、評判を作りだしたあの人の子[7]と同じだけの誠意は享受するでしょう。あなた方は敬意に値しますし、あの人がそれを命じていますから。彼はあなた方の子を自分の子と呼ぶ一方で、この子があなた方の秘蔵っ子であることや、その母親は国境までかじりついてきて、ようやっとのことで子供と引き離せたといったことまで説明してくれるのです。**三**　ですから、私たちはこれらのことをずっと記憶にとどめるつもりです。そして、もし父親が私と同じ職業に就いて暮らしていたとしても、これほどのものをこの子は父親から受け取れなかったろうとあなたは言うことになるでしょう。

（1）S写本欄外には「あるいは、彼自身が将軍であれば」という註記がある。州総督として行政の手綱を握ることを意味している。書簡三八六-七も参照。

（2）ホメロス『イリアス』第一歌二四九などでネストルの弁舌に用いられる表現。書簡九六五-四、一一一五-三、一四三一-二も参照。

（3）「この世のあるかぎり」という意味。プラトン『パイドロス』二六四Dに伝えられるプリュギア王ミダスの碑銘の一節（七賢人の一人クレオブロスの作とされるが、ローマ帝政期にはしばしばホメロスのエピグラムとして伝承された）を若干改めたもの。リバニオス『第十七弁論』三四、『ギリシア詞華集』第七巻一五三、伝ロンギノス『崇高について』第三十六章二では原文の形で用いられている。

（4）アカキオスと同じ土地の人であることからキリキア地方の人と考えられる。家族関係については書簡七八二も参照。

（5）一五九頁註（6）を参照。

（6）本書簡の名宛人アタナシオスの息子。この時期にリバニオスの生徒となったことは、書簡七八二からも窺える。後日譚については書簡一三七一を参照。

（7）アカキオスの子ティティアノスを指す。書簡七八二も参照。

書簡七八二　ガイオス宛[1]（三六二年）　三人の父を持つ子

一　私が迎え入れたガイオス[2]は三人の父親の子であるかのようです。すなわち、生みの親[3]と、伯父にして同名のあなた、さらには高貴なる弁論の製作者たる貴人アカキオス[4]の三人です。アカキオスは自分がやってきたときから、この若者が来るときまで、弁じるのを決してやめませんでした。良き人たちのもとから有為な子が、友人たちのもとから友人が、もう一人のティティアノス[5]がやってくるだろう、と。

二　ですから、これほど多くの人たちに喜びを与えようとして、私がどのような気持ちかを思い巡らしてください。［この中の］誰か一人から命じられただけでも、私はそれをおろそかにしなかったでしょう。実際、あなたのご兄弟は、あなたのご兄弟である上に高潔さの仲間ですから、私たちの尊敬に値しますし、あなたはムーサたちと親交を持って、この女神たちの前で望む人を誰なりと称賛する力があります。ですから、どんなことであれ、あなたに従わないのは無難ではありませんよね？　三　そして、アカキオスの力（それによって彼は大きな貢献をしていますが、さまざまな人がその力でさまざまなことができますように！）を考慮に入れるなら、彼がティティアノスと同列に置く人物を他の人より優先しないことなど誰にできたでしょう。

四　ですから、もしあなた方が私に父親たちの一団に加わる余地を与えてくださるなら、私はガイオスの第四の父親となります。ともあれ、彼がアカキオスの秘儀を味わった[6]わずかな日々のことで、私は彼を祝福いたします。聖なるものに与ったことは明らかですから。

書簡七八三　ケルソス[7]宛（三六二年）　弁論家顔負け

一　このようなことに関してこのような手紙をあなたこそが他の人たちから受け取るべきでしたのに、あなたは教育者の道から出て行って、官職者の道に入られました。二　その後は、私たちがそちらに連れていかれてもそうはできないぐらいの腕前で実務をこなしておられます。しかし、あなたがこちらにいたなら、こちらでも他を圧倒していたことでしょう。神様はそれほどにも器用なものにあなたの天分をこしらえたのです。怠けているという理由ではなく、噛みつけていないという理由で自分に文句を言っているのは、私たちが知る中であなただけです。

三　何があってもあなたは変わらずにいてください。そして、のぼせ上がった男に心を痛めるよりも、むしろホメロスが称賛していることに喜んでください。そして、この詩人と並んで全キリキア人が称賛してい

(1)三五頁註（5）を参照。
(2)二七七頁註（6）を参照。
(3)書簡七八一の名宛人アタナシオスのこと。書簡一三七一で本書簡の名宛人ガイオスと連名の名宛人になっているが、二番目に置かれていることから、おそらくガイオスの弟にあたる。
(4)一五九頁註（6）を参照。
(5)一六一頁註（5）を参照。
(6)弁論家であるアカキオスから、若干の弁論術を教わったことを意味していよう。書簡七二九-一と二〇九頁註（2）も参照。
(7)一一三頁註（2）を参照。

ることに、そしてキリキア人の中でも弁論家アンティクレス[1]が称賛していることに喜んでください。彼の評価は両大陸よりも重々しいものと見なさねばならないのですから。**四**　あなたの方ではこのように考えねばなりませんが、この若者の方は、あなたが以前得たものに何ら劣らぬものを得るでしょう。

書簡七八四　アタルビオス[2]宛　（三六二年）　お人好し

一　ここなるテュランノス[3]は有為な男で、優れた医師であり、私たちの友人です。そして、その技術によって、相当の期間を宮廷で過ごしてきた者の一人です。これまで彼が他の誰かに危害を加えたことは一度もありませんが、このたび自分に危害を加えました。言葉で魅了する力を持った男を信用してしまったために、話を聞いて言葉巧みに説得されてしまい、その男には利益となるも、自分には損害となるような恩恵を与えてしまったのです。**二**　こうして、目下彼が伺っているのは、不適切な措置を是正し、この過ちを取り消すためです。女神アテナがついてくだされば、取り消せるでしょう。そして、アテナは正義のために、また私のために手助けしてくださるでしょう。

三　閣下（アリステ）、テュランノスの身体と冬を見据えながら、［彼に］のしかかる束縛を顧慮してください。彼は今のこの状態でも、被告となっていたらこれ以上の災いに耐えられなかったはずです。**四**　そこで、彼を私たちのもとに送り返してください。エウプラテスの畔で悲しみを拭い去って、嬉々としている状態で。その悲しみを彼はお人好しの罰としてすでに引き受けたのですから。もし見過ごされたとしても、彼は悲しみを拭い去るでしょうが、私たちにもあなたにもふさわしからぬ形になってしまうと考えてください。すなわち、生きながらあちこち引き回されるよりは死を迎えた方がましだと見なして、その地で倒れてしまうでしょう。

書簡七八五　デメトリオス宛[4]　（三六一年）　弁論の送付

一　いわゆる「二度目のものはより良い」[5]、あるいはこう言って良ければ、「より幸運」であります。送り先にきちんと届き、乙女の代わりに牝鹿[6]となっていませんから。私たちは喜んだり、広場の欠乏[7]のせいでそうもいかなかったりしながら過ごしております。

（1）本書簡でしか確認されない。
（2）二二七頁註（1）を参照。
（3）本書簡でしか確認されない。
（4）六三頁註（6）を参照。
（5）この表現については一七頁註（9）を参照。
（6）犠牲として捧げられた乙女イピゲネイアが雌鹿にすり変えられたエピソード（エウリピデス『タウリスのイピゲネイア』二八、七八三）から諺になったもの（アキレウス・タティオス『レウキッペとクレイトポン』第六巻第二章三）。転じて、無実のものに罪がかぶせられる表現として書簡一五〇九-三で用いられている。
（7）アンティオキアの飢饉については、二七一頁註（4）を参照。

二　祭典用の弁論の方はぐずぐずとしていて、隠れたがっていますが、帝によって人前に引きずり出されて、おそらく姿を見せるでしょう。(1) 帝［の意見］が勝らねばなりませんから。火事とその顚末について私が涙ながらに読み上げた作品(2)の方はお送りしました。三　あなたは技法にも先人たちの作品にも精通していらっしゃいますから、おそらくこのような哀悼の調子を非とされないはずです。

書簡七八六　バッシアノス(3)宛　（三六二年）　親族の結婚

一　あなたの方が先に、「祝祭」とも表現できるような「慰め」、すなわち善良で偉大な奥方のことを言ったのです。他の人だったら、「富」とまで言い添えていたでしょう。二　しかし、あなたはありのままのことよりも私が沈黙していた理由を先に持ってくるべきでした。なぜなら、手紙を所望されたのに私がそれをためらったのなら、非があったのは私でしょうが、誰も所望しなかった以上、［手紙を］受け取らなかったあなたと並んで、書けなかった私も不当な扱いを受けたのですから。

三　私が不思議に思っているのは、見事に耕し、種をまき、収穫を見込んでいる(4)あなたが、他の人々には畑のことを手紙で書き送ったのに、私にはそうしなかったことです。生まれでるもののために他の誰よりも骨を折らねばならないのは私だというのに。四　でも、おそらくあなたは敬意を払った(5)のでしょう。そうして下さらなかったなら、私たち老人に敬意を払うよう私の方からあなたに要求していたはずです。実際のところは、あなたが父親という名を帯びようとしているので私はともに喜んでおります。

五　ですから、幼子と一緒に私たちにその姿を見せてください。そして、結婚の歌を作った者も付き添わせてください。彼が以前の報酬に加えてさらに大きな報酬も、すなわち、上衣（キトーン）に続けて弁論を受け取れるようにするために。テオドラ(6)ならきっとあなたに異を唱えません。あなたがこのように求めている願いは、正当で彼女の意図にも叶うものですから。

書簡七八七　ケルソス(7)宛　（三六二年）　意外な親族

一　ご覧ください、私には姻戚もいます。ユスティニアノス(8)の二人の子の内、年上の方です。というの

(1)三六三年一月一日のユリアヌス帝のコーンスル就任を祝うリバニオス『第十二弁論』のこと。同帝から弁論執筆の下命を受けたことや発表時の反応は『第一弁論』一二七―一三〇にも描かれている。

(2)ダプネのアポロン神像焼失を嘆くリバニオス『第六十弁論』（ヨアンネス・クリュソストモス『聖バビュラスについて』に断片として残る）のこととされる。この弁論へのデメトリオスの評価は書簡七九五が伝える。

(3)九九頁註（2）を参照。

(4)畑、種まき、収穫は子作りの比喩。

(5)*αἰδέομαι*.「敬意を払う」の意味以外に「恥ずかしがる」という意味もある。そのため、直後の「敬意を払うよう……」という冗談につながっている。

(6)リバニオスの母方の従姉妹で、道長官だったタラッシオスの妻。名宛人バッシアノスとタラッシオス（八九頁註（6）を参照）の母親。

(7)一一三頁註（2）を参照。

(8)本書簡でしか確認されない。

は、私には娘もいるのです。彼女はキュネギオス(1)の娘なのですが、このキュネギオスは自分の兄弟(2)に倣って、私に対して私の兄弟にも劣らぬ振舞をしていますから。

二　それゆえ、友人［たる私］が怠け者でないとキュネギオスもレトイオスも分かるようにするために、あなたを介してその娘御を迎え入れる人物が手厚くされればと願っております。この若者二人はキリキアに土地もあれば、裕福な人が持っているような諸々のものもあります。このことについて、調べて尋ねて把握してください。そして、万一誰かが暴挙に出たら、あなたがそれを許さないということを明らかにしてください。

三　さて、この件はキリキアとその総督職の決まりごと双方に関わることですが、その決まりごとに加えて、親類にふさわしい別のご配慮もお願いいたします。そして、もしマルコス(3)があなた方のところで農夫となっていたら彼にふさわしいとお考えになっただろう措置を、この者たちの財産のために今こそ取ってください。

書簡七八八　同者［ケルソス］宛　（三六二年）　依頼の連鎖

一　ある高潔な男があなたに依頼をしてほしいと私に依頼してきて、不適切ではない恩恵を求めております。パピリアノス(4)という公金の財務官に快く会っていただきたいという依頼です。私はその男に会ったことはないのですが、彼が依頼をした男と似ていて、かつ気立てが似ていることが友情を培ってくれるのなら、彼は有為な男であるはずです。二　ゆえに、もしその財務官が私の想像するように卑しからぬ男であれば、何かしらの幸に与らせてください。

書簡七八九　同者［ケルソス］宛　（三六二／六三年）　三人の借り

一　パレスティナの出身で、法律［の知識］豊かで、その力強い弁論を法の助けとしているエウストキオス[5]のことをおそらくご存知でしょう。彼はアペリオン[6]に大いに重宝されている一方、老マケドニオス[7]にはさらにいっそう重宝されています。一方のためにはメガロポリス［コンスタンティノポリス］まで駆けつけ、

(1) アンティオキアの有力都市参事会員で、後述のレトイオスの兄弟。書簡一四六も参照。

(2) 後段で名指しされるレトイオスのこと。この人物については三頁註（3）を参照。

(3) 書簡三七二-三によればリバニオスの従兄弟で、名宛人ケルソスの姉妹と結婚している。

(4) 本書簡でしか確認されない。*PLRE*, p. 666 は地方宝蔵長官 praepositus thesauri ではないかと推測している。

(5) 本書簡や書簡二四〇、一五二五で確認されるように、パレスティナの弁論家。彼のコンスタンティノポリス行はおそらく書簡二四〇、二四一に関するもの。なお、三九〇年の書簡の名宛人としても確認され、この頃は故郷のパレスティナに戻っていたと推測される。

(6) アンティオキアの出身で、三五五年にビテュニア州総督、三五八年にキリキア州総督を務めた人物。

(7) 書簡一二九九でもエウストキオスと関連する人物として現われるが、詳細不明。*BLZG*, pp. 198 f. は書簡の送り先からキリキアの人であろうとして、書簡二七、一一〇の名宛人とも同定する。

他方とは至るところで労苦を共にしていますから。二　彼は私たちのためにも多くの並々ならぬ労を取ってくれたので、彼が何か命じるのであれば、私は直ちにそれに応じるか、さもなくば不義理の人と見られるかしかありません。

さて、目下彼が望んでいるのは、ひとかどのことを言っていると見えるならゲロンティオス[1]が都市参事会から離脱することです。そして、彼はゲロンティオスが係争に向けて万全だと言っており、私も得心しています。ですから、あなたは好意的な態度を取って、私が貴人エウストキオスに何もかも借りがないようにしてください。

書簡七九〇　マクシモス[2]宛　（三六二／六三年）　父親思いの学生

一　私たちの友人のリストに有為なるポンペイアノス[3]も登録してください。彼は私の昔馴染みでありますし、何より父親思いの青年たちを目下私のところに預けてもいるのです。二　此度のこの書簡も、彼らが催促し働きかけて実現したものです。彼らは自分たちの父親が少なくともこの点で他の人より劣ってしまうことを危惧していますから。

三　そこで、あなたは両方を、すなわち、督促をした子供たちも、それに応じた私も称えて、この男をこれまで以上に重んじてください。

書簡七九一　同者［マクシモス］宛　（三六二／六三年）　ユリアヌスと真実

一　あなたを貴人モデストスの弟子と呼んだとしても、お二方のいずれも辱めることにはなりますまい。なぜなら、あなたはこの傑出せる方の追随者と見えるでしょうし、彼は［自分を］範とした人物を気高くしたと見えるでしょうから。

二　私には、このことも甘美なことなのですが、これよりはるかに甘美なのが、選抜された人々の素質が帝(5)の栄えとなることです。もっとも、モデストスは裁きを受けるべきだと［帝を］説きつけようとする者たちは数多く、帝も彼らの話を聞き、問題に目を通していたので、こちら(6)に来るまでは彼を悪人だと考えていました。しかし、到着してから、それまで自分が怒りを向けていた相手が良き人だと分かると、長官に任

(1)シュリアのアパメイア市民で、都市参事会員の負担を回避しようとしていることが本書簡のほか、書簡一一三六―一一四〇、一三六六から確認される。三六二年に同市のソフィストとしての地位を獲得する。
(2)一一九頁註（2）を参照。
(3)二五九頁註（5）を参照。
(4)八五頁註（4）を参照。本書簡と書簡七九二はユリアヌス帝によってコンスタンティノポリス首都長官に任命されたモデストスが、アンティオキアからコンスタンティノポリスに移動しているときに携えたものである。なお、コンスタンティウス二世のもとでキリスト教徒として振舞いながら、ユリアヌス帝のもとで異教徒であると公表したことが書簡八〇四-五などから示唆される。
(5)ユリアヌス帝のこと。
(6)シュリアのアンティオキアを指す。

じます。一部の人が落胆することになるのもほとんど気に留めないと同時に、昔から自分と交流のある者たちには、たとえそのような立場の者でも邪なことをすれば放逐すると示すことで、徳を修練するよう教えたのです。そして、敵に仕えていた人物でも実際に有為であると見れば、今度は重要な位階にも就かせました。**三** あの偉大なアトレウスの子（半神たちの指揮者にして、ホメロスの言葉の享受者）[1]は、行ないが言われていることに及ばないので、パラメデスを殺しました。[2]しかし、今は真実の力が帝の側につくとともに、真実が推論や予言によって発見されて、真実それ自体が支配しています。[3]

四 ですから、随行団[4]を組織して、この総督をお見送りし、彼を迎え入れる町[5]を祝福してください。彼は旅の道すがら、あなたのガラティア人たちを祝福し、至るところからあなたへの長大な歓呼が湧き起こるでしょう。ゼウスの目がこれに加えてその後の事柄も付加してくださり、いくつかの官職を経た後に、この方の官位にまであなたを導かれますように。

書簡七九二　ヒュペレキオス宛[6]　（三六二／六三年）　上京の好機

一 高貴なるモデストス[7]がその真価を認められたことで、今お祭り騒ぎをしている者の一人があなただと思います。実際あなたは、以前もご自分が望んだ集団に登録されたときに彼の権力を享受しましたし、今も元老院[8]の重鎮たちを恐れることもなかろうと思います。なぜなら、彼がある者たちを説得し、またある者たちを正しいことに従うよう強いますからね。**二** ですから、あなたが、彼の旅に同行し、あちらの人々と知己になるために一身を提供するという選択をしたとしても、私は驚かないでしょう。実際、他の機会であれば機嫌をうかがわねばならなかったような人たちと今や自由に交際できるはずです。そして、始まりがうまくいった物事は、ちょうどしっかりと根を張った木のように、とんとん拍子に進む[9]のが常です。

三　さて、これらのことも些細なことではありませんが、さらにそれ以上のものをモデストスの友情と幸運からあてにしてください。彼は自分自身を奮起させたり、私から促されたりして、あなたも昇進するよう[10]に取り計らうでしょうから。四　そして、彼は、あなたに何か恩恵を施すことで私（たとえ死んでしまっても）に恩恵を与えてくださるでしょう。なぜなら彼は、私にとってあなたのことが私自身のことに劣らないということを、多くの行動と多くの弁論と少なからぬ誓いによって知っていますから。

---

(1) トロイア戦争でアカイア勢を率いたアガメムノンのこと。

(2) オデュッセウスの讒言を入れて、アガメムノン（アトレウスの子）がパラメデスを処刑したことは、アポロドロス『ギリシア神話』「摘要」第三巻八、ヒュギヌス『寓話』一〇五が特に明確に伝える。

(3) 「帝」という言葉と「支配している」という言葉はギリシア語では同根になっている。

(4) 直訳は「合唱隊」。

(5) コンスタンティノポリスを指す。

(6) 三九頁註（1）を参照。なお、モデストスの彼に対するこれまでの援助は書簡三〇八、六一七から窺知できる。

(7) 八五頁註（4）と二八七頁註（4）を参照。

(8) コンスタンティノポリスの元老院のこと。ヒュペレキオスが都市参事会員の負担を逃れて、元老院への入会や官職就任を検討していたことは書簡三〇八、七三一などから窺える。

(9) ギリシア語には「生育する」「発展する」という意味を持つ語が使われているため、木の喩えが日本語よりも自然に響く。

(10) この語も、直前の「それ以上のもの」と訳した箇所も、ギリシア語では同じ μείζω が使われている。

書簡七九三　テミスティオス宛[1]　（三六二／六三年）　偽の哲学者

一　スペクタトス[2]が私に損害をもたらしたとは思いませんでしたし（隠しておけばよかったと思うようなことをあなたに関して私はいっさい書かないでしょうから）、私に何か過ちがあったとしても、あなたが手紙に書いて科してきたほどの罰は負っていませんでした。[3]［「手紙に書いて」と言いますのは、］これほどの長い期間（もう十二年になると思います）私には理解できなかったかのように、ご自分の性格について私に教えてくださっているからです。二　しかし、このような目には、あなたのところで養育された奴隷のみならず、蛮族出身のあのイストロス[4]だって遭わなかったはずです。だのに、何はなくともあなたと一緒に何度も入浴をした人物がメリティデス[5]よりも卑しいと示すことにどうやらあなたは躍起になっていらっしゃいました。

三　しかし私の見立てでは、あなたは今も昔も哲学をしており、今はこれまで以上の書き物をなさっているかもしれませんが、哲学者の生き方にふさわしいことは以前も守ってらっしゃいましたし、当時の［哲学者の］真贋論争は今のそれよりも激しいものでした。[6]なぜなら、現実から離れてプラトンの法律を遵守することと、多くの人々から懇請される中で筋を曲げなかったことは同じではありませんから。

四　あなたは多くの弟子たちを数え上げる中で、多くの者たちが果報者だとおっしゃいます。彼らは真実を把握できたり、真実に加えて雄弁の点でも向上できたりするからです。まさしく、あなたのもとにはプラトンのものが二つとも、すなわち、気高きものを教えることと、美しい弁舌でそうすることがあるのです。このことを私たちが知らないわけも、黙っているわけもありません。むしろ、私たちのところに話しに来た人たちは皆[7]、そういった話も聞いて立ち去ったのです。

五　ですから、このような手紙はおやめください。そして、私は年を取りましたが、まだ頭はおかしくなっていないと考えてください。

---

(1) 五頁註(1)を参照。

(2) 一七頁註(2)を参照。

(3) テミスティオスが置かれていた立場(後註(6)を参照)に関するリバニオスの発言が、スペクタトスを通じて当人に伝えられてしまい、本書簡で述べられるような緊張状態に陥ったようである。後日譚については書簡八一八も参照。

(4)『スーダ辞典』「イストロス」(*I* 706)に伝えられる、文筆活動で活躍したカリマコスの奴隷のことか。アテナイオス『食卓の賢人たち』第九巻三八七Fによれば、イストロス河に沈められて殺されたという。

(5) 愚かな人物の代名詞。アポストリオス『格言集』五-二七(*Paroem. Gr.* II 339)を参照。書簡五一-一、二六四-二、一二六四-六でも用いられている。

(6) テミスティオスは理論よりも実践の哲学を重視する一方で、アリストテレス哲学を標榜しながらプラトンも教材に利用し、多くの弟子を抱えていた。しかし同時に、コンスタンティウス二世などの皇帝の指示のもと頌詞弁論の作成や元老院議員としての活躍も目立ったことから、哲学者ではなくソフィストであるという批判が常に浴びせられた。とりわけ、ユリアヌス帝のもとで彼の立場には大きな変化が起こったようである。なお、彼の自己弁護論であるテミスティオス『第二十一弁論』(現存)は「検査役 *βασανιστής*」という題がつけられており、これは本書簡で「真贋論者」と意訳した *βάσανος* を想起させる。

(7) 写本上の表記に従って訳出した。

書簡七九四　アルバニオス宛[1]（三六二／六三年）　模範的な市民

一　あなたの書簡に喜ぶとともに、あなたの行ないにさらにいっそう喜んでおります。聞くところ、あなたは財産を維持し、喜んで公共奉仕を果たし、弁論に優れているという名声を築いているそうですから。二　そこで、たゆむことなくあなた自身と私の役に立ってください。一つの行為で、あなたは同胞市民たちの中で力のある者となるでしょうし、私のもとには彼らの子息たちを導くことになるでしょうから。

書簡七九五　デメトリオス宛[2]（三六二／六三年）　恋の情動

一　届けられたもののいずれにもあなたは惹きつけられ、どちらに先に視線をやるべきか困ってしまうことで、もうぞっこんだと示しました。それだけではありません。その弁論[3]への評価も恋の情動でありました[4]。二　それには美は付随していないのに、あなたはそれをペロプスとガニュメデス[5]の一団に入れることで、例の人たちの一員になったのです。すなわち、恋情を抱いていない人だったら欠点にあげつらうような特徴があるからこそ、獅子鼻の人や鷲鼻の人や色黒の人[6]を称賛する人たちの。

三　しかし、そのような人たちもあなたも赦されます。神様がこのようにしつらえているのですから。しかし、あなたは恋するのをやめるまでは、それはそのとおりだと力説することはありますまい。そして、恋するのをやめることは決してありませんから、決して力説することはないでしょう。

書簡七九六　ヒエラクス宛(7)　（三六二／六三年）　皇帝への口利き①

一　私があなたに手紙を送らなかったことは非難に値するとお考えになったのに、あなたに帝(8)の書簡が届いたことは私たちのおかげとしてくださらないのはどういうわけかと私は不思議に思いました。二　でも私としては、私宛のあなたの書簡を披露して（それを四度もしたのですが）、もし私たちがいつものようにヒエラクスに栄誉をもたらさないなら、トロアスが、またアレクサンドロスが、そして、それらと並んで神様

(1) 二〇九頁註（4）を参照。
(2) 六三頁註（6）を参照。
(3) リバニオス『第六十弁論』のこと。この弁論とデメトリオスへの送付については書簡七八五を参照。
(4) プラトン『パイドロス』二六五Bには、恋の情動の影響で何らかの真実に触れることもあれば、あらぬ方に迷いもすると述べられている。
(5) ペロプスについては一七三頁註（6）を参照。ガニュメデスはトロイアの王子でゼウスによってオリュンポスに連れ去られ、酌持ちとされた。この箇所では、二人とも美少年の代名詞として用いられている。
(6) プラトン『国家』第五巻四七四D－Eの表現を利用している。
(7) 書簡一三五二からも確認されるアレクサンドレイア・トロアス（トロイア近傍に建てられた町で、ローマ帝政期には建国神話の関連もあり、ローマ植民市として繁栄した）の異教神官。書簡五二七の名宛人と同一人物の可能性を *BLZG*, p. 175 は指摘するが、*PLRE*, p. 430 は慎重な姿勢を見せる。
(8) ユリアヌス帝のこと。恩恵の内容は何かしらの官職か特権と想像されるが詳細不明。

が、酷い目に遭わされることになろうと声高に述べ、このようなことをあるときはエルピディオスに[1]、またあるときは万事に至善なる帝に語ることで、あなたにふさわしい書簡が届くよう力を尽くしたのです。

三 帝がこの恩恵を与えてくれたのは私のおかげだと言っているのではありません。帝はあなたをよくご存知で、重んじておられ、会いたがっていらっしゃいました。しかし、公務が多ければ、恋する人に対する愛情も鈍ってしまうでしょう。だからこそ、働きかけをして、忘れさせないようにする人は必要なのであり、これこそ私がしてきたことなのです。

四 ところがどういうわけか、あなたを招聘した人が招聘したことを私たちに教えるのが遅れてしまったので、その時点では私たちはその行動を称えても、手紙を送ることはできなかったのです。陸海の隅々まで思慮をめぐらす人が、幾分些細な事柄を望まずして見過ごしてしまったとしても、咎めだてはできませんでした。**五** ですから、あなたも、即座に知らせを聞きつけなかった私を許してください。そして、私たちのところでは模擬弁論があまりに尊重されているので、弁論のためなら友人に無礼を働くことも厭わないほどだなどとお考えにならないでください。たとえ私たちがその両方をこなす力がなかったとしても、貴人ヒエラクスを無視してまで、ミルティアデスやテミストクレスについて下らぬ話をしたりはしなかったでしょう[2]。

書簡七九七　アンティパトロス[3]宛　（三六二／六三年）　皇帝への口利き②

一　あなたは邪な人間からの書簡を求めているかのようでした。もし私が長い年月の経過のせいで友人のことを忘れていたり、ちょっとした成功を受けてまさにそのような心境に陥ったりしたのだとしたら。そして、そのような病に罹っている人物と縁が切れたことをどうして利益とお考えにならなかったのかが私には不思議です。

二　至善なる帝[4]に支配されているという点で、私は共通の幸福の一端を享受してはいますが、私的な事柄で隣人の誰かを凌いだことはありません。輝かしい邸宅を建ててもいませんし、莫大な土地を買いつけてもいません。打擲で威圧する先駆吏たちに伴われてもいませんし、大それた約束事もしていませんし、敵に報復もしませんでした。

三　では、あなたが目撃したと言い立てている驕慢とはいかなるものでしょうか。いかなる密告者や予言

（1）二四九頁註（8）を参照。

（2）ミルティアデスもテミストクレスも前五世紀にペルシア戦争で活躍したアテナイの将軍・政治家。古代ギリシアの有名人物たちを題材にした模擬弁論は帝政期のソフィストたちによって盛んに行なわれた。リバニオスの作品にもミルティアデスに関わるものとして『第十一模擬弁論』が、テミストクレスに関わるものとして『第九模擬弁論』『第十模擬弁論』が現存している。書簡三六九-四も参照。

（3）本書簡でしか確認されない。

（4）ユリアヌス帝のこと。リバニオスは同帝から個人的な利益を引き出していないという点について書簡一一五四、『第一弁論』一二五、『第五十一弁論』三〇でも自己弁護している。

者がその驕慢をあなたに明かしたのでしょうか。私が帝のもとに参内するのは招聘を受けるからであって、他の形でそうすることはいっさいありませんし、招聘を受けるのも常々というわけではありません。参内したときには、帝が話すのを聞いております。帝はセイレーン[1]であり、その発言は書き上げられた作品に劣りませんから。私は自分の見解を改められ、帝の言葉（ロゴイ）によって弁論（ロゴイ）へと掻き立てられて辞去するのです。**四**　参内の成果は以上です。「陛下、某を総督職から罷免してください。某を総督にしてください。こやつに名誉を与えてください。あやつを目下の官職から追い立ててください」。こういったプラクシラのアドニス[2]のようなものはございません。目下、真の意味で支配者（クラトーン）という名が現実のものになっているのです。

五　しかしながら、たとえ先に述べたようなことをする力が十分あったとしても、私は耐えられない重荷であるかのように驕慢から逃れていたことでしょう。当然あなたは私を信じてくださるはずです。もしもあなたの方が「私がそうなっていると」問責している心境に陥り、私の性格を忘れてしまったのでないならば。

六　さらに言えば、同じ境遇のままで暮らすことを祈っているのに、これまでになかったような新規のことをするのはおかしなことです。以前にあなたのどんな書簡が私たちに宛ててシュリアへ届いたのかを私に思い起こさせてください。でも、できますまい。ですから、変わってしまったのはあなたの方なのです。自分が同じままでいられるよう神々に求めていながら、自ら進んで別の道を切り開いているのです。その道は私には快いものですが、あなたの祈願とは矛盾するものです。

七　ともあれ、この道を進んで、手紙を書くのをおやめになりませんように。ただ願わくは、私たちに対してもっと正当な非難を探していただき、(3)書簡を受け取れないときには、友人の方が悪いのだとすぐに考えるのではなく、召使の方を不注意だったと咎めていただきたいものです。その友人は、神官職があなたの手に入ることを望んでいたのですが、別の人（その人物には先に取ったということしか正当な根拠はなかったのですが）に先んじられて負けてしまったのですから。

書簡七九八　テオドロス(4)宛（三六二／六三年）　文字の大きさ

一　あなたは私を覚えていてくださることで名誉を与えてくださいましたが、私の目の弱さにはまったく思いが至っていませんでした。私の身体はどの部分も達者ではありませんが、とくに目はどこよりも参って

（1）ホメロス『オデュッセイア』第十二歌一六五―二〇〇などに登場する、魅惑する歌声を持つ怪物。転じて、優れた詩人や弁論家の形容に用いられる。

（2）プラクシラは前五世紀のシキュオンの詩人で、地下におりたアドニスを描写した。そのアドニスは、地上に残してきて惜しんでいるものは何かと問われて、太陽と月と胡瓜と林檎と答え、太陽と胡瓜を同列に置いたことから、愚かさの代名詞となった。ゼノビオス『格言集』四-二一（*Paroem. Gr.* I 89）や『スーダ辞典』「エーリティアゾー」（*H* 220）を参照。

（3）Vo写本の古註には、「以前あなたが手紙を書いてこなかったときに私たちがあなたに対してしたように」という文言が追記されている。

（4）本書簡でしか確認されない人物。書簡七三八との内容の類似から医師と推測される。これに対し、*BLZG*, pp. 307, 396はVa Vo Mo写本に従い、テオドラ（二八三頁註（6）を参照）宛と理解する。

おりまして、大きな文字が見当たらないと、読み上げてくれる人に目がいってしまいます。二　あなたは多くの立派な本をお持ちで、このような状態の人を助けるような本もございますが、私はそのようなものにはまだ値しません。無理にお願いしたことは承知しておりますので、お赦しを願います。ともかく、あなたが送ってきたものは、あなたのもとからあなたの書簡と一緒に届いたという一点だけは素晴らしかった反面、それ以外の点ではその贈物はあなたらしからぬものでしたから。三　それゆえ、立派なものと一緒に置かれるよう、その贈物はまた同じ蔵に戻ります。立派なものから妬みを遠ざけるために。

書簡七九九　ガイアノス宛[1]（三六二／六三年）　皇帝の喜び

一　確かに私はあなたの財産です。ですから、あなたが私の財産であっても何ら驚くことではありません。ただ納得がいかないのは、あなたが統治の美徳を私たちから得たというところです。二　あなたはその美徳をフェニキアから携えていらしたからこそ、他の人の法曹助手を務めたときに、その性格によって魔法[2]以上の力を発揮したのです。ですから今フェニキアは、あなたを気高い者とし、その弟子の手で救われ、尽くされることで、自分の教育の報酬を手にしているのです。

三　私が救いと尽力と呼んでいるのは、仲間のフェニキア人が総督であるかぎりは［フェニキア人たちは］何でも行なえるということではなくて、あなたが然るべき人を重んじ、然るべき人を懲らしめ、しかも友人たちに諸法をしっかり遵守するよう第一に要求しているとうかがっていることです。**四**　なぜなら、官職にある者が昔馴染たちに違法な振舞を認めるのは、いずれにも害となる恩恵を認めることになり、友情を尊重しているつもりで、知らずして自分と友人たちとを嫌悪しているのですから。

五　ところで、以上のことを知らない相手に手紙を書いているとお思いだったので、噂が伝わるのが非常に遅いとあなたはこぼされました。しかし、噂はずっと前にあなたの手紙に先んじて、翼持つ神(3)としての御業を示し、広場を噂で満たすだけにとどまらず、宮廷の中にまでも入り込み、帝にして予言者たる方(4)に喜びをもたらしました。**六**　帝はお喜びになって、悦に入った人らしい発言をし、私たちもその場でそういった言葉をたしかに聞きました。こうして私たちは喜びを分かち合い、喝采の輪に加わりました。その喝采を帝もご存知ですし、あなたもおそらくお察しでしょう。

(1)二七五頁註(4)を参照。
(2)直訳は「アリスイ」という鳥。人を魅了する恋の魔法に使われた。ピンダロス『ネメア祝勝歌』第四歌三五への古註五六(Drachmann)、テオクリトス『牧歌』第二歌一七―六二、『スーダ辞典』「アリスイ」(I 761)などを参照。
(3)六〇五頁註(2)を参照。
(4)ユリアヌス帝のこと。

書簡八〇〇　同者［ガイアノス］宛　（三六二／六三年）　弁論家から官職者へ

一　あなたはその総督職と押し寄せる公務のせいでもはや同じようにうまくは手紙を送れないと私は考えていました。ところが、あなたは公務もこなしていますし、手紙も相変わらずでした。ともかく、手紙を書くことしかしていない私を、その数において上回ったのです。二　その美しさは遜色ありませんし、あなたの書簡の充実さに比べれば私の穀物と黄金すべても些細なものです。その書簡であなたは、もし財貨を手にしたとたん手紙を書くのをやめたら、財貨のために手紙を送ったと見られてしまうだろうから、沈黙してはならないと私たちに促していらっしゃいますからね。

三　私を支配下に置き、からかいながら小麦と大麦の値[1]を算定するほどの影響力を手にしたことであなたが高笑いしている姿が目に浮かびます。しかし、よく心得ていただきたいのですが、あなたはまもなくもっと私に対する影響力を持つでしょう。そして、もっと大切なものを与えてくださるでしょう。目下の状況に驚いているあなたが、です。そのときにはあなたはご自分にふさわしい座[2]に就いて、私が弁ずるのを聞くでしょうし、あなたが訴訟当事者たちの争いを流暢な声で解決するのを私は聞くでしょう。そして私たちは互いを称賛しあうのです。あなたは好意に基づいて私の作品を、私は真実に基づいてあなたの事績を。

書簡八〇一　ヤンブリコス宛[3]　（三六二／六三年）　アテナイの魅力

一　あなたの奴隷がやってきて、私から書簡を所望しました。私はためらったのですが、渡しました。ためらわれたのは、エレクテウス[4]の裔たちや有名なアクロポリスや人士たち、場所、神々を手にしてからというもの、あなたがこの新たなお気に入りのせいで、これまでのお気に入りを軽んじているように見えたからです。しかし、書簡を渡すよう促された、いや、強いられたのは、愛しているからです。他の相手に夢中な人であっても、その人を愛することは決して妨げられませんから。私はたとえ無礼を働かれても、あの諺[5]が間違いであることを示したでしょうし、そのように愛を解消することもなかったでしょう。

二　そこで、私たちがあなたの親類としてあなたにお願いしたいのは、ボエドロミオン月を待って、二柱

(1)リバニオスの給与については、二二五頁註（7）を参照。

(2)アンティオキアに本拠を置くオリエンス管区総監ないしオリエンス道長官のような高位の文民職への出世を指す。

(3)三七頁註（2）を参照。

(4)ケクロプスと並ぶ、アテナイの伝説的な王。アテナイのアクロポリスに祀られていた。

(5)出所不明。書簡九二二-一もこの諺に触れているほか、『ギリシア詞華集』第五巻二五六、エラスムス『格言』三六七九もこれを伝えている。

の神々を体験してください[1]。いや、何か他の入信儀礼に招かれても、秘儀を通じてこの神霊たちの伴侶となるべく駆けつけてください。また、次のことも神聖なことだと見なしてください。すなわち、戻ってきて父祖の財産を維持し、存命の家人たちと会し、死去した家人たちに敬意を払うことを。

三　しかし、パラスの地［アテナイ］があなたを捕えて離さないのならば、またもあなたにお願いしたいのは、アテナイで子種をもうけて、私たちの血筋をつないでください。その町はコドロス[2]の子孫たちで満ち満ちておりますし、この一つの行為であなたに息子がもたらされるとともに、友人たちを試金石にかけられます。なぜなら、本当に好意を寄せている者たちは友人であり続けるでしょうが、飛んでいなくなっている者たちも目にするでしょうから。

四　さあ、かくも優れた者たちを祖とする高貴なる方よ、ぜひとも第一のお願いを実行に移してください。それは正しいことですから。他方で、第二のお願いが優先されるなら、その場合も迅速さが加わるようにしてください。

書簡八〇二　皇帝ユリアノス[3]宛　（三六二年）　アンティオキア出立

一　私はその旅について述べたのと同じだけの不満（それは辛いものでしたから）を、いやさらにそれ以上の不満を私自身に向けました。すぐに引き返してしまい、宿駅[4]にすら辿り着かなかったので、翌日に日の出とともにあなたの神々しい姿を拝見することも叶わなかったのですから。**二**　そして、この町も具合が悪かったので、私を慰めることができませんでした。具合が悪いと言っているのは、商品の欠乏[5]のことではなく、この町が邪で、不品行で、恩知らずだと判断され、かくも壮大な支配権を持ち、さらにそれ以上の思慮を持つ方にそのように見なされていることです[6]。

三　アルキモス[7]が私の側にいる間は、彼が私の言葉の受け手となってくれたので、私は自分を責めたり、あなたから私に与えられた名誉を詳しく語ったりしていました。しかし、彼が立ち去ってしまうと、私は天井をこの友人の代わりとしました。四　寝台に身を横たえて、天井を見上げながら、次のように語ったものです。「さあ、帝がお呼びだてだ。さあ、私は謁見して着座したぞ。こんなことまでお認めくださったのだ。さあ、町のために論戦だ。帝を苦しめてきた人々のために帝に面と向かってこんなことまで話せたの

(1) エレウシスにおけるデメテルとコレ女神の秘儀を指す。ボエドロミオン月に秘儀が行なわれたことについてはプルタルコス『カミルス伝』一九を参照。神々を体験する、または参与するという独特の言い回しは、ヘロドトス『歴史』第七巻一六、プラトン『パイドロス』二五三Aなどで用いられている。

(2) 書簡二九八-三と第一分冊三六一頁註（2）を参照。

(3) 八一頁註（4）を参照。

(4) アンミアヌス・マルケリヌス『ローマ帝政の歴史』第二十三巻第二章六によれば、ユリアヌス帝は三六三年三月五日にアンティオキア市を出立し、ペルシア遠征に向かった。同帝がリバニオスに送った『第九十八書簡』（Bidez）がその後の宿駅の様子、アンティオキアの市民たちの見送りや、使節団が随行したことを伝えている。

(5) アンティオキア市の飢饉については、二七一頁註（4）を参照。

(6) ユリアヌス帝の滞在中に帝とアンティオキア市民との関係は悪化し、帝自身が『髭嫌い』を執筆・公開して同市を揶揄する事態にまで及んだ。書簡八一三-二、八一五-一も参照。

(7) 六一頁註（5）を参照。

だ。しかし、帝は弁論に秀でておられるので、正当な非難をなさって、勝ちを収められた。私は執拗に議論したのに、嫌われることもなければ、追い払われることもなかった[1]」。

五　こういったことに興じると、私は神々に願掛けをします。まず第一に、あなたが敵を打ち負かせるようにしてください、と。次いで、私たちのために、これまでのようにこの地にあなたが姿を現わすようにしてください[2]、と。**六**　この祈りの中には三番目もあるのですが、それは神様たちの耳に入っても、あなたには申し上げません。でも、このこと自体申し上げる必要がありませんでした。あなたなら、祈っていた私が何を祈ったかを隠すという事実から、この第三の願いを突き止められてしまいますから[3]。それで、あなたが正反対のことを願うのではないかと私は危惧しています。

七　しかし、今は河を渡って、河よりも恐ろしいものとなって射手たち[4]に襲いかかってください。その後で、練り上げたとおっしゃっている計画を練ってください。側にいない私を、できるかぎりのものでたゆむことなく喜ばせてください。というのは、私は手紙を送って、戦いの最中にいるあなたから書簡を催促するつもりなのです。あなたの才能であれば、戦列を整えて、敵に傷を負わせるのと同時に手紙を送ることもできるだろうと信じていますから。

八　私はこのように身体の具合が悪いので、本来なら目撃すべきものを、聞くつもりでおります。目撃することになるのは祝福されしセレウコス[5]です。彼は天晴れなことに、良き妻[6]や愛しの娘[7]よりも、このような素晴らしい帝に仕えるという栄光を選んだのです。

書簡八〇二　コンスタンティオス宛[8]（三六二年）

身近な裏切り者

一　あなたは良き人なので手紙を送ってくださいましたが、私は運悪くそれを受け取れませんでした。私たち二人を裏切ったのは、贈物のことに無頓着な者たちです。ただ、手元まで届かなかったとはいえ、沢山の書簡が生み出されたことは私にとっては少なからず嬉しいことです。

二　側にいると快く思う相手に、離れているときに手紙を書くのなら、何ら新奇なことはなさっていません。思い起こしていただきたいのは、宵に私が接見すると、あなたが喜んで話を夜中まで続けたことです。

（1）リバニオスはアンティオキア市とユリアヌス帝の仲たがいを解消するために、帝に向けた『第十五弁論』を著わしたが、それを直接帝に発表することはかなわなかった。リバニオス『第十七弁論』三七を参照。

（2）アンティオキアを嫌悪したユリアヌス帝はペルシア遠征後、慣例の冬営地であるアンティオキアには立ち寄らず、キリキア地方のタルソス市に冬営することを宣言していた（アンミアヌス・マルケリヌス『ローマ帝政の歴史』第二十三巻第二章三―五）。

（3）リバニオス『第十三弁論』五三、『第十八弁論』二九四などから、皇帝が長生きし、子孫をもうけることであったと推測される。

（4）ペルシア人のこと。渡る河としてはエウプラテス河やティグリス河が含意されていよう。

（5）九七頁註（4）を参照。

（6）アレクサンドラのこと。この人物については一五五頁註（1）を参照。

（7）書簡七三四-五でも言及されている。

（8）アンミアヌス・マルケリヌス『ローマ帝政の歴史』第二十五巻第九章一二に登場する、ペルシア遠征に参加し、その戦後処理に当たった将校と同定される。

その際、私はあなたの機知のみならず、その雄弁も賛嘆したものです。ただ、一つだけ非難するところがありました。それは、ヘルメス(1)にふさわしい素質を兵士としての生活に向けたことです。三　これらのことも、またあなたの数々のご配慮も（その中にはどうすればヒュペレキオス(2)が「網」を逃れることができるかという助言もありました）素晴らしいものでしたが、何より大きかったのは、私がほとんど手を胸に当てて、知らぬうちにきわめて厄介な「穴」へと向かっていたのを制止してくださったことです。**四**　「穴」があったのです。神々さえも戯言だと考えた例の男が、外衣（トリボーン）を着ている人を魔術師と見なしていたのです(3)。そのため、彼が私を見たら、すぐに気難しくなるだろうとあなたは分かっていたので、怒りに駆られた行ないがなされるのではないかと危惧なさったのです。**五**　あなたがその人のことを分かっていて、この事態をよく承知していたとしても、それは驚くべきことではありません。驚くべきなのは、私に立ち去るように命じ、口外できないことを打ち明けてくださったことです。私はこのことをずっと覚えていて、このことゆえにあなたを救い主と位置づけております。そして、私がどのような恩義を受けたかをさまざまな人たちに教えており、とりわけ陛下(4)にはこの恩恵のことを聞かぬままにはしませんでした(5)。

書簡八〇四　モデストトス宛(6)（三六三年）　**遅きに失する①**

一　私があなたに勧めたのと同じ意図であなたが私に勧めてくださるので嬉しく思いました。あなたが私の立場を取って、私にヒュペレキオス(7)を援助するよう促しているのなら、あなたの援助は私があなたを説得した結果であることは明白ですから。
二　私としては可能なことをなおざりにすることはないでしょうし、不可能なことも手がけるつもりです。実際、それがたとえ無駄となっても、友人にはふさわしいことですし、遅々とした足の運びのせいで実現が阻まれていなければ、この青年に関する件はすでに片付いていたはずです。[8]ともかく、彼は希望を台無しにしておらず、その希望は明るいのです。そして私は諺に従って、懐に唾を吐いています。[9]三　そして何らかの神霊が事をうまく運んでいて、彼が以下の両方を手にすることを望んでいるようです。すなわち、あ

(1) 一三一頁註（1）を参照。
(2) 三九頁註（1）を参照。
(3) 人物や経緯など詳細不明。トリボーンはギリシアの哲学者などが羽織る粗末な服のこと。リバニオスがこの服を愛用していたことは、書簡三〇一-一、三八六-一、五五七-六から知られる。
(4) ユリアヌス帝のこと。
(5) ἀφεὶς とする写本の読みに従う。
(6) 八五頁註（4）と二八七頁註（4）を参照。
(7) 三九頁註（1）を参照。また、モデストスとの関わりについては書簡三〇八、六一七、六二四、七九二、八一〇-七も参照。
(8) 書簡七七七、八〇五に見るように、ヒュペレキオスはアンティオキアを訪問するのが遅れ、ユリアヌス帝から恩典をもらう機会を逸した。また、書簡七九二ではコンスタンティノポリス首都長官に任命されたモデストスに直ちに随行する機会があったが、それも逃したことが窺われる。
(9) 不遜な態度や発言をしてしまったときに復讐の女神（ネメシス）の報復を避けるために行なう自己卑下の行為。テオプラストス『人さまざま』第十六章一四、テオクリトス『牧歌』第六歌三九、第二十歌一一、ペトロニウス『サテュリコン』七四、ディオゲニアノス『格言集』四-八二b（*Paroem. Gr.* 1. 245）、ルキアノス『船』一五などを参照。

なたが与えられるものと、万物の主(1)が与えられるものを。実際、一方を先に手にしていたら、他方は失っていたはずですから。

四 そこで今こそあなたは彼を教育して、弁論家としてください。また、婚姻や名声そしてとりわけ元老院での諸措置でもって彼を偉大な身の上にしてください。そうすれば、受け取る資格を得たので、第二の贈物がやってくるでしょう。**五** いや、あなたがずっと前から賛嘆していて今や是認した神々にかけて、ヒュペレキオスに対する彼の父(2)の好意を凌ぎ、私の好意を範としてください。そうすれば、あなたは彼の父親の好意に勝ることになるでしょう(3)。

書簡八〇五 マクシモス(4)宛 (三六三年) 遅きに失する ②

一 私にとって十分な報酬となっているのは、ヒュペレキオス(5)がこれほど立派になって、あなた方がまだ生きている内に、財産の正当な権利分の主人と認められたことです(6)。彼はあなた方の栄誉、兄弟たちの拠り所となり、傲岸さを平静に耐え忍び、敬意を払われし天分を駆使して［兄弟たちを］助けていますから。**二** ともかくも一番下の弟を軍役の労苦から免れさせて、彼は戻ってきました。メガロポリス［コンスタンティノポリス］に馳せ参じ、重要性に鑑みてこの機会をものにせねばなりませんから。もっと早く到着していたら、こちらのものも手にしていたはずなのですが、戦勝の後となるでしょう(7)。いずれもかなうかどうかは神様次第です。**三** 彼が結婚を避けているのなら、あなた方から避けないよう説きつけてください。しかし、彼がそれを求めているのに、あなた方の意見が同調しないのであるなら、あなた方が考えを改めてください(8)。

書簡八〇六　アポリナリオス(9)とゲメロス(10)宛　（三六三年）　善は急げ

一　生徒が教師から愛されるのは、子が父から愛されるのと同じように、何ら驚くべきことではありません。とりわけ、その生徒たちが教育者に対して無礼でないときには。というのも、無礼な生徒というのがおり、少なくともこれまでおりました。私がこのことを他の人よりもよく分かっているのは、沢山の生徒たち

(1)皇帝のこと。
(2)マクシモスのこと。三七頁註（5）を参照。
(3)本書簡全体でリバニオスはヒュペレキオスへの援助について持って回った表現を使っているが、これは書簡七三一に見るように、コンスタンティノポリス元老院入会を勧めていたマクシモスの提案にリバニオスが反対していたにもかかわらず、この段階になって、その措置を依頼する羽目になったためと考えられる。
(4)三七頁註（5）を参照。
(5)三九頁註（1）を参照。
(6)二一一頁註（6）を参照。
(7)ユリアヌス帝の対ササン朝ペルシア戦を指す。書簡七七七から窺われるように、ヒュペレキオスはアンティオキアを訪問し、その際に同市に滞在する皇帝から恩典をもらうことを画策していたようである。書簡八〇八-一も参照。
(8)ヒュペレキオスの縁談については、書簡二二四-七以下、一二三九-七でも話題とされている。
(9)一一一頁註（4）を参照。
(10)一一一頁註（5）を参照。

のために沢山努力し、沢山の生徒たちから沢山の目に遭ったからです。

二　しかし、少なくともあなた方は有為な生徒で、雄羊の振舞よりもコウノトリの振舞を称賛していますから、(1)私はあなた方と願いを共にし、さらに良いものを祈っています。目下の状況で最も良いのは、あなた方が企図してきたものを実行することです。三　私がこう述べたのも、ためらいはしばしば利益の足枷となると知っているからです。あなた方には偉大な故国とかくも立派な家があります。そのため、この「故国と家という」魔法であなた方が釘付けにされてしまうのではないかと危惧しています。

書簡八〇七　モデストス宛(2)　（三六二年）　畏敬すべき人

一　約束を果たしていただくためにこの若者たちは伺っております。あなたは諸々の点で気高い方ですが、とりわけ嘘をつくことはできません。そして私自身も遠くから、この約束を果たしていただけるようお願いします。間違いなくあなたなら「恥じらいは眼に宿る(3)」とはならず、見られているときも友人に手紙を送るときも同じように立派な方(4)です。

二　ですから、さあ、この二人を裁判の手練れとしてください。そして、あなたが別の地位に昇進されるときには、この者たちも再び同じ仕事ができるよう連れて行ってください。あなたが紹介し称賛してくだされば、競技者が審判役となっている(5)のがおそらく見られるでしょう。

書簡八〇八　マクシモス宛[6]（三六二年）　善政の証人

一　ヒュペレキオス[7]はこの旅をしているのは弟[8]のためだと主張しましたが、主張したところの人物よりもむしろあなたのために旅をしているのだと突き止められました。なぜなら、兄弟のための尽力はほんのわずかでありましたが、巷で持ちきりの噂を鎮静化させようと奔走していましたから。[9]その噂は、私が確信していたとおり、真実ではありませんでした。しかし、悪いものが幅を利かせることを望む者たちがおりまし

（1）コウノトリは年老いた親を養う、恩義に篤い動物とされた。アリストパネス『鳥』一三五四の古註、プラトン『アルキビアデスⅠ』一三五Eの古註、ゼノビオス『格言集』一-九四（*Paroem. Gr.* 1. 30）、アイリアノス『動物奇譚集』第三巻二三などを参照。これに対し、雄羊は恩知らずな動物とされたことは、書簡二二一-二（なお、第一分冊二六五頁註（8）の「子羊」は「雄羊」の誤り）のほか、ゼノビオス『格言集』四-六三（*Paroem. Gr.* 1. 102）などから知られる。

（2）八五頁註（4）を参照。

（3）目の前に人がいるときは慎みが働くという意味の諺。アリストテレス『修辞学』第二巻第六章一三八四a三六、アリストパネス『蜂』四四七、ロドスのアポロニオス『アルゴナウティカ』第三歌九三、リバニオス『第五十九弁論』四五、『スーダ辞典』「恥じらい」（Αι 86）、『格言集補遺』一-一〇（*Paroem. Gr.* 1. 381）を参照。

（4）「恥じらい *αἰδώς*」と同語根の *αἰδέσιμος* を用いている。

（5）若者たちが登録される法廷弁護人の地位を競技者に、その後の州総督などに出世した姿を審判役に喩えている。

（6）一一九頁註（2）を参照。

（7）三九頁註（1）を参照。

（8）書簡八〇五-二を参照。

（9）名宛人マクシモスの州行政に関する悪評とヒュペレキオスによる沈静については、書簡一三五〇も参照。また書簡一四三九は、使節団がとりなしをしたことも知らせる。

て、彼らは徳を修練していないので自分たちが重んじられることはないものの、徳のゆえに重んじられている人たちを妬んでいるので、後者が何か不正をしていると思われると溜飲を下げるのです。

二　私は蓋然性を助けに持ち出してこの連中と戦っていたのですが、私のために蓋然性を裏付けてくれる、直接の目撃者が必要でした。**三**　黙りこんで、その沈黙によって追及側に味方する者たちや、その話は聞いたことはあるが正確なところは知らないと主張するだけで、先の者たちと何も違いがない、あるいはほとんど違いがない者たちばかりでした。しかし、この有為なる男だけはあなたと私と真実の女神（アレーテイア）の友なので、あなたのために弁舌を武器の代わりとし、噂を語る者たちを嘘つきだとして糾弾し、噂を信じる者たちを騙されているとして糾弾したのです。**四**　彼は一連の論戦で大いなる力を発揮した結果、私たちの町から迷妄を拭い去って旅立ちます。ですから今や、参事会員がその両脇に打擲を浴びせられたこともなければ[1]、利得に心が屈したこともいっさいなく、高貴なるマクシモスはあるがままの姿で見られています。

五　こうして、あなたが総督職にあって公正で、彼が臣下の中にあって公正であるという称賛を耳にして、私はお二方と喜びを分かち合いました。そして同時に、あなたは彼のためにありとあらゆる親切を尽くしたのだと私は思いました。**六**　このことを私は尋ねはしませんでした。彼の行動からすぐにその答えが分かったからです。それほどにも弁明につくす彼のひたむきさはひとしおで、彼が真実を述べていることを示すとともに、恩返しをしていることも示していました。私はこのような立派な人々を養い、友人たちに紹介しているのです。

書簡八〇九　エウアゴラス宛[2]（三六三年）　デモステネスとリバニオス

一　私はあなたより年上ですが、その素質がより優れているとは思いません。私は勉強を修了しましたが、あなたはその真っ最中です。普通どおりに行けば、私がしているようなことをあなたはすることになるでしょう。ゆえに、あなたは賢明な方なので、私を称賛することで早くもご自分を称賛なさっているのです。

二　ただ、よく心得ていただきたいのですが、私が今していることやこれからすることに不釣合いなほどあなたは誉めそやしています。それで良いというなら、私の作品をデモステネスの作品と並べておきましょう。[3]誰も不当だと言って怒る人はいないはずです。襤褸も一番美しい服も、しばしば一つの箱に一緒にしまわれることを皆知っていますから。しかし、その作品と同じように重んじたり、それに迫るものとして

（1）四世紀には都市参事会員が名望家層（ホネスティオーレース）に属するのかどうかが不明瞭となり、州総督により体刑や拷問にかけられることがあった。参事会員に対するこのような暴力的措置を防ごうとする勅法は『テオドシウス法典』第十二巻第一章第三十九法文、第四十七法文をはじめ、多数が伝えられている。

（2）書簡一三七-五で言及されるキリキアの人と同定される。書簡一一三二、一四四〇の名宛人。

（3）リバニオスはデモステネス弁論の梗概を残しているほか、その文体でもデモステネスを積極的に模倣した。実際、後代には「小デモステネス」とも呼ばれた。

重んじたりしないでください。デモステネスの作品そのものを手に取った人なら――いや、このことは言わないでおきましょう。ただ、あなたが私のことを過度に賛嘆するあまりに、ご自分の株を下げてしまうのではないかと私は危惧しています。

書簡八一〇　ニコクレス宛[1]　（三六三年）　称賛の対象

一　通過した町すべてを私たちに関する話であなたが持ちきりにしたことは明々白々です。というのも、ここ［アンティオキア］であなたがそれをし始めると、望む者であれ望まぬ者であれ誰しもの耳に話を吹き込んで、喜ばせたり困らせたりしましたから。それゆえ、街道まであぜ溝を掘る農民たち一人ひとりにも、あなたが同様のことを触れ回っていなかったとしたら、私は驚くことでしょう。

二　このことは私にとってシュラクサイ人の十分の一税[2]よりも重要であり、あなた方の立法者[3]に神が語ったことにもほとんど引けを取りません。実際、あなたはおもねることができませんし（あなたは皇帝の地位に対してもそうしませんし、いわんやソフィストにはそうしませんから）、弁論の美醜もよくご存知のはずです。そんなあなたが称賛をすれば、称賛されている人がギリシア人の一団の中で偉大で輝かしくならないことなどあるでしょうか。

三　私たちはあなたを称え続けますが、小麦を借りた後にその分量だけ大麦を返す人のようなことをしています。なぜなら、そのような人は分量には目を配っていても、全額の返済とはなっていないのですから[4]。

四　実際、私がたった今言及したラコニア人でさえ、神託による名誉を与えられた後、お返しに自らピュティオスを詩句で飾り立てたとしても、等価のお返しとはならなかったでしょうし、たとえその詩句が非常に多かったとしても同様です。

五　それゆえ、この点で私たちは力が及びませんが、友への愛情という点では勝っている、あるいは完全には負かされておりません。そして、あなたを信じることと、あなたから何でも享受できるはずだと考えること私は甚だしいので、そちらに伺って友を必要としている私たちの友人をあなたの戸口に送り出しています。これは、友人に対する私の見解をあなたが範として、より強力な力添えをしていただけると考えてのことです。

（1）一七頁註（6）を参照。書簡一三六八より、コンスタンティノポリスの使節としてユリアヌス帝に謁見するためアンティオキアへやってきたと考えられる。

（2）シケリアの裕福な都市シュラクサイの税から転じて、莫大な財産の比喩。ストラボン『地理誌』第六巻第二章四、『格言集補遺』三-一四（*Paroem. Gr.* 1. 418）、同四-八八（*Paroem. Gr.* 1. 455）を参照。

（3）スパルタの立法者リュクルゴスのこと。後段でも触れられるデルポイの神託についてはヘロドトス『歴史』第一巻六五、プルタルコス『リュクルゴス伝』第五章四を参照。リバニオス『第一弁論』一三一でもこの逸話が用いられている。

（4）大麦は小麦に対して価値が低く見られた。ポリュビオス『歴史』第六巻第三十八章三―四からは大麦を食べさせることがローマ軍での罰になっていたことが確かめられる。

六　また、あなたにこの手紙を届けた男を[1]、数あるうちの一人ではなく、私の息子と何ら異ならぬ人物と見なしてください。その理由は、彼の高潔さと慎み深さ、名声を希求していること、そして老人たちから称賛を得たこと（その中でも筆頭にして最大なのが私の叔父[2]です）であります。そして、あなたが叔父のことを分かっているなら、彼のことも分かるはずです。なぜなら、叔父は良からぬ人物であれば賛嘆したりしなかったでしょうから。**七**　モデストス[3]も、当初は私に駆り立てられて、そして面識を得てからは自ら進んで、この青年の面倒を見ています。しかし、彼がこのヒュペレキオスのために父親のように熱を入れるのを目撃することになるでしょうが、それは、庇護することにかけて人並みはずれたニコクレスがすることに及ぶべくもありません。実際、あなたにも恩恵を施すことになると知ったなら、モデストスの方も熱心に彼を称賛するでしょうから。

八　ですから、あなたの口からはっきりとこの男に聞かせて、教えてやってください。この男が接見しても迷惑ではないと。それどころか、もしこの男が他の人を介して自分の案件を処理するならば、あなたにとって無礼となり、あなたがこの男に罰を科すことになるだろうと。

書簡八一一　皇帝ユリアノス[4]宛　（三六三年）　**総督人事**

一　私は当初アレクサンドロス[5]の総督職に不満でした。それは認めます。そして、誉れ高き人々[6]が私たちの町の事柄（これまで高貴とされてこなかった事柄です）を管理するのは暴虐であって、総督のすることではないと考えておりました。さらには、金銭的な損失がいささか頻繁になると、この都市が弱体化してしまい、それ以上何の成果もでないと思っておりました。

二　ところが実際には、その厳格さの成果が上がっており、私は前言を撤回します[7]。といいますのも、昼頃[8]に入浴して就寝していた例の連中が、その生き様においてラコニア風[9]になり、辛抱強くなったのです。日中に加えて夜間も彼らは少なからず労苦に勤しみ、まるでアレクサンドロスの戸口に釘付けにされたよう

（1）後段で名指しされるヒュペレキオス（三九頁註（1）を参照）のこと。書簡八〇四も参照。

（2）パスガニオス（三頁註（5）を参照）のこと。

（3）八五頁註（4）と二八七頁註（4）を参照。この記述には書簡八〇四-一で述べられているような申し出も念頭にあろう。

（4）八一頁註（4）を参照。

（5）ヘリオポリス（現レバノンのバールベック）の出身で、三六三年にシュリア州総督に任命され、厳格な行政措置を取り、異教復興策に尽力した。アンミアヌス・マルケリヌス『ローマ帝政の歴史』第二十三巻第二章三は、ユリアヌス帝による彼の任命は、皇帝の命令に素直に従わないアンティオキア市への特別な措置だったと伝える。

（6）写本の表記 *ἐντιμοτάτους* に従って訳出した。都市参事会員によって管理されていた都市行政に州総督ら帝国官僚たちが介入したことを示しているのではないかという推測からである。とくに「管理」の語からは勅任の都市監督官 curator rei publicae による都市財政管理と類似した状況を思い起こさせる。

（7）直訳は「改詠詩を歌います」。ステシコロスがヘレネを侮辱する詩を歌ったことで目を患ったが、改詠詩を歌うことで回復したことについては、プラトン『パイドロス』二四三Aを参照。リバニオス『第十九模擬弁論』三四、『第二十一模擬弁論』三〇、書簡九一三-二でも同じ表現が用いられている。

（8）写本上の *πρός* の読みを採用した。

（9）スパルタ人風ということ。スパルタの質素で規律厳格な暮らしぶりは有名。

です。三　もし彼が中から大声を出そうものなら何もかもが震え上がってしまうので、彼には剣の必要もなく、無為で傲岸な連中を思慮深い働き者とするのには脅すだけで十分だと私は考えています。

四　カリオペ(1)もあなたの判断にふさわしい形で崇拝されており、戦車競走だけでなく、舞台上の娯楽も催されました。そのため、劇場ではこの女神に供犠が捧げられて、［市民たちの］少なからぬ部分が私たちの側に転向しました。その喝采の中で神々の名が呼び上げられました。総督はこのような喝采に満足していると示すことで、さらに多くの人々の手でこの喝采がさらに大きくされるよう促しました。

五　陛下、何をすれば家や都市や州や帝国を見事に運営できるかを人間に教えてくれる託宣にはこれほどの力があるのです。

書簡八一二　クレアルコス宛(2)（三六三年）手の代わり

いや、あなたは私の手からこの仲間(3)を受け取るはずだったのです。しかし、あなたが市門へとお急ぎのときに彼が居合わせなかった以上、彼についてお伝えしたことを思い起こし、私の手紙に名誉を与えてください。私が有為なるヒュペレキオスを手ずからあなたの友情に導いた場合と同じだけの効果をこの手紙が発揮したと示すことで。

書簡八一三　デメトリオス宛[4]（三六三年）　アンティオキアの災い

一　近隣住民が不運なときにまさにこのような助けをすることこそ、良き隣人の振舞です[5]。あなたは、縁起良い言葉に行動も加えることで、二つの意味で例の諺を果たしました[6]。
二　私たちにとって飢餓は二重の意味で災いとなりました[7]。飢餓それ自体に加えて、そのせいでこの町が

（1）カリオペは叙事詩を司るムーサの一柱で、アンティオキアの守護神でもある。書簡八二五-三、一一八二-二、一四五六-二、リバニオス『第一弁論』一〇二、ユリアヌス『髯嫌い』三五七Cなどを参照。この祝祭のその後については、書簡一一七五-四に言及がある。
（2）一四五頁註（1）を参照。本書簡の内容から、この人物がアンティオキア市を訪ねていたことが分かる。
（3）後段で名指しされるヒュペレキオス（三九頁註（1）を参照）のこと。
（4）六三頁註（6）を参照。
（5）プラトン『法律』第五巻七三七Dに書かれている隣国のあり方が念頭にあるか。あるいは、『マタイによる福音書』第二十二章三九なども関わるかもしれない。
（6）*LSE*, p. 347, n. 1 は、この諺を『スーダ辞典』「ギリシアの市場は言葉ではなく、行動を必要としている」（O 906）を指すと考えるが、Salzmann, p. 67 は同定不能とする。「行動」が本書簡三節で述べられる祈りを指すのであるなら、「縁起良い言葉 *εὐφημία*」は「沈黙」の婉曲語法かもしれない。
（7）この飢饉については、二七一頁註（4）を参照。

怒られたのですから[1]。もし何がしかの神様がその怒りを鎮めてくださらないなら、私たちは飢餓を逃れようとして、有り余る商品に囲まれながら打撃を受けるのではないかと危惧しています。三　ともかくあなたは祈りを捧げ、神々に親しいとお考えの方々にも同じことをするよう説きつけてください。

書簡八一四　マクシモス宛[2]（三六三年）　軛からの解放

一　「アルカディアをあなたから所望します。大それたお願いをいたします」。そして最後の部分を変えて、私はこう言います。「あなたは与えてくださる」と[3]。といいますのも、あなたはアルカディア以上のものを他にもたくさん与えてくださりましたから。それは、非常に多くのアルメニア人たちがかなりの期間にわたって軛のもとに置かれていたのを自由な身にして放免してくださったときのことでした。

二　そこで、今回もここなるレオンティオス[4]が軛を味わわないようにするために、私は精一杯あなたに助言せねばなりません。このレオンティオスは私の昔馴染です。ガラティア人が私の友人なのは何ら驚くべきことではありません。三　ゆえに、私から積極的に手助けしなければみっともなかったはずですし、他方で、お願いを叶えていただけないと、まだ大した間柄でもないのにそんなものまであなたから手に入れようと期待したとは軽率だと評判になってしまうでしょう。

四　そこで、私たちの友情の大きさを、あなたが統治している人々も、お住まいがあるところの人々[5]も知るようにするために、この人を目下の地位にどうか留めてください。こうしたところで、あなたの麾下の部局から、彼らのものを奪うことにはなりませんし、むしろ、彼らが不当な利を得るのを抑止することになるでしょう。**五** 私としてはその部局があなたのもとで箔がつけばと願ってはおりますが、いかなるものも公正でなければ、美しくも安定してもいないと見ております。また、彼を例の労苦へと引き込もうとしている人たちは、そうせねばならない理由として、「そうしたいから」としか言えないと聞いています。ともかくも、あなたの方から何にでも手を出さないよう彼らに教えてやってください。そして説得できない場合は、強制してください。

六 レオンティオスの弁をお聞きになって、引き込もうとしている人々と彼とは何の関係もないとお分かりになれば、彼は確実に放免されるでしょう。あなたはこれをしなかったことで、恐怖を晴らさずに、引き延ばしてきたのですが、これこそ、タンタロスが石を恐れている(6)のです。

(1) 飢饉を解消しようとしてユリアヌス帝が物資を各地から搬送させたのに対し、投機的に物資を買い占める（「有り余る商品」という表現に注意）など非協力的な態度を取ったアンティオキアの有力者たちが衝突し、皇帝と市の関係はすこぶる険悪になった。G. Downey, *A History of Antioch in Syria* (Princeton, NJ, 1961), pp. 388-391 を参照。それに伴うリバニオスの不安は書簡八〇二からも垣間見える。

(2) 一一九頁註（2）を参照。

(3) ヘロドトス『歴史』第一巻六六にある神託の文言をもじったもの。書簡六五八-二と一三一頁註（4）を参照。

(4) 本書簡でしか確認されないガラティア州総督の下僚。都市参事会員の負担を負わされようとしているのであろう。

(5) マクシモスは州総督としてガラティア人の統治にあたっている一方、住居はアンティオキアにあり、家族もそこに住んでいた。書簡一三五四-六を参照。

(6) 書簡六九一-三と一六五頁註（7）を参照。

書簡八一五　アカキオス宛[1]（三六三年）　アンティオキアの憂鬱

一　あなたがお出ましなさった地でもあり、あなたに名誉が与えられた地でもある、あの輝かしい大都市が多くの災いで揺るがされました。飢餓と戦い、帝からは罪深いと評価されたのです[2]。私たちが嘆願したものの、その評価から逃れることはできずじまいでした。

二　あなたは幸せ者です。町の繁栄を味わって、そうでないものを分かち合わなかったのですから。もっとも、この町が順境にあればあなたが行なっていたはずのことが、困難な時局のせいで中止となったことで、この町と［そうでないものを］分かち合ったと言えるでしょうが。三　実際、どこへ行っても落胆が至る所にあり、言葉を費やしても甲斐がありませんでした。私たちが近寄ると、施しのできる人々[3]は私たちの声を聞かないようにその門戸を閉ざしたのです。私たちの力はその程度になってしまいました。しかし、何らかの神様がこの闇を払ってくだされば、私たちは再び行動に取り掛かり、おそらく失敗はしないでしょう。

書簡八一六　ニコクレス宛[4]（三六三年）　詩人の援助①

一　詩人にして、ムーサたちの仲間たる男を送りだすときに、その送り先として、ムーサたちと親しき人以外の誰がいたというのでしょう？　あなた自身が彼の詩を判定し、賛嘆なさるだろうと思いますが、この男の方もあなた方が施しを心得ていることを賛嘆するよう取り計らってください。弁ずる力のある人たちが富裕でないのは、彼らが金銭を募りながら弁じるようにするためにムーサたちが考案した便法だと私は思いますから。

二　そこであなたは、かつての施しを私に喜んで物語ったことを思い起こして、自ら施しをするとともに、他の人たちもさらに気前良くなるようにしてください。

（1）人物同定をめぐる先行研究の意見が一致していない。*BLZG*, p. 397 と Festugière, p. 178 はキリキアで活動する弁論家（一五九頁註（6）を参照）を想定する一方、G. Sievers, *Das Leben des Libanius*（Berlin, 1868）, pp. 276 f.; *PLRE*, p. 6; Norman, vol. 2, p. 153, n. a はアンティオキアでかつてリバニオスとライバルだったソフィスト（一三頁註（3）を参照）を想定する。また、先に挙げた *BLZG* は p. 37 ではガラティア州総督だったアカキオス（九三頁註（2）を参照。なお、この人物がアンティオキアを来訪したことは書簡七七九-二から窺える）の可能性を提案するなど首尾一貫していない。以上の人物同定は、本書簡一節の内容理解と関連しているが、「お出ましなさった地でもあり」という部分は Foerster が修正した箇所であり、写本上では「修学なさった地でもあり」である点も注意が必要である。

（2）アンティオキアの飢饉については二七一頁註（4）を、ユリアヌス帝との不和については三二一頁註（1）を参照。

（3）Petit, *Antioche*, p. 117, n. 5 はアンティオキアの筆頭参事会員たちが念頭にあると考える。一方、Norman, vol. 2, p. 155, n. c はシュリア州総督を想定している。

（4）一七頁註（6）を参照。

書簡八一七　モデストス宛(1)　（三六三年）　詩人の援助②

一　詩人たちには親切にしてください。勇士のもとにある珠玉の宝とは、詩人に恩義を負うことですから(2)。もっと正確に言えば、この男は雅(3)な言葉を語り始めるでしょうが、あなたは恩義を負うことに満足しないで、直ちに恩返しをしてください。黄金の詩句の見返りに金貨を与えて。二　ただし、彼があなた方の後に私たちから受け取るものよりも、あなた方のものがささやかにならぬようご注意を。その贈物は莫大な贈物よりも莫大でなければならないのですから。

書簡八一八　テミスティオス宛(4)　（三六三年）　怒れる哲学者

一　あの手紙(5)の後、私はすべての非難から解放されて、あなたの私に対する見解は苦言を述べられる前の状態に戻ったと思っておりました。ところが実はあなたは私を敵と見なしたままで、罰を科そうと考えていらしたのです。

二　もっとも、賛嘆すべきハルポクラティオン(6)は昔からの友情はそのままだと請け合い、あなたの考えは変わっていないから自信を持つよう命じておりました。しかし、どうやら、私も彼も少なからぬ期間にわたって欺かれていたのです。そして、悲しまないことが利益だったのならば、おそらく騙されていて得をしたのです。

三　でも、例の弁論[7]が届いて、書簡と一緒に配られると、「テミスティオスが私に本を送ってきた」とある人が話しているのを耳にし、またある人、さらに三人目、四人目と同じ話をしているのを耳にして、私はただ一人「アルゴス人のうちで褒美なし」[8]となりました。そのとき私は、和解はまだだ、怒りはまだ続いているのだ、とひとりごちました。そして、その弁論を受け取れたものの、あなたの望まぬことを知ってしまわないようにするために、受け取りませんでした。そして、そのような素晴らしい楽しみにありつけない[9]ことに心を痛めながらも、あなたの望まなかった事態にならないように、我慢しました。

四　ですから、まだ腹をたてねばならないとお考えなら、しらばっくれないで、手紙も送らないでください。しかし、怒りが収まったのなら、手紙に弁論も付け加えてください。製作者自らが作品を送るときにそ

（1）八五頁註（4）を参照。
（2）イソクラテス『デモニコスに与う（第一弁論）』二九をもとにした表現。
（3）χάρις. 前後で「恩義」と訳出した語と同じ語が用いられている。
（4）五頁註（1）を参照。
（5）書簡七九三のこと。
（6）書簡三六四、三六八に登場するエジプト出身の詩人にして弁論家。
（7）テミスティオスがユリアヌス帝に捧げた頌詞弁論と推測されるが、現存しない。これを梗概のみが現存する弁論『ピロポリス』であるとする説は、G. Dagron, 'L'Empire romain d'Orient au IVe siècle et les traditions politiques de l'Hellenisme: le témoignage de Thémistios,' *Travaux et Mémoires* 3 (1968), pp. 224-229 によって否定されている。
（8）ホメロス『イリアス』第一歌一一八―一一九の、クリュセイスを手放すことに反対するアガメムノンの言葉。リバニオスは書簡九〇七-五でもこの詩句を利用している。
（9）プラトン『パイドロス』二三六Eのソクラテスの文言を重ねている。

れを読む方がいっそう心地良いものになるでしょうから。[1]

書簡八一九　ベライオス宛[2]（三六三年）　聖財の行方②

一　オリオン[3]が私の友となったのは、彼が順風に恵まれているときでした。今、彼は苦境に置かれていますが、私の彼に対する見解は変わらぬままです。私までもが諺[4]に言うとおりになって、逆境にある友人を見捨てると思われるなら、恥ずかしいですから。二　この話をあなたに訴えかけるのももう三度目になります。最初は書簡[5]で、次いで直接お話しし、そして今回は初回のときのようにしています。実際、たとえ神的な事柄の考えでは彼と私たちに懸隔があろうとも、もし彼の考えが誤っている[6]のなら、彼が自分に害をもたらすことはあれ、馴染みの人たちから敵視されるのは筋が通らないはずです。

三　私としては、目下彼に襲いかかっている連中も、自分たちがしばしば彼から助けてもらったことを思い起こして恩返しをするはずで、恩人を生きているうちに葬ろう[7]と血まなこになるはずはあるまい、と考えておりました。ところが連中はずっと前から彼の親族を迫害し、その財産を好き放題に略奪[8]してきた上に、遂にはこの男の身体にまで手を出しています。こうすることで神々を喜ばせるのだという言い分なのですが、実際は神々への崇敬の決まりごとからとてつもなく逸脱しています。四　もっとも、多くの人々が論理性のない行動をして、立派なことの代わりに心地よいことを行なうのは何ら驚くことではありません。ただ、教育者の座から出て判決を下せる立場に至ったあなたなら、このような人々を引き留めて説得するか、

西洋古典叢書

月報 136

2018＊第4回配本

ペルガモンのアスクレピエイオン（アスクレピオスの聖域）
【振り返るとアクロポリスの山が正面に見える】

目　次

2019年1月
京都大学学術出版会

オットー・ゼークと加藤繁

井上文則

私の手もとにリバニオス関係の本はあまりないが、オットー・ゼークの『リバニオス書簡の執筆年代』は持っている。皮の背表紙が劣化していて、触ると手が黄色くなってしまうので、ほとんど開いたこともないし、いつ買ったのかも記憶が定かではない。しかし、このゼークの著書がリバニオス研究に不可欠なものだと知って、勉強する気もないのに購入したのは間違いない。この本の研究史上の位置づけについては、本書簡集訳者の田中創氏が二〇〇八年に『史学雑誌』に掲載された論考「古代末期における公的教師の社会的役割――リバニオス書簡集の分析から」の注で、「リバニオス書簡の研究は二十世紀初頭に O. Seeck, *Die Briefe des Libanius zeitlich geordnet*, Leipzig, 1906 がクロノロジーを整理して以後大きな進展を見ることなく、その機能、執筆の文脈、史料としての性格は今なお不透明なままである」と書いている。文脈上、ポジティブな表現ではないが、ゼークが現在のリバニオス研究の出発点であることは読み取れるだろう。

ゼークは、リバニオスだけでなく、他にも古代末期に関する基礎的研究を行なっている。末期ローマ帝国の文武官位録である *Notitia Dignitatum* と元老院議員シュンマクスの作品の研究と本文校訂、さらには *Regesten der Kaiser und Päpste für die Jahre 311 bis 476 n. Chr.*, Stuttgart, 1919 がそれであり、いずれも一〇〇年ほど前に書かれたものであるが、今日でもその学問的な生命を失っていない。

しかし、ゼークの名を私が最初に知ったのは、このような堅実な学者としてではなかった。チェインバーズ編、弓削達訳『ローマ帝国の没落』（創文社、一九七三年）には、ノーマン・H・ベインズの「現代におけるローマ没落原因論諸説」が所収されているが、そこでゼークは、「最良者の絶滅」なる学説を唱えた人として紹介されていたのである。ベインズは次のように言っている。

「オットー・ゼークはこの崩壊［＝ローマ権力崩壊］を三世紀の諸皇帝の責任に帰そうと試みたが、彼に続く者はいなかった、と私は思う。皇帝たちは『最良者の絶滅（Ausrottung der Besten）』——才能と個人の長所を根気よく根絶すること——を続けたことで、非凡な人びとを恐れる雰囲気を生み出し、奴隷根性の蔓延を助長した。その結果は論理的にも必然的にもキリスト教——物乞いの宗教（die Religion des Betteltums）——の勝利であった。逆の進化論が帝国から独創性を撲滅したのである。自らの運命の主人、すなわち自分自身の魂の長たらんとする勇気を持ち合わせている人は一人も残っていなかった。こうして、『Byzantinismus（ビザンティン主義）』への道、すなわち権威にたいする這いつくばった卑屈と、こびへつらった追従への道が開かれたのだ。これがゼークの主張であるが、ここでは、キリスト教信仰に対する激情的な、生涯続いた憎悪にみたされた人の偏見が、憎悪そのものの目的のために歴史を曲げようとした、と私は感ぜざるをえない」。

このベインズの紹介はやや不正確で、ゼークの考えでは、「最良者の絶滅」は「三世紀の諸皇帝の責任」ではなく、ローマではグラックス兄弟の時代に、さらにギリシアではペロポネソス戦争の時代に始まっていた現象であったのである。ゼークという人は、社会ダーウィン主義、つまり適者生存の法則を人間社会にも応用する学説の信奉者であり、古代においては適者生存の法則と真逆の政策が採られたために、その世界が滅んだのだと見ていた。二十世紀前半までに提出されたローマ帝国衰亡原因論には、今から見れば首をかしげたくなるような説が多く、歴史家は時代の子であると痛感せざるをえないが、それにしてもゼークの主張の異常さは際立っていた。後になってから私は、ゼークが堅実で、基礎的な研究を行なった学者でもあったことを知って、まるで一人の人物の中にもうひとつ別の人格があるかのようなこのゼークに関心を抱くことになった。

ゼークは、一八五〇年に現ラトビアのリーガで生まれた。リーガは当時、ロシア帝国領であったが、中世以来、この都市の支配者層はドイツ系住人であった。ゼークは、その名から明らかなようにドイツ系住人で、その父親は鍵職人から工場主になった人であった。ゼークは最初、「北のハイデルベルク」と呼ばれたドルパト（現エストニアのタルトゥ）大学で自然科学を学んだが、モムゼンの『ローマ史』に出会ったことがきっかけで途中転向し、ベルリン大学でそのモムゼンの下、ローマ史の勉強をすることになった。一八七二年に *Notitia Dignitatum* の研究で博士号を取得し、七八年にはシュンマクスの作品の本文校訂で大学教授資格を得た。その三年後の一八八一年にゼークはドイツ北東部のグライフスヴァルト大学で教鞭をとることとなり――同僚にはギリシア文献学のヴィラモヴィッツ＝メレンドルフがいた――、一九〇七年にはミュンスター大学へと移った。そして、その地で一九二一年に没した。ゼークが「最良者の絶滅」の説を展開したのは、一八九五年から刊行が始まった全六巻からなる『古代世界没落史 *Geschichte des Untergangs der antiken Welt*』であり、まさにその第一巻第三章が「最良者の絶滅」と題されているのである。『古代世界没落史』の最終巻は一九二〇年に完成するので、〇六年刊行の『リバニオス書簡の執筆年代』は、まさにこの大著と同時並行で進められていた研究になる。

突飛かもしれないが、私はゼークのことを考えるたびに、東洋史学者加藤繁を思い起こす。今日、加藤の名を知る人は少ないであろう。しかし、加藤は中国経済史の開拓者で、若き日の宮崎市定がその目標とした優れた研究者であった。加藤は明治一三（一八八〇）年に旧松江藩士の家に生まれ、三九年に東京帝国大学文科大学支那史学科選科を修了。慶応大学教授を経て、昭和三年東京帝大助教授となり、一一年に教授に昇進し、一六年に依願免官となった。そして、戦後の二一（一九四七）年に没している。著作には、『唐宋代に於ける金銀の研究』、『支那経済史考證』などがあるが、いずれも無味乾燥なほどの徹底的な考証的著作である。加藤自身は、歴史研究には「吾等は努力して成るべく主観を混ふること少なきようにし、又主観の確実性に富み、客観的事実に成るべく近きよう努力するを要す。即ち、主観は已むを得ず之を許すものにして、主義としては飽くまで客観的なるを尚ぶなり」（『中国経済史の開拓』櫻菊書院、一九四七年、二一頁）と言っており、このランケ流の考えが研究には貫かれているのである。このような加藤の研究は、まずもって徹底的な考証、客観性重視という点でゼークのそれを彷彿とさせる。また加藤は、ゼークのように史料の校訂も行なっている。岩波文庫に入っている『史記平準書・漢書食貨志』と『旧唐書食貨志・旧五代史食貨志』がそれである。

ゼークと加藤が似ているのは、研究の質だけではない。加藤も今日から見れば、そしておそらくは当時でもかなり過激な思想の持ち主であった。加藤は、蓑田胸喜（明治二七—昭和二一年）の共鳴者でもあったのである。蓑田といえば、狂信的な右翼思想家で、自由主義やマルクス主義者と目される学者、言論人を激しく攻撃したため、その名をもじって「狂気」とまで呼ばれた人物である。加藤はこの蓑田を「畏友」と呼び、蓑田の発刊した雑誌『原理日本』にしばしば文章を載せていたのである。その原稿は『絶対の忠誠』として昭和一八年に纏められて、「君が不惜身命の健闘に対して感謝の微衷を表せんが為なり」として蓑田に捧げられた。もっとも、『絶対の忠誠』は、その題名から受ける印象とは異なり、例えば、核となる論考「絶対の忠誠」自体もその内容は日中比較文化論と言ってもよいものである。加藤は、君主に対する絶対的忠誠心の有無が日中の大きな差異としてあり、日本にはその忠誠心があったがために明治期には天皇を中心にして国を挙げて近代化を成し遂げることができたと説いたのである。また同書所収の別の論考ではなぜ中国では武士階級が発生しなかったのか、という興味深い問題も追求している。

ゼークと加藤は共に、過激といってもよい思想を抱きながら、一方で冷淡なまでに客観的、没個性的な研究を行なっていた。加藤は意識的に自身の思想と研究を切り分けていたようであるが——そしてこの点が戦後、厳しく批判されたこともあった——、一方でゼークは自らの思想を完全には研究から排除することはなく、少なくとも『古代世界没落史』においては自身の思想をその一部に入れ込んだ。ただし、遅まきながら『古代世界没落史』を繙ってみたところでは、問題の第三章を除けば、同書は全体としてはディオクレティアヌス帝の治世から西ローマ帝国滅亡までの優れた後期ローマ帝国概観となっており、A・デーマントが一九八九年に「ゼークの六巻本の『古代世界没落史』は、……その資料の豊富さという点で、とくに二八四年から四七六年の政治史については、後のいかなる同種の概説によっても凌駕されていない」と評したのも理解できる。ゼークが、全面的にその思想を歴史叙述の中で展開しなかったのは、それを意識的に控えたのか、あるいはできなかったのか、よく分からない。いずれにしても、二人には人間の面白さを感じるし、そのような人の行なった研究はやっぱり面白いのである。

（古代ローマ史・早稲田大学文学学術院教授）

連載

西洋古典雑録集 ⑽

ヒッパソスの掟破り

ピタゴラスの名を知らない人は少ない。直角三角形の斜辺の長さの二乗は他の二辺の長さの二乗の和に等しい、というピタゴラスの定理（いわゆる三平方の定理）でお馴染みの人物である。より正確には、斜辺の上に立つ正方形の面積が、他の二辺の上に立つ正方形の面積の和に等しいというふうに幾何学的に理解されるものであったが、ピタゴラスはこの定理を発見したときに、百頭の雄牛を犠牲に捧げたという（ディオゲネス・ラエルティオス『哲学者列伝』第八巻一二）。けれども、ピタゴラスは純然たる数学者というわけではない。ピタゴラス教団という秘密を厳守する結社の創始者であり、輪廻転生を信じ、自分の前世についてては数代前までの人物の名前を熟知していたという（同巻四－五）。彼とほぼ同時代の哲学者クセノパネスが、ピタゴラスをからかって、そのエレゲイア詩（二行対句を繰り返す詩形）のなかで、「ある時、彼［ピタゴラス］は、子犬が杖で打たれているそばを通りかかったとき、哀れみの気持ちから、こう言ったということだ。『やめろ、打つんじゃない。友人の魂なんだから。啼き声を聞いて分かったんだ』」（同巻三六＝クセノパネス断片七）。この詩は明らかに輪廻転生説を揶揄しているのだが、それはとにかく、ピタゴラスの伝記をみると、河の神が挨拶したとか、同日同時刻に異なる場所に出現したなど、さまざまな奇跡譚にあふれている（『ソクラテス以前哲学者断片集』第十四章に詳しい）。そんなこともあって、ピタゴラスを「シャーマン」に近い人とするE・R・ドッズやW・ブルケルトのような見方もあるが、ピタゴラスの教団そのものによく分からないところもあって、始祖の実像は謎につつまれている。

ところで、紀元後三世紀頃の新プラトン派の哲学者イアンブリコスが書いた『ピタゴラス的生き方』をみると、ピタゴラスの教団は師の教えを耳で聞いてこれに随うアクゥスマティコイ（聴従派）と、あくまでも学究的に証明をすることで理解しようとするマテーマティコイ（学究派）とに分かれており、しかも、後者は前者をピタゴラス派と認めていたが、前者は後者を正規のものとはみなしていなかったという（同書の八一－八二と八七とでは記述が矛盾しているが、ここでは一般の解釈に従っておく）。イアンブリコスは同様の区別として、ピュータゴレイオス（ピタゴラス派）

とピューータゴリステース（ピタゴラス派に準ずる者の意）を区別しているから（同書八〇）、当時から真正のピタゴラス派とそうでない者を区別することがおこなわれていたようである。そして、彼らが従事していた数学研究においては、新しい発見はすべて始祖――彼らはピタゴラスのことを名前ではなく、「かの人」と呼んでいた――に帰せられる仕来りであったのだが、これを破って、数学上の功績をはじめて自分の名で公表したのがヒッパソスである。

ヒッパソス（前五世紀前期）については、メタポンティオンとかシュバリスとかその出身地についていくつかの伝承があるが、いずれにせよ南イタリアの出身であったことは間違いなく、すでにアリストテレスが万物の始原をヘラクレイトスとともに火だと主張した人物に挙げている（『形而上学』A巻第三章）。しかし、ヒッパソスについてむしろ知られているのは、この人物がピタゴラス派のマテーマティコイに属していたこと、そして教団の秘密厳守の掟を破り、数学研究の成果を一般の人に漏らし、そのために海で溺死したという話である。イアンブリコスの当該箇所の記述を訳出すると、「ヒッパソスについては、彼はたしかにピタゴラス派に属していたが、最初に一二の五角形から作られる球を描き、公表したために、不敬神のゆえに海で死んだ。彼はその発見者として名声を得たが、実際にはすべてがかの方の仕事であったのだ」（『ピタゴラス的生き方』八八）とある。ここで言う「一二の五角形から作られる球」とは、球に内接する正一二面体を指している。ヒッパソスが溺死した話は、イアンブリコスにしか出てこないので、これは後代の作り話かもしれない。

イアンブリコスはさらに、教団内の秘密を学外に漏らした例として、幾何学的線分の非通約性（アシュンメトリア）を公開したために、共同生活と研究から追放された人物に言及している（同書二四六―二四七）。非通約性というのは、例えば辺の長さが1の直角二等辺三角形の斜辺は$\sqrt{2}$になるように、整数比では表現できないことを言う。無理数の存在はすでに教団内でも知られていたが、これも門外不出の教説のひとつであった。この人物がヒッパソスであったかどうかは、イアンブリコスの文章からは明確ではない。しかし、アリストテレスの弟子である音楽理論家のアリストクセノスが伝えるところでは、ヒッパソスは同じ直径で厚みの異なる青銅の円盤を使って音楽の協和音を作り出す数比を発見したとされ、ほぼ同時代のアルキュタスとともに、彼らの時代に幾何学研究が大いに進展したとみなして間違いない。

（文／國方栄二）

西洋古典叢書

［2018］全6冊

★印既刊　☆印次回配本

●ギリシア古典篇

アポロニオス・ロディオス　アルゴナウティカ☆　堀川　宏 訳

クイントス・スミュルナイオス　ホメロス後日譚★　北見紀子 訳

クテシアス　ペルシア史／インド誌　阿部拓児 訳

プラトン　パイドロス★　脇條靖弘 訳

プルタルコス　モラリア 4★　伊藤照夫 訳

リバニオス　書簡集 2★　田中　創 訳

●月報表紙写真 —— ペルガモン（「月報」121参照）には、エピダウロスおよびコスに次ぐ規模のアスクレピエイオン（アスクレピオスの聖域）があり、この地は医神への信仰と医療活動の中心地の一つであった。ペルガモンの公共施設は急峻な山の上に集まっているが、聖域はその麓から二キロメートル近く離れた市域外の低地に位置している。二十世紀半ばに行なわれた発掘調査から、前四世紀の痕跡が確認されているが、今日見る壮大な遺構はほぼすべて後二世紀前半にローマ皇帝ハドリアヌスによって整備されたもので、それはちょうどこの地に生まれたガレノスが医師を志して活動を始めた時期のことであった。写真はかつて山麓から八〇〇メートル以上まっすぐに延びていた「聖なる道」の残存部分で、その最奥に広大な聖域が広がっている。（一九八九年七月撮影　高野義郎氏提供）

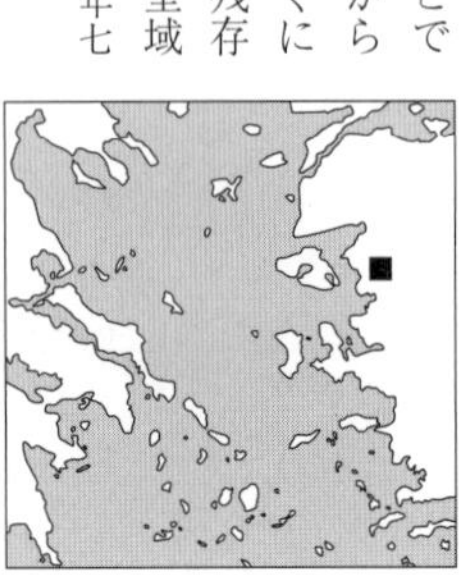

実力で制止するはずです。

五　オリオンが聖所の財貨を持っていて、支払う能力があるというのなら、打擲を加え、突きを加え、[9] マルシュアス[10]の目に遭わせてやってください。返却すれば放免してもらえるのに、財貨に目がくらんで、金貨を手にするために何にでも耐えるつもりならば、［そのような拷問を受けて］然るべきなのですから。しかし、彼が一文無し[11]で、しばしばひもじい思いで眠りについたのであるなら、拷問からいかなる利益を私たちが得

---

(1) この後日譚については書簡一四三〇、一四五二を参照。

(2) 二三五頁註（1）を参照。

(3) 二五五頁註（1）を参照。

(4) Ath写本欄外に「友の状況が悪くなると友人たちはいなくなると諺にある」と記載されている。この諺は他にも、ゼノビオス『格言集』一-九〇（*Paroem. Gr.* I 29）、ディオゲニアノス『格言集』一-七六（*Paroem. Gr.* I 194）などからも知られる。また、メナンドロス『一行金言集』三四、七一（Jäkel）も参照。書簡一〇五-一の表現もこれを含意したものかもしれないと Salzmann, p. 69 は指摘する。

(5) 書簡七六三を指す。オリオンをめぐる事件についても同書簡を参照。

(6) ボストラ住民に宛てたユリアヌス『第百十四書簡』（Bidez）の文言を利用していると推測される。

(7) 非道な行ない、あるいはペルシアの風習として、ヘロドトス『歴史』第三巻三五、第七巻一一四、クセノポン『アナバシス』第五巻第八章一一、『ソクラテス言行録』第一巻第二章五五などの古典作品でも取り上げられている。

(8) 九一頁註（4）を参照。本書簡と同案件を扱う書簡七六三-六でも用いられている。

(9) トゥキュディデス『歴史』第四巻第四十七章で、コルキュラ人の捕虜の扱いとして類似の表現が用いられている。

(10) マルシュアスは森の妖精（サテュロス）。竪琴（キタラー）の演奏でアポロンに挑んだが敗れ、神に挑んだ不遜な態度の罰として、生きながらにして皮を剝がされた。

(11) 直訳は「イロス」。三九頁註（11）を参照。

られるのか分かりません。その拷問のせいで、私たちと対立する人々の間で彼は名声を博してしまうでしょうから。

六　万一、彼が拘留中に死んでしまうことになどなろうものなら、どのような事態に至るかよく考えて、多くのマルコスを生み出さないよう気をつけてください。例のマルコス[1]は吊り上げられ、鞭打たれ、その髯を引き抜かれながら、いかなることにも雄々しく耐え忍んだ結果、今やその名誉において神に等しい存在です。そして、どこかに姿を現わせば、直ちに引っ張りだこになります。帝はこのことを分かっていて、神殿のことに心を痛めながらも、この男を殺そうとはしなかったのです。

七　ですから、マルコスが助かったことを規範と見なして、オリオンも賛嘆の的とならないよう命を助けて送り出してください。彼は何も略奪してはいないと主張していますから。しかし、彼が取ったと仮定しましょう。だから何だというのです？　すべてが蕩尽されてしまっていても、彼の皮の中には[2]金脈が見つかると期待しているのですか？　**八**　ゼウスにかけて、そんなことはありません、裁判官たる仲間よ。あなただけは愚かな考えに陥らないでください。そして、彼が罰を受けねばならないのなら、彼を傷つけずに歩き回らせて、評判を博すきっかけをいっさい得させないでください。

書簡八二〇　アタルビオス宛[3]　（三六三年）　ムーサの使節

一　この使節はムーサたちが派遣したものだと見なしてください。なぜなら、合唱隊の一員[4]であるアステイオス(5)が自分たちとさらに多くの時間を過ごしてほしいと女神たちは望んでいるのですから。

ここなるアステイオスは、やって来たときは弁論を身につけるつもりはなかったのですが、他の者たちがそれをものにしているのを見て、自分もそれをものにしたいと望みました。そして、その一部を手に入れると、残りも手に入れていないことを残念に思っています。二　しかし、もし彼の父親のマルキアノス(6)が面倒事から解放されれば、この男は目下の状況に留まれるでしょうが、もし彼の父親が引き込まれてしまう(7)なら、父親はこの男もすぐに引き込むでしょう。その損失は十分に分かっていても、高齢ゆえにそうせざるを

(1)「これがアレトゥサ司教のマルコスである。この人物について、テオロゴス［ナジアンゾスのグレゴリオス］もユリアノスに対する第一誹謗［『第四弁論』］で多くの説明をしている。また、教会史を書いたソゾメノス・ヘルメイアスもこの人物について同じことを叙述している。ゆえに、ここでリバニオスは同じ論題を扱っているようである」とS写本とR写本に欄外註がある。また、Ath写本でも「これがアレトゥサ司教のマルコスである」という記載がある。コンスタンティウス二世の治世に神殿の破壊で名を馳せ、ユリアヌス帝の時期に迫害された司教のマルコスについては、ナジアンゾスのグレゴリオス『第四弁論』九一、テオドレトス『教会史』第三巻第七章、ソゾメノス『教会史』第五巻第十章、『スーダ辞典』「マルコス」（M 219）などを参照。

(2)デモステネス『ティモテオスへの抗弁（第四十九弁論）』五五で拷問を示唆する表現として用いられている。

(3)二二七頁註（1）を参照。

(4)修辞学学校のクラスの一員という意味。

(5)詳細は本書簡から知られる内容以外不明。なお、一六五頁註（3）も参照。

(6)本書簡でしか知られないエウプラテンシス州の都市参事会員。一六五頁註（2）も参照。

(7)「引き込む」という語から、都市参事会員に課される都市の公共奉仕負担が問題になっていると考えられる。書簡七二三-一、八一四-五、九四八-一、九五二-二などを参照。

えないのですから。

三　ゆえに、高貴なる方よ、あなたの役目として、彼を静謐な暮らしに置いておき、この男が技術を習得するのを手助けしてください。なぜなら、民の一人があなたのおかげで弁論家になるならば、それはあなたが民に施している諸々の善行に劣らぬものとなるのですから。**四**　私はこの話をせずにはおりませんし、この者はその恩恵について書く以上、あなたが施すものはあらゆる人が知ることになるでしょう。

書簡八二二　モデストス宛[1]　（三六三年）　下僚との縁

一　私たちのところであなたは多くの偉大な事業を成し遂げましたが、それを支えた兵士たちの一人がブラキノス[2]です。彼はその後私と親しくなり、私はこの人を称賛しています。

二　そこでバシレイデス[3]（彼の妻の兄弟です）が、あなたに快く会ってもらえたと私たちに報告できるよう願っています。彼が伺っているのは、彼らが所有している邸を実見し、諸々のことを首尾よく執り行なうためです。三　ですから、法廷にも訴えねばならぬ場合には、彼があなたの好意とともに係争に臨めるようにしてください。

書簡八二二　パルナシオス[4]宛　（三六二年）　アビュドス

一　例のとてつもない厄介事[5]にあなたが巻き込まれたときには、心を痛めましたし、今ではあなたがコリントスと父祖の財産を手にされたので、喜んでおります。二　私が喜んでいるのは、有為なるプロクロス[6]について多くのことが思いどおりに進んだからでもあります。その件であなたと同じぐらい私たちも彼を支え

(1) 八五頁註（4）を参照。
(2) 本書簡でしか確認されないオリエンス管区総監の下僚。
(3) 本書簡でしか確認されない。
(4) アカイア州のパトラエ出身で、官職を求めて三五七―三五九年にエジプト長官を務めた。しかし、その後、スキュトポリスで開かれた大逆罪裁判で告発され、有罪とされる（リバニオス『第十四弁論』一五―一六、アンミアヌス・マルケリヌス『ローマ帝政の歴史』第十九巻第十二章一〇）。本書簡一節で述べられる父祖の財産の返還は、ユリアヌス治世になり、大赦を受けたことを指す。書簡三六一の名宛人。
(5) 直訳は「アビュドスのもの」。ヘレスポントスにある都市アビュドスの住民は評判が悪く、とりわけ濫訴者の代名詞とされた。アテナイオス『食卓の賢人たち』第十二巻五二四F―五二五B、アリストパネス「断片」七五五（Kassel-Austin）。また書簡一一九―一〇も参照。ただし、この表現は同時にスキュトポリス裁判のきっかけがエジプトのテーバイス州にあるアビュドスの神託所だったことを踏まえているのかもしれない（アンミアヌス・マルケリヌス『ローマ帝政の歴史』第十九巻第十二章三）。
(6) 詳細不明。書簡八二三の名宛人。書簡三六〇で言及されているのもおそらく同一人物。

てきたのです。彼が事を成し遂げて戻って[1]くるようおそらくあなたも神々に祈っておられたでしょうし、[2]その場にいた私もそれ以上に何もできませんでしたから。それぐらい私の力から逃れるものは何もないのです。[3]

書簡八二三　プロクロス宛[4]（三六三年）　ギリシア人

一　私はその書付にも、中に書かれていたことにも、そしてあなたが必要に駆られて手紙による次善策[5]に頼ったことにも喜びました。二　傷つけることが意図によるものであるなら、アリストパネス[6]はあなたをいっさい傷つけてはいません。[7]むしろ、彼は自分が約束していたことを語ったのであり、私の方が彼に無理強いをしたのです。あなたには彼の代わりとしてドリオン[8]か他の誰かが現われるでしょうが（事実そうなりました）、アンキュラに向かってほしかったあの若者には、唯一の希望としてアリストパネスとアリストパネスの地位しかないと私には分かっていたからです。

三　それゆえ、もしあなたが私を非難なさるのなら、お命じになることを何でも受ける用意ができております。しかし、彼を責めるのなら、容赦のない方と思われないよう注意してください。それも、あなたはギリシア人であるとともに、ギリシア人のまさしく筆頭[9]なのですから。

書簡八二四　デメトリオス宛(10)（三六三年）　帝と都市の和解

一　帝はその帝に劣りませんし、その美徳全体を無思慮な大胆さよりも重視するのなら、帝の方が優れているとまで申し上げましょう。(11)他方で、それぞれの助言者を比較するのなら(12)、ロバと馬の違い(13)がいかばかりかを知らないと思われぬようお気をつけなさい。二　たしかに私は嘆願をして、町を飢餓(14)から解放しました

(1)「供犠を捧げて」という意味が込められているかもしれない。
(2)ホメロス『イリアス』第十歌二八一以下のオデュッセウスの祈りに文言類似。
(3)直前の文の *οὐδὲν* とあわせて軽口になっていると考え、写本の読みを取る。
(4)三三一頁註（6）を参照。
(5)九三頁註（3）を参照。
(6)二四七頁註（7）を参照。書簡一三四八はこの件に関連するものかもしれない。
(7)同じような論理としてセネカ『怒りについて』第二巻二六を参照。
(8)リバニオス『第十四弁論』三七で、ユリアヌス宮廷で活躍し、アリストパネスと近しい人物として言及されているが、詳細は不明。
(9)書簡一九〇-二と第一分冊二二五頁註（1）を参照。
(10)六三頁註（6）を参照。本書簡は書簡八一三の続きにあたる。
(11)ユリアヌス帝とコンスタンティウス二世帝が比較されているとLSE, p. 352は考える。一方がユリアヌス帝であることは後段の内容から間違いないが、「帝」と訳した *βασιλεύς* はローマ皇帝のみならず「王」も意味するため、比較対象はアレクサンドロス大王などさまざまな可能性が考えられる。
(12)プラトン『テアイテトス』一七二A。
(13)二六三頁註（10）を参照。
(14)二七一頁註（4）を参照。

が、たとえ嘆願する者がいなくても、かの方の判断によっておそらくそれは実現していたはずです。他方で、私たちは彼に不当なことをしていないと説得を試みたものの、それはできずに立ち去りました。私が相手としたのはそれほど凄腕の弁論家だったのです(1)。三　ゆえに、和解に向けて残されているのは、これまで私たちが頼ってきたものしかないので、あなたにお願いしている次第です。

書簡八二五　ルフィノス宛(2)（三六三年）　アンティオキアの救済

一　私はいずれのこともよく分かっていました。すなわち、あなたが共同体の請願を覚えていてくださるだろうとも、また、高貴であり、高貴なる方々の子孫であり、ご自分の出身を考慮なさるので、行動に着手してくださるだろうとも。実際、あなたは名誉に名誉を重ねてくださりました。すなわち、そちらで私たちのために行動してくださった上に、私たちに宛てて手紙も送ってくださったのです。二　そこで、あなたがこういったことを多々してくださるだろうと弁論家の予言術を用いて私は断言します。この術は鳥の方を見やったり、子羊を犠牲に捧げたり、お告げに注意を向けたりするようなものではなくて、立派な推論によって弁論家がアンピアラオス(3)に近しい存在となるのです。

三　さて、私が思いを巡らしたのは、あなたが私に喜んで説明してくださった像のことでして、その像によってあなたのご先祖(4)が私たちを統治したことがあなたの知るところとなりました（お話しによれば、その方は私たちを擁するカリオペ(5)に犠牲を捧げていたのですから）。実にご説明のときの言葉と喜びようから判断して、あなたがこの町の救済や威信の増加に寄与することを多々語ったり実行なさったりするだろうと私は信じております。(6) 四 あなたはそれらの見返りに、過去にローマ人たちを満足させたものを手にして立ち去るでしょう。すなわち、良い評判と多大な称賛、そして、今後の総督たちがあなたの事績に引けを取りませんようにという祈りを。

書簡八二六 ガイオス宛(7)(三六三年) リバニオス頌

一 例の詩は凄腕の弁論家を称えるものですが、そこに挙げられた多くの偉大な資質を自分の中に探しても私には何一つ見つけられませんでした。何をすれば優れた散文作家となるのかが分かって、ためになりま

(1) 三〇五頁註(1)を参照。
(2) ローマ生まれの元老院議員。ローマ市の使節を務めたことを機会に、三六三―三六四年にオリエンス管区総監に任命され、ユリアヌス帝のペルシア遠征を助けた(アンミアヌス・マルケリヌス『ローマ帝政の歴史』第二十三巻第一章四)。
(3) テーバイ攻めの七将の一人として知られるアルゴス人で、予言者として有名。とくにアテナイ北方オロポスにある彼の神域は託宣所として栄えた。ストラボン『地理誌』第九巻第一章二二、パウサニアス『ギリシア案内記』第一巻第三十四章。
(4) *PLRE*, p. 1024 は、パトリキウスのペトロス「断片」七が伝える、パルミュラのオダイナトスを殺害したルフィヌスと同定できる可能性を提案する。
(5) 三一九頁註(1)を参照。
(6) 後日譚として書簡一三七九なども参照。
(7) 三五頁註(5)を参照。

したが、私はつまらぬ作品を生む者にすぎません。二　あなたの目にそう映らなくても、何ら驚くべきことではありません。友情とは目を曇らせるものですから。そのため、この頌詞を見せた人たちに私はとても驚きました。弁論家に対する詩人の愛情が並々ならぬのを見たと言って彼らは立ち去りましたから。三　私としては、何をすべきか分からずにいます。これほど美しい詩句を隠してしまったら、その作者を傷つけることになるでしょうし、それを見せれば、自分がその詩句で表現されていると考えることになり、笑いを誘ってしまうでしょうから。

四　ともかく、どうすればあなたも私も傷つけずに済むか検討しておきます。ところで、あなたはエウダイモン(1)にまず冠を与えましたが、私自身も詩人であったなら、あなたとまったく同じようにしていたでしょう。この男はまさにその型式でもって、すなわち詩を詩でお返しするつもりでしたから。つまるところ、人間とは自分に似ていない人よりも似ている人を尊重するものなのです。五　ですから、私はどちらが先［に冠を与えられた］かを勘案するよりも、名誉を与えられたことに感謝します(2)。

書簡八二七　モデストス宛(3)　（三六三年）　技術師

一　ここなるエルピディオス(4)は、卓越せるクシピディオス(5)の子で、その技術において父に引けを取らず、あらゆる人の中で最も穏和であります。人を敬うことを実践して、若い頃から老齢に至るまでそれを守ってきたので、そこから友人を得ており、その一人が私であります。二　この男が町を助けるために伺うのを喜んで迎え入れるつもりでいらしたのは適切でありました。ポセイドンのお許しのもと、彼があなた方に水を通わせるなら、町は公の像によってでもこの男に名誉を与えるでしょうから。(6)

三　しかし、彼は私とあなたとの友情をよく知っているので、さらにそれ以上のものを得ることを期待しました。それはおそらくもっともなことでしょう。あなたが私に対していかなる態度を取っているか、そして、私と親しい人であればあなたからいかに尊重されるかは伝え広められていますから。

四　そこで、どうか、この期待に応えて、この男を大事にしてください。彼が伺っている用向きを尊重し、私たちの仲間として名誉を与えることで。

(1) 一〇五頁註（2）を参照。
(2) 詩にまつわるガイオスとのやり取りについては書簡一三四七も参照。リバニオスがあまり詩に取り組まなかったことは書簡八二八-一でも触れられている。
(3) 八五頁註（4）を参照。
(4) 本書簡でしか確認されない。その内容より水道技術に通じる技師と考えられる。
(5) 詳細不明。
(6) コンスタンティノポリスにあるユリアヌス帝の名を冠した港（ヒメリオス『第四十一弁論』一四［Colonna］、ゾシモス『新史』第三巻第十一章三、『スーダ辞典』「アナスタシオス」［A 2077］）、あるいはモデストスの名を冠した貯水施設（『コンスタンティノポリスのコーンスル暦表』三六九年の項）のいずれかの建設に関わる招聘と考えられる。

書簡八二八　ガイアノス宛[1]　（三六三年）　都市の財産をめぐって

一　私は、私の授業に参加したいかなる人に対しても、できるかぎりの事柄について協力してきました。ところでヘルモゲネス[2]の子ヘルクリアノス[3]は実に優れた人だと思ったので、彼が結婚するときには彼のために祝婚歌まで作ったほどです（このような歌を吟じるのを私は常々避けてきたというのに[4]）。ですから、このような人物が助けを求めてくるのをどうしてはねつけられたでしょうか。それも、あなたが立派に処理できるような事柄についてだというのに。

二　さて、ここなるヘルモゲネスの子が言うには、彼はテュロス人たちの町[5]から危害を加えられており、彼から邸が取り上げられようとしているそうです。しかし、その邸は彼の父親が危険の褒賞として手に入れて彼に残したもので、元来は帝の所有していたものであり、テュロスのものではありません。三　知ってのとおり、帝の命令は、諸都市は都市の財産を取り戻すが彼に与えられたものはそのままにせよ、というものです[6]。ところが彼の主張では、テュロス人たちはこのことを重々承知していながら、正義ではなく、この機会を頼みに、彼に根も葉もない訴えを起こして襲いかかったのです。

四　私から申し上げたいのは、かくも輝かしい町が不正な利を得るべきではないということです。それは立派でもなければ、安全でもありませんから。さらに、あなたが彼らに公平に接している以上、何はなくとも今こそ彼らも正義を修練し、その指導者を範として然るべきではないでしょうか?　五　しかし、彼らがこういったことは戯言だと見なして、この青年の困惑を自分たちの利益確保に利用できないならとんでもないことだと考えるようなら、彼らの暴虐を終わらせてください。この男の恐怖の元は審理と判決によって終わったのですから。

書簡八二九　レオンティオス[7]宛（三六三年）公正な総督

一　エウトキオス[8]をご存知なら、彼が有為な人であることもご存知です。しかし、ご存知でないなら、私が証言しているのですから、彼についてそのように考えてください。そして、有為な人間を公正な総督が手厚くしてくださるのは明らかです。二　また、彼の私たちに対する友情も、些細なことやつまらぬことに由来するものではありません。ですから、この友情がエウトキオスをあなたが手厚くする二つ目の義理となり

(1)二七五頁註（4）を参照。
(2)コンスタンティウス二世治世下に、コンスタンティノポリスの騒擾で死亡した騎兵長官。
(3)アンミアヌス・マルケリヌス『ローマ帝政の歴史』第十四巻第十章二に現われる宮廷護衛兵 protector domesticus と同定される。書簡一一一九-一にも登場。
(4)リバニオスの詩に対する態度として、書簡八二六も参照。
(5)現レバノンのスール。古くからのフェニキア地方の主要都市で、カルタゴの母市。
(6)ユリアヌス帝は都市財政の復興に尽力し、公共建築についても私人の手に渡っていたものを都市に返還しようと努めた。『テオドシウス法典』第十五巻第一章第十法文などを参照。
(7)一九一頁註（5）を参照。
(8)書簡一三二、五一九の名宛人として現われるエルサの都市参事会員と同定される。

ます。あなたは二人の若者のうち、一方は弁論家として私たちのもとに送り返し、他方は手元に置きながらも裁判に習熟させたのですから。

書簡八三〇　マクシモス宛[1]（三六三年）真実の女神

一　ここなるアイネイアス[2]は弁論術に習熟しているのでもなければ、豊かでもなく、他の能力も持っていません。もっとも、衡平さと有為なところが能力であるというなら話は別です。この点については彼は並外れて修練してきましたから。二　私自身がそれを証言するのは、このことを彼のために証言している人たちが私と真実の女神（アレーテイア）の友である以上、彼らを信じているからです。そして、訴訟当事者の身分よりも事実関係を視野に入れる方からアイネイアスが援助を受けられるだろうと確信しております。

書簡八三一　モデストス宛[3]（三六三年）首都長官への依頼

一　ここなるテオドロス[4]は私たちのところで生まれましたが、父方の市民権を継承したので、あなた方のところに登録されています。彼は、私がこの仕事に取り掛かったばかりのときに私の生徒となり、弁論に費やす私の努力と、自分の兄弟たちの私に対する好意を模範としました。二　そのため、彼が法廷で大きな力を発揮し、その声で富を築くだろうという期待を、私たちは彼の勉学への取組みから抱いてきました。しかし、彼は次第に青銅に代わって黄金を賛嘆し[5]、法廷での力を重視しないほどに立派になり、思慮分別において際立ち、正義を修練し、群衆を避け、静謐を愛しました。

三　ただ目下のところ、神々さえも抗えないと言われている必然[6]に迫られて、彼はあなた方のもとに伺っております。そこで、この男を優しく、あなたが私の同胞市民と生徒にするような形で、迎え入れてください。そして、彼のためにこの面倒事からの放免を早急に手配し、もし危害を加えようとする者があれば、諸法とともに立ち向かってください。なぜなら、彼の父親[7]も私も彼のために何の役にも立たないようなら（しかも二人ともずっと前からあなたに尊重されてきたというのに）、それはきわめておかしなことになりますから。

（1）一一九頁註（2）を参照。

（2）詳細不明。

（3）八五頁註（4）を参照。

（4）本書簡と書簡八三二に現われる人物。

（5）ホメロス『イリアス』第六歌二三五―二三六のグラウコスとディオメデスの武具交換に着想を得た表現。プラトン『饗宴』二一九Aなどさまざまな箇所で用いられる。書簡一一九七-一も参照。

（6）一一三頁註（4）を参照。

（7）本書簡と書簡三三九-一〇の内容から、*BLZG*, p. 308; *PLRE*, p. 897は、書簡三三九で紹介されているテオドロスが本書簡のテオドロスの父親（同名）と考える。これに対し、*FOL*, p. 251は本書簡で問題となっている父親はコンスタンティノポリスの元老院議員であると見なし、三六三―三六四年にようやく元老院議員級の官職を得ている書簡三三九のテオドロスとは別人であろうと考える。

書簡八三二　ニコクレス宛[1]（三六三年）　手紙の目的

一　あなたにテオドロス[2]を紹介しているのではありません。あなた自身が彼を育て上げたのですから。また、彼を友としてくれるようお願いするのでもありません。あなたはずっと前からこの仲間を友としていますから。そうではなくて、彼のために力を尽くせば私にも喜びをもたらすことになると知っていただくために手紙を送ったのです。

二　そこで、［彼を］侮蔑した扱いをする人がいなければ、諸々のことで彼を喜ばせてやってください。しかし、このようなことをする者たちがいたら、そやつらに教えてやってください。高貴なるニコクレスのいるところからは不正は逃げていくのだ、と。

書簡八三三　アルバニオス宛[3]（三六三年）　金銭授受

一　これはどういうことでしょう。あなたは公共奉仕をしていない私たちに金銭を送ってきました。あなた自身は公共奉仕をしているというのに（まるで、父君[4]がまだご存命のときに多くを支払わず、すでに他界した後でも少なからぬ額を支払っていないかのように）、また、私たちがあちこちへと往来しているときに[5]もてなしてくださったというのに（ベレロポンテスに対するオイネウスのように二〇日間[6]というのではなくて、あるときは丸一ヵ月、あるときは三ヵ月と）。こういったことのために、まさにあなたの方が無料で私の授業を受けて然るべきだったのです。

二　では、何を目当てに手紙を送ってこられたのでしょう？　あなたが弁論で他を凌いでいるからというのなら、私の方こそそのことであなたにお返しをせねばなりません。公正なるマクシモス(7)があなたに庇護の手を差し伸べたからというのなら、その場合も私がマクシモスにお返しをせねばならないのであって、あなたが私に対してそうする必要はありません（ご自分に支払われる分を取り返しこそすれ）。あなたは、仲間たちに対して私が常々いかに振舞うかを、すなわち、彼らに対して父親のように振舞うことをご存知なのです。

三　手紙に金銭のことを書き込まなかったのは賢明です。私が大声を出して拒絶するだろうとよく分かっていたのですから。そこで、この妙案の協力者であるウルピアノス(8)は、私のところにやってくる前に金銭の方は私の家の者に渡して、書簡の方を私に渡しました。それから、彼はあなたの状況を説明して（すべてが輝かしく、期待に適うものでした）、立ち去ったのです。私はその文書を携えて家中を歩き回るうちにからくりに気づきました。再び送り返そうと考えを巡らしたものの、あなたを悲しませることになるのは分かっ

（1）一七頁註（6）を参照。
（2）三四一頁註（4）を参照。
（3）二〇九頁註（4）を参照。
（4）アンキュラの都市参事会員であったアゲシラオス（二一一頁註（1）を参照）のこと。
（5）三五〇年代前半にリバニオスがコンスタンティノポリスからアンティオキアへと移籍しようとしているときのことか。
（6）ホメロス『イリアス』第六歌二一六。
（7）一一九頁註（2）を参照。
（8）一四七頁註（1）を参照。

ていましたし、いささか無作法ではないかと危惧したので、これについてはそのままにしておいて、どうすればお返しが喜ばしく見栄えの良いものになり、お返しであると気づかれないようにできるかと計画を練っています。

書簡八三四　マクシモス宛[1]　（三六三年）　弁論家と富

一　高貴なるマクシモスよ、あなたは期待させるだけでなく行動もしてくださいます。いやむしろ、その行動によって期待を上回りました。仲間たちの財産をそれに目配りして守ってくださったのに加えて、弁論による名声をも彼らにもたらしてくださったのですから。

二　ともかく、アルバニオス[2]が弁論家にして富者でもあることをあなたは示してくださいました。彼を黙らせておかず、弁ずるのを助け、とことん栄誉を与えてくださいましたから。それゆえ、私には二つのとても甘美な話が来訪者たちを通じてもたらされています。一方の話はあなたの統治の厳正さを、他方は彼の目下の力と、今後期待される力（それも、何あろうあなたの統治の美徳からもたらされるのです）を伝えています。**三**　これは私にとってタンタロス[3]の巨富（タランタ）よりも重大であり、そのような話を聞けるのなら、その巨富にコリントスとシキュオンの間の土地[4]が加えられても受け取ることはなかったでしょう。

四　そこで、どうか他のことでも同じようにアルバニオスに優しく接してください。ただ、彼が弁論をおろそかにしているのを見つけたら、厳しく当たって、罰を科してください。そのために勾留するなら、私はその拘束を称えましょう。

五　また誰かが私たちを「一羽の燕」の諺(5)で謗ることのないよう、他の人たちにも同じことを奨励していただけるようお願いします。鞭を入れられれば走ることのできる者たちが、あなたのもとには大勢おります。彼らを駆り立ててくだされば、今にも私たちに噛み付こうとしているハエどもからその手立てを奪うことになり、私たちの技芸を高めることになるでしょう。

（1）二一九頁註（2）を参照。

（2）二〇九頁註（4）を参照。またマクシモスとの関係については書簡八三三を参照。

（3）タンタロスは巨万の富を持っていることで知られ、タランタとの音遊びともあわせて慣用句として使用された。ゼノビオス『格言集』六-四（*Paroem. Gr.* I 161）、『スーダ辞典』（T 147）やポティオス（A. Meineke, *Fragmenta comicorum graecorum* IV, p. 660）を参照。

（4）貴重なものの代名詞。書簡三七一-三と第一分冊四六一頁註（4）を参照。

（5）「一羽の燕が春をもたらすわけではない」という諺。アリストテレス『ニコマコス倫理学』第一巻第七章（一〇九八a一八）、アリストパネス『鳥』一四一七、ユリアヌス『第八十二書簡』四四六A（Bidez）などを参照。

書簡八三五　エントレキオス宛[1]（三六三年）　殺人事件

一　本来なら私の親愛なるユリアノス[2]は母親に会うため、そして子の美徳によって高齢の彼女を大喜びさせるために戻るはずでした。二　しかし目下彼が伺っているのは、彼女の墓に涙を流すため、そして、死去したことと、このような死を迎えたことの二重の意味で生みの親を悼むためです。第三の不幸は、最も望んでいなかった者たちとこのような件で彼が争わねばならなくなったことです。その争いで、昔の悲劇までもが明るみにされることは必定ですから。

三　これらすべての慰みが一つだけあります。あなたの見解と官職と友情です。そのおかげで、母親のみならず父親も生きていると考えて何ごとにも勇気を出すよう私は彼を励ましました。

四　殺人に関しては、証拠が示すところに従ってあなたは判決を下されるでしょうが、それが終わったら、オデュッセウスに対するアテナの配慮[3]を模範として、ユリアノスを都市においても州においても一目置かれる存在にしてください。理性があり、思慮分別があって、弁論の力があり、自分の子がそうあってほしいと願うような人物であるなら、青年であっても権力へ導き入れることを決してあなたは恥とはしないでしょう。

五　私がこのように申し上げているのは、あなたには催促が必要だと考えているからではなく（あなたは彼が不在のときでもその家を維持なさっています）、ユリアノスのことを口にするときは、彼の長所をたくさん知っているあまりに、少しだけ話したり、すぐに黙ったりできないからなのです。そのため、彼を私たちのクラスの筆頭とまで呼ぶのを私はためらうつもりはありません。六　ですから、私が長々と語ったとしても驚かないでください。また、あなたのもとに頻繁に書簡が届いたら、これについてもご容赦ください。あなたから援助がいただけると私は予言できるものの、［ユリアノスを］過度に愛するあまり、気を配らずにはいられないのです。

七　ですから、私をできるだけ喜ばせ続けようとお気遣いいただけるなら、一つ目の件についてすぐ手紙を送ってください。そして、二つ目の件についてもまた送ってください。そして一つ一つのことがなされるたびに書簡が付け加わって、援助のことが分かるようにしてください。そうすれば、彼はそちらで祝福され、私もその喜びを分かち合えます。

(1) 二六五頁註(3)を参照。

(2) ピシディアの人で、本書簡で見られるように母親の殺害事件を契機に故郷に戻った。書簡一一六九、一二五二でも言及され、書簡一一三〇では名宛人となっている。

(3) ホメロス『イリアス』第十歌二七四―二九五、第二十三歌七八二以下、『オデュッセイア』第一歌四四―九五、第五歌一―二〇、第十三歌二二一七―四四〇などを参照。書簡八五五一、九〇五―一でもこの二者の関係が用いられている。

書簡八三六　メモリオス宛[1]（三六二年）友情の始まり

一　私はあの日が私たちの友情の始まりになったと見なしています。あなたをささやかな宴にお招きしたところ、その些細なものさえも莫大なものとお考えになって、心躍らせてお帰りになった日のことです。二　そこで、私は友情にふさわしい行動として手紙をお送りします。私に倣って、返事を送ってくださると信じていますから。この書簡をあなたに渡す人物[2]は、礼儀正しさと熱意をもって私たちのところに通った者たちの一人です。私はあなたと会わせるという恩恵を彼に与えましたが、あなたはこの男と優しく会うという恩恵を私に与えてくださるでしょう。

書簡八三七　ディオニュシオス宛[3]（三六二年）駿馬

一　トロスの馬やアキレウスの馬[4]、そして翼ある天馬（ペーガソス）そのものよりも私にとって重要なのは、ディオニュシオスよ、あなたがこれほどに美に満ち満ちた手紙を送ってきたことです。二　あなたが総督[5]にもあらゆる技巧を凝らした頌詞を捧げたと伝えられていますが、私もそれを確信しています。あなたの手紙がそれを証言していますから。さらに伝えられているところでは、あなたは相手方を、彼らがあなたに危害を加えていた期間にものになさった弁論によって打ち負かしたそうですね。三　あなたは土地も、連中が奪い取っていた他のすべてのものも取り戻しましたし、あなたが自分のものを自力で取り返したことで私には名声がもたらされました。ですから、その馬を手元におきたいのなら、それに乗って疾駆してください。もし私にその馬を送らずにいられないのなら、喜んでいただきましょう。あなたが勝利の結果送ってくださるのですから。

書簡八三八　アレクサンドロス[6]宛　（三六三年）　学生の集め方

一　もし今ミダス[7]がいて、プリュギア人たちを支配していて、このミダスに伝説で語られるほどの黄金があったら、あなたからいただく名誉よりもその黄金の方を私が選ぶとお考えなのでしょうか？　その名誉がこれほど沢山で、沢山である以上にこれほど重大なもので、名誉を与えられる人以上に与える人に喜びをも

(1) ユリアヌス帝の友人。キリキア州総督として、タルソス市で冬営の準備に取り掛かったことがアンミアヌス・マルケリヌス『ローマ帝政の歴史』第二十三巻第二章五で触れられている。
(2) 書簡八三五を運んだユリアノスによって、本書簡も運ばれたと考えられている。
(3) おそらくイサウリアの人で、リバニオスの生徒。強盗の襲撃を受けて父親を失い、それをきっかけに故郷を離れたことで財産も失うこととなった。書簡三一九、四二六-三を参照。
(4) いずれも駿馬を指す。ホメロス『イリアス』第五歌二六五―二六八と第十六歌一四八以下を参照。
(5) この時期のイサウリア州総督パラディオス（一六三頁註（7）を参照）と推定される。
(6) 三一七頁註（5）を参照。
(7) 一一五頁註（2）を参照。

たらしているというのに。

二 ご存知のように、私はどれほど多くの恩恵を頂いたことかと考えては、恩恵を求めることをしばしばためらったのですが、あなたは私の顔から心境を見てとり、あなたが恩恵を与えるのに倦んでいると考えている私を叱責なさいました。三 この話は今や世界の果てまで広まり、子が父に対してでも、父が子に対してでも、これほど献身的にはならなかったろうとあらゆる人が謳い上げています。

四 あなたが私を介してどれほどの恐怖と危険を私の同胞市民たちから取り除いてくださったかを語るのは、長大な、俗に言うアラビアの笛吹きの話(1)になってしまうでしょう。市民たちがよしんば私以外の人を介してあなたに頼みごとをしたら、それが愚かな行為であることを、そして、私とあなたに同じ歓呼で栄誉をもたらすほどに私たちの参事会が変貌したことをあなたはお示しになりましたから。

五 そして今度は、ソフィストにとって多くの生徒たちに囲まれるときほど輝かしいものはありえないと知ると、あなたはあらゆる手を打って、それによって他所でソフィストの座に就く者たちを丸裸にし(2)、シュリア中に散在する学生たちをここに連れてくるというお考えです。

六 そこで私からどうすればこれが実現できるかを簡単に提案いたしましょう。まずあちこちの学生集団はそのままにしておき、ソフィストたちを中傷せず、父親たちも非難しないでください。他方で、近頃あなたが弁護人団に登録した青年たちを探し出し、招聘して、彼らの弁じる姿を披露してください。七 こういった人々にとって、「某はどこだ」と裁判官が言ってくれるのは重大なことで、こういう些細な発言を受けて、多くの人たちがこの発言に浴した人を頼ってくるのです。そして、その弟子には助ける力があると思われている人のもとへ、あらゆる人がその力を求めて馳せ参じるのです。

八　多くの総督が、多くの無名の人たちに声望をもたらしたことで、自分たち自身の名声を手にするのを私たちは耳にします。実際、人々は優れた弁論家たちを指し示しつつ、「この人をルフィノスが[3]「ひきたてた」。この人をヒメリオスが[4]。あの人を別の某が」と言うのです。九　弁論を心得ていても、弁論のきっかけを得られなければ、どうして弁論を心得ていることが明るみになりましょう？　年長の者たちには時間の経過がそのきっかけを与えてくれますが、演壇を味わったばかりの者たちにそのきっかけを与えるのはあなた方なのです。

一〇　この方途を取ってください、あらゆる者の中で最も崇高な方よ。そうすれば、お望み以上の数の人々があなたのオルペウスの周りにいるのを目の当たりにするでしょう。

（1）長話をする人の比喩で、リバニオス『第二十六模擬弁論』三四でも用いられている。ゼノビオス『格言集』二-三九（*Paroem. Gr.* 1. 42）、ビュザンティオンのステパノス『族名辞典』一〇七（Meineke）、アポストリオス『格言集』三-七一（*Paroem. Gr.* 2. 304）を参照。

（2）学生を奪う表現として書簡四〇五-一二でも用いられている。

（3）*BLZG*, p. 255; *PLRE*, p. 774 は弁論家と理解するが、文脈から判断するに官職者である可能性が高く、Bradbury, p. 133, n. 20 は三六三―三六四年のオリエンス管区総監アラディウス・ルフィヌス（三三五頁註（2）を参照）と同定する。

（4）*PLRE*, p. 436 はソフィストのヒメリオス（二二九頁註（4）を参照）と同定するが、文脈に問題がある。Bradbury, p. 133, n. 21 は他史料からは知られない高官とする。

書簡八三九　デケンティオス宛[1]（三六三年）　メンピスのアスクレピオス

一　ヘラクレイデス[2]もあなたのお力添えに与らせてください。彼はメンピスの人で、アスクレピオスと親しく、その人となりは高潔で、以上のものを父祖からの遺産として受け継ぎました。というのも、彼の父もこの神の団員で、諸々の点で有為であるとともに、とりわけ、有為であるというまさにその理由からこの神と親しいのです。彼は多くの金銭を都市のために、さらにそれ以上の金銭を外人たちのために費やしました。

二　ヘラクレイデスを見つめてみれば、その容姿から心映えもご覧いただけるでしょう。それほどに彼はその眼によって善良さを示しています。もしあなたに詩句をも聞く暇があるなら、彼は美しく堂々とした詩句を吟じるでしょうし、あなたはそれにホメロスの趣があるとおっしゃるかもしれません。

三　アスクレピオスの名にかけて、この男を喜ばせて私たちのもとに送り返してください。彼がこちらでは私たちの前であなたを称え、故国ではその神の前であなたを称えるようにするために。いと公正なる方よ、ご一家ともどもご達者で。

書簡八四〇　タティアノス宛[3]（三八八年）　新たなる始まり

一　あなたの長官職（アルケー）が始まって（アルケー）すぐにあなたの最初の書簡が私たちに届いたの

に、それに続く書簡が届かないので、友人たちは不思議に思って、いったいどうしてこんなことになったのかと理由を探る事態になっておりました。二　しかし私は、彼らが途方に暮れて、これをあなたの変節と見なすことを許しませんでした（あなたはそんな真似はしません）。むしろ、主君たちに対する悪意があったとして私に向けられていた告発(4)（アイティアー）にこの沈黙の原因（アイティアー）を帰して、このような「告発を受けている」者へ高位官職者から手紙を送ることは法で禁じられているのだと説明しました。そして、「この非難が斥けられれば、君たちは書簡を目にするだろう」と私は断言したのです。

三　こう言い放ち、こう予想したところ、そのとおりになりました。あなたの手紙が届いたのと同じ日に

(1) アンミアヌス・マルケリヌス『ローマ帝政の歴史』第二十巻第四章二以下に現われる、コンスタンティウス二世からガリアのユリアヌスのもとに派遣された将校兼書記官 tribunus et notarius. 三六四―三六五年にはおそらく官房長官に就任。

(2) 書簡二二八、二二九、二九一、二九二にも登場するメンピスの人。

(3) リュキアの人。司法部門での活躍の後、エジプト長官、シュリア州総督、帝室財務総監などの官職を歴任。三八八―三九二年にはオリエンス道長官として、テオドシウス帝（位三七九―三九五年）が僭称帝マクシムス征討に出陣し、幼帝アルカディウスのみが残る不安定な帝国東部を委ねられ、三九一年には正規コーンスルにも就任する。しかし、テオドシウス帝が帝国西部から帰還してまもなく失脚し、故郷で失意の晩年を過ごした。本書簡一節で触れられる官職は、オリエンス道長官職を指す。

(4) リバニオスが西方の「僭称帝」マクシムスの支持者であるという告発を都市参事会員トラシュダイオスが提起していた（リバニオス『第三十二弁論』二七）。なお、三八八年頃にリバニオスが複数の告発を受けたことは彼の作品から知られ、書簡八四四-一、八四五、八五〇-三、八五三-一、八五五-二、八九四-一で言及されている。

別の手紙も届いて、私たちが自由な身で放免されたことが分かったのです。**四**　これまで一緒に戦ってくれた方が、それから派生した案件でも一肌脱いでくださったことを私たちは重々承知しておりました。実際、口にはなさいませんが、あなたは手助けしてくださいました。そして、あなたがこのことを語るのはふさわしくないでしょうが、私はそうするべきなのです。手厚くしてもらった人は、悪しき人間でないかぎり、そうするものですから。

五　私にはあなたが離れていても、あなたの子を通じて、あなたに接吻することができました。プロクロス[1]の唇に私の唇を重ねることで、お二方に接吻しているのだと考えたのです。また、私の喜びとなったこととして、私の町がこれまでの官職者たちのためにしてきたあらゆるものを凌ぐ恩返しをあなた方にしたこともありますが、町がそうするのもきわめて当然のことです[2]。あなた方はこの町のための行動において他のいかなる官職者をも凌いでいるのですから。

書簡八四一　アンティオコス宛[3]　（三八八年）　軍務の入手

一　どうかこの男を迎え入れ、軍務に就かせてください[4]。彼は、その性格ゆえに配慮に値する人物なのですが、私を介して上述の目的を達しようと見込みながら、それを達せられませんでした。しかし、心痛を覚える人がするようなことはついぞせず、誰の悪口もこぼしませんでした。

二　それでも彼が私を当てにしながら介添えをして、かれこれ長い月日が経っていたので、私の方が大いに心を痛めるほどでした。しかし、神々はいみじくもあなたに権力をもたらすという状況を私たちにもたらしてくださったので、私たちは神々からいただいた状況を利用して、無為でいることに気高く耐えたこの人物を、一旗揚げさせるべく送り出します。

三　あなたはアンティオコスですから、この男と私たちの書簡に喜んで会い、私たちが手紙を書いたのは無駄ではなかったと私たちに書くでしょう。彼はこのようなことにおいて必要な出費のことをよく分かっており、それを避けはしません。

(1) 本書簡の名宛人タティアノスの息子。フェニキア州総督、オリエンス管区総監、帝室財務総監などを歴任した後、タティアノスのオリエンス道長官就任中はコンスタンティノポリス首都長官を務めた。父親が失脚したときは、告発を恐れて一時逃走したが、後に説得を受けて姿を現わしたところを捕らえられ、処刑された。本書簡では、コンスタンティノポリス首都長官職赴任の直前で、アンティオキアを出立するところが描かれている。

(2) アンティオキア市は三八七年にテオドシウス帝の徴税に反発して、市内に立っていた皇帝一家の像を破壊し、総督の庁舎を襲撃するなどの謀反に等しい暴動を起こした。このため、州都の地位を剝奪されるなどさまざまな懲罰が科されたが、厳罰は免れた。タティアノス親子への感謝は彼らの総督時代からの町への恩恵もあろうが、この暴動で厳罰が科されなかったことがとりわけ含意されていよう。

(3) 書簡八四一、八四九、八七六、九四八の名宛人。宮廷の有力者と思われる。

(4) 直訳は「兵士にしてください」。*PLRE*, p. 71 は警察官僚 agentes in rebus の職と推測。帝政後期には軍人だけでなく、文民官僚にも軍務 militia という言葉が使われ、官僚には革帯などの兵士の標章が与えられた。

書簡八四二　テオドロス宛[1]（三八八年）迷妄

一　手紙を書かなかった相手に手紙を書くことであなたは勝利を収めました。短信が私たちのもとに届いただけでも、この勝利は実現していたでしょうが、実際に届いたこの手紙は長くて美しく、あなたが本に囲まれて暮らしていることを伝えるものです［から、勝利はなおさらです］。

二　私たちが沈黙していたことについての弁明をお聞きください。もし誰もいかなる人からも一度も惑わされたことがない中で、私だけがこのような心境に陥ったのなら、私には何の言い分もありません。しかし、人間が生まれてこの方、惑わされることも存在し、それが民会の中にしばしば入り込み、参事会にしばしば入り込み、いくつもの法廷に入り込み、果ては詩人の言うように[2]神々までも虜としたのならば、私たちにもいくらかの弁解の余地があります。

三　ご存知のように、私とあなたには友情があり、あなたは私を、私はあなたを快く見つめ、互いの優れた点に喜びあったものでした。ところが、あなたが帝[3]に随行して、私とあなたが大きく隔てられたとき、あなた方のもとから私たちのところへやってきた人がいて、あなたが毎日私に対して盛んに罵倒する言葉を発していると語りだしました。私が信じずにいると、彼はあらゆる神々に誓って事実こうだと言い張ったのです。これは由々しきことでしたし、この男は評判の悪い人物でもなかったので、私は手紙を書かないで［あなたを］煩わせない方が良かろうと判断したのです。

四　しかし、彼が嘘を言っていたことは明らかとなりました。そのようなことをする人なら手紙を送らなかったはずですから。あなたはソロン[4]のことをご存知ですから、今回も私たちの代わりに誰が咎められるべきかをよくお分かりでしょう。

書簡八四三　マグノス[5]宛　（三八八年）　オリュンピア祭の準備

一　あなたは離れたところにいても、ダプネのオリュンピア祭[6]で私たちから尊崇されるオリュンポスのゼウスに、私たちと一緒に奉仕することができます。というのも、慣例のように、あなた方のところの競技者たちと話し合って［オリュンピア祭の参加を］説きつけるための者たちが数名伺っていますが、彼らは、官職

（1）テオドシウス帝の宮廷で力を揮っていたと推測されるが、正確な役職は不明。
（2）ホメロス『イリアス』第十九歌九一－一三三に述べられる迷妄の女神（アーテー）がゼウスをたぶらかした逸話などが念頭にあろう。書簡九七七－二－三も参照。
（3）テオドシウス帝のこと。本書簡では三八八年に「僭称帝」マクシムス征討のため帝国西部に向けて出陣したときのことが語られていると考えられる。
（4）一六三頁註（3）を参照。
（5）エウナピオス『哲学者およびソフィスト列伝』四九七以下（Wright）に叙述されている、ニシビス（現トルコ共和国ヌサイビン）出身で、アレクサンドリアで活躍した医師兼ソフィスト（ヤトロソピスト）。
（6）ダプネ（一三五頁註（6）を参照）で四年ごとに格闘競技を伴うオリュンピア祭が行なわれていたことはリバニオス『第十弁論』、『第五十三弁論』、『第六十弁論』七などから知られ、祭典の際には各地から観衆が集まった。

者たちに依頼することであれ、他の人に依頼することであれ、何事につけても自分たちを援助してくれる人物を必要としています。

二　そして、あなたなら誰に対しても多くの言葉を必要としないはずです。エジプトには思慮分別がありますし、エジプトを麾下に置く人たちでさえあなたを少しでも喜ばせるのが得策だと考えているのが目の当たりとなっている以上、あなたが決定したことなら何でもエジプトがしてくれますから。それゆえ、私が他の人には目もくれずに、彼らを派遣すべきところへ派遣したのは何ら不当ではありません。

三　あなた方のもとからやってきた競技者が戦って賛嘆されれば、ゼウス(1)はそれを称えて、費用を賄った人々に対価を払う(2)でしょうし、催し物の中にあなたの働きも認めるでしょう。そして、自分の息子(3)を競技判定者として披露したレトイオス(4)に幸をもたらすとともに、闘技場で声望を得ている者たちにこちらに航海するよう勧めた賢人マグノスにも幸をもたらすことでしょう。四　私にも、競走と弁論に秀で、冠にも外衣(トリボーン)に(5)もふさわしい若者(6)がいるのです。

書簡八四四　エウセビオス(7)宛　(三八八年)　栄光の引き立て役

一　私を狙った沢山の尋問をして、私に不利な発言(そこから私を苦しめようともくろんでおりました)をするようロミュロス(8)に打擲でほとんど強要した例の男(9)をあなたが嫌悪なさるだろうとは分かっておりました。彼は別の官職に就いていたときも諸法に反することを他にも行なっておりまして、その中には私たちが目にしたものもあれば、耳にしたものもあります。

二　とまれ、彼奴のことは放っておきましょう。さて、事態はこのような結末を迎えましたが、このよう

(1) この箇所のゼウスは、その後の具体的な見返りを示唆する文言を考慮すると、ローマ皇帝を含意した表現と思われる。ゼウスやユピテルをローマ皇帝と重ね合わせる文学的伝統については、L. Robert, 'Dans l'amphitheatre', *CRAI* 1968, pp. 280-288を参照。

(2) *ἀντιδαπανώμενος* という読みには疑念がある。

(3) Petit, *Antioche*, pp. 398 f. は書簡八七九-二、八八〇-一、一〇四八-五から知られるキュネギオスと同定するが、彼は母方の親戚関係を考慮しないなど考察に問題があり、この人物同定は危うい。

(4) アンティオキア市の有力参事会員で、リバニオスの元生徒。同名のアンティオキアの都市参事会員レトイオス（三頁註（3）を参照）とは別人。多額の出費を伴う公共奉仕であるオリュンピア祭を息子の名義で催行した。なお、彼によるオリュンピア競技会の準備については書簡一〇一七も参照。

(5) 冠は競技の勝者に与えられる名誉の品。書簡一〇一七-三も参照。トリボーンは、主に哲学者が身にまとう粗末な服であるが、リバニオス自身もこの服を愛用した。一四一頁註（6）および三〇七頁註（3）を参照。

(6) 先行研究はおしなべて、この時期にシュリア州総督のもとで弁護人を務めていた、リバニオスの庶子キモン（アラビオスとも呼ばれる。九七頁註（8）を参照）を指すと考える。しかし、書簡一〇一七-三の表現からは普通の学生を指していることも考えられ、この人物同定には問題が多い。

(7) 皇帝への謁見に関わる事柄がこの人物に宛てた書簡でしばしば言及されることから、宮廷で官房長官を務めていた可能性があるが詳細は不明。

(8) リバニオス『第一弁論』二七三がこの件を指すと先行研究は理解する。なお、この名の人物は書簡三八、八八九—八九一、一一四九、リバニオス『第五十四弁論』三九—四一にも登場するが同一人物かどうかは不明。

(9) 先行研究は三八八年のシュリア州総督エウスタティオスであると考える。

な結末を迎えぬよう策動していた人物（彼はここでも一儲けしようとしていました）をあなたはご自分の恩人と見なさねばなりません（もっとも、卑しからぬ人物が彼を惨めな状態にしたのですが[1]）。三　なぜなら、戦わずして勝利を収めることと、苦労して勝利を収めることという等しからぬものは等しくないからです[2]。ご存知のように、勝利は誇らしいものでありますが、苦労にも輝かしいところがあります。ヘクトルが立ち上がって戦ったことはアキレウスにも寄与したのですから。もしプリアモスの子がペレウスの子を見るや、その両膝に縋って嘆願しながら死んでいたら、今ほど大層な勝利にはならなかったはずです[3]。

四　ですから、あなたがいっそうの栄光に包まれたのは、あちらこちらへと［あなたを］追いやろうとして戦いの中で倒れた男のおかげなのですが、あなたはキモン[4]の案件を成功に導いてくださったときにこの勝利を求めておいででした。実際、金銭に関して論じられていたときにあのような立派な振舞を見せた方が、それと比べれば死も取るに足らぬものとされたような告発において、喉を掻き切られるところから救い出すことで［金銭以上に］大切なものを守ろうとしなかったなら、間違いなく不当なことだったはずです。

書簡八四五　マルドニオス[5]宛　（三八八年）　暴君との闘い

一　あなたを友として愛し、あなたから友として愛されている私が援助に与ったとしても驚くことではありません。といいますのも、敵が互いに攻撃しあうものであるなら、友情には助太刀が伴われるのが通例ですから。**二**　そして、私が手紙の中であなたにこのようなお願いをしなかったのも、あなたからそうしていただけるだろうと分かっていたからです。それゆえ、走りたいという欲求を持つ馬にさらに鞭を入れたりしないのと同様に、私たちの味方につくようにと、必ずそうしてくださる方にお願いする必要はまったくないと考えたのです。

三　さて、私が不正を行なっていないと[6]あなた方に判断されたことにも喜んでおりますが、さらにいっそう喜んでおりますのは、その公正なるご判断にです。といいますのも、そのような者は手放しで喜ぶこともできるからです。自分の受けるべき罰を受けずに済んだ者は、罰は受けなくても、罰にふさわしくないということにはなりません。**四**　しかし、私が陛下[7]のために祈りを捧げていたことは、故国で私たちと一緒にい

（1）「卑しい」と「惨めな」という言葉にはいずれも *δειλός* が使われている。文の読みについては、Vo Mo S W Vind 写本上のものを採用した。

（2）類似の表現が書簡九四六-三、一一一一-二にも見られる。

（3）プリアモスの子はヘクトル、ペレウスの子はアキレウスのこと。両者の対峙する場面としては、ホメロス『イリアス』第二十歌四一九以下、第二十二歌二五〇―三六〇などを参照。

（4）九七頁註（8）を参照。

（5）アルカディウス宮廷で活躍する宦官。ソゾメノス『教会史』第七巻第二十一章二―三で、ウァレンス帝統治期（三六四―三七八年）に洗礼者ヨハネの聖遺物をカルケドン郊外にもたらしたことが伝えられる人物。テオドシウス帝期の彼の役職については諸説があるが、訳者は R. Delmaire, *Les institutions du Bas-Empire romain, de Constantin à Justinien: I Les institutions civiles palatines*（Paris, 1995）, 161 の宮廷執事長 *castrensis* とする見解に従う。

（6）リバニオスの受けた告発については、三五三頁註（4）を参照。

（7）テオドシウス帝のこと。三五七頁註（3）を参照。

たすべての人が知っていますし、すべての神々が知っています。そして、この地で私が陛下と一緒に暴君[1]と戦っていたことも［皆知っています］。しかも、祈りを捧げていた私はといえば、陛下に忠実で、多くの名誉を与えられており、とりわけ私の子[2]のことで最大の名誉を受けていたのです。

五　これらの名誉を私が忘れられるはずもなく、それを記憶に留めて、それを施してくださった陛下を何にもまして重んじることはまったくの必然でした。さらに、帝国が陛下によって安泰とされることを望む一方で、その皇子たちが男盛りとなって、老境に至った陛下から帝位を継ぐのを望むことも。もっとも、すでにお一方[3]は共同統治者となっており、もうお一方[4]もまもなくそうなるでしょうが。**六**　病気のせいで私にとって生きることは基本的に快いものではありませんが、ディオスクロイ[5]とともにいる父の姿が私に示されるその日までは生きていたいものです。

書簡八四六　エウセビオス[6]宛　（三八八年）　エメサ市の惨状

一　エメサ[7]が今なお帝たちに使節と冠を送り出している[8]のは、自らの困窮を知りつつも、都市の内に数えられなくなることを恥じているからです（もっとも、実態としてはずいぶん前から脱落しているのですが[9]）。**二**　実際、この町はフェニキアの至宝[10]、神々の居所、弁論の工房、優美[11]の源泉であり、その多くの

（1）「僭称帝」マクシムスのこと。三八四年にガリアでグラティアヌス帝を暗殺して帝位に就き、三八七年にはウァレンティニア

ヌス二世帝をイタリアから追い出し、西方の支配を固めようとしたが、東帝テオドシウスの軍に敗れ、三八八年夏に処刑された。

(2)キモン・アラビオス(九七頁註(8)を参照)のこと。彼が庶子でありながら、テオドシウス帝の特例措置を受けて、リバニオスの財産を相続する権利を十全に認められたことが、リバニオス『第一弁論』一九六、『第三十二弁論』七、書簡九五九-四などから窺える。庶子と嫡出子の相続の違いについては、『テオドシウス法典』第四巻第六章が詳しいが、庶子に厳しいコンスタンティヌス帝の法に関して、後代の皇帝が一部修正していったことが同章第四法文や第五法文から見て取れる。

(3)テオドシウスの長子アルカディウスのこと。三七七年頃に生まれ、三八三年一月十九日に正帝とされた。父帝テオドシウスがマクシムス征討のため西方に向かっている間も、彼はコンスタンティノポリスに留まった。

(4)テオドシウスの次子ホノリウスのこと。三九三年一月二十三日に正帝とされた。

(5)カストルとポリュデウケスの双児神で、海難などからの救い主とされる。両神はゼウスの子にあたることから、テオドシウスとその皇子の関係が巧みに表現されている。

(6)三五九頁註(7)を参照。

(7)エラガバルス帝の出身地として有名な町。現在のシリア共和国のホムス。

(8)「僭称帝」マクシムスに対するテオドシウス帝の勝利を祝して黄金冠を献呈する使節と考えられる。

(9)リバニオス『第二十七弁論』四二でも同様のことが述べられている。本書簡全体から示唆されるように、都市参事会員の困窮はあるものの都市の資格は失っていない。なお、ヨアンネス・マララス『年代記』第十三巻三七(Thurn)によれば、テオドシウス帝は新しく設置したフェニキア=リバネンシス州の州都にエメサを昇格させたという。都市参事会の衰退傾向については、リバニオス『第二弁論』三五も参照。

(10)直訳は「眼」。ピンダロス『オリュンピア祝勝歌』第二歌一〇、リバニオス『第一弁論』一一七、『第三十弁論』四二などでも用いられている。フェニキアにおけるエメサの優美はアンミアヌス・マルケリヌス『ローマ帝政の歴史』第十四巻第八章九も述べる。

(11)Foerster による καί の補いは斥けた。

優れたところを数え切れる人はおりますまい。さて、この大きく美しい町[1]は多大なものを失って、わずかな家々の中にしかその姿が見受けられませんが、その家々もあなたの援助がなければ同じ目に遭うことでしょう。

三　いったい、彼らの状況はどのようなものなのか？　借金で首の回らぬ者が売却を行なっても、その代金は売り手のものにはなりません。片や、買い手の方は解体して、好きな分だけ取って、他所へ持ち去り、使ってしまうのでした。こうして残されたものはごくわずか。人々は古の繁栄を思い起こし、現状に涙しています。そこを訪れる外国人がいても、どこかしこにも悲嘆を誘うものばかりなので、全容を見まいとして速やかに立ち去ってしまいます。

四　そこで、もはや都市ではないエメサ（都市でなくなったものを都市だと考える必要はないのですから）を神々しいアルカディオス陛下[2]が再び都市となさるようにしてください。なぜなら、そのようなことを地にもたらし、陛下を称賛しようとする者たちを富ませることが陛下にふさわしいはずですから。**五**　あなたの力の及ぶものなら使節たちは何でも手に入れられると私はよく承知しております。あなたは恩恵を施すことを喜びとされていますし、手紙を書いた私が目の前にいて、使節たちと一緒に頑張っているとお考えになるでしょうから。

書簡八四七　プロクロス宛[3]（三八八年）　称賛の恩義

一　称賛を受ける人が称賛する人に恩義を負っていると見なさねばならないのなら、あなたはこのディオグネトス[4]に恩義を負っているのだとご理解ください。彼があなたを称賛しなかったときはないのですから。劇場で気高き教師たちやムーサの啓発を受けた人たちに倣うときも、アテナ女神の聖所でそこに陪席する人々（その多くは裁判に必要とされる人々なのですが）に囲まれるときも。二　そして、彼が私のところへ来て傍らに座れば参事会堂[5]もこのような話の場となります。また、名の通った人々のところへ向かうときもこのような話を携えて訪問し、あなたの数々の官職やそれぞれの在職中に諸都市にもたらされた事柄をもれなく数え上げるのです。三　彼はホメロスの役を引き受けたこともあり、アテナイ人のメネステウス[6]のため

(1)特に都市参事会員のことが含意されている。書簡八五一に見るように、当時のオリエンス道長官だったタティアノス（二五三頁註（3）を参照）が都市参事会の復興に力を入れていたことも、本書簡執筆の背景として考慮に入れる必要があろう。

(2)三六三頁註（3）を参照。

(3)三五五頁註（1）を参照。

(4)コンマゲネ地方のサモサタ（現トルコ共和国、サムサット）の出身で、リバニオスの元生徒。書簡八五七―八六〇にも登場する。

(5)参事会堂については書簡三六四-四と第一分冊四四九頁註（1）を参照。

(6)ホメロス『イリアス』第二巻五五二―五五六に歌われる、アテナイ人の船団を率いた英雄。この世にある人間として誰一人彼に及ばないと形容される。

に語られた詩句でもって、あなたがいくつもの大船を守るために発揮した手腕を歌いました。

四 ですから、あなたはこれらの恩義に報いて、ディオグネトスに然るべきことをせねばなりません。もしあなたが言葉ではなく行動で報いれば、きっとあなたは栄光に包まれるでしょう。恩恵のお返しでは［他を］かくも圧倒する能力を神々から授かっていらっしゃいますから。

書簡八四八　テオドロス宛[1]　（三八八年）　口添えの義理

一 ここなるテオドロス[2]の高潔さについて、あなたは私たちからも話を聞くべきでした。当然ながら多くの者たちがこの手紙に先んじましたが、だからといって私が沈黙していれば不当な振舞となったでしょうから。

二 それゆえ申し上げますが、彼は思慮分別があり、いかなる人も困らせることなしにこの時節をずっと過ごしてきました。その見返りとして私たちからは賛辞が、あなたからはそれ以上のものがきっと彼にもたらされるでしょう。

書簡八四九　アンティオコス宛[3]　（三八八年）　催促

私たちがお願いしたことはずっと前からあなたに委ねられていますが、この件についてあなたから私たちには何もありません。ですから、成果を示してくださるか、私たちの望みは叶わないことを教えてくださるかして、私たちから気苦労を取り除いてください。

書簡八五〇　エウセビオス宛[4]（三八八年）使節団の名声

一　あなたのいらっしゃるところに私たちのことを知らない者が誰かいたなら、私は［使節たち］各人[5]の親、育ち、教養、そして彼らが私と一緒に弁論の勉強をしたことを言葉にして教えねばならなかったはずです。しかし実際には、あなたが［私たちのことを］知らぬ者たちに直々に教えてくださるだろうと私は考えています。

二　以上のような具合ですし、使節たちがあなたから友として愛されている以上、この件に関する道のりに険しいところはいっさいなく、あなたの導きで彼らは最初から最後までなだらかな道のりを進むでしょう。そして、あなたは彼らの要求がかなえられるよう協力してくださる一方で、この者たちが多くの日数を

（1）三五七頁註（1）を参照。
（2）詳細不明。
（3）三五五頁註（3）を参照。
（4）三五九頁註（7）を参照。
（5）「僭称帝」マクシムスに対するテオドシウス帝の戦勝祝賀のために派遣されたアンティオキア使節団。書簡八五〇―八五三、八六四―八六八の一連の書簡群が同時にこの使節団によって運ばれたと考えられている。

費やさずに使節役の名声を享受した上で私たちが彼らを迎え入れられるよう、迅速に協力してくださるでしょう。

三　さて、あなたもご存知の放免措置が撤回されたために、(1)私には一抹の不安が生じたのですが、推論によって直ちに解消しました。といいますのも、神々しきテオドシオス陛下は過ちを犯した者たちを救ってくださいましたし、不正をいっさいしていない者には誰にも罰を科されなかったのですから。

書簡八五一　タティアノス宛(2)（三八八年）アンティオキアへの援助

一　どうやら私たちの参事会は倒れることも立ち直ることも必要としていたようです。このうち前者は他の者たちが国政に当たっていたときに起こりましたが、(3)立ち直るのは、あなたが大いなる官職を手にし、必要なことのためにその権能を駆使なさるときのことです。食卓にではなく、諸都市の救援を望むことに由来する快楽を追い求めておられますから。二　あなたはある町についてはかき消えないように、ある町についてはさらに大きくなるように救援なさいます。私たちは前者に属しますが、あなたが正義をかくも重んじる以上、今後はもはや属することはないでしょう。

三　私たちが何ら不当な要求をしておらず、むしろ不運な都市がしそうな要求をしているとお考えになるだろうと思いますが、私たちの町が不運であり、またそう呼ばれるのをあなたが食い止めてくださらないなら、この災厄は不滅のままとなるでしょう。(4)あなたはヘラクレス(5)の再来ですから。

四 また、あなたご自身とご子息[6]がこの町に与えてくださった贈物もあなたを助けに呼んでいるのだと思ってください。その贈物は、私たちが「これはタティアノスのもの、これはプロクロスのもの」と言うことができ、この発言が実に多くのものを通じて口の端に上るほどなのですから[7]。

五 そして、この使節[8]が町の使節であるのに劣らず、あなたの使節だと見なさねばならないことも思い起こしてください。といいますのも、あなたの方から先に［使節を］催促する声を発したのですから、私たちは約束を果たしていただけるようお願いしているのだと申し上げても、不当ではありますまい。

（1）リバニオスに好意的な裁判の判決（三五三頁註（4）を参照）が覆されたものと見られる。書簡八五三-一、八五五-二も参照。
（2）三五三頁註（3）を参照。
（3）帝像破壊事件のことを含意していよう。三五五頁註（2）を参照。
（4）ホメロス『オデュッセイア』第十二歌一一八でスキュラに用いられる表現。
（5）ルキアノス『偽預言者アレクサンドロス』四にあるような厄除けのヘラクレスを念頭に置いている。
（6）プロクロスのこと。三五五頁註（1）を参照。
（7）書簡八四〇-五、八五二-二も参照。
（8）三六九頁註（5）を参照。

書簡八五二　プロクロス宛[1]（三八八年）　使節の人数

一　使節役[2]が選ばれた後の段階で、ある外人が市民の某に、使節は何人かと尋ねたので、後者は「三人だ」と言いました。私は三人というのを聞くと（たまたまその場に居合わせていたのです）、使節を務めるのは三人ではなくて四人だと言いました[3]。二「どうして四人なのです?」と彼は尋ねました。「その三人よりもずっと前にプロクロスが選ばれたからさ。彼の手でこの町に作られた街路や列柱廊や浴場や広場によってね。少なくとも自分の苦労の成果は大事にするに違いないし、愛があれば愛する町のために何もためらうことはないのだから[4]」と私は言いました。

三　素晴らしいのは、同じ一人の人物が私たちに恩恵をもたらそうと望むとともに、その権能を手にしていることです。しかも、二つの種類の権能でそれが可能です。なんとなれば、父親[5]の力も手にしていますから。私たちのためにこの二つを駆使して、参事会を旧来の力に復してくださるでしょう。その結果、あなたの手になる列柱廊で毎晩民衆の歓喜が歌で明らかとされるのみならず[6]、参事会の歓喜も参事会にふさわしいものを介して明らかとされるのです。

書簡八五三　マルドニオス宛[7]（三八八年）　援助の確信

一　たとえ私に関するこれまでの判断がいずれも無効となり、別の判定を下させる何かが生じたとしても、二度目のことに心を痛めていただいたことであなたには感謝しておりますし、私たちに抱いてくださっている評価全体のことでもあなたに感謝しております。二 実際、使節たちは私に手紙を書くよう命じるときに、私があなたから大いに愛されていると言って、私を大いに励ましたのです。そして、私がこれを聞いて喜んだのは、あなたが手にしている権力ゆえにではなく（その権力に就いた者なら数多く知っています）、思慮と公正さと困窮する者たちに尽す姿勢においてあなたが他の者たちに遥かに勝ってきたからです。このために、私たちの使節の旅路もいっそう快いものとなりました。たとえ気楽にしていても、あなたのおかげで自分たちは何もかもうまくいくだろうと分かったからです。

三 あなたの名声が以上のような具合なので、次の願いが生じるのもまったくの必然です。すなわち、あなたが長寿を享受して、神々しいアルカディオス陛下の皇子たちもあなたの手で抱き運ぶことができるまで

(1) 三五五頁註（1）を参照。
(2) 三六七頁註（5）を参照。
(3) プラトン『ティマイオス』冒頭の会話を想起させる導入。
(4) 会話文が続いている形で訳出した。なお、オリエンス管区総監時代のプロクロスの勢威とその建築活動については、リバニオス『第一弁論』二二一―二二四、『第十弁論』、書簡八四〇-五、八五一-四も参照。
(5) オリエンス道長官タティアノスのこと。三五三頁註（3）を参照。
(6) アンティオキア市民たちの夜間の過ごし方としてリバニオス『第十一弁論』二六七、『第四十五弁論』二六も参照。
(7) 三六一頁註（5）を参照。
(8) 三六九頁註（1）を参照。
(9) 三六七頁註（5）を参照。
(10) 三六三頁註（3）を参照。

生きられますようにと。

書簡八五四　エウセビオス宛[1]（三八八年）　名士の上京

一　正義に加勢すること[2]で法廷に多くの戦勝碑を打ちたてたヘシュキオス[3]――彼は総督を務めたときも、総督の代わりに着座したとき[4]も、正義に加勢してきました――、さて、その人となりがかくも優れたこの人物は、私たちと一緒でいられれば自分には十分だと考えて、喜んで私たちと一緒に暮らすはずでした。しかし、やむなくあなた方のもとへ連れて行かれるので、すぐに私たちのところへ戻って今までどおりにするつもりだと彼は言うのですが、私は（彼にも言ったのですが）彼があの町[5]を愛さずにいられるなら驚くでしょう。その愛のせいでこれまで多くの優れた人士が、名声や富やその他の力を与えてくれた町の虜となり、ものにされてしまったのですから。二　それらのものを［彼が］手にしようとしているのなら、私たちを喜びと落胆が襲うことでしょう。一方は、友人が手厚くされたから、他方は、友人と会えないからです。

書簡八五五　タティアノス宛[6]（三八八年）　告発を受けての文通

一　ヘシュキオス[7]は、あなたのお姿を目のあたりにするという、旅路の汗に十分見合う褒賞を手にしています。このことは、彼のためにあなたが示した好意、神々からのそれにほとんど劣らぬ好意をあらゆる人が目にすることと合わせて、彼にとって十分なものとなるでしょう。イタケの男のためにアテナがいかに振舞っているかを知らないアカイア人がいなかったのと同様に[8]、ヘシュキオスのためにタティアノスがいかに振舞っているかを知らぬ者は今やおりませんから。二　さて、彼はそれ以上何も求めないでしょうが、あなたの方がこれまで与えたもので終わりとすべきでないとお考えになるでしょう。あなたの素質にふさわしい別の何かがおそらく加わるのです。

ともあれ、このことを神様が実現してくださいますように。他方、私は以前放免された件で再び告発されていながら、あなたに手紙を書くのをためらわなかったのですが、これは決して大胆さのせいではなく、私の手で皇室にいっさい危害が加えられていないと確信しているからです[9]。三　あなたからの書簡が私たちに

(1) 三五九頁註（7）を参照。
(2) プラトン『ソクラテスの弁明』三二E。
(3) 書簡八九四、九四六、一〇九〇より息子たちがリバニオスの生徒であったことが知られる人物。パピルス史料から確認される三九〇―三九一年のテーバイス州総督と同定される。ほかにもヒエロニュムス書簡や、ヨアンネス・クリュソストモスの書簡に現われる同名人物との同定もなされることがあるが、ヘシュキオスという名前がこの時期ありふれているため、確かなことは言いがたい。
(4) *BLZG*, p. 175; *PLRE*, p. 429 は総督の法曹助手であったことを示すと理解するが、その意味を通例表わす語とここの表現は異なるので、iudex pedaneus のような、総督から授権された下級裁判官の地位を示す可能性もありうる。
(5) コンスタンティノポリスのこと。
(6) 三五三頁註（3）を参照。
(7) 前註（3）を参照。
(8) イタケの英雄オデュッセウスに対する女神アテナの配慮については、三四七頁註（3）を参照。
(9) 三六九頁註（1）を参照。

とっての栄誉であることは承知しておりますし、皆にそう言っております。しかし、それが私たちに届かなくても、私たちについての裁定がもたらされるまでは、音沙汰なしなのを責めるつもりはありません。

書簡八五六　プロクロス宛[1]（三八八年）　首都長官の実績

一　そちらでの諸措置[2]に関する話が私たちのところに届いております。すなわち、不当なところから利を得ている者たちに襟を正すよう強いることで、あなたは市場からあらんかぎりの不正を駆逐した、と。二　このことはまだ弁論の作り手たちによって語られておらず、これまでの時代が讃えられていますが、この件もまもなく同じ扱いを受けるでしょう。というのも、あなたの声も弁舌も力もいっそう優れたものになっていることが分かれば、私たちと一緒にいる者たちだけでも怠惰のそしりを免れるのがふさわしいのですから。

書簡八五七　サトルニノス宛[3]（三八八年）　弁論家の失職①

一　ここなるディオグネトス[4]は優れた弁論家で、多くの人々の命と財産を救ってきたので、期間に関する法[5]のせいで口を噤まざるをえなくなると自分の仕事ができないのを不幸と見なし、ひっきりなしに自分のことを「大地の重荷[6]」と呼んでいます。

二　それで、あなたのご判断に従えば良い策が得られるだろうと考えて、彼はあなたの思慮に縋っております。帝たちもこうなさったときに、まさにラピタイ人がネストルの意見を受け入れるときのように、自画自賛なさいましたから。(7)　三　そして、自分たちの家はあなたから少なからず手厚くされてきたので、今回もし自分たちが何らかの善に与ったとしても、目新しいことではいっさいなかろうとディオグネトスは私に何度も語りました。

四　彼らを引き立てるためにあなたがこれまでなさった諸々のことに私も分かち与りましたが、とりわけ

---

(1) 三五五頁註（1）を参照。

(2) 名宛人のコンスタンティノポリス首都長官としての行動を指す。

(3) カイサレイアのバシレイオスやナジアンゾスのグレゴリオスとも文通をした軍人。三七八年のハドリアノポリスの戦いに参加。テオドシウス帝のもとではゴート人との和平締結交渉に尽力し、三八三年に正規コーンスルに就任。それを祝賀するテミスティオス『第十六弁論』が現存している。その後も宮廷で大きな権力をもったが、四〇〇年に軍人ガイナスの要求によって追放処分を受け、失脚する。

(4) 三六五頁註（4）を参照。

(5) A. H. M. Jones, *The Later Roman Empire 284-602* (Oxford, 1964), pp. 508; 1216, n. 89 はこの法を、テオドシウス二世『新勅法』第十法文やウァレンティニアヌス三世『新勅法』第二項第四法文から確認される弁護人活動を限定する法と関連して解釈している。なお、この法の撤廃については書簡九一六-一を参照。

(6) 役に立たない無用のものを示す表現。ホメロス『イリアス』第十八歌一〇四、『オデュッセイア』第二十歌三七九、プラトン『テアイテトス』一七六D。

(7) ラピタイ人はテッサリアに住むギリシア人で、ケンタウロスたちと戦ったことで特に有名。彼らがネストルの意見を聞いたことは、ホメロス『イリアス』第一歌二七三に伝えられる。

今、何か類似のもの、あるいはそれを上回るものがもたらされれば、私は彼らに劣らず裨益します。あなたが私のことを気にかけてくださっているということの証拠を誰しも新旧無数に挙げられることでしょう。

書簡八五八　エウセビオス宛[1]　（三八八年）　弁論家の失職②

一　ここなるディオグネトス[2]はサモサタで生まれ育ち、弁論に夢中になれる年齢になると、夢中になって私たちのもとにやってきました。そして、勉強を続けて目当てのものを身につけると、諸々のことへ彼を誘う人々には目もくれず、ヘルメス神[3]に願掛けして裁判［の仕事］に身を投じ、訴訟当事者にとってこの男を味方にすることが重要というほどにまでなりました。二　こうして、「フェニキアが絶対に必要であり、さもなくば沈黙するしかない[4]」と言う人々が真実を語っていないことを証明したのです。あなたは私のことをよくご存知で、私のことで知らないことはありませんから、このことが私にとってどれほど重大かもお分かりでしょう。実際、彼が弁じていたときは私は喜んでいましたが、弁じなくなって私は心を痛めており、彼が再び話せるよう祈っております。

三　この道のりの成果がこの有り様です。彼は私に聞き従って道を歩んできたのであり、これは私が勧めたものです。彼を私たちに与えてくださるなら、こう勧めたことに栄えをもたらすでしょう。逆に、与えてくださらないなら――縁起でもないことは沈黙に付しておきます。

書簡八五九　ウルソス[5]宛　（三八八年）　弁論家の失職③

一　町じゅうで持ちきりの評判ゆえにあなたが幸福だと思う一方で、あなたがその友情から私に与えてくださった名誉のゆえに私自身も幸福だと思っています。なぜなら、思慮において際立ち、話す時と黙る時を弁え、何ごとも取り乱しては行なわず、万事を冷静に行なう人物から、私があなたからいただいているようなものをいただくことは、いかなる金（たとえそれがギュゲスの金[6]だとしても）よりも重要だと私は思うからです。

二　実際あなたは、側にいるときは敬意を払うが、離れているときは私たちを無視するというお考えはなく、離れていても同じままであろうとして、書簡による名誉を付け加えてくださいました。これを二重の意味で名誉と見なし、そう呼ぶことができます。なぜなら書簡を送ること自体が名誉ですし、これほど理知的で有為なものを書き送ることがもう一つの名誉ですから。私はこれを誇りに思い、皆を呼び集め、自分で読

（1）三五九頁註（7）を参照。
（2）三六五頁註（4）を参照。
（3）一三一頁註（1）を参照。
（4）フェニキアのベリュトスにあるローマ法学校を念頭に置いた表現。伝統的な修辞学の技術のみならず、実践的なローマ法学の素養も弁護人に求められるようになった帝政後期の事情を映している。
（5）本書簡でしか確認されない。*BLZG*, p. 315 は、ナジアンゾスのグレゴリオス『第二百二十七書簡』の名宛人と同定できるかもしれないとする。
（6）一二五頁註（2）を参照。

み上げて、皆がこの手紙を知るようにしました。

三　さて、私の仲間ディオグネトス(1)のための行動でも私に名誉を与えてください。彼の利益となるものを見つけ、その措置に関わる労苦を快く果たすことで。このこと自体もまた直ちに全ギリシア人の知るところとなるでしょう。

書簡八六〇　ディオゲネス(2)宛　（三八八年）　弁論家の失職④

一　ディオグネトス(3)が私の手紙を携えてあなたのもとに伺っているのは、こうなってほしいとあなたが彼にしばしばおっしゃっていたからです。たとえあなたがこのようなことを言わなくても、私はこうしていたでしょう、容貌の美しさに魂の美しさを示す人よ。しかし実際は、こうすればあなたがいっそうお喜びになると考えて、彼が遥かに喜ばしいことを求めたのです。

二　ともあれ、私がこの手紙という恩恵をあなたに与えているように、あなたもディオグネトスのために一肌脱ぐという恩恵を私に与えてください。彼には私もデモステネスも大変な恩義を負っているのです。というのも、彼は私たちを非難から解放し、この武具だけでも勝利を勝ち取れることを万人に明らかにしたのですから(4)。三　いや、雄々しいあなたなら、おそらくこの勧奨の言葉を笑って聞いているでしょうね。他の人にもこの武具を取るようすでに促していたとしても。ディオグネトスのことをあまりに慮るあまり、そのことを（これほど明白でありながら）私が見抜けていなかったなら、ご容赦ください。

書簡八六一　パンヘレニオス[5]宛　(三八八年)　新任総督紹介①

一　貴人ドムニオン[6]がいれば、私たちの町の少なからぬ部分を手になさっているも同然です。彼は、弁論家を生み出す学究に若い頃に携わった一方で、後には皇帝の財産に関わる仕事[7]で官職者たちから賛嘆されましたし、自分の娘のために、いかなる富よりもアンティオコス[8]の徳を重視するという判断を下したことであらゆる人々から称賛されたのですから。

二　彼は、総督職の名誉を帯びて派遣されることとなったアシアをも、この官職に就いた人たちの中でこ

(1)三六五頁註(4)を参照。

(2)詳細不明。*BLZG*, p. 120 は容姿の美しい人物として書簡八六三-二に言及される人物もこの人物だろうとするほか、四〇四年頃にヨアンネス・クリュソストモスが複数の書簡を送っている友人のディオゲネスが同一人物である可能性を指摘する。

(3)三六五頁註(4)を参照。

(4)弁護人として成功するには修辞学と法学の二つの知識(ここでは武具に喩えられる)が必要という社会通念を問題にしている。書簡八五八-二も参照。前四世紀の弁論家デモステネスは修辞学の代名詞として用いられている。

(5)本書簡と書簡八六三に現われる人物。三八二年にリュディア州総督を務めたことが法史料から知られる。

(6)本書簡と書簡八六二から知られる人物。弁論家としての教育を受け、国庫弁務官 advocatus fisci として活躍。本書簡の時点ではアシア管区代官(パンピュリアを管轄領域に収めていると考えられることから、アシア州総督ではない)に赴任したところ。

(7)国庫弁務官の仕事を指すと考えられる。

(8)本書簡と書簡八六二で言及されるが詳細不明。

のような人物をこれまで享受したことはなかったとたびたび言わしめるだろうと思います。かかる発言が促されるのは、彼の措置と、アテナイ人たちの言葉が宿るあなたの口によってであります。その口は、ドムニオンという人物を知ることのできた人たちを天晴れとし、それができない人たちにはその人物を教えるのですから。

三　そこで、あなたはご自分が、生まれ故郷の市民であるのに劣らず、私たちの町の市民でもあると考えて、この男のために祈り、共に戦ってください。そうすれば、この男があなたとあなたのところから来る人々に献身する姿を見出すでしょう。

書簡八六二　アルゲイオス宛(1)　(三八八年)　新任総督紹介②

一　高貴なるドムニオン(2)はあなたという人を知った上で伺っています。私が彼に次のことを教えたのです。すなわち、あなたの家柄、養育、教養、品性、そして、あなたが教職に関してはいかなる人物で、市民生活ではいかなる人物かを。ドムニオンはこれらのことを聞いて喜んでいましたが、それは、このような人物に会えるのみならず、手厚くする(これぞ総督の務めです)こともできると考えたからでした。二　この人はそのような思惑とともにあなた方のもとへ伺っていますが、その天分は有為であり、同時に、婿のアンティオコス(3)を日の下で最も優れた人として重んじています。後者は、名声の源をもたらしてくれる優れた父親の子と同じ家門になれればと望んでいますから。

三　そこで、この総督を弁論の発表でもてなして、あなたの腕前を披露してください。弁論を作らねばならないとなったら、あなたの速さは相当なものですし、ドムニオンにとっては［弁論の］聴講はいかなる蜜よりも甘美であり、この方面で飽きさせることはありませんから。四　彼はこのような人なので、教師たちのもとに通って常々何かを習得しながらも、何一つとして十分とは考えなかったときの状況に見合うことをします。説得するなり強制するなりして、あなたの子供たち[4]をきっと私たちにももたらしてくれるでしょう。

書簡八六二　パンヘレニオス[5]宛　（三八八年）　帰郷を非難する

一　あなたがポセイドンの好意を利用して、随分前に故国に足を踏み入れた[6]のはもっともなことではありますが、まさにその船出のせいで私たちの町があなたを大いに非難していることはご承知おきを。祖国や母

(1) 書簡八六二、一〇〇八、一〇一一、一〇九八で確認される修辞学教師にして都市参事会員。先行研究は書簡一〇一一—一〇一二がひとまとめに送られたと考えることから、彼をパンピュリアの修辞学教師とする。なお、*PLRE*, p. 102 は書簡一〇一二をもとにベリュトスの参事会員とまで考えるが、史料の読み方に問題がある。

(2) 三七九頁註（6）を参照。

(3) 三七九頁註（8）を参照。

(4) 弁論作品を示す比喩。二四一頁註（4）を参照。

(5) 三七九頁註（5）を参照。

(6) プラトン『法律』第九巻八六四Eの罰則表現が念頭にあるかもしれない。

親や子供たちに後ろ髪を強く引かれたのだと私が言っても、あなたへの愛情のあまり私たちの町はそれらの何一つとして重要と見なせません。

二　そして、弁護人として船出を擁護していた私は、何度も劇場へ赴いて演示弁論をせねばならない時が来ると非難する側となり、争いの声を用いました。そこではゲロンティオス[1]の姿が見られたほか、マルケリノス[2]も姿を現わしましたし、ギリシアの栄誉であるヒラリオス[3]も跳び上がりましたが[4]、弁論と弁者にとって幾千の味方に匹敵する人[5]はおりませんでした。その人なら魂の美しさと身体の美しさで演示弁論をいっそう美しいものとしてくれたはずです。明るみに出したり、隠したり、また、知られずにおかれないようにしたり、気づかせないようにしたりするのですから。

三　あなたはどうやってこれほど多くの非難から逃れられるのでしょう？　私に対して何と、この町に対して何とおっしゃるつもりなのでしょう？　何とお申し立てになるのでしょう？　それとも、言葉では力を発揮できなくても、行動でだけはそうなさるのでしょうか？　その行動とは、そちらから連れ戻されて、この地へ船で戻り、できれば夏に、さもなくば何はなくとも冬に、私たちに敬意を払うことです。

書簡八六四　エウテュキアノス[6]宛　（三八八年）　不運な女性

一　ご存知のように、私は不運な境遇の人々のことで心痛を覚えますし、運命の女神（テュケー）に苛まれる人を見たら悲しみますし、何か手厚くできることがあるのなら、それをためらいません。このことを目の当たりにしたからこそ、あなたはしばしば私を有為と見なして称賛し、このことの見返りに私に何か良いことがあるよう神々にお願いしてくださったのです。

二　さて、今も私は変わらずにおります。そのため、ある貧しい男の[7]妻が、係争[8]に望ましくないことに、牢獄で子を産み、その後に家[9]からも放逐されているのですが、彼女があなたの手でさらなる苦しみを蒙らなければ、と願っております。あなたは金貨のことなどきっと口になさらずに（これは誰かさんのすることです）、むしろ、そのようなものを施すことこそが利益だとお考えになるでしょう。

三　私たちからの使節[10]について少なからず語ることもできるのですが、黙っておきます。これは沈黙することであなたに敬意を払うとともに、これからあなたのなさることがおしなべて、あなたが骨を折り、自らを鼓舞した結果となるようにするためです。

---

(1) 二八七頁註（1）を参照。
(2) 書簡一三五、一四一の名宛人である、アパメイアの人と同定される。
(3) アカイアの哲学者。四七三頁註（7）も参照。
(4) 二七頁註（2）を参照。
(5) *BLZG*, p. 120 は書簡八六〇の名宛人ディオゲネスを示す可能性を提起するが、名宛人のパンヘレニオスを指すと考えられる。
(6) 後のアルカディウス帝治世下で道長官職を数次にわたって務め、三九八年にはホノリウス帝とともに正規コーンスルに就任する実力者。本書簡を受け取った時点では帝室財務総監に就任していた可能性がある。
(7) V Vo写本に伝わる *πένητος* の読みを取る。
(8) 写本上の *πραγμάτων* を採用する。
(9) 写本上の *οἰκίας* を採用する。
(10) 三六七頁註（5）を参照。

書簡八六五　ルフィノス宛[1]（三八八年）　翻訳騒動

一　あなたに宛てた手紙を最良の人アニュシオス[2]に委ねたのは、あなたが私の手紙を嫌々受け取ることはなかろうと彼から説き伏せられたからですが、その後、彼が故国に居座って、ぐずぐずしていると聞き、私はやきもきしておりました。しかし、彼がエウロペに足を踏み入れ、あなたの間近におり、一緒になるのももうすぐだと知らせてくれた人がいたので、この件がもとであなたの書簡を期待できることに私は大いに喜んでおりました。

二　ところが、彼はとうにあなたのもとに着いたのに、書簡が一向に現われなかったので、あなたが手紙を受け取ったのに返事をくださらないのか、そもそも手紙を受け取っておられないのかぐらいは何とか知りたいものだと強く願っておりました。というのも、あなたが受け取っていて、受け取った後も沈黙していることに私は満足できないでしょうから。

三　私がこのような状況に置かれていたときに、広場である人が近づいてきて（その人はあなたのお身内で、大いなる熱意を注ぐに値する事柄を扱うためにやってきました）、例の手紙があなたにご満足いただけたこと、そしてあなたが手紙の翻訳をお命じになり、通訳たちが試されたので、その手紙が彼らの試練となったことを告げてくれました。[3]　四　それで、私はこの人に何者でどこから来たかと尋ねて、素性を知ると、彼のことでも私自身のことでも喜んだのです。彼については、あなたの身内だったからであり、私については、私の手紙が渡されていたからです。これほどに公務が山積していなかったなら、私はとうの昔にあなたからの手紙を受け取っていたでしょうが、実際はあまりにも山積みだったのでそれがかなわなかったのです。

五　ですから、帝の状況がより良くなるようあなたにはご配慮いただくこととし、たとえそちらからのものが何も来なくとも手紙を書くのが私にはふさわしいのだと理解して、手紙を書いて、あなたにお願いいたします。私たちの町の使節たちに[4]とって万事が円滑にいくようにしてください。そうすれば、私たちの町も、この男たちの良き生まれも、彼らが弁論のために甘受したムーサたちのもとでの勉強も、あなたは重んじることになるでしょうから。

---

(1) ガリアのエルサ出身(現フランス、オーズ)。三八八―三九二年にテオドシウス帝の官房長官を務め、同官職の職権拡大に貢献した。三九二年に正規コーンスル。同年に、オリエンス道長官だったタティアノスを失脚させて、その後任となり、アルカディウス帝の輔弼役として権勢をふるった。テオドシウス帝の死後、軍人スティリコと対立。その結果、後者の特命を受けた軍によってコンスタンティノポリス市外で惨殺された。

(2) ルフィノスの法曹助手を務めていたと推測されるが詳細不明。書簡九八一、一〇二九も参照。

(3) リバニオスはギリシア語で手紙を書いたが、ルフィノスはラテン語話者だったので翻訳を必要とした。翻訳については、書簡一〇〇四、一〇三六も参照。

(4) 三六七頁註(5)を参照。

書簡八六六　リコメレス宛[1]（三八八年）軍人との結びつき

一　初めてあなたと親交を持ったあの日を[2]、そして数は多くないものの美しいお言葉の数々を私は覚えておりますし、生きている間も死んでしまっても覚えているでしょう。また、あなたが公共奉仕を果たしたときの名誉のことも覚えております。私は二つのもの[3]を通じてあなたから輝かしい身にしていただきましたから。

二　では、これらのもののお返しに私たちからあなたには何があったでしょう？　第一に、年の功ゆえに効果ある祈りの数々があります。第二に、あなたの順境への喜びがあります。というのも、あなたは平原を敵の死体で覆うという実績に喜ばれましたが、私たちは使者たちからその勝利を聞いて喜んだのです[4]。

三　そして喜んでいたのは私一人だけではなく、この町全体が一緒でした。それゆえ、きっとあなたは町にこのことのお返しをしてくださるでしょうし、町から派遣された使節たち[5]を介してお返ししてくださるでしょう。この者たちは父祖たちの慣習と市民としての振舞を範とする男たちですから。あなたの好意と援助のおかげで順風満帆だったと町に報告できる形で彼らを送り出してくださるだろうと思っております。

書簡八六七　プロモトス宛[6]（三八八年）暴君に対する勝利

一　こともあろうに友人の数に入れられているあなたに手紙を送らなかったことで、私はこれまでご無礼を働いてきたとはいえ、今後は友人にふさわしいものがもたらされるようにいたしましょう。あなたが返事を書かれるつもりか、そうでないのかはともかくとして。前者はとても重要なことですが、後者も決して些細なことではありません。二　実際、手紙を書く者はまさに手紙を書くことを通じて喜びを覚えるのですが、暴君の支配と暴力を憎み、皇帝の支配と諸法を愛し、後者が前者を打ち倒す[7]ためならいかなる危険にも喜んで身を投じるような方に手紙を送るのであるなら、それはなおさらのことなのです。

三　そこで高貴なる方よ、私にお恵みください。そうすれば同じ恩恵を帝にももたらすこととなるでしょ

(1)フランク人出身の軍人で三八四年の正規コーンスル。ハドリアノポリスの戦いに参加した後、テオドシウス帝のもとで高級将校としての軍歴を重ねた。三九三年に「僭称帝」エウゲニウスとの戦いに際して軍事指揮権を与えられるが、遠征前に死去する。なお、エウゲニウスを支援したアルボガステスは彼の甥にあたる。

(2)リコメレスは三八三年にオリエンス方面軍司令官としてアンティオキアを訪れた際にリバニオスと親しく交わり、その後も文通を続けた。このことは、書簡九七二-一、一〇〇七-一でも触れられている。

(3)リバニオス『第一弁論』二一九にあるように、リコメレスは三八四年の正規コーンスルに就任したとき、その式典への招待状をリバニオスに送付するとともに、皇帝からの招待状も送付されるよう手配した。

(4)三八八年のマクシムス帝に対する勝利を指す。書簡九七二-二も参照。

(5)三六七頁註(5)を参照。

(6)テオドシウス帝のもとで活躍した軍人。三八六―三九一年に軍司令官を務め、「僭称帝」マクシムスとの戦いにも従軍した。三八九年に正規コーンスルを務める。宮廷内ではルフィノス(三八五頁註(1)を参照)と衝突を重ねた。三九一年末にトラキアでの蛮族との戦いで戦死。

(7)「僭称帝」マクシムスとテオドシウス帝が対比的に表現されている。

う。具体的には、その場にいなかった私が、その場にいた者たちに劣らぬくらい例の戦いのことが分かるようにしてください。あなた自身の手を用いても、このような奉仕をする誰か他の人の手を用いても構いません。ただ、あなたのお声が大事も小事も何でも知っている人の声となるようにしてください。

四 あなたの前には、私にそれを運んでくれる三人の男たち(1)がおります。彼らの栄誉となるものは諸々ありますが、とりわけあなたの事績を賛嘆することは栄誉となります。それゆえ、将軍が弁論家に送ってくださったおかげで自分たちはこの贈物ももたらしているのだと彼らが他の諸々のこととあわせて語れるようにしてください。

書簡八六八　エレビコス(2)宛　（三八八年）　失われた交わり

一　あなたは私たちを放って、他の人たちとの交わりを重視されたことで、私たちからどれほどの歓喜を取り上げてしまったことでしょう！　というのも、日が昇ったらあなたのもとに馳せ参じねばと宵の内に互いに告げておいて、実際にそれを実行に移して、日が昇ったら馳せ参じ、あなたに会い、お話しを聞き、発言もして、私たちも楽しんで立ち去っていたのは、いかばかりのことだったでしょう。

二　ただ、私たちは運命の女神（テュケー）を全面的に咎めてはおりません。私たちはあなたとの交わりは失ってしまいましたが、耳にしていることには歓喜していますから。私たちが耳にしているところでは、あなたは帝の好意を得て、帝が書くにふさわしく、あなたが受け取るにふさわしい、輝かしい希望をもたらす手紙を得たそうですね[3]。三　私たちはこの喜びでもって、私たちのためにあなたが悲しんでくださったことのお返しをいたします。あなたが私たちのために私たちと一緒に流してくださった涙のことは忘れませんから。それゆえ、私たちは、実際に贈物を与えてくださった女神に、これまでにない贈物を与えてくださるように、すなわち、あらゆる眠りよりも甘美な不眠をもたらしてくれるようにと懇願しております[4]。

四　ともあれ、このことは神々のうちの至上なる方[5]が配慮してくださるでしょう。ところで、あなたは目下この使節たち[6]にご配慮ください。彼らは私の子供たちなのです（こう呼んでいるのは、彼らのために私が骨折ったからです）。**五**　できれば、いと神々しい帝の足元に席を占めて、近くから［彼らを］庇ってやってください。しかし、それがまだ先のことなら、それ自体でもその力を発揮できる書簡がございます。

---

(1) アンティオキアの使節団（三六七頁註（5）を参照）のこと。

(2) 三八三―三八八年のオリエンス方面軍司令官。三八七年のアンティオキアでの暴動（三五五頁註（2）を参照）の際に事件の調査委員に任命され、本書簡三節で示唆されるように同市の赦免に一役買った。このことでリバニオスから『第二十二弁論』を捧げられている。三八八年には「僭称帝」マクシムスと戦うテオドシウス帝に随行した。

(3) リバニオス『第二十二弁論』四一にもこのことが触れられている

(4) 眠りの比喩については、五一頁註（2）を参照。

(5) *ὑπάτῳ*.「コーンスル」を示す単語でもあり、三八八年のコーンスルの一人がテオドシウス帝であることも踏まえると、最高神と皇帝の二重の意味が込められていると言える。

(6) 三六七頁註（5）を参照。

書簡八六九　アンティオキアノス宛[1]（三八八年）リバニオスの評価

一　あなたの行動も愛している人のそれですし、私たちが好きではない連中の行動もそういう心境の人のそれです。あなたはお手元にある私の作品を残らず披露して、称賛しない人々を称賛させてみせようとまでお考えですし、彼らの方は、私はくだらない弁論の生みの親で、あなたは美しくもない弁論の愛好者だと言って、いっそう激しくあなたと私に戦いを挑んでいます。二　このようなことからしばしば憎悪と戦いと罵詈雑言がもたらされました。しかし、戦争をするよりも平和に暮らす方が良いのです。もし、あなたが今公の場に持ち込んでいるものを持ち込むことをやめ、どこかに弁論をしまって彼らが眠れるようにするならば、あなたの状況は良くなるはずです。

書簡八七〇　エウセビオス宛[2]（三八八年）気まぐれな参事会

一　オリュンピオス[3]の子で、あなたと同じ名で、公共奉仕を免除されているソフィスト[4]に対して、数名の参事会員たちが公共奉仕の話を出して悩ませています。しかし、彼らは自分たちの多くの決議[5]や、請求した者たちに帝国から認められた名誉のことは一顧だにしないのです。

二　しかし、彼らが自分たちの決議を破棄しても、とんでもないことではないのです。別人になってしまっても、とんでもないことではないのです。その心変わりでエウリポス[6]になったとしても、とんでもないことではないのです。私自身も侮辱されていることについては、彼らを咎めないことにいたしましょう。ずっと前からそれは彼らの関心事なのですから。三　それで、私たちのところの法廷はこのソフィストに関する件のために火がついたのですが、彼らはこの男を今後使節の一員にして、帝の裁決によってつかまえようとしているのだと思います。

四　そこで、これが実現しないようにするために、あなたの口にふさわしい言葉をあなたから彼らに聞かせてやってください。もし何かそのようなことをしたら、あなたの意に沿わないことをすることになるぞという脅しだけで十分です。彼らはきっとこのことを軽視しないでしょうから。

(1)本書簡でしか確認されない。

(2)三五九頁註（7）を参照。

(3)三六〇年代にいくつかの官職での活躍が認められる、アステリオスの子オリュンピオスと先行研究は同定するが、根拠に乏しい。

(4)アンティオキアの出身で、リバニオスの助手のエウセビオスのこと。本書簡にあるようにソフィストとして都市参事会員の負担に服さない特権を認められていたが、町の使者として皇帝のもとに派遣されたことがきっかけとなり、都市参事会員の負担を担うよう参事会から要請されることになる。この件については書簡九〇二—九〇九、九一八—九二一、九六〇、リバニオス『第一弁論』二五七以下、『第五十四弁論』五二以下も参照。

(5)リバニオス『第五十四弁論』五二から、関連する四つの決議があったことが分かる。なお、この箇所は写本の読みに従って訳出した。

(6)八七頁註（6）を参照。

書簡八七一　タティアノス宛[1]（三八八年）　至大なる官職

一　あなたのものはどれも立派で偉大なものばかりです。語られることも、書かれることも、なされている措置も、なされた措置も、これからなされる措置も、それらすべてが諸都市に安寧をもたらし、田園に安寧をもたらすのですから。これらに加えて、船で往来する貿易商たちやその他の生業を営む者たちも挙げられましょう。二　至るところに分別がもたらされ、誰も諸法が認める以上のものを決して求められません。そうするよう説き伏せられた人たちもいれば、やむなくそうさせられた人たちもいますが、彼らも当初は困ったものの、後には困らせた人々を称えることになりました。

三　あなたはその至大なる官職を通じて人々に恩恵を施しながら、諸州に派遣されている総督たちを介しても恩恵を施していらっしゃいます。なぜなら、辞令を与えるのは帝ですが、誰が辞令を受けるべきかを［帝に］教えているのはあなたなのですから。まさにそのような人物[2]をあなた方は今もエジプトとナイルにもたらしました。彼は、どのように諸都市を援助する必要があるかをとてもよく理解していますが、それができるのは生まれつきの才能と、それに加えて弁論と法律［の能力］のおかげです。四　彼は自らがそのような人物であることをすでにこれまでの奉仕の中で示したので、ここからもあなたへの歓呼の声が湧き上がるほどです。統治能力のある人が統治にあたっておりますから。

書簡八七二　同者［タティアノス］宛（三八八年）使節を務める哲学者①

一　さて、[3]オデュッセウスは自分の町に戻ることを見据えながら、あの長い放浪とその最中の苦難を耐えておりましたが、この哲学者[4]は自分の町を救い、祖国の助けになろうとして、多大なる労苦と多大なる奔走、そして多大なる言葉をつぎ込んできました。二　そして彼は助けになろうとしたことすべてで助けになったわけではありませんが、少なからぬ場面で祖国の役に立ってきました。畑や土地や家畜や住宅があるのでそうするよう駆り立てられたのではありません。マケドニオスは、ソクラテスと同様、そのようなものをいっさい持っていないのですから。むしろ、私の思うに、彼は生地への義理を尊重しているので、その小さな祖国の病状を癒すことができれば、オリュンピア祭の勝者以上に喜ぶのです。[5]三　自分の熱意に十分応えていないと言って少なからぬ同胞市民を少なか

（1）三五三頁註（3）を参照。

（2）他史料から三八八―三九〇年のアウグスタリス長官（エジプト長官）として名前が確認されるアレクサンドロス（書簡八八二―三を参照）のことではないかと推測される。

（3）小辞の使い方から、Reiske は本書簡が書簡八七一と本来は一体をなしていた可能性を提起している（Foerster）。

（4）後段で名指しされるマケドニオスのこと。本書簡に加え、書簡八七三、八七四を運んだと考えられる哲学者。さらに先行研究は、書簡一〇七一―一〇七四を運んでいる、キュロス市の都市参事会員で、ペラギオス（二九頁註（1）を参照）の子のマケドニオスと同一人物だとするが、哲学者として紹介されているマケドニオスは本書簡群に限られており、この同定は危うい。

（5）プラトン『ソクラテスの弁明』三六D。

らず咎め立てできる状況であるにもかかわらず己の祖国に対してかように振舞う人物をいかなる人と見なすべきでしょうか？

四　さて、他の長官のときは、彼は使節を務める際にしばしば次のようにひとりごちました。「いったいいかなる成果となるだろうか。説得できるだろうか。成し遂げられることがあるだろうか。得られるものがあるだろうか」と。しかし今は不安なしに伺っておりまして、まだ実現していない措置がすでに実現したものと考えて嬉々としております。その理由は、タティアノス殿が諸都市と諸州の救済のために生まれ育てられ、教育されてきたからです。

五　そして、私自身このことを手紙で明言しますが、もし神々の内の誰かが地と海に声を与えていたら、それらは、あなたからあらゆる人、あらゆる土地に与えられたものを布告使のように知らせていたことでしょう。あなたはそのようなものを考案し、そのようなものを書き、そのようなものを助言なさっています。**六**　こうして書簡に次ぐ書簡が、早馬に次ぐ早馬が到来し、あることを廃止（パウオメノイ）したり、あることの代替策を導入したりしています。思うに、ペレウスの子がアカイア人の破滅を食い止める（パウサイ）のをヘラが望んだように、(1)神々の内の誰かがそうなるように働きかけているのです。

七　ですから、このようなことに常に目を光らせる方、苦しんでいる人々がこれまで受けていた苦難によって消耗することを許さない方に、我々若者たちと老人たちは何をもってお返しいたしましょう？　このようなことを享受し、享受してきた者たちが求めそうな諸々のことの中でも、とりわけあなたの命と官職が最大限にまで延びることを求めるお祈りをもって［お返しといたします］。

書簡八七二　エウセビオス宛[2]（三八八年）使節を務める哲学者②

一　この哲学者[3]は言葉のみならず行動の（まさに実績のある）人[4]で、己の祖国を母親に劣らず愛しているのですが、その祖国が難儀しているのを目の当たりにしながらも、金銭で祖国の助けとなることができないので（貧しく暮らしていますから）、度重なる使節の役も、それぞれの役での弁論も苦とはしていません。その弁論の幾つかは陛下たちがお聞きになり、またあるものは長官たちの聞くところとなりました。［こうして］彼は多くの苦難を取り除き、祖国が息をつくことを可能にしました。しかしそれから、また別の波乱、また他の波乱、さらに第三の波乱[5]が押し寄せたので、再び同じ手段に頼り、同じ手段からの希望に縋っています。

二　ですから高貴なる方よ、マケドニオスのために宮廷への道のりを、そして諸都市を貧弱な状態から強

（1）ホメロス『イリアス』第十八歌一六五―一八〇に描かれるアキレウスへの働きかけ。
（2）三五九頁註（7）を参照。
（3）後段で名指しされるマケドニオスのこと。書簡八七二、八七四も参照。
（4）哲学者が口先だけの存在か、実行も伴わせるかはしばしば問題とされた。二九一頁註（6）のほか、アウルス・ゲリウス『アッティカの夜』第十七巻第十九章一なども参照。
（5）「第三の波」は大きく、困難なものを意味する。プラトン『国家』第五巻四七二A、『エウテュデモス』二九三Aを参照。

壮な状態に変えている偉大なタティアノス[1]が座すところへの道のりを整えてください。

書簡八七四　プロクロス[2]宛（三八八年）　使節を務める哲学者③

一　この私もあなたから送られた手紙を見せびらかす者の一人となるはずでした。しかし、あなたは他の人々には会っても、私には会おうとなさらないので（その資格は私にはあるのですが）、私は引き下がらずに手紙を送ってきましたし、今もそうしていますし、これからもそうするでしょう。そして、あなたに関する数多くの立派で偉大な知らせに喜ぶとともに、大都市をこのように守る術を心得た人物を人類のために守ってくださるよう神々に祈っております。

二　そういうわけで、哲学者マケドニオス[3]の町もあなたとあなたのご判断のもとへと導かれています。もちろん、あなたの父君[4]も自らこのようなことに取り組まれていますが、あなたからの介添があれば遥かに良いものとなるでしょう。ですから、この哲学者に協力し、弁護をして、その成果に華々しさも加えてください。

書簡八七五　テオドロス[5]宛（三八八年）　若き宮廷官僚①

一　この者は有為なるマリアノス[6]の子で、その人となりにおいては生みの親に匹敵し、弁論においては上回りさえしているので、訴訟当事者たちを援助していたなら偉大な人物となっていたでしょうし、私と同じ座を占めたとしても偉大な人物となっていたでしょう。[7] しかし、彼は私たちのところで修学する前に、宮廷官僚のある団体に登録されていたので、今、その団体の仕事に参加するために参上したところです。

二　そこで、私からの希望とお願いなのですが、彼のためにあなたからこの団体に対してお言葉をいただきたいのです。そうすれば、この件に誠意を見せればあなた自身に恩義をもたらすことになるというのが明らかとなりますから。

書簡八七六　アンティオコス宛[8]　（三八八年）　若き宮廷官僚②

一　この若者はまだ文字を習っているときに、父親のマリアノス[9]によって宮廷の一部署に編入されまし

(1)三五三頁註（3）を参照。
(2)三五五頁註（1）を参照。
(3)三九三頁註（4）を参照。
(4)オリエンス道長官タティアノスのこと。三五三頁註（3）を参照。
(5)三五七頁註（1）を参照。
(6)本書簡と書簡八七六にその名が確認される。書簡九四二―三にも同名の人物が現われるが、同定できるかどうかは不明。
(7)法廷での弁護人になる可能性と、修辞学教師になる可能性が論じられている。
(8)三五五頁註（3）を参照。
(9)前註（6）を参照。

た。そして、マリアノスはこのことを知らせぬままに私に息子を委ねて、弁論に秀でるよう手配したので、てっきり彼は息子が子供たちを教育している姿をその目にできるよう神々に願っているのだと私は想像しておりました。二　その後、彼は私のもとを訪ねて、秘密を打ち明けると、赤面しながらも、次のように言わずにはおれませんでした。その子があなた方のところへ赴き、以前配属された任を果たす時機がやってきた、と。

三　実に他の人であればこれらのことで私は腹を立てていたでしょうが、マリアノスは私が非常に優しいと見ていたので、私が手紙を書く必要もあると付言さえしました。こうして、私はこのことも容認したので、あなたにお願いいたします。マリアノスの子にとって、そちらでの体験がこちらでの体験より甘美なものとなるようにしてください。

書簡八七七　ケルシノス宛[1]　（三八八年）　ベリュトスの運

一　レトイオス[2]は次の点でも富を享受しました。すなわち、彼はあなたと長いこと話を交わしたときに、数々の畑や庭園そして浴場の持ち主でしたが、そこであなたをもてなす上で彼が贅に耽ったのは、これらのもののおかげというよりも、そこであなたの美徳に与ったという事実からでした。二　といいますのも、あなたは私たちのために彼の思慮を深め、さらには理性を持たせたのです。実に、あなたが誼を結ぶ者の中でもとりわけ彼は、あなたが教えを施してくださったおかげで、何を行ない、語らねばならないのか、何をそうしてはならないかを学んだのです。

三　さて、私の手元には書き上がった弁論があり、発表されるときを待っています。もしあなたが側にいてくださったら発表されていたのですが、あなたに聞いていただきたいので、目下のところはあなたの耳が近くにないのを残念に思いながら眠りについています。あなたに聞いていただけることがあれば、その弁論は書櫃から飛び出して公にされ、あなたがその姉妹作にとってどれほど大きな存在であったかを目の当たりにするでしょう。あなたはその姉妹作に大いなる名誉をもたらし、傍にいる人々にもそうするよう説き伏せたのですから。

四　また、私は断言しますが、ベリュトスの町は私たちよりも良い具合に運命の女神（テュケー）によって統御されています。私たちの町が今も昔も手にしたことのないような姻戚（それも、この町は無数の人々をこれまで受け入れてきたというのに！）をベリュトスは手に入れたのですから。ユリアノス[3]の目論見が運命の女神（テュケー）の仕業だと申し上げても間違いではないと思います。

五　そこで、望むことが何でもできるこの女神に私たちが求めるのは、あなたがその町に住まって、子供

（1）本書簡のほか、書簡九一一、九四九から確認される人物で、リバニオスの学生ではないものの、その弁論を愛好した。法曹助手の後、州総督職などの官職を務めたことが読み取れるが、詳細は不明。

（2）三五九頁註（4）を参照。

（3）名宛人ケルシノスの舅。ケルシノス関連の三書簡で言及される。先行研究は書簡九八三に言及される人物や書簡一〇八三の名宛人とも同定する。

たちを、良き子種を、ベリュトスに不滅の一族をもうけること、そして、その女神が結構な口実をもうけて私たちのもとにもあなたを連れてくることです。今もそうであるような、友人だとか友人の義理だとかいった口実を。

書簡八七八　ポティオス宛[1]　（三八八年）　使節の目的①

一　あなたが何より会いたがっていらした当地の筆頭参事会員たちが帝に冠を捧げるところを再びご覧いただいています。帝は冠にふさわしく、強大な勢力を迅速に打ち負かしたのですから[2]。

二　さてエウセビオス[3]はこの旅に呼び出されたときは、それは絶対にできないと言っていましたが、障害それ自体をもはねのけて参上するつもりでいたのは、何はなくとも有為なるポティオスを観照せんがためでした。というのも、彼は年少でありながら、年長者を愛しているのです[4]。

三　このことはおそらく驚くべきことではまったくありません。彼が愛しているのは魂であって、身体ではないのですから。彼があなた方のところから戻ってきたときに、誰かが「この数多くの宿駅からあなたはいったい何を手に入れたのですか」と尋ねたとしても、彼は「ポティオスに会った」と言うでしょう。そして、それを非難する人は現われないでしょう。

書簡八七九　セウェリノス宛[5]　（三八八年）　使節の目的②

一　私たちはあなたがいかなる地位に昇進したかを耳にして、名誉を与えた帝とも、名誉を与えられたあなたとも、このような才能を迎えることになった官職とも喜びを分かち合いました。そして、私自身にも栄誉となりました。なぜなら、あなたが［私のもとに］通った日々がこのような結果をもたらしたのですから。

（1）コンスタンティノポリスで大きな影響力を持った高齢の人物として現われるが、役職などの詳細は不明。ナジアンゾスのグレゴリオス『第百六十八書簡』の名宛人やシュネシオス『第六十一書簡』（Garzya）に言及される人物と同定できるかもしれない。

（2）「僭称帝」マクシムスに対するテオドシウス帝の勝利への言及。*BLZG*, p. 451 は、書簡八七八―八八〇は戦勝の黄金冠を献呈するアンティオキア使節によって運ばれたと考え、書簡群八五〇―八五三、八六四―八六八を運んだアンティオキア使節とは区別する。なぜなら、本書簡群では使節としてエウセビオスとキュネギオスの二名が挙げられるのに対し、後者の使節団は三人構成だった（書簡八五二-一、八六七-四）からである。したがって、後者は緒戦の戦勝を祝い、前者は完全な鎮圧を祝す使節であったと推測する。

（3）*BLZG*, p. 144 および *PLRE*, p. 305 はこのエウセビオスをリバニオスの助手だったエウセビオス（三九一頁註（4）を参照）と同定する。他方、Liebeschuetz, pp. 268 f. はいくつかの根拠を挙げてこの同定に異議を提起しているが、代替案を挙げるには至っていない。Norman, vol. 2, p. 456 は Liebeschuetz の主張を受け入れた上で、このエウセビオスを書簡八八四―八八七に現われる人（四〇七頁註（6）を参照）ではないかと推測する。

（4）ギリシアの同性愛では、通例、年長者の方から年少者に愛情のまなざしを向けた。

（5）リバニオスの生徒で、弁護人となった後、テオドシウス帝の宮廷で帝室財産管理総監、帝室財務総監職を務める。四世紀末にはコンスタンティノポリス首都長官にまで昇進した。

実に、私に対するあなたの公正さを目撃して天晴れとする神々の力添えもあって、一廉の結果がもたらされたのだとお考えください。

二　ですから、高貴なる帝の好意をあなたがずっと保てますように。さて、エウセビオス(1)は、キュネギオス(2)に恩を施すために伺っている一方で、あなたを観照したいと思って伺っています。それもどちらかというと前者より後者を求めています。三　そこで、あなたは彼と会って言葉を交わして喜ばせた上で、馳せ参じる力があった彼を、やむなく座している私たちのもとに送り返してください。私たちに関してあなたがしばしば語っていることにふさわしい言葉を彼があなたのところから運んでくれます。

書簡八八〇　ペトロス(3)宛　（三八八年）　沈黙の勧め

一　ここなるエウセビオス(4)は友を愛する術を心得ており、それを修練することといったら、各人が各人の業を修練するがごとくです。それゆえ彼はキュネギオス(5)と旅路を分かち合った一方で、彼にとって大切なあなたのお姿と眼を愛することでしょう。そして、神様が彼をこちらに再び導くときには、彼は財産を何倍にもした商人よりも喜んで戻ってくるでしょう。

二　彼はあなたにある忠告ももたらします。それは、私たちを絶賛するあまり、ご自分の敵を作らないように、というものです。このような話を伝える者たちが私たちのもとに来ましたから。私としては、あなたに重んじられていることに喜んでいるものの、あなたに敵が生じる原因にはなりたくありません。三　むしろ、あなたから私に関してお褒めの言葉があると胸を痛める人がいるのにお気付きになったら、口を閉ざし、そのような者たちには話をしないという恩恵を施してください。

書簡八八一　アンテリオス[6]宛　（三八八年）　周知の友情

一　ガイアノス[7]（この者は私の友人です）はある者たちから不当な扱いを受けていると申し立てていますが、あなたからの助力をいただければ不当な行ないをする者たちを圧倒できるだろう、そして私の書簡をあなたが手にすれば助力を得られるだろうと考えて、あなた宛の書簡を書くよう私に命じました。あなたから私はこの上ない待遇をいただいていますから。二　それゆえ、私たちの友情が周知のものである以上、私が

（1）このエウセビオスの同定については四〇一頁註（3）を参照。
（2）書簡一〇四八-五から知られる、キュネギオス（二八五頁註（1）を参照）の同名の孫と考えられる。なお、この人物の同定にまつわる問題については、三五九頁註（3）を参照。
（3）ゾシモス『新史』第五巻第三十五章二が伝える、四〇八年にスティリコの友人ということで殺された書記官主席 primicerius notariorum と同一人物かもしれない。
（4）このエウセビオスの同定については四〇一頁註（3）を参照。
（5）前註（2）を参照。
（6）本書簡でしか確認されない。テュロスの人ガイアノスへの援助が求められていることから、三八八年のフェニキア州総督であったと推測されている。
（7）二七五頁註（4）を参照。

この手紙を避けたら申し開きが立たなかったでしょう。ですから、手紙を書き、友人の務めを果たしつつ、あなたにお願いいたします。そのような行動をする者たちに、そのような行動をしない方が良いと説きつけてください。

書簡八八二　アフリカノス宛[1]（三八八年）判決の確定

一　目下私が望んでいるのは、ここなる有為な人ペトロス[2]が彷徨と係争と奔走を終わらせて[3]、もう長いこと自分の財産を失っている状態に終止符を打つことです。彼にとってこれまで損害だったものが、今やなくなったのですから。二　実際、あなたは正義を鋭敏に見極め、恥知らずな男を憎み、被害を受けた者と痛みを分かち合い、判決を確定的なものとし、真に裁判官たる者の姿をペトロスに見せてくださるでしょう。三　また彼は私たちの町で不当な扱いを受けている一方で、エジプトでも不当な扱いを受けていますから、後者についてもあなたにお願いいたします。前者を判決で、後者を手紙によって癒してくださいますよう。その手紙が至善なるアレクサンドロス[4]に宛てて届きさえすれば、かの地でもペトロスは素晴らしい結果を得られるでしょう。そして、私たちは両方のことであなたを称えるでしょう。

書簡八八三　ソプロニオス[5]宛（三八八年）何通もの手紙

一　私はあなたが今も生きているし、長い間生き続けるだろうと考えています。なぜなら神々はあの町[6]が大都市であることを望んでいますし、その町にとってあなたがいかに大きな存在であるかをご存知ですから。

二　ともあれ、このことは万能の神々が配慮してくださるでしょう。さて、今回もきっとイアシオス[7]があなたのご高配を賜るはずです。彼は、前回いただいたもののことを至るところで口にし、賛美するととも

（1）本書簡の時点では州総督であること以上には不明。書簡九三一が書かれた三九〇年には、おそらくパレスティナ州総督。なお、同名の人物が、遅くとも三八五年にカッパドキアで官職に就任していることがナジアンゾスのグレゴリオス『第二百二十四書簡』から、三九六―三九七年にコンスタンティノポリス首都長官を務めていることが『テオドシウス法典』からそれぞれ確認される。

（2）本書簡でしか確認されない。

（3）プラトン『小ヒッピアス』三七六C。

（4）三八八―三九〇年のアウグスタリス長官（エジプト長官）。書簡八七一―三も参照。

（5）カッパドキアのカイサレイアの人。三六五年にウァレンス帝にプロコピウスの叛乱を真っ先に伝えた書記官。カイサレイア司教バシレイオスとは幼少からの知り合いで、同司教やナジアンゾスのグレゴリオスとの書簡のやり取りがあるが、そこからは彼が官房長官やコンスタンティノポリス首都長官に就いたことが窺われる。

（6）名宛人の同定より、カッパドキアのカイサレイア（現トルコ、カイセリ）のことと考えられる。

（7）書簡一一〇七の名宛人としても登場。その内容から三九三年に官職（州総督？）に就いていると推測される。

に、自分がこれまでどのようなものを享受したかを余すところなく語る人物ですから。三　また、私は以前イピクラテス[1]のためにあなたへ手紙を書いて、この男に書簡で幇助したのですが、ついこの前イピクラテスに手紙を出したので、この手紙もあなたに届くでしょう。あなたから一通も手紙をいただいていませんが、友として愛されていると信じ、このことが何通もの手紙に値すると見なして、今回も手紙を送ります。

四　私たちの町からの使節[2]に、逗留するときも道を進むときも、あなたが多くの莫大な便益をもたらしてくださるだろう[3]と私たちは確信しております。

書簡八八四　エレビコス宛[4]　（三八八年）　公共奉仕負担①

一　私はヘルメスとムーサたち[5]を喜ばせることを常としているので、私のもとに通った生徒たち全員のことを気にかけていますが、とりわけ気にかけているのが、私たち［の授業］にとりわけ関わったエウセビオス[6]のことです。彼は熱意と素質と幸運のおかげで自らが卓越した弁論家であることを示しました。

二　私は彼に話を持ちかけて、若者たちの教育［の道］に進ませようとしたのですが、彼は母親と叔父[7]に従って目下の道を進みました。そして、彼は元老院の一員となることを重視していますが、プロペティオス[8]の好き勝手がもとで降りかかった災いのせいで多くの金を失ったので、財産の評価ではなく、その実態に応じて公共奉仕をすることを求めています。そうすれば、その町［コンスタンティノポリス］の役に立てるでしょうし、彼自身も破滅することはないでしょうから。

書簡八八五　プロクロス[9]宛（三八八年）公共奉仕負担②

一　この手紙の運び手[10]が何者で、誰の子で、どこの出身かを、あなたにお教えする必要はありますまい。というのも、あなたのお見送りの際に私が彼のことを語り始めるや、あなたの方からお話しがあって、私の話を遮ってしまったのですから。すなわち、あなたはガイオス[11]のこと、ガイオスの学芸のこと、彼がこの者の父親と兄弟であり、法律によってこの者の父親でもあることをお話しになり、さらに、この者がやって来たら快く会って然るべき手助けをするだろう、つまり彼が果たせる公共奉仕を見過ごしたり、彼が耐えられ

（1）アルメニアの人。書簡四二、二四八、二六〇の名宛人として現われるほか、八八、一〇〇三にもこの人物への言及がある。

（2）*BLZG*, p. 451は、書簡八七八―八八〇に現われる使節のこととする。四一三頁註（2）も参照。

（3）プラトン『エウテュプロン』三A。

（4）三八九頁註（2）を参照。

（5）一三一頁註（1）を参照。

（6）書簡八八四―八八七で確認される、リバニオスの元生徒で弁論家。コンスタンティノポリス元老院議員となることを志願している。

（7）書簡八八五-一で語られるガイオスのことと考えられる。

（8）本書簡以外にも書簡八八六-三、八八七-四で言及されるが詳細不明。

（9）三五五頁註（1）を参照。

（10）後段で名指しされるエウセビオスのこと。前註（6）を参照。

（11）書簡八八四-二と本書簡でしか確認されない人物。

ないような負担を課したりはしないだろうという素晴らしい約束を付け加えてくださいました。二　こういうわけでエウセビオスは喜んで参上しているのですが、私たちも喜んで彼を送り出しています。なぜなら、あなたが彼のためにしてくださったことを彼はすぐに私たちに手紙で書き送るでしょうし、後に再会したときには詳しく語ってくれるでしょうから。

書簡八八六　エウセビオス[1]宛　（三八八年）　公共奉仕負担③

一　私たちに関する諸々のことの中でもとりわけ私たちの生徒たちの状況がどうなっていて、誰が筆頭なのかを知ることが、あなたの関心事でした。だから、このエウセビオス[2]が他の人には見られないくらい古人の作品を身につけていて、古人に見紛うばかりの弁論を作ること（弁論を記憶に保ったり、蝋引き板に書き留めたりしていますから）をあなたは耳にできました。二　そして、このことを聞いて、あなたはエウセビオスと喜びを分かち合い、クラスと喜びを分かち合い、私と喜びを分かち合ったものです。こうして、あなたはご自分が教え手となっていたら感じていたであろう喜びを、私がこのようなものを授けたときに感じておられました。

三　ですから、あなたはこの者たちに関することもご存知です。すなわち、プロペティオス[3]の大問題のことや、プロペティオスがどれほど多くの槍で彼らの家を傷つけ、金銭の面で非常に強大だった家を弱小にしたかを。ところが、この家はかかる被害を受けても、なおも富んでいて、完全に窮乏してはいないと思われています。四　そこで、すべてをご存知であるあなたは、エウセビオスの弁護人となって、彼に公共奉仕役が生じる（こんなことは口にもしない方が良いのですが）のを見過ごさないようにせねばなりません。

書簡八八七　パラディオス宛[4]（三八八年）公共奉仕負担④

一　エウセビオス[5]は目下の案件に関する希望をとりわけあなたに見出して伺っていますが、それは、あなたが実に多くの機会に私の案件のために誠意を示され、私に恩恵を施すときに、恩恵を受ける私と一緒にお喜びになるのを彼が目にしたからです。二　今この援助であなたが手を差し伸べることになる人物は、良い生まれ育ちで、公正で思慮分別があり、弁論の能力を身につけており、その能力たるや、私が病気になったときも、そのことがこの者の助力のおかげで若者たちの損害とならないほどです。三　ですから、彼は私の道を進んだとしても力を発揮したでしょうし、父親の道を進んだとしても力を発

（1）三五九頁註（7）を参照。
（2）四〇七頁註（6）を参照。
（3）四〇七頁註（8）を参照。
（4）三八二年にアウグスタリス長官（エジプト長官）を務めた人物。本書簡に加えて、書簡九四三でもコンスタンティノポリス元老院において大きな発言力を持つ人物として現われる。
（5）四〇七頁註（6）を参照。

揮したでしょう。しかし実際は、彼はそれ以上に輝かしいものを求めたので、多くはない金銭（元々は多かったのが少なくなってしまいました）を携えてあなた方の一員となりました。四　その金銭は争いを好むプロペティオス[1]によって攻撃されていなければ、なおも多かったはずです。弁護に際してあなたに多くの苦労をかけることがないほど多くの証人がいる案件だということを申し添えておきます。

書簡八八八　エウプシュキオス[2]宛（三八八年）婚約

一　あなたが医者のために一肌脱ぎ、しかも弁論の生みの親にまでなって、その弁論を劇場に持ち込んで、称賛を受けるとしても、誰も責めはしないでしょう。それどころか、私たちはその医者が結婚を望んでいるからといって責めませんし、このことで彼に協力する人についても責めはしません。二　彼にとっても、彼の肩を持つ人たちにとっても、彼らが誰にも害をもたらさないなら、結婚は素晴らしいことでありましょう。しかし実際は、取り決めが反故にされ、ある求婚者に次いで別の求婚者が現われ、娘を奪われようとしている被害者がいます。

三　アスクレピオスに仕える者[3]の一人である以上、このようなことを憎み、妨げ、その実行とは無縁であるようにすべきです。そして、彼が適切さをあまり考慮しないとしても、少なくともあなたは大いに考慮してください。より正確に言えば、あなたは他の諸々のことでも大いに考慮なさるのですから、あなたの統治について良いことだけが語られるよう、この件でも大いに考慮してください。

書簡八八九　ブラシダス[4]宛　（三八八年）　ロミュロス①

一　同じ案件に関わる書簡が私たちからあなたのもとへ依然として送られているのに、あなたから私たちには何の行動も書簡もなしです。しかし、私たちが不正なお願いをしていたのなら、反駁すべきでしたし、正当なお願いだったのなら、行動すべきでした。だのに、あなたは反駁も行動もしなかったのです。それも正義を重んじるという評判のあなたが。

二　私としてはロミュロス[5]のためにあなたに手紙を送ることで、あなたの同胞市民にして親類であり、運命に翻弄されてかつての多くの持ち物を何一つ持っていない人のために手紙を書きました。もし彼にあなたのものを何か施していれば、あなたは自分自身にそれをすることになったはずです。親類の間では順境にある人が苦境にある人を助けねばならないのですから。そして、このような援助をした多くの人々を私は数え上げられるでしょうが、貴人ブラシダスもその一人となることを望んでおりました。

（1）四〇七頁註（8）を参照。
（2）本書簡でしか確認されない。州総督職に就いていると思われる。
（3）アスクレピオスは医療の神。彼に仕える者とは医師のこと。
（4）キュロス市の人。三六六年にアレクサンドリアに司教アタナシオスの復位を知らせるウァレンス帝の書簡を届けた書記官。コンスタンティノポリスで大きな影響力を持つ。
（5）三五九頁註（8）を参照。

三　しかしながら、この書簡はそのような人のためのものではございません。ロミュロスは自分に権利のある事柄について語る段になると、話したり話さなかったりすること（貧しさゆえにやむなく話すこともあれば、慎みゆえに話さないこともあります）かなりの期間となりますが、むしろ彼は話せることを話さずにおくことを、自分がとりわけ愛している人について洗いざらい話すことよりも優先しています。四　ですから、ロミュロスはこうするのがふさわしいのですが、ブラシダスは一つ目のこと、二つ目のこと、三つ目のこと、その次のことというようにすべてをきちんと自分自身に説明し、それから何か立派な行為をするのがふさわしいのです。五　そして、すべての解決（リュシス）さえもたらすことになると思うのは、私がダプネ[1]で拝見した宿泊所（カタリュシス）です。もし、ロミュロスがこの宿泊所の主となったら、彼はそれ以上何も求めはせず、すべてを取り戻したと見なすだろうと思います。

六　ですから同意し、納得して、ご自分をさらなる評判に包んでください。なぜなら、受け取り手はロミュロスになるだろうと思いますが、与え手のブラシダスも受け取るものがあるからです。すなわち、称賛が彼のものとなるでしょう。

書簡八九〇　使節団[2]宛　（三八八年）　ロミュロス②

一　ロミュロス[3]のための言葉があなた方の心に強く残っていて、[4]成果も伴わせたいとお望みのことと思います。ただ、憶えてくださっている方々のもとにこのような手紙が届いてもいっさい害はありません。二ですから、この手紙を受け取ってください。そして、あなた方の行動で、ロミュロスとあなた方自身と私と町に名誉をもたらしてください。

書簡八九一　ポティオス宛[5]（三八八年）　ロミュロス③

ロミュロス[6]はまだ息をつけておりませんが、私が依頼し、あなたが私の依頼を尊重することで、彼は息をつかねばなりません。そこで、先日の書簡よりもさらに良い書簡をお寄せください。この前の書簡には苦しみの種が含まれていましたから。

（1）一三五頁註（6）を参照。
（2）*BLZG*, p. 452; Petit, *Antioche*, p. 419 は書簡八七八―八八〇を運び、書簡八八三-四で言及されているアンティオキア使節を指すと考える。
（3）三五九頁註（8）を参照。
（4）写本の読みに従い、τε とした。
（5）四〇一頁註（1）を参照。
（6）三五九頁註（8）を参照。

書簡八九二　ゲッシオス宛[1]（三八八年）　結婚の勧め

一　神聖なるエジプトを私が愛しているのは、あなたのこのような手紙を私に送り出してくれるからでもあります。私がその手紙を賛嘆するときは、友人たちから離れて片隅で壁にもたれているのではなく、このような美を見極められる多くの仲間たちに囲まれています。ですから当然の結果として、快哉の声と「教えるためには富んでいてはならないという制約があったら、ゲッシオスはどうなっていただろう[2]」という声が起こりました。

二　こうして私たちはあなたを称賛する一方で、運命の女神（テュケー）に文句を言っています。なぜなら、私たちは以前あなたを育てたようにあなたの子供たちを育てていませんから。しかも、あなた以外の人たちについては、その父親たちを教育したように彼らを教育しているというのに。

三　そこで、結婚に思いを巡らすよりも、結婚をすることで、ご自分から非難を取り除いてください。地には娘たちがいるので、その気になりさえすれば十分です。ただ、言葉巧みな者たちが、近くにいれば言葉をかけ、離れていれば手紙を書いて、あなたに妻子を持たない暮らしを称賛するのではないかと私は危惧しています。

書簡八九三　エウセビオス宛[3]（三八八年）　残りの心配り

あなたからのお心配りをマクシモス[4]は一部享受して、それについて私たちに手紙を書き送ってきましたが、彼は残りも享受するべきです。といいますのも、彼がそれも求めていますし、いただいた暁には、いただいたという事実を再び明らかにするでしょうから。

書簡八九四　ヘシュキオス宛[5]（三八八年）　講義再開

一　私たちではなく、時節を咎めてください。後者が多くの面倒事と、それに由来する苦しみと、苦しみに由来する涙をもたらしたのですから[6]。そのような状況にあってこれほど多くの友人たちに頻繁に手紙を送

（1）先行研究は書簡一五二四で言及される人物や『ギリシア詞華集』第七巻六八一―六八八で風刺される人物と同定して経歴を再構成しているが、書簡の作成年代や『詞華集』の作者パラダスの活動年に関する近年の研究成果に照らして、きわめて不確かである。書簡一〇四二の名宛人と書簡九四八-三で言及される人物とは書簡の年代の近さから同定できるかもしれないが、いずれも詳細不明。

（2）プラトン『ゴルギアス』四八五Dを連想させる表現。

（3）三五九頁註（7）を参照。

（4）詳細不明。

（5）三七三頁註（3）を参照。

（6）*BLZG*, p. 452は、書簡八五〇-三、八五二-一、八五五-二で言及されている裁判の再審理のことを指すと考える。

るのは簡単なことではないのです。
二　あなたのご子息たちは(1)二ヵ月の内、(2)一ヵ月を古人たちと私［の作品］の両方に費やし、残り一ヵ月を古人たち［の作品］だけに費やしましたが、このやり方を取るのはその有益性ゆえです。三　ヘルメス神と他の神々がお許しになれば、私たちは今月にも講義を再開し、(3)第四日に第一部を迎えるでしょう。

書簡八九五　レオンティオス宛(4)（三八八年）そっくりな弁論

一　あなた方から私たちに再び手紙が届くと、私も、私と一緒に若者たちの世話をしている者たちも快哉を叫びました。叫んだのは、その前日に私から彼らにあなた方について語った発言のせいでした。二　それは、あなたも私の親族であるバッシアノス(5)の子(6)も私に不当な振舞をしている、なぜなら、私たちのところに来た書簡と名誉(7)ならびにあなたの素晴らしい弁論を私から取り上げているのだから、というものでした。「あなたの」弁論と申しましたが、こう言ってよろしければ、「私の」弁論です。というのも、聞いているかぎりでは、このようにあなた方のところの聴衆は言ったそうですし、それはまずい表現でもありません。それほど私たちが作った弁論にきわめて似ていました。(8)
三　まさにこの弁論が二日間私の手元、私の目の前にあって、読まれ、吟味され、賛嘆されて、あなたのために私がしたことへの莫大な報酬となりました（私が、世の中の黄金を、私の弟子がこのような作品の生みの親となったという事実より重視するはずはありませんでした）。四　それゆえ、好機だと思ったときに、私はその弁論をこちらの聴衆に改めて披露してみたところ、［あなたが発表した］前回と同様でした。人々は同じ声を発し、同じ感動を覚えたのです。中には、この弁論に関してあなた方のところで疑惑が生じたことを天晴れとする者もおりました。すなわち、レオンティオスが私の作品だったものを自分のものと詐称していて、こちらで作られた作品がそちらで教示されたのだという疑惑のことですが、そのように錯覚させるところがたくさんあったから疑惑が生じたのだと言うのです。

五　私はあなたとも自分自身とも、さらには若者たちとも喜びを分かち合いました。彼らはその書に手を伸ばして、その弁論を財産と呼び、それをわが物にして身につけようとし、実際にわが物とし身につけてい

（1）書簡一〇九〇-一でも言及されている。

（2）*BLZG*, p. 452は、名宛人のアンティオキア不在の時期と考え、ヘシュキオスがコンスタンティノポリスへ運んだ書簡八五四―八五六と本書簡とが二ヵ月間隔たっていると推測する。これに対し、Festugière, p. 135は二ヵ月の夏休み期間の臨時補講と考える。なお、M. Heath, *Menander: A Rhetor in Context* (Oxford, 2004), p. 240やCribiore, p. 152は、二ヵ月という期間についての説明は特にしないものの、それぞれ本書簡に関する独自の解釈を提示している。

（3）一三一頁註（1）を参照。伝ホメロス『ヘルメス讃歌』一九、アリストパネス『プルートス』一一二六、プルタルコス『食卓歓談集』第九巻二（七三八Ｆ）などに見るように、月の第四日はヘルメスの誕生日として特別の意味を持った。

（4）リバニオスの元生徒。三九二年にフェニキア州総督を務めた後、コンスタンティノポリスで影響力を持っている姿が認められる。

（5）九九頁註（2）を参照。

（6）四一九頁註（1）を参照。

（7）この箇所は読みについてさまざまな提案が出されているが、写本上の *τιμῶν* を採用した。

（8）なお、書簡八九六-二、九四四でも同様にレオンティオスの弁論が称えられている。

るのですから。

書簡八九六　アリスタイネトス宛[1]　（三八八年）　手紙の遅れ

一　不当な扱いを受けた人は大抵、不当な扱いをした当人の口から、「自分の行動は不当だった」と「非を認めるのを」聞いて溜飲を下げました。ですから、あなたも書簡が遅れたことに関して（遅れたのは四ヵ月かそれ以上でした）私の口からこれと同じ言葉が語られるのを聞いて溜飲を下げてください。二　もっとも、私は態の良い理由をでっち上げることもできたのですが、立派な大人で親族で高貴で弟子で谷町でもある方に対してそのような言い訳はすべきでないと考えました。そこで本当のところを申し上げます。これはこちらの過ちでした。

三　ただ、あなたのお体が何とか回復するよう神々に願掛けするのを私が怠ったときはなく、ポリュビオス[2]もあなたのために神々にこの願掛けをしていました。あなたは有為な方で、本に喜び、弁論を歓迎し、弁論を作成する男[3]と一緒に暮らしていますから。そこで、その製作者を説得して別の神像を作らせ、発表し終えたものに絶えず続きを加えるようにさせてください。彼が滔々と語る一方で、私たちがレオンティオスを介してレオンティオスとともに輝きたてるようにするために。

書簡八九七　サトルニノス宛[4]（三八八年）　音沙汰なし

一　おそらく私は諸々の嘘をついていて、極めつけの嘘として、自分が手紙を送っていないのに送ったと言い、手紙を受け取っていない人に対して、受け取ったのに返事をしないと言い張っているのでしょう。しかし、救ってくださったこと[5]であなたに感謝（救うことを望まぬ人と戦ってくださいましたから）を述べた私の手紙を知らなかったメガロポリス［コンスタンティノポリス］の人がいたでしょうか？　多くの人がその手紙について話したり、聞いたりしていたのに、またどうすればそれが誰に宛てて書かれたかということだけを知らずにいられたでしょうか？

二　あなたが戦って勝利を収めたことを私たちに教えてくれたのはマクシモス[6]で、私たちはこれに関して必要なことを手紙に書いて送りました。その後あまり日を置かずにあなたがその手紙を手にしたことを知ったのですが、それは私たちから［手紙を］受け取った者があなたに渡したと伝えてきたからです。それで、

（1）アンティオキアの人でリバニオスの親戚バッシアノス（九九頁註（2）を参照）の子。書簡一〇四三と一〇五一より、三九二年に短期間コンスタンティノポリス首都長官を務めたと先行研究は推測するが、そのように理解できるか疑わしい。四〇四年の正規コーンスル。
（2）詳細不明。
（3）後段で名指しされるレオンティオスのこと。四一七頁註（4）を参照。
（4）三七五頁註（3）を参照。
（5）*BLZG*, p. 452 は書簡八四〇、八四二で言及される裁判でのリバニオスの放免を示すと考える。
（6）詳細不明。

この件に関するあなたの書簡を待ち望んでいたものの、一向に届かないので、私は落胆にとらわれていましたが、あなたに感謝するのを止めてはおりませんでした。

三　例の弁論の後にあなたがやはり音沙汰なしだったことも挙げられます。その弁論の報酬として私は銀を得ましたが、それよりも重要な報酬、すなわち書簡は得られなかったのです。その書簡は私に称賛をもたらす必要はありませんでした（その称賛は正当なものとはならなかったでしょうから）が、ただこのことだけは、すなわちあなたに弁論が届いたことは伝えるべきでした。実際、その弁論は称えずとも、そこに込められたいっさいを作り出した意図は称賛できたはずです。

四　しかし、あなたはこれも私たちにしてくださりませんでした。ある河が私たちを押し流したからです。あなたと付き合っている方々はその河をオロンテス河やキュドノス河ではなく、イストロス河[1]やナイル河やそれに次ぐ大河に比しておりましたが。ともかくそのせいで、私たちは弁論に関するあなたの書簡を失い、彼らもあなたに続かねばならないと思っていたので手紙を書く手が止まってしまったのです。

五　おそらくレトイオス[2]も自分が音沙汰なしだったことについて何か言おうとするでしょうし、迷わずそうするでありましょう。あなたは私たちのために有為なるアンニアノス[3]を輝かしい身とし、それで恩恵をもたらしてくださいましたが、私たちを非難する手紙を通じても私たちに恩恵をもたらしたのだとご理解ください。その手紙は愛情なしに書かれてはいませんでしたから。

書簡八九八　エレビコス宛[4]（三八八年）首都とアンティオキア

一　至善なるアンニアノス[5]を、トラキア[6]への尽力ゆえにトラキアによって栄冠を与えられた後に再び迎え入れることは私たちにとって重要でありますが、彼があなたの書簡も携えてやって来たことの方が遥かに重要です。二　あなたは私たちが側にいるときに名誉を与えようとしてくださっただけでなく、離れていてもそうしてくださいました。つまり、あなたのもとでのいかなる集まりでも私たちを称賛してくださるとともに、他の人が私たちを称賛するとあなたはその人を愛し、私たちを誇る者は（こういう手合いもおりますから）あなたの気分を害して立ち去るのです。三　それゆえ、今度もあなたは私たちからの書簡に喜ぶという名誉を与えてくださるとともに、あなたからの書簡で名誉を与えてくださるのです。ところで、あなたへのお願い、そして私と並んでこの町のお願い

（1）オロンテス河はシュリアのアンティオキアを貫流する河。キュドノス河はキリキア地方のタルソス市を流れる河。イストロス河は現在のドナウ河のこと。

（2）詳細不明。

（3）本書簡と書簡八九八-一で確認される人物。*BLZG*, p. 444 や FK, p. 333, n. 2 はトラキア管区代官と考えるが、*PLRE*, p. 68 はいずれの書簡も軍人宛のものなので、アンニアノス自身もトラキアで活躍した軍人だと推測する。また、後段の「輝かしい身」とはコンスタンティノポリス元老院議員の身分を意味する可能性がある。

（4）三八九頁註（2）を参照。

（5）前註（3）を参照。

（6）七頁註（2）を参照。

でもあるのですが、どうか、あなたが私たちのもとから出立するときになさった約束を思い起こしてください。あなたはメガロポリス［コンスタンティノポリス］を味わったら、そこには劣るとはいえ、そこそこの町よりも大きい町[1]に再び赴くだろうと約束なさいました。より美しい町という形容も付け加えましょう。**四**　あなたが美についても一廉のことを言えるようなものを私たちに与えてくださいましたから。あのようなお屋敷に加えて、町の中央に位置し、各市門から入ってくる人々を老いも若きも引き寄せる浴場を与えてくださったので。

書簡八九九　タティアノス宛[2]（三八八年）優れた教育法

一　この若者[3]を送り出す父親は幸せ者ですが、この若者を迎え入れる祖父も幸せ者です。そして、このような道を進み、母方の祖父を師ともする彼自身が幸せ者です。二　なぜなら、彼はあなたのもとに置かれ、あなたと一緒に暮らすことで、言葉を聞き、行動を観察します。すなわち、日中に行なわれる仕事や夜間に処理される業務を、正義感ある心を、理の通った寛容さを、克服される食欲や睡眠を、そして天に住まう方々の眼下であなたが徳を発揮して彼らを喜ばせる諸々の営為を観察するのです。それゆえ、これらによって私たちの若きタティアノスは教育されるでしょうし、神々が彼を同名の方と同じ高齢にまで導くなら、その方に引けを取らぬ存在になるでしょう。三　彼がこのように育てられるなら、町の名に引きつけられたものの、その町から何も、あるいはごくわずかしか引き出すことのない連中よりもはるかに優れた人物になるだろうと思います。

書簡九〇〇　ヘラクレイトス宛[4]（三八八年）書簡の中身

一　有為なるパラディオス[5]の利益となっているものにその性格がありますが、大いなる利益になっているものとして、このような手紙を知恵あるあなたから預かったこともあります。その手紙はこれ以上ないほど真理に合致しています。私がその書簡の中に何があるかと見てみたところ、老齢[6]と、習熟するのはよろしくない事柄への未熟さがありました。

二　さて、私は能力が伴わないために、どんなに望んだところで行動では彼を助けられませんでしたが、祈りによる援助は蔑ろにしませんでした。といいますのも、私はあらゆる神々にパラディオスの手助けをお

(1)アンティオキアのこと。なお、コンスタンティノポリスとアンティオキアの対比は、書簡一一四-一、三九九-三などにも見られる。
(2)三五三頁註(3)を参照。
(3)名宛人タティアノスの同名の孫。後に東ローマ皇帝マルキアヌスによって引き立てられ、四五〇—四五二年にはコンスタンティノポリス首都長官、四六六年には正規コーンスルに就く。
(4)本書簡でしか確認されない。
(5)本書簡での内容以外、詳細不明。
(6)老いに対する肯定的な評価については、三九頁註(8)を参照。

願いしたのですが、パラディオスの係争が終結する前にルキアノス(1)がフェニキアへ向かったので、神々は多分そこで自分たちの力を披露してくださるでしょう。

書簡九〇一　エントレキオス宛(2)（三八八年）ニカイアの友人

一　私としては、あなたが一度に両方をできたらと望んでおりました。すなわち、祖国にいることと私たちのところにいることを。また、私たちと一緒に弁論に取り組む一方で、ニカイアを統御してアリスタイネトス(3)の家をまとめることを。二　私がニカイアのことを忘れず、心を配り、重んじるのは正当なことでありましょう。なぜなら、ディオニュソスの狂信女たち（バッカイ）が打たれているときにディオニュソスをテティスがその懐に迎え入れたように(4)、この町は私を迎え入れてくれたのですから。三　また、私はニカイアとアリスタイネトスの墓を愛しているというのに、どうして彼の家族にとって彼の代わりとなった方も愛さないことがありましょう？　愛している者が手紙を送らないことがありうるのは、逆に手紙を送る者が愛していないのがありうるのと同様です。あなただって手紙を送らなかった間も私たちを愛していたではないですか。

四　あなたを愛するよう〔私を〕促したのは、あなたが弁論を求めてアテナイに来て、求めていた弁論を晴れて身につけたという事実です。そして、この弁論に続くものがことごとくやってきました。官職に次ぐ官職、それも後の官職が前の官職を規模において凌ぎます。そしてペルシア人たちを追討した皇帝(5)の寵愛と、彼の後には慈愛深き帝に重んじられた長官の寵愛。この長官はあなたと一緒に世界の大半を巡った後、万事につけてあなたを信用し、パレスティナの指導を委ねて輝かしい地位のきっかけを与えてくれました。[6]

五　いやはや、あなたを称賛しようと逸るあまり、これらの話に逸れてしまいました。さて、私はあなたの手紙を受け取って、その長さを目に留めると、この手紙は私にあなたのご子息たちのこと、すなわち彼らがどのような状況で、どのような見込みがあるかを告げるだろうと思っておりました（あなたがご自分の子を教育なさっているのですから、見込みがあるのは当然ですが）。**六**　ところが彼らの話がどこにも見出せなくて、私はひどく心を痛めました。彼らが然るべき勉強に勤しんでいないからではありません（いやしくもあなたのご子息たちにどうしてそのようなことがありえましょう）。むしろ、私が彼らのことをまったく

（1）三六一年に正規コーンスルを務めたフロレンティウスの子で、リバニオス『第五十六弁論』で非難されているシュリア州総督かもしれない。同弁論によれば、アンティオキアから彼の統治を非難する使節が派遣され、道長官タティアノスと軍司令官とによって解任された（リバニオス『第一弁論』二六九以下を参照）。後に道長官ルフィノスのもとでオリエンス管区総監となるが、テオドシウス帝の伯父エウケリオスへの不遜な振舞がもとでルフィノスの手で処刑されたとゾシモス『新史』第五巻第二章一―四は伝える。

（2）二六五頁註（3）を参照。

（3）三頁註（1）を参照。

（4）ホメロス『イリアス』第六歌一三二―一三七を参照。リバニオス『第一弁論』四八に見るように、醜聞でコンスタンティノポリスから退去せざるを得なくなったリバニオスを初めに受け入れたのがニカイア市だった。ディオニュソスの喩えを用いているのは、ニカイアの守護神がこの神であるためだろう（ディオン・クリュソストモス『第三十九弁論』八）。

（5）ユリアヌス帝を指す。

（6）道長官セクンドゥス・サルティウスを指すと考えられる。一四五頁註（4）を参照。

顧慮しないとあなたがお考えになっているように私には思えたからです。顧慮するよう促す要因がこれほど大きいにもかかわらず。

書簡九〇二　エウセビオス宛[1]　(三八八年)　使節に対抗して①

一　ソフィストのエウセビオス[2]と争わないようにさせるために、あなたが私たちの町の使節たち[3]と然るべき話し合いをなさったことを私たちは知りましたし、彼らがその言葉を無視したことも知りました。

二　ですから、私たちはあなたをその意思ゆえに称賛いたしますし、彼らも再度話を受けたら、それが称賛に値すると示してくれるようにと祈っております。彼らがあなたから少し叱責を(他の人なら、脅しも、と言ったかもしれません)含んだお言葉をもう一度かけられるなら、おそらくもっと良い具合になるでしょう。そして、折よく次の言葉も語られるでしょう。「神々の御意に従うときには[4]」と。

書簡九〇三　テオドロス宛[5]　(三八八年)　使節に対抗して②

一　手紙を書いてください、それも頻繁に。なぜなら、あなたは思われている以上にこのことに努力したかのように、それを見事になされますから。そのエウセビオス[6]のための書簡は走る私を駆り立てました[7]。私たちはずっと前からこの男を賛嘆し、そうするよう他の人たちに説いてきましたから。

二　さて、あなたはこの私たちの哲学者のために一肌脱ぎたいと望みながらも、使節たち(8)の対抗心のせいでそれができなかったわけですが、もう一度それを望んでください。おそらく、あなたならできるでしょう。この件には正当性が十分ありますし、たとえ彼らにはその正当性が些細なものに見えても、偉大なる陛下はきわめて重大なものとお考えになるでしょうから。

書簡九〇四　エウセビオス(9)宛　（三八八年）　ソフィスト擁護①

一　私たちの町の使節たちが不当にも参事会の決定を取り消そうとしていた(10)のに対してあなたが正当な形で示してくださった誠意のことを聞いて、私は喜び、喜ぶ人らしく振舞っておりました。しかし今では、彼

(1)三五九頁註（7）を参照。また書簡八七〇、九〇四でもこの件についての働きかけがなされている。
(2)三九一頁註（4）を参照。
(3)書簡八七〇、九〇三-二も参照。
(4)ホメロス『イリアス』第一歌二一八。
(5)三五七頁註（1）を参照。同案件について、書簡九〇五も参照。
(6)三九一頁註（4）を参照。
(7)走る人（逸る人）をさらに励ます喩えについてはプラトン『パイドン』六一Aのほか、ホメロス『イリアス』第八歌二九三以下、ルキアノス『ニグリノス』六などを参照。
(8)書簡九〇二-一と前註（3）を参照。
(9)三五九頁註（7）を参照。同案件は書簡八七〇、九〇二でも扱われている。
(10)書簡八七〇、九〇二-一、九〇三-二を参照。

らの側が優り、あなたの苦労がすべて徒労に終わったと聞き、私は悲しんで、悲しむ人らしく振舞っております。すなわち、本を投げ捨て、私のもとで若者たちを牧する者を失って[1]、涙にくれています。

二　さて、冬[2]は始まったばかりですが、この冬の激しさは床の中に入っている者でも被害なしには過ごせないほどです。ソフィストのエウセビオスは自分は破滅しないと確信できぬまま、ロバを借りて伺っています。彼の母親への励ましとなるのは、私の見るところ、あなたへの希望以外にありません。

三　ですから、再び助けにかかってください。彼は、何らの強みもないかのように苛まれているときでも、どれほどの正当性に守られているかをあなたの前で示しますから[3]。

書簡九〇五　テオドロス[4]宛　（三八八年）　ソフィスト擁護②

一　目下、私たちは喜びに浸っているはずでした。ソフィストのエウセビオス[5]に不当に手をつけようとした連中が打ち負かされましたが、このことは私たちと彼らの共通の利益となったはずですから。私たちは不当な処遇を受けず、彼らは不当なことをしない（このこと自体が頭のしっかりとした人にとっては利益なのです）のですからね。

ところが、彼らはあまりに争いを好むあまり、望むことは何でもできるので、私たちは、以前は牛が軛のもとで「つがいになって」畑仕事に勤しむように一緒に弁論の仕事に勤しんでいたのに、引き裂かれてしまいました。そこで、あなたはオデュッセウスにとっての女神アテナにあたる存在[6]になって、ソフィストのエウセビオスの側に立つことでソフィストの地位にあるすべての人々の恐怖を取り除くべきでありましょう。二　それに、この男に正当性がないわけではなく、多数の参事会の書状を［自分に有利な証拠として］読み上げられますし、慈しみ深き帝の書状も多数そうすることができます。三　しかし、連中は自分たちの決議も尊重しなければ、帝の書状も畏怖しないで、彼らの務めを免除されてムーサたちの歌に結び付けられていた者を自分たちの望む任に移しかえようとしているのです。このようなことを貴人テオドロスは決して耐えられないはずです。弁論のお蔭で今の地位に達したがゆえに、弁論を尊重する責務があるのですから。

書簡九〇六　プロクロス宛(7)（三八八年）　ソフィスト擁護③

一　多くの弁論を作って教え、いずれの弁論でも拍手喝采を巻き起こし、とりわけあなたのために編んだ弁論で少なからずそうした男(8)が、自身の生活と、その生活から得ている免除とを取り上げられて、教職の代

（1）後段で名指しされるエウセビオスのこと。三九一頁註（4）を参照。
（2）文字どおり季節を示しているだけではなく、波乱の意味で使われているとも考えられる。
（3）後日譚については書簡九一八—九二一を参照。
（4）三五七頁註（1）を参照。同じ案件が書簡九〇三で依頼されている。
（5）三九一頁註（4）を参照。
（6）三四七頁註（3）を参照。
（7）三五五頁註（1）を参照。
（8）エウセビオスのこと。三九一頁註（4）を参照。

わりに都市参事会員職に就くよう強いられていますが、これは参事会の決議といと神々しき帝の決定とに反しております。いずれについても文書がございまして、もしあなたの父君[1]が提示を命じれば、彼は提示するでしょう。

二 それゆえ、弁論を愛好しているというあなた方の評判を、ご自身と父君のために守り、私の老いをその手助けで目立たなくしてくれる相棒を私のために守るべく義憤を覚えてください。そして、あなた方の統治（アルケー）の時期に端（アルケー）を発した、かくも冒瀆的な事件を見過ごさないでください。

書簡九〇七 アブルギオス[2]宛 （三八八年） ソフィスト擁護④

一 あなたがかつての友情を几帳面に維持なさっていることも、偉大なるタティアノス[3]が私たちの尽力に喜んでいるのを見てお喜びになっていることも私は知っておりました。私たちのもとを訪ねてこのことを教えてくれた者や、手紙で教えてくれた者がおりましたから。二 ですから、タティアノスに向かって口にするのははばかられるものの、あなたになら頼って然るべきだったお願いを求めたとしても、ご迷惑ではなかろうと考えました。弁論の神々[4]にあなたから捧げねばならないものがあるのです。

三 エウセビオス[5]は私の弟子で、都市参事会から決議によって、彼の同名の先祖[6]に倣って弁論家を育成するよう要請されたので、それに従いました。そして、そのような仕事に従事して実に高く評価されたので、彼のために帝から名誉を求める参事会決議によって、またも彼は名誉を与えられました。こうして彼は手に入れたもので輝きたち、参事会はその宣告で輝きたち、帝はその賜与で輝きたちました。

四　さて、参事会員たちはこのソフィストを今度は使節に選んだのですが、それは参事会員としてではなく、彼のそれまでの地位を失わない形ででした。そして使節は彼の弁論に助けられ、参事会員たち自身がこのことを物語っていたのですが、その後エウリポス(7)となって方針を変え、諸法によって免除されたことをこのソフィストはせねばならないと主張したのです。

五　ですから、いかなるソフィストも免除を受けられず、弁論がこのような扱いを受けるにせよ、彼だけが免除を受けられず、ホメロスがある箇所で言っているように(8)、「アルゴス人のうちただ一人褒美なし」になるにせよ（それも彼は、簡潔に言えば、誰にも引けを取らないのに）、いずれにせよとんでもないことで

(1)当時のオリエンス道長官タティアノスを指す。三五三頁註（3）を参照。

(2)カッパドキアのカイサレイア出身。カイサレイア司教バシレイオスの書簡で宮廷の要職を務める人物として登場する。三七八年にバシレイオスに昇進を祝されていることから、ハドリアノポリスの戦いの記述に現われるオリエンス道長官がこのアブルギオスであると考えられている。

(3)三五三頁註（3）を参照。

(4)リバニオスが後代の著作で、運命の女神と並んで自らの運命に関与するものとして、しばしば引き合いに出す神々。ヘルメスなどが含意されていると考えられるが、概念それ自体はアイリオス・アリステイデス『第二弁論』五七、『第三弁論』七二、『第三十一弁論』一三にまで遡る。書簡六五六-一、九二七-一、一〇〇四-五、一〇五一-八、一〇六一-六、一〇八五-一、一〇八九-二、リバニオス『第一弁論』一三八、二七四なども参照。

(5)三九一頁註（4）を参照。

(6)このエウセビオスについては詳細不明。

(7)八七頁註（6）を参照。

(8)三二五頁註（8）を参照。

あります。六　しかし、彼は取り上げられてしまった名誉について、それが自分ただ一人のものであり続けることを示せますし、その書状も用意しています。ですから、正義の側に加勢すべく、助太刀をしてください[1]。

書簡九〇八　マルドニオス宛[2]　（三八八年）　ソフィスト擁護⑤

一　多くの人々を、その人たちが人であるということさえ分かれば、助けてきたあなたの優しさのみならず、あなたがどんなときでも私たちを友と見なしてくださり、今もそう呼んでくださっているという事実も私たちは頼りとしております。

二　さて、あなたがそのように呼んでくださっている私たちは危機に陥っています。ソフィストのエウセビオス[3]は、今の暮らしを成り立たせている地位を失う危機に陥っておりますし（私たちの町の使節たちが血気に逸ってそのようなことをしたからです）、私は、エウセビオスのアッティカ式の弁舌を得ることで得ていた大きな力添え（若者たちの面倒を見る上で、私はその弁舌の恩恵に浴していましたから）を失う危機に陥っています。三　しかし、これまで多くの人々を助け、これからも多くの人々を助け、決してそれをやめることのない方よ、今回もこの人たちにあなたの本領を見せてください。

書簡九〇九　タティアノス宛[4]（三八八年）ソフィスト擁護⑥

一　もしあなたのお望みが、私が声を張り上げ、クラスを構え、弁論を作ることや、私たちの友人が苦しんだり敵が喜んだりしないことや、私の授業が滞ることなく以前のように進むことであるのなら、どうか若者たちを教える立場にエウセビオス[5]を留めてください。

二　彼は、私がしばしば黙して座っていた際に自ら滔々と弁じることで、私たちのもとに通ってくる生徒たちを上達させて送り出しました。さらに、患いが襲ってきたときでも、教師を必要とする生徒たちに私がわずらわされることはありませんでした。教師として彼がいたからです。そして、このような者たちに老いのせいで生じうる損害は何一つ生じませんでした。全面的に青年が老人を支えてくれたからです。

三　ですから、私からこの救いを取り上げないでください。さもなくば、私が声もなく倒れていると直ちに聞くことでしょう。このことを私がお願いするのは、縛られずに済むという恩をゼウスに先にもたらしたテティス[6]に倣っているのではありません。私たちからあなたが得るものは大にも小にもいっさいありません

(1) 後日譚については書簡九六〇を参照。
(2) 三六一頁註（5）を参照。
(3) 三九一頁註（4）を参照。
(4) 三五三頁註（3）を参照。
(5) 三九一頁註（4）を参照。
(6) ホメロス『イリアス』第一歌三九六—四〇六。後にテティスはこの恩義を口実に、息子アキレウスのための援助をゼウスに求めた。

が、あなたは私たちに対していつでも多くのものを披露してくださいますから。これまで何度も手厚くしてくださった以上、あなたが今回も私たちを手厚くしてくださるのは必然です。

書簡九一〇　アルテミオス宛[1]（三八八年）弁論家の育成

一　有為なるテオテクノス[2]にあなたが施してくださった恩恵すべてが私のためにもなり、今施してくださる恩恵すべてが私のためにもなり、これから施してくださる恩恵すべてに私も分かち合うのだとお考えください。このことを手紙で書き送るのは、このこと自体にいっそう前向きになっていただきたいからであり、あなたがこの一つの行動で、一人ではなく二人の恩人となるとお分かりいただくためであります。

二　ただ、あなたの子[3]のためにあなた方が下した決断でこの二人を悲しませていることもご承知おきを。あなたは彼をホメロスやデモステネスやプラトンから馬や戦車や御者に移し変えたのですから。しかし、彼が官職者たちに向かって自分のことを弁じるのが進歩したり上達したりする上で、後者のいずれも役立たないでしょう。

三　あなたは、テオテクノスを弁論家として大事にしてくださいますが、どうすればあなたの子がもう一人のテオテクノスになるかは考慮なさいません。そして、この若者が若者[4]になってしまうと苛立つことで、その家に絶大な損失をもたらそうとしているのに気付いておられません。しかも、あなたには金銭を費やす必要はないというのに。私たちにとって十分な利益となるのは、エピパニオスが町と市民たちにとって大いに役に立つことなのですから。

書簡九一一　ケルシノス宛[5]（三八八年）借りの返し方

一　いや、至善なる父[6]の娘にして至善なる夫[7]の妻たる方が、その織物によってもあなたの家を大きくするのを止めませぬように！　私はその亜麻の上衣（キトーン）を見て賛嘆しましたが、送り返して（他の人ならこんなことはしなかったでしょう）言いました。「高貴なるケルシノスよ、あなたはいかなる期間私のもとに通い、いかなる書面を弁論で埋めつくして提出し、いかなる修正をそこにしてもらったことで借りがあると考えて贈物をするのですか？」と。

二　なるほど、私は断言しますが、教師の目を恐れ、教育係の鞭を恐れながら私たちのところで多年を費

（1）本書簡でしか確認されない人物。詳細不明。

（2）本書簡でしか確認されない。P. Petit, *Les étudiants de Libanius* (Paris, 1957), pp. 87 f.; Cribiore, pp. 150, 165 は、詩の読解に関してリバニオスを補佐する助手と考える。

（3）後段で名指しされるエピパニオスのこと。*BLZG*, p. 128; *PLRE*, p. 281 は警察官吏 agens in rebus 職に就任したものと理解するが、*FOL*, p. 92; Cribiore, p. 260 は参事会員の公共奉仕負担と解釈する。

（4）この「若者」に学生の意味が込められているのか、放埒さが含意されているのかは不明瞭。

（5）三九九頁註（1）を参照。

（6）書簡八七七-四に現われるベリュトスの人ユリアノスのこと。

（7）名宛人ケルシノスのこと。

消した者たちよりもあなたの方が多くを私たちから得ました。三　すでにあなたは総督たちを助ける立場にあったときも、自ら総督職を務められたときも、私たちの手で作られた弁論の愛好者となって、公務に劣らず弁論にも身を捧げ、このお気に入りにこれ以上なく嬉々として従事しました(1)。そのため、あなたは弁論も作れれば、他の人の発表のときに、その長所と短所を判断できるようにもなったので、あなたが発表の場に居合わせない方が取るに足らぬ者たちにとっては利益になるほどでした。**四**　以上のことから私たちにあなたは借りがありましたが、それを返したので、今や借りはありません。お返しをして借りがないのに、どうしてあなたは借りがあると言って、なおも贈物をなさるのでしょうか？

五　では、そのお返しとは何か？　喝采し、称賛し、跳び上がりながら(2)私や私の作品に言及し、あなたと同じことをする者たちだけを真の男と見なすことです。**六**　私は断言しますが、あなたは私たちの労苦で魂を養っている以上、私の生徒でありますし、私たちが名声を得るのに協力してくださる以上、ご自分の贈物をさらに探し求める必要はないのです。実際、このお返しが先のお返しよりも重要なことは、アテナイ人たちが多額の金で賛嘆を買い求めたことから明らかです。私はデモステネスがアテナイ人たちについて語っている(3)のを信じていますから。

書簡九一三　セバスティアノス(4)宛　（三八八年）　友人へのお願い

一　私は友人に正当な恩恵を求めるのを恥じません。そして、そちらから私たちのところへやって来る多くの人々が口々に明らかにしているように、あなたは私たちの友人です。二　それゆえ、あなたはパルナシオス[5]を手厚くすることも手荒く扱うこともできますが、手厚くする方を望んでください。彼の生まれと町を、パルナシオス自身（彼は弁論を希求する若者です）を、そして弟子にして父なし子である者のために嘆願する私を尊重して。

書簡九一三　エピパニオス[6]宛　（三八八年）　喜びの報酬

一　私はあの日のことを覚えています。あなたが総督職のために私たちの町を通過する折に、私のもとを訪ねて、話したり聞いたりしたときに、そのいずれの行動でも会いたかった人に会えたことを示していたあの日を。こうして、あなたは私を堪能して立ち去りました。二　私の方はこの間ずっとあなたへのお返しとして、何はなくとも、あなたについて語られることに喜んでいました。あなたが法律に意を配り、それに従う一方で、諸都市や地を耕作する人々や行動の速さや言葉の美しさにも意を配ると語られていたのです。

（1）ケルシノスがリバニオスの弁論を愛好したことについては書簡九四九-二も参照。
（2）二七頁註（2）を参照。
（3）デモステネス『冠について（第十八弁論）』六六。
（4）先行研究は書簡九一一―九一三がフェニキアに送られた書簡群と考えることから、本書簡の名宛人をベリュトスのローマ法教師と推測するが、根拠に乏しい。
（5）本書簡でしか確認されない。
（6）フェニキア州総督と推察される。

三　それゆえ、私はこのように喜んでいたことの報酬さえあなたから求めることができます。その報酬とは、このシドニオス[1]（彼は有為なる人物で私の友です）を、側にいるときは快く見つめ、不在のときは探し求め、助言によってより優れた人物としていただくことです。もし彼がいっさい過失を犯すことなく実り豊かになって戻ってきたなら、このことでも私はあなたに感謝するでしょう。

書簡九一四　父長（パトリアルケス）[2]宛　（三八八年）　ユダヤ教徒

一　書簡でのお話しの中には、私がずっと前から知っていたこともあれば、今回知ったこともありました。そのため、私の悲しみはその書簡が加わったことでいっそう大きくなりました。かくも立派な一族がこれほど長い間苦しんでいるのに、[3]誰が悲しまずにいられましょう？　二　あなた方に危害を加える人々のために手紙で私たちに相談してくる人は一人もいませんでしたが、そうする人が大勢いたとしても、私は何も行動しなかったでしょうし、あなた方に危害を加えることで私自身に危害を加えることもなかったでしょう。

三　私たちの町を治める予定で、私たちの近くにいるとお考えの人物については、真実でない話が私たちと同様あなた方をも惑わすことになりました。しかし、私たちはもう惑わされませんし、あなた方も今やそうせねばなりません。たとえ、これまではそうはいかなかったとしても。[4]

(1)おそらく州総督法廷の弁護人であろう。書簡一〇四六-一にも同名の人物が現われるが同定できるかどうか不明。

(2)一世紀後半から二世紀前半のユダヤ叛乱の結果、神殿を失ったユダヤ教徒たちは離散し、活動の中心をガリラヤ地方に移した。この離散期にパトリアルケスという言葉で表わされる役職は複数ある。一つは、パレスティナの評議会によって選出されたユダヤ教首長Nasi（「族長」「パトリアルク」などと訳される）で、離散したユダヤ教共同体全体に対する聖職者任命や対ローマ政府交渉で大きな力を発揮した。ヒレル家の人物が代々この地位を継承し、五世紀まで存続した。もう一つは、地方ユダヤ教共同体の役職者ないしシナゴーグ聖職者としての意味である。リバニオス書簡では決定的に意味を決めかねることから、語の原義を取って「父長」と訳出した。

なお、*BLZG*, p. 162; *PLRE*, p. 385 は前者の意味を採用して、本書簡の名宛人をガマリエルと説明するが、この時期のNasiについてはガマリエル五世（M. Stern, *Greek and Latin Authors on Jews and Judaism*, vol. 2 [Jerusalem, 1975], p. 583）と六世の弁別や、ガマリエル五世の子ユダ（W. A. Meeks & R. L. Wilken, *Jews and Christians in Antioch in the First Four Centuries of the Common Era* [Missoula, MT, 1978], p. 59）も考慮に入れねばならないなど複雑さを極める。また、書簡一〇九七で名宛人に複数形が使われていることからも、必ずしもNasiとは限らないかもしれない。

(3)先行研究は「一族」と訳したγένοςをユダヤ人全般の意味に取り、この箇所全体をキリスト教徒によるユダヤ教徒攻撃（特にこの頃に起きたと伝えられるカリニコンのシナゴーグ破壊）や官憲による抑圧を指すと理解する。

(4)O. Seeck, 'Libanius gegen Lucianus,' *RhM*, n. s. 73 (1920-24), pp. 91 ff. は、リバニオス『第五十六弁論』に伝えられる、シュリア州総督ルキアノスによるアンティオキアへの帰還の試みと、後任総督エウスタティオスを拒否する市民側の一連の騒動を指すのではないかと推測する。

書簡九一五　エウスタティオス宛[1]（三九〇年）　愛神エロース

一　あなたが以前なさっていたのは愛することでしたし、あなたの名前もそれをすることに由来します[2]。しかし、今ではあなたは私たちを愛する代わりに、いわれのない悪口を言い、人間、英雄、神霊、神々などあらゆるものに対して舌鋒を向けています。しかし、正しくご検討いただけるなら、あなたは他人から苦しめられているというよりも、自分自身を苛んでいるのです。二　ですから、法廷には暇を告げて、かつての麗しい隷従へ戻ってください。体は小さくてもそこに力を大いに秘める神[3]の炬火と矢を崇めることで。

書簡九一六　ピラグリオス宛[4]（三九〇年）　法の撤廃

一　例の法律[5]に関する弁論が見事な出来だったことを今は認めます。あなたがそれについてそのように語って書いていらっしゃいますから。ただ、その弁論は、弁じることを禁止する法が撤廃された後に模擬弁論として書かれたのではなく、弁じる能力のある者たちが常に弁じられる状況を勝ちとろうとして書かれたのです。二　かかる意図で弁論が作られたものの、それが家に控えおかれていたのは、宮廷の内情を知る人たちが、その方が安全だと説きつけたからです。その法の制定者をけしかけて、この弁論の著者に敵対させようとする輩が出る恐れがあるからということでした。三　しかし、運命の女神（テュケー）が私の代わりを務め、その法は制定したのと同じ［人の］声で撤廃されました。こうして、その弁論は聴衆のもとに届き、提言だったものが頌詞の役割を発揮したのです。

四 しかし、あなたがこれほど身近にある庭園に劣らず弁論にも傾注しているのは結構なことです。此度のあなたの手紙がこのことを私に伝え、明らかにしてくれました。

書簡九一七　父長（パトリアルケス）[6]宛（三九〇年）三度目の手紙

一 アンモニレ[7]のためにこの書簡が再び届いているのは、この女性を不当に扱う連中に力があるため、以前の書簡が力を発揮しなかったからです。**二** そこで、以前の手紙のことで悲しみを分かち合い、この手紙を尊重して、私たちが三度目の手紙を必要としないようにしてください。

（1）書簡九三三-二より、この名宛人名は書き換えられたもので、実際はエウストキオスに送られたと考えられている。経緯については書簡九三四も参照。
（2）エウスタティオスは「安定している」「落ち着いている」という語に、エウストキオスは「狙いが良い」という語に関連する。
（3）愛の神エロース。プラトン『饗宴』一八八D、リバニオス『第八模擬弁論』一七を参照。
（4）八一頁註（1）を参照。
（5）書簡八五七-一を参照。
（6）四三九頁註（2）を参照。
（7）本書簡でしか確認されない。

書簡九一八　エウセビオス[1]宛　（三九〇年）　追認の必要①

一　このソフィスト[2]が自分の公正な同胞市民たちの手で告発を濫りに受けていたことは、法廷において多くの証人と確かな文書によってはっきりと示されました[3]。しかし、彼が嵐によって破滅させられぬために、このことを長官[4]が確実に知るよう再びあなたが手配してください。二　今後のことも見事に処理され、すでになされた措置にあなたがさらに見事なものを加えるのを神々がお許しくださいますように！

書簡九一九　テオドロス[5]宛　（三九〇年）　追認の必要②

一　ソフィストのエウセビオス[6]は、あなたが彼を嵐から助け出し、身内のもとに戻してくださったおかげで救われました。しかし、自分が訴えに対して潔白であることを示し、法廷で良い評価を得るのに彼が用いたものが、あなた方のもとに運ばれていて、高官[7]の耳と口を必要としています。この件はあなたを介せばすぐにも終結まで迎えるでしょうが、あなたの援助がなければ、どこか外に放っておかれて、取り上げられるのが遅くなるでしょう。

二　ですから、再び私たちに賛嘆すべきテオドロスを見せてください。テオドロスに多大な喜びをもたらすのは、あらゆる人々の困難を解消することですが、とりわけヘルメスとムーサたち[8]に自らの人生を捧げている者たちについてそうなのですから。

書簡九二〇　ポティオス[9]宛（三九〇年）追認の必要③

一　ソフィストのエウセビオス[10]はあなたの友情と心配りから大層なものをいただいて参りましたが、その彼が同じくらいかそれ以上の大層なものを再びいただけるはずだと私たちは考えております。二　私たちの方からは、あなたが私たちに対してどのような人物であり、どのような人物であったかをあらゆる人々に語るというお返しを、前回と同様に、あなたに差し上げましょう。

（1）三五九頁註（7）を参照。同案件は書簡八七〇、九〇二、九〇四でも扱われている。
（2）リバニオスの助手を務めたエウセビオスのこと。三九一頁註（4）を参照。
（3）*BLZG*, pp. 454 f. は、書簡九一八―九二一を一括して送られたものと考える。そして、ソフィストのエウセビオスは、三八八年の書簡九〇四―九〇九の段階でコンスタンティノポリスで起こした訴訟で、勝利を収め、アンティオキアに帰還したと経過を再構成する。
（4）オリエンス道長官タティアノスのこと。三五三頁註（3）を参照。
（5）三五七頁註（1）を参照。同じ案件が書簡九〇三、九〇五で依頼されている。
（6）三九一頁註（4）を参照。
（7）オリエンス道長官タティアノスのこと。三五三頁註（3）を参照。
（8）一三一頁註（1）を参照。
（9）四〇一頁註（1）を参照。
（10）三九一頁註（4）を参照。

書簡九二二　アブラビオス[1]宛　（三九〇年）　大きな隔たり

一　私自身があなた方のところで午餐を取り、入浴し、正餐を取った思いなのは、エウセビオス[2]がそれを享受したからです。神々の好意によって再び故郷に戻り、誰も望まないようなものを逃れおおせたエウセビオスが。二　あなたが会衆にもたらす弁論を検討する場である、あなたの家を擁するその小路は、私に言わせれば、いかなる広場よりも輝かしく、さらに言えば、他のものを翳らせるローマの広場よりも輝かしいのです。というのも、飾り立てられた数々の列柱廊よりもオリュンポス山が輝かしいのは、神々がそこで営みをなすがゆえなのですから。

三　さて、あなたが私たちに手紙を送らず、私たちからあなたに手紙が一通も届かなくなってすでに長いのですが、それももっともなことでした。あなたには、若者たちを他所に送り出しながら[3]、こちらに手紙を送る道理はありませんでしたし、［私たちが手紙を送っていたら］うるさくて、黙るべきときを知らないといって私たちを叱責する人が現われたでしょうから。四　他のガラティア人たちに対しても同じように私たちはしてきました。彼らも私たちに対してあなた方と同じようにしてきましたから。ですから、私たちが以前の教え子たちのことを忘れたというよりも、むしろ教え子たちが以前の親たちのことを忘れてしまったようです。それもおそらく無理はないでしょう。私たちとあなた方の町の間には大きな隔たりがありますが、彼らは［あなた方の］隣人なのですから。

書簡九二二　プロクロス宛[4]　（三九〇年）　タラッシオス弁護①

一　私たちは、「愛は無礼によって解消する」という諺[5]の心境に陥ったことはなく、いじめられても打たれても、どんな悪口を言われても、それでも私たちは愛しており、〔以前と〕同じものを希求しています。そして、迎え入れてくれる方がいるのなら、以前の発言はそもそも語られていないものと見なして、喜んで私たちは伺います。

二　タラッシオス[6]が良き人であり、例の参事会[7]に加わっても遜色ないことに関して、証人は大勢おります

（1）ガラティアの修辞学教師。ナジアンゾスのグレゴリオス『第二百二十三書簡』、ニュッサのグレゴリオス『第二十一書簡』、ソクラテス『教会史』第七巻一二が伝える、後のノヴァティアヌス派の司教と同定される。

（2）三九一頁註（4）を参照。

（3）ガラティア人の子弟がリバニオスのもとに多く通っていたことは、P. Petit, *Les étudiants de Libanius* (Paris, 1956), pp. 129-132が主張している。ここではアブラビオスらガラティア人たちが子供をリバニオスのもとに送り出さなくなったことを非難している。

（4）三五五頁註（1）を参照。

（5）書簡八〇一-一と三〇一頁註（5）を参照。

（6）リバニオスの助手を務める人物で、時に「哲学者」と形容される。コンスタンティノポリス元老院議員の資格審査を受けるが、一度目は失敗し、改めて二度目の審査を受けようと試みる（その結果については、研究者によって判断が分かれる）。なお、リバニオス『第四十二弁論』はこのタラッシオスを擁護して、元老院資格審査の不当を訴えるものである。彼のための一連の取り組みについては、書簡九二二―九三〇、九三二、九三六、九三七、九三九、九四三も参照。

（7）コンスタンティノポリスの元老院のこと。

が、きわめて大勢の証人に匹敵する証人こそプロクロスであります[1]。彼の業績にはいかなる言葉も及びませんから。また、プロクロスは私たちを治められたときに[2]、この男を濫りに訴える者たちに対して、そうするのはやめねばならない、なぜなら自分は惑わされないだろうから、とおっしゃったのです。

三 そこで、当時このようにおっしゃられた方なら、目下中傷する連中に対しても同じ言説を駆使してくださり、今日に至るまでいかなる点でも大にも小にも過ちを一つも犯していない人物が元老院に加われるよう説得してくださるはずです。

書簡九二三 オプタトス[3]宛 (三九〇年) タラッシオス弁護②

一 あなたが私の依頼で多くの者たちを多くの害悪から守ってくださった援助を数えてから、「私たち」に放たれた悪罵(私が友としているタラッシオス[4]に浴びせられた悪罵に私自身も関わったのです)に目を向けるたびに、二つのことが同じ魂のなせる業とは思えません。そして、私は何度も「地べたに目を釘付けにして[5]」座っております。私たちを悪く言う連中と戦うべきだった人が自らそのような発言をして、「同じことを」他の者たちに望んだことに驚いて。たとえ何か文句を言えたとしても、これほどの罰を科す必要はなかったのですから。

二 そこで、高貴なる方よ、二度目は良くなるようにし[6]、今度のことで前回のことを帳消しにしてくださ い。そして、ステシコロスとなって、どうか前言を撤回してください[7]。あなたがそうしてくだされば、従わない者は誰もいないでしょう。実際、素晴らしいことに、他の諸々のことでもあなたは信頼されております。それゆえ、私たちに憤慨する姿をお見せになった以上、和解した姿もお見せください。

書簡九二四　ソプロニオス宛[8]（三九〇年）　タラッシオス弁護③

一　あなたから手厚くしていただけるはずだと考えているのは、他でもない、あなたを友人として愛しつづけているからです。なるほど、あなたは友人を愛することも手厚くすることも両方できるのに、私たちにできることは前者だけです。しかし、それをすることで私たちはあなたの力をきっと享受できるはずです。

(1) プロクロスが実際にはタラッシオスの入会に強く反対したことはリバニオス『第四十二弁論』三三―四四から窺い知ることができる。
(2) 三八三―三八四年のオリエンス管区総監だったときのこと。
(3) コンスタンティノポリスの有力な元老院議員。三三四年に正規コーンスルを務めた同名の人物の義理の甥にあたる。三八四年にアウグスタリス長官（エジプト長官）、四〇四―四〇五年にはコンスタンティノポリス首都長官を務めた同名の人物と同定される。タラッシオスの元老院入会に反対する急先鋒であったことは、リバニオス『第四十二弁論』六、二一―三二で叙述されている。
(4) 四四五頁註（6）を参照。
(5) ホメロス『イリアス』第三歌二一七でのオデュッセウスの形容。
(6) 一七頁註（9）を参照。
(7) 直訳は「私たちに改詠詩を歌ってください」。三一七頁註（7）を参照。
(8) 四〇五頁註（5）を参照。

これこそ、私が実現を願っていることであります。

二　タラッシオス(1)は公正なる父親から生れ、父親の気性を受け継ぎました。それゆえに、彼は私たちの町で尊敬される(2)とともに、その仕事ぶりで私の状況を改善し、私の手で編まれた弁論を保管し、病気による害悪を少なからず取り除いてくれていました。(3)さて、このような彼が大いなる参事会(4)の一員となることを希求したのですが、それは他の者たちに威張り散らすためではなく、誰も彼に威張り散らせないようにするため、そして、あなたの恩恵を彼の防壁とすることで、彼を踏みにじろうとする者たちの力をなくすためであります。(5)

三　先日、ある人が参事会でこのことを話題にすると、この朋友を困らせようとする者たちが現われ、タラッシオスとはまったく縁遠いことを言い立てました。といいますのも、彼らの主張の何か一つでも本当であるなら、私は彼を今の地位に据え置いたり、彼のためにこのような手紙を送ったりするほどに大胆ではいられないでしょうから。

四　そこで、高貴なる方よ、私にお恵みいただき、私への多くの恩恵に次のものも加えてください。当時妨害した人々に、今も以前と同じ考えかどうか尋ねてください。心境の変化があったと私たちは聞いておりますから。五　それゆえ、考えを変えた人たちを称える一方、まだ憤慨している人たちについては、その素晴らしい魅力で実に多くのこのような怒りを宥めたあなたの口でその憤怒を鎮めてください。

書簡九二五　エレビコス[6]宛　（三九〇年）　タラッシオス弁護④

一　これほどの参事会[7]の只中で、私たちに関してこのようなことが語られたことだけでも恐ろしいことです。たとえ私の友人を悪く言った者たちが私の名前を出さなかったとしても、友人である以上は私たち双方に対して悪口の矢が放たれたのですから。二　それゆえ、これだけでも痛ましいのですが、さらに痛ましいのは、あなたがその場に列席していて、発揮して然るべき力をお持ちだったにも関わらず、私たちを擁護する言葉が一言もなかったことです――あなたの口から私たちを非難する発言さえあったと報告する人たちを私は信じませんでした[8]。あなたは有為な方で友人ですし、側にいたとき私たちにこのような悪を何一つお認めにならなかったのですから。

（1）彼の元老院入会の試みを含め、四四五頁註（6）を参照。
（2）プラトン『法律』第八巻八二九Dで、詩歌を歌う資格のある者に使われる表現。リバニオス『第四十二弁論』九でも同内容のことが述べられている。
（3）タラッシオスがリバニオスの教室を手伝い、とりわけ弁論の書写に尽力したことは、リバニオス『第四十二弁論』三三―五、二九、三六―三七、書簡九二七でも語られている。
（4）元老院のこと。
（5）リバニオス『第四十二弁論』六、書簡九二六-三、九二七-二も参照。
（6）三八九頁註（2）を参照。
（7）コンスタンティノポリス元老院のこと。
（8）先行研究は、リバニオス『第四十二弁論』四五―四七で元老院での発言が非難されている「ガイソンの子」は、本書簡の名宛人エレビコスではないかと推測している。

三　なるほどあなたは攻撃に加わりはしませんでした。しかし、声を上げることもなく、沈黙によって危害を加えたのです。よくお分かりのように、もし私とタラッシオス[1]のために声を上げていただけたなら、今悪口を投げかけている者たちは私たちから手を引いていたはずです。しかし実際は、それを妨げる声は何一つありませんでした。

四　さて、ある者たちが手紙で伝えてきたことには、これまでの戦いの相手たちが武器を置いたそうで、彼らはこれまでの措置に賛意を示しておらず、自分たちが以前拒絶したものにタラッシオスが分かち与かり、それを受け取るために姿を現わすよう望んでいるかもしれないとのこと。そこで、私たちは再度同じことをお願いいたします。そして、もし首尾よくいったら、不快な目には何も遭わなかったと申し上げましょう。

書簡九二六　エウセビオス宛[2]　（三九〇年）　タラッシオス弁護⑤

一　おそらくタラッシオス[3]をご存知でしょう。私の最も大事なものは彼にかかっています（私にとって弁論に従事することに匹敵する何がありましょう）。彼の生き方は、事実を正しく検証すれば、非の打ち所のないものなのですが[4]、ある者たちには、まさにそれゆえに、そして自分たちと同じ病に罹らないがゆえに、妬みが生じています。二　それで、このような連中は追従を述べることで総督たちから信頼を得ると、宴の場でさまざまな人を中傷するなかで、とりわけ彼を（良き人であるだけに）中傷し、仲間に引き入れられた総督たちは脅しを加えました(5)。

三　それで、こちらのある人が、荘厳なる元老院の一員となるようタラッシオスに助言します。脅しをかける者が容易には現われなくなるだろうと考えたのです(6)。この提言が的を射ていると思ったので、私は譲ります。四　ところが、この案件が提議されると、元老院のある有力者(7)が、私たちから何の危害も受けていないのに、騙されてそのように考え（騙す者は大勢おりますから）、反対の声を上げたのですが、その際、私たちに報復せねばならないと考えている人が言いそうなことを言いました。こうして彼が声を上げて、圧倒しました。

五　私たちがこのことに心を痛め、もうご迷惑をおかけしまいと決心していた折に、そちらから手紙が届いて、この悲しみに終止符を打ちました。当時敵方だった者たちが、私たちが先述のものを求めれば、私たちの味方になるだろうと伝えてきたのです。六　手紙を送ってきたのが友人たちである以上、信じないわけにはいきませんでした。いかなるときもあなたの行動は事態を解決する上で絶大な力添えとなるのです。

（1）彼の元老院入会の試みを含め、四四五頁註（6）を参照。
（2）三五九頁註（7）を参照。
（3）彼の元老院入会の試みを含め、四四五頁註（6）を参照。
（4）リバニオス『第四十二弁論』七―九でもタラッシオスの美徳が詳述されている。
（5）リバニオス『第四十二弁論』五。
（6）書簡九二四-二も参照。
（7）オプタトス（四四七頁註（3）を参照）のことと考えられている。

書簡九二七　テオドロス宛[1]（三九〇年）　タラッシオス弁護⑥

一　このことまであなた抜きで私たちが手に入れるのは適切ではありますまい。私たちの弁論を守ることを暮らしとしていたタラッシオス[2]は、弁論の神々[3]の手から贈物として私に与えられました。この人は快楽を大いに克服し、愛すべきものを大いに愛し、私の役に立つ仕事を大いに喜んで果たしてきたのです。二　彼のための評議の際に、ある人が次のような意見を出しました。有能な人たちに嬉々として面倒をもたらす連中と面倒を抱えたくないなら、彼は大いなる参事会[4]に加わるべきであると。タラッシオスのことを気にかけている私たち全員が、そのようにせねばならないと判断しました[5]。三　ところが、何人かの議員たちが抵抗しました。そのうちの一人は、ずいぶん昔の非難（それ自体に何ら正当性がないにもかかわらず）を理由に抵抗し、残りの者たちは前者への恩義ゆえに抵抗したのです[6]。こうして、私たちは名誉をもたらそうとして不名誉を受けました。しかし、これまで悲しみをもたらしてきた者たちが、今では自分たちの非を認めてペレウスの子[7]に倣おうとしていると聞いています。四　ですから、あなたをも喜ばせることになると分かれば、彼らはいっそう誠意を見せるだろうと考えますので、あなたから彼らへの勧奨のお言葉をいただければと思います。

書簡九二八　アナトリオス宛[8]（三九〇年）　タラッシオス弁護⑦

一　タラッシオス[9]の思慮分別が参事会[10]に一廉のものをもたらそうとしていたのに、その分別をそこに受け入れなかった者たちに対して、閣下（タウマシエ）、あなたは大いに苛立ちを覚えられた一方で、同じ人物が同じものを求めに現われることを大いにお望みだと私は確信しております。実際、彼は求めておりまして、元老院へと導く服[11]を手に入れ、そこの秘儀に与ることがいかなる富よりも立派で偉大なことだと考えていま

---

(1) 三五七頁註（1）を参照。
(2) 彼の元老院入会の試みを含め、四四五頁註（6）を参照。
(3) 四三一頁註（4）を参照。
(4) 元老院のこと。
(5) 書簡九二四-二も参照。
(6) 前者はオプタトス（四四七頁註（3）を参照）と推測される。リバニオス『第四十二弁論』二〇などを参照。
(7) アキレウスのこと。彼が自分の与えた傷を癒したことについては、二四三頁註（5）を参照。
(8) キリキアの人。書簡九六六、一〇二三より、アポリナリオスとゲメロスの兄弟と推測されている。コンスタンティノポリスの元老院議員。*BLZG*, p. 69 は、三九七―三九九年にイリュリクム道長官を務めた人物と同定するほか、*FOL*, p. 39 は三九五―三九七年ごろのアシア州総督と同定できる可能性も提案する。
(9) 彼の元老院入会の試みを含め、四四五頁註（6）を参照。
(10) コンスタンティノポリス元老院のこと。
(11) Foerster はトガのことを指していると理解するが、むしろ、法務官職の衣装であろう。法務官には多額の富を拠出して、競技会開催などの公共奉仕を担うことが求められたが、見返りに元老院議員の地位が与えられた。

す。

二　ですから、至善なるタラッシオスを登録し、彼が登録されたことを私たちに書いて伝えるのがあなたの役目となりましょう。

書簡九二九　プロコピオス宛[1]　（三九〇年）　タラッシオス弁護⑧

一　あなた方のもとで演説をし、非常に見事に弁じたと評された人物（私たちの弟子の一人です）が私たちに伝えたところでは、あなたからも私たちを称賛する長大なお言葉をいただけたとのこと。それで、聞いた話に直ちに喜んでいた私は、帝たち（ペルシア人たちに報復した帝[2]以前の為政者たちも、以後の為政者たちも）をも称賛させたような方から称賛していただいたので、なおのこと喜んでおります。

二　こうして、お願いをかなえてもらえるという希望をその称賛が与えてくれたので、お願いすることさえ今や私には可能です。そのお願いですが、私たちのためにある男を大いなる参事会[3]に登録してください。彼は大きくも美しくも速くもありませんが、思慮分別があり公正で、友人たちの役に立ち、畏敬することを心得ています。これらの善や、これらよりもさらに多くの善を持っているのがタラッシオス[4]であります。そして、彼のおかげで私は弁論に専念できたのですが、それもタラッシオスが他の懸案を一身に引き受けてくれたからです。

三　そこで、このような彼を参事会に加入させることでどうか栄誉を与えてください。ある者たちの敵対心のせいで以前はそれがかなわなかったのですが、今度はかなうはずです。あなたが紹介してくださいますし、加えて、耳に挟んでいるところでは、先述の者たちがおとなしくなっていますから。

書簡九三〇　ビタリオス宛[5]　（三九〇年）　タラッシオス弁護⑨

一　お持ちの本、そしてこれからお持ちになる本（あなたはお手元の本を増やしつづけるでしょうから）に誓って、私たちの味方に立って、私たちに参事会[6]を開放してください。「私たちに」というのは、その品

（1）本書簡でしか確認されない。*BLZG*, p. 247 は、アンミアヌス・マルケリヌス『ローマ帝政の歴史』第二十五巻第八章八、第十章六に現われる、ユリアヌス帝の書記官 notarius で、ヨウィアヌス帝の即位を知らせるために帝国西部に派遣された人物と同定した上で、ヨアンネス・クリュソストモス『第百八十七書簡』の名宛人などさまざまな可能性を指摘する。*FOL*, pp. 212 f. は以上の見解を受け入れつつも、*BLZG* のその他の可能性は退け、*PLRE*, p. 744 は基本的に人物同定に慎重な姿勢を示している。

（2）三六二―三六三年にササン朝ペルシア遠征を行なったユリアヌス帝のこと。

（3）コンスタンティノポリス元老院のこと。

（4）彼の元老院入会の試みを含め、四四五頁註（6）を参照。

（5）本書簡からしか知られない。おそらく元老院議員。彼の父親についても詳細不明。

（6）コンスタンティノポリスの元老院を指す。三節の「神殿」も同様。

性の美徳ゆえに私たちのところで「哲学者[1]」と呼ばれている「貴人タラッシオスに[2]」ということです。

二　しかしながら、こういう理由でこう呼ばれている彼について、これとは異なる評価を述べて、言いくるめる力を持った者たちがあなた方のところにおりました。こうして、彼は参事会を辱めなかったはずなのに、参事会への加入をも奪われました。これ以上は何も申しますまい。申し上げることはできますがね。**三**　それで当座私たちとしては、過去にきわめて優れた人が悪く言われただけでなく破滅さえしたことを引き合いにして慰め合っていましたが、あの神殿に入るという願望がこの友人に残っている以上、あなた以上に誰が協力者となるべきでありましょう？　あなたは私たちのために多くの場で多くを語り、多くを実行なさってきましたし、その姿かたちに劣らず魂においても麗しい父君を範となさっているというのに。実際、私たちが何より助太刀を必要としていたときに[3]、父君は帝の御前で私たちのためにこのような声を上げてくださったので、それまでどんなことも躊躇わなかった連中も身を潜めざるをえなくなったのです。**四**　しかも、ある人たちの伝えによると、目下のあなたの任はそれほど重いものではありません。以前悪口を述べた者たちはもはや同じ態度ではないのですから。

書簡九三二　アフリカノス宛[4]　（三九〇年）　**利益と損失**

一　貴人ボエトス[5]が私たちの友となったのは、その品性の美徳ゆえでもありますが、ひときわ大きかったのは、弁論に勤しむ者たちを尊ぶがゆえであります。とにかく、彼が私たちと誼を通じたときに私たちに喜んだこととといったら、輝かしい美貌を前にしてそういうものに熱を上げる者たちが喜ぶ以上でありました。[6]

二　さて、彼は逃れられない責務のために私たちのもとに戻っていたのですが、あなたの声を聴ければ利益だが、私たちの声を聴けないのは損失だと明らかに考えていました。[7] こうして、私をいずれの点でも喜ばせてくれたのです。私にとって、あなたのことは私のことに等しいですから。三　彼は日々の多大な名誉に加えて、私の書簡を携えてあなたの前に現われることを望むという莫大な名誉まで与えてくれました。しかも、多くの者たちが居合わせる前でそれを所望し、次のように言ったのです。口に口を当てるときに（こうするのは慣例ですが）手に手を当てて手紙を渡してくれれば、自分のことは万事うまくいくだろうと。

四　こういったことがあったので、私は次のように望みます。彼からの手紙も直ちに私たちのもとへ届き、それによってまさに以上のことが明らかにされるとともに、さらには、子供が父親に尽くすのに劣らぬぐらいあなたが私たちに尽くすことがあらゆる人に広められるように、と。

---

(1) リバニオス『第四十二弁論』九でも同じ形容で称賛されている。
(2) 彼の元老院入会の試みを含め、四四五頁註（6）を参照。
(3) *BLZG*, p. 455 はリバニオスの受けた告発と関連させる。三五三頁註（4）を参照。
(4) 四〇五頁註（1）を参照。
(5) 詳細不明。書簡九五五、九五六にも同名の人物が現われる。*BLZG*, p. 49 はこの名はありふれたものではないとして、書簡一一八など三五〇年代の書簡に同名の親子が現われる一族と関係させる。
(6) トゥキュディデス『歴史』第六巻第五十四章二でハルモディオスに使われているように、妙齢の美しさを示す表現。
(7) 主要写本群の読みに従う。

書簡九三二　ヨビアノス宛[1]　（三九〇年）　タラッシオス弁護⑩

一　あなたが正当に手にされている力を私たちが何かしら享受できることを望んでいます。それにこのことは、恩恵をもたらすことになるあなたにも、受け取ることになる私たちにも共通の利益となります。私たちの状況は良くなるでしょうし、あなたはいっそうの名声に包まれるでしょうから。二　他の人々が金銭のことに気を配る以上に、あなたは名声に気を配ると私は確信しています。だからこそ、あなたは神々に親しきヤンブリコス[2]とも親しくなり、彼からの称賛を浴びることになったのです。もし次のことをなさっていただければ、その称賛をよりいっそう手になさるでしょう。

三　ご存知のように私とタラッシオス[3]との友情は、私の口から申し上げれば、弁論と本とが美である以上、美しい始まりを迎えました[4]。そして、タラッシオスが元老院に身を捧げようとした際にいったいどのようなことが起こったかは、その場にいらしたのであなたは知らずにはいられませんでした。このことであなたに悲しみももたらされたことと思います。友人であればそうなるものですから。四　そこで、長官[5]に話をし、当時発言した者たちに話をすることで、悪を善でもって解消し、あなた自身と私たちの悲しみに終止符を打ってください。彼らよりも悪しき神霊のせいにする方が私にとっては気持ちが良いのですから。

書簡九三三　エウストキオス宛[6]（三九〇年）　宛名の差し替え

一　私としては、あなたがボールを受け止められると思って手紙を送ったのであり、これはすべて、類似のものを書くようにあなたを誘う遊戯でありました。[7]ところが、あなたはもう少しで（知らせてくれた人たちを私は信じます）私たちにとってサラミスのアイアスのようになるところでした。ある面では望んで、またある面では強いられて。[8]もっとも、例の手紙の後半が十分に前半［の意図］を示していたのですから、前半を笑って尊重すべきでしたし、貴人プリスキオン[9]と一緒にそうすべきでした。

二　しかし、あなたが心痛を覚え、彼もあなたと痛みを分かちあい、酷くないものがあなた方のところで酷いものと見なされてしまったので、私たちは例の手紙を反故にしたり抹消したりはしませんが、名前を別

（1）本書簡からしか知られないコンスタンティノポリス元老院議員。
（2）三七頁註（2）を参照。
（3）彼の元老院入会の試みを含め、四四五頁註（6）を参照。
（4）書簡九二四-二と四四九頁註（3）を参照。
（5）当時のコンスタンティノポリス首都長官プロクロス（三五五頁註（1）を参照）のこと。
（6）二八五頁註（5）を参照。
（7）プラトン『エウテュデモス』二七七Bで議論の糸口を表わすのに使われている表現。
（8）ソポクレス『アイアス』四二以下などに見るように、怒ったアイアスは味方に激しく襲い掛かり、アガメムノン王をも襲おうと望んだが、女神アテナによって惑わされて、畜群を襲うよう仕向けられた。
（9）リバニオスの元生徒で、弁護人として活躍した後、パレスティナで修辞学教師となった人物。

の名に差し替えておきましょう。エウストキオスが出て、エウスタティオスが入るのはいとも容易いことです。

三　あなたの方ではどうかこのことの見返りに、自らの地位からあいにく脱落したアンティオコスを目下の災厄から解放してください。あなたにはそのように解き放つ力があると私は窺っています。

書簡九三四　プリスキオン宛　（三九〇年）　問題作

一　友人が勘違いするのをあなたなら食い止めてくれるはずだと思っていましたが、一緒に勘違いするとは思っていませんでした。しかも、愛について語られている箇所から、笑いどころを心得た友人に向けた戯れの言葉なのは明らかだったというのに。二　ところが実際には、パレスティナに衝撃をもたらし、良い声の子によって劇場で発表されると私たちの町に衝撃をもたらしたほどの弁論［を読んだ］後に、彼は嘆きの声を上げ、あなたも同じようになさいました。

それから家で私の口からその弁論が発表されると、大きな拍手喝采が上がりました。というのも、私はあなたの書簡に聞き従い、あちらを先にして、こちらを後にしたのです。こうしてその弁論は私が目を通した後に多くの者たちの耳に届きました。三　これの姉妹作をたくさん作って送ってください。それら両方ともが彼らの周囲にも届くように。

書簡九三五　ユルス宛[6]　（三九〇年）　間違いない判断

一　「そう致しましょう、遠矢の神よ」[7]。そして、あなたが結構と判断されたことは、私たちの間でも同じ評価を受けねばなりません。いやしくもあなたなら良いものを知らないせいで[8]誤るはずはありませんし、良いものがお分かりなのですから、悪いものに向かわれるはずはありません。二　ゆえに断言しますが、恐れをもたらすものがそのような性質だったので、あなたはこの件を恐れ、然るべきことをしたのです[9]。

(1)リバニオスが手元にある書簡集について、名宛人の表記を修正したことを確実に示す箇所である。先行研究は書簡九一五がこの修正を受けたと考える。
(2)本書簡でしか確認されない役人。
(3)四五九頁註（9）を参照。
(4)書簡九三三の名宛人エウストキオス（二八五頁註（5）を参照）のこと。
(5)リバニオスの書簡が誤解されたことについては、書簡九三三-一を参照。
(6)本書簡と書簡一〇三八の名宛人。後者の内容よりシュリア州総督ないしオリエンス管区総監だった可能性が推測されるが、詳細不明。
(7)ホメロス『イリアス』第七歌三四で、アカイア勢を擁護する女神アテナがトロイア勢を支援するアポロン神にかける言葉。
(8)プラトン『アルキビアデスII』一四三Eをもじった表現。
(9)詳細は不明だが、書簡九三七-一の表現との類似性から、タラッシオス（四四五頁註（6）を参照）の案件と関連するかもしれない。

書簡九三六　プリスキアノス[1]宛　（三九〇年）　タラッシオス弁護⑪

一　あなたが私たちのために危険を顧みずご尽力いただいたことに喜んでおります。その見返りに神々の好意が当然あなたのものとなるはずです。神々は父親のために子が万事を耐え忍ぶことを望んでいますから。

二　私は断言しますが、もしあなたからさらなるお力添えもいただけるなら、神々からの賜物がますますあなたのものとなるでしょう。問題となっているのはまたも参事会の件で、参事会によって今称賛されている人物[2]がその一員となる件です。本来なら以前にそうなるべきだったのですが。三　それゆえ幸運のもと、再びこの案件に取り掛かり、この幸福を享受してください。というのも、今はもう嵐も危険もありませんから。

書簡九三七　コスマスとエウゲニオス[3]宛　（三九〇年）　タラッシオス弁護⑫

一　二度目のものはいっそう良いと言います[4]。あなた方もいっそうの希望をもって二度目に取り組んでください。そして、恐ろしいものを物ともしなかったのですから、恐ろしくないものに怯えないでください。

二　あなた方は間違いなく私にもタラッシオス[5]にも弁論の恩義を負っています。あなた方が弁論を受け取って手に入れているのは、私が教鞭をとり、彼が刻苦勉励を望むよう勧め促していたことによるのですから。そこで、聞いているところでは道のりがなだらかとなっているそうなので、そこを進んでください。

書簡九三八　プロクロス宛[6]（三九〇年）答えを求めて①

一　あなたは、私たちが手紙を書くのをやめたと文句をおっしゃいますが、私たちはあなたがこの偉大な官職を手になさって以来私たちに全然手紙を送ってくださらないと文句を言っておりまして、私としてはトラキアよりもフェニキアに感謝しているぐらいです[7]。

二　そちらから私たちに一通も手紙が来ないのは仲間たちにも驚くべきことと見えましたから、彼らは迫り寄って、どうしてこのような事態になったのかと尋ねてきました。私は顔を赤らめながらも、それでも何

（1）リバニオスの元生徒で、弁論家。*PLRE*, p. 728 はコンスタンティノポリス元老院議員であるとまで考える。書簡九三九の段階では、コンスタンティノポリス首都長官プロクロスと近しい関係にあることから、法曹助手か法廷付の弁護人を務めていた可能性がある。

（2）タラッシオスのこと。また「参事会」とはコンスタンティノポリス元老院を指す。彼の元老院入会の試みを含め、四四五頁註（6）を参照。

（3）本書簡からしか知られないリバニオスの生徒。連名になっていることから、二人は兄弟であろうと推測される。

（4）一七頁註（9）を参照。

（5）彼の元老院入会の試みを含め、四四五頁註（6）を参照。

（6）三五五頁註（1）を参照。

（7）プロクロスがフェニキア州総督だったときと、コンスタンティノポリス首都長官（「トラキア」や「偉大な官職」が指す）に就いてからの時期を対比している。

か言おうとはしましたが、物を言っているようには見えず、何を言ってもその都度説得力なく映ったのでした。三　私はあまり思案するでもなく、ひとつ着想して、言いました。「友たちよ、この事態は弁論のせいなのだ。数多くの弁論が多くの人々の手で貴人プロクロスのために作られて発表されており、父親が壮年の盛りのときに子が当然持っているような力(1)がそれらの弁論にはあるのに対し、私たちの方は老いも進んで、ほとんど動きがないのだから」、と。

四　このように言うと、私の話ももっともだと思われました。そこに、此度のあなたの書簡が届いたので、「なぜ彼はこの手紙を書いたのか」という別の疑問が生じました(2)。なぜなら、何かしらの神様が私から「老いを剝ぎ取り、血気盛んな若者にした(3)」わけではなかったからです。そういうわけで、何か着想するだろうと考えて、ここで再び万策を試みたものの、どうしても着想を得ませんでした。それで、こうして困り果てた末に分かったのは、あなたから解答を送っていただく必要があるということだったのです。

書簡九三九　プリスキアノス(4)宛　（三九〇年）　タラッシオス弁護⑬

一　あなたが官職を受け取ったと聞いたとき、私たちは神々を称えた一方で、あなたとも私たち同士でも喜びを分かち合い、あなたからの書簡を期待しておりました。ところが、私たちに書簡が運ばれてこなかったので、私たちがその原因を探る運びとなりました。二　数々の発言がなされた中、観察眼が鋭いと定評のある人から次のようなことが言われました。かのプリスキアノスは自分から手紙を書くと、彼を必要とする人々のために援助を求める私たちの書簡を招いてしまい、自分が労苦を抱えるのではないかと恐れたのだ、と。

三　私は彼からこの考えを取り去ることはできなかったのですが、それでもお願いに上がっているのは、あなたはたとえこの書簡には怒りの声を上げても、行動は避けないだろうと分かっているからです。その行動とは、高貴なるプロクロス(5)を説得して、女王たる町の参事会(6)で、有為なるタラッシオス(7)は以前はだめだったが、今こそこの参事会に入るべきだと言わせることです。とうの昔にそうするのが正しかったのですが（この男は公正ですから）、今からでも、もし実現すれば、私たちは敬意を払われたと申し上げるつもりです。

（1）プラトン『国家』第五巻四五九Bにあるような年齢の違いによる優劣が前提にあろう。また、ここでいう「父」と「子」は弁論の作者と弁論作品の関係を表わしている。二四一頁註（4）も参照。

（2）リバニオスの助手タラッシオスの元老院入会にプロクロスが強硬な反対をしたこと（四四七頁註（1）を参照）もあって、プロクロスとリバニオスの書簡のやり取りに周囲が敏感に反応したと思われる。

（3）ホメロス『イリアス』第九歌四四六。

（4）四六三頁註（1）を参照。

（5）当時のコンスタンティノポリス首都長官。三五五頁註（1）を参照。

（6）コンスタンティノポリスの元老院のこと。日本語に適切な語がなかったため、「女王たる町」と意訳したが、正確には「統べる町」。

（7）彼の元老院入会の試みを含め、四四五頁註（6）を参照。

書簡九四〇　プロクロス[1]宛　（三九〇年）　事態の好転

一　私の思うに、神々はエレティオス[2]の父の徳に報いて、エレティオスにあなた方のご配慮をもたらしたのです。というのも、彼の父親は賛嘆すべき人で、弁論にも熱心でしたが、それ以上に美しい生き方に熱心でしたから。二　その息子もまた、自分も紳士たらんと望むことで、正真正銘彼の子であることを示しています。彼はこれまで誰も苦しめたことのない一方、〔自分を〕苦しめてきた者たちに我慢してきました。そして、あなた方によって救われると、義理を尽くして、救ってくださったあなた方の話を当然のようにいたしまして、あなた方に対して然るべき行ないをしつつ、その一つの行為によって私も喜ばせました。なぜなら、誰かがあなたやあなたの生みの親[3]を賛美するたびに、それは私が耳にする最も心地よいものなのですから。

三　このように賛美すると同時に、あなた方が達者で統治なさることを祈る人は数多くおりますが、大陸でも島でもかかる人たちが好意を抱いているのは、自分たちの状況があなた方の政策のおかげで良くなっていることを知っているからです。

四　また、あなたは先日送ってくださった書簡[4]で私個人の状況も改善してくださったので、あなたが手紙を送ってくださらなかったときは陽気な姿が見られた者たちがうなだれているのを目にすることができました。

書簡九四一　タティアノス[5]宛（三九〇年）　心変わりの理由

一　あなたに宛てた私の書簡を以前求めてきたエレティオス[6]に対して、私はそれを渡すことを約束し、その運搬のことで彼に感謝することになろうと言ったのですが、時が経って、もはや書簡を渡すことはなかろうと告げ、私にそれを無理強いしないよう彼に頼みました。二　そして、渡せない要因と、どうして心変わりしたかを彼には話したのですが、あなたには書簡でいっさいお話しできません。それぐらい私はなされたことを恥じていますが、私自身は悪行をいっさい関知していませんし、友人はまず知るべきだったことを知らなかったのです。

三　私はここで止めておきますが、これがどういうことかを説明する者がお側におりますので、「その者から」お聞きください。

(1) 三五五頁註（1）を参照。
(2) 本書簡と書簡九四一-一で確認される人物。詳細不明。
(3) 当時のオリエンス道長官タティアノス（三五三頁註（3）を参照）のこと。
(4) 書簡九三八-四で言及されている書簡のこと。
(5) 三五三頁註（3）を参照。
(6) 前註（2）を参照。

書簡九四二　テオドロス宛[1]　（三九〇年）　二度目のお願い

一　あなたは私に恩恵をもたらすべくアタナシオス[2]を一方ならず手厚くしてくださいましたし、彼は義理堅いので、自分が何を享受したかを私たちに書簡で告げてきました。それで私たちは双方と喜びを分かち合いました。彼とは受け取ったもののことで、あなたとは与えてくださったもののことで。実際、このようなことをする人自身も自らの行ないで利を得るものです。二　ですから、同じようにしてくださいとこのような人に訴えかける必要はないでしょう。おそらくそのような人は自分の前例を踏襲するよう自分を説き伏せますから。

三　もし書簡で次のことも触れられないなら落胆してしまうとマリアノス[3]が言ったので、そのことにも触れさせてください。どうかこの若者に対しての扱いで、二度目が一度目に劣らない[4]ようにしてください。

書簡九四三　パラディオス宛[5]　（三九〇年）　タラッシオス弁護⑭

一　賛嘆すべきタラッシオス[6]に幸運なる参事会への加入が認められねばならないことについて私たちは多くの人たちに手紙を書き送ってまいりました。彼はとうの昔に登録されて然るべきでしたが、ある者たちの憤り（それはいわれのないものでした）のせいで、これまでお預けとされたのです。

二　それら多くの手紙の効力はあなたにかかっているだろうと私たちは見ています。というのも、もしあなたが進み出て、「老人から届いた書簡[7]に何がしかを与えねばならない。彼は若かりし頃この地で初めて褒賞を得たのだから」とおっしゃっていただければ、あなたの話はもっともだと各人が思い、後に続かねばと主張するでしょうから。あなたがこうしてくださらないと、諸々の手紙は幻となってしまうでしょう。

三　ですから、私のためにあなたがどれほど熱心に配慮してきたかを考慮して、話すべきことを直接お話しください。そして他の者たちに彼らが話すべきことを示してください。

書簡九四四　レオンティオス宛[8]　（三九〇年）　手紙より弁論

一　あなたの手紙を受け取ると、手紙の送り主の弁論も私たちに運んできているとそこには書いてあるだろうと期待していました。ところが、その手紙には私たちの書簡を所望するとばかり書いてあり、私が見たかったものはどこにも見当たらなかったので、あなたの望みが手紙であって弁論ではないことを私は強く非

（1）三五七頁註（1）を参照。
（2）この書簡からしか知られない。
（3）三九七頁註（6）を参照。
（4）「二度目のものはより良い」という表現を踏まえたもの。一七頁註（9）を参照。
（5）四〇九頁註（4）を参照。
（6）直後で「幸運なる参事会」と訳したコンスタンティノポリス元老院入会の試みを含め、四四五頁註（6）を参照。
（7）リバニオスのこと。
（8）四一七頁註（4）を参照。

難しました。手紙よりも弁論を望むべきだったのです。あなたは私たちから手紙を受け取ることよりも、弁論を作ることによって輝きたつでしょうから。

二　それゆえ、大いなる拍手喝采で栄冠を授けられた例の弁論(1)の姉妹作を編んでください。我らの高貴なる帝たち(2)が絶えず素晴らしい業績を上げている以上、あなたが論題に事欠くはずがありません。

書簡九四五　セウェリノス宛(3)　（三九〇年）　皇帝招致

一　私たちがあなたの話をして過ごしているところをあなたの手紙は目撃しました。その話とは、あなたが裁判［の仕事］に着手した年齢、各法廷でのあなたの力強さ、そして、自分がよく考え抜いていないように見えてしまうと考えて、最初の裁判を放棄し、まもなく二度目の裁判ではよく考え抜いて立派な姿を見せたことについてでした(4)。

二　このような話をしていたところにあなたの書簡が届いたのです。それが居合わせていた者たちの前で読み上げられると、あなたと偉大なる帝に惜しみない称賛が捧げられました。あなたが称えられたのは、自らが賛嘆されるに値することを披露したから、帝が称えられたのは、徳を賛嘆する術を心得ていらっしゃるからでした。

三　私の思うに、あなたは毎日その徳を披露し、そうすることで敵たちを悩ませ、親友たちを喜ばせています。いかなる土地やいかなる黄金がこのこと以上に美しいでしょうか。すなわち、莫大な財産を所有しながらも、その莫大な財産を自分がどこから入手したか心得ているので野ウサギの暮らしを送る者たち(5)を軽蔑しながら、名声を愛して暮らすこと以上に。**四**　あなたは財産はわずかですが、あらゆるところで多くの歓呼を受けていますし、その人となりで帝国に栄光をもたらしている方(6)から誰よりも信頼されています。この方を暴君に勝利させた(7)神々が、この方をこの地にもお導きくださいますように！　**五**　なぜなら、私たちにとってその肖像を目にするだけでも甘美ではありますが、ご本人をお迎えし、あのお声を聞き、近くから魂の美しさを享受する一方で、その身体の美しさが町中を照らすのを見るに勝るものはありませんから(8)。

（1）書簡八九五で語られている弁論のことであろう。
（2）当時はウァレンティニアヌス二世、テオドシウス一世、アルカディウスの三帝が共同統治をしているが、特に後二者が念頭にあろう。
（3）四〇一頁註（5）を参照。
（4）ローマ時代の裁判では予備審理から本審理というように、実質的には一つの案件についても数次にわたる審理を行なうことがあった。この箇所もそのような段階を想定しているものと思われる。
（5）敵の攻撃に怯える者たちを示す比喩。デモステネス『冠について（第十八弁論）』二六三、ルキアノス『夢、またはルキアノス小伝』九を参照。
（6）前段から触れられている皇帝テオドシウスのこと。
（7）三八八年の「僭称帝」マクシムスに対する勝利を示す。
（8）テオドシウス帝がその治世においてシュリアのアンティオキアを訪ねることはなかった。また、この箇所での皇帝肖像への言及は三八七年にアンティオキア市民たちが皇帝一家の像を引き倒す暴動事件を起こしたことを考えると示唆的である。

書簡九四六　ヘシュキオス宛[1]　（三九〇年）　賓客関係

一　私にとって重大なのは、テオピロス[2]を喜ばせられる行動をすることですが、彼にとって重大なのは、あなたが今度も彼の家に宿泊することです。そして、彼はこのことについて神々と私に相談しました。すなわち、神々には祈願をし、私に対しては、書簡を通じて手助けすべきであり、彼が耐えられないような目に遭っているのを見過ごすべきではないと告げたのです。

二　そういうわけで、私たちはあなたに有為なるテオピロスの家を開放し、そこへ招待している次第です。また、その家自体も、もし声を発せられたなら、私たちと一緒にあなたを招待していたろうと思います。三　そこで、これほど多くの者たち[3]に恩恵をもたらしてください。また、テオピロスがあなたの家に宿泊しなかったことが十分な根拠になるとは思わないでください。彼が当時そうした理由が今のあなたにはない以上、この件は等しいようで等しくはないのですから[4]。

四　それゆえ、もしこの家を避けても弁解できるだろうと考えて避けたりはせず、もし避けたなら正当な理由はないのだと考えて、メネラオスの屋敷に車を進めてください[5]。そうすれば、彼への借りも返すことになるでしょう。五　というのも、テオピロスは私と同じようにあなたのご子息たちに心を配り、褒めることでいっそうの勉学に励むよう促したのです。それゆえ、あなたはその報酬を支払わねばなりません。そして、彼の家であなたが賓客の神ゼウスに捧げ物をすれば、彼にとって最大の報酬となるでしょう。

書簡九四七　プリスコス[6]宛（三九〇年）　ギリシアの星

一　有為なるヒラリオス[7]は私たちの町を訪れることで、この町を立派にしてくれたのですが、それと同じくらいこの町を惨めにしたのは、ギリシアへと出奔してしまったからです。ギリシアは私たちの町よりも優れている、いや、あらゆる点で秀でていますからね。

二　ともあれ、最も保持したかったものを奪われた者たちにとって、そんなことは悲しみを紛らしてはくれません。とりわけ、大いに齢を重ねた私たちにとっては。というのも、若い人や老いた人（私ほど老いていない人ですが）にとって希望となるのは、彼が以前と同じように船に乗って再びこの地に現われ、自らの

（1）三七三頁註（3）を参照。
（2）名宛人のヘシュキオスがテーバイス州総督として任地に赴くところであることなどから、パレスティナの人と推測されているが、詳細不明。哲学と修辞学の双方に造詣ある人物として描かれる。リバニオスは彼の結婚に際して一役買ったことが書簡一〇五一-六で述べられており、親しい間柄であったようである。
（3）テオピロス一人ではなく、リバニオスと擬人化した家を含めた三名ということ。
（4）三六一頁註（2）を参照。
（5）ホメロス『オデュッセイア』第四歌二一。メネラオスがテレマコスを歓待した様は理想的な賓客関係の比喩。
（6）二五一頁註（8）を参照。
（7）三八三頁註（3）と書簡九五〇-三を参照。ただし、FK, p. 455は、本書簡で新プラトン主義哲学者プリスコスと親しい人物として現われることから、エウナピオス『哲学者およびソフィスト列伝』四八二（Wright）でプリスコスと関連して言及される哲学者にして画家のヒラリオスと同定できるとする。

もとを訪ねる人々を迎え入れたり、お返しをしたり、話したり聞いたり、称賛したりされたりすることで、賢明な人々と誼を結ぶことなのですから。三　でも、それはそのような人たちだからです。私はというと、七六歳になって余命幾ばくもありません。(1) ですから、彼は再来訪のときに美しい話を携えてきて（ギリシアに関する話は間違いなく美しいですから）他の者たちを喜ばしながらも、私がいないのを惜しむことでしょう。

四　私たちの町が上述のものを後々享受しますように。ところで、私はヒラリオスを祝福されし人と呼ぶに至りました。彼は日の下の最も美しいものをこれから目にするのですから。すなわち、ペロポンネソスやポキスやボイオティアの数々の大都市を、彼を生んだ町で、ギリシアの星(2)であるアテナイ人の町を、そしてもう一つの星プリスコス（プラトンをよく知る一方、その弟子(3)のこともよく知っていて、私自身も何度も裨益したので承知しているように、自分と交わった人々の思慮を深めて送り出す方）を。五　神がその魂を哲学で満たして、ローマ人たちの統治と蛮族たちの追討のために与えた方(4)もプリスコスについて同じことを言ったはずです。なぜなら、彼はペルシア人たちを追討する中でその最後を迎えたときでさえ、然るべき行動をしているとプリスコスの目に映るかどうかを重視していましたから。(5)

六　それゆえ、このヒラリオスもさらに優れた人物にして、彼がそのことを私たちに書き送れるようにしてください。この男は公正で、そのことを隠さないでしょうから。

書簡九四八　アンティオコス[6]宛　（三九〇年）　父子の救済

一　この男の父親は、喜んで引き入れようとする者たちの手で、この男より先に引き込まれておりまして、当然ながら涙に暮れております。そして、父が一人だけで嘆くことのないように、その子も引き込まれています。[7] ですから、速やかに助け出すあなたの天分にふさわしい、あなたがなすべきことは、言葉だけでなく今や行動によっても前者を慰め、後者を慰めることでありましょう。

二　何をせねばならないか、そして、どうすれば災いを完全に取り除いたり、減免できたりするかをあなたにお教えする必要はありません。知性において傑出し、教養に満たされ、多くの物事をくぐり抜けてきたあなたなら、何をすれば華々しい助けとなるかは自ずとお分かりになるはずですから。三　とにかく、お助けいただき、そうすることで神々を悦ばせ、私にお恵みください。そして、この惑える者たちと非常に親し

（1）書簡一〇三六-九よりリバニオスの生年は三一四年と考えられるため、本書簡をもとにこの前後の書簡は三九〇年に書かれたと推測される。
（2）エウリピデス『ヒッポリュトス』一一二一を参照。
（3）アリストテレスのこと。
（4）ユリアヌス帝のこと。
（5）プリスコスがユリアヌス帝の最後を見届けたことについてはアンミアヌス・マルケリヌス『ローマ帝政の歴史』第二十五巻第三章二三を参照。また、彼が皇帝の日々の行動を律していたことはリバニオス『第一弁論』一二三でも述べられている。
（6）三五五頁註（3）を参照。
（7）都市の公共奉仕負担が問題になっていると思われる。三二九頁註（7）を参照。

く、この助けがどういったものかを私からすべて知ることになるゲッシオス[1]にお恵みください。

書簡九四九　ユリアノス宛[2]（三九〇年）　自慢の婿

一　貴人ケルシノス[3]は来訪して私たちの町を貴くしましたが、立ち去ることで、それも速やかにそうすることで、今度は町を惨めにしました。彼がこの町を美しくしたのは、自らのもとへ訪ねてきた者たちの前で発した言葉によるもので、正義について論じ（正義についてケルシノスが言いそうなことを論じました）、思慮分別を称え、臆病者たちを雄々しくないと言って譴責したのです。二　さらには、彼は行動によって知へと誘いました。自らの口と目を私たちの弁論に向け、わずかな日数のうちにきわめて多くの弁論を飛ぶようにして読み通していったので、写本[4]を渡すわ、受け取るわとひっきりなしだったのです。三　その仕事はおそらくさして大層なことに関わるものではありませんでしたが、そのような仕事もすることで（しかも、官職と革帯と布告使[5]とかくも多くの州への配慮を経験した後に）若者たちを感動させました。そして、私人たちを美徳へと奮い立たせ、総督たちが聞くべきこともすべて物語ったのですが、それは、大して役に立たないとは分かりながらも、そのように話すことも自分にはふさわしいと考えていたからです。

四　私たちの町から彼に与えられた名誉のことを話さずにいようものなら、私は町に不義理を働くことになるでしょう。この町の住人全員があらゆる神々を非難する声を上げたのです。すなわち、神々はケルシノスに官職を帯びさせてこの地に導くこともせねば、私たちが幸福になれるものを与えてもくださらなかった、と。**五**　このような人物を婿に選び取ったのですから、あなたは今こそ鼻を高くすべきです。

書簡九五〇　ストラテギオス宛(6)（三九〇年）　祖国を忘れず

一　あなたがローマの偉大さに魅了されたのも、今回ギリシアの美しさに喜びを覚えているのも、当然の感情です。見ていないのが大きな損失であるものを見ることは大きな利益ですから。**二**　しかし、私たちの方がまさにそのギリシア人たちから聞いたのは、自分を生んだ町を貴いものと見なし(7)、祖国のためなら死をも厭わないということでした。あなたが武器を取って、敵と落ち合って戦い、戦争で求められることを被る必要はいっさいありませんが、ご自分の町と、実に長い間あなたから便りをもらえていないご自分の家族との再会を望む必要はそれだけあるでしょう。**三**　ただし、私が［その再会の相手に］私自身も加え入れるとは思わないでください。ずっと前から軽視さ

（1）四一五頁註（1）を参照。
（2）三九九頁註（3）を参照。
（3）三九九頁註（1）を参照。
（4）一五三頁註（8）を参照。
（5）革帯も布告使も官職に付随する権標。二一五頁註（7）も参照。
（6）本書簡でしか確認されないアンティオキア市民。
（7）カリノス「断片」一、テュルタイオス「断片」六―七（Gentili & Prato）などを参照。

れていることは分かっていますから。もしそうでなかったなら、あなたは手紙を送るぐらいはしていたはずです。実際は、音沙汰ないことから、あなたが私たちのことをちっとも考慮されていないと分かります。ですから、思うに、私たちがどうしており、どんな具合かと、この賛嘆すべきヒラリオス[1]にあなたが尋ねることもないのです。四　しかし、彼は聞こうとしない人に対しても、両方のことをお話しするでしょう。彼は、私が側にいたときは喜んで親睦を深め、離れていても私たちの思い出に喜んで耽るのですから。

書簡九五一　タラッシオス[2]宛（三九〇年）　海外留学

一　春になると私たちの若者が何人も海を渡ってローマに行ってしまうという理由で春のことを悪く言わないようカリオピオス[3]に言ってください[4]。私は彼の言う害悪をもたらしていませんし、ギリシアの言葉を侮辱してイタリア人の言葉を誉めてもいませんし[5]、いかなる父親も自分にこのようなことを私が勧めてきたとは言えないでしょうから。

二　むしろ、この事態は、無思慮のあまり、自分が一番欲しいものを望んでしまうがゆえなのです。もし理性が彼らの中にあったなら、周りの状況を忠告としていたはずですから。その忠告とは、あの町から多くの町に返された、家畜と大して変わらない者たち[6]をよく見てみることです。

書簡九五二　プロクロス宛(7)（三九〇年）　子の公共奉仕①

一　ラリッサの人ドムニノス(8)は、裁判にも統治にも優れた人でしたが、あなた方のところの公共奉仕を行なう前に世を去った一方で、この子を、弁論ができるようにすべく私たちに委ねておりました。二　彼は存命中に、公共奉仕を行なうなり、自分に財産がないので公共奉仕を行なえないことをあなた方に説き伏せる

（1）三八三頁註（3）と四七三頁註（7）を参照。
（2）四四五頁註（6）を参照。
（3）九七頁註（6）を参照。
（4）リバニオス『第一弁論』二一四、『第四十弁論』五－八、『第四十三弁論』五、『第四十八弁論』二二以下、二八、『第四十九弁論』二七でもイタリアやローマへの学生流出が問題とされている。
（5）ラテン語学習がギリシア語学習と並んで重要性を増したことについては、リバニオス『第一弁論』二三四、『第二弁論』四三以下、書簡九五五-一、九六四-二などを参照。
（6）留学が何の学習効果も生まなかったことはリバニオス『第四十弁論』六でも語られている。
（7）三五五頁註（1）を参照。
（8）*BLZG*, p. 124; *PLRE*, pp. 265 f. は、三六〇年代に書かれたリバニオス書簡に登場するドムニノスと同定し、弁護人職の後、三六四－三六五年にフェニキア州総督職を務め、元老院議員になったとする。これに対し、P. Petit, 'Les sénateurs de Constantinople dans l'œuvre de Libanius,' *AC* 26 (1957), p. 372 はこの人物同定に疑義を呈し、むしろ書簡八六一、八六二に登場するドムニノスと同定すべきとする。なお、リバニオス『第五十六弁論』一一に登場する「ラリッサの人」は本書簡のドムニノスと同じ徳目を称揚されている。

なりすべきでありました。しかし、ドムニノスが亡くなり、彼が引き込まれなかったものに子[1]が引き込まれています（これぱかりは明らかなことです）ので、私たちドムニノスの友人全員がお願いいたします。偉大な参事会[2]が、同じく偉大にして賢明なるあなたの口から、この若者を助ける何かしらのお言葉をいただけるようにしてください。このような事柄を説き伏せるのがあなたにふさわしいでしょうし、説き伏せられるのがその参事会にふさわしいでしょうから。

書簡九五三　エウセビオス[3]宛　（三九〇年）　子の公共奉仕②

一　私たちは未だ私たちの友人オリュンピオス[4]のことを嘆いております。しかし、その最中でも私は、若者であり、友人の子であり、私の弟子である者[5]が破滅させられようとしているのを見過ごさぬようにせねばなりませんでした。

二　今回初めてあなたはこの者に会われるでしょうが、彼の父であるドムニノス[6]とは、思うに、度々会われました。それも、ただ会っただけではなく、至善なる人として称賛なさいましたし、あなたはどこでもそうなさっています。三　それゆえ、あなたは彼の子の助け手となるのがふさわしいのです。この者の家が潰されるのを防ぐような発言を高貴なるプロクロス[7]にすることで。

書簡九五四　アルケラオス[8]宛（三九〇年）　力強い味方

一　私たちがあなたの話に耽っていたところに（それはあなたの人となりを称えるものでした）、さらにあなたの書簡が届きました。それは、医師のヘラクレイオス[9]に送られていましたが、私に言及することで私にも名誉をもたらすものでした。二　そのため、ヘラクレイオスが手紙を読み上げると、私自身喜びを覚えましたし、友人たちもこのような援軍を得たことに私たちと喜びを分かち合いました。あなたは敵には大いなる苦しみをもたらし、友には大いなる助けとなれるでしょうから。今も私たちについて素晴らしいことを言うよう多くの人々を促しているのだと思います。彼らはこれまでまったくそんなことをしなかったのです

（1）本書簡と書簡九五三に登場する。*PLRE*, p. 266 は、リバニオス『第五十四弁論』三八で言及されるドムニノスを本書簡の無名氏と同定できるかもしれないとする。なお、「引き込む」という表現については、三二九頁註（7）を参照。

（2）コンスタンティノポリスの元老院のこと。

（3）三五九頁註（7）を参照。

（4）二七頁註（1）を参照。なお、彼の死については他に書簡九五八-一、九六四-三、一〇三〇-一で、その遺書については書簡一〇五一-三で言及されている。

（5）前註（1）を参照。

（6）四七九頁註（8）を参照。

（7）三五五頁註（1）を参照。本件について書簡九五二で依頼されている。

（8）本書簡でしか確認されないが、書簡執筆時期から判断して、書簡一〇五〇で言及される人物も同一かもしれない。*BLZG*, p. 84 は、『テオドシウス法典』第九巻第四十五章第二法文、第二巻第一章第九法文から確認される三九七年のアウグスタリス長官（エジプト長官）と同一人物の可能性を提起する。

（9）本書簡でしか確認されないアンティオキアの医師。

から。

三　あなたがそちらにいるときはこうしてくださることを願うばかりですが、他方で願うのは、私たちを行動で喜ばせる一方で、その姿をお見せになることでも喜ばせるために、あなたが再び私たちのところでの務めもお望みいただくことです。そして、ゼウスの思し召しで官職を携えてくることも伴うならば、それは、私たちにとって大きな幸を意味するでしょう。ロドス人にとって雨中に天から降ってきた黄金が幸であった以上に。(1)

書簡九五五　パネギュリオス(2)宛　（三九〇年）　ギリシア修辞学

一　ここなるボエトス(3)は果報者だと私は思います。彼はギリシア人の言葉が偉大なものとなるようにしたのです、それも別の言葉に繁栄をもたらしているこのご時世に。(4)二　では、どのようにして彼はその言葉を偉大なものとしているのか？　権力を持つ多くの人々を差し置いて、私たちのところからあなたにぜひ書簡を運びたい、そうすれば自分とあなたとの友情はさらに大きくなるだろうからと言ったのです。ソフィストたる男から友とされたいと熱望する者は弁論を熱望しています。そして、弁論を熱望する者は、かかる感情を覚えた対象［＝弁論］を間違いなく崇高なものとします。ひいては嬉々として、すべての人々がそれを熱望するように仕向けるでしょう。

三　それゆえ、私たちの弁論を高めてくれる彼をどうして恩人と見なさずにおれましょうか？　どうして彼の命ずることを行なわずにおれましょうか？　こうして私は、彼が書くよう命じたので、手紙を書いたのですが、危険を伴うことでも、彼がそのようなことを命じたのであれば、私は行なっていたはずです。他方で、あなたの方でも同じ考えを持って、熱望する人を喜ばせるものは何でも甘美だと考えねばなりません。

四　これを実践したあなた自身は、そのお人柄から、手紙を書いてはこないでしょうが、重んじられた彼がそのことを沈黙に付さずに、どこでもその義理を重んじるでしょう。

書簡九五六　プリスキオン(5)宛　（三九〇年）　ニキアスの平和

一　［ソフィストの］座をめぐるあなたの具合は上々だと聞き、私はすでにもたらされたことにも、これから期待されることにも喜びました。今よりもさらに輝かしいものがきっともたらされるはずですから（長い時と労苦があれば、それが実現できます）。

二　しかし、あなたが私たちのもとで称賛していたソフィストのパネギュリオス(6)とあなたとが平和にやっ

（1）書簡三四八-一一と第一分冊四二七頁註（3）を参照。
（2）書簡九五六に見るように、プリスキオンとの競争を行なっていることから、パレスティナで活動していたと思われるソフィスト。
（3）本書簡と書簡九五六を運んだ人物。四五七頁註（5）も参照。
（4）「別の言葉」とはラテン語のこと。ギリシア修辞学との関係については書簡九五一と四七九頁註（5）も参照。
（5）四五九頁註（9）を参照。
（6）前註（2）を参照。

ていないとある人が伝えたので、二人が戦い合う際には弓矢（ソフィストが使うような矢です）[1]を手に取るのは必定だと思うにつけ、私は心を痛めておりました。三　あなたが若者たちの教育に身を捧げたのは良い判断だったという人々の話からは、このことは私たちに伝わっていませんでした。ですから、あなたの方が危害を加えているのなら、あなたは私のことを十分には覚えていないということですし、あなたが守りを固めているのなら、そうするほどまで私のことを忘れてしまっているのです。

四　そこで、目下の騒動に終止符を打ち、戦うよりも戦わない方が甘美になるようにしてください。高貴なるボエトス[2]があなた方にとってのニキアス[3]となるでしょう。

書簡九五七　サポレス宛[4]　（三九〇年）　皇帝との和解

一　いと神々しき帝があなたと和解なさったことで、あなたに財産が返還されましたし、あらゆる人々が財産を取り戻した人に劣らず喜びました。これはあなたが有為であることの見返りです。というのも、あなたはきわめて大きな権能にあってその有為なところを発揮して、兵の指揮者でも気難しくないことはありうると示したので、しばしば「父」と呼ばれたのですから。

二　この帝の措置はたった今取られましたが、私はずっと前に予期しておりまして、「これまでのようなことになるだろう」と仲間たちには予言していました。私が予言者となれたのは帝の人となりのゆえで、罰するのは遅いものの、恵むのは速く、非難を寛恕で解消し、苦痛を癒してくださるからです。

三　このようなことに関する弁論なり、弁論でなければ手紙なりが私たちから帝に届いていないとあなたは文句をおっしゃっていますが、帝から私に与えられたものに照らせばそれは過大なことであり、私は向こう見ずだと思われてしまうのを恐れて、弁論や手紙を送ることが憚られたのです。そうすることは、私自身に関わる案件でも控えていました。このことについてまで私を非難なさったとしても、私は同じようにお答えしたでしょう。**四**　それに、あなたに書簡で慰めの言葉を送っていても譴責されたはずですし、性悪な者たちはさらにそれ以上のことをしたはずです。実際、私はその連中から何度も多くの苦しみを味わされてきたので、性悪な人間がどれほどの害悪であるかを、そして、このような人が一つの音節をもとにいかにたやすく弔いの火を焚けるかを承知しています。(5)

五　それで、双方の身、すなわちあなたと私の身の心配をして、黙っている方が良いと考えたのです。また、あなたが己と向き合って、自らの思慮から導いた薬でその苦痛を拭い去るだろうといった希望もありま

(1) 言葉による中傷の矢を意味する。
(2) 四八三頁註（3）を参照。
(3) 古典期アテナイの政治家ニキアスがペロポンネソス戦争の調停者となったように、この書簡の運び手がプリスキオンとパネギュリオスの間の和解をもたらすということ。トゥキュディデス『歴史』第五巻第十六章やリバニオス『書簡』五一三-二も参照。
(4) ウァレンス帝の死後まもなくにグラティアヌス帝の宗教寛容策に従って、司教メレティオスをアンティオキアに帰還させた軍司令官。リバニオス『第二弁論』九からは病床のリバニオスを見舞うなど交友関係があったことが知られる。皇帝の不興を買った原因は不明。
(5) 三八八年にリバニオスが告発を受けていたことについては、三五三頁註（4）を参照。

した。あなたはその思慮によって武器での勝利を勝ち取るのみならず、救われたものへの優しさという別の、まったく引けを取らぬ善をも加えたのですから。

六　これであなたにご満足いただけるだろうと思いますが、もしもっと長大なものも喜んでお聞きいただけるのであれば、あなたがいらしたときにそれを差し上げましょう。

書簡九五八　エウセビオス[1]宛（三九〇年）　皇帝書簡の行方

一　あなたはオリュンピオス[2]への見事な弔辞を作られた一方で、私への見事な頌詞も作られました。私が悲しみのあまり気が触れてしまうのではないかと危惧なさったことは、長い弁論全体よりも賛辞に大きく寄与していますから。二　しかし、かかる不安を抱いたり、私の大きな不安を大いなる働きで解消してきたりしたあなたなら、悲しみを引き起こさぬようにもせねばなりませんでした。その悲しみが私にもたらされたのは、ある不運な女性を手助けできなかったからです[3]。

三　ともかく、罰は帝の手で免ぜられたのですが、帝の書簡が本来なら私たちのもとに届くはずが届いておりません。妨げとなっている私たちの友人エウセビオスがそれを取って手元に留めており、他の案件には手紙を送ってきても、この件についてはなおざりなのです。四　これはきっと、テオピロス[4]のために私があなたを非難した言葉と行動への罰なのです。実際、このようなことを私は耳にしてきましたし、いわれのない悪口を述べる人自身[5]もこのことを明らかにしていましたから。私としては、誰かがこういうことをでっち上げても驚きませんが、あなたがこの発言者に対して石を取らなかったならば驚きます。

書簡九五九　タティアノス宛[6]（三九〇年）　リバニオスの庶子①

一　今手紙を書いていることについて、おそらくずっと前に手紙を書くべきでしたが、少しばかり躊躇してできずにおりました。しかし事態が切迫しているので、たとえどんなに私が望んだところで、もはや言わずにはおれません。なぜなら、これまで聞いていなかったということを後になってお聞きになったら、お気を悪くさえするでしょうから。

二　では、立派な恩恵をもたらすことを喜びとする方から、私は何を求め、何を得ることを望んでいるのか？　私には善良な女性からもうけた子[7]がおります。彼女はとても良い女性で、その気立てに比べれば、娘

（1）三五九頁註（7）を参照。

（2）二七頁註（1）を参照。また、本書簡と同じくエウセビオスに宛てた書簡九五三と四八一頁註（4）も参照。

（3）書簡九七七–四で後日譚が述べられている。

（4）四七三頁註（2）を参照。

（5）おそらく名宛人エウセビオスのこと。書簡九七七–一も参照。

（6）三五三頁註（3）を参照。

（7）キモン・アラビオス（九七頁註（8）を参照）のこと。

を持つ父親の莫大な富も取るに足らないと思えるほどでした[1]。三　そして、私は子供が生まれたら弁論家になってほしいと願っていて、実際に弁論の能力があったので、弁護人団に登録しました[2]。彼は多くの黄金は集めませんでしたが、その弁舌で多くの称賛を勝ち取り、彼と戦う者たちさえ賛辞を送ったものでした。**四**　ゼウスから自らの帝国を受け取った方[3]は、この案件のいっさいをお知りになると、ご自分の本質にふさわしい援助を私たちにしてくださいました。すなわち邪魔立てする者たちを制して、私のなけなしの財産がわが子に渡ることを認めてくださり、そうして財産が譲り渡されたのです[4]。

五　この名誉と引き換えに陛下がますますの幸運を享受されますように。さて、私たちの友人の中には彼を参事会に導き入れようとする者もいれば[5]、彼をそのままの地位に保とうとする者もいました。そして、後者の方が良い考えだと思われたので、彼は弁論に携わっていましたが、船と穀物と海と[6]、参事会員につきまとう打擲を恐れており（彼は弁論のためにこれを受けたことは一度もありませんでした[7]）、革帯[8]と官職が唯一の頼みの綱だと見ています。

六　そして、これを実現させる書簡をあなたに宛てて勇気を出して送ってほしいと彼は涙ながらに私に頼んでいます。そして、自分は与えられるものはいかなるものでも絶対に大切にするだろう、なぜなら、いかなる任期でも（それが一ヵ月であったとしても）まったく同じように、いかなるものも同じ安心をもたらすだろうからと言うのです。実際、それは多くの先例に見出せます。

七　そこで高貴なる方よ、この若者とこの老人の不安を解消してください。たとえ私がすでに死んでしまってからこの恐怖が降りかかるとしても、賢人たちの言うように、地下にあっても喜びと悲しみは存在するのですから。[9]

---

(1)女性が卑しい身分であったことは、この箇所以外にも書簡一〇二六-四、一〇六四-一、エウナピオス『哲学者およびソフィスト列伝』四九六(Wright)からうかがえ、リバニオス『書簡』一〇六二-五と『第一弁論』二七八からは奴隷身分であったと推測できる。

(2)彼の弁護人としての活動は、リバニオス『第二十八弁論』九、『第五十四弁論』七以下などからも知られる。

(3)テオドシウス帝の名前を訳すと「神から与えられし」となり、その表現をもじったものと考えられる。書簡九八〇-五も参照。

(4)三六三頁註(2)を参照。

(5)リバニオス『第三十二弁論』七で述べられるトラシュダイオスなどがその一人であろう。

(6)都市参事会員の果たす穀物輸送業務を示す。Liebeschuetz, pp. 165 f.

(7)鞭打ちは勉強をしない学生に対する教師の罰として用いられたが、リバニオスは後年あまりこの矯正手段を用いなかった。リバニオス『第二弁論』二〇、『第五十八弁論』一を参照。都市参事会員と打擲については、五二九頁註(3)を参照。

(8)革帯については、二一五頁註(7)を参照。官職に就くことで、都市参事会員の負担を免れようとしており、実際、キュプロス州総督職を獲得した。この試みとその後日譚については、書簡九六〇、一〇〇〇—一〇〇二、一〇四二、一〇五八、リバニオス『第一弁論』二八三を参照。

(9)伝プラトン『アクシオコス』三七一A—三七二A、『第二書簡』三一一Cのほか、リバニオス『書簡』一九五-四、二二〇-四と第一分冊二三一頁註(5)も参照。

書簡九六〇　アブルギオス宛[1]　（三九〇年）　リバニオスの庶子②

一　以前の手紙[2]でお願いしたことをこの手紙でもお願いいたします。以前の手紙で私たちがお願いしたのは、あなたからのご好意と手助け、つまり、あなたが書簡を渡して、それが読み上げられる場に居合わせ、それをあなたの言葉で裏付けていただくことでした。このような場合には、何かしらの同意を示すことが重大でありましょう。

二　以前に手助けした義理から今回も手助けするのは避けられないことを心に留め置いてください。実際、私の子であるとしてエウセビオス[3]を助けていただいた以上、アラビオス[4]についても、子であるとして、ましてや彼以上にそうだとして、助けていただけない理由があるでしょうか？　アラビオスについても弁論の結びつきはありますが、エウセビオスについては血の結びつきまではなかったのですから。

書簡九六一　パウロス宛[5]　（三九〇年）　気になる教師

一　あなたが手紙を書き送った相手は、すでにその手紙の内容を知っておりました。なぜなら、私たちの関心事はあなたの動静を知ることでしたし[6]、これほどのことであれば多くの人に知られる以上、知らせてくれる人にも事欠かなかったのですから。実際、あなたの事績は偉大なので、知られずにはいられなかったでしょう。二　あなたがこのご時世に打ち勝ったことで私たちは喜びを分かち合っております。私たちのもとから離れ去っていくもの数多ですが、あなたを味わった人々はあなたのもとにとどまり、これからもとどまりますように、そして、劣悪なものの方が良いと信じませんように(7)。

三　あなたは手紙の美しさとご子息を私と同じ名前にしたことで私を喜ばせてくださいましたが、ありもしない怒りのことに言及するという根も葉もない悪口で私を苦しめました。というのも、あなたが私たちに悪を働いたことはありませんし、私たちも良き人に対してなら怒らなかったはずですから。私があなたに長いこと手紙を書かなかったのも、逆にあなたが私にそうしなかったのも、暇がなくてそうすることができなかったからなのです。

---

(1)四三一頁註（2）を参照。
(2)書簡九〇七のこと。
(3)三九一頁註（4）を参照。
(4)九七頁註（8）を参照。また、彼の官職入手の試みについては書簡九五九も参照。
(5)本書簡でしか確認されない修辞学の教師。
(6)プラトン『饗宴』一七二C。
(7)ラテン語とギリシア修辞学が比較されている。書簡九五五―も参照。

書簡九六二　ソポリス宛[1]（三九〇年）ギリシアの恵み

一　果報者と見なされ、そう呼ばれるべきなのは、このような祭典に参加して、神[2]が慣習に則って市壁外で過ごした後に中心市にある自らの社に戻るのを見物した人[3]です。いったい、神そのものと、神に捧げられる名誉とを目の当たりにしたのにどうして果報者でないことがあったでしょう？　二　また、多くの場所を短い日数で駆け巡り、「アレイオス・パゴスを見た。アクロポリスを見た。父を助けた男[4]が責めから免れた結果、大いなる怒りの末に宥められた女神たち[5]を見た。争いを経て町を勝ち取った、エレクテウスの養い親[6]を見た」と言えるところも果報者であります。

三　見物したもののゆえにこの人は幸せ者だと思いますが、あなたも幸せ者だと思うのは、これらやその他多くのものを毎日享受しているのみならず、ディオニュソスのご加護のもとに書いたと思われるあなたの手紙が美しかったからでもあります。それほどの優美に達していました[7]。

四　私は手紙を渡してくれた人にあなたの子の泉[8]について尋ね、それが膨大なものだと聞くと、それを信じました。詩人たちがネオプトレモスを賛嘆しているの[9]も信じておりますから。おそらくはこのような人々の血を引く者はこのようでなければならず、父親や、思うに祖父もまたそうしたように、戦列を崩す力がなければならなかったのです。五　それゆえ、貴人アプシネスも私を友として愛するように働きかけてくださ い。彼のために祈る老人を友として愛するのは正しい行ないのはずですから。

(1) FK, pp. 247 f. は、エウナピオス『哲学者およびソフィスト列伝』四九四（Wright）に現われるアテナイのソフィストと同定できる可能性を提起する。
(2) *BLZG*, p. 280 はエレウシスの秘儀と解釈するが、Foerster はこれを誤りとし、ディオニュソスが問題となっているのではないかと提起。FK, p. 248 も、アカデミア近隣の社から劇場区域にある古い社への行進を行なう大ディオニュシア祭のことと推測する。
(3) 後段で名指しされる、名宛人の子アプシネスとされる。本書簡でしか確認されないため詳細は不明だが、エウナピオス『哲学者およびソフィスト列伝』四八二（Wright）などで確認されるスパルタの弁論家が母方祖父であるためにその名がつけられたのではないかとFK, p. 250 は考える。
(4) オレステスのこと。父アガメムノンを謀殺した母親に復讐したため、復讐の女神（エリニュス）たちの怒りを買った。裁きについてはアイスキュロス『慈みの女神たち』を参照。オレステスの裁きに関わる祭壇がアレイオス・パゴスの丘にあったことは、パウサニアス『ギリシア案内記』第一巻第二十八章五が伝えている。
(5) 厳粛なる女神たち（セムナイ）と呼ばれる復讐の女神たちの神域がアレイオス・パゴスの傍にあったことを、パウサニアス『ギリシア案内記』第一巻第二十八章六が伝えている。
(6) 女神アテナのこと。ポセイドンと争って、アテナイの町を獲得したことは、書簡一〇三六-八でも触れられている。アクロポリス上のパルテノン神殿背面にこの場面の図像があったことはパウサニアス『ギリシア案内記』第一巻二十四章五を参照。
　エレクテウスは伝説的なアテナイ王家の祖で、アクロポリス上には彼の神殿があった（パウサニアス『ギリシア案内記』第一巻第二十六章五）。アテナ女神との関係については、ホメロス『イリアス』第二歌五四六―五四八を参照。
(7) ディオニュソスと優美の女神（カリス）たちの関係については、書簡二一七-六と第一分冊二五九頁註（4）を参照。
(8) 写本に従い、*πηγῶν* と読む。泉が雄弁、あるいは雄弁術をもたらす源泉としての修辞学教師の比喩であることは、書簡八九-二、二六〇-一、四三七-一、四八一-一、七六〇-一、七六九-一、一〇一一-一、一〇五二-二、一〇八七-二を参照。
(9) ネオプトレモスはアキレウスの子で、ペレウスの孫。トロイア戦争末期に活躍した。詩人による彼の賛美としては、たとえばホメロス『オデュッセイア』第十一歌五〇六―五三七がある。

書簡九六三　シブリオス[1]宛　（三九〇年）　有力者の手紙

一　私はあなたの書簡がとても嬉しかったので、数名の青年たちにそれを渡して、町の至るところへ持っていって然るべき人々に披露するよう命じました。これは、弁論というものを重んじているとしてあなたが称えられるようにし、このような人々から重んじられているとして私が羨まれるようにするためでした。すると、多くの人々が私のもとへ殺到しましたが、これも書簡の朗読のおかげでした。

二　ですから、もし過去にもずっとこのようにしていたなら、私はもっと羨まれていたはずです。しかし実際は、数多くの機会に届くはずだった書簡が今回初めて届いたので、これが一度だけとならないよう祈るばかりです。三　あなたにはそれができますし、きっとそうなさるはずです。私をあなたの友情に分かち与からせてくださいましたし、ご兄弟が同じようになさったのをご存知なのですから。すなわち、彼は私の立場をさらに華々しくしようと望みながら、私がそれを拒絶するのに心穏やかに耐えたのです。

四　ですから、私に対する彼の評価、さらにはあなたの評価を誇らしく思っているので、牧場[2]にいる彼がそちらのことに従事するようにと、そして、あなたはどうか長命を享受なさり、こちらにいらっしゃるようにと私は祈っております。実際、あなたと交際すれば私たちはさらに優れた者となるでしょうが[3]、これから自らの麾下に置くことになる人々に父親の姿を体現することになる方[4]がお出ましになれば、私たちはさらなる喜びに包まれるでしょう。

書簡九六四　ヒエロパンテス宛[5]　（三九〇年）　嵐の解消

一　手紙を書いた人にも手紙を運んだ人にも多くの幸がありますように。あなたの声と手が嵐を解消してくださったので、今後はこれまでよりも良くなるだろうと大いに期待しています。二　今私が嵐と言っているのは、多くの要因からなる悲しみのことです。たとえば、像に対してなされた蛮行は大打撃ですし、[6]私たちの弁論の支配権は踏みにじられ、その力が他所に移ってしまったこと自体もまた別の打撃です。[7]そして、私の体のあちこちに宿る種々の病気は夜を辛いものに、昼を不快なものにしています。[8]さらに、私たちが手

（1）ブルディガラ（現ボルドー）の出身。グラティアヌス帝のもとで皇帝の近侍として活躍し、三七九年にはガリア道長官を務めた。シュンマクス『書簡集』第三巻第四十三―四十五書簡の名宛人。

（2）プラトン『国家』第十巻六一四E、『ゴルギアス』五二四Aで、死者が浄福者の島かタルタロスのどちらに送られるか審判を待つところのこと。シブリオスの兄弟がすでに死去していることを示す。

（3）二七三頁註（3）を参照。

（4）名宛人の息子で同名のシブリオスのこと。三九〇年に第一パレスティナ州総督を務める。その任地に赴く途中、アンティオキアを訪れようとしているところ。書簡九七三も参照。書簡九七五、九八二の名宛人。

（5）*BLZG*, p. 178 は固有名詞と取るが、Norman, vol. 2, p. 366, n. a は「神官」という役職名と考える。書簡七一八-一も参照。

（6）*BLZG*, p. 457 や Norman, vol. 2, p. 367, n. b は、アレクサンドリアのセラピス神殿の破壊と関連させて理解する。

（7）四七九頁註（5）を参照。

（8）健忘症（リバニオス『第一弁論』二〇二―二〇四）、偏頭痛（同二四三）、痛風（同二四七）、視力減退（同二八一）などに苦しめられていた。

厚くした多くの人々が手厚くされたことを認めようとしません。三　また次のことにも心を傷つけられるでしょう。(1)私たちにとって兄弟以上の存在だった友人たちが死んでしまい、少なからぬ数の官職者が私たちは死んだものと思っているので、援助を必要とする者たちが援助を受けられないのです。(2)それどころか、当の私たちもご存知のような強力な援助を得ることができないのです。

四　あなたの手紙が私たちに届いたので、これらや他の諸々のことがやむだろうと思います。だからこそ、劣悪なものに数多くの敗北が生じるようにするために、あなたはきっと何度も私たちに手紙を書いてくださるはずです。そして、書簡に加えて、私たちのために神々へのとりなしまでもしていただけるのなら、あなたの救援はいっそう輝かしいものになるでしょう。

書簡九六五　クレメンス(3)宛　（三九〇年）　最高の贈物

一　良き弁舌が良き弁舌について、すなわちアスクレピオス(4)がクレメンスについて、嬉しいことを私たちに知らせてくれました。彼の知らせによれば、あなたはかつての美しい労苦（哲学に関わる労苦は美しいものでしょうから）に勤しんでいて、あなたの持ち物を目当てにする少なからぬ数の人々をますます公正にしているそうですね。

二　そして、公正な戦いを引き起こして勝利を収めた、あなたの手になる弁論であなたは私たちの弁論の営みも改善してくださっています。すなわち、それは読まれた後に縛ってお蔵入りとなったのではなく、常々私たちによって繙かれては、目を通って魂へと届いています。三　私としては［その弁論に］文句をつけられなければいいのにと思うのですが、あなたはそうするよう無理強いします。もっとも、あなたは最初にお送りいただいた弁論どまりで、たくさんの弁論をその都度送って然るべきだったのですが[5]。なぜなら、おそらくあなたはたくさんの弁論を作成していますし、後の作品の方がどんどん良くなる以上[6]、あなたは絶えずこの利を得ているのですから。

四　では、我らがアリステイデス[7]たるアスクレピオスは、この最高の贈物を持ってくるつもりでいたはずなのに、どうしてそれを一つも持ってこなかったのでしょうか？　それは一つには、彼がネストルに劣らず言葉が甘い[8]ので、彼自身も贈物だから……、いや、彼は両方のもので喜ばせられたはずです。**五**　彼がいくつもの田野を通って、シュリア人たちのためにも官職にふさわしい配慮を発揮していただきたいものだと思います。そこで、まさにこの人物のためにあなたが書いた手紙が、至善なるエウテュキアノス[9]に送られるよ

（1）書簡二五七-二と第一分冊三一七頁註（4）を参照。
（2）オリュンピオスの死が念頭にあると考えられる。四八一頁註（4）を参照。
（3）哲学者。本書簡の後日譚については書簡九八六を参照。
（4）名宛人クレメンスの弟子で弁論家。書簡九八五、九八六、一一〇七にも登場する。
（5）直前の「文句を……無理強いします」を受けて、文句をつけている。
（6）「二度目は一度目より良い」という慣用句（書簡五五七-三と一七頁註（9）を参照）を用いた表現。
（7）一〇三頁註（3）を参照。
（8）ホメロス『イリアス』第一歌二四八を踏まえた表現。書簡七八〇-五も参照。
（9）三八三頁註（6）を参照。

うにし、そこで私がこの官職のためにあなたに宛てて書いた手紙のことも少し触れてください。

書簡九六六　アポリナリオス[1]とゲメロス[2]宛　（三九〇年）　兄弟を介して

一　このピリッポス[3]は、あなた方のご兄弟[4]の手で助けていただく必要があります。そうすれば自分の正義はいっそう確たるものになるだろうと信じているからで、そう信じるのは実に結構なことです。二　それゆえ、あなた方の手紙を通じて彼がその助けを獲得するようにしてください。彼はその手紙に関して私にもあなた方にも感謝することになるでしょう。私には説得したことで、あなた方には説得を受けたことで［感謝するのです］。

書簡九六七　プロクロス[5]宛　（三九〇年）　貧困の解消法

一　ピリッポス[6]の親戚がここなるピリッポス[7]です。数多くの美しい行動を怒ることなしに完遂してきたピリッポスの親戚であります。この人は数多くのソフィストに師事し、それぞれから受け取るべきものをそれぞれから受け取ると、弁護人の仕事を避けて、ある革帯[8]に至りました。

二　しかし、それでも貧困を解消できなかったので、公正なるあなたにならば救っていただけると確信してあなた方のもとに伺っています。そして、美しくもないのにあなたには美しく見えるらしい私たちの手紙にあなたが喜ぶと耳にして、彼はそれを求め、求めた末に受け取りました[9]。こうして、あなたの友情と権力のおかげで、私は人々の恩人となっています

書簡九六八　ドメティオス宛[10]（三九〇年）　数の意味

一　テュロス人[11]のための書簡がフェニキアから私のもとに二通、ある他の人のもとに四通届きました。それで仲間たちの中には、「二と四は等しくない」と言って、この事態を恥辱と呼ぶ者もおりました。二　そこで私は彼らに言いました。たとえ私に四通届かなくても驚く必要はなく、むしろ二通も届いたことに驚くべきだ。なぜなら、これほど非力な者にこのような案件のために手紙を送るのは無駄なことだし、権力を持つ者なら四通だけでなく、その何倍もの手紙を受け取らねばならなかったのだから、と。

（1）一一一頁註（4）を参照。
（2）一一一頁註（5）を参照。
（3）本書簡と書簡九六七から知られる人物。
（4）アナトリオス（四五三頁註（8）を参照）のことと推測される。
（5）三五五頁註（1）を参照。
（6）詳細不明。
（7）本書簡と書簡九六六から知られる人物。
（8）二一五頁註（7）を参照。
（9）一節の人物紹介を利用した表現。
（10）本書簡でしか確認されない。先行研究はフェニキア州総督と推測する。
（11）三三九頁註（5）を参照。

書簡九六九　ヘラクレイアノス宛[1]　（三九〇年）　総督を称える詩人

一　こちらはダナオス[2]の子ディピロス[3]で、その父親の仕事をし、彼と同様教師をしております。彼は父親よりも優れているとさえ私は言えたのですが、劣っていないと言うだけで十分です。彼は古の詩人たちを若者たちの魂に吹き込むとともに、自らも優れた詩人であり、その聴衆は、ホメロスに出てくる人物がデモドコスにかけた言葉[4]を、彼にかけられるほどです。

二　ディピロスはあなたの家に足繁く通った者たちの中にいましたが、一度もあなたにお目にかかれませんでした。ですから、彼の心構えと運を分けて考えて、この男はいい加減だったとか、自分の利益に背を向けたとか仰らないでください。ゆえに、あなたと何度も親交を持っていたら手にしたはずのものを、これまでお会いしたことがなくても、彼に手に入れさせてください。三　そして、このディピロスをあなたの統治を詠う者としてお抱えになるつもりなら、報酬を伴う形で彼を重んじてください。その統治の美しさは彼が目の当たりにしていますから。そのような統治にはおそらく美しい言葉も必要でしょう。それによって事績の記憶は不滅のものとなるのですから。

四　彼のために計らえば、彼が授業を営むパレスティナも、あなたが統べる人々も喜ばせることになるのだとご理解ください。なぜなら、その人々のところで彼は生まれたのですから。もし彼らに誰を最も誇りとしているかと尋ねれば、ダナオスとディピロスだと答えるでしょう。

書簡九七〇　プロクロス[5]宛　（三九〇年）　公共奉仕の財政支援①

一　父祖たちに倣うべきだと考えて、参事会員アルギュリオス[6]は華々しい公共奉仕で野獣とそれと戦う人間たちを提供して私たちの町を喜ばせています。[7]二　この男の父親[8]が、あなたの父君[9]が占めておられる地位を当時占めていた人物から拝領したものを、彼があなた方から拝領できれば結構なことです。それは、金銭

(1) R. A. Kaster, 'The 'Wandering Poet' and the Governor', *Phoenix* 37-2 (1983), pp. 152-157が指摘するように、任地不明の州総督。

(2) リバニオス『第五十四弁論』五五でも言及される文法教師。Kaster, *op. cit.*, pp. 157 *f.* は、『スーダ辞典』「アリストデモス」(A 3915) で、文法教師ヘロディアノスの要約作品を献呈されている人物かもしれないとする。

(3) リバニオス『第五十四弁論』五五―五七にも登場する、パレスティナで活動した文法教師にして詩人。

(4) ホメロス『オデュッセイア』第八歌四八六―四九一を参照。アルキノオスの屋敷で歓待されたオデュッセウスは、楽士のデモドコスを歌の名人とほめたたえた。

(5) 三五五頁註（1）を参照。

(6) アンティオキアの有力都市参事会員。祖父の大アルギュリオス、父親のオボディアノスと彼の三代にわたってアンティオキアの市政で中心的役割を果たしてきた。書簡一一三-一、三八一-四も参照。

(7) Liebeschuetz, p. 142は、シュリア州の諸都市の住民を集めて見世物を催すシュリアルケスとしての公共奉仕と考える。

(8) オボディアノスのこと。一七七頁註（5）を参照。数十年前に彼が実子のアルギュリオスの名目で見世物を手配していたことは書簡一一三から知られる。

(9) 後段で名指しされるオリエンス道長官タティアノスのこと。三五三頁註（3）を参照。

収入であり、出費の少なからぬ負担（公共奉仕にまつわる苦労を分担します）であり、身銭を切った分の補填による援助であり、受け取る者たちに劣らぬほどの与える者たちの喜びでありました[1]。こうして、そのような手助けによって利を得る決まりだったのです。

三　そこで、あなたを介して幸福なるタティアノスに私たちはお願いいたします（ご自分がこのような身の上であるうえに、このような子を通じてこのようなものを披露なさっている方がどうして幸福でないことがありましょう）。相応のもの、いや、それ以上のものを［前任者たちよりも］はるかに優れた方からお願いいたします。たとえ先例がなくとも、彼であればきっとこの決まりごとを私たちのために定められたはずですから。

書簡九七一　ポティオス[2]宛（三九〇年）公共奉仕の財政支援②

一　再び私からあなたに恩恵をもたらします。というのも、私が再び何かをお願いしようものなら、あなたはおそらく叶えてくださいますから。それが私にははっきりと分かります。そして、この二つのことがあなたに喜びをもたらします。なぜなら、あなたは私に多くの恩恵を与えるために、私を介して請願する人が大勢現われることを祈っているのですから。

二　さあ、ですからあなたはいつものように振舞って、多くの言葉を用いずに、アルギュリオス[3]が携わっているきわめて重い公共奉仕をそれほど重くないものにしてください[4]。あなたはおそらくご自分のことでも彼に恩義がありますが、とりわけ、言葉でも行動でも彼から絶えず敬意を払われてきた私のことで彼に恩義があるのですから。

書簡九七二　リコメレス(5)宛　（三九〇年）　アンティオキアへの招待

一　神々が私に下さったご利益を検証するに、私が最大のものだと思うのはあなたの友情であり、それを手にした日(6)を尊重しています。その日に初めて私たちは出会い、互いに喜びを分かち合い、長い間付き合ってすっかり馴染みとなった者たちのように振舞いました。そして、私が後に残り、あなたが出立せねばならなかったときは、涙ながらにそうしたものでした。

二　さて、あなたのもとに届いた私たちに関する伝えはささやかなものでした。私たちが弁じ、書き、私たちの業を学ぶよう説得されたり強制されたりしている若者たちに囲まれて座っているといった具合に。これに対し、あなたの事績は輝かしく、荘厳で、偉大であります。軍の指揮、戦闘、勝利。帝とあなたがあら

---

(1) シュリアルケスの競技会やオリュンピア祭などは都市アンティオキアに関わる公共奉仕ではあるが、主催者は事後に国庫からの助成を得ることができた。書簡四三九、九七一、一一四八、一四五九などを参照。
(2) 四〇一頁註（1）を参照。
(3) 五〇一頁註（6）を参照。
(4) 前註（1）を参照。
(5) 三八七頁註（1）を参照。
(6) 三八七頁註（2）を参照。

ゆる美しい行動を素早く成し遂げ、あるものは知恵で、あるものは武力で制圧することで、暴君はいなくなり、自由人が奴隷ではなくなりました。[1] 三　それゆえ、これらのことは弁論の対象となってきましたし、今もなっていますし、これからもなるでしょう。それがあなた方の成功への報酬であるのは、アガメムノン方の者たちにとってホメロスが彼らの業績に付加したものが報酬であるのと同様です。

四　私たちが神々とあなた方にお願いするのは、あなた方が私たちのもとを来訪し、私たちの望みを充足し、ダプネ[2]を帝の美しさによっていっそう美しくすることです。**五**　実際、私たちの町はローマ[3]でもなければ、［ローマの］母市や娘の町[4]でもありませんが、それでもこのような贈物に不相応ではありません。この町は、君主の順境に喜びを覚えながらも、神のような帝を未だ拝見していないことに悲しんでいるのですから。[5]

書簡九七三　父長（パトリアルケス）[6]宛　（三九〇年）　友人登録

一　私たちのピリッピアノス[7]が偉大なのは革帯[8]のおかげでもありますが、彼が偉大なのは、その性格から徳を希求するからでもあります。また、彼が偉大なのは、[9]あなた方の町々に幸をもたらすことになる方[10]がピリッピアノスを友としているからでもあります。**二**　そして、彼は次の点でも偉大な人物となっています。あなたの友情を熱望し、私の手紙を用いてそれを手に入れたいと願ったのです。それゆえ、彼が念願のものを享受し、友人に登録されるようにしてください。そして、彼が実現する前から今後のことについて語るのに喜んでください。

三　私からもあなたを喜ばせることができます。父親(11)を見事に体現するシブリオスがあなたについて私に語った言葉のことで。すなわち、私があなたに捧げていた賛辞に、彼は自らの口でさらに多くの賛辞を重ねたのです。

---

(1) 三八八年の「僭称帝」マクシムスに対する勝利のこと。テオドシウス側は北イタリアのアクィレイアで待ち構えていたマクシムス軍を急襲し、相手方の兵の寝返りもあって、勝利を得ることができた。パカトゥス『テオドシウス頌』三四―三九、ゾシモス『新史』第四巻四五以下を参照。書簡八六六-一二でもこの勝利は触れられている。

(2) 一三五頁註（6）と三五七頁註（6）を参照。皇帝や高官のアンティオキア来訪を促すためにこの景勝地を利用した例として、書簡一〇二四-三、一一〇六-三、一一一〇-一、リバニオス『第二十二弁論』一八などを参照。

(3) テオドシウス帝は「僭称帝」マクシムスを打倒後、三八九年にローマ市を訪問した。

(4) コンスタンティノポリスのこと。

(5) コンスタンティウス二世、ユリアヌス、ウァレンスといった四世紀のローマ皇帝たちがアンティオキアを来訪し、しばしばそこを軍事拠点として利用したのに対し、テオドシウス帝はこの町を訪れたことがなかった。来訪の呼びかけは書簡九四五-四以下、リバニオス『第二十弁論』四六にも見られる。

(6) 四三九頁註（2）を参照。

(7) 本書簡でしか確認されない。州総督シブリオスに随行する役人。

(8) 二一五頁註（7）を参照。

(9)「偉大」という言葉を三回繰り返して強調している。書簡一一一一-一も参照。

(10) 後段で名指しされる州総督シブリオスのこと。四九五頁註（4）を参照。

(11) 子と同名のシブリオス。四九五頁註（1）を参照。

書簡九七四　同者［父長］宛　（三九〇年）　**貧しい弁護人①**

一　私がこの手紙を渡したのは、有為なるエウテュミオス(1)があなたの友情を獲得するためではなく（それは手にしています）、その友情が私への恩恵を通じていっそう強固になるようにするためです。彼のためにあなたがこの手紙に栄誉をもたらそうとお望みになる（この手紙に加えて多くの手紙にも同じようにしてくださるように）のは私には分かっておりますから。

二　この男は弁護人を必要とする人々を助けることができ、弁論にも法律にも長けていますが、財布を空っぽのまま携行しており、それを空でない状態で携行できればよいのにと願っています。運命の女神（テュケー）の次にこの願いを叶えられるのが、あなたと総督(2)であります。そして、統治にあたっている者よりもあなたの方がいっそうそうなのです。

書簡九七五　シブリオス(3)宛　（三九〇年）　**貧しい弁護人②**

一　あなたはゼウスに愛されし者の一人です。それゆえ、あなたがゼウスを範とするのも至当でありましょう。そして、ゼウスは首を縦に振ったことをすべて果たすのが決まりです(4)。それゆえ、あなたもこの決まりを採用すべきです。二　そして、あなたはエウテュミオス(5)の徳と貧困に関する私たちの話で首を縦に振ったのですから、万物を造った神に倣って、実行も伴わせて、その貧困を解消してください。

書簡九七六　プリスキオン[6]宛（三九〇年）　申し分ないもの

一　私たちはまだ例のワイン[7]を称賛しておりません。まだそれを飲んでいないからです。しかし、飲んだら称賛するだろうと思います。あなたともあろう人が、そうでないようなものを送ったはずはありませんから。それがあなたのブドウの樹から産したものだと確信していますし、あなたに送るよう命じたときに私が何と言ったかを覚えていますから、私が変節することはありません。

二　あなたに対して、それも味方として多くの戦いをくぐり抜けてきたあなたに対して不実をなしたとおっしゃっていた人物[8]については次のことをご承知おきください。彼は、道中不運に遭い、体のあちこちに傷を負いながらも、あなた方の間に生じた確執については一言も話しませんでした。それどころか、形式に

（1）本書簡と書簡九七五-二で確認される弁護人。*PLRE*, p. 315 は『テオドシウス法典』で確認される三九六年のアジア管区代官と同定する。
（2）第一パレスティナ州総督シブリオスのこと。四九五頁註（4）を参照。
（3）四九五頁註（4）を参照。
（4）ホメロス『イリアス』第一歌五二六以下を参照。書簡一〇一九-二でも用いられている。
（5）前註（1）を参照。
（6）四五九頁註（9）を参照。
（7）書簡九八八にもワインに関する言及がある。
（8）*BLZG*, p. 245 は、書簡九五六でプリスキオンとの不和が伝えられる、ソフィストのパネギュリオスであると推測する。

関する議論が長々と続いていることや、ご存知の基準をあなたが私たちに設定したことも聞いていませんでした。

三　ですから、彼がまた授業の中でこれらのことについても何か言いたがるだろうと私は見ています。しかし、彼はおそらく神々のことは悪く言うでしょうが、あなたはたとえその場にいなくても擁護されるでしょう。いかなる点でもあなたの非が大にも小にもひとつも見出せなかったあの長い期間があるのですから。

書簡九七七　エウセビオス[1]宛　（三九〇年）　怒りを買う

一　あなたが絶大な信を置き、あなたの数々の業務をこなしてきた男が、あなたの怒りとその原因となった発言について知らせました。彼がいわれのない悪口を述べる張本人だったのですが、他の人がそうしていると見せたがっていました。あなたを怒らせた人物[2]の名を言いませんでしたから。

二　私としてはあなたの友情を莫大な財産と考えており、その財産のことで不安を覚えたのですから、あなたから称賛されて然るべきだと思います。もし不安を覚えなかったのならば、咎められても仕方なかったでしょうが。でも思うに、迷妄は常に存在し、至るところで大きな力を発揮してきた[3]のですから、この不安も無理からぬことでした。三　しかし、あなたはホメロスに親しみ、どうしてエウリュステウスが命令をして、ヘラクレスが命令されたのかを彼から学んだのですから[4]、私に生じたこの不安を咎めないでください。

そして、ゼウスの行ないを参照して、[5]自分が侮辱されたとは見なさないでください。

四　例の女性[6]が救われたことで私はあなたに大いに感謝しています。それは、もし私自身が同じ災厄に遭う中で同じ幸に与っていたら感謝していたのと同じぐらいです。

書簡九七八　エレウシニオス宛[7]（三九〇年）　未熟な学生

一　ここなるゲロンティオス[8]は優れた父親[9]から生まれ、父親がしたように私のもとへやってきて、父親と同じように勉学に励みました。彼はまだ父親と同じようには弁じられませんが、同じ時間を費やせばおそらく同じ腕前に達するでしょう。

（1）三五九頁註（7）を参照。この書簡が数あるエウセビオスとのやり取りの中で最後の書簡にあたる。

（2）リバニオスのこと。エウセビオスの怒りを買った発言については、書簡九五八-四も参照。

（3）書簡八四二-二も参照。

（4）ホメロス『イリアス』第十九歌九一―一三二にあるように、女神ヘラはエウリュステウスの出産を早め、ヘラクレスの出産を遅らせることで、前者の後者に対する支配をゼウスからだまし取った。

（5）ホメロス『イリアス』第十九歌一三一。

（6）書簡九五八を参照。

（7）本書簡でしか確認されない。

（8）本書簡でしか確認されない。なお、*PLRE*, p. 393 の説明には誤読が見られる。

（9）*BLZG*, p. 164 は、ゲロンティオス（二八七頁註（1）を参照）かもしれないとする。

二　さて、あなたには、彼に再び同じ営みを送らせる力がございますし、それはあなたの手でのみ実現できるでしょう。なぜなら、例の案件で受けた彼の傷を癒すことができるのはあなただけでしょうから。彼は、その案件のことを手紙で知ると（悲嘆をもたらす手紙が届いたのです）、涙に暮れて本を投げ捨て、直ちに戻りますと私たちに告げて、ひたすら走ったのです。

三　あなたが癒せるのは確かだと私が考えたのは、この若者の実力に鑑みてではなく（その力がどれほどで、何の裏付けがあるというのでしょう？）、あなたの天分と見解を鑑みてのことです。弁論を身につけるために教育を受けてきた人を助ければ自分の利益になると、あなたはご自分の天分と見解ゆえにお考えになるでしょうから。

書簡九七九　エウトロピオス宛[1]（三九〇年）　リバニオスへの敬意

一　あなたは、善良なるレオンティオス[2]があなたにも引けを取らぬぐらい私を大いに愛していることも知らねばなりませんでした。愛さねばならないと彼が考えているのは、この私の中にも何かしらの高潔さを認めたからでもありましょうが、それ以上に、こうすることであなたを喜ばせられると確信しているからです。

二　あなたが私たちをどのように評価しているかという話は世界中に流布しています。すなわち、あなたが饗宴でどのような話をしているのかや、諸々の法廷で、とりわけ、弁論に関する審議や考察を帝が提起する法廷であなたがどのような話をしているのかが。三　それでレオンティオスはあなたに倣って、自分の父親に対するような敬意を私に対して払い続けてくれており、その姿を見せるときはいつも、根深い悲しみをも払い飛ばすほどの力を発揮します。

四　彼との交際が甘美であるさまざまな理由の中でも極めつけは、彼があなたの人となりに関する称賛以外は何も聞こうとも語ろうともしないところです。あなたの人となりには、公正さや思慮深さ、そして、なすべきと判断したことは何であれ絶対に完遂するところがありますから。

五　これらの善を至善なるレオンティオスも享受するだろうと思います。彼はある優れた女性を助ける一方で、敵たちを数限りなく苦しめてきた勇士の子供たちも助けているのですから。この子たちもいずれはその父親のようになるのでしょうが、今のところはムーサたちの手元に置かれて弁論に携わっています。それは、彼らがこうすることで自分よりも優れた者となるよう父親が望んだからです。六　ですから、この友が私たちのもとに帰り、この旅を称えるようにしてください。

（1）『首都創建以来の略史』の著者で、多数の高級官職を歴任した後、三八七年に正規コーンスルになったエウトロピウスと同定されている。ただし、名前が同じであることと、本書簡で皇帝との親密さが述べられている以上に、この歴史家と本書簡の名宛人を同定する根拠はない。

（2）四一七頁註（4）を参照。

書簡九八〇　セウェリノス宛[1]（三九〇年）授業の恩

一　その幸運を享受したのはあなただけではなく、私自身もあなたの一つ目のもの、二つ目のもの、三つ目のもの、それに続くもの、さらには今回のもので[2]その幸運を享受したと断言します。二　また、私たちの授業に難癖をつける輩を目覚ましく潰走させたのはとりわけあなたであると申し上げても過言ではありますまい。それぐらいあなたは法廷で滔々としゃべり、歴任した地位で教養ある姿を披露してきましたし、今も披露されています。

三　さて、あなたは私たちに関する見解がご自分と異なる者たちと毎日のように何度も戦うことで私に報いているのですから、私たちの友人に協力することでも私たちの授業（ヘルメスが見守り、ムーサたちが見守っていた授業[3]）に報いてください。四　もしこれが正しいことだとお考えになるなら（あなたがそうお考えになるのは正しいことです）、賛嘆すべきレオンティオス[4]のために心からの熱意を示して、言葉も行動も何一つ惜しまないのが適切でありましょう。彼は私たちのためなら言葉も行動も惜しまないのですから。

五　彼は正しいことのためにあなた方のもとに伺っていますが、その生き方と弁舌によって偉大な成果をもたらす力があるあなたからの助力でその正しいことはいっそう強固になるでしょう。聞き手は、あなたの生き方に敬意を覚え、あなたの弁舌に導かれて、恩恵に敏となるのですから。どうして他の人を語る必要がありましょう？　神から王笏を授かり、神を自らの範となさっている方[5]がこのことの証人です。あなたの語る言葉に耳を傾け、いかなることも退けも疑いもなさらないのですから。

書簡九八一　アニュシオス宛[6]　（三九〇年）　ルフィノスへの取次①

一　あなたの最初の書簡に答えて私たちからあなたに送った書簡がお手元に届き、読み上げられ、非難の余地を与えなかったことと思います。他の人だったら、その書簡は称賛を博したとさえ言っていたでしょう。

二　そして、今度はあなたの二通目に答えて、以前と同じことを再び申し上げます。私たちは高貴なるルフィノス[7]の令名高い公正さを自分たちも享受できるだろうと信じて、他の誰にも目をくれずに彼[8]を頼りにしております。三　それがオリュンピオス[9]のところでも決定的だったのを私たちは知っています。その件にま

（1）四〇一頁註（5）を参照。
（2）*BLZG*, p. 458 は、名宛人の帝室財務総監への昇進を意味していると考える。
（3）一三一頁註（1）を参照。
（4）四一七頁註（4）を参照。
（5）皇帝テオドシウスのこと。書簡九五九-四も参照。
（6）三八五頁註（2）を参照。
（7）三八五頁註（1）を参照。
（8）写本の読みに従い、αὐτόν とした。
（9）*BLZG*, pp. 224, 226, 458; *PLRE*, pp. 644, 646 は、このオリュンピオスを書簡九五三-一でその死が言及されているオリュンピオスと関連させて彼の遺産相続にまつわる騒動が問題になっていると考えたり、執筆年代の近い書簡三、四、九九〇に現われる人物と同定したりするなど扱いに迷いが見られる。

つわる話の際に彼は、どうする心づもりかと尋ねられると、正義に最大の配慮を払ってきたあなたに従うつもりだとおっしゃり、数多くの先例も重ねて挙げて、それらの先例から自分は自信を持てたのだとおっしゃっていましたから。

四 このことから私たちも自信を持てます。ですから、先延ばさないようにしましょう。そして、これを解決しようとする方が解決を遅らせないようにしてください。これほど長く生きてきた人間でも逸る気になるのは驚くことではありません。

書簡九八二　シブリオス宛(1)　(三九〇年)　**逃亡奴隷**

一 賢人ヤンブリコス(2)を公正な主人として戴いている彼の家内奴隷たちは公正であるべきでした。しかし、一人の邪な者が他の二人を自分と同じような者にして(捕まえられたのはその内の一人です)、悪人たちが怯えずにいられる場所へ行ってしまいました(3)。

そのため、閣下(アリステ)、あなたがなすべきはこれに憤りを覚えて、ギリシア民族に恩恵をもたらすことです。ヤンブリコスは非常に優れているので、彼のものは全ギリシア人の共有財産なのですから。二今、あなたがこの大胆な行為を前に本領を発揮なされば、教養を分かち合う人は誰しも喜びを覚えるでしょう。ですから、あなたの父君(4)が官職を手にしていたら取っていただろうような措置をあなた自身が取っている姿を見せてください。

書簡九八三　同者［シブリオス］宛　（三九〇年）　経過報告

私たちがユリアノスのために[5]語った言葉も、私たちがどのようなお願いをし、ご自身がどのような約束をなさったかもあなたはご存知です。ですから、その約束が果たされてもいるのなら、「決着した」と書き送ってください。まだならば、少なくとも「決着するだろう」と書き送ってください。その成果、あるいはその期待で私たちを喜ばせるために。

書簡九八四　プリスキオン[6]宛　（三九〇年）　神々と哲学者

一　弁論であなたが得た拍手喝采に続いてさらに称賛する材料を与えてください。あなた方の町にあさましくも逃げた輩[7]を探しに来た者たちに全面的に協力するのです。二　あなたはもう一つの、以前よりもはる

(1)四九五頁註（4）を参照。
(2)三七頁註（2）を参照。
(3)この逃亡奴隷の案件は書簡九八四でも扱われている。
(4)子と同名のシブリオス。四九五頁註（1）を参照。
(5)三九九頁註（3）を参照。
(6)四五九頁註（9）を参照。
(7)書簡九八二-一で扱われている逃亡奴隷のこと。

かに大きな果実を得るでしょう。すなわち、あらゆる男神女神がその熱意に悦ぶのです。なぜなら、私は確信しているのですが、あらゆる男神女神はヤンブリコス[1]の魂を慮っており、罰を受けさせることで彼に不正を働いた者たちを自らの手で弾劾したいと望んでいるのですから。

書簡九八五　ピラグリオス[2]宛　（三九〇年）　歓喜の輪

一　結構なことにアスクレピオス[3]が私たちのもとに戻ってきて、そうすることで私たちを喜ばせもすれば、あなたの書簡を持参することでもまた私たちを歓喜させました。さらにはオリュンピオス[4]の兄弟たちに関する話（ロゴイ）でも喜ばせてくれました。

二　彼の方でもオリュンピオスの弁論（ロゴイ）に喜びました。彼はこれまでも彼の弁論を知らないわけではなかったのですが、今回さらに美しくなっているのが分かって、それを自分の美と見なして喜んだのです。それほどにも彼は友人を愛する術を心得ているのです。三　この若者が私たちの業を習得していると彼は判断しましたが、次のことにも彼は驚かねばなりません。習得を阻むものがたくさんある中でこの若者がそれを習得していることに。

書簡九八六　クレメンス宛[5]（三九〇年）　弁論の上達

一　弁論家アスクレピオス[6]は通過したいかなる州でも賛嘆され、愛されながらやってきました。彼は自分の弁論の力がどれほどかを示すために聴衆を必要とすることはいっさいなく、そのつど居合わせる人々の前で、自分の流麗な言葉全体で自分が誰の子であるかを明らかとしたのです。

二　しかし、彼がこれほどの腕前になったのは、真実を何も知らない人が挙げるような人々のおかげというよりも、むしろあなたのおかげだと思われます。この男はむしろすでに学ぶ力を持った状態で、長い間あなたと一緒に過ごした一方で、聞き手を立派にするような立派な発言を常々するのがあなたの行ないなのですから。

三　彼は今回急いでいて、ゆっくりしていくつもりがありませんでした。それで、何で急いでいるのかと問われると、彼は祖国や農地や都市や父祖伝来の家などあらゆるものを差しおいて、あなたとあなたの魂とあなたの声、そしてあなたが交際相手に与えるもの（文字に依らないものもあれば、文字にされるものもあ

(1) 三七頁註 (2) を参照。
(2) 八一頁註 (1) を参照。
(3) 四九七頁註 (4) を参照。
(4) 本書簡でしか確認されない、この当時のリバニオスの生徒。
(5) 四九七頁註 (3) を参照。
(6) 四九七頁註 (4) を参照。

ります）を挙げていきました。**四**　彼はあなたと交際するでしょうから、その両方に与れるでしょうが、離れた所にいる私たちには、私たちをより優れた者にする力がある後者[1]をもたらしてください。

書簡九八七　タティアノス[2]宛（三九〇年）モデストスの子

一　貴人インファンティオス[3]は、自分への称賛の題材となる偉業を私たちに残して、再びあなた方のもとへ伺っています。言うべきことを言い、沈黙すべきことは沈黙し、行動の有無も思慮の導きに従っていました。それこそ彼の父である高貴なモデストス[4]のようだったのです。彼であればおそらく非難することもあったでしょうが、非難するばかりでもなかったでしょうから。こうして、彼は父親をありありと体現していると私たちのところでしばしば語られたのです。**二**　彼は父親の行動を範とし、そのようにしていると見えることと祈る一方で、あなたの行動を範とすることも祈っています。実際、あなたがその行動ゆえに今の地位に至るだろうということは理性ある者にはそうなる前から明らかでした。国事それ自体が、自らが助かるためにあなたの徳を必要とするのですから。

三　さらに、私たちがインファンティオスのもとを訪ねたときも（私たちは彼の人となりを賛嘆して、正当なお願いをしに少なからぬ回数訪ねたものでした）、彼は嬉々としてあなたの賛辞に没頭し、嬉々として時を過ごし、渋々［それを］止めるというように、あなたを友として大いに愛することで友人を得ていました。このようにあなたはご自分が全世界にもたらしている幸によって［彼を］魅了したのです。そして、かかる感情を覚えなかった人は不敬だとして迫害されています。**四** 私たちは不敬ではないので、慈愛深き帝に感謝しております。なぜなら、帝はご自身の手で臣下の暮らしを守りつつ、あなたの手でもそれを守り、帝の決定したことはあなたにも帝自身にも栄誉となっているのですから。

五 そして、私たちが神々に願うのは、あなたが、その力はそのままに、きわめて長く生きていただくことです。あなたが官職に留まることは願っておりません。なぜなら、万物を統御する聖なる方がそう決意なさっているので、私たちはそれをもう手にしていますから。実際、彼が［あなた以外の］他の誰も頼りにしていないことは私たちには明らかです。

六 それゆえ、このことに私は喜んでおりますし、あなたが私の書簡に喜んでくださっていることにも喜んでおります。書簡を受け取っていたら、私はさらに大きな利益を得ていたでしょうが、私の弁論（ロゴス）があなたの手元にあるという話（ロゴス）が世界中に広まっていることでさえ、私に少なからぬ名誉を

(1) 文字で書かれたもののこと。
(2) 三五三頁註（3）を参照。
(3) ウァレンス帝治世にオリエンス道長官として活躍したモデストスの子。本書簡執筆時にはシュリア州総督を務めていたと考えられている。『勅法彙纂』第一巻第九章第七法文より三九三年にオリエンス管区総監に就いていることが確認される。
(4) 八五頁註（4）を参照。

もたらしていますから。

書簡九八八　プリスキオン[1]宛（三九〇年）ワインの代価

一　銭を渡すために[2]それを受け取った男は、それを渡さなかったのに、渡さなかったがゆえにあなたと親しくなりました。しかし、渡してもらいたかった私としては、その人は渡さなかったがゆえに憎くなりました。不当なことに、あなたまでもが彼の行動に喜んで、私の希望に反することで友人ではなくなっているのに、口では私の友人だとおっしゃいます。

二　その商人はあなたに銭を渡すか、私から罰を言い渡されるでしょう。ところで、私の方ではあなたについて芳しからぬ評価を抱くことはないでしょうが、他の人はおそらくこう言うでしょうね。あなたはこの奉仕と壺への配慮から逃れようとして、このような配慮からお役御免となる手紙を送ってきたのだと。実際、あなたが代金を受けとろうとしない一方で、私が代金を払わぬ限りワインを受け取ろうとしないなら、どうしてそうならないでしょう。たとえ私がそのワインを大絶賛しているとしても、だからといってそれが私の決まりごとに勝りはしませんし、あなたもこの決まりに従うところを見せねばなりません。

三　さらにまた不当なことに、私たちの怠慢のせいであなたに対する中傷が総督[3]に影響を及ぼしたとおっしゃいます。もしそのような中傷を耳にしていたなら、私たちは間違いなく容喙していたはずであり、実際、耳にはしませんでした。**四**　私が彼と話し合いを持ったとき（それは五度ありました）、ソフィストのプリスキオンが話の大半で、彼はこのような人物を助手に迎えるなら喜ぶぐらいでありました。もし、彼の言ったことと行なったことが違ったとしても、それは少なくとも私たちのせいではありません。

書簡九八九　シブリオス宛[4]（三九〇年）　ソフィストの推薦

一　あなたに最初にお会いしたとき、私はお会いして大変嬉しく、両の眼を据えるとあなたとあなたの父君[5]を目にしている思いでした。私たちは彼について多くを話した後、話題はパレスティナに移って、あなたが統治することになるのがどのような地方でどのような諸都市なのか、そしてあなたはそれらをいかに良くするだろうかという話になりました（あなたの宿営に私たちが伺うと毎日このような話でした）。さて、このような話の中で、プリスキオン[6]の名もたびたび挙がり、彼が弁護人としてどうだったかや、教師としてどうであるかが物語られました。その人となりについても、彼が公正で分別があり、若者たちを牧するにふ

（1）四五九頁註（9）を参照。
（2）書簡九七六でも言及されていた、プリスキオンから送られたワインへの代価として。
（3）シブリオス（四九五頁註（4）を参照）のことと推測されている。書簡九八九も参照。
（4）四九五頁註（4）を参照。
（5）子と同名のシブリオス。四九五頁註（1）を参照。
（6）四五九頁註（9）を参照。名宛人シブリオスとの関係については書簡九八八-三以下も参照。

さわしいと語られたものです。

二　それで私は次のように断言したのです。彼は、これからあなたのなすことになる偉大で輝かしい事績に続こうとして、それに匹敵する言葉を発せられなくても、そのことに苛立ちはしないだろう、なぜなら他の誰もそんなことはできないだろうから、と。あなたはこれを聞いて喜ばれ、この男を友人にして、いっそうの名誉をもたらそうと約束なさいました。

三　そういうわけで、私は多くの弁論について耳にできるだろうと期待していたのですが、それとは反対のことを知らせる者たちがやってきました。すなわち、彼は黙っているし、あなたは彼と会いたがらない、と。それで私は知りたいのですが、私が座して苦しむようにするために、不当なことをしている彼に対してこの措置が取られているのでしょうか。しかし、彼が昔のままの彼なのに、心ない中傷を受けているのなら、あなたは中傷する人の方を憎むべきですし、彼には然るべき立場を与えるべきだと思います。

書簡九九〇　タティアノス宛[1]　（三九〇年）　道長官の文学作品

一　あなたへのこの正当なる名誉[2]に関する書簡が私たちに届く（届くはずです）より先に、その名誉の話が伝わってきました。その話は、どんなに大きな都市に達しても、町じゅうをお祭り騒ぎにして伝わっています。あなたのおかげで現存し、保全され、増強されてきた諸都市はもちろん飛び跳ね、歌い、踊り、その多くの偉大で輝かしい善行にできるかぎりのお返しをせねばなりませんでしたから。そして、その善行の見返りに、それらの都市を守る神々は神々しい帝を介して、今のこの賜物をくださったのです。

二　ムーサたちに仕える私たちはそれ以上にお祭り騒ぎです。というのも、私たちは他の人々とともに恩恵に浴しているのに加えて、彼ら以上のものまで手にしていますから。すなわち、あなたがホメロスの詩にホメロスの詩句そのもので詩を継ぎ合わされたので[3]、教養がさらに広められたのです。三　この労作はこれまでも大事にされて、イリアスとその後のホメロス作品と同じように教師と学生の手元に置かれていましたが、三度目の手で精緻にされたことで、その労作は美しさを増してますます光彩を放ちました。ですから、あなたはどの生徒たちのところへ行っても、［教材となっている］タティアノスを見つけるでしょう。また、この作品で私自身も上達させられました。というのも、第一版も使っておりましたが、むしろ第二版と取っ組み合って、あなたの作品をもとに私自身も自分の作品に駆り立てられたのですから。

四　しかし、再びあなたの手元に戻されるべきとお考えになったものがあなたのお手元に届いていないのは驚くべきことです。その配達がおあつらえ向きの人に委ねられただけに。すなわち、それはあらゆる点で

（1）三五三頁註（3）を参照。

（2）タティアノスが三九一年の正規コーンスルに指名されたことを指す。

（3）皇妃エウドキア『ホメロケントネス』に見られるような、『イリアス』『オデュッセイア』の詩行を利用しつつも、組み合わせを変えることで独自性を出した詩であろう。

至善なるプロクロス(1)に委ねられたのであり、このことはパグライ(2)が知っています。オリュンピオス(3)が写本(4)をその地に運んで彼の手に置いたのですから。**五** このことを私は有為なるパラディオス(5)にも詳述しておきました。彼は望むことなら何でも行なえたのに、法に適うことだけを行ない続けた人物であります。

書簡九九一　プロクロス(6)宛　（三九〇年）　答えを求めて②

一 私は聞いた話(7)に喜び、その一部を目撃し、残りを期待して、この手紙を書いておりました。すると、あなたが以前と同じように私に手紙を書いてきているのかと友人たちに尋ねられたので、嘘をついて「手紙を受け取っている」と言うのは良くないと思い、真実を重んじて、赤面しながらも真実にかなった話をしました。**二** それで友人たちはその原因を知りたいと求めているのですが、私には分からないので教えられません。ですから、伝令のできる人にそれが何かを話して、私たちのこの謎を解いてください(8)。私たちが何も不当なことはしていないので罰を負っていないと証明するか、それができないので、他人のせいにはせずに私たち自身を非難するかのどちらかになるでしょう。

三 この手紙は私のものというよりも、［書くことを］強いたパラディオス(9)のものと見なすべきです。なぜなら、私にはあなたに倣う(10)方が良いと思われましたから。

書簡九九二　タティアノス宛[11]（三九〇／九一年）　貧しい名医

一　都市にとって優れた医者は大きな幸でありますが[12]、あなたは諸都市の幸福に気を配り、それを手にし

(1)三五五頁註（1）を参照。名宛人の実子にあたる。

(2)アンティオキア北西、アマヌス山系に差し掛かるところの宿駅。リバニオス『第五弁論』四一ではフレグライという名称で現われる。この土地の巨人にまつわる伝承についてはリバニオス『第一弁論』九三、マララス『年代記』第八巻一五（Thurn）を参照。

(3)*BLZG*, p. 226; *PLRE*, p. 646 は書簡三、四に現われる警察官僚と思われるオリュンピオスと関連させる（五一三頁註（9）も参照）が、Norman, vol. 2, pp. 376 f. は、本書簡で叙述されている出来事はプロクロスがオリエンス管区総監職を辞する三八四年の回顧と取るため、リバニオスの親友のオリュンピオス（二七頁註（1）と四八一頁註（4）を参照）と理解する。*FOL*, p. 190 も後者のオリュンピオスとする。

(4)三節で述べられたリバニオスの作品を写した羊皮紙のこと。

(5)三九〇年にコンスタンティノポリスへ書簡九九〇と九九一を届け、次いで三九二年に再びコンスタンティノポリスに書簡一〇二四を届けている姿が確認される人物。ここから *BLZG*, p. 230 は三九〇年のオリエンス管区総監と考えるのに対し、*PLRE*, p. 660 はシュリア州総督を三八九／九〇年に、オリエンス管区総監を三九一／九二年に務めたと推測する。また、*FOL*, p. 190 は、確実性はないとしながらも、リバニオス『第六十三弁論』二一に現われる総督も関連させて、全書簡が三九〇年のシュリア州総督職に関わるものと考える。

(6)三五五頁註（1）を参照。

(7)書簡九九〇-一を参照。

(8)同様の論法として、書簡九三八も参照。

(9)前註（5）を参照。

(10)手紙を書かないということ。

(11)三五三頁註（3）を参照。

(12)プラトン『国家』第三巻四〇八C。

ている都市と喜びを分かち合われるのですから、今こそあなたは、あなたのものである私たちアンティオキア市民と喜びを分かち合うときです。私たちにはディオニュシオス[1]という、病気を退散させ、体から出ていかざるを得なくさせるのに巧みな医者がいるのですから。

彼は多くの病魔の盛んな勢いを打ち負かして、さらに勢いを増すのを防ぎ、病気が再び襲ってくるのを許さぬ一方で、身体を病気知らずの状態に保ちもしました。食事と運動でこれを実現したのです。それで、ディオニュシオスに身を委ねた人々はこのような処方を享受できたのに対し、迷妄によって他の医師へと誘われた人々は苦しむことになり、苦しむ前に何を知っておかねばならなかったかを知ったのでした。**二** さらに、医者にとりわけ必要なこととして、節制と快楽の克服[2]において彼は傑出しているので、女たちに父親から多くのものが与えられることもないほどです。

三 さて、その技術において上述のごとくで、その人となりにおいても上述のごとくであるものの、彼は貧しい身です。これは施与を行なう者[3]がいないからではなく（救われた人たちはいるのですから）、彼がわずかなものに手を差し出すのにも恥を覚えたり、いっさいを拒絶したりしたからなのです。そして、このようにしても考えを改めることも、その決断を非とすることもせずに、貧しさで良い評判を買ったのでした。**四** 以上のことを私は彼のために書くべきでありますし、あなたは読むべきです。それに何がしかの結果がついてくることもきっとあるでしょうから。

書簡九九三　ヘラクレイオス[4]宛（三九〇／九一年）総督の約束

一　他の大抵の人だと約束の方が実際の行動よりも仰々しいのですが、あなたの場合は、約束はささやかでも、この行動は偉大であります。あなたがそのような方であることは高貴なるマクシモス[5]のための書簡で私たちに明らかとされました。あなたはマクシモスの母の面倒を見るよう諸都市の筆頭たちに促したのですから。彼らはそれに従って、この最良の女性への善行において同じ見解を持ち、各人が他を凌ごうとして競い合ったのです。

二　この女性がかかる処遇を受けるにふさわしいがゆえにそのような処遇を受けたことは、彼女が沈黙しなかったという事実によって示されました。というのも、彼女は直ちに手紙で息子にこのことを教え、彼は私たちに話をし、私たちはこのことからもあなたに幸がもたらされるよう神々に願掛けしたのです。

三　また、あなたがこの間ずっと官職に就いて暮らせるようにと同じ神々に諸州のためにも願掛けしました。これは諸州のために幸福を願うことでありましたから。

（1）本書簡でしか確認されないアンティオキアの医師。

（2）プラトン『饗宴』一九六C。

（3）治療の謝礼としての施与のこと。

（4）三八〇年代にアンティオキアで弁論家として活躍した後、三九一年にアルメニア州総督を務める人物。この時期にリバニオスから本書簡のほか、書簡一〇〇二、一〇〇三、一〇一九を受け取る。

（5）本書簡と書簡一〇〇三で言及されるアルメニアの人。イピクラテス（四〇七頁註（1）を参照）の息子。

書簡九九四　キュロス宛[1]（三九〇／九一年）　参事会員の打擲

一　私はあらゆる参事会員の面倒を見ることを、あらゆる参事会員を私の同胞市民と見なすことを、そして彼らが重んじられれば喜び、彼らが侮辱されれば慨嘆することをはばかりません。むしろ、以上のことは彼らを重んじる人々にとっても善になると見ています。なぜなら、そのような総督たちが名声を高めるのを見ていますから。

二　そして、私はあなたが侮辱するよりも尊重する人であるよう望んでいたのですが、アポロニデス[2]の兄弟が打擲を受けたと聞いて、彼とあなたに対する好意ゆえに心が打ちひしがれました。教養に浴したキュロスともあろう人が参事会に損害をもたらしたと思われてしまうならとんでもないことであります！　参事会員となるのを避けようとする人々がどこか他をあてにし、逃げ場を探すようその打擲によって促してしまうことで[3]！

三　なされたことを取り消せたのなら、私たちはそうせねばならなかったのですが、実際にはそうはいかないので、今後はもっと穏やかになるようにしてください。そして、名声に至る道筋を改善しようではありませんか。

書簡九九五　ヘシュキオス宛[4]（三九〇／九一年）　勤勉な総督

一　苦難を味わってきた諸都市を癒すのにあなたが苦労を要するであろうと私たちには分かっておりましたが、次のこともよく分かっておりました。すなわち、その苦労がこのような果実をもたらすのであれば、あなたはそれに喜ばれるだろうと。

二　実際、あなたはこの革帯[5]、すなわち〔総督の〕座と剣を手にする前も、苦労と名声の双方を手にされていました。そして、馬が多くの汗をかいた後に戦車競走場から家に戻るように、あなたがある者には家を、ある者には土地を、ある者には黄金を守ってやり、多くの人々の命自体を救ってやった後に故国に戻られるのを私たちは度々目にしてきました。

（1）本書簡でしか確認されない所轄地域不明の州総督。
（2）本書簡以外に書簡一〇九五の名宛人として確認される人物。Petit, *Antioche*, p. 400 は当該のアポロニデスの兄弟をエウプラテンシス州内の参事会員とするが根拠不明。
（3）都市参事会員は名望家層（ホネスティオーレース）として元来は身体に危害を加えられない社会身分であったが、四世紀以後は公金の横領、過酷な税徴収、不当な税査定などの嫌疑から州総督による拷問にかけられることがあった。リバニオスはこのことが都市参事会離れを促しているとして、しばしば苦情を述べている。『テオドシウス法典』第九巻第三十五章第二法文、第十二巻第一章第八十法文、同第八十五法文、リバニオス『第二十七弁論』一三、四二、『第二十八弁論』二一、『第五十四弁論』五一、書簡九五九-五なども参照。
（4）三七三頁註（3）を参照。
（5）二一五頁註（7）も参照。

ですから、あなたがこれまで実践してきたことに苛立つはずはありませんでした。ヘラクレスだってそうしなかったでしょう。彼は放縦に耽らないというまさにそのことのおかげで、放縦に耽る者よりも甘美な生を送ったのですから。**三**　そして、テーバイ人たち[1]がこのようなものを享受することや、あなたに関してこのような話が私たちのところに届き、私たちの期待を裏打ちしてくれることは、あなたにも喜ばしいことでしょう。黙って私のことを記憶してくださるだけでも、私にとっては名誉に資すること大だったはずですが、実際には手紙まで送ってくださるので、名誉に資すること絶大であります。**四**　年若い者たちもこの書簡のことで私と喜びを分かち合っておりますが、年老いた私としては将来の官職のことで彼らと喜びを分かち合っております。帝がこちらの諸都市をあなたの魂の差配するところとしてくださるだろう[2]と私は見込んでおりますから。

書簡九九六　パルテノパイオス[3]宛　（三九一年）　父子の競演

一　あなたの送った弁論が父親[4]の手に届きました。同じ手があなたの父親の弁論も何とか手に入れました。そして私たちは然るべき人たちをこの宴に招待しました。立ち会わせない方が良い人たちは招待しませんでした。**二**　さて、それらの弁論が読み上げられると、ペレウスの作品がアキレウスの作品に負けていると審判人たちは判断しました[5]。ただ、こちらのペレウスはその敗北に幸せを覚えました。実に、自分が勝利した場合以上に[6]。

三　あなた方がタティアノス(7)に送った贈物に関しては以上です。ところで、マクセンティオス(8)は、弁論の能力に加えて、幸運にもあなた方のご一家まで手にしているようですね。ご一家には多くの友人がいらっしゃいますから、彼は多くの協力者をたやすく得られるでしょう。

書簡九九七　友人たち宛（三九一年）教師の待遇

一　美しきテュロス(9)がさまざまな幸の中でもとりわけ弁論によって輝き立ち、その町で弁論を施す者もいれば、身につける者もいるという具合になるようお望みになるのは結構なことです。あなた方が教職に携わ

---

(1)テーバイは、カルナック神殿などを要する現在のルクソールにあった都市。帝政後期にはエジプト南部にここを州都としたテーバイス州があった。
(2)アンティオキアを含めた諸都市を管轄する官職、すなわちオリエンス管区総監かオリエンス道長官への昇進を意味している。
(3)テュロス市の弁論家で、リバニオスの元生徒。書簡一〇〇九、一〇一〇からも確認される。
(4)リバニオスとパルテノパイオスの師弟関係が父と子の関係に喩えられている。問題の弁論は、後段の内容から、タティアノスのコーンスル就任を祝う頌詞と推測される。
(5)ペレウスは英雄アキレウスの父親。リバニオスとパルテノパイオスの関係に比される。
(6)勝利と敗北に関する言説として、プラトン『メネクセノス』二四七Aも参照。
(7)三五三頁註（3）を参照。彼の正規コーンスル就任については書簡九九〇も参照。
(8)フェニキアのテュロスに向かい、修辞学教師になる人物。書簡九九七、一〇一〇、一〇一六、一〇一八も参照。
(9)三三九頁註（5）を参照。

る者たちにおしなべて好意を示して、ある者には協力するがある者は退けるということがなければ、これを成就できるでしょう。実際、あなた方のところで手荒くされた者が他所へ行って成功を収めたら、あなた方にとって不面目なことです。

二　マクセンティオス(1)はあなた方の町を愛したのですから、その愛のことで彼を非難すべきではありません。彼の言っていることが事実無根だったなら彼は咎められるべきだったでしょうが、実際事実なのです。私はこの弁論家を知っておりますから。しかし、彼に関することは黙っておく方が良いですね。三　このことを私は親しい人たち皆に語っています。彼らが行動の面でも真の意味で友人と認められるよう望んでおります。

書簡九九八　スキュラキオス(2)宛　（三九一年）　声を上げる必要

一　命ずる側も立派に命じましたし、従う側も立派に従いました。しかし、私たちに手紙を送ることを恐れるばかりに、私たちの授業の悪口を言わないようにスキュラキオスに気をつけさせてください。かつて授業で高く評価された一人で、最高の教育を受けておきながら、今手紙を書いたらこの分野で下手だと見えるのではないかと危惧しているのなら。

二　というのも、それが杞憂であることもあなたは書簡で示すはずです。このこと自体を立派にこなしつつ、義理に関して自分がいかなる人物かを書簡で示すのですから。私から見れば、あなたも、今その統治を享受している人たちもおしなべて最良の人々であるがゆえに神々に嘉されているのだと思いますし、神々に嘉されているがゆえにこの統治を享受しているのだと思います。

三　ですから、諸都市は万事速やかに奉仕し、高貴なるセウェリアノス[3]の名声に資すべく協力して、その名声の大きさによって彼の統治期間を長引かせねばなりません。

書簡九九九　セウェリアノス[4]宛（三九一年）　名声の広まり

一　此度あなたから頂いたものを頂けるだろうと私は仲間たちにかねがね言っておりました。すなわち、この上なく公正で、あらゆる点で崇高なるセウェリアノスなら、私たちの発言を忘れるはずがないし、覚えているなら必ずや配慮してくださるだろうと言っていたのです。

二　あなたは常々あなたのできることで私を引き立ててくださいました。父親たちが自分たちの子息をこちらへ送り出せば称賛し、送り出さねば叱責なさり、演示弁論の最中には数々のことをしてくださり[5]、立ち

（1）五三一頁註（8）を参照。

（2）本書簡でしか確認されないリバニオスの元生徒。書簡一二二〇、一二七一、一四三一などから確認される、フェニキアのローマ法教師だった同名の人物の子かもしれない。

（3）当時のフェニキア州総督と推測される。

（4）前註を参照。

（5）快哉の声を上げたり、跳び上がったりして賛嘆の念を示すことを指す。

去った後も諸々のことをさらに加えてくださったのです。そして、私のもとに通っていた生徒たちへの此度の措置がそれらを上回るものだったので、私の株を高めたことをお見知りおきください。

三　このことは当の生徒たちも手紙で知らせてくれましたし、彼らより前に少なからぬ人々が知らせてくれました。さらに、彼らからは他のことも知ることができました。最初のもの、次のもの、それに続くもの、それらによって、あなたは諸都市が疲弊していたのを立ち直らせたのです。何がなされるべきかを鋭敏に見極め、その考案した措置を直ちに実行へ移すことで。(1) **四**　以上のことを伝えた者たちの一人はあなたにナイチンゲール(2)という名までつけました。それほどまでに、まさしくギリシア的なあなたの声で都市参事会も民衆も全臣民が魅了された、と。私の方ではあなたを弁護人たちの教師とさえ呼んでいますが、それは私たちがかつて施した以上のものをあなたが今施してくださっているからです。

五　ですから、名声を希求する一方で、金銭を賛美せず、否が応でも正義を損なわないあなたが、どうして臣下の者を幸福にしたり、離れた所にいる友人たちを噂の伝聞で喜ばせたりしないことがあるでしょうか。

書簡一〇〇〇　セウェリノス(3)宛　(三九一年)　**リバニオス家の挫折①**

一　私は一つ目のことでも二つ目のことでもプリスキオン(4)に感謝しています。一つ目とは法廷での闘争、二つ目とは劇場での闘争のことで、前者は弁護人としての、後者はソフィストとしての闘いでありました。

彼はいずれにおいても高大なので、その一つの行動で私の株も高めましたし、今も高めています。それゆえ、私は彼を若者のための仕事のパートナーとしています。これは、この仕事の慣習に従ってのことで、それがこのパートナーと教育を分かち合う名目であります。

二　この人物と親しい、有為な人がおりまして、能力以上のものを手にすべきではないと考えています。この有為な人がソフィストのプリスキオンから二通の手紙を求めました。一通は私に宛てたプリスキオンの手紙、もう一通はあなたに宛てた私の手紙です。そして私はプリスキオンの手紙を受け取り、私の手紙を渡しました。その手紙は友人であるあなたに、あなたの兵士である彼の兄弟を祝福していただけるようお願いするものです。これは簡単なことです。一瞥していただければ、実現するでしょうから。

三　ですから彼は祝福されることでしょう。ところで、私たちはあなたが間もなくいらっしゃるともう何ヵ月もの間うかがっているのに、お迎えできなかったので心を痛めています。あなたも私たちの子(5)のこと

(1)トゥキュディデス『歴史』第一巻第七十章二、デモステネス『オリュントス情勢　第三演説（第三弁論）』一五。
(2)八五頁註（5）を参照。
(3)四〇一頁註（5）を参照。
(4)四五九頁註（9）を参照。
(5)後段で名指しされるアラビオス（別名キモン）のこと。九七頁註（8）を参照。彼の官職入手の試みについては書簡九五九、九六〇を参照。リバニオス『第一弁論』二七九―二八三にあるように、キュプロス州総督職を得ようとするこの試みは挫折したが、アラビオスはなおもコンスタンティノポリスに滞在していると考えられる（書簡一〇〇一、一〇〇二も参照）。その後、帰郷の際に事故に遭ったことは書簡一〇二三、その事故がもとで死去したことについては書簡一〇二六を参照。

と、少なくとも私のことで心を痛めていらっしゃると思います。私に対する罵倒までもが届いたと耳にしておりますから。あなたは、できるなら、その罵倒を食い止めたことでしょう。しかし実際にはそうもいかないので、あなたは残された唯一できることをなさいました。落胆したのです。四 そこで、父親として息子のためにあなたにお願いいたします。私の説得を受けていたら、そちらに向かいもしなかったはずのアラビオスを私たちのもとに送り出してください。そして、私を非難する弁舌を駆使する人々を説きつけて、今以上の弁舌を駆使させてください。時が経てば、おそらく彼らは自分たちが今していることを非難するようになるでしょう。

書簡一〇〇一 アナトリオス[1]宛 (三九一年) リバニオス家の挫折②

一 あなた方のもとから私たちのところへやってきた者たちがおりまして、私たちが侮辱されたときにあなたがどれほど心を痛め、どのような発言をなさり、どのような声を上げ、どのような行動をなさったかを彼らから聞くことができました。二 ですから、あなた方のご一家が、私たちの状況を改善するためならいかなる労苦も惜しまないのは何ら驚くことではありません。しかし、あなたがなすべきなのは、思い止まって、その熱意に歯止めをかけ、沈黙し、この勝利を望んでいる者たちに勝利を収めさせておくことです。私としては、彼らがこのような勝利を何度も収め、その勝利を誇るよう祈るでしょう。

三 あなたの方では、このようなことで耐えられぬものは何一つないと見なすよう私たちの子[2]を説得して、私たちのもとに彼を送り出してください。そして、官職や何か他の許されざるものではなく、自らの務めを果たす畑や木々や蜂を彼が望むようにしてください。もし私の話に彼が注意を向けていたなら、侮辱を受けることもなかったはずですから。彼はそれを無視したとはいえ、あなたから説得して、これ以上時間をかけて自分のものを失わないようにさせてください。

書簡一〇〇二　ヘラクレイオス宛[3]　（三九一年）　リバニオス家の挫折③

一　私はこれほどのものを手にした覚えはありません。あなたはそれほどのものまで私に与えてくださいます。ずっと前からそうしはじめたように、愛に燃える人の振舞をして。弓と火を持つ[4]、かの神霊［エロース］とはそういうもので、美しくもない人を美人と見なすようしばしば強います。また、賛嘆し、慕い、称賛したり、称賛しない人々に対して称賛しないことを咎めたりするよう強いるのです。

二　何かこのような感情にあなた自身も陥ったのだと私は思います。あなたは、私たちには他の人にないような弁論があるとお考えなのですから。それから、他の人たちを説得できないと、彼らが納得しないのは

（1）四五三頁註（8）を参照。
（2）アラビオスのこと。五三五頁註（5）を参照。
（3）五二七頁註（4）を参照。
（4）モスコス『第一歌（逃亡したエロース）』一八―二三、「断片」四にも類似の形容がある。

もっともなのに、あなたは苛立ちを覚えられます。私としてはあなたに愛されることは嬉しいのですが、過度の称賛は控えていただけるようお願いいたします。これは、私たちを責め立てる者たちや物笑いにする者たちが現われないようにするためです。

三 かかる恩恵を施してくださいますように。ところで、もう一つの恩恵として、ネメシオス(1)自身も私たちへの義理を尽くすようにしてください。この書簡があなたのもとに届き、あなたの言葉に格好の体裁を与えていますから。

四 さて、私たちの忠告を受け入れるつもりがなかった男(2)にまつわるメガロポリス［コンスタンティノポリス］での出来事について言えば、私の子は侮辱され、私も侮辱され、反対の声を上げる者たちに、彼らに喜びを覚えた者たちが味方しました。**五** 私はこのようなことを何度も耐え忍んできたので、こんなことは特にどうということもないのですが、彼はこのことの悲しみで病気となり、その病気が何か不穏な様相まで帯びていると聞いています。

六 そこで彼に手紙を送ってください。そしてその手紙で、祖国をいい加減認めて、名誉をもたらす祖国に不名誉をもたらさぬよう忠告するのです(3)。**七** しかし、ともかくもあなたなら祖国により多くの男たちがいるようにしてくださるでしょう。ある者には逃げぬよう、またある者には戻るよう説得することで。実際、もし天候のことまで総督の管轄下に置かれていたなら、あなたは天候さえも穏やかにしていたでしょう。

書簡一〇〇三　同者［ヘラクレイオス］宛（三九一年）感謝

一　あなたは私たちからの書簡を大事なものと見なして、書簡（グランマタ）のことで感謝してくださいますが、私たちはあなたの措置（プラーグマタ）のことで感謝しております。それはずっと前に始まって、絶えることなく今日にまで至りました。そのおかげで、私の門下の者[4]が権勢へと導かれましたし、私が弁じているときに高名なる弁論家が跳び上がってくださったので[5]、美しくないものさえも美しく見えるようにして助けていただきました。二　そして今度は至善なるマクシモス[6]のために、いやむしろ、私たちが尽力してきた者たち全員のためにしてくださったことで、あなたはアルメニア全体を私たちに施してくださっています。三　あなたはイピク

（1）書簡二六九、二七〇に登場する人物と同定される。書簡一〇一九でも本書簡と同じ名宛人にこの人物にまつわる依頼がなされている。

（2）後段で「私の子」と呼ばれているアラビオスのこと。五三五頁註（5）を参照。

（3）諸写本はここで本書簡が終わり、七節は別の書簡に属するものとして扱っている。

（4）Foerster は書簡一〇〇〇を参照させて、この人物をアラビオスとするが、*PLRE*, p. 93 を除き、この説は採用されていない。また、τὸν という読みは写本によっては τῶν と伝えられており、当該箇所は必ずしも人への貢献を論じていない可能性もある。

（5）二七頁註（2）を参照。「高名なる弁論家」とは名宛人自身のこと。

（6）五二七頁註（5）を参照。後述の「イピクラテスの息子」もこの人物を指す。

ラテスの息子を愛していますが、それは分別ある人の分別ある人に対する愛、公正な人の公正な人に対する愛、努力することを心得た人の努力することを弁えた人に対する愛であります。そして、この愛はあなた方に共通のものであり、その愛ゆえにあなたは彼を呼び寄せていますが、たとえ呼び寄せなくても彼は参上していたはずです。彼はあなたにお会いすることと母親に会うことを等しい幸と考えておりますから、まもなくご一緒することでしょう。**四**　私自身もこちらで幸を得ております。母親がありがたくも許してくれるので、あなたの子を私の膝にのせているのです。

書簡一〇〇四　シュンマコス宛[2]（三九一年）元老院議員の助太刀

一　良い夢のおかげで良い夜を楽しんだので、昼になって友人たちと会うと、彼らに夜のことを語り、何か素晴らしいことが起こって夢に現われたものを実現させるだろうと同時に予言しました。

二　さて、昼の第三時[3]になったとき、私たちは仕事の最中だったのですが、祝福されし最良の人コドラトス[4]（あなたと親密に過ごした人が祝福されないことがありましょうか！）が私の教室へ入ってきて、私の手に手紙を置き、これはあなたのものだとだけ言いました。三　すると直ちにすべての悩みが逃げていきました（悩みは数多く、長いことつきまとっては、心痛をもたらしていたのです）。こうして、金銭を愛する者がどこからか金銭を入手したとき以上の喜びに私は包まれたのです。

四　しかも、以上のことは手紙を読む前の段階です。手紙が翻訳者の手を経るや[5]、この運命の女神〔テュケー〕の贈物で町を満たさないならとんでもないことだと私は考えて、三人の友人にこの手紙を渡して、町じゅうを巡って、私たちに好感を持つ人にも、そうでない人にも手紙を見せるように命じました[6]。これは、前者に喜んでもらい、後者を憤懣やるかたなくさせるためでした。五　こうして、後者は苦々しく思いながら沈黙し、前者はお祭り騒ぎとなって（あなたが彼らにこの祝祭をもたらしたのです）、私とあなたとを果報者と呼びました。私に名誉がもたらされ、あなたが名誉をもたらしたからです。つまり、あなたは若者たちを弁論へと掻き立てることで弁論の神々[7]に恵みをもたらすと同時に、臣下の人々を然るべき事柄へと督励することで支配者の町〔ローマ〕にも善行を施したからです。

（1）四〇七頁註（1）を参照。

（2）クィントゥス・アウレリウス・シュンマクス。三七三年にアフリカ州総督、三八四―三八五年にローマ首都長官を務める。三九一年にタティアノスとともに正規コーンスル。雄弁家としても名高かったローマの名門元老院議員で、『報告書集 *Relationes*』や『書簡集』といった著作が現存する。シュンマコスという名前はギリシア語で「助太刀」「援軍」「共闘者」という意味で、本書簡最後の文もこれをもじっている。

（3）古代ローマ人は昼夜をそれぞれ十二等分して時間を数えた。昼の第三時は大体午前九時から十時頃。FK, p. 434, n. 2 を参照。

（4）ラテン語で表現すればクァドラトゥス。詳細不明。

（5）リバニオス自身がラテン語を解さなかったことは、書簡一〇三六-二からもうかがえる。

（6）同様のことは書簡九六三-一、一〇五九-五でもなされている。著名人からの書簡を見せることで、自らの社会的声望を示す効果があった。

（7）四三一頁註（4）を参照。

六　さて、あなたご自身がおっしゃったように、書簡に関してはあなたが先でしたが、先に友として愛することに関しては私の勝ちです。なぜなら、私が愛しているのは、あなたの父君(1)が私たちのためにこちらへいらした時期以来のことなのですから。これは、私たちが至善なるシュンマコスに拝顔できるようにと、私たちを配慮する神々がもたらしてくださったのです。七　彼は四人組の一人としていらしたのですが、彼だけが諸々のことの中でもとりわけ弁論の審査において良き人々の中でも秀でていることを示したので、町の注目を一身に浴び、その結果、彼は自分のもとに私が毎日馳せ参じるように促したのです。こうして私たちは、その作品(2)がその後の者たちの教養となっている古人たちについて絶えず語らいました。

八　この方は、私を見捨てられるべき者とは決して見なさず、あなたの素質について度々詳しく語っては、あなたが私の労苦に分かち与かれるような出来事があるよう神々に願掛けしたものでした。私も同じ祈りをあわせて捧げました。このような次第で、事が実現したらあなたに抱いていたであろう見解を、事がまだ祈願される段階で抱いていたのです。それで、あなたが順風満帆のときは私も喜び、海が荒れたときは恐れ、再び凪になると喜んだのでした(3)。

九　ゆえに、あなたは私に友となるよう呼びかけられていますが、すでに友である者に呼びかけておいでであり、返信をするようお命じになっていますが、お命じにならなくてもそうされていたでしょう。しかし、［あなたのものに］匹敵する手紙をお求めですが、それは不可能なお望みです。というのも、分量が等しく、体裁が劣っていなくても、書き手そのもののせいでどうしても劣後してしまうのです。私の書簡があなたの書簡にひけをとらぬようにするには、私自身もまずシュンマコスにならねばならないのですから。

書簡一〇〇五　フェリクス[4]宛　（三九一年）　思慮分別

一　ご子息を迎え入れてください。その素質に彼の努力と私の尽力が加わって弁論の能力を身につけましたから。思慮分別を常に備えているという点で私は彼に借りさえあったので、彼のために喜んで力を尽くしました。実際、彼は思慮分別がありました。それもこれほどの容姿を持っていながら[5]。このことは教師にとって利となることで、クラスをさらに大きくしてくれるでしょう。

（1）ルキウス・アウレリウス・アウィアニウス・シュンマクス。ここで語られているのは、三六一年にローマ元老院からコンスタンティウス二世へのローマ市使節として派遣され、同年の夏にアンティオキアで同帝と会見したときのことと推測される。なお、彼が帰途にユリアヌス帝と遭遇したことについては、アンミアヌス・マルケリヌス『ローマ帝政の歴史』第二十一巻第十二章二四を参照。

（2）*τόκος*. 二四一頁註（4）も参照。

（3）「僭称帝」マクシムスがイタリアを支配したときに彼のための頌詞をシュンマクスが発表したこと、そのために、マクシムスを打倒したテオドシウス帝と彼が一時緊迫した関係になったことがほのめかされていよう。ソクラテス『教会史』第五巻第十四章六も参照。

（4）*BLZG*, p. 155 は『テオドシウス法典』第七巻第二十二章第十法文の名宛人である三八〇年のオリエンス管区総監と同定できるかもしれないとし、*PLRE*, p. 332 や Cribiore, p. 268 もそれに従う。しかし、*FOL*, p. 107 も指摘するように、根拠は乏しい。

（5）容姿のよい学生の思慮分別とは、肉体的放埒に走らなかったことを示唆している。書簡一一六九-四、六〇一-一でも類似のことが称賛されている。

二　このような人物があなたのもとに来たのです。あとは、弁論には劣っているものの、それ以上に幸福に導くと大抵の人が考えているもの(1)をあなたの手で彼に身につけさせてください。

書簡一〇〇六　アナトリオス宛(2)　（三九一年）　パルミュラ王の裔

一　デモステネスは多くの弁論を用いてもオリュントス人たちを救えませんでしたが、それでも救う道を選んだので救ったかのように名声を得ています。そして、彼に対するソフィストたちの称賛の中にオリュントスの姿も見出せるでしょう(3)。あなたの場合もこれと似ています。人々が結果ではなく熱意に目を配り、あなたができたことではなく、望んだことに目を配るなら(4)。

二　しかし、あなたが率直な物言いをすれば、エウセビオス(5)のためにはこれが実現できさえすると私は思います。そして、あなたは率直な物言いをするでしょうし、彼が不当な目にいっさい遭わないようにあらゆる手を尽くすでしょう。彼は有為な人で、思慮分別があり、教養に磨きをかけており、オダイナトス(6)の子にして、その名だけでペルシア人の肝を震撼させたオダイナトス(7)の裔なのですから。後者はそれぐらい至る所で勝利を収め、諸都市と各都市の土地とを守り続けたので、相手方は救いの希望を腕力にではなく祈りに託すしかなくなりました。

三　さらには、エウセビオスの父である、このオダイナトスも彼らに対して軍を率い、潰走させ、追撃した者の一人であり、まさに戦列の只中で「仲間よ、そのように射よ(8)」と何度も聞いたのです。この言葉をかけたのは、ホメロスであれば「まさしくゼウス神から生れた者、なぜなら神々しい親を持っていなければ、このような偉大なことは成し遂げなかったはずだから」と表現しただろう方でした。

四　ですから、この帝にも感謝を捧げるつもりで正義のために援助してください。そちらにいる方々の中であなただけが手紙に書かれたことをご存じなのですから。すなわち、あなたには私からこれが届かねばならなかったものの、他の人たちは私の望みを知らないようにすることが、ちょっとしたものがもたらされる上で大変重要なのです。なぜなら、何ごとにつけても私に恩恵をもたらす人たちが、エウセビオスが喜ぶよ

(1)法学の知識を指すか。社会的通念については書簡八五八-二、八六〇-二を参照。

(2)四五三頁註(8)を参照。

(3)カルキディケ地方の都市オリュントスをマケドニアの攻撃から援護するデモステネスの三篇の弁論(第一―三弁論)が現存している。弁論の甲斐なく、オリュントスはピリッポス王の進撃に屈し、破壊された。リバニオスのオリュントス理解については、彼によるデモステネス『オリュントス情勢第一演説(第一弁論)』の梗概を参照。

(4)書簡一〇〇一-一で言及される、アラビオスのためのコンスタンティノポリス元老院での援助を指す。

(5)後述されるように、三世紀に活躍したパルミュラ王オダイナトゥスの子孫。書簡一〇七八の名宛人。

(6)本書簡でしか確認されない。後段の内容から高級軍人と推測される。

(7)二六一―二六七年頃に活躍したパルミュラの王。当時のローマ皇帝ガリエヌスから承認されて、ローマ帝国東部を軍事的に防衛し、ササン朝ペルシアの侵攻を食い止めた。彼の死後にパルミュラを統率した、彼の妻ゼノビアは有名。

(8)ホメロス『イリアス』第八歌二八二でのアガメムノンの言葉。書簡二三一-二、七四九-三でも用いられている。アガメムノンを示す「王」と「皇帝」を示すギリシア語は同じなので、本書簡四節冒頭で「この帝」という表現になっている。

う私が配慮していると知ったら、彼の苦しみになってしまうことをするのではないかと危惧されますから。

書簡一〇〇七　リコメレス[1]宛　（三九一年）　哲学者と悪女

一　あなたがこちらへいらしたときに私に与えてくださった多くの身に余る名誉のことを忘れてはおりませんし、お返しをせねばならないと考えています[2]。行動でこのお返しをすることはできないでしょうが、弁論といくつかの言葉でならおそらくできるでしょう。この手紙にもそういったところがあるように。

二　絶えず徳を経験してきて、人々に賛嘆され、神々に嘉されるあなたの心であれば、有為な人が不運な目にあえば手を差し伸べて、立ち直らせ、援助をする一方で、悪しき人が倒れればその人と戦いはしないはずだし、守らないこともないはずだと私は見込んでおります。三　悪しき人の中にこのカリシア[3]も入ることは分かっております。彼女について、色々と話すこともできたでしょうが、これだけを申し上げれば私には十分です。すなわち、あの膨大な財貨の一覧はまったく事実無根であり、略取によって彼女のものにも、他の誰かのものにもいっさいなっておりません。ましてや、あなたと同じぐらい公正さを重んじるヤンブリコス[4]のものにはなっておりません。

四　また、私たちと一緒にいらしたときに、彼と面識がなかったことを耐えがたく思われ、「いかなる神様があの男を私に見せてくださるだろうか」とおっしゃっているのを私たちが度々耳にしたあの日々のことも思い出してください。このために私たちはあなたと彼とを羨んだものでした。あなたは会いたがっているがゆえに、彼は会いたがられているがゆえに。しかし、大地が産する黄金すべて(5)をもってしても彼をその生き方から逸らすことはできないでしょう。そのようなことをする者は彼にとってまったくの敵なのですから。

五　ですから、この男がどうしてそのような恥ずべき利得に向かったはずがありましょう？　どうして彼女のものを鞭打ちで自分のものにしたはずがありましょう。実際、彼はこの女が悪女と分かると、多くの女たちを同じようにするのではないかと危惧して、彼女を売り払った一方で、大なり小なり何かをせしめることもありませんでした。事実こうだったと私は喜んであらゆる神々にかけて誓いましょう。

六　ですから、何事もためらうことのなかったこの女に、何事もためらわないことをやめさせてください。そして、何よりこの欺罔を完全に終わらせてください。しかし、それができないようであれば、他の者たちにそれを向けさせてください。

(1) 三八七頁註（1）を参照。
(2) アンティオキアへのリコメレスの来訪とその際のリバニオスとの親睦は書簡九七二-一、一〇二四でも触れられている。
(3) ヤンブリコスの女奴隷。取り調べのために送致されているのであろう。
(4) 三七頁註（2）を参照。
(5) プラトン『法律』第五巻七二八Aで徳の尊さを示すために使われる表現を想起させる。

書簡一〇〇八　アルゲイオス宛[1]（三九一年）　大きな贈物

一　今回くださったものは大きなものの後の小さなものだとご理解ください。私が大きなものと呼んだものは、この度のサフランや蘇合香[2]よりも大きいだけでなく、かつてのメディア人の大王の財産よりも大きいのです[3]。

二　では、この大王の富をも凌ぐものとはいったい何でしょう？　それは、あなたの言葉と行動によってあなたと私とにもたらされた名声であります。町のための出費に見せた名誉愛はそれほど大きく、弁論の発表で見せた巧知と優美はそれほど大きかったのです。

三　以上のものを併せ持った人は、現在ではあなただけ、過去にも多くはありません。望めば弁論による免除[4]を手にできたのに、それを利用するのを望まなかったのですから。これらの見返りにあなたは神々の好意を享受しているのだと思います。神々はあなたに弁論を授けることで、弁論が実在することを望むとともに、諸都市の安寧と華やぎを配慮しているのです。

四　だから、私たちのことを嬉々として非難する者たちがあなたの手でくい止められてきたという点でも、私たちはもう長いことあなたという恵みに与っているのです。

書簡一〇〇九　パルテノパイオス宛[5]（三九一年）　朗読会

一　私たちのもとにあなたの弁論が届き、然るべき人々の前で読み上げられると、彼らは称賛し、喝采し、跳び上がりました。[6]その中には、製作者のあなたを祝福する者もいれば、この弁論作家の父たる私を祝福する者もいましたが、大抵の者たちは双方を祝福しました。そして、当の彼らも、このような評価を下したことで、隣席者たちからの称賛を得ました。

二　そこで、その右腕を書き物に取り組ませ、多くの子供たち[7]を作ってください。美しい子供たちを作るでしょうから。諸法は、それらが公正なものであるなら（他の者たちにも公正であろうとするなら、公正なものであるはずです）、私たちを許してくれることでしょう。私たちは弁論の美を愛していて、一部を自分たちに、一部を彼らに分け与えているのであって、全部を自分たちのものにしているわけではありませんから。

（1）三八一頁註（1）を参照。

（2）高級な香料として名高い。キリキア地方など小アジア南岸でよく取れた。

（3）ペルシア王の力と財産は巨大なものの代名詞だった。書簡一二五七‐四も参照。

（4）修辞学教師や文法教師は都市参事会決議によって公式の地位を認められれば、公共奉仕から免除された。『学説彙纂』第二十七巻第一章六‐一―四参照。

（5）五三一頁註（3）を参照。

（6）二七頁註（2）を参照。

（7）弁論作品を示す比喩。二四一頁註（4）を参照。

書簡一〇一〇　マクセンティオス[1]宛（三九一年）　テュロスの見通し

一　話をすべて知っている人にあなたはその話をしたのです。私たちはあなたのことが気がかりでならなかったので、あなた方のところから来る人たちに、あなたの状況は如何と尋ねて、あなたの協力者が誰で、敵が誰で、あなたの武器はどのようなもので、敵の武器がどのようなものかを、そしてあなたが傷を受けるよりもむしろ傷を負わせたことを詳しく話してもらっていたのです。**二**　その説明の中には数多くの演示弁論の話もありました。その弁論には美が満ち溢れ、その語り口が勝利を求めながらも、美々しい形でそうしていたので、言葉と併せて好評を博したと。**三**　私は弁論家のパルテノパイオス[2]のことも聞いて、彼がテセウスに対するペイリトオスになった[3]と知り、ペイリトオスとテセウスの双方と喜びを分かち合いました。一方とは受け取ったもののことで、他方とは与えたもののことで喜んだのです。**四**　そして、ソフィストたちの競争を数多く迎えていることで、私をしばしば救ってくださった神様[4]の町とも喜びを分かち合っています。なぜなら、その町は以前にもこの幸を享受していましたが、これほどの規模ではなく、これほど盛んでもありませんでしたから。**五**　それゆえ、この美しきテュロス[5]が、病気を克服する医術においては確かな見通し（プロスドキアー[6]）を持つ町として尊ばれるようにしておきましょう（この点については偉大なるアスクレピオスがしばしば夜に私と交わったことを確言します）。他方で、若者たちの群れと若者たちの牧者[7]によってもその町が尊ばれるようにしてください。

六　さらには、私は最後の戦い、すなわち老人のことも聞いておりまして、あなた方の協約のことで喜んだのに、それが解消されてしまったので心を痛めておりました。これが老いというものであり、あなたにはそれに敬意を払い、腹立たしいことがあろうとも堪えていただき、父親に対するかのように処してくだされぱと願っております。

七　他方で、私に対する暴言をしばしば吐く輩については、それが彼にとっての贅沢であるなら、贅沢させておいてください。彼の言葉への恐れゆえに私が身を改めるという点で、おそらく彼は私の役にさえ立つでしょうから。

(1)五三一頁註(8)を参照。
(2)五三一頁註(3)を参照。
(3)ペイリトオスはラピタイ人の王。アテナイの王テセウスとの親密な友情で知られ、二人で協力してハデスの妻ペルセポネをさらおうとしたことは有名。
(4)後段で具体的に挙げられる、テュロス市のアスクレピオスを指す。この町の医術については書簡一〇一八-五―七も参照。本書簡五節の内容から見て、ペルガモンやアイガイ(キリキア)のアスクレピオス神域で知られるような、患者が神域に泊まり、夜に枕頭に立つ神から助言を得る形での治療も行なわれたのかもしれない。
(5)三三九頁註(5)を参照。
(6)書簡一〇一八の名宛人で、テュロス市の医師であるプロスドキオスを念頭に置いた用語法かもしれない。
(7)若者は弁論術を学ぶ学生を、牧者は弁論術教師を指す。

書簡一〇一一　アルゲイオス宛[1]（三九一年）　移籍した学生②

一　レトイオス[2]が弁論術を賛嘆し、それを身につけようと望んでいるのは結構なことですが、賢人アルゲイオスというすぐ近くにある泉[3]を踏み越えて、他所へと船出したのは、まるで喉が乾いているのに、家の泉を放っておいて、同じ水を飲もうと郊外にある泉に走っていくような行動に思えました。というのも、私たちから得られるようなものは、彼ならあなたからも得られたはずですから。二　そして何はなくとも、あなたの声から手に入れたまさにその手紙から、彼は次のことを知るべきだと思いました。すなわち、留まって、このような弁論の美に分かち与からねばならない、と。

三　レトイオスはこのことに気付かなかったので、自分のことを何度も咎めることになるでしょう。ところで私としては、この若者にもこの書簡にも喜び、彼が弁論を愛することをやめぬよう祈る一方で、彼の父[4]の耳と、ベリュトスを賛美することを覚えた口を危惧しています[5]。

書簡一〇一二　ファクティニアノス宛[6]（三九一年）　教育熱心な総督

一　統治の術を心得た方が持っているものとは、タイルや石や壁や絵や柱廊といった無用なものではなく、教養に関する臣下との協力、しっかりとした考え、弁論の能力です。従って、前者を持つ者たちではなく、後者を持つ方に父の名も正当に与えることができるでしょう。二　そして、あなたという方はこの手紙を与え、かくも莫大な名誉であなたの臣下[7]を重んじたことで、弁論を蔑ろにしてきた者たちの目を覚まさせ、弁論から離れていなかった者たちをそれにかかりきりになさいました。

三 そして、あなたがこちらに同じ目的を持った別の手紙を送付するだろうと私は思います。すなわち、私たちのもとに通った者たちの力と、私たちの書簡へのめでたいものという命名によって、私たちを称えてくださるということは、すべての人間に次のように触れ回るも同然なのです。「父たちよ、今もなお働く術を心得ている老人のもとへあなた方の子供たちを送りなさい。旅路の長さや波にためらわずに」と。

四 あなたはその言葉と行動で、知の株を高め、パンピュリアの株を高めておられます。私の方では、お望みになり命じられたようにレトイオス[8]を迎え入れたものの、神々に文句を言っています。キュプロスが害

(1) 三八一頁註(1)を参照。
(2) 書簡一〇一一―一〇一三に登場する人物。アルゲイオスの修辞学教室からリバニオスの教室に移った。
(3) 四九三頁註(8)を参照。
(4) 先行研究は一致してこの人物を書簡一〇二二の名宛人ファクティニアノスと理解する。しかし、書簡一〇二二ではファクティニアノスは弁論術に好意的な総督として描かれているのに対し、ここの父親は法学を賛美するとあるので、この人物同定は疑問。
(5) ベリュトスのローマ法学校のことが念頭にある。修辞学と法学教育の緊張関係については書簡八五八や八六〇、リバニオス『第四十八弁論』二二などを参照。
(6) 本書簡でしか確認されないパンピュリア州総督。
(7) Festugière, p. 136, n. 4 や Cribiore, p. 291, n. 73 は書簡一〇一一の名宛人アルゲイオスと推測する。
(8) 前註(2)を参照。

を受けなかったなら私が手にしていたはずの子供たちを私から奪ったと言って[1]。

書簡一〇一三　キュリノス宛[2]　（三九一年）　学校の評判

一　あなたの教養と、その教養によって勝利する能力のおかげで、私たちのもとに一人目が送り出されてきました。そしてまた二人目が送り出されてきましたが、二人目まで来ることになったのには一人目も相当に寄与しました。噂がこのような事態をもたらしているのです。つまり、なされていることは人の口の端に載って至る所に伝えられ、ある人の無関心が明らかとなり、ある人の骨折りが喧伝され、そしてこの後者のおかげで別の一団が突き動かされたのです。

二　こうしてレトイオス[3]はやって来たのだと考えております。彼は他の人たちも各人身につけたもの（あなたが太陽になぞらえて飾りたてたものです）を手にするでしょうが、手に入れた後に彼がそれを保ち続けますように。いや、ある人たちと同じ目に遭って、それを台無しにしませんように。というのも、その人たちは別のものを当てにして、以前身につけたものをすべて失ってしまったのですから[4]。

書簡一〇一四　パラディオス宛[5]　（三九一年）　数々のもの

一　私はレトイオス[6]から数々の贈物をいただきましたが、いかなるものも目下のものにはかないません。

彼は、幸福な都市テュアナ(7)から二人の子供を私たちのもとに連れてきたのです。二人とも弁論を愛好し、そうすることで貴人パラディオスに栄誉をもたらしています。パラディオスは彼らの父親で、知性と分別、そして裁きを下し、町を救う能力において圧倒的です。

二　レトイオスが彼について私たちに語ったことをすべて手紙で語るとなれば長くなってしまいます。さて、私が熱意を駆り立てられているのは、第一にこの若者たちの素質そのものゆえに、第二に父親の名声ゆえに、第三にレトイオスがこのことを望んだがゆえであります。三　私が彼らの先祖たちの同窓生だったことも第四の要因として存在します。その同窓生は品性の美しさが弁論の美しさと拮抗していたので、あらゆ

（1）この箇所の理解は二つに分かれている。一つ（Festugière, p. 137, n. 1）は「子供たち」を「学生」の意味で取り、キュプロスへの言及は、リバニオスの子キモン・アラビオス（五三五頁註（5）を参照）がキュプロス州総督になりそびれたことと関連させて、学生を確保できなかったとみるもの。もう一つ（Cribiore, p. 292, n. 74）は文字どおりリバニオスに子供がいないと取り、キュプロスをそこで生まれた愛欲の神アプロディテと関連させるというもの。

（2）本書簡でしか確認されない人物。パンピュリア総督ファクティニアノスの息子と想定されているレトイオスに提言をしていることから、おそらくパンピュリアの人。

（3）五五三頁註（2）を参照。

（4）修辞学の能力と法学の知識とが対立的に述べられている。書簡一〇一一-一二やリバニオス『第六十二弁論』二一—二三も参照。

（5）本書簡からしか確認されないテュアナの人。

（6）本書簡と書簡一〇一五に登場する人物。書簡一〇一一—一〇一三に現われる同名の人物との同定については研究者間で意見の相違がある。

（7）第二カッパドキア州の州都で、現トルコのケメルヒサル。後一世紀に活躍した新ピュタゴラス派の哲学者アポロニオスの出身地として有名。

る人々から多くの称賛を得ていました。ですから、この二人もその両方を身につけると私は強く確信しております。この幕開けが私たちにそう確信させるのですから。

書簡一〇一五　アブラビオス宛[1]（三九一年）　身につけたもの

一　賛嘆すべきレトイオス[2]があなたの話をして、私たちを歓喜に満たしました。あらゆる人々を招く例の食卓のことを、あなたがもてなしの際に何を語ったり聞いたりしたかを、そして、あの優しさは目下の地位によってもいっさい損なわれずにあなたに根付いていること（それによって、優美さを伴いながら分別を発揮できることを証明なさいました）を話してくれたのです。二　また、見事な方法をあなたが見事に盗んだことも私たちに伝えてくれました。友人に恩恵をもたらし、あなた自身を上達させるようなものを盗み続けてください。三　そして、私たちの成果に何か不満を述べられるのでないなら、送り出すと約束なさった若者たちを送り出してください。その言葉が真実でなければならないことはご存知なのですから。

書簡一〇一六　アブルギオス宛[3]（三八八年[4]）　年齢を操る

一　イソクラテスが言葉の本性について論じたイソクラテスの弁論[5]をまさに裏付けられているのだと私は

思います。すなわち、言葉は卑小なものを高め、偉大なものを縮めることができるという点です。今、あなたによって前者が行なわれました。それをしたことで、望めば後者もできることは明らかです。

二　あなたとはこの力のことで喜びを分かち合いましたが、私自身は手紙が読まれる間、自分の中にその書簡で言われていることを探しても見つけられないので、顔を真っ赤にしておりました。三　それで、あまりに友を愛するせいで、あなたが真実を顧みていないように思われました。そして、あなたが至善なる方の

（1）四四五頁註（1）を参照。

（2）五五五頁註（6）を参照。

（3）*BLZG*, p. 35 も *PLRE*, p. 5 も写本に従ってアブレイオスの読みを採用しているが、Foerster は書簡九〇七、九六〇をもとにアブルギオスに修正する。なお *PLRE* は、本書簡五節でアブレイオスがリバニオスよりもはるかに若い人物として描写されていることから、道長官経験者であるアブルギオスとは同定できないと論じ、Foerster の修正を批判する。なお *BLZG* も *PLRE* も、書簡一〇三五-四で言及されるソフィストと本書簡の名宛人を同定する。

（4）この前後の書簡は三九一年のものであるが、*BLZG*, p. 448 は本書簡を次の書簡一〇一七と併せて三八八年夏のものとする。三九一年の書簡からはテュロスに教師として定住しているマクセンティオスの姿が認められるのに対し、本書簡ではアブレイオスに師事し、アラビアに向かっているマクセンティオスの姿が現われることから、この書簡が三九一年のものとは考えがたいというのである。三八八年夏と推定するのは、この書簡を次の書簡一〇一七とセットにして考えるからであるが、*loc. cit.* はこの年代決定についての確信の欠如も吐露している。

（5）イソクラテス『民族祭典演説（第四弁論）』八。

頌詞弁論を作ったらどうなるだろうかと思いを巡らしました。手紙でこれほどの腕前を披露し、アイアコス(1)を男盛りに、再び若者に、そして若者の髪へと変え、その髪をホメロスから受け取って私たちへ与えたのですから(2)。

四　金銭をふるまうのと同様に、年齢もふるまうのはなかなか気持ちの良いもので、人は同じ年齢でも私の人生を長くし、自分たちの人生を短くするのです。**五**　そういう人たちの最初となったのが、流麗な弁を豊かに美しく発する、高貴なるアブルギオスでした。ムーサたちが弁論術を希求する若々しさ(3)に彼を保ってくださいますように。そして、今のように行動する彼を白髪の私にもたらしてくださいますように。

六　ところで、彼はギリシア人の種を飾る像をいくつか作っています。その筆頭がここなるマクセンティオス(4)です。あなたの業の多くを手に入れ、わずかなものを別の者からも手に入れた後、再びあなたから多くのものを手に入れました。というのも、あなた方の朝餉と夕餉がそのようなものだと私は聞いています。私たちにそのことを教えてくれた当人が、両方のもてなしを受けたのです。

七　あなたは弁論について今回のように論じることで、弱々しい私たちを弁論の制作へと励ましますが、私は男盛りのあなたを励ましはしません。あなたはおのずから励まされていますから。あなたは私と同じだけの時を過ごしてもいるので、けしかける人を必要としておらず、今私にしているのと同じことをご自分になさるだろうと思います。

書簡一〇一七　レトイオス宛[5]（三八八年）[6]　旅の成功

一　あなたの手紙も旅路もいずれも素晴らしいことが分かり、私は称賛いたしました。前者には蜜のようなところがありましたし、後者は、あなたが子供の頃から白髪の老年に至るまで絶えず発揮なさってきた大いなる勇気の所産でしたから。

二　ですから、この競技会とそれに付随する事柄の後にあなたがどのようになって戻ってくるだろうかと

（1）九一頁註（3）を参照。ただし、老年や若返りの文脈としては些か不自然。*LSE*, p. 437 はイアソンの父で、オウィディウス『変身物語』第七巻一五九―二九三で若返りの伝承が伝えられるアイソンへの修正を提案している。また、Foerster は高齢の代名詞として使われるアルガントニオス（一六九頁註（6）を参照）への修正可能性を提案する。

（2）ホメロス『オデュッセイア』第十三歌三九九、四三一の老化表現を参照。

（3）直接的には「若者たち」つまり「学生」を意味し、修辞学教師としての成功を祈っている。ただし、名宛人が弁論で駆使した若返り表現も踏まえて名宛人の「若々しさ」も表現する言葉を使っていると思われる。

（4）五三一頁註（8）を参照。

（5）三五九頁註（4）を参照。

（6）前後の書簡はすべて三九一年のものであるが、*BLZG*, p. 448 は書簡一〇一六と併せて、この書簡を別の時期のものとする。本書簡にアンティオキアで催されるオリュンピア競技会についての言及があるが、この競技会は閏年の夏に行なわれる定めなので、三九一年の話としては不適当だからである。そこで、書簡八四三に競技会への言及があることと、競技催行者としてレトイオスが登場することから、本書簡のオリュンピア競技会を書簡八四三に現われる三八八年夏の競技会と同一のものとする。

考えて、喜んでおりました。また、銀を打ち延ばす者たちもうきうきしながら私に手紙を渡してくれたので喜んでおりました。なぜなら、彼らが普段なら事後にするような行動を、見込みで行なったからです。つまり、予告されていたことがすべて実現したので、約束が見込みを生み出したのです。あなたはいつもこのような具合ですが。

三　諸々のことを首尾よく執り行なって、何より奥様とお子たちと私とオリュンピア祭に早急に姿を見せてください。あなたもご存知の私の生徒は、弁舌と並んで足にも磨きをかけています。彼への栄冠として私からは外衣（トリボーン）が、あなたからは月桂冠が与えられますように。[1]

書簡一〇一八　プロスドキオス[2]宛　（三九一年）　テュロスの賛辞

一　あなたのお人柄と腕前を賛嘆し、その賛嘆の喜びを自分たちの間で分かち合っていた多くの称賛者たちを初めて迎え入れたあのとき以来、長いこと私はあなたを祝福してきましたが、今ではあなたを全人類で最も幸福な人と考えています。なぜなら、古の慣わしによって、父祖伝来の広壮なる官職を手にしている二人のご兄弟からあなたはそのような偉大な人と称されたのですから。

二　彼らのもとに私は毎日通っておりますが、それは他の人のもとに赴くことなど思いもよらず、彼らのもとに伺うのが最大の利益と考えているからです。これまで何度も申し上げたことを繰り返すことになりますが、彼らが諸々の卑小ならざるものの中でもとりわけギリシア語と弁論の能力を身につけたという点でその祖先たちに勝っているのを見て、神様も喜んでいると思います。

三　彼らは弁じる術を心得ているので、弁論する者たちの中で優れた者、劣る者、正統、亜流を見極めることもできます。ですから、彼らの車駕にも本のスペースが少なからず取られていますし、彼らが発声すれば私にとってロートス(3)となり、虜にして立ち去らせてくれません。**四**　そして、この者たちの長い会話の大半があなたの話題で、常々あなたのことを多かれ少なかれ論じ、滔々と賛辞を述べるのです。そこから、あなたの人柄についてや、あなたが富者たちを守り、貧者たちを蔑まずにその腕で成し遂げてきたことについて教えられています。愛情に突き動かされている彼らはしばしば同じ話を繰り返し、その話を知らない人に教えるのではなく、知っている人の前で悦に入るのです。

五　それゆえ、ソフィストがテュロス(4)の賛辞に取り掛かったなら、次のものを最高と言うだろうと思います。すなわち、テュロスにおけるあなたの名誉と能力を。その両方の点で、この技術の長(5)は神と崇められ、その長の加護のもとにあなたは多くの勝利を収めてきました。

六　そして、私はかつてご兄弟から次のような話を耳にしました。私たちの町(6)は偉大であるが、ここの病

(1)競技会の栄誉としての冠と外衣については三五九頁註(5)を参照。

(2)テュロス市の医師。本書簡でしか確認されないが、書簡一〇一-五でも暗示されているか。

(3)味わったら離れられないものの比喩。書簡二七四-二と第一分冊三三五頁註(1)を参照。

(4)三三九頁註(5)を参照。

(5)医術の神アスクレピオスのこと。書簡一〇一〇でもテュロスのアスクレピオスが称えられている。

(6)アンティオキアのこと。

人たちのために プロスドキオスの手と足が動かされていたら、その町ははるかに偉大になっていただろう、と。七　もしそうなっていたら私は多くの病気であなたに多くの苦労をもたらしたはずです。おそらくこのことはあなたもよくご存知でしょう。ソフィストのマクセンティオス[1]がそれをお伝えしたのですから。実際、あなたがこれだけ離れていても、私たちの病気を治せるなら[2]と私は言っていました。八　あなたのマクセンティオスへのお計らいの報酬として、地にも栄誉を与える人々がいかなる栄誉であなたを飾り立てているかを、そして、そのような方々からあなたにこのようなものが与えられたことに私たちもどれほど喜んだかをお知りください。

書簡一〇一九　ヘラクレイオス[3]宛　（三九一年）　旅立ちの許可

一　時が経って教師に会いたがっている生徒[4]に、この正当なる恩恵を施してください。諸々の状況すべてが彼の来訪を認めていますが、都市参事会員にはおそらく総督の同意が必要でしょうから。それを得ずに動くことは不遜で、法に反し、処罰されずにはいられません。

二　ですから、彼が法に則って損害なしに来訪できるよう、テティスに恩恵を与えるゼウスを範としてください[5]。もっとも、不正をなした者たちの立場を強めるとして、この恩恵が非難されたこともありました[6]が、この度の恩恵はいかなる点でも立派なものです。あなた自身も教師のためにこの義理を重んじてきた方であり、だからこそ、あなたは法廷における力を手にし、当世の人々からラダマンテュス[7]の名を得ています。三　ゆえに、教師にこのような義理を果たす人を称賛し、もう一人のそのような人がこのような決断に協力せねばなりません。そうすることがあなたにとって簡単でないのなら、悲しむほかなかったでしょうが、その能力が備わっているのですから、その能力を駆使せねばなりません。

四　あなた自身が次のような連中に対してどのような態度を取ったか思い起こしてください。すなわち、ある人々に味方して私たちに対して戦いを挑み、私たちが彼らのためにした骨折りを何とも思わなかったので、あなたが忌避し、不敬虔な輩と呼び、対抗するために神々の加護を呼び求めた連中のことを。彼らを憎んだのであれば、この者たちを喜ばせることが帰結します。

五　ですから、どうかネメシオスを解き放ってください。この男が希望している旅はたった一月を要するだけです。その後再び、彼は自分の町の役に立ち、あなたの決定に奉仕することに従事するでしょう。

---

(1)五三一頁註(8)を参照。
(2)この箇所に、写本により一〇—一四字ほどの欠落がある。
(3)五二七頁註(4)を参照。
(4)後段で名指しされる、リバニオスの元生徒ネメシオスのこと。書簡一〇〇二-三でもこの人物に関する依頼が同じ名宛人になされている。
(5)ホメロス『イリアス』第一歌五二四以下。書簡九七五-一も参照。
(6)ホメロス『イリアス』第一歌五三九—五四三などが念頭にあるか。
(7)書簡三一-一と第一分冊三七頁註(3)を参照。書簡二五一-二でも用いられている。

書簡一〇二〇　ゼノドトス宛[1]　（三九一年）　父親の面影

一　遅れはしましたが、ずっと前から会いたかった人、アンティオコス[2]の息子で、私と同名の人[3]（父親が、自分は親族の誰からも非難されないと確信して、私に敬意を払ってこうしてくださいました）を迎え入れています。二　ずっと前に私の目の届くところで弁論の業を諳んずるべきだったこの同名の人に私はこの時点でも快く会いまして、そして会うや直ぐに驚きの声を上げました。その顔に父親の顔を見たからです。そして、その後に彼の弁を少し聞いて驚きの声を上げました。その弁舌に父親の弁舌をまたしても見たからです。

三　競技選手が自分の息子を同じ教練者のもとへ連れてくるように、彼は生きている間に私たちのもとへ息子を連れてくるべきでした。しかし、この若者が父親の代わりにあなたの書簡を用いることにも大きな意義があります。年を取ったあなたは弱っていても（これはあなたの言ですが）、この書簡はあなたが男盛りで達者であることを示していますから。

四　かかる年齢まであなたを長らえさせた神々が、この若者を迎え入れることもあなたに許してくださいますように。神々にとってもどれほど快い光景でありましょうか、この若者が弁論によって祖父の尽力を披露し、アスタフォス[4]が自らの配慮の果実に喜ぶさまは。

書簡一〇二一　タティアノス宛[5]（三九一年）　正規コーンスル就任

一　平皿と二葉の書板[6]に込められた名誉を受け取りました。後者は象牙製の、前者は銀製のものです。あなたの本性を理解していない周りの者たちには、これが驚くべきことで予期せず来たと思われたようですが、私にとっては予期したとおりで、予言を実現してくれました。来るより前に来るものが来るだろうと私は言っていましたから。二　これらのものが届いて、披露され、渡されると、親友たちが私たちのもとに馳せ参じ、喜ぶとともに喜びを分かち合いました。そして私はこの名誉のことで羨まれ、名誉を与えられるだろうと予言していたので驚かれました。

（1）本書簡と書簡一〇三四の名宛人。本書簡で述べられる血縁関係以外は不明。
（2）本書簡と書簡一〇三四で言及される。*BLZG*, p. 77 はリバニオス『第二十七弁論』一〇、『第五十七弁論』二に現われる弁論家かもしれないとする。*PLRE*, p. 72 はさらにリバニオス『第三十九弁論』を捧げられた人物と同定できる可能性も指摘する。
（3）本書簡と書簡一〇三四から知られるリバニオスという名の学生。
（4）名宛人の別名か。Cribiore, p. 293, n. 75 はリバニオス『第二十三模擬弁論』三二を根拠に *ἄστατος* と読み替え、「足元もおぼつかない祖父が」と取る。
（5）三五三頁註（3）を参照。
（6）三九一年の正規コーンスルにタティアノスが就任したのを受けて、リバニオスが祝辞の手紙を送ったところ、その返礼が届いたと考えられる。ディプテュカと呼ばれる贈答用の象牙製書板については、古代末期の名品が多数現存している。Alan Cameron, 'The Origin, Context and Function of Consular Diptychs', *JRS* 103 (2013), pp. 174-207.

三　この名誉があのような人[1]の手でもたらされたことも私にとって名誉でした。その人は、父親が栄えある人であるとともに、自らも己れの徳と品性と弁論の美しさによって栄えある人物ですから。あなたの事績もその美について彼の弁論を享受し、ふさわしい声を得ました。

四　さて、老いた私からもあなたに小品が作られましたが、これはいかにも老人の手になるもので、表現していたのは力ではなく、むしろ愛でした。しかし、このようなことを考案し、考案したことを完遂までする長官を、誰が愛さないことがあるでしょう？　それゆえ、私は再び予言者となって言います。あなたは同じ状況で同じものをまた送るでしょうし、私は受け取って、書くでしょう。

書簡一〇二二　プロクロス[2]宛　（三九一年）　仕事熱心

一　あなたの高貴なる父君[3]の手紙を弁論家プリスキアノス[4]から受け取った後にあなたの手紙を所望したところ、それを受け取れませんでしたが、書けなかった理由を聞きました。つまり、公務が山積しており、各人から引っ張りだこで、銘々が我先に処理されようとするのだ、と。

二　以上の話を手紙の代わりに受け取ったのですが、より多くの案件でよりいっそうのあなたのお披露目となったので、むしろ大きな喜びがもたらされました。プロクロスが着手したものは何であれ上首尾なのですから。ゆえに、私たちに手紙を書いてくださらなくても、私たちはその原因を把握しているので落胆しませんし、このように手紙を書いてくださるなら、あれもこれも同時になさっていることを私たちは賛嘆するでしょう。三　実際あなたは父君と仕事熱心ぶりを張り合っておられるので、あの方の褒美も勝ち取るだろうと思います。そして、同じ方が称賛したり、その褒美を与えてくださったりするのです。おそらく私自身もそれを目にして、その果実を得るでしょう。そのときの手紙以外に手紙の始まりを求めることはいたしません。あなたの父君に対するものであなたに対しても十分といたしましょう。

書簡一〇二三　アナトリオス宛[5]（三九一年）逆境のときの友人

一　私たちはすでに知っていましたが、それでも私たちに貴人プリスキアノス[6]は伝えてくれました。私たちの子[7]のためにあなたが議場の外でどうしてくださったか、議場の中でどうしてくださったか、裁判が争われようとしているときにどうで、争われているときにどうで、あのような結果になったときにどうだったかを。二　それゆえ、これらすべてのことで私たちはあなたに感謝しておりますし、称賛しています。それは

（1）書簡一〇二二、一〇二三に現われるプリスキアノス（四六三頁註（1）を参照）と推定されている。

（2）三五五頁註（1）を参照。

（3）タティアノスのこと。三五三頁註（3）を参照。

（4）四六三頁註（1）を参照。

（5）四五三頁註（8）を参照。アラビオスのための彼の援助は書簡一〇〇一、一〇〇六でも感謝されている。

（6）四六三頁註（1）を参照。

（7）アラビオスのこと。五三五頁註（5）を参照。

神々からも直々に称賛されることだと私は思います。
また、あなたのご兄弟[1]が彼のためにしてくださったことも同様です。もし、あのとき彼らがそうしてくださらず、面倒を見て、医者を手配し、寝ずの看護をし、費用を出してくださらなかったら、彼は死んでいたか、生き延びていても片足を失っていたでしょう[2]。

三 ですから、以上の話や行動は私の中に不滅に記憶されることになる[3]とご理解ください。また、私たちのために感じた悲しみや、あなた方のことを物語ったときに見せた喜びのことでプリスキアノスにも感謝しています。というのも、彼は単に物語ったのではなく、私たちがあなた方から手厚くされ、あなた方が評判を得ていることに喜びを覚えながら物語ったのです。

四 ところで、もう一つ次のこともお願いいたします。あの向こう見ずな行ないは私によるものでも、旅をした彼によるものでもなく、焚きつけた者たちのせいであるということを、そして後者がこのように論じたのは憎しみからではなく、事をよく見通せなかったからだということを元老院に説きつけてください。そして、自分の身を弁えぬ者だと言って私を非難する者が現われないようにし、彼を許してもらってください。

書簡一〇二四　リコメレス[4]宛　（三九二年）　**歓喜の素材**

一 多くのことが多々私たちを祝祭の思い出に誘います。その祝祭の思い出の中で、あなたと一緒に過ごすことが私たちに許されたあの日々も思い出しています。そして、私たちがあの日々を祝祭の名で尊重するのは正当な行動です。[5] 二 というのも、あなたは私たちのところにいらして数日間交際をすることで、その集いを蜜よりも甘いものにしてくださいました。その結果、ある者は喜びに満たされて立ち去り、またある者は同じ目的でやってくるという具合で、あらゆる悲しみの因が去り、歓喜の素材を提供してくださったのです。また、他の人よりもそれを多く手にしたのは私で、常に探し求められて招かれ、壁の側[6]で他の人が与えられなかったお言葉をいただいたのでした。

三 以上のことによって私と町がかけられた愛の魔法は確固として残っており、誰も揺るがせないでしょう。私たちはあなたの成功に喜びを分かち合い、厄介事は然るべき措置を受けてきました。そして、あなたがいっそうの幸運を享受し、神々しい帝とともに再びこちらへいらして、またもアポロンに親しきダプネ[7]に

(1)アポリナリオスとゲメロスのこと(一一一頁註(4)と(5)を参照)。この二人の援助はリバニオス『第一弁論』二七九でも触れられている。
(2)リバニオス『第一弁論』二七九にあるように、アラビオスはコンスタンティノポリスからの帰路事故に遭い、足を負傷した。彼の死については、書簡一〇二六で触れられている。
(3)アイスキネス『クテシポン弾劾(第三弁論)』一八二。
(4)三八七頁註(1)を参照。
(5)名宛人のアンティオキア訪問については、書簡九七二-一、一〇〇七-一も参照。
(6)書簡八九二-一も参照。
(7)一三五頁註(6)と三五七頁註(6)を参照。ダプネ再訪の依頼は書簡九七二-四でもなされている。

足を運ばれますようにと私たちは至る所で神々に祈っています。あなたはそこへ馳せ参じ、くまなく目をやることで、それも一日のわずかな間にそうすることで、ダプネに名誉をもたらしてくださったのですから。思うに、さまざまな公務があなたを必要としていたので、これ以上の形でダプネに恩恵をもたらすことはできなかったのです。

四 これを叶えるのは、その神殿が私たちの町の中にも周りにも数多くある神々のなすことです。ところで、私のこと、すなわち私たちが失ったもの(1)と私たちの現状については、書簡で長々とお伝えするのではなく、有為なるパラディオス(2)の声に委ねるのが良いと判断しました。彼にあなたは借りがあると申し上げても、お咎めにはなりますまい。それほどまでに彼はいかなる人に対しても慎ましく高潔に身を処して、誰もパラディオスの力を通じて誰かから危害を被ることがありませんでした。その結果、いかなる人の口からもあなたへのありとあらゆる歓呼の声が上がり、苦情はどこからも一つとして出ておりません。

書簡一〇二五　アナトリオス(3)宛（三九二年）　**称賛と非難**

一 貴人プリスキアノス(4)は、誰を介せば私の望みがかなえられるか良く分かっておりました。それで、私は農夫のための働きかけを、他の人をさしおいて、あなたに委ねたのです。すると有為なる帝の書簡が届き、その農夫に過失はあるものの、拘禁されたことで心を改めたとして放免してもらえました。

二 あなたは、大事でも小事でも私たちへの善行を選んでくださったので、さらに偉大なものを神々からいただけるでしょうし、人々からもあなたへの称賛の声が上がっています。その人たちは良き人たちが自分たちに倣って称賛し、自分たちの声を増大させるよう促しています。三　私たちに対するあなたの行動を非難する者がいても何ら驚くべきことではありません。彼らはヒッポクレイデス(5)の話を聞くのがふさわしいのです。

書簡一〇二六　カピトリノス(6)宛（三九二年）　キモンの死

一　あなたが手紙で浴びせた非難は私にとって耐えがたいものだとおそらくお考えだったでしょう。それは、私が長い間手紙を送ってこない、そういう形であなたに敬意を払わない、しかも側にいたときは私から

---

(1)リバニオスの子アラビオスの死（書簡一〇二六を参照）が念頭にあるかもしれない。
(2)五二五頁註（5）を参照。
(3)四五三頁註（8）を参照。
(4)四六三頁註（1）を参照。アナトリオスに宛てられた書簡一〇二三でもこの人物の名が出ている。
(5)ヘロドトス『歴史』第六巻一二九に逸話が伝えられるアテナイの人。恥ずべき行ないをしながらも、「ヒッポクレイデスは気にせぬぞ」と厚顔無恥にも言い放ち、この言い回しが諺となった。
(6)本書簡のほか、書簡一〇二七、一〇三二の名宛人。おそらくシュリア州総督としてアンティオキアに滞在し、その後コンスタンティノポリスで大きな影響力を発揮した。

あなたは数々の敬意を払われていたのに、というものでした。

二 しかし、私はこれで賛辞を浴びたと考えて、賛辞を浴びた者らしく喜びました。その結果、友人たちにもあらんかぎりの熱意であなたの手紙を見せました。彼らにあなたの愛情を知ってもらいたかったのです。そして、これを見て彼らは喜びを分かち合いました。このようにあなたはちっとも悲しませてはおらず、この上なく喜ばせてくださいました。ですから、私が手紙を送らないことがあれば、このような手紙を受け取りたがっているのでしょう。

三 さて、あなたはいつでもどこでも私の敬意の的です。あなたがこちら［アンティオキア］にいらっしゃるときも、メガロポリス［コンスタンティノポリス］にいらっしゃるときも、陸を旅するときも海の旅をするときも、黙しているときも弁じているときも。あなたは正義を伴侶に今日まで旅をしてきて、ご自分の名声で私たちに少なからぬ名声をもたらしてくださった方ですから。

四 それゆえ、いつでも私たちはあなたのことを思い起こして、称賛も伴わせていますが、手紙を書くことは、私が手紙を書く代わりに嘆くことを望んだ運命の女神（テュケー）のせいで、妨げられました。私の子[1]だった者を悼むのは正しくなかったでしょうか？ 彼が私の子で、その母が妨げとならなかった[2]以上は？ **五** しかも、彼はあのような形でタルソスへ運ばれ、受難したまま私たちのもとへ運ばれ、あまり日を置かずに棺へ運ばれたのですから、私が書簡から手を引いたのも何ら驚くべきことではありません[3]。

六 しかし、手紙をもらえないのはきわめて不当だとおっしゃるので、従いました。私の身辺状況よりもあなたの判断を優先させてください。

書簡一〇二七　同者［カピトリノス］宛　（三九二年）　医師の助け手

一　多くの病をその技術で退散させてきた有為な人キュロス(4)が、私たちのところに喜色満面で駆け込んできました。どうしてそんなに喜んでいるのか尋ねると、恐怖から解放され、大きな波乱(5)から逃れて一息つけたのだと言いました。二　その災厄とは何かを教えてくれたので、私は「それを鎮めたのは誰か」とまた尋ねました。すると、彼は拍手喝采しながら、これまで数え切れぬ人々をいかなる避難港よりも見事に救ってきたあなたのことを話しました。

三　これを聞いて私はご両人、すなわち押し流されなかった人とも救い出した人とも喜びを分かち合いま

(1) アラビオスのこと。五三五頁註（5）を参照。
(2) 母親の低い社会的身分がこの発言の背後にある。四八九頁註（1）を参照。
(3) 書簡一〇四二と五九一頁註（4）、（7）も参照。
(4) 本書簡でしか確認されないアンティオキアの医師。
(5) 波の喩えは広く使われるが、特にこの書簡はそれにまつわる縁語が多い。類例として、書簡一四九五やプラトン『国家』第五巻四五七Bを参照。

した。助け手も利を得る人だと私は引き続き見なすつもりですから。

書簡一〇二八　プロクロス宛[1]（三九二年）手紙という薬

一　私を襲った大きな悲しみ[2]を知り、あなたからの書簡が私にとってどれほど大きなものかを知れば、あなたは助け手としての行動をなさって、手紙という形の薬を送ってくださると私には分かっております。二　その手紙に私たちの同胞市民が大勢駆け寄って、あなたを賛嘆し、私を祝福します（それも私がこれほど辛い運命にあるというのに）。三　そこで、この両方が何度も起こることを重視なさるのであれば、何度も手紙を送ってください。

書簡一〇二九　アニュシオス宛[3]（三九二年）ルフィノスへの取次②

一　私の方もあなたに手紙を書くのはしばらくぶりですが、あなたは私たちにさっぱりです。それで私もしばらくぶりとなったのです。手紙を送ることが重荷な人にとっては、おそらく受け取ることも重荷なのですから。二　しかし今はどんなに望んだとしても沈黙してはいられないので、手紙を書いてあなたにお願いいたします。至善なるルフィノス[4]の名声を高める一方で、私たちの状況、それも正当性に基づく実効力ある状況を覆さぬような何かしらの解決策を現状のために考案してください。

三　今私[5]はこれだけをお伝えすれば十分です。すなわち、私の希望は書簡の数に置かれているのではなく、あらゆる人の口に歓呼の声を上げさせるような措置を常々取るのが大きな利益だと考える高貴なるルフィノスの天分に置かれている、と。今回もそのような措置が実現し、この者たちが望んでいる弁論の素材が彼らに与えられるだろうと私は思っています。

四　私たちに関わる手紙が彼に直接届かぬことに驚かないでください。あなたの説得を受けて私たちが手紙を送ったところ、その返事に少なからぬ書状が私たちに届いたことがあったので、そのようなことを起こさぬようにと相談したのです。

（1）三五五頁註（1）を参照。
（2）書簡一〇二六で語られている、リバニオスの子アラビオスの死を指すと考えられる。
（3）三八五頁註（2）を参照。
（4）三八五頁註（1）を参照。
（5）*LSE*, p. *444* には「今」という語の前に「これについて他人と争うのであれば私は長い言葉が必要だと考えたでしょうが」という一文があり、その場合「今」と訳した語も「実際は」と訳される。Foerster にはこの文が欠けており、apparatus criticus にもいっさいの説明がない。

書簡一〇三〇　アキュラス宛[1]（三九二年）　継続案件

一　オリュンピオス[2]がまだ存命の際にオリュンピオスのために有り難くもご尽力いただいたことを私はしばしば称えましたが、今では私たちのためにあなたがそのようなことをなさっていると分かって、賛嘆するとともに感謝しております。二　そして、この着手した案件に、その長い期間にふさわしい終焉をもたらすまで、あなたがその誠意を失わないでいただければと願っております。

書簡一〇三一　ポリュクロニオス宛[3]（三九二年）　期待

一　私たちの友タラッシオス[4]があなたからの充実した理知ある手紙を私に読み上げました。すると私たちの間では、何をなすべきかについて討議することもなく、あなたに事態を委ねるという意見が直ちに大勢を占めました。あなたは私たちに好意的で、必要なものの判別ができると思われたので。二　ですから、この期待に応えてください。

書簡一〇三二　カピトリノス宛[5]（三九二年）　神がかった人

一　テスペシオス[6]はヘラクレイア[7]の人で、弁論と法の点で、そして総督職に就いているときに諸都市をあなた方の町[8]のように繁栄させた能力の点で本当に神がかった（テスペシオス）人でした。この人が年老いながらも、老境に至って子供たちの誕生という名誉を神々から与えられるのを私自らヘラクレイアで目にしました。[9]そして、この子たちを残して彼は世を去りました。

二　さて、その息子の方も死んでしまいましたが、娘は生きています。彼女はある算段に従って私たちのところにおりますが、この件が改善されれば、あなた方のところへ戻るでしょう。あなた方のところには、彼女を苦しめる力を持ち、実際苦しめている隣人がいるのですが、その人があなたを介しておとなしくなればと彼女は願っています。三　私を介してそのお願いをすれば、あなたがこの労を引き受けてくださると考えたので、彼女は私に書簡のことを持ち出し、直ちに私を説得したのです。私は彼女を尊敬する一方で、あ

（1）*BLZG*, p. 80; *PLRE*, p. 90 は、書簡四六九-四にリバニオスの生徒として言及される人物と同定し、『スーダ辞典』「アキュラス」（A 1041, 1042）に収録されている同名の哲学者あるいは文法教師と同一人物かもしれないとするが、本書簡からは文筆活動ではなく法廷の係争に関わる弁護人のように読める。

（2）二七頁註（1）と四八一頁註（4）を参照。

（3）一五七頁註（1）を参照。ただし人物同定の根拠は乏しい。

（4）四四五頁註（6）を参照。

（5）五七一頁註（6）を参照。

（6）本書簡でしか確認されない。コンスタンティヌス帝の治世に州総督として活躍したと推測される。

（7）黒海南岸のビテュニア地方にあったヘラクレア・ポンティカのこと。

（8）写本上は「私たちの町」だが、Foerster の修正に従って、コンスタンティノポリスを指すものと理解する。

（9）ヘラクレイアの旅は、リバニオス『第一弁論』三〇—三一で述べられている。

なたを信頼していますから。
四　ゆえに、今回もこれまで何度もしてくださったようにして、テスペシオスの子を助けてください。テスペシオスは、あなたの父君と親しくなり、彼に多くの貢献をし、彼を多くのことで協力者としたに違いない人物だったのですから。

書簡一〇三三　パラディオス[1]宛　（三九二年）　孤児たちの避難所

一　ある人が私に接見しにきて、うつむきながら孤児たちの不幸を慨嘆しました。そして、あなた方のところの正義を軽んじる男が哀れな者たちにその不幸をもたらしていると言うのです。そして、彼が付言したことには、あなたが手を差し伸べてくださるなら、その男は悪行をやめ、孤児たちは救われるだろう、そして私たちの書簡で乞われれば、あなたはそうしてくださるだろうというのです。
二　私はあなたにそれほどの影響力があるだろうかと思ったものの、十分あると彼が誓って言い、どうして誓ったのかを説明してくれたので、私は自信を得て、説得に応じ、私自身とも孤児たちとも喜びを分かち合いました。私自身とはこれから与えるもののことで、彼らとはこれから手に入れるもののことで。
三　ですから、あなたは救援に取り掛かり、自らを孤児たちの避難所としてください。あなたが人々からは称賛を、神々からは神々から得そうなものを得るために。

書簡一〇三四　ゼノドトス宛[2]（三九二年）　心づけ

一　この度もまたたくさんのワインが届きました。以前のものもたくさんでしたが、あなたはいずれもわずかだとおっしゃいます。このように弁論のための届けものは、たとえ大きくても、あなたには何でも些細なものに思えるのです。

二　神々があなたをお守りくださり、何度も手紙を送るようにしてくださいますように。あなたはこれほど立派にそれをなさいますから。ところで、私はリバニオス[3]に古人たちの手紙と親しむように勧めた[4]一方で、これらの手紙にも親しむよう勧めました。そして、前者によって育まれるとともに、後者によっても育まれるようにとも。後者は前者によって育まれた結果ですからね[5]。

三　私がそそのかされているのはこの贈物のゆえではなく、この贈物で名誉を与えられたからです。存在する人としない人がこの若者に私がますます誠意を示すようにしているのです。というのも、至善なるアンティオコス[6]も私の側に座って、父親が息子のためにするだろう発言をこの子のためにしているように私には

（1）五二五頁註（5）を参照。
（2）五六五頁註（1）を参照。
（3）五六五頁註（3）を参照。
（4）伝リバニオス『書簡形式論』五一でも同じ勧めがなされている。
（5）写本に混乱がある。Foerster の案に一部従い、ἃ を αἳ として訳出した。
（6）五六五頁註（2）を参照。すでに故人となっているため、存在しない人という表現になっている。

しばしば思えますから。

書簡一〇三五　ボノス[1]宛　（三九二年）　書簡へのためらい

一　あなたが不安のあまり沈黙して手紙を送ってくださらないのなら、誰が自信をもってこれを行なうことがありましょう?　あなたの中には、あらゆる詩人たちも宿っていれば、あらゆる弁論家たちもあらゆる弁論の形式も宿っているというのに。**二**　また、あなたが学ぶのには優れていたが、教師としてはそうではなく、何でも簡単に手早く獲得しては分かち与えたと言うことはできません。今まさにこの地の栄誉となっている者たちの多くが、あなたの教室から出てそのようになっているのです。**三**　ゆえに、手紙を書くのをためらわないでください。ご自身の務めから逃げないでください。弁論をするとともに、弁じる人たちを尊重するのがあなたの務めなのです。ちょうど、今あなたが側に迎えて喜んでいる卓越せるソフィストにそうなさっているように。彼があなたを頌えるときの材料として持っているのは、一つにあなたの教養、もう一つがあなたの官職です。後者によって、各家門の勢威を高めてアラビアを強大になさったのですから。**四**　今後もそのような姿を見せてください、そして賢人アブルギオス[2]をその声で、私を書簡で喜ばせてください。

書簡一〇三六　ポストゥミアノス[3]宛　（三九二年）　元老院議員の手紙

一　すべてを見晴るかし、打ちひしがれている人間を助けるのを常とする神々は、私が目下の不運[4]のせいで崩れ落ちていて、慰めのためにかけられる多くの言葉が何の力も発揮しなかったのを見ると、これに効果のある薬としてあなたの手紙を見出しました。二　この手紙は差し出されるだけでも効果がありました。貴人ヒラリオス[5]が差し出してくれましたから。そして、翻訳されるといっそうの効果がありました。すなわち、この作業はあなた方の言語を私たちの言語に訳す者たちにとって一苦労となり、出てくる語をいち早く把握した者にその都度栄冠が授けられるという具合でした。

（1）碑文史料から知られる、三九二／九三年にアラビア州を統治した地方軍指揮官 dux で第一等コメスの人物と同定される。『官職要覧』からはアラビアの地方軍指揮官は州総督を兼任していたことから、本書簡でリバニオスが「官職」の語を使用していることも矛盾しない。本書簡の内容より、もともとは修辞学教師だったと推測される。

（2）写本ではアプレイオスと表記されている。Foerster の修正に従いアブルギオスと訳出したが、*BLZG*, p. 35 および *PLRE*, p. 5 はこの人物名をアプレイオスと修正し、同じく人物同定に問題のある書簡一〇一六の名宛人と同定する。

（3）マクロビウス『サトゥルナリア』の登場人物でもある、ローマの有力元老院議員。書簡一〇〇四の名宛人シュンマコスと近しい関係にあった。

（4）リバニオスの子アラビオスの死を指すと考えられる。書簡一〇二六-四―五を参照。

（5）三八七年にアンティオキアで暴動が起きた際に、謝罪の使節に選ばれたとゾシモス『新史』第四巻第四十一章二―三が伝える人物と同定される。その後、三九二―三九三年にパレスティナ州総督を務めるが、退任後に不正の疑いで訴追される。

三　私はといえば、この名誉のおかげで気が楽になった様子を見せ、親友たちは私が笑ったのを見ましたし、心にも表情にも翳り(1)は以前ほどではなくなりました。これほどの名誉がローマ人たちの（これは「あらゆる人間の」という意味ですが）第一人者の手紙によってもたらされたのですから、苦しみを取り去り、落ち着きを注入する力を発揮しても何ら驚くべきことではありません。

四　あなたはアイギナのアイアコス(2)に倣って公正であろうとなさっていますが、ギリシア人の言葉で手紙を書くのを避けているという点だけは公正でないと私は思います。あなたは母語に加えてギリシア語をものにしましたが、それは多くの渇望と多くの汗の賜物です。すなわち、あるときは日の注ぐ中、またあるときは灯火の側で汗をかき、そうすることでその心をホメロス、ヘシオドスその他の詩人たちやデモステネス、リュシアスその他の弁論家たちで満たしたのですから。五　また、ヘロドトスやトゥキュディデスおよび彼らの一団(3)全体が、自分たちもあなたの知識の内に領分を持っており、あなたが作った多くの美しい弁論がその証拠だと主張するでしょう。

六　このことは今知られて、これまで知られていなかったことではありません。むしろ、［手紙の］発表の前でも最中でも後でも、あなたの子孫たる弁論(4)に関して、かなりの話が信じられていました。これは神々を先祖に持つ家門すべてに共通のことですが、あなた方の一族に特に顕著です。

七　自分がアテナイ人だと主張なさっても信じさせられるほどラテン語に加えてギリシア語も身につけられたのですから、私たちにお手元の善を駆使してください。そして今後の手紙（あなたが［文通を］始めた以上、それをやめないのは明らかです）を再び翻訳者たちの口に送ることのないようにしてください。

八　あなたならそれができます。ところで、私は統治される者の立場で、［統治する］あなたの姿を見ることがかなうよう神々に願っています。あなたの叔父君[5]（彼と同名の子[6]を今あなたは、女神が争って手に入れた町[7]で養育なさっています）とかつて面識を得たように。九　これが私にとってあなた方を要求する一つの根拠ですが、もう一つあなたが知らねばならない根拠があります。あなた方の祖父[8]がコーンスルの名と地位によって地と海とを覆った年に、私は母の胎から出て、日の下に現われたのです[9]。

（1）アナクサンドリデス「断片」五九（Kassel-Austin）。
（2）九一頁註（3）を参照。
（3）「歴史家たち」の意味。
（4）二四一頁註（4）を参照。
（5）*BLZG*, p. 243 は三八三年にオリエンス道長官として確認されるポストゥミアヌスと同定できる可能性を提案するが、Norman, vol. 2, p. 404, n. j が指摘するように、本書簡の内容はむしろポストゥミアノスとは異なる名前であると考えられる。*PLRE*, p. 1026 も無名氏として扱う。
（6）ポストゥミアノスの子なのか、彼の叔父の子なのか不明。*PLRE*, p. 1029 も参照。
（7）アテナイのこと。四九三頁註（6）を参照。
（8）*BLZG*, p. 243 も *PLRE*, p. 719 も、三一四年の正規コーンスルであったガイウス・ケイオニウス・ルフィウス・ウォルシアヌスだろうとする。
（9）リバニオスの生年を決定する重要な箇所。リバニオス『第一弁論』一四三—一四四より、彼の生年は三一四年か三一五年と推測できるが、三一五年はコンスタンティヌスとリキニウスの両皇帝がコーンスルの年で、彼らがポストゥミアノスの祖父とは考えにくい。そのため消去法で三一四年が残る。

書簡一〇三七　ガイオス宛[1]（三九二年）短期の弔問

一　私の書簡は美しくないのに美しいと見なされて、お喜びいただけると分かっておりました。友情がそのようにさせますから。

さて、以前の地位でも今の地位でも巧みな話し手であるプリスキオン[2]は、離れているときも涙を流しましたが、目の前でもそうすることを望みました。二　彼は自分の同窓だった私の子[3]を悼むと、度を超すことは私自身にも災いをもたらすのではないかと危惧して、私がこの子を概嘆するのをやめさせようと思い、この悲しみに弁論を対抗させました[4]。それは実に力強く、私たちから多くの賛辞を受けました。しかし、神様でもこの悲しみを止められはしないでしょう。

三　さて、その書き物のことで彼に感謝していますが、あなたに関する話のことでも彼には感謝しています。これまでパレスティナがこのような方のもとに置かれたことはないと彼は話したのです。その利益は長期にはわたらないものの、たとえ長期でなくても利益は利益であると。これについては、プリスキオンが帰還したら、相応しいことを論じるでしょう。四　まさしくそのために彼は短期間だけ私たちを表敬訪問したのであり、私たちもそれを妨げませんでした。もっとも、私たちはこの男の声に喜び、他の諸々のことにも喜びましたが。

書簡一〇三八　ユルス宛[5]　（三九二年）　弁論家の守り手

一　私たちを統治なさっていたときに私にくださった数々の名誉のことをあなたはおそらくお忘れでしょう。思うに、その一つがこれです。参事会が評議をしている折に参事会堂に臨席していたあなたは、参事会に命じて、私（外で若者たちに授業をしていました）に名誉を与えて評議に加わらせ、常にそうするようにさせたのです。あなたはこのことを覚えておられなくても、私は実によく覚えております。

二　それと並んで記憶されるであろうものが、あなたがその官職を終えて故国で過ごされているときに、さらに加えてくださった名誉です。それは次のものです。あなたはあらゆる言葉とあらゆる行動を通じて、すなわち、力を尽くし、奔走し、発表の場で跳び上がること[6]を通じて、賢人プリスキオン[7]にとっての塔と城壁となってくださいました。それは私たちにしてくださったお力添えにいっさい見劣りしないものでした。

（1）プリスキオンの住むカイサレイアを統治する第一パレスティナ州総督と考えられる。
（2）四五九頁註（9）を参照。
（3）アラビオスのこと。五三五頁註（5）を参照。
（4）書簡一〇三八-二、一〇三九-四もこの弁論について語っている。
（5）四六一頁註（6）を参照。
（6）二七頁註（2）を参照。
（7）四五九頁註（9）を参照。

三　このことを私たちは夢見で知ったのではなく、これらのもので引き立てられた当人から詳しく語って教えてもらったのです。その説明は長大でした。多くの事柄についての説明は短くできませんから。そしてこのようなことに劣らず私の心を軽くしたのは、私の心中の悲しみ(1)を打ち払おうとする弁論(2)でした。実際、子の名声は悲嘆を紛らしました。その名声は、一部は彼の技量の、一部は助太刀の賜物です。ユルスは偉大な助太刀であり、勝利のための備えができた男ですから。

四　耳にしたものに喜んだ後で、その話をお聞かせしてあなたにもお喜びいただくのは正当でありましょう。ですから、あなたと私の仲間が、私たちのところで発表した弁論で輝きたち、オリュンピア祭(3)に集まった群衆の注目を一身に浴び、若者たちの［教育の］座に就く人々を自分に投じられた票で祝福したことをお見知りおきください。

五　そして、あなた方が彼に恩義を負うことになったあの美談もお聞きください。ご存知のように広く、大きく、さまざまな点で賛嘆を受けている町(4)へ着いても、彼はあなた方のところのものより美しいと思えるものを何一つ見いだせなかったのです。こうして、あなた方(5)をその一員とした総督職［に就いていた人］までも大いに惹きつけて、好意を持たせました。彼はこちらで褒美を手にしましたが、それは、私の思うに、あなた方のところでも手にするであろうようなものです。

書簡一〇三九　ポレミオス宛[6]（三九二年）癒せぬ悲しみ

一　あなたと一緒に大いに笑った私（というのも、私たちは熱心にそうしたのですから）は今悲嘆に暮れております。[7]私がすることといえば涙を流すことで、その結果、片方の目は目というよりも目のように見えるという有様です。[8]二　弁舌もかつてのようではありませんし、思考力もまた然りです。それどころか、手が働かないわけではないのに、私は弁ずることを楽しめもしないのです。友人たちはこの状態はあの不運以前の状態ほど悪くはないと言うのですが、私が納得することはないでしょう。

（1）リバニオスの子アラビオス（五三五頁註（5）を参照）の死への悲しみのこと。
（2）書簡一〇三七-二、一〇三九-四もこの弁論に触れている。
（3）写本では「オリュンピア祭に」ではなく、「オリュンピオスのもとに」。
（4）Foerster は、リバニオス『第三十一弁論』四二を参照させつつ、この都市がパレスティナのカイサレイアであるとするが、むしろアンティオキアのことではないだろうか。
（5）以前名宛人も就任した総督職に現在就いている人を惹きつけたという意味に理解して、Foerster の「私たち」ではなく、写本の読みを採用する。
（6）本書簡でしか確認されない。*BLZG*, p. 241 は一節でのアンティオキア滞在がシュリア州総督としてのものだと推測するが、*PLRE*, p. 709 も *FOL*, p. 202 もこの見解には懐疑的。
（7）リバニオスの子アラビオス（五三五頁註（5）を参照）の死が背景にある。
（8）同じことが書簡一〇五一-二、一〇六四-一、リバニオス『第一弁論』二八一でも言われている。

三　この事態をもたらしたのは、私から何の危害も加えられておらず、自分は幸福でありながら、私を不幸にした連中なのです。私が言っているのは、全員についてではありません。これがなされたのは全員のせいではなく、どういうわけか争いあった少数の者たちのせいなのですから。

四　ともかく、彼らがこのように成功していけますように。他方で、私を癒す力は私の弁論にも、高貴なるプリスキオン[1]の弁論にもありませんでした。彼の弁論にはいっそうの力がある（白状しますが）というのに。いずれの弁論も称賛を博しはしましたが、病める者は今なお病んでいます。五　ただ私としては、立ち直らせてもらった場合と同じくらいプリスキオンに感謝しています。なぜなら、立ち上がったこと、旅をしたこと、尽力したこと、望んだことをもとに私は彼を評価しますから。

六　あなたにも多くのことで感謝しておりますが、とりわけこの私の受けた衝撃を悲しむべきと考えてくださり、悲しみのあまり涙を流してくださったことに感謝しております。その見返りに、あなたは運命の女神（テュケー）の善意を享受し、慰めを必要とすることがありませんように。

書簡一〇四〇　ヘシュキオス宛[2]　（三九二年）　旧友のいさかい

一　あなたと高貴なるテオピロス[3]の間にある友情はいかなる理由によっても解消されるべきではありません。そんな日をついぞ見ることがありませんように。私は、あなたが高貴なるテオピロスについて私に度々どのような発言をしたかも知っていますが、彼があなたの家のためにどうしてきたかも知っていますから。

二　それゆえ、争いあう要因が些細なものであるなら、そんなことは取り合わないでください。重大なものであるなら、些細なものと見なし、そうすることで古くからの友情を尊重してください。

書簡一〇四一　同者［ヘシュキオス］宛　（三九二年）　火事の原因

一　私が聞いているところでは、ある農夫の子が必要に駆られて火の付いた松明を運んでいたときに、その火が風にさらわれて、あなたの所領で働く農夫の家屋に飛んで、燃やしてしまったので、一方は家屋［の賠償］を要求しているものの、他方はそれを与えられないそうです。

二　ですから、もし風を告発できるのなら、告発してください。また、運命の女神（テュケー）を訴えられるのなら、訴えてください。しかしそれができないのなら、この不運（アテュケーマ）を不法行為（アディケーマ）とは呼ばないでください。そして、損害を蒙った人とともに苦しんでいる人から罰金を請求しないでください。

（1）四五九頁註（9）を参照。また、この弁論は書簡一〇三七-二、一〇三八-三でも語られている。
（2）三七三頁註（3）を参照。
（3）四七三頁註（2）を参照。

書簡一〇四二　ゲッシオス宛[1]　（三九二年）　キモンの恩人

一　貴人クリュセス[2]は、人品の美徳と、弁論の作成も判定もできる能力で、経めぐったあらゆる町々を驚かせました。二　あなたは彼のことを、すなわち良き人が良き人のことを、エジプト人がエジプト人のことをご存知ですが、この男が私たちのためにどうしてくれたかをお聞きになれば、彼という人がもっとお分かりになるでしょう。もし彼がすべてを語るつもりであれば、当然彼に話を委ねるはずでした。しかし、彼には話せることもあれば、話さないことを心得ているものもあるので、結構なことに彼が沈黙に付していることについては、恩恵を受けた私たちが沈黙に付さないようにいたしましょう。

三　この人は哀れなキモン[3]が挫折[4]しているのに気付き、見捨てられていたのを見過ごさなかった方で、それどころか、立ち止まって、近づくと、右手を差し出し、彼の具合をわざわざ知ろうとしました。そして、それを知ると悲痛を覚え、言葉と行動までも加えてくれたのです。その言葉は万事を聞こしめす神様が聞き、その行動は同じ神様が目撃しました。

四　その行動の一つにプロクロス[5]とキモンの和解もありました。彼はクリュセスのおかげで中に入り、クリュセスのおかげで話題とされ、クリュセスのおかげで発言し、期待しました。しかし、この人の骨折りと熱意は運命の女神（テュケー）によって打ち砕かれねばなりませんでした。クリュセスはいかなる人間にも屈しませんでしたが、この女神には屈したのです。その女神の力でギリシア民族もペラで育てられたアミュンタスの子[6]に屈したのですから。五　それゆえ、この女神が決めたことが実現し、彼は私と同じようにこの子のことで嘆き、私に劣らずその最後を悼みました。もしこの死から解放してくれる者が現われていたら、[7]彼は全財産を、いやおそらくは体の一部をも代償にしたでしょう。

六　クリュセスは私たちのためにこういったことを行ない、こういったものを見せてきました。以上のことは多くの人々が知っていますが、次のことも知るべきです。すなわち、彼が側にいて和らげてくれた悲しみは、彼が一緒にいなければ増大してしまうでしょう。

---

(1)四一五頁註(1)を参照。
(2)書簡一〇四五、一〇五〇の名宛人。弁論術の素養があり、本書簡一節や書簡一〇四五-一の表現から各地を遍歴していることが知られる。書簡一〇五〇-七の内容から医者かもしれないが、詳細不明。
(3)リバニオスの子アラビオスのこと。本書簡後半で言及される彼の死を含め、五三五頁註(5)を参照。
(4)*βαπτιζόμενον*. 船の沈没を連想させる表現が使われており、その後のクリュセスの行動も難破者の救助を思わせるものになっている。なお、洗礼の意味を暗示しているかもしれない。
(5)三五五頁註(1)を参照。
(6)マケドニア王ピリッポス二世のこと。前三三七年カイロネイアの戦いの勝利でギリシア全土を軍事覇権下に置いた。この箇所の表現はデモステネス『冠について(第十八弁論)』六八を想起させる。
(7)アルケスティスを冥府から連れ戻したヘラクレスが念頭にあるか。ただし、書簡一〇二六-五に見るように、キモン(アラビオス)の死にまつわる表現はどことなくキリスト教を連想させる文言が用いられている。

書簡一〇四三　アリスタイネトス宛[1]　（三九二年）　愛の矢

一　私たちのもとに素晴らしい人からの素晴らしい書簡が素晴らしい人を介して届きました。すなわち、あなたからの素晴らしい内容の書簡が、その身体が輝き、その魂を身体と同様にしているバクリオス[2]を介して届いたのです。二　あなたは私たちを愛していますが、それだけでは十分でないと考えて、ご自分に加えて有為なるバクリオスも与えてくださったのです。それでご自分と同等の愛情で彼を満たしてから、こちらへ送り出したのです。その結果、彼は狭い門を抜けて私たちのところへきただけではなく、早速夕方のうちに駆けつけて、私の顔の各部分に接吻し、近くの席に座ると、長い間私を見つめるのを自分に許してくれるよう願い出たのです。そして丸一晩でもわずかな時間となるだろうと言いました。

三　それで、誰がこの人をこのようにしたのか、どこからこの愛の矢が放たれたのかが私には分かりました。彼は私に親切にしてくれ、私のための行動やあなたに関する話で喜ばせてくれました。その中で、あなたの公正さや、あなたが名声を希求し金銭を見下していること、そして多くの称賛、すなわち元老院による称賛や分別のある民衆による称賛や神々しい口[3]からの称賛という栄冠があなたに与えられていることが語られました。

四　ですから、私には喜ぶことと祈ることが必要です。前者は愛されている者にふさわしく、後者は将来にふさわしいことですから。

書簡一〇四四　レオンティオス宛[4]（三九二年）　縁結び

一　バクリオス[5]がアリスタイネトス[6]の手紙を渡し、それが読み上げられて喜びに満たされた後、「この手紙はレオンティオスからあなたへだ」と彼が言いました。「どのレオンティオスの？」と私。すると「弁論作家のレオンティオスだ」という答え。彼が誰のことを言っているのかが分かり、私は大いに喜びました。このことは、トロイアを奪取することよりも私にとって大きなことでした。革帯[7]による、あるいはこう言ってよろしければ、沈黙による名声が、弁論による名声に屈したのですから。

二　たとえあなたが弁論を作って、それを家に隠していただけでも、賛嘆の的となっていたでしょう。ムーサたちと、この女神たちに親しい男たちはあなたがそうしているのに気付いたでしょうから。しかし、実際にははるかそれ以上です。あなたの子供たち[8]が劇場へ運ばれると、［聴衆に］跳び上がる[9]よう促し、あな

（1）四一九頁註（1）を参照。
（2）イベリア人の王で、ローマ軍に参入して三七八年のハドリアノポリスの戦いにも従軍した。その後テオドシウス帝治下でも軍人として活動を続け、三九四年には「僭称帝」エウゲニウスとの戦いで活躍した。この書簡の運搬については書簡一〇四四-一も参照。
（3）皇帝のこと。
（4）四一七頁註（4）を参照。
（5）アリスタイネトス宛の手紙の運搬も含め、前註（2）を参照。
（6）四一九頁註（1）を参照。
（7）二一五頁註（7）も参照。
（8）弁論作品の比喩。二四一頁註（4）を参照。
（9）二七頁註（2）を参照。

たと私とに名声をもたらしていますから。

三　あなたは私たちの一員になろうと求めることで、私たちと同じものを求めています。私たちはあなたが私たちの一員になることを求めていますから。私たちの町がそれ以上に偉大になれるどのような方法があったでしょう。私たちは乙女の親たちと相談していますが、今もまだ幸運な人を見つけておりません。彼らは利益を得ようとしないのです。しかし、この幸を祖国にもたらす努力は続けます。

書簡一〇四五　クリュセス宛[1]（三九二年）　深まる悲しみ

一　あなたが今どちらに居合わせているのか分かりませんが、少なくとも分かるのは、クリュセスが座ったり逍遙したり語ったり黙ったりしている土地は幸福だということです。なんとなれば、クリュセスは黙っていてもその目によって、彼を見つめる人の役に立てるでしょうから。

二　あなたと一緒にいる人たちはこのようなものをあなたからもらえますが、私はあまりの悲嘆ゆえに一緒にいる人たちを不快にさせています。[2]大半の時間が悲嘆に費やされていますから。また弁論自体もある程度はなされていますが、それほどでもありませんし、そのそれほどでもないものも悲嘆と無縁ではありません。三　さらに今また涙の機会は増えています。[3]彼の同窓生たちが官職を終えるとこちらへやってきて、私たちの哀悼に彼らの哀悼を加えるのです。彼のことを思い出し、私の姿を見て、［私に］先んじてそうする人たちもいます。あわせて頭痛も襲いかかっており、新たな不安で物を考えることも、物を聞くこともできません。

四　ですから、援軍がいないせいで私がこれほど大きな戦いに耐えられずに死んでしまったという知らせを聞いても驚かないでください。そして、その方が私にとって利益なのだと見なしてください。他の人が長生きを祈るように、私は長生きしないことを祈っているのですから。

書簡一〇四六　レオンティオス宛[4]　（三九二年）　知らせへの感謝

一　シドン人たちのために公共奉仕をするこのシドニオス[5]に私は［次の点で］感謝しています。第一に、革帯[6]を手にしているときに自らの町に義務を果していることで。第二に、私に会いたがり、実際に会ったことで（参事会堂で私がいつもどおりの仕事をしているのを彼は目にしました）。第三に、あなたの統治について詳しく話してくれたことで。彼は話すうちに喜びのあまり自制できませんでしたし、私たちも喜びに満たしてくれました。あなたが諸都市にはどうしたか、田園部にはどうしたか、弁論にはどうで、裁判にはど

（1）五九一頁註（2）を参照。
（2）プラトン『パイドン』九一Bが念頭にあるか。
（3）リバニオスの子アラビオス（キモン）のこと（五三五頁註（5）を参照）。リバニオスたちの悲嘆も彼の死を悼んでのもの。
（4）四一七頁註（4）を参照。
（5）書簡九一三-三にも同名の人物が現われるが同定できるかどうか不明。場合によっては固有名詞ではなく、普通名詞「シドン人」かもしれない。
（6）二一五頁註（7）も参照。

うで、慈悲を施すべき人々にはどうして、怒りをぶつけるべき人々にはどうしたかを私たちは聞いたのです。そして極めつけとして彼が伝えたのは、いかなる黄金も見下し、その手を制して黄金を制しているということです。

二　こうして、このような知らせをもたらした彼を私は友人としたので、彼があなたから何か良いものをいただければと願っております。この男が私と談話して、書簡を求めたことを自画自賛できるようにするために。

書簡一〇四七　アウソニオス[1]宛　（三九二年）　詩人の推薦

あなたに統治を委ねた神様は、あなたの統治を飾り立てるための人も差し向けました。あなたはこの男とこの上なく快く会い、この詩人のための劇場を用意し、受け取ったり与えたりするのが至当でありましょう。

書簡一〇四八　フィルミノス[2]宛　（三九二年）　明白な理由

一　たとえご自分の全財産と、それに加えて親族や友人たちの全財産を私に与えてくださったとしても、今回くださった以上のものをくださることはできなかったでしょう。二　実際、私の手元にあるもの以上のもの、あるいは匹敵するものが何かあるでしょうか？　フィルミノスが兵士を脱ぎ捨てて、ソフィストを着たのです。この人にふさわしい高座、長椅子、本、教育を受ける若者たち、作成され発表される弁論が、学のある聴衆（カッパドキア人はそのような人々ですから）を揺さぶります。

三　これは遅まきながら実現しました（ご存知のように、私はあなたにそれを勧めていましたから）が、それでも「親愛なるアルキビアデスよ」(3)、今でもこのことはあなたにも私にも利益となります。その結果、最初の使者が私たちにこのことを知らせてくれると、私は彼の頭に接吻し、両目に接吻し、私の近くに座らせて、あなたについて多くのことを尋ね、多くのことを聞きました。そのすべてが素晴らしいことばかり。

四　ですから、あなたの手紙を受け取って私はまた喜びましたし、この二通目の手紙（あなたは書簡の中で「実に多くの手紙」とおっしゃっているものの、あるのは二通です）を受け取ってまた喜びました。**五**　私はこのようなことを知らせてくれたあなたに次いで、彼を自分の恩人と見なしました。

(1)本書簡でしか確認されない人物。州総督と推測されるが詳細不明。

(2)リバニオスとバシレイオスの往復書簡『第二書簡』（＝カイサレイアのバシレイオス『第三百三十六書簡』）によれば、都市参事会員家系の出身で、短期間リバニオスの学生だった人物。また、カイサレイアのバシレイオス『第百十六書簡』で軍務からの引退を勧められている姿も確認できる。本書簡の内容より出身市カイサレイアの公的教師となったと思われる。書簡一〇六一、一〇六六も参照。

(3)プラトン『饗宴』二一八D、『アルキビアデスI』一〇九D、一三三B、一三四Eで、ソクラテスが用いている呼びかけ。

そして、あなたについて貴人キュネギオス[1]——私が同窓生の中で最も愛していた彼と同名の祖父[2]（その兄弟[3]も愛していましたが、「誉れ高き者に次いで[4]」でした）に栄えをもたらした人物です——から語られたことにも私は喜びました。

六　ですから、私がこの転身にこのような感情を覚えていたのに、これほど素晴らしい恩恵をもたらしてくださった方をどうして蔑ろにしたでしょうか（あなたの言葉を用いれば、「手紙を送りもしないほどに」）？　あなたは何かしら他の原因を探し求めるべきでした。いやむしろ、これほど明白な原因を探し求める必要などありませんでした。誰がキモン[5]の死を知らなかったというのでしょうか？　彼のことはあなた自身もご存知で、彼が弁ずるのをお聞きになり、しばしば彼を称賛なさいました。**七**　それゆえ、この子の死を私はただ座って悼んでおりまして、友人たちが死を惹きつけて私まで死んでは[6]ならないと言うので、彼らから無理強いされて食事に手をつける有様でした。そして、こちらに届く手紙を涙なしに受け取ることはなく、まして手紙を送ることなどできませんでした。

八　公正なる弟子フィルミノスなら、たとえ長大ではなくても、キモンのわずかな事績について自分の市民たちの前でわずかながらに語るだろうし、私たちのところに通った幾人かがしてくれた行動をしてくれるだろうと考えておりました。**九**　ですから、自分が私たちに対して何事も軽んじていなかったかどうかを省みて、もし心当たりがなかったなら、そのとき初めて他の人を不義理と呼んでください。

書簡一〇四九　アデルピオス宛[7]（三九二年）　総督の辣腕

一　あなたは私に名誉を与えてくださいました。後の言葉で前の言葉を冒瀆しなかったこと、官職を手に入れて自分が官職にふさわしいと判断されたこと、さらには、他の人々と違って、このことについて私たちに書簡を送ったこと、それも二度もそうしてくださったことで。

二　あなたが自分は手紙を書くのが巧みではないと考えて不安を感じておられるので、私は悲しんでおります。実際は巧みであるのに自らを偽り、まるで諸都市を救うことに自分は不慣れだとおっしゃるのと同じことをしているのですから。実のところ、あなたは諸都市を救うのにも、それらを引き継いだときより良くするのにも辣腕を奮っておられます。三　これは予期されましたし、今私に伝えられているところでは、諸法に目を配り、裁判で貧困より富を重んじることもなく、案件が打擲よりも説得で進捗するので、その官職

(1) 四〇三頁註 (2) を参照。ただし、名宛人の学生とする説もあり、その場合は祖父やその兄弟の人物同定も異なってくる。
(2) 二八五頁註 (1) を参照。
(3) レトイオスのことと推測される。三頁註 (3) を参照。
(4) ホメロス『イリアス』第二歌六七四、第十七歌二八〇。
(5) 五三五頁註 (5) を参照。
(6) 写本の読みを採用する。
(7) 本書簡でしか確認されない三九二年のガラティア州総督。*BLZG*, pp. 48 f. と *PLRE*, p. 13 は、ナジアンゾスのグレゴリオス『第二百四書簡』の名宛人と同定できるかもしれないとする。

があなたへの愛着を生み出しているそうです。

四　あなたはこうして自らを祝福されるようにする一方で、あなたの一族も祝福されるようにしています。そして私はと言えば、常々私たちの株を高めてきて、今回キモン[1]が死去したことに涙を流したガラティア人たちに繁栄してもらいたいと願うポイニクス[2]になっています。

書簡一〇五〇　クリュセス[3]宛　（三九二年）　子に先立たれた親

一　もっと良いことについて手紙を書ければと願っておりましたが、あなたが私たちのことは何でも知りたがっておられるので、そうでないことについても黙っていることはできません。ですから、嘆きに嘆きが、悲しみに悲しみが、涙に涙が加わったことを知ってください。

二　私たちがなおもキモン[4]を惜しんでいて、惜しむ人がしそうなことをしていたときに、ある神霊が突然一陣の風のように襲いかかり、アルケラオス[5]の娘でセウェロス[6]の妻だった女性をあっという間に連れ去ってしまい、医師たちが呼ばれるより先に彼女は亡くなりました。**三**　私たちは上述の者たちの隣人であるのみならず友人でもあり、私たちが彼らにもたらした以上の幸に今も昔も彼らから与ってきたので、あまり役には立てないものの、一緒に嘆くことはできます。**四**　さらには、有為なる男が、自分の子供たちが母を必要としているのに彼女がもういないことに思いを巡らして打ちひしがれているのを今目の前にして、私たちは彼と同じ心境になり、現状を哀れんでおります。キモンのことがよぎって、まだ見ぬ出棺が見えるのです。

五　ですから、あなたはこちらにいて、セウェロスと私という二人の友を立ち直らせるべきでした。亡くなった女性の父親を立ち直らせてくれる人はあの大都市なら大勢いるだろうと私は確信しています。他の父親が育て上げなかったような娘が死去したという不幸ですから、その衝撃の大きさは彼を圧倒しうるものだとはいえ。

六　しかし、いと親愛なるクリュセス、私たちのために数々の尽力をした人よ、妻を失った男は私たちから聞くべきことは聞きましたし、父親もいつか訪れたらそれを聞くでしょうが、あなたも手紙でこの二人の気持ちを楽にしてやってください。ソフィストの弁論と張り合ったり、打ち負かしもしたりするような弁論の能力をお持ちなのですから。

七　そして私についても猛威を振るう不眠を止めてください。時間が経てば何とかなるとはお考え召されぬように。一年と一月経ちましたが、私はキモンをたった今棺に入れた時点で止まっているのです。

（1）五三五頁註（5）を参照。
（2）一六九頁註（7）を参照。
（3）五九一頁註（2）を参照。
（4）五三五頁註（5）を参照。
（5）四八一頁註（8）を参照。ただし、写本上では *ἀρχαίαν μου* となっており、固有名詞として扱わない。
（6）詳細不明。

書簡一〇五一　アリスタイネトス宛[1]　（三九二年）　唯一の慰め

一　あなたは私たちのことを何でも知りたがっていると思いますので、たとえ何も素晴らしいことは書けないにせよ、書ける事柄については沈黙しないことにしましょう。

二　あなた方のところの人々の争いあいによってもたらされたわが子[2]の死に私は衝撃を受けました。その衝撃でもたらされた多くの涙（より偉大なものは無理でも、涙でなら彼に名誉を与えられましたから）が目の働きの大半を奪ってしまったので、今も私の目は哀れな状態です[3]。**三**　他の人なら困窮をもたらした遺言やその困窮をさらに深めたもう一つの波乱[4]のことも挙げたでしょうが、私にとってそれらは大して考慮の内に入りません。それに、金銭を失うことで動揺が私を襲ったことはついぞありません。

さて、まるで船を沈めるかのように[5]私を沈めたものに関してですが、カリオピオス[6]を、彼の性格を、彼の弁論を、彼がどれほど多くの教養をその身に携えていたかを、おそらくご存知ですね。**四**　この男が、なおも私と一緒にわが子を悼んでいたときに死んでしまい、彼自身ももちろん私の子（血のつながりはありませんが、私の骨折りで育てられたのですから）なので弔われました。**五**　そして彼が死んだので、ここの教室は瓦解してしまい、それが同じくらい大きな嘆きのもう一つの種となっています。

慰め（あなたはこのことも知らねばなりませんでした）は唯一テオピロス[7]の魂から得ています。彼はそのことに他の何よりも多くの時間を割いています。**六**　彼はこのような薬の心得があり、あるときは哲学の、またあるときは弁論術の言葉が彼の口から滔々と流れ出てきます。彼の中には両方があるのです。彼は前者にも達者ならば、後者にも達者なのですから。しかも結婚のことで彼自身私たちに感謝しているのですが(8)、私たちはそれ以上に彼に感謝しています。自分たちのことは自分で面倒を見て、金よりも本を追い求めるようにと多くの人たちを説得してくれますから。**七**　この人は毎日私のもとに通っています。この人は苦難と戦います。この人は厄介な霊に苛まれている私の理性を守ってくれます。この人は弁論に従事するようあるときは説き伏せたり、あるときは無理強いしたりして、持ち場を捨てるのを許さないことで私にこの援助をしてくれます。

八　以上のことの見返りに、彼は弁論の神々(9)の好意も手にするでしょうが、あなたの好意も手に入れさせてください。いやむしろ、彼はずっと前からそれを手に入れていて、友として愛しつつ愛されていますか

(1) 四一九頁註（1）を参照。後日譚については書簡一〇六四を参照。
(2) アラビオスのこと（五三五頁註（5）を参照）。
(3) 五八七頁註（8）を参照。
(4) オリュンピオス（二七頁註（1）と四八一頁註（4）を参照）の遺言とそれにまつわる係争のこと。この問題に直接関わるリバニオス『第六十三弁論』のほか、『第一弁論』二七五―二七八を参照。
(5) プラトン『政治家』三〇二A。
(6) リバニオスの生徒で、後にその助手を務めた人物。書簡一〇六三-六、一〇六四-一のほか、リバニオス『第六十二弁論』三五以下でも言及される。
(7) 四七三頁註（2）を参照。彼との親交は書簡一〇六四-四でも触れられている。
(8) Vo^2写本欄外に「この人の引き合わせで、雄弁家の誰かと姻戚になったようである」とある。
(9) 四三一頁註（4）を参照。

ら、彼の私に対する行ないに報いてあなたからさらに何かが与えられねばなりません。なぜなら、私と私の高齢と私の白髪から与えられるのは祈りだけですが、あなたには結構なことに運命の女神（テュケー）がずっと多くのものを施してきたのですから。

九　もしこちらに偶々いらっしゃっていたら、毎日何かの話をして直接私を慰めてもくださったのでしょうが、実際には最大の都市［コンスタンティノポリス］のものとなっておられますから、この慰め手を手紙で称えてください。すなわち、慰めの点で彼がさらに良くなるようにしてください。また、その他の点でも称えていただければ、あなたは真実を述べ、義理を果たすことになるでしょう。この上ないほど嬉々としてあなたの称賛に勤しむ男に報いることになりますから。

書簡一〇五二　ゼノン宛(1)　（三九二年）　**噂の女神**

一　私は噂の女神(2)もゼウスの子であると見なしています。素晴らしいことにゼウスは、私たちが遠く隔たっていても互いのことが分かるようにもしてくださったのです。まさに今の私たちも、多くの山や海が間に横たわっているのに(3)、あなたのことが分かるように。

二　それゆえ、この女神は次のことを私たちに教えてくれました。一つは、あなたがギリシア人たちの間で思慮と教養ゆえに賛嘆され、ソフィストたちの発表の場でソフィストたちに恐れられたことです。もう一つは、あなたを称える人たちがあなたをこれほどにまでした源泉(4)は何ものかと尋ね、それを知る人たちがご存知の人のことを言うので、あなたが私の名声を高める要因となっていることです。

三　そして、噂の女神は自らの勤めを果たして、こちらにさらなる知らせをいっそう素晴らしい形で(5)運んできています。すなわち、知恵に満ち、正義に生き、統治の知識で家々や諸都市や諸部族や島々や諸大陸を守っている長官(6)のところであなたが良き人と判断されている、と。そして、この守られている者たちの願掛けを神々は聞いています。至善なるルフィノスが目下の地位と高座およびいと神々しい帝の好意を伴って老年に達しますように、と。**四**　もちろん私自身もこの祈りを捧げる者の一人であり、他の誰よりも祈っております。このような人にこのような名誉が与えられたのは何ら驚くことではありません。私は聞き知っていますから。

（1）本書簡と書簡一〇六一の名宛人。カッパドキアの出身で、リバニオスの元生徒。いかなる先行研究もアテナイ、ローマ、コンスタンティノポリスで修辞学教師として名声を博したと考える。しかし、上記二書簡からはオリエンス道長官ルフィノスと近しい立場で軍務に就いていたことを窺わせるので、帝国官僚であったと推測される。

（2）噂を女神とするのはギリシア語圏では比較的遅く確認される。パウサニアス『ギリシア案内記』第一巻第十七章一、『ギリシア詞華集』第十巻八九、ノンノス『ディオニュソス譚』第十八歌一、第二十六歌二七五。アキレウス・タティオス『レウキッペとクレイトポン』第六巻第十章四では「中傷」の娘とされている。なお、書簡一四二-三、二七八-一、七九九-五、一〇八一-四も参照。

（3）ホメロス『イリアス』第一歌一五六以下におけるトロイアとプティエの隔たりの表現に酷似。

（4）四九三頁註（8）を参照。

（5）二度目のもの（＝後のもの）はより良いという諺（一七頁註（9）を参照）を踏まえた表現。

（6）後段で名指しされるオリエンス道長官ルフィノスのこと。三八五頁註（1）を参照。

書簡一〇五三　プリスキオン[1]宛（三九二年）　総督とソフィストの不和

一　目下のこの事態が生じるとは予期しておりませんで、これよりもはるかに素晴らしく、大いなる満足を私にもたらすものを見込んでおりました。なぜならプリスキオンという人は、法廷で多くの勝利を収め、弁論の場となる劇場でも多くの勝利を収め、地を自らの労苦で満たし、帝のための書き物で彼を喜ばせた人なのですから。それゆえ、このプリスキオンなら高貴なるヒラリオス[2]に対して兄弟以上の存在になるだろうと考えておりました。弁論が語られ、行動がなされ、著作が物され、名声が高められ、生み出され、同じことを望まぬ者たちとの闘争がなされることで。

二　このような期待を抱いたのは、あなた方に私から忠告してきたからであり、あなた方が約束したからであり、二人とも同じ学究と精華をもとに教養を分かち合ったからであり、彼が賛嘆されればあなたの栄誉となり、あなたは彼の栄誉となるはずだったからでした。あなた方の関係がどうだったかは語らずにおきましょう。ともかく、私は以上のように期待していたのですが、それとは違う話を耳にしています。憎しみと猜疑心、そして口にされぬべきだった言葉。これを私は論じることはできますが、決して語られることはないでしょう。

三　どちらにより責任があるか知ろうとしたところ、話を伝えてくれた人はソフィストの方だと言いました。総督の方は素晴らしい恩恵を与え、そうでないものを与えられなかったのに、ソフィストの方がその恩恵をも受け取らなかったことに腹を立てて、柔和な弁舌とは正反対の言葉を放ったのだから、と伝えてくれたのです。この話で私が自分の子を苦しめているのは承知していますが、矯正のために子を苦しめることも父の務めだと思います。

四 なされてしまったことをなかったことにはできませんが、あなたが心を改めて、あなた方のところからこちらへ来る人々に次のように語らせることはできます。すなわち、巧みな教育者プリスキオンと巧みな統治者ヒラリオスとの関係は、私とお二方との関係と同じである、と。

書簡一〇五四　デモニコス[3]宛　（三九二年）　迅速さ

一 武具に身を包んで数々の尽力をしてきた男たちが、この手紙をあなたに送るよう私に命じましたが、それは迅速さを必要とする事柄に迅速さが与えられるよう望んでいるからです。**二** そこで、あなたから何かを得ようとして私のもとに来たのは正しかったと彼らに分からせてあげてください。

---

(1)四五九頁註（9）を参照。
(2)五八一頁註（5）を参照。
(3)本書簡と書簡一〇五五の名宛人。兵士にまつわる手紙であることから、この人物自身軍部に所属すると考えられる。また、書簡一〇五五に登場するディオニュシオスが書簡一〇五六でキリキアのゲメロスにも紹介されていることから、キリキアないしイサウリア方面担当の軍人かもしれない。

書簡一〇五五　同者［デモニコス］宛　（三九二年）　自明のこと

一　理解力と行動力を併せ持つ仲間のディオニュシオス(1)が、その能力を示すべくあなたの前に伺ったのも運命の女神（テュケー）の思し召しとお考えください。二　あなたがこの男を友人とも、あなたのものとも、私のものとも見なすであろうことは誰の目にも明らかです。それゆえ、この男について書く必要は私にはありますまい。

書簡一〇五六　ゲメロス宛(2)　（三九二年）　励まし無用

一　私たちのためにご尽力いただいたこと（最後にはそれはすべて最期(3)に帰着してしまいましたが）で私たちがあなたに感謝していること、生きるのに嫌気がさしていること、死にたいと思っていることを、貴人ディオニュシオス(4)の説明の弁からお聞きいただくことになるでしょう。

二　彼のために誠意を持っていただけるようあなたを促す必要はないでしょう。あなたなら自分で自分にそうなさるでしょうから。

書簡一〇五七　モデラトス[5]宛　（三九二年）　運命の贈物

一　古の詩人たちの作品を知り、それを模倣している高貴なるエウダイモン[6]が私に語ったところでは、あなたが私たちの書簡に大いに喜ぶはずだとあなたの書簡から分かったそうです。

二　私は彼の話を信じ、その渇望のことであなたに感謝するとともに、このような贈物を私に奮発してくださった運命の女神（テュケー）に感謝して、この手紙を送りました。これが多くの文通の始まりになることはないでしょうが（どうして残された時間が多くない中でそれができましょう？）、もし私が若かったならあなたに無数の手紙が届いたはずだと示すことはできます。あなたはきわめて立派に兵士たちを指揮し、きわめて立派に諸都市に気を配られているので、都市の方があなたの部隊に愛着を持ち、他のどこかの都市

（1）三四九頁註（3）を参照。ただし、書簡の執筆年代がかなり離れており、人物同定は不確か。書簡一〇五六にも登場する。
（2）一一一頁註（5）を参照。
（3）リバニオスの子アラビオス（五三五頁註（5）を参照）の死を指す。名宛人の援助については書簡一〇二三－一を参照。
（4）前註（1）を参照。
（5）エウプラテンシス州で軍務に服していたと考えられる軍人。*BLZG*, p. 213 はオリエンス方面軍司令官の地位にあったと考えるのに対し、*PLRE*, p. 605 は彼が部隊を指揮していると表現されていることから、連隊長 tribunus の地位にあったのではないかと推測する。本書簡の後日譚については書簡一〇五九を参照。
（6）一〇五頁註（2）を参照。

がそれを取ってしまうのではないかと危惧するほどですから[1]。三　ゆえに、私にとってはこのような友人を得るのは誇りでありますが、あなたにとって私をそうすることがどうであるかよくお考えください。おそらくどこからか非難がやってくるでしょうから。そして、戦いの中で実に多くの勝利を収めてきたのですから、その非難と戦ってください。**四**　私にとってすべてであるタラッシオス[2]の家に配慮してくださったことで、私の家の配慮をしたのだとご理解ください。そして、その配慮を彼の全財産へと広げ、彼の家の者たちを呼び寄せ、次のことを明らかにしてください。もし何か蔑ろにされることがあれば、たとえ些細なことでも、見過ごさないつもりだということを。

書簡一〇五八　ブラシダス[3]宛（三九二年）　キモンの不運

一　名誉を失った[4]のですから沈黙しているのは何ら驚くべきことではありません。私たちはおそらく必要以上のものを望んだがために追い立てられたあの日以来、あなた方のところで名誉を失ったのです。**二**　私たちを追い立てたのは悪しき神霊でありました。その神霊の働きで、悪者ではない人[5]が（彼は悪者ではありませんでした）運悪くここから出立して、運悪く旅路を進み、運悪く海を渡って、運悪くある人々に身を委ね、ある人々には身を委ねなかったのです。乗り物、乗った後の転落、片足の件、予期せず襲ってきた死も同じ神霊の仕業です。

三　私はあなた方の熱意も、行動や発言や戦いのことも重々承知していますから、その意図のことであなた方には感謝していますし、力が及ばなかったことを非難はしません。むしろ、有為なるアナトリオス(6)は恩人に入れられ、貴人ブラシダスは恩人に入れられていますし、この人たちに反対した者たちの誰一人私たちは咎めておりません。反対した人たちはきっと自分を可愛がる人のように振舞ったのでしょう。**四** 私はこれらのことも予言していたのですが、この哀れな子を説得できませんでした。どのようなお願いでもあなた方から手に入れるのは私のおかげで容易だろうと、彼は思い込んでいたのです。

五 ですから、死んでしまった彼の高望みを許してください。また、私が沈黙していたのを許してください。さまざまなことに加えて、私を蝕む悲しみのせいで、私の頭の働きや舌や手は鈍くなっていますから。

(1)一般的に軍隊の駐屯は、糧秣や宿舎の提供が必要となるほか、軍人と民間人とのトラブルも発生したため、多くの都市にとって負担であった。

(2)四四五頁註(6)を参照。なお、リバニオス『第四十二弁論』三七でこの人物がサモサタに所領を持っていると述べられていることが、名宛人の活動範囲を特定する根拠になっている。

(3)四一一頁註(4)を参照。

(4)*ἄτιμον*. 古典期アテナイでは集会や法廷での発言など政治的権利が禁じられる市民権喪失を意味した語。ここはその意味をかけたものであろう。

(5)リバニオスの子アラビオスのこと。五三五頁註(5)を参照。同じような形容が書簡一〇六三-五でもなされていることから、審議の場で実際にこのように形容されたと推測される。

(6)四五三頁註(8)を参照。彼の援助については、書簡一〇〇一、一〇〇六、一〇二三を参照。

書簡一〇五九　モデラトス[1]宛　（三九二年）　軍人の右手

一　以前あなたは友人として愛するという名誉を私たちに与えてくださいましたが、今度はそれだけにとどまらず手紙を送るという名誉もくださいました。あなたは後者を大胆にも行なうとおっしゃっていますが、もしあなたが書いてくださらなかったら不義理だと私は見なしていたでしょう。私が注目しているのは手紙の言葉遣いではなく、書き手の魂なのですから。その魂が愛に燃えているのが分かれば、そのような魂から生じたものを私は黄金と見なすのです。

二　それにまた、武器に身を包んでいる方にまでアッティカの弁舌を求めはいたしません。求めるのはラコニアの右手[2]、いや、それも求めません。私たちはずっと前からそれを手に入れていますし、それを手に入れて喜んでいます。その右手は多くの者たちを潰走させ、多くの者たちを拘束し、多くの者たちを打ち倒したのですから。**三**　これらのことをなさるかぎり、あなたはご自身の勤めを果たすことになりますし、帝も勇猛さを褒美で飾り立てることでご自身の勤めを果たされるでしょう。なぜなら、帝はその事績をご存知で、ご存知である以上、自らの手で兵士を引き立てる術をご存知なのですから。**四**　あなたが傷つくことなく数多くの敵を切り倒せるよう私は祈っておりますが、もし勝利のために傷つくことも必要であるなら、それに耐えるよう祈っております。その傷は勝利によって美しくなるのですから。

五　あなたの手紙は非常に多くのものをもたらしてくださると見えたので、私たちの友人たちにも友人でない者たちにも披露されました。前者には喜んでもらうため、後者には憤懣やるかたなくさせるためです[3]。

あなたは私を重視してくださるという恩恵をくださっていますが、賛嘆すべきタラッシオス(4)にもそのようにしていただくことでいっそうの恩恵を与えてくださっています。

書簡一〇六〇　バクリオス(5)宛　（三九二年）　軍人からの手紙

一　あなたの書簡があなたにまつわる弁論と邂逅しました。すなわち、私たちは常々友人たちと一緒に弁論を作り、あなたの素質がもたらす称賛を大いに楽しんでいます。二　あなたが公正で、地上の出来事すべてを神々が見て知っていると確信している点を賛美する者もいれば、思慮分別があり、兵士以上に欲望を統御する点を賛美する者もいれば、武器を取れば他を圧倒することをあなたに可能にしている知恵を賛美する者もいます。三　これまでいかなる危険を前にしても恐れがいっさいあなたの魂を捉えなかったと言う者もおりました。私があなたの最大の美徳と見たのは、あなたが弁論とそれを制作する人々を愛し、そのために弁論を慮る神々と親しい点です。弁論を与えてくださった神々は慮っています。

(1) 六〇九頁註（5）を参照。
(2) ラコニアはスパルタ（ラケダイモン）と同義で、ここでは短い書簡（五三頁註（6）を参照）とその武勇をかけている。
(3) 書簡一〇〇四-四も参照。
(4) 四四五頁註（6）を参照。この案件については書簡一〇五七-四も参照。
(5) 五九三頁註（2）を参照。

四　それゆえ、このような華やぎ（あなたは間違いなく花園でありました）に私たちが耽っていたときに、配達人が私の手にあなたの手紙を置いていったのです。それはあなたの弁論への愛情を証するものでした。五　実際、戦争にまつわることに目配りして暮らし、そのような公務の只中で暮らしている方が、弁論に従事する人を心中に持ち運び、忘れずにいることだけでなく書簡によっても名誉を与えてくださるのは、弁じる人々への措置で弁論術に栄誉をもたらしているにほかなりません。

六　さて、私が手紙を書こうと何度も逸っていたのを妨げる要因がありました。常に同じものではありませんでしたが、常にあったのです。それも神々がもたらしたのです。あなたがいっそうの栄光に包まれるようにするために。先に手紙を書くことは、返信を書くことと同じではありませんから。

書簡一〇六一　ゼノン[1]宛（三九二年）神々の加護

一　私がまず喜んだのは、運び手が私にゼノンの手紙を見せてくれたことでした。次に喜んだのは書簡の長さ、第三に喜んだのは手紙の美しさで、それはあなたが本に囲まれていることを知らせてくれました。軍神（アレス）の事柄だけを司っていたら、このような手紙は編めなかったはずですから。むしろ、あなたは軍務にも文筆にも時間を割いていて、前者より後者にいっそう多くを割いているように私には見えます。

二　さて、私はあらゆる点を称賛したものの、一点、序文にあたる誓い（これがあなたの序文となっていましたから）だけは批判しました。この序文で言われていたのは、あなたは私と私の作品のために義理を果たし、絶えず手に何か作品を携え、側にいる人々に聞かせて、それをつまらぬ作品と見なさないよう説きつけたということでした。三　このようにあなたは私が何も知らないと思って教えてくれましたが、私は何もかも知っていました。ある程度は推測できたのです。ゼノンやゼノンの人となり、ゼノンのために私が常々どうしてきたか、私にどんな借りがあるか、そして、その借りを必ず果たせる人であることを知っていましたから。

四　それゆえ、私にはすべて分かっていて、報告する人がいなくても推理してすべてを理解していたはずです。しかし実際には、土地生え抜きの者たち、すなわちエレクテウスの民のもとでのことも(2)、日の下にある最大の町でのことも(3)、その次に大きい町でのことも(4)知らせてくれる人たちがおりました。**五**　その中で、言葉による戦いや打撃、撃退、そして戦勝記念碑のことも伝えられ、その中にはその都度勝利を収めたゼノンの姿もありました。あなたのこの公正さを目にして、神々は自分たちの友たる男をあなたへの報奨として

(1) 六〇五頁註(1)を参照。
(2) アテナイのこと。土地から生まれたという伝承については、アリストパネス『蜂』一〇七六、エウリピデス『イオン』五八九―五九〇、イソクラテス『民族祭典演説(第四弁論)』二四、『パンアテナイア祭演説(第十二弁論)』一二四などを参照。また、エレクテウスについては四九三頁註(6)を参照。
(3) 首都ローマのこと。
(4) コンスタンティノポリスのこと。同じ表現はリバニオス『第十八弁論』一一、『第三十弁論』五、『第五十九弁論』九四でも用いられている。

与え、あなたの友としたのです。臣下への心配り、雄弁、勇気、慈愛で、これほどの高座をさらに高めた男[1]を。これらの徳目のことで神々は彼に恩義があり、報いてくださるだろうと思います。

六　神々の知ったこととしては、この高貴なる方によって私たちの名誉となる措置がどれだけ多く取られてきたかということもありまして、弁論の神々[2]は自らがこれらのことで名誉を与えられたと考えて、おそらくはその見返りとしても一廉のものがもたらされるでしょう。そして、あなた方の発言を何でも称賛すると決めた私たちに対して、彼はこれまでに倣ってまた同じようにしてくださるでしょう。

七　この手紙での話はここまでですが、さらに多くのことをフィルミノス[3]がゼノンにお話しするでしょう。彼は友愛と弁論による私の仲間でありますから。どうかこの男を輝かしい身にして、送り返し、そうすることで私の骨折りに報いるとともに、あなた自身の祖国を助けてください。**八**　この邦はもうひとりの人も使節にふさわしい使者としたのです。すなわち、あなた方を、この手紙を受け取ることになるあなたも渡すことになる彼も、使者としたのです。

書簡一〇六二　アッダイオス[4]宛　（三九二年）　蜜のような将軍

一　神聖なるあなたから友として愛されているのはこれまでも承知しておりましたが、この度私はこのことを大いに確信させられました。書簡があなたのもとからあなたより先にこちらに到着して明らかにしてくれたことには、私たちの祈りが叶って、まもなく私たちのもとに、敵には厄介で、身内には優しい方が到着するそうですから。

二　そこで、将軍の[5]弁論を作る人が書簡にはものぐさとならぬよう、この短信を送りました。その内容は速やかな旅路をお願いするものです。なぜなら、あなたという蜜を得ることを、これから得るだろうと聞くことよりも望んでおりますから。

書簡一〇六二　マルケリノス[6]宛　（三九二年）　ローマの栄冠

一　あなたがローマを擁し、ローマがあなたを擁しているのを羨しく思っています。なぜなら、あなたは地上でそれに匹敵するものが何もないものを擁しており、その町は、神霊たちを先祖とする自らの市民たち

（1）当時のオリエンス道長官ルフィノスを指すと思われる。三八五頁註（1）を参照。
（2）四三一頁註（4）を参照。
（3）五九七頁註（2）を参照。
（4）テオドシウス帝のもとで、宮廷護衛兵総監 comes domesticorum やオリエンス方面軍司令官として活躍した軍人。
（5）写本の読みを採用する。
（6）ネルウァ帝からウァレンス帝までのローマ史を著わした歴史家アンミアヌス・マルケリヌスと通常は考えられている。三五〇年代から三六〇年代にかけて宮廷護衛兵 protector domesticus として帝国各地での軍事作戦に参加し、その後軍務から身を退いた。この書簡は彼がアンティオキア出身であることや、その歴史作品の発表段階を示す上で貴重な史料となる。Cf. G. W. Bowersock, *JRS* 80 (1990), pp. 247 f.; T. D. Barnes, *Ammianus Marcellinus and the Representation of Historical Reality* (Ithaca & London, 1998), pp. 54-58.

に引けをとらない人物を擁しているのですから。二　実際あなたにとって、このような町で黙って過ごし、他の人々によって語られる弁論を拝聴するだけでも大層なことだったのに（ローマは父祖に続く弁論家を大勢養っていますから）、実際には、そちらから来た人たちから聞けるかぎり、あなた自身が発表に従事し、これからも従事するだろうということ。なぜなら、その著作は多くの部分に分けられていて、すでに世に出た部分が称賛を博したことでさらなる部分が鶴首されていますから。

三　聞くところでは、ローマ自体があなたの労苦に栄冠を授け、あなたがある者たちを上回り、またある者たちにも劣らないという評価を町からもらったそうですね。これは著作家のみならず、この著作家を一員とする私たちにも栄誉となることです。四　ですから、このような作品を編集したり、家から会合へそれを持ち出したりするのを続けて、賛嘆されることに倦むことなく、むしろあなた自身がさらに輝きを増すとともに、私たちにもそれをもたらしてください。市民が名声を博するというのはそういうもので、自らの業績で自らの町に栄誉をもたらすのです。

五　あなたに同じことが起こり続けますように。ところで私たちは悲嘆に暮れておりまして、いずれかの神様のご加護がなければ、どのようにしても耐えられないでしょう。というのも、私たちには、自由人ではないけれども善良なる母親から生まれた、悪者ではない唯ひとりの子[1]がいたのですが、その彼が悲しみのあまり死去し、葬られたのです。その悲しみは侮辱によってもたらされました。踏みにじったのが誰なのかは、他の人から聞いてください。私たちは侮辱されたものの、彼らを畏敬しているのです。

六　そして災厄はなおも猖獗し、カリオピオス[2]が本と仕事の最中からさらわれてしまい、打撃に打撃が重なって、若者たちの状況は悪化の一途です。このことは彼の財産を分けた者たちからもお聞きいただけるでしょう。私にとっては彼の生前のことも死のことも死後のことも悲哀と涙のもとであり、その大半が書き物の上に流れ落ちています。

書簡一〇六四　アリスタイネトス宛[3]（三九二年）　心の薬

一　私の災厄があなたによって見事に哀悼されました。母親のせいで酷い目に遭ったわが子[4]の最後、古人の弁論に尽くしたカリオピオス[5]の最後、無力となった両目、その目の大半の喪失、そうでないわずかな部分[6]。こうして再び涙が書き物の上に流れ落ちました。

二　この私の不幸があなたにこのように受けとめられたのも驚くことではありません。親類であることや友情の作法や弁論の法則がそれを求めているのですから。あなたはご存知の人[7]からその弁論の手ほどきを受

---

(1) リバニオスの子アラビオスのこと。五三五頁註（5）を参照。「悪者ではない」という表現については書簡一〇五八-二を、母親の身分については四八九頁註（1）を参照。
(2) 六〇三頁註（6）を参照。
(3) 四一九頁註（1）を参照。本書簡は、書簡一〇五一へのアリスタイネトスの返信を受けてのもの。
(4) アラビオスのこと。五三五頁註（5）を参照。母親の身分については四八九頁註（1）を参照。
(5) 六〇三頁註（6）を参照。
(6) 五八七頁註（8）を参照。
(7) リバニオス当人を指す。

け、手紙でこれほど見事になるまでに大きな進歩を遂げました。三　私の悲嘆が生じたところ[1]から慰めも生じたのです。アリスタイネトスがこのようなことについてこのように語れ、大いなる尊敬に値する弁論家であるという事実が、私を挫折からどうにか立ち直らせ、心の薬となったのですから。

四　あなたは、私と親交しているのでテオピロス[2]は祝福されているとお考えですが、祝福されているのは私の方なのです。なぜなら、私自身が彼のところを訪れたり、彼が私のところに通ったりして、私は本と教養に満ちた人物と毎日一緒にいるのですから。**五**　そして、一緒にいて話をする中で、私たちはあなたをこれほどまでにした神々を称えると同時に、あなたに変わらぬ庇護をしてくださるよう神々にお願いしております。あなたは諸々の点で至善の人ですが、とりわけ親友たちの成功に喜ぶことができ、それもただ喜ぶだけでなく、彼らがいっそう輝かしくなるよう協力することもできるのですから。高貴なるテオピロスもその経験をしましたし、今後もするでしょう。

書簡一〇六五　アプトニオス[3]宛　（三九二年）　教育の仕事

一　あなたが神からの試練に気高く耐えていることにも、私にはそうする力がないのに、そうするよう私に説得を試みていることにも喜んでおります。なんとなれば、あなたが友人の行動をなさっているのですから。また、あなたが教育の仕事に喜んでいることにも私は喜んでおります。多くの作品をお書きになり、そのすべてが見事で、見事にその血筋を示しているのですから[4]。

二　また、あなたがエウトロピオスから友として愛され、有為なるエウトロピオスがあなたから友として愛されていることにも喜んでおります。彼が身につけた弁論の能力だけでなく、アテナイへの愛情、そして彼にその技術を与えた者たちへの愛情のことでも、きっと彼と喜びを分かち合う人が現われるでしょう。その技術のおかげで彼は話すのに巧みであり、他の人が弁論をしているときにその健全な点やそうでない点を見分けるのに巧みなのですから。そして、彼が前者を称賛する一方で、後者を慈悲心から難詰しないのをあなたは目にするでしょう。

三　ただ一つだけ彼が逃れられない責めとして、この上なく見事に歌い、生徒団に歌を教えられたはずなのに、それを望まなかった点があります。しかも、私たちと同じ地位で暮らしていたのに。ともかく彼はこのようにして女神アテナの領域[6]に名誉をもたらしています。彼が髯[7]について下した決定はともかくとして。

（1）コンスタンティノポリスのこと。
（2）四七三頁註（2）を参照。すでに書簡一〇五一でアリスタイネトスに紹介されている。
（3）ビザンツ時代に広く利用された『プロギュムナスマタ』の著者と同定される。多くの先行研究が本書簡をもとに彼をアテナイの修辞学教師とするが、必ずしもそのようには読めない。
（4）名宛人がリバニオスの生徒であったことを推測させる。

（5）アテナイで教育を受けた人物。先行研究は修辞学教師と理解するが、むしろ修辞学教師を辞して哲学に従事したのではないかと思われる。書簡一一一二の名宛人もこの人物と同定される。
（6）アテナイのこと。プラトン『クリティアス』一〇九C、アイリオス・アリステイデス『第一弁論』一九などを参照。
（7）哲学者を示す装い。一四一頁註（6）を参照。

書簡一〇六六　フィルミノス[1]宛（三九三年）　授業中の手紙

一　私が家内奴隷たちの足を借りて[2]参事会堂へ向かっていたところ、道すがら一人の男が近づいてきて、手紙を渡し、「これはフィルミノスからあなたへのものだ」と言いました。それで私は喜びました。すると、書簡の中に書簡があり、かくして二通が一通になっていたので、さらに喜ぶ材料を得たのでした。そして思うに、この二通を三つ目のものが上回ろうとしました。写本です。私はそれをすぐに楽しみたかったのですが、クラスがそれを許してくれませんでした。

二　さて、私たちの手にはいつもの作品があり、この劇にふさわしい役者となるのは誰だろうかと一緒になって考えました。そして、その役に見出されたのが私の労苦によって薫陶を受けている若者[3]で、声を聴くと皆が同じ人を選んだのです。ところが、書簡を運んできた人が深刻な顔で迫ってきて、朗読がなされる前にあなたへの手紙を書くよう要求しました。私は言い逃れできず、順番を変えて、後のものを先にするよう説得、いや、強制されました。[4]

三　それで今この書簡があなたのもとにあり、もし神様が望むなら、宴の後の書簡も届くでしょう。それは、あなたに話しかけたり、弁論好きの町[5]（いかなる時機もその町からこの美徳を奪い去ることはないでしょう）に話しかけたりするものになるはずです。

書簡一〇六七　ヒラリオス宛[6]（三九三年）　生まれたばかりの子

一　このあなたの庇護に縋っている者たちが明るい希望につながる唯一の材料としているのは、あなたが不正と戦う一方で、自分たちが不正を受けているという事実です。二　悪さをしているのが誰で、何をしているのかについては、弁論家が語るでしょうし、法廷自体でもそれに関する弁論は聞くことになるでしょう。他方で、あなたが彼らを挫折から立ち直らせ、再び家や町の面倒を見られるようにしてくれるだろうということについても、私から、そして私以前に他の多くの人々から、彼らは聞きました。

三　ですから、彼らは祈りでもってお返しするでしょう。あなたと、至善なる奥様と、彼女を範とするだろうご息女と、年長のご子息と生まれたばかりのご子息両名に。私たちは後者の名を聞いて、彼ともその叔父とも喜びを分かち合いました。その名はご両人にとって名誉となるのですから。

（1）五九七頁註（2）を参照。

（2）晩年のリバニオスが痛風ゆえに手足が不自由だったことは、リバニオス『第一弁論』二八〇からうかがえる。

（3）リバニオスは学生たちを能力に応じてグループ分けし、補助教員たちと分担指導した。そのため、自分が直々に朗読を教えた学生であることを強調している。「薫陶を受ける」と訳した ἀρδευόμενος は直訳では「灌漑される」。弁論と水のイメージについては書簡七一九-二や四九三頁註（8）を参照。

（4）「二度目（＝後）のものはより良い」という表現を踏まえたもの。一七頁註（9）を参照。

（5）カッパドキアのカイサレイアのこと。プラトン『法律』第一巻六四一Eで用いられる表現。

（6）五八一頁註（5）を参照。

書簡一〇六八　ポルピュリオス[1]宛　（三九三年）　お節介

一　あなたが多くの弱き人々を助けてきたこと、そしてそのような援助を誇りとされていることを私は心得ております。そこで、あなた自身の生き方と私たちとの友情に基づいて、その多くの援助にこの援助も加えてください。二　私たちは最後を迎えようとしているとはいえ、魂は肉体の外でも力を発揮するのですから、最早生きていなくても、生きている者たちの役には立てるのです。三　あなたは、この哀れな男が子供たちをもうけた女性をご存知ですから、私がお節介だとは決しておっしゃらないはずです。

書簡一〇六九　アシュンクリティオス[2]宛　（三九三年）　称賛あるのみ

一　この不運な人への援助がひとたび実現すれば、あなたを称賛したいと思っておりました。ところが実際は、何度もたくさんの依頼をしたものの、これまで何も成し遂げませんでした。
二　それで私は依頼が果たされるのを称えねばならないので、なおもお願いいたします。もし私たちがあなたに何か危害を加えたのなら、おっしゃってください。そうすれば私たちは自らを咎めましょう。しかし、私たちに何の非もないのに蔑ろにされているのなら……、いや、行動の力強さと生き方の美徳においてシュリア人の第一人者たる方を咎めるような発言はいっさいいたしますまい。

書簡一〇七〇　マリノス[3]宛　（三九三年）　善良な男の行ない

一　あなたは私たちの期待を裏付けています。有為なるドレンティアノス[4]のためにそのようなことをなさり、またなさっているので。すなわち、借りを返すのは善良な男の行ないですが、あなたは善良な男で、借りがあります。この男はあなたのために父親以上に、そして私と同じくらい、骨を折ってきたのですから。

二　それゆえ、あなたがご自分の町で手にしている力のことを知って私は喜びましたし、その育ての親に捧げるお返しのことで同じくらい喜びました。

三　そこで、素晴らしい名声とあなたに関する素晴らしい弁論のための材料をもたらして、私たちの病気を軽くしてください。

（1）本書簡でしか確認されない。

（2）本書簡と書簡一〇八八の名宛人として確認される。書簡一〇八八ではヘラディオスと連名の名宛人になっていることから、二人は兄弟と考えられる。詳細不明。

（3）本書簡でしか確認されないリバニオスの元生徒。*PLRE*, p. 560は「力」の表現より官職就任者と推測する。

（4）本書簡でしか確認されない。

書簡一〇七一　アリスタイネトス宛[1]　（三九三年）　キュロスの参事会員①

一　このペラギオス[2]の子にして私の子[3]（彼が生みの親なのに対し、私は弁論を愛するよう促しました）は、弁論の能力もあれば、弁論の判定もでき、他の者たちが参事会を忌避する中、一人これをせず、さらには祖国のために武器を取っています。彼があなたの友人となり、手厚くしていただけるよう（言葉で十分であれ、行動も必要なのであれ）望んでおります。二　一人だけに手厚くしているように思われるでしょうが、キュロス[4]（今は小さな町ですが、以前は大きな町で、あなたが助けてくだされば再び大きくなるでしょう）の町全体を手厚くすることになります。

書簡一〇七二　レオンティオス宛[5]　（三九三年）　キュロスの参事会員②

一　弁論を作る人には、それを聞いてくれる人が必要です。それゆえ、あなたにも（弁論を作っておられますから）ここなるマケドニオス[6]が必要なのです。彼は弁論ができるだけでなく、他の人の作品を鑑定することもできます。二　そこで、あなたの子たち[7]で満たして、それに加えて善行で満たして、この参事会員をどうか送り出してください。

書簡一〇七三　アナトリオス宛[8]（三九三年）キュロスの参事会員③

一　あなたはシュリア人ですから、シュリア人たちを統治したことでペラギオス[9]に恩義があります。なぜなら、彼はシュリア人たちを統治したときに父親のような判断を示したのですから。そして、いやしくもあなたがシュリア人であるなら（そして、このことを否定されるはずがありません）、あなたは他の者たちと一緒に手厚くしてもらったわけですから、他の者たちと一緒に恩義も負っているのです。二　ゆえに、お返しのことで義理を尽くして、生きていたら彼にしていたであろう行動を、生きている彼の子[10]にしてあげてください。

(1) 四一九頁註（1）を参照。
(2) 二九頁註（1）を参照。
(3) マケドニオスのこと。三九三頁註（4）を参照。
(4) セレウコス一世によって建設された町で、現在のシリア共和国内トルコ国境近くに遺跡が所在。マルクス・アウレリウス帝に対して反乱したアウィディウス・カッシウスの出身地で、ネストリウス派論争で活躍した主教テオドレトスの教区。
(5) 四一七頁註（4）を参照。
(6) 三九三頁註（4）を参照。
(7) 弁論作品を示す。二四一頁註（4）を参照。
(8) 四五三頁註（8）を参照。
(9) 二九頁註（1）を参照。
(10) マケドニオスのこと。三九三頁註（4）を参照。

書簡一〇七四　ブラシダス宛[1]（三九三年）　キュロスの参事会員④

一　キュロスの町[2]では諸々のものが崩れ落ちておりますが、塔としてこの者[3]だけが一人残されています。彼は有為なる父[4]から生れた子で、ある面では父に劣らず、ある面では優れてさえいます。実際、彼は望めば参事会員にならずにいられたのに、参事会員になり、出費をして、出費に喜んでいます。二　高貴な方よ、彼はかかる意図から今度も使者として旅をしており、帝に申し上げることに自信を持っている一方で（正当なことを申し上げるのですから）、あなたからいただけるものに自信を持っています。といいますのも、あなたはずっと前からご自分の同胞市民たちを支えておられますから。

三　そこで、彼があなたという盾に頼れれば、他のいかなる盾も必要とせずに済むようにしてください。あなたを介せば、こちらからあなた方のところへ伺う人々にとって何でも思ったとおりに進むのです。

書簡一〇七五　テオピロス宛[5]（三九三年）　参事会堂

一　私は笑って済ましましたが、あなたはこの出来事を聞いたら憤懣やるかたないでしょう。あなたや、私に対してあなたのようにしてくれる人たちが熱心に祈念していたのは、私が教室に姿を見せて、家の寝椅子に代えて教室の寝椅子を使うことでした[6]。押し寄せる災厄に抗えないので私は神々に別のことを願っていたのですが、あなた方が望んだように行動しました。

二　さて、あなた方が期待していたのは、輝かしい教師たちが広場から参事会堂に駆けつけて、跳び上がり(7)、拍手喝采し、喜び、嬉々とし、神々に感謝することでした。他の人なら［徹夜準備の］ランプまで挙げたでしょう。しかし、私は彼らのことも、彼らの望みも、彼らが私のもとを訪ねる思惑も分かっていました。それだけに彼らが誰一人として苦しまぬよう、実行を先延ばしにしておりました。三　それに私は来たる苦しみを予言して、これは彼らにとって悲嘆の種になると言っていたのです。しかしながら、あなたが大声で命じたので、私はやむなく運ばれていきました。彼らの誰もどこにもいませんでした。いや正確には、あれほどの大人数の中から二人はおりました。彼らには来なかった者たちが罰を科すと思います。

四　すでに述べたように、私は予言を得ていて、彼らは私がいないと寂しがる(8)と分かっていたので、この出来事はお笑い種でした。しかし、あなたには今は腹を立てぬようお願いいたします。天からの矢がそうで

(1)四一一頁註（4）を参照。
(2)六二七頁註（4）を参照。
(3)マケドニオスのこと。三九三頁註（4）を参照。
(4)ペラギオスのこと。二九頁註（1）を参照。
(5)四七三頁註（2）を参照。彼がリバニオスの世話をしたことについては、書簡一〇五一、一〇六四を参照。
(6)晩年のリバニオスは手足の不自由もあり、参事会堂の教室ではなく、自宅で授業をすることが多く、移動も奴隷たちに運んでもらっていた。書簡一〇六六-一、リバニオス『第一弁論』二八〇を参照。
(7)二七頁註（2）を参照。
(8)「私がいなくなるのを求めている」とも読める。老齢の教師が、教職の第一線から退きながらも、私邸などで教育それ自体は続けていることは、ピロストラトス『ソフィスト列伝』六〇六（Wright）からも見られる。

あったように、怒りとは不正を行なう者にもたらされるのです。実際あなたが静かにしていても、今私に対して互いをけしかけあっている連中が互いに争いあうのを目にするでしょう。

書簡一〇七六　プリスコス宛[1]　（三九三年）　哲学の慰め

一　あなたの手紙をいただいて息を吹き返しました。もっとも、慰める人は多いのですが、誰も何もできなかったのです。あなたご自身がどれほど苦しんでこられたかは重々承知しておりますが、哲学の第一人者と他のことに携わる人では同じとはいきません。二　ですから、もし機会あって再び別の手紙を送ってくださるなら、おそらくその手紙もそのときの悲しみを和らげてくれるでしょう。

書簡一〇七七　エウタリオス宛[2]　（三九三年）　二つの務め

この若者は、祖国へ向かう道中で祖国への務めを果たした後、私たちのもとへ戻る道中でムーサたちへの務めも果たしました。

書簡一〇七八　エウセビオス宛[3]（三九三年）　パルミュラの弁論

私は『オダイナトス』弁論（ロンギノス[4]の弁論です）を催促していますが、あなたはそれを渡して、約束に忠実であらねばなりません。

書簡一〇七九　ピラグリオス宛[5]（三九三年）　人々の救い主

一　あなたはテオドロス[6]のことも私のことも、彼のために私がどうしてきたかも、彼が私に対してどうしてきたかも、何がもたらされれば私が喜び、何がなされないと私が悲しむかもご存知です。二　ですから、奮い立って、私たちに再びピラグリオスの姿を見せてください。あなたにはいつだって人々を、とりわけこ

(1) 二五一頁註（8）を参照。
(2) シュネシオス『第百二十七書簡』（Garzya）で言及される、三九二／九五年のリュディア州総督と同定できるかもしれない。
(3) 五四五頁註（5）を参照。
(4) 三世紀半ばに活躍したシュリアの人。『崇高について』の著者に擬せられる。アンモニオスやオリゲネスに師事した後、アテナイで哲学や文法、修辞学の教師を務め、ポルピュリオスも彼の教育を受けた。後年パルミュラに赴き、女王ゼノビアの助言役となったが、アウレリアヌス帝によって処刑された。オダイナトスについては、五四五頁註（7）を参照。この弁論作品については不詳。
(5) 八一頁註（1）を参照。
(6) 詳細不明。

のような人々を救うことがふさわしいのです。

書簡一〇八〇　パイオニオス宛[1]（三九三年）教師にして生徒

一　パレリオス[2]は、私を押しつぶした悲しみに長々とした弁を充てるのではなく、自分の言葉を少なくすることで、他の者たちの多くの長々とした弁に勝りました。彼は完全にはこの悲しみを取り除けませんでしたが、彼が語ったことには、あなたは私たちに言及し、あなたに宛てた私たちの書簡に言及し、あまりに頻繁にそうなさるので、それを聞く人の方も、何度も聞いたがために習得して同じことができるほどだそうですね。

二　これは私にとって薬となり、パレリオスの「港」に喜ぶこともまた薬となりました。彼にとって、あなたとあなたのものはまさしく「港」なのです。そこから船出すれば弁ずることのもたらす名声が手に入り、そこに近づくだけで弁論を磨いて貧者よりも富者の一員になれる「港」なのです。三　この将来を見越しつつ、目下のことにも、いや正確には、まだ実現していないものの将来きっと実現することにも、私は喜んでおります。あなたなら彼の取った行動が良い判断だったと見られるよう配慮して、彼を順風満帆にしてくださいますから。

四　近づいてきて、次のように尋ねる人はたくさんおります。一方の町を避け、他方の町を選ぶよう促したものは何かと。これに対し、彼は色々と挙げますが、お世辞だと思われないように、最大の動機については黙っています。しかし、それは私には明白で、彼にはすでに語られ、あなたには今書かれます。

五　パレリオスは弁論好きで、そのような性格に加えて学ぶことも好んでいます。彼は他所では教えただけですが、タビア[3]では［教えと学びの］両方をします。彼は上達させるでしょうし、するでしょう。すなわち、若者たちに薫陶を施して[4]上達させる一方で、あなたの滔々たる弁で上達するのです。したがって、彼は教師になるのに劣らず生徒になろうとして、この恵みをもたらす町にその身を捧げたのです。

六　ですから、教師にも生徒にもなり、若者たちに自分の知るものを与え、自分がまだ知らぬものをあなたから手に入れることになる人物を私たちの手からも受け取ってください。そして、この生徒を他の教師よりもはるかに立派にしてください。**七**　おそらくこの利益の一部に、あなたが与えるものをかつてあなたに与えた私もあずかるでしょう。

（1）ガラティアのタビアで修辞学を教えるリバニオスの元生徒。三五九／六〇年の書簡一一七で、ベリュトスで法学を勉強するためアンティオキアを旅立ったリバニオスの生徒と同定できるかもしれない。
（2）本書簡でしか確認されない修辞学教師。
（3）小アジアのガラティア地方の都市。前三世紀に小アジアに移動してきたケルト人たちの一部トロクミ人たちの拠点として有名。ビザンツ時代にも長く存続した。
（4）六二三頁註（3）を参照。

書簡一〇八一　レオンティオス宛[1]（三九三年）　一族の誇り

一　私の誇り、そして私のみならず私たちの一族の誇り、いや、私たちの町や州や、地と海も加えましょう。ともかく、上述のものすべてに誇りをもたらしているのがアリスタイネトス[2]だと断言します。彼はそのような人であり、そのような人に思われており、人となりや弁論に大いに配慮をしてきた一方で、黙ることも心得ていて、あるときは前者で、あるときは後者で評判を博しています。というのも、黙るときも時宜を得てそうするので賛嘆されます。そして沈黙すべきときに語るところも、語るべきときに沈黙するところも見られないでしょう[3]。

二　おそらく私自身もこの長所に寄与しました（それもわずかな付き合いで）が、あなた自身も長く続いている付き合いで寄与しました。弁論の力に比べればいかなる富も取るに足りないと示して、ますます弁論を愛するようアリスタイネトスを突き動かしたのですから。**三**　それゆえ、これを体得したことで彼が素質と勉強と運命の女神（テュケー）とその他の神々に感謝しつつ、あなたの勧奨（その大部分があなたの書いた弁論とそれに伴う名声です）に感謝していても、至当なことでありましょう。

四　アリスタイネトスは最高の弁論家だという知らせを聞いただけでも私は信じて、信じたので喜んでおりましたが、彼が来訪して、姿を見せ、輝きわたったとき、私は噂が本当に女神[4]だと分かりました。**五**　他の人々の判定においても、自らの滔々とした弁においても（私たちの称賛弁論をして私たちにも栄冠をもたらしました）彼は私たちにとって非常に大きな存在だったので、私は顔を赤らめ、彼は喜びを覚え、劇場が揺り動かされました。発表されたのはこの弁論だけでしたが、多くの弁論が作成されているので、神様が許してくだされば、今後公になるでしょう。

六　貴人レオンティオスよ、私たちはかかる状況にあり、かかるものを手にし、かかるものに耽り、かかるものを享受しています。あの若きバッシアノス(5)もこれを享受するはずでしたが、その幸運には与れませんでした。もっとも、ずっと前に死去した人も、これから世を去る人からそのようなことを聞き知れるとおっしゃるなら話は別ですが。

書簡一〇八二　ヘシュキオス宛(6)　（三九三年）　幸の獲得

一　あなたもこれを望むよう私は望んでいます。すなわち、私たちに利得を許すことであなた自身も同じものから利を得ることを。幸を与えれば、幸を獲得なさるでしょうから。二　病気の勢いに押されているので私たちから手紙では以上ですが、弁論でこの結婚を飾る者が何もかも網羅するでしょう。彼は新婦につい

---

(1)四一七頁註（4）を参照。
(2)四一九頁註（1）を参照。
(3)アイスキュロス『テーバイ攻めの七将』六一九、『供養する者たち』五八二、「断片」二〇八（Nauck²）、エウリピデス「断片」四一三（Nauck²）。
(4)六〇五頁註（2）を参照。
(5)九九頁註（2）を参照。
(6)三七三頁註（3）を参照。

ても多くを語れれば、新郎についても多くを語れますから。

書簡一〇八三　ユリアノス宛[1]（三九三年）偉大なる勝利

一　ミルティアデスが偉大だったのはマラトンでの勝利後。テミストクレスが偉大だったのはサラミスでの勝利後。アリステイデスが偉大だったのはプラタイアイでの勝利後[2]。ユリアノスが偉大なのは此度の勝利後。この勝利を地も海も大小のいかなる都市も賛美しています。

二　彼は[3]奔走することも、数々の門戸を叩くことも、手を摑むことも、嘆願することも、涙を流すことも、贈物の中に救いを求めることもせずに勝利しました。彼が黙っていても、事実が物を言い、あなたと彼の生き様が弁明を引き受け、善良なる男で総督たちを統べる方[4]が真実を尊重しました。三　そして、「至善なる子を救いたまえ」と言う人たちもいれば、「父を悲しませるな。正義の仲間で、数々の官職にあっても不正な富を避けた人なのだから」と言う人たちもいました。かくして、彼はその場で勝利を収め、あなたは離れて勝利を収めました。

ですから、神々が徳をもって生きている人々を慮っていることは明らかです。神々からの好意のもと老いを養ってください。そして、このような評価を受けたことでご自分と喜びを分かち合う一方で、立派な地位を帯びながらこのようなことを成し遂げられたことで、お子さんについても喜んでください。

書簡一〇八四　父長（パトリアルケス）[5]宛（三九三年）　書簡のもつ意味

一　思うに、たとえ私が手紙をいっさい送らなかったとしても、あなたはテオピロス[6]の案件に心を砕いてくださっていたでしょう。彼はこの上なく賢明にして公正な男で、寝ても醒めても本に囲まれている人なのですから。実際、あの一族の生まれであるあなた方がそのような具合です。あなた方はあらゆる人々を、とりわけ至善なる人々を助けるのを常とし、ある人には人間であるというだけで心を砕く一方で、また別の人には徳をもって生きてさえいるということで心を砕いてくださいます。

二　それゆえ、私が彼の友ではないとか、友のために手をこまぬいているとあなたに思われてしまうのではないかと危惧して、私はこの手紙を送りました。これは、すでに説得されているあなたを説得するためではなく、このような人に協力することで私自身があなたから高く評価していただくためなのです。

三　彼の案件がうまくいきますように。ところで、私にとってあなたの書簡は利益となるでしょう。正確に言えば、二つの利益となるでしょう。私が手に入れる書簡［そのもの］が利益となるとともに、リュシマ

---

(1) 三九九頁註（3）を参照。
(2) いずれもペルシア戦争の重要な戦役と代表的なアテナイの政治家・将軍たち。二九五頁註（2）と六五頁註（5）も参照。
(3) 裁判に臨んだ名宛人の息子のこと。先行研究は特に論じないが、息子も父と同じくユリアノスという名前なのであろう。
(4) 当時のオリエンス道長官ルフィノスのこと。三八五頁註（1）を参照。
(5) 四三九頁註（2）を参照。
(6) 四七三頁註（2）を参照。

コスの子[1]を範とする人物を傲慢に扱う連中が打ち負かされることが利益となるのです。

書簡一〇八五　プリスキオン[2]宛（三九三年）　裁判に向けた協力

一　弁論好きのテオピロス[3]が、これからあなた方のところで自分の弁護のために戦う人を派遣しました。それゆえ私もあなたも、ギリシア人の中で最も優れた男であり、何度も私たちを称賛した人物を援助する姿を見せねばなりません。実際、そうすることで私たちは弁論の神々[4]にも恩恵をもたらすことになるでしょう。この神々は彼を尊重[5]しているに違いありませんから。

二　私の側でできることは行なわれました。それが手紙でした。残りはご自分に要求してください。すなわち、来訪する者たちに快く会い、弁護人たちと相談し、話したり聞いたりして彼らと一緒に事実関係を把握するのです。三　私は、この仲間が勝訴するとまで断言します。彼は公正な人で、正義を主張できますし、裁決を下す方もそのような人ですから。それに、あなたは弁論の発表だけでなく、誰か友人が恩恵を受けねばならない事柄でも評判を博すのが常ですし。

書簡一〇八六　テオドロス[6]宛　（三九三年）　復権

一　私たちはすべてを聞き、すべてを称えました。あなたの理知に、そして説得で翻意した人の決断に関わるすべてを。二　それゆえ、あなたが力を取り戻して再び援助できるようになったと知ったので、あなたにお願いいたします。酷い目に遭ったこの人物を助けてください。彼の抱える貧困を自分たちの悪行でさらにひどくしてきた連中に対抗して。

書簡一〇八七　アリスタイネトス宛(7)　（三九三年）　似た者同士

一　あなたは生まれの良い人として、生まれの良い人を迎え入れてください。分別ある人として、分別ある人を友としてください。能弁な人として、能弁な人を。皆から友と愛されている人として、多くの人から愛を注がれている人を。二　あなた方の友情を築くのは、上述のものだけではありません。同じ源泉から飲んだ(8)という事実や、あなたがその弁論の点で父君(9)に似ているのに対し、この男は次の点であなたの父君と似

---

(1)古典期アテナイの政治家アリステイデスのこと。六五頁註（5）を参照。
(2)四五九頁註（9）を参照。
(3)四七三頁註（2）を参照。
(4)四三一頁註（4）を参照。
(5)λόγον.「弁論」と同じ言葉が使われており、「弁論好き」「弁論の神々」といった表現とのもじりがある。
(6)三五七頁註（1）を参照。
(7)四一九頁註（1）を参照。
(8)弁論術の師を同じくすることを指す。四九三頁註（8）を参照。
(9)バッシアノスのこと。すでに故人となっている。九九頁註（2）を参照。

ているという事実があります。すなわち、あなた自身の弁論と勉強(多くの弁論があなたによって作られてきましたし、今も作られています)を彼に見せてほしいと私が望んでいる点で。あなたはこの男にも同じ能力を見出すでしょうし、彼に弁論を作成するよう説得なさるなら、作成するでしょう。三　彼が何を手に入れたいのかは今彼からお聞きください。他方で、彼があなたから頂戴して再び私たちのところに戻れるよう注意して行動し、協力し、しかも迅速さを伴わせてください。

書簡一〇八八　アシュンクリティオス[1]とヘラディオス[2]宛　(三九二年)　差し迫る死

私の親類の女性がかくまってもらえるところを必要としているので、迎え入れて、大事にし、守ってやってください。私がまだ生きていても、死んでしまっても(この事態は間近です)、これを実現してください。

書簡一〇八九　パンテイキオス[3]宛　(三九三年)　一つの恩恵①

一　ムーサたちの庇護下に暮らしているエウセビオス[4]の土地がエウセビオスのものに劣らず私のものでもあると考えて、その土地のために方策を練ってください。二　その一つの行為で弁論の神々[5]にも恩恵をもたらすだろうと思います。また、あなたは詩人たちの一団にも恩恵をもたらすのだと見なさねばなりません。今その地位にある者たちから書簡が届けられるものなら、彼らから手紙を受け取っていたはずです。

書簡一〇九〇　ヘシュキオス宛(6)　(三九三年)　一つの恩恵②

一　私のもとに通うあなたの子も愛しておりますし(通っているのにどうして愛さないことがありましょうか)、他の道に進んだ子たちも愛しております。なぜなら、以前は通ってくる者たちの一員でしたから(7)。二　彼らの父親にお願いにあがっているという事実をそのことの証としてください。そのお願いですが、有為なるエウセビオスを(8)、彼が所有主となっている土地に関する措置で喜ばせてください。三　その土地の実りは……［一行分欠落］……、手紙を送った私よりも土地を耕作する彼を喜ばせるでしょう。

---

(1)六二五頁註(2)を参照。
(2)連名であることからアシュンクリティオスの弟ではないかと推測されている。詳細不明。
(3)本書簡の内容より州総督と推測されるが、詳細不明。
(4)本書簡と書簡一〇九〇で確認される詩人。
(5)四三一頁註(4)を参照。
(6)三七三頁註(3)を参照。
(7)ヘシュキオスの子は、書簡八九四、九四六にリバニオスの生徒として現われる。なお、書簡一〇八二の結婚式はひょっとしたらヘシュキオスの子に関わるものかもしれない。
(8)前註(4)を参照。

書簡一〇九一　アンドロクレイオス宛[1]　（三九三年）　事実無根

一　私が不義理だと示そうと大変ご熱心なようにお見受けします。私は自分が善人だとは申しませんが、二通の書簡に対して一度目も二度目も沈黙して不義理をすることはなかったでしょう。むしろ、いつものようにして、返信していたはずです。どうしてあなたが、私をもっと悪者に見せるように、二通の書簡を二〇通にしなかったのか不思議です。この言いがかりなら反証できなかったはずですから。

二　この点であなたには感謝しています。嘘をつく力が大いにあったのにそれをしなかったのですから。他方で、私には起きてもいない出来事の原因を探す必要はいっさいありませんでした。たとえ返信を促すような要因が他に何もなかったとしても、ムーサたちがあなたの魂に住まっていることを知っているという事実だけで返信が促されていたはずです。ムーサたちを携えている男に同数のお返しをしなければ、ムネーモシュネーの娘［ムーサ］たちを悲しませたはずだと私は確実に分かっていたはずですから。

書簡一〇九二　アリスタイネトス宛[2]　（三九三年）　三代目の恩返し

一　この者の父親は私の身体の面倒を見てくれている者たちの一人です。また、私たちが子供だったときに彼の祖父が面倒を見てくれたことも私は覚えております。二　それゆえ、存命中の父親にも死んでしまった祖父にも感謝の印として何らかの恩返しをしたいと思っているので、あなたにお願いいたします。彼に成功をもたらすような持ち場を与えてください。彼があなたから心配りを受けていると皆に判明すれば、それは実現するはずです。

書簡一〇九三　ウラニアノス宛[3]（三九三年）生徒への誹謗

一　私はあなたのご子息たちについて嫌なことを言う者たちが現われるだろうと思っておりましたが、それは多くの悪しき人の口から良き人に対して不当な誹謗が多々[4]なされるのを見てきたからです。しかし、あなたならこれらの言葉に喜んで耳を傾けて、すぐさま信用し、騙された人の振舞をすることはなかろうと考えておりました。あなたはこれだけ年を重ねていて、多年にわたって多くの世事から学んでいましたし、あなたにとって本当に友人である人物も、口では友人と言いながらあなたの美点に嫉妬する人物もご存知でしたから。

二　ところが、このように圧倒され、虜とされ、唆されてしまい、この度の行動で、まさにそれが行なわれるよう望んでいた者たちを喜ばせてしまったので、私はあなたとご子息たちの双方のことで悲しんでおります。彼らがこのような罰を受け、あなたがこのような罰を科したのですから。ただ、これだけは今申し上

（1）詳細不明。
（2）四一九頁註（1）を参照。
（3）本書簡でしか確認されない。
（4）写本の読みを採用する。

げましょう。もし彼らが悪かったのなら、今悪口を言っている者たちから称賛されていたはずです。三　実際、彼らは邪なので嫌われているのではなく、有為なので難癖をつけられているのです。そして、もし彼らが取るに足らなかったのなら、このような目には遭っていなかったでしょう。彼らは、かつて存在した中で最も悪しき連中がそうあってほしいと望む状態になっていたはずですから[1]。

四　今は怒りに流されて満足なさいませ。しかし、時が経って虚偽に代わって真実が頭をもたげたら、あなたは話を信じた自分を大いに責め苛むでしょうし、信じ込ませた者たちを大いに呪うでしょう。そして、失った時間を探しても、どこにも見つからないでしょう。

書簡一〇九四　エウセビオスとテオドトス[2]宛　（三九三年）　町の栄誉

一　私もあなた方のところでマラス[3]の弟を助けられるということを示してください。彼を容赦し、この書簡を尊重することで。**二**　あなた方がそうしてくだされば、マラスは弁論にますます前向きになるでしょうし、あなた方の同胞市民もそのようにされるという事実は町の栄誉になるでしょう。

書簡一〇九五　アポロニデス[4]宛　（三九三年）　結婚の申し出

一　レオンティオス[5]は私たちと親しく交わった男で、言葉にも行動にも巧みです。運命の女神（テュケー）

からの賜物も一部は手にしていますし、残りはこれから手にするでしょう（私は予言します）。その彼がさらに幸せになろうと望んで、あなたの姻戚になりたいと熱望しています。彼は大なるものを受け取れば、大なるものを与えもするでしょう。彼は宮廷でそれほど大きな存在ですし、その弁論で集める聴衆の前でそれほど大きな存在ですから。二　ゆえに、私は助言者となって忠告いたします。これを神々からの贈物と見しなさい。そして、あなたから私たちに書き送ってください。説き伏せたという名誉が助言者に与えられた、と。

書簡一〇九六　ゲメロス宛[6]（三九三年）本当のこと

一　私のとても尊重している男たちが、あなたの助けを借りて正義を得るよう私に命じてきました。また、あなたが私の手紙を受け取れば、きっと助けてくれるだろうと言ってきました。それで、友人であり、本当のことを言っているので、彼らにその恩恵を与えずにはいられませんでした。

（1）写本に欠落がある箇所。イソクラテス『ヘレネ頌（第十弁論）』三八にもとづく Foerster の補いに一応従う。
（2）共通の名宛人になっていることから二人は兄弟であると考えられるが、それ以外の詳細は不明。
（3）書簡一三六-二、一二四四にも同名の人物が現われるが同定できるかどうかなど詳細は不明。
（4）五二九頁註（2）を参照。
（5）四一七頁註（4）を参照。
（6）一一一頁註（5）を参照。

二　そこで、受け取り、読んで、手を差し伸べてください。そして、今回もこれまで度々あなたによってなされてきたように、暴れる者たちよりも正しい側が強くなるようにしてください。

書簡一〇九七　父長（パトリアルケス）たち宛[1]（三九三年）　年老いた男

一　私の望んだときにこのテオムネストス[2]に色々としてもらったことを私は知っています。その恩返しをこれまで彼にしてこなかったのですが、この手紙でそれができると気づきました。彼がこの手紙を所望し、私はあなた方のところで完全に無視されることはあるまいと考えてそれを渡したのです。二　もっとも、無視されると主張して、それを証明しようとする人たちもおりました。しかし、私はあなた方の多くの偉大な業績を記憶していたので、その点で説き伏せられることはありえませんでした。

三　そこで、お恵みを施してください。年老いたテオムネストスは旅よりも滞在を望んでいるので、彼を動かさないでいただきたいのです。私が多くのお願いをしてくるのではないかとあなた方が危惧する必要はございません。私はおそらくもう多くの日々は生きられないでしょうから。

四　彼の一番の望み、すなわち、その場に留まることが叶うよう私は祈っております。しかし、もしそれが叶わないのであれば、第二のものだけはお願いいたします。すなわち、彼が自分の町にできるだけ早く再会することを。

書簡一〇九八　同者宛[3]（三九三年）　躓きの石

一　あなたの子は能力をすでに持っているのに、学びにやってきました。[4]私と会う前から、アルゲイオス[5]の弁論の力を通じて私［の弁論］に分かち与っていたのです。それゆえ、来たところでさらに立派になるところはないのですが、たくさんの町を見ることはおそらく彼の利益となるでしょう。オデュッセウスもそうだったのですから。[6]

（1）写本上では一貫して複数形で表記されているものの、表記の間違いではないかという点を含め諸説が出されている。ここでは、M. Stern, *Greek and Latin Authors on Jews and Judaism*, vol. 2 (Jerusalem, 1975), p. 595 に従い、地方ユダヤ教共同体の役職者たち（四三九頁註（2）で挙げたパトリアルケスの二番目の意味）に送ったものと理解する。

（2）本書簡でしか確認されない。その内容から首長によって各地のシナゴーグに派遣され、規律維持や貢納金の徴収に関わった巡察使 apostolos ではないかと推測されている。

（3）直前の書簡一〇九七では名宛人が「父長たち」と複数形であったのに対し、本書簡では単数形の「同者」となっており、人物同定に問題が残る。*BLZG*, p. 465 は「父長」を名宛人とすることにためらいを見せており、Foerster は書簡一〇九七と一〇九八の間に欠落がある可能性を指摘している。また Festugière, pp. 138 f. と Cribiore, p. 321 は、アルゲイオスがパンピュリアにいると考え、本書簡の名宛人を不明とする。なお、ユダヤ共同体首長の子がリバニオスの生徒であったという史料的根拠は本書簡だけであり、本書簡の名宛人の問題が持つ重要性は大きい。

（4）写本に欠落のある箇所。

（5）三八一頁註（1）を参照。なお、リバニオスの作品を事前に勉強している例として、書簡七六八-三がある。

（6）ホメロス『オデュッセイア』第一歌三、第十六歌六三。

二　あなたはこの逃亡[1]の件で彼を許すべきで、怒ったり、彼を不如意にしたりしないようにすべきだと思います。なぜなら、そのような仕打ちは悲しみをもたらす力があり、その悲しみが弁論を大いに渇望する者たちにとっても躓きの石になるの[2]を私たちは見ていますから。

書簡一〇九九　プリスコス[3]宛　（三九三年）　勉強の義理

一　あなたが私たちのところで弁論のためにした勉強と、その勉強から得た成果にかけて、この手紙をあなたにお渡しする少女に何か有為なことをしてください。この娘の父親もまた私たちのところで汗をかき、その腕前で名声を獲得し、私たちに名声をもたらした人なのです。二　私たちが黙っていても、この義理を尊重してくださったろうと分かっておりましたが、書簡が届くのも目にすればあなたはいっそう喜んでそうしてくださるだろうと思い、大した分量ではありませんが、この書簡を送りました。この書簡に対して、あなたがあのプリスコスになってくださると私は信じています。

書簡一一〇〇　ロミュリアノス[4]宛　（三九三年）[5]　溢れる称賛

一　私たちに宛てられたあなたの書簡は、私たちがあなたの話で持ちきりで、多くの口から多くの言葉が流れ出るのを目撃しました。その場に居合わせていた者たちは数多く……〔約三五字欠落〕……、またある人はあなたが教養を身につけて離さないところを。私たちはこのことも知っていましたから。二　さらには、官職就任中の徳を賛嘆した人たちもいれば、官職を目指して奔走せず、届いた官職を受け取って諸法に従うところを賛嘆する人たちもいました。また、官職に就いていない時期、すなわち誰かを悲しませるために官職の一部を乱用しないところを称賛する人もいました。

三　この手紙が何度も読み上げられると（何度もそうされる価値がありましたから）すべての人々があなたと私とを祝福したものです。あなたは、弁論のための労苦を重んじるがゆえに。私は、このような方から重んじられたがゆえに。

四　これらの見返りに、あなたが神々からの好意を享受しますように。また、神々しい帝たち、すなわち父帝と皇子たち(6)の好意を享受しますように。私たちが帝にお願いしているのは、私たちにきわめて親しいロミュリアノスを返していただき、彼を側にいさせることで私たちの町を立派にしていただくことです。

（1）書簡二四、リバニオス『第五十五弁論』一二も参照。
（2）プラトン『国家』第十巻六〇四C。
（3）本書簡でしか確認されない、リバニオスの元生徒。
（4）三九八年に付与された『テオドシウス法典』第七巻第一章第十七法文の名宛人となっているコンスタンティノポリス首都長官と同定される。
（5）本書簡は、ペルシオンのイシドロス『書簡集』第二巻四二に伝えられている、伝リバニオス『第九書簡』の範例となったと考えられている。
（6）テオドシウス帝とその子アルカディウスとホノリウスを指す。

書簡一一〇一　メゲティオス宛[1]（三九三年）　孫の言動

一　あなたの子の子に、あなたとあなたの子を見出しています。彼がちょっとした書き物を持ってくるときや、記憶をもとに作品を朗唱するときに。さらには、手や目を動かすとき、入ってくるとき、座っているとき、立ち上がるとき、立ち去るとき、これらの一挙一動に彼は生みの親の面影を見せ、祖父の面影を見せるのです。二　そして、彼が弁論の勉強を楽しんでいるという事実は、彼が父親より優れ、祖父に劣らないことを示しています。[2]

書簡一一〇二　ドメティアノス宛[3]（三九三年）　三人の子

一　あなたにこの手紙を渡すことになる者は、私の子であり、今もなお通っている生徒たちの子です。また、彼と一緒に姉も伺っていますが、彼女を私の娘と見なしてください。さらに、その夫ももう一人の私の子です。二　ですから、彼も彼女も、彼女を妻にしているユリアノス[4]も、あなたと私に感謝するよう取り計らってください。私にはこの書簡のことで、あなたにはその働きのことで。

書簡一一〇三　アイアコス宛[5]（三九三年）　手紙の素材

一　あなたは私たちを友として愛するだけではなく、手紙も送らねばなりませんでした。しかも、あなたはそれを見事に行なえるのですから。

さて、私にとってすべてであるタラッシオス[6]があなたに手紙を送るよう命じ、あなたはその行動を重く受け止めるだろうと主張するので、私はお二方を喜ばせるべく従いました。二　そして私のもとからあなたに宛ててこれが今届きましたが、あなたの手紙も私たちのもとに現われねばなりません。あなたは帝の決定や業績や勲功を手紙の素材としてお持ちなのですから。

（1）三六〇年代に弁論家として活躍している姿が認められる人物。書簡二七七-一、一一〇三、一三六一-二を参照

（2）写本に欠落のある箇所。

（3）*BLZG*, p. 123 は三七一年にテーバイス州総督として確認される人物と同定できるかもしれないとするが、他の研究者はこの人物同定を採用していない。

（4）詳細不明。

（5）本書簡から宮廷で活動していることが分かる以外、詳細不明。

（6）四四五頁註（6）を参照。

書簡一一〇四　ウァラネス宛[1]　（三九三年）　果報者

一　あなたを愛する者が手紙を送ってこなくても、あなたは手紙を書いてくださいました。友を愛しつつ手紙を送らないことはおそらく可能なのです。あなた自身お認めのように、あなた自身も手紙を送らなかった間ずっと友を愛していたのですから。……［約二七字欠落］……　二　しかし、あなた自身も私を同じように赦し、頻繁にこうすることで赦しをもはや請わずに済むよう取り計らわねばなりません。頻繁にこうしてくだされば、大いなる悲しみに沈む老人を慰めることになります。

三　あなたは果報者です。その本性においてそのような性質であり、そのような方を父君とし、そのような帝と親交して、そのお声を聞き、神々しいご尊顔を拝し[2]、帝に喜びをもたらす仕事に尽力しているのですから。帝のために魂自体も捧げることは、そうする人にとって利となるのです。

書簡一一〇五　父長（パトリアルケス[3]）宛　（三九三年）　アキレウスの癒し

ヒラリオス[4]が不遇な目に遭っている間ずっと、私たち二人、つまり彼と私とで悲しんでおります。こんなことはいっさい起こるべきではありませんでしたし、この出来事が諸都市で盛んに話されるべきでもありませんでした。しかし、理性ある人間に過ちを犯すよう強いた意地悪な運命のせいで、彼はこのような羽目に陥らねばならなかったので――咎めるべき点がなかったのなら、あなたが彼に対してそのようにはしなかったはずです。あなたは人に手荒くするのを避け、手厚くするのが常なのですから――、そこで、あなたはテレポスにとってのアキレウスとなり、[5] 怒りがもたらしたものを優しさで癒し、あらゆる人々が次のように語れるようにしてください。私たちの町の筆頭の家が多額の罰金に打ちひしがれていたのをあなたは立ち直らせた、と。

書簡一一〇六　ルフィノス宛[6]　（三九三年）「佞臣《ねいしん》」との親交

一　それゆえ当時[7]あらゆる人々の心中で花開いた喜びを、壮年の者たち、老人たち、子供たち、女たち、

（1）四〇八年にホノリウス帝のもとで歩兵軍司令官となり、四一〇年には正規コーンスルに就任する人物。
（2）プラトン『パイドロス』二五一A。
（3）四三九頁註（2）を参照。
（4）五八一頁註（5）を参照。
（5）二四三頁註（5）を参照。
（6）三八五頁註（1）を参照。ただし、この名宛人名は写本上では確認されず、現代の研究者が補ったもの。写本では書簡一一〇五の後に空白部を置いて本書簡の本文が続く形になっている。
（7）ルフィノスのアンティオキア訪問については、書簡一一〇一も参照。その性急さを伝える点の一致から、この訪問はゾシモス『新史』第五巻第二章一―四の伝えるオリエンス管区総監ルキアノスの処罰を行なった旅と考えられている。なお、ゾシモスはこの旅をテオドシウス帝の死後の出来事として描写するが、テオドシウス帝治世中のものだと研究上は考えられている。リバニオス『第一弁論』二八二に伝えられる逸話もこの訪問にまつわるものかもしれない。

自由人たち、奴隷たち（奴隷も主人を範としましたから）の中に今もなお私たちは認めております。バラが両側からも上からも降ってきて[1]、その一部が膝にとまり、外套[2]（クラミュス）の内側で行儀よく動かされる指によって下に払われるのが私たちには見えます。**二**　これほど大きな町の中でたった一つの話題がルフィノスにまつわることです。嘆願する参事会や、参事会のために集まった者たちや、教職の座にある者たちに対して、彼は何を行ない、何を語ったのか、と。

三　女たちは見過ごされることも軽んじられることも追い払われることもなく、穏やかで優しい言葉をかけていただいたので、祈りを捧げております。あなたにやんごとなき帝の好意が保たれますように、帝のためにあなたの尽力が維持されますように、諸都市の癒し手が再び私たちのもとに来られますように、二度目はいっそうきちんとした形で[3]ダプネ[4]に再び上られますように——あなたは、今にも鷹[5]とならんばかりにその速き翼を真似して、短時間でダプネ全体を見ようとされたので、全体をご覧いただけませんでしたから——、それゆえ、これらの見物いただけなかったものがあなたから一瞥され、以前に見物されたものに見劣りしませんように、と。しかも、この町が大いなる愛を捧げる至善なる帝たちとご一緒であれば（救われた町[6]が救い主を愛するのは何ら驚くべきことではありません）、幸運の点で私たちに匹敵する者がおりましょうか？

四　ともあれ何か重大な案件でその神々しい方々がなおも身動きが取れないようなら、どうかあなただけは［以前と］同じように駆けつけていらしてください。そして、私が優れた予言者であると示してください。ご存知のように、これほど速やかに立ち去った人は速やかに私たちのところに戻ってくると思うと私は前もって申し上げたのですから。**五**　そして、いらっしゃった暁には同じものを分け与えてくださることは予言者たちから聞くまでもありません。かつての出来事で将来の出来事が示されていますから。すなわち、自らの手で高座を引き寄せ、私の近くに座ることをお望みになり、近くからこの白髪を見て喜び、私の頭をあなた自身の思考で研ぎ澄ましてくださるのです。そして、あなたが私たちの言語を身につけておられるのを私がまたも突き止めようとすれば、それを物していないとおっしゃるのでしょう。(7)

六　さて、私がこの町で何度も求め、冬には溢れ今は細い河(8)の畔でも求めたものを、今こそ私に叶えていただけるようお願いいたします。あなたがいかなる先祖を持ち、教室での成果をどれだけ成し遂げてきたかを［教えてください］(9)。喧伝されていることは数多く、友人のテオピロス(10)も少なからぬものを教えられるはず

(1) アンティオキアに到着した高官を歓迎する花吹雪。
(2) 一四一頁註(6)を参照。
(3) 「二度目のものはより良い」という表現を踏まえたもの。一七頁註(9)を参照。
(4) 一三五頁註(6)と三五七頁註(6)を参照。
(5) 速いことで有名。ホメロス『イリアス』第十三歌六二一、八二〇、第十五歌二三七、『オデュッセイア』第十三歌八六。
(6) アンティオキアの暴動とそれに対する皇帝の赦免については三五五頁註(2)を参照。
(7) ルフィノスとギリシア語の知識については書簡八六五-三も参照。
(8) アンティオキアを貫流するオロンテス河のことと推測される。また、河の水量減が語られていることから、本書簡の執筆時期は盛夏の頃とされる。
(9) 書簡一一一-四―五に見るように、リバニオスはルフィノスの頌詞を作成しようとしており、これらの情報を必要としていた。
(10) 四七三頁註(2)を参照。

ですが、あなたのことについて誰もあなたほどには私たちに教えられないでしょうから。
七　私は老齢のせいで劇場からは遠ざかりましたが、手の働きまでは失いませんでした。ご自分に関わる美点を語るのは失礼になるなどとは考えないでください。そうすることで、あなたは多くの人たちを賛嘆させるでしょうから。

書簡一一〇七　イアシオス宛[1]（三九三年）所望

あなたの公正さは不正を受けていた多くの人々を救いました。そこで私が望むのは、その多くの人々にこのアスクレピオス[2]も加えられることと、アスクレピオスが私たちに手紙を送り、私の手紙を所望したのは無駄ではなかったと知らせてくることです。

書簡一一〇八　ゲメロス宛[3]（三九三年）駆け込み寺

一　有為なるドムノス[4]は昔からの私の友ですが、輝かしい生まれを持つ私たちの同胞市民の女性と結婚しました。そして、この女性の叔母が私たちのところで暮らすことに相成っていますが、それを強いる事情があるのです。
二　それゆえドムノスは、私があなたにとっていかに大きな存在であり、そして私が頼めばあなたは恩恵を施すのを躊躇わないだろうと知ると、私の手からあなたの手へ書簡が渡ることを望みました。私は引き受けて、十分配慮しました。というのも、あなたには力があり、しかも正当な力をお持ちですから、あなたの家がベロニケ(5)の避難所となり、この手紙を通じて善良なるドムノスに喜びがもたらされることが必要なのです。

書簡一一〇九　オプタトス宛(6)（三九三年）　反対のこと

一　弁論に関してはあなたもプリスキアノス(7)も数多くの理由で私の子であります。ですから、父である私としては、あなた方が友情を育めば喜び、そうでなければ悲しむのは必然です。あなたは私が苦しむよりも喜ぶことを望むはずです。そのようなことがあなたの父君と母君によって何度もなされたのですから。二　あなた方がいつでも仲良くしていたのは良き運の賜物でした。ところが、反対のことに喜ぶ神霊が力を発揮して反対のことをもたらしてしまいました。そこで、悪い方が打ち消され、良い方が勝るようにしてくださ

---

(1) 四〇五頁註（7）を参照。
(2) 四九七頁註（4）を参照。
(3) 一一一頁註（5）を参照。
(4) *PLRE*, p. 267 は書簡五〇、五三、三六三などで言及される人物と同定するが、定かではない。
(5) 詳細不明。
(6) 書簡八〇と八一に現れるリバニオスの生徒と同定される。
(7) 四六三頁註（1）を参照。

い。

三　あなたは、何はなくとも私の老年に敬意を払って、プリスキアノスの滞在を、彼が自分の子供たちにその素晴らしさを物語るようなものにしてください。四　彼が多くの人を差しおいて私の手紙に頼ったからといって驚かないでください。私があなたにこれまでどのように接してきて、他の誰にもないような影響力を持っていることを彼はよく分かっていたのです。

書簡一一一〇　アリスタイネトス宛[1]　（三九三年）　神々に近い男

一　あらゆる長官をあらゆる点で凌ぎ、自らの言葉で私をダプネの泉[2]よりも優先し、美しく大きな木々よりも優先し、宿営の美しさよりも優先した長官[3]が冗談を言えるようにしてください。二　いや、この人が私を賛美し、称賛し、言葉による栄冠をもたらすようにしてください。私はこれらの名誉に喜びますが、自分自身をよく知っているので、のぼせ上がりも思い上がりもしません[4]。むしろ、自分がどちらかというと弁論好きで勉強好きだと知っていますし、いわんや正義の女神（ディケー）の仲間であるルフィノス（その女神の神域で女神の手で育てられたので、各家門や諸都市、州、地や海を救う力もお持ちの方）が言うほど大層なものではないと知っております。

三　そして彼が私をかかる称賛で飾り立てるのは神々のおかげ、もう長いこと私を苛んでいる第三の波[5]を知り、そのようなものに耐えられるようにする出来事を望む神々のおかげだと私は思います。四　だから、神々には劣っても人間よりは優れている男が私たちのためにこのような決定をするなら、それだけは慰めをもたらすはずだと神々はご存知だったのです。そして、帝国の支配を心得た方と彼が一緒にいると聞いて私は喜ぶ一方で、再びお目にかかって、同じ交際を享受できるよう祈っております。

五　もっとも、これほどの病気を凌ぐのは困難ではあります。この病気はそのごく一部でも容易に私を消し去っていたでしょう。実際、書簡の密なやり取りは止めてしまいました。あなたになら私は毎日でも喜んで手紙を書いたでしょうが、医者が声高に言うには、沈黙し続けないと苦痛を増大させてしまうということでしたから。

(1)四一九頁註(1)を参照。
(2)一三五頁註(6)と三五七頁註(6)を参照。
(3)後段で名指しされるルフィノス(三八五頁註(1)を参照)のこと。また、彼のアンティオキア来訪については六五三頁註(7)を参照。なお、この出来事は書簡一一一一でも触れられている。
(4)「汝自身を知れ」という金言を踏まえて、冗談めいて話している。
(5)三九五頁註(5)を参照。

書簡一一一一　ブラシダス[1]宛（三九三年）頌詞の題材

一　偉大なものに偉大なものを偉大なるルフィノス[2]が加えてくださいました。彼が私と最初にあったときの措置も予期されていませんでしたが、それに宿営でのものまで加えてくださったのです。その中には、一つ目のもの、二つ目のもの、そして三つ目のものがあり、同じ名誉と形式を持っていました。二　さらに、今のものもそれらに引けを取らず、それどころか勝って上回っています。なぜなら、等しくないからです。つまり、目の前にいる友人を称えるのと、これほど隔たっているのにそうするのとでは、また一緒にいるときに栄誉を与えるのと、大いに離れているときにそうするのとでは等しくないのです[3]。三　大やんごとなき帝の側に着き、あなた方と一緒になったら、彼はそれほど私のことを覚えていないだろうと大抵の人が見込んでいました[4]。ところが、旅の間ずっと大小の都市や宿駅を通過する中で、彼は私に関する話を取り上げましたし、あなた自身や、あなたの前にもあなたと同時でも多くの人が明らかにしてくださっているように、彼は同じことをあなた方のところでもしています。そして、彼曰く、私の中に見出したものを何よりも尊重しているのです。

四　さて私には、この方をお見送りして戻った日以後、数々の病気が無数に発症していて、そのどれもが私を圧倒しようとします。これに対する唯一の助太刀にして薬となったのが彼からの名誉です。つまり、これが鎮静剤なのです。私はこのことのお返しを何かしたいと思っているのですが、あなた方が把握している事実関係を私は十分に知らないので、それができずにいます。

五　そこで、知っているあなた方が知らない私を助けてください。そして、手紙を書いて送り、あの方がこれらのことを教えるのを避けているので無理やりそうさせてください。なぜなら、すべてが立派で、驚嘆すべきで、同じ魂と天分に由来するものであるのに、あるものは語られたのに、あるものは語られなかったら、そして、あるものは明らかとされるのに、あるものは忘れられるということになったら、とんでもないことですから。

書簡一一一二　エウトロピオス(5)宛　(三九三年(6))　死の祈り

一　私には二人の子がおり、一人は総督、一人は……［約三三字欠落］……、そして彼らは果報者です。一方は……［約九字欠落］……、もう一人はそのためにこのようなことをしているのですから。二　あなた方は良き人ですから、運命の女神（テュケー）のご加護もあるでしょう。この女神は至るところで正義も慮っていますから。ところで、私には多くの災厄がふりかかっています。とりわけ、その最たるもののせいで死

(1)四一一頁註（4）を参照。
(2)三八五頁註（1）を参照。また、彼のアンティオキア来訪については六五三頁註（7）を参照。この出来事は書簡一一一〇でも触れられている。偉大さを強調する表現については書簡九七三-一も参照。
(3)三六一頁註（2）を参照。
(4)写本に欠落のある箇所。
(5)六二一頁註（5）を参照。
(6)本書簡は、現存するリバニオス書簡の中で時代的に一番最後のものとされる。

にたいと祈ってきましたし、今もそうしています。これがあまりにも続くので、神々も悩まされていると私は思います。

訳者略歴

田中　創（たなか　はじめ）

東京大学大学院総合文化研究科准教授

一九七九年　東京都生まれ

二〇一〇年　東京大学大学院人文社会系研究科博士課程修了

二〇一四年　東京大学講師を経て、現職

主な著訳書

『ローマ帝国と地中海文明を歩く』（共著、講談社）

New Approaches to the Later Roman Empire（共著、Kyoto University）

『高校生のための東大授業ライブ ―― 学問への招待』（共著、東京大学出版会）

『古代地中海の聖域と社会』（共著、勉誠出版）

リバニオス『書簡集 1』（京都大学学術出版会）

リバニオス　書簡集《しょかんしゅう》 2

西洋古典叢書　2018 第4回配本

二〇一九年一月三十一日　初版第一刷発行

訳　者　田《た》中《なか》　創《はじめ》

発行者　末原　達郎

発行所　京都大学学術出版会

606-8315　京都市左京区吉田近衛町六九 京都大学吉田南構内

電　話　〇七五-七六一-六一八二

FAX　〇七五-七六一-六一九〇

http://www.kyoto-up.or.jp/

印刷／製本・亜細亜印刷株式会社

ISBN978-4-8140-0173-6

定価はカバーに表示してあります

1　森谷宇一・戸高和弘・渡辺浩司・伊達立晶訳　2800円
2　森谷宇一・戸高和弘・渡辺浩司・伊達立晶訳　3500円
3　森谷宇一・戸高和弘・吉田俊一郎訳　3500円
4　森谷宇一・戸高和弘・伊達立晶・吉田俊一郎訳　3400円
クルティウス・ルフス　アレクサンドロス大王伝　谷栄一郎・上村健二訳　4200円
スパルティアヌス他　ローマ皇帝群像（全4冊・完結）
1　南川高志訳　3000円
2　桑山由文・井上文則・南川高志訳　3400円
3　桑山由文・井上文則訳　3500円
4　井上文則訳　3700円
セネカ　悲劇集（全2冊・完結）
1　小川正廣・高橋宏幸・大西英文・小林　標訳　3800円
2　岩崎　務・大西英文・宮城徳也・竹中康雄・木村健治訳　4000円
トログス／ユスティヌス抄録　地中海世界史　合阪　學訳　5000円
プラウトゥス／テレンティウス　ローマ喜劇集（全5冊・完結）
1　木村健治・宮城徳也・五之治昌比呂・小川正廣・竹中康雄訳　4500円
2　山下太郎・岩谷　智・小川正廣・五之治昌比呂・岩崎　務訳　4200円
3　木村健治・岩谷　智・竹中康雄・山澤孝至訳　4700円
4　高橋宏幸・小林　標・上村健二・宮城徳也・藤谷道夫訳　4700円
5　木村健治・城江良和・谷栄一郎・高橋宏幸・上村健二・山下太郎訳　4900円
リウィウス　ローマ建国以来の歴史（全14冊）
1　岩谷　智訳　3100円
2　岩谷　智訳　4000円
3　毛利　晶訳　3100円
4　毛利　晶訳　3400円
5　安井　萠訳　2900円
9　吉村忠典・小池和子訳　3100円

プルタルコス　モラリア（全14冊）
1　瀬口昌久訳　3400円
2　瀬口昌久訳　3300円
3　松本仁助訳　3700円
5　丸橋　裕訳　3700円
6　戸塚七郎訳　3400円
7　田中龍山訳　3700円
8　松本仁助訳　4200円
9　伊藤照夫訳　3400円
10　伊藤照夫訳　2800円
11　三浦　要訳　2800円
12　三浦　要・中村健・和田利博訳　3600円
13　戸塚七郎訳　3400円
14　戸塚七郎訳　3000円
プルタルコス／ヘラクレイトス　古代ホメロス論集　内田次信訳　3800円
プロコピオス　秘史　和田　廣訳　3400円
ヘシオドス　全作品　中務哲郎訳　4600円
ポリュビオス　歴史（全4冊・完結）
1　城江良和訳　4200円
2　城江良和訳　3900円
3　城江良和訳　4700円
4　城江良和訳　4300円
マルクス・アウレリウス　自省録　水地宗明訳　3200円
リバニオス　書簡集（全3冊）
1　田中　創訳　5000円
リュシアス　弁論集　細井敦子・桜井万里子・安部素子訳　4200円
ルキアノス　全集（全8冊）
3　食客　丹下和彦訳　3400円
4　偽預言者アレクサンドロス　内田次信・戸高和弘・渡辺浩司訳　3500円
ロンギノス／ディオニュシオス　古代文芸論集　木曽明子・戸高和弘訳　4600円
ギリシア詞華集（全4冊・完結）
1　沓掛良彦訳　4700円
2　沓掛良彦訳　4700円
3　沓掛良彦訳　5500円
4　沓掛良彦訳　4900円

【ローマ古典篇】
アウルス・ゲッリウス　アッティカの夜（全2冊）
1　大西英文訳　4000円
アンミアヌス・マルケリヌス　ローマ帝政の歴史（全3冊）
1　山沢孝至訳　3800円
ウェルギリウス　アエネーイス　岡　道男・高橋宏幸訳　4900円
ウェルギリウス　牧歌／農耕詩　小川正廣訳　2800円
ウェレイユス・パテルクルス　ローマ世界の歴史　西田卓生・高橋宏幸訳　2800円
オウィディウス　悲しみの歌／黒海からの手紙　木村健治訳　3800円
クインティリアヌス　弁論家の教育（全5冊）

2　根本英世訳　3000円
クセノポン　小品集　松本仁助訳　3200円
クセノポン　ソクラテス言行録（全2冊）
1　内山勝利訳　3200円
セクストス・エンペイリコス　学者たちへの論駁（全3冊・完結）
1　金山弥平・金山万里子訳　3600円
2　金山弥平・金山万里子訳　4400円
3　金山弥平・金山万里子訳　4600円
セクストス・エンペイリコス　ピュロン主義哲学の概要　金山弥平・金山万里子訳　3800円
ゼノン他／クリュシッポス　初期ストア派断片集（全5冊・完結）
1　中川純男訳　3600円
2　水落健治・山口義久訳　4800円
3　山口義久訳　4200円
4　中川純男・山口義久訳　3500円
5　中川純男・山口義久訳　3500円
ディオニュシオス／デメトリオス　修辞学論集　木曽明子・戸高和弘・渡辺浩司訳　4600円
ディオン・クリュソストモス　弁論集（全6冊）
1　王政論　内田次信訳　3200円
2　トロイア陥落せず　内田次信訳　3300円
テオグニス他　エレゲイア詩集　西村賀子訳　3800円
テオクリトス　牧歌　古澤ゆう子訳　3000円
テオプラストス　植物誌（全3冊）
1　小川洋子訳　4700円
2　小川洋子訳　5000円
デモステネス　弁論集（全7冊）
1　加来彰俊・北嶋美雪・杉山晃太郎・田中美知太郎・北野雅弘訳　5000円
2　木曽明子訳　4500円
3　北嶋美雪・木曽明子・杉山晃太郎訳　3600円
4　木曽明子・杉山晃太郎訳　3600円
トゥキュディデス　歴史（全2冊・完結）
1　藤縄謙三訳　4200円
2　城江良和訳　4400円
ピロストラトス　テュアナのアポロニオス伝（全2冊）
1　秦　剛平訳　3700円
ピロストラトス／エウナピオス　哲学者・ソフィスト列伝　戸塚七郎・金子佳司訳　3700円
ピンダロス　祝勝歌集／断片選　内田次信訳　4400円
フィロン　フラックスへの反論／ガイウスへの使節　秦　剛平訳　3200円
プラトン　エウテュデモス／クレイトポン　朴　一功訳　2800円
プラトン　エウテュプロン／ソクラテスの弁明／クリトン　朴　一功・西尾浩二訳　3000円
プラトン　饗宴／パイドン　朴　一功訳　4300円
プラトン　ピレボス　山田道夫訳　3200円
プルタルコス　英雄伝（全6冊）
1　柳沼重剛訳　3900円
2　柳沼重剛訳　3800円
3　柳沼重剛訳　3900円
4　城江良和訳　4600円

西洋古典叢書 既刊全131冊（税別）

【ギリシア古典篇】
アイスキネス　弁論集　木曽明子訳　4200円
アイリアノス　動物奇譚集（全2冊・完結）
　1　中務哲郎訳　4100円
　2　中務哲郎訳　3900円
アキレウス・タティオス　レウキッペとクレイトポン　中谷彩一郎訳　3100円
アテナイオス　食卓の賢人たち（全5冊・完結）
　1　柳沼重剛訳　3800円
　2　柳沼重剛訳　3800円
　3　柳沼重剛訳　4000円
　4　柳沼重剛訳　3800円
　5　柳沼重剛訳　4000円
アラトス／ニカンドロス／オッピアノス　ギリシア教訓叙事詩集　伊藤照夫訳　4300円
アリストクセノス／プトレマイオス　古代音楽論集　山本建郎訳　3600円
アリストテレス　政治学　牛田徳子訳　4200円
アリストテレス　生成と消滅について　池田康男訳　3100円
アリストテレス　魂について　中畑正志訳　3200円
アリストテレス　天について　池田康男訳　3000円
アリストテレス　動物部分論他　坂下浩司訳　4500円
アリストテレス　トピカ　池田康男訳　3800円
アリストテレス　ニコマコス倫理学　朴　一功訳　4700円
アルクマン他　ギリシア合唱抒情詩集　丹下和彦訳　4500円
アルビノス他　プラトン哲学入門　中畑正志編　4100円
アンティポン／アンドキデス　弁論集　高畠純夫訳　3700円
イアンブリコス　ピタゴラス的生き方　水地宗明訳　3600円
イソクラテス　弁論集（全2冊・完結）
　1　小池澄夫訳　3200円
　2　小池澄夫訳　3600円
エウセビオス　コンスタンティヌスの生涯　秦　剛平訳　3700円
エウリピデス　悲劇全集（全5冊・完結）
　1　丹下和彦訳　4200円
　2　丹下和彦訳　4200円
　3　丹下和彦訳　4600円
　4　丹下和彦訳　4800円
　5　丹下和彦訳　4100円
ガレノス　解剖学論集　坂井建雄・池田黎太郎・澤井　直訳　3100円
ガレノス　自然の機能について　種山恭子訳　3000円
ガレノス　身体諸部分の用途について（全4冊）
　1　坂井建雄・池田黎太郎・澤井　直訳　2800円
ガレノス　ヒッポクラテスとプラトンの学説（全2冊）
　1　内山勝利・木原志乃訳　3200円
クセノポン　キュロスの教育　松本仁助訳　3600円
クセノポン　ギリシア史（全2冊・完結）
　1　根本英世訳　2800円